Die Autorin

MelissaFoster.com

Mit mehr als zehn Millionen verkauften Büchern ist Melissa Foster eine preisgekrönte *New-York-Times-*, *Wall-Street-Journal-* und *USA-Today-*Bestsellerautorin. Ihre Bücher werden vom *USA-Today-*Bücherblog, vom *Hagerstown Magazine*, von *The Patriot* und vielen anderen Printmedien empfohlen. Besuchen Sie Melissa auf ihrer Website oder chatten Sie mit ihr auf Social Media. Sie diskutiert gern mit Buchclubs und Lesegruppen über ihre Romane und freut sich über Einladungen. Melissas Bücher sind bei den meisten Online-Buchhändlern als Taschenbuch und E-Book erhältlich.

MELISSA FOSTER

EIN KLEINES BISSCHEN

Wicked

DIE WICKEDS: DARK KNIGHTS VON BAYSIDE

LOVE IN BLOOM – HERZEN IM AUFBRUCH

Aus dem Amerikanischen von Anna Wichmann

An den Sandstränden von Cape Cod spielen bei den Wickeds leidenschaftliche Helden voller Beschützerinstinkt, starke Heldinnen und unverwüstliche Familienbande die Hauptrolle. Wenn du glaubst, alle Biker seien gleich, kennst du die Dark Knights noch nicht. Die Dark Knights sind ein Motorradclub, keine Gang. Ihre Mitglieder halten zusammen wie eine Familie und tun alles für die Sicherheit der Gemeinde, in der sie leben. Justin kam nach einer harten Kindheit bei seinem kriminellen Vater in die Wicked-Familie. Er musste eine Menge durchmachen, um zu einem wahren Wicked zu werden, aber heute sind alle sehr stolz auf ihn. Nun ist er bereit, der Frau, die er liebt, zu beweisen, was für ein Mann er wirklich ist. Aber Chloe Mallery hat selbst schwierige Zeiten überwinden müssen, und deshalb hat sie harten Männern abgeschworen. Doch dann kommt es zu einer Tragödie. Wird ihre herausfordernde Vergangenheit sie zusammenschweißen, oder schränkt Justins Beschützerinstinkt Chloe zu sehr in ihrer Unabhängigkeit ein?

Alle Bücher aus der Reihe »Love in Bloom – Herzen im Aufbruch« können für sich allein oder als Teil der übergeordneten Serie gelesen werden, also kannst du einfach direkt in diese humorvolle, emotionale Liebesgeschichte voller Herzklopfen abtauchen.

Einen Stammbaum für die Wicked-Welt kannst du hier gratis herunterladen:
MelissaFoster.com/Wicked-World-Character-Map.html

Die Wickeds sind Cousins und Cousinen der Whiskeys, die bereits ihre eigenen Geschichten bekommen haben. Mehr zu den Whiskeys findest du unter:
MelissaFoster.com/series-Die-Whiskeys-Dark-Knights-aus-Peaceful-Harbor

Einen Stammbaum für die Whiskeys und die Wickeds kannst du hier herunterladen:
MelissaFoster.com/Wicked-Whiskey-Family-Tree

Um keine Neuigkeiten über die Wickeds und die Whiskeys zu verpassen, melde dich für meinen Newsletter an:
MelissaFoster.com/Newsletter_German

Für weitere Informationen über meine sexy Liebesgeschichten, besuche meine Website:
MelissaFoster.com/Herzen-im-Aufbruch

Viel Spaß beim Lesen!
~ Melissa

Eins

Wäre Alan Rogers von jemand anderem als Chloe Mallery empfohlen worden – der einzigen Frau, die Justin Wicked in sein Bett bekommen wollte –, hätte Justin den weitausholenden, herablassenden Blödmann vielleicht schon abgeschüttelt und wäre auf dem Weg zu einem Drink mit seinem älteren Bruder und Geschäftspartner Blaine. Sie hatten die Stunde seit Ladenschluss damit verbracht, dem Geschäftsführer von LOCAL, der Einrichtung für betreutes Wohnen, zuzuhören, der über sein teures Haus und die aufwendige Terrasse, die er anbauen lassen wollte, schwadronierte.

»Gehe ich recht in der Annahme, dass ihr beide die Arbeiten ausführen werdet?« Alan warf Justin und Blaine einen fragenden Blick zu.

Justin konnte regelrecht spüren, wie der aufgeblasene Mistkerl seine Tätowierungen, seine abgetragenen Jeans, sein schwarzes T-Shirt mit dem Logo des Motorradclubs Dark Knights von Bayside, seine Bikerstiefel und seinen Lederschmuck beurteilte. Die Dark Knights waren in den meisten Kreisen dafür bekannt, dass sie sich für die Sicherheit in der Gegend und für wohltätige Zwecke einsetzten, wozu unter anderem Suizid- und Mobbing-Prävention gehörten. Justin bezweifelte, dass dieser Typ mit seinem schicken Anzug und den gönnerhaften Blicken auch nur die leiseste Ahnung davon hatte, was sie Gutes taten, und es war ihm eigentlich auch völlig egal, was der Kerl von ihnen hielt. Nachdem er sich fast ein Drittel seines Lebens davor gefürchtet hatte, sich den nächsten Tag, geschweige denn eine Zukunft vorzustellen, verging nun kein Tag, an dem Justin seinem Glücksstern nicht für die Wickeds und den Motorradclub dankte, den sein Vater Rob »Preacher« Wicked und sein Onkel Conroy vor mehr als dreißig Jahren gegründet hatten.

Die Anspannung in Alans Gesicht ließ nach, als er seine Aufmerksamkeit Blaine zuwandte, genau wie Justin es vorausgesehen hatte. Während Justin aufgrund seines schwierigen Lebens vor seiner Adoption durch die Wickeds leicht reizbar war, was er im Allgemeinen gut verbergen konnte, sah Blaine mit seinem leisen Lächeln und den klaren, offenen Augen ein bisschen wie James Marsden aus, freundlich und zugänglich. Genau wie Justin waren auch Blaine und ihre beiden anderen Brüder Clubmitglieder. Allerdings machte Blaine bei all den Spielchen mit, die Justin ablehnte, trug Ober- oder Polohemden und verbarg bei der Arbeit den Großteil seiner Tattoos. Aber der Schein trog, denn sein knallharter Bruder war eine verdammte Bestie und würde keinen Augenblick zögern, seinen Zorn zum Schutz anderer zu entfesseln.

Niemand wusste besser als Justin, wie trügerisch das Aussehen sein konnte. Das Universum hatte genau gewusst, wo er hingehörte, als er bei den Wickeds gelandet war. Er hatte wie seine Brüder und auch Preacher eine große, breitschultrige Statur, dunkles Haar und eisblaue Augen. Auch ihre jüngere Schwester ähnelte ihnen, war jedoch zierlich und hatte Augen so klar wie der Sommerhimmel. Niemand wäre je auf die Idee gekommen, Justin könnte adoptiert sein.

»Ich werde die Pläne entwerfen.« Blaine tauschte einen wissenden Blick mit Justin.

»Aber wie wir bereits erklärt haben, wird unser Team die Steine verlegen.« Justin lockerte die Schultern, die sich ein wenig steif anfühlten, weil er so lange hatte stillhalten müssen. »Unsere Leute sind versichert und arbeiten seit Jahren mit uns zusammen. Sie sind aufeinander eingespielt und kompetent.«

Alan nickte. »Chloe hat nur Gutes über euch *Jungs* zu sagen.«

Bei dem herablassenden Tonfall des Mannes mahlte Justin mit dem Kiefer. Preacher bezeichnete sie als seine Jungs, allerdings voller Respekt und Stolz. Auch ihre Schwester Madigan nannte sie von Zeit zu Zeit Jungs, aber stets liebevoll und bewundernd. Von diesem Kerl hatte er jedoch langsam die Nase voll, daher stand er auf und entgegnete: »Jungs? Chloe wird bestätigen können …«

»So etwas hören wir gern«, fiel Blaine ihm ins Wort und warf ihm einen scharfen Blick zu. »Wir freuen uns immer über Empfehlungen. Allerdings müssen wir erst alles in Augenschein nehmen, bevor wir Ihnen einen Kostenvoranschlag machen können.«

Sie vereinbarten für den folgenden Donnerstagvormittag einen Termin zur Besichtigung der Immobilie. Alan würde nicht zu Hause sein, aber er versicherte ihnen, dass seine Frau sie herumführen könne. Justin fragte sich, was für eine Frau diesen überheblichen Blödmann geheiratet hatte, verkniff sich jedoch einen Kommentar, bis Alan ihren Verkaufsraum wieder verlassen hatte. »Dämlicher Mistkerl«, murmelte er dann.

»Bist du sicher, dass du diesen Job übernehmen willst,

Maverick?«, fragte Blaine.

Genau wie Preacher nutzte Justin seinen Vornamen bei geschäftlichen Belangen und seinen Bikernamen Maverick, wenn er mit anderen Dark Knights zusammen war, während Blaine und ihre jüngeren Brüder Zeke und Zander es vorzogen, keine Bikernamen zu verwenden. Bevor Justin antworten konnte, wurden die Türen des Verkaufsraums erneut geöffnet und Zander und sein Cousin Dwayne alias Gunner traten ein. Sie trugen genau wie Justin abgenutzte Jeans und abgewetzte Stiefel.

Gunner, ein stämmiger ehemaliger Marine und heutiger Tierretter mit kurzgeschorenen blonden Haaren und Tätowierungen vom Hals bis zum Handgelenk, deutete mit einem Daumen über die Schulter. »Wer war dieser Depp?«

»Er ist Chloes Chef.« Justin stand Gunner und seinen Brüdern, deren Bikernamen Tank und Baz lauteten, genauso nahe wie seinen Geschwistern. Auch ihre verstorbene Schwester Ashley, die vor einigen Jahren während ihrer Collegezeit durch eine Überdosis Selbstmord begangen hatte, hatte ihm viel bedeutet.

»Dem könnte mal jemand den Stock aus dem Arsch ziehen«, meinte Zander, der sich auf den Tisch setzte, auf dem Blaine Broschüren einsammelte. Zander sagte im Grunde genommen immer, was ihm gerade durch den Kopf ging. Als Kind mit Lernbehinderung war er dauernd der Klassenclown gewesen und hatte alles getan, um ja nicht lernen zu müssen. Der nur ein Jahr ältere Zeke war zu seinem Beschützer und Tutor geworden. Mittlerweile war Zander achtundzwanzig und immer noch ein Spaßvogel.

»Das kannst du laut sagen.« Justin wandte sich Blaine zu. »Und um deine Frage zu beantworten: Ja, ich bin mir sicher, dass ich den Job übernehmen will. Chloe hat mich um einen Gefallen gebeten, was sie sonst nie tut, daher steht das für mich außer Frage.«

»Warum machst du eigentlich immerzu Sachen für sie?«, fragte Gunner.

»Weil wir Freunde sind und Freunde so etwas füreinander tun.«

Zander grinste breit. »Er glaubt, er könnte das *Uptown Girl* so in sein Bett kriegen.«

Justin starrte ihn an. Sie zogen ihn immer damit auf, dass er nicht in Chloes Liga spielen würde. Er hatte sie über seine engste Freundin Violet kennengelernt, die zusammen mit ihrer Schwester Desiree das Summer House Inn in Wellfleet besaß. Chloe hatte sofort seine Aufmerksamkeit erregt, und ja, auf den ersten Blick war sie eine große, blonde, umwerfende Schönheit. Die Art von Frau, bei der ein Biker nicht die geringste Chance hätte. Aber sie flirtete auf ihre ganz eigene, glühend heiße Art mit ihm, obwohl er wusste, dass es für andere so aussah, als würde sie ihn abblitzen lassen. Doch er hatte gelernt, ihre kleinen Hinweise zu deuten – wenn sie kurz den Atem anhielt oder eine Sekunde länger brauchte, um sich gegen die lodernde Anziehungskraft zwischen ihnen zu wappnen, bevor sie etwas sagte. Ihre aufmerksamen grünbraunen Augen und ihre frechen Sprüche faszinierten ihn ebenso wie ihr brillanter Verstand und ihr umwerfender Körper. Er wusste tief in seinem Inneren, dass in Chloe – und in *ihnen* – viel mehr steckte, als man auf den ersten Blick erkennen konnte, und er war fest entschlossen, diese perfekt aufeinander abgestimmten Schichten abzutragen und ihr wahres Ich zum Vorschein zu bringen, selbst wenn er dafür sein Leben lang brauchte.

»Vergiss es«, sagte Gunner. »Sie ist umwerfend, aber du bist schon ewig hinter ihr her. Es wird Zeit, dass du dir eine andere Frau suchst, die es dir besorgt.«

»Großer Gott. Machst du allen Ernstes Dinge für eine Frau und erwartest dafür Sex als Gegenleistung?« Justin starrte ihn fassungslos an.

»Nein, Mann«, antwortete Gunner. »So hab ich das nicht gemeint.«

»Aber du musst zugeben, dass du ihr andauernd hilfst – als wäre sie deine Süße und nicht nur irgendeine Freundin«, merkte Zander an.

»Ich führe in meinen Freundschaften nicht Buch über Gefallen, und eine Frau muss auch nicht die meine sein, damit ich sie gut behandle. Bedeutet dir *Liebe, Loyalität und Respekt für jeden* denn gar nichts?« Er wusste, dass sie ihn nur auf den Arm nehmen wollten und dass sie alle nach dem Credo der Dark Knights lebten, aber Alan Rogers hatte ihm arg die Laune verdorben.

»Klar doch, Mann«, erwiderte Gunner.

»Gut. Dann red nicht länger so über Chloe. Ich bin nicht nur daran interessiert, sie in mein Bett zu kriegen, und sie ist einfach noch nicht bereit für mich«, erklärte Justin überheblich. »Sie glaubt immer noch, dass ihr Märchenprinz eine verdammte Krawatte tragen würde, und das ist okay. Ich verstehe das. Sie hat Stil. Aber eines Tages wird sie die Augen aufmachen und begreifen, wer der Richtige für sie ist. Manche Dinge kann man eben nicht überstürzen.« Das war eine Lektion, die Justin vor langer Zeit gelernt hatte. Er war mit elf Jahren als Pflegekind zu den Wickeds gekommen, und es hatte etwa ein Jahr gedauert, bis er sich ihnen gegenüber hatte öffnen können. Heute, über zwanzig Jahre später, betrachtete er es noch immer als das Beste, was er je getan hatte.

»Ich rufe Chloe an und sage ihr, dass wir uns mit dem Kerl getroffen haben. Bin gleich wieder da.« Justin verließ den Verkaufsraum und machte sich auf den Weg in sein Büro. Chloe ging nach dem zweiten Klingeln ran.

»Mr. Wicked, mein Lieblings-Biker. Was verschafft mir das Vergnügen?«

Ihre verführerische Stimme entlockte ihm ein Lächeln. »Hey, Herzensbrecherin. Ich habe mich gerade mit dem Typen getroffen, dem du uns empfohlen hast, diesem Rogers. Allerdings kann ich nicht behaupten, dass er mir besonders sympathisch wäre.«

»Ich weiß, dass er ein wenig seltsam rüberkommt, aber er ist mein Chef, und seine Frau ist die süßeste Frau der Welt. Als ich sie vor ein paar Wochen gesehen habe, kannte sie kein anderes Thema als ihre neue Terrasse. Sie sollte nicht dafür büßen müssen, dass er ein bisschen komisch ist. Daher wäre es wirklich toll, wenn du ihnen helfen könntest.«

»Für dich mache ich doch alles, Prinzessin.« Er hatte ungefähr hundert Kosenamen für sie, denn für nur einen war sie viel zu komplex und unwiderstehlich.

»Ich habe noch nie ein Diadem getragen«, erwiderte sie amüsiert.

»Dann werde ich das wohl mal ändern müssen.«

»Du weißt schon, dass ich Diadem und nicht Stachellederhalsband gesagt habe?«

Himmel, sie war so hinreißend. »Dann hast du also schon mal ein Stachellederhalsband getragen?«

»Ach du meine Güte. Nein!« Ihre Verlegenheit war selbst durchs Telefon spürbar.

»Auch das lässt sich ändern.«

»Das hättest du wohl gern. Aber ich muss dich leider abwürgen«, sagte sie entschuldigend. »Ich bin gerade im Undercover angekommen. Können wir später weiterreden?« Das Undercover war eine Bar in Truro, die ihrem Kumpel Colton gehörte.

»Klar, kein Problem.« Justin beendete das Gespräch und ging zurück zu den anderen, während er sich fragte, wieso Chloe im Undercover war.

»Hey, nur eine Vorwarnung«, sagte Gunner, als Justin zu ihnen stieß. »Die Polizei ist dem Hundekampfring auf der Spur.« Gunner und sein Bruder Baz, der Tierarzt war, hatten ein paar Wochen zuvor einen Hundekampfring aufgedeckt und die Polizei informiert. In Situationen, in denen Tiere in Gefahr waren, arbeiteten sie mit den Behörden zusammen und brachten sie in Gunners Auffangstation in Sicherheit. »Wenn sie den Ring schließen, brauche ich Hilfe, um die Hunde zu uns zu bringen. Könnte mir einer von euch dabei helfen?«

»Natürlich«, antwortete Justin.

»Ich bin ebenfalls dabei. Hast du eine Ahnung, wann es losgehen soll?«, fragte Blaine.

»Cuffs wird uns Mittwochabend bei der Church auf den neuesten Stand bringen.« Cameron »Cuffs« Revere war Polizist und Dark Knight, und als Church bezeichnete der Club seine wöchentlichen Treffen. Gunner klopfte Justin auf die Schulter und erkundigte sich: »Fahren wir noch zum Hog?« Gunners Eltern Conroy und Ginger besaßen ein Restaurant und eine Bar namens Salty Hog, die ein beliebter Treffpunkt von Einheimischen, Touristen und natürlich Dark Knights war.

»Heute nicht«, erwiderte Justin. »Ich bin auf dem Weg ins Undercover.«

Blaine zog seinen Schlüsselbund aus der Tasche. »Wird Chloe auch da sein?«

Justin nickte.

»Hat sie eine andere Verabredung?«, fragte Blaine.

»Verschwendet sie ihre Zeit noch immer mit diesen Dating-Apps?«, wollte Gunner wissen. »Geht sie mit adretten Typen aus, die Schreibtischjobs haben und deren Sex wahrscheinlich aus drei Minuten Missionarsstil besteht, damit sie sich nicht die Frisur ruinieren?«

Bei der Vorstellung, dass Chloe mit einem anderen Mann als ihm schlafen könnte, wurde Justin ganz anders. »Ich weiß nicht, was sie heute Abend vorhat, aber ich werde dafür sorgen, dass ihr nichts passiert.«

»Wenn Chloe da ist, bin ich dabei.« Zander grinste breit. »Ich rufe Zeke an, damit er sich dort mit uns trifft.« Er versuchte immer, Zeke in seine Playboy-Lebensart mit einzubeziehen, dabei hielt sich Zeke weitaus lieber in der Natur als in Clubs auf. »Hey, Maverick – möge der beste Wicked gewinnen.«

Beim Verlassen des Verkaufsraums spottete Justin: »Ich dachte, du hast dein hübsches Gesicht gern, wie es ist, kleiner Bruder.«

»Da hast du mich falsch verstanden, Bro, ich hab mein hübsches Gesicht gern zwischen den Beinen einer Frau.« Zander klatschte Gunner lachend ab und sie gingen zu ihren Motorrädern.

»Idioten«, murmelte Justin und schloss die Türen des Verkaufsraums ab. »Kommst du, Blaine?«

»Jemand muss doch dafür sorgen, dass die Sache nicht aus dem Ruder läuft.«

Das Undercover war der einzige Nachtclub in Truro, einer kleinen Küstenstadt, und wie in den meisten Sommernächten randvoll. Justin ließ den Blick über die überfüllte Tanzfläche schweifen, während er sich auf den Weg zur Bar machte. Knapp bekleidete Frauen und Testosteron ausströmende Männer, die sich zu einem verführerischen Beat bewegten, wurden in buntes Licht getaucht. Er hatte Chloe schon oft tanzen sehen, wenn sie mit Freunden ausgingen, und wusste, dass sie sich auf eine Art und Weise bewegte, die Männer überaus erregte. Als er sich an den letzten Tischen vorbeischlängelte und sich zu Blaine und den anderen an die Bar gesellte, war er erleichtert, weil er sie nicht mit einem anderen Mann auf der Tanzfläche gesehen hatte.

Blaine bestellte eine Runde Bier und deutete quer durch den Raum. Justin folgte seinem Wink zu Chloe, die aus dem Gang trat, der zur Damentoilette führte, und in ihrem ärmellosen schwarzen Kleid wahnsinnig sexy aussah. Ihr Haar erinnerte an gesponnenes Gold. Es umspielte ihre Schultern und rahmte ihr wunderschönes Gesicht ein, während sie sich anmutig durch die Menge bewegte. Sie stach hervor wie ein Diamant in einem Meer von Steinen. Chloe setzte nicht wie andere Frauen auf tief ausgeschnittene Oberteile oder kurze Röcke. Sie war selbstbewusst und klug, und sie hatte ein freches Mundwerk. Von ihrem Mund hatte Justin schon so oft geträumt, dass er genau wusste, wie er schmecken würde, wenn sie sich zum ersten Mal küssten, wie es sich anfühlen würde, ihre Lippen zum ersten Mal an seiner Erektion zu spüren, und wie dieser Mund aussehen würde, wenn sie seinen Namen schrie, während sein Gesicht zwischen ihren Beinen vergraben war.

»Verdammt, Mann.« Zander holte Justin aus seiner Träumerei. »Es ist mir völlig egal, ob du mir das Gesicht einschlägst. Sie wäre jeden blauen Fleck wert.«

Justin warf ihm einen finsteren Blick zu, bevor er sich abermals auf Chloe konzentrierte, die sich einem verdammt gut aussehenden Ken-Imitator mit Oberhemd und Krawatte gegenüber auf einen Stuhl setzte.

»Sieht für mich nach einem Date aus«, stellte Blaine fest und reichte Justin ein Bier.

Justin trank einen Schluck, ohne den Blick von Chloe abzuwenden.

Sie schaute zu ihm herüber, als hätte sie gespürt, dass er sie beobachtete. Ihre Blicke begegneten sich wie die glühenden Flammen einer Lötlampe. Als ihre Mundwinkel zuckten, spürte Justin ein Ziehen in der Brust. Da war er, der Moment, der über reines Verlangen hinaus zu etwas wurde, das er nicht benennen konnte, von dem er aber eindeutig wusste, dass es existierte.

Wie üblich kniff Chloe die Augen zusammen, rutschte auf ihrem Stuhl hin und her und schlug die langen Beine übereinander. Er liebte ihre Beine, was sie ganz genau wusste. Sie reckte ihr Kinn auf diese trotzige Art und Weise in die Luft, mit der sie ihn seit dem Tag, an dem sie sich kennengelernt hatten, verspottete, und richtete die schönen Augen auf den Mann, der ihr gegenübersaß.

Justin fluchte leise und versuchte, sich auf das zu konzentrieren, was seine Brüder und sein Cousin sagten, aber wie Metall von einem Magneten wurde seine Aufmerksamkeit erneut von Chloe angezogen. Sie wirkte gelangweilt und schaute ein weiteres Mal zu ihm herüber. *Ganz genau, Baby. Du weißt, dass du mich willst.*

Ihr Date zückte sein Handy, hielt es ans Ohr und stand auf. Er hob einen Finger in Richtung Chloe und entfernte sich vom Tisch. *Verdammter Idiot.* Justin nutzte die Gunst der Stunde und marschierte auf sie zu. Sie beobachtete mit einem kaum verhohlenen Lächeln, wie er sich ihr näherte.

»Hey, Blondie«, sagte Justin und setzte sich ihr gegenüber hin. »Welcher Blödmann lässt eine so wunderschöne Frau allein?«

»Die langweiligste Sorte auf der Welt«, erwiderte Chloe und warf einen Blick in die Richtung, in die der Mann verschwunden war. Sie beugte sich über den Tisch und musterte ihn mit funkelnden Augen. »Willst du vielleicht so tun, als wärst du mein eifersüchtiger Ex-Freund?«

Justin schnaubte. »Machst du Witze? Hat er dich respektlos behandelt? Denn in diesem Fall ...«

»Nein. Er ist bloß ein totaler Blindgänger und ich will nicht länger hier rumsitzen.« Sie seufzte schwer. »Ich habe schon so viele Dates vor dem Abendessen beendet, dass ich langsam ein ganz schlechtes Gewissen bekomme.«

»Vielleicht ist es an der Zeit, dich gar nicht erst mit diesen Kerlen zu verabreden.«

»Da könntest du durchaus recht haben.« Sie beäugte ihn kritisch. »Ich stehe tief in deiner Schuld, wenn du mir diesen zusätzlichen Gewissensbiss ersparst und den eifersüchtigen Ex-Freund mimst.«

»Ich halte nichts von Schulden unter Freunden. Und eins kann ich dir versichern: Ich werde nie dein Ex-Freund sein, sondern dein letzter, denn wenn du erst einmal erkannt hast, dass du für mich bestimmt bist, wirst du keinen anderen Mann mehr ansehen.«

Sie verdrehte die Augen. »Vergiss es. Ich kriege das schon allein hin.« Sie straffte sich kampfbereit und sah den Mann direkt an, der auf dem Rückweg zum Tisch war und noch nichts davon ahnte, dass er bald Geschichte sein würde.

Justin wusste nur zu gut, dass sie auf sich selbst aufpassen konnte, dennoch freute er sich sehr darauf, diesen Mistkerl loszuwerden. »Wie heißt der Typ?«

»Jeffrey.«

»War ja klar.« Er stand auf und ging auf den Verlierer zu, um sich zwischen ihn und Chloe zu stellen. »Bist du Jeffrey?«

»Ja. Und du bist?« Der Mann versuchte, um Justin herumzuspähen.

Justin versperrte ihm jedoch weiterhin die Sicht. »Ich bin ein Freund von Chloe. Sie hat genug von diesem Date. Es ist Zeit für dich zu gehen.«

Verwirrung machte sich in seinem Gesicht breit. »Was …?«

»Tut mir leid, Mann, aber sie steht nicht auf dich. Jetzt dreh dich um und verlass die Bar.« Justin hatte bestimmt zehn Kilo mehr Muskelmasse als sein Gegenüber, doch selbst wenn Jeffrey deutlich größer gewesen wäre als er, hätte das keinen Unterschied gemacht. Justin war furchtlos und zog vor niemandem den Schwanz ein.

»Aber …«

Justin trat näher an ihn heran.

Jeffrey murmelte »Schlampe« und wandte sich zum Gehen. Justin packte ihn am Arm und wirbelte ihn herum. Dann starrte er ihn erbost an und stieß grimmig hervor: »Wenn du noch ein Wort über die Frau sagst, der du dich nie hättest nähern dürfen, dann wird es dein letztes sein.«

Eine Schweißperle erschien auf Jeffreys Stirn.

»Und jetzt raus hier.« Justin wartete, bis der Mann gegangen war, bevor er zu Chloe zurückkehrte, die sich verlegen eine Hand vors Gesicht hielt. »Komm mit, Süße. Ich fahre dich nach Hause.«

»Ich sagte doch, dass ich allein mit ihm fertig werde. Du hättest nicht den Höhlenmenschen rauskehren müssen.« Sie griff nach ihrer Handtasche. »Außerdem steht mein Wagen vor der Tür. Wir haben uns hier getroffen.«

»Dann begleite ich dich zu deinem Wagen.«

»Ich weiß das Angebot zu schätzen, aber das ist wirklich nicht nötig.«

»Vergiss es. Ich gehöre nicht zu den Männern, die eine Dame allein gehen lassen, also schwing deinen süßen Hintern zur Tür.«

»Du bist so aufdringlich«, beschwerte sie sich, während sie sich einen Weg durch die Menge bahnten.

Sie hatte es scherzhaft gemeint, aber er kannte die kleine *Miss Independent* gut genug, um zu wissen, wie stolz sie darauf war, allein zurechtzukommen. Allerdings hatte er keine Ahnung, weshalb sie sich strikt dagegen wehrte, mal jemand anderem die Zügel zu überlassen.

»Was hast du zu ihm gesagt?«, erkundigte sie sich.

»Ich habe ihm mitgeteilt, dass das Date vorbei ist.« Er hielt ihr die Tür auf und nahm den Parkplatz rasch in Augenschein, während er ihr in die warme Nacht hinaus folgte. »Siehst du sein Auto?«

»Nein. Er hatte dort drüben geparkt.« Sie zeigte auf das andere Ende des Parkplatzes. »Anscheinend ist er weg.«

Justin legte schützend einen Arm um sie. Im Gehen ließ er die Hand zu ihrer Taille wandern und zog sie näher zu sich heran. Als sie ihm in die Augen sah, schien es schlagartig heißer zu werden. Sie bekam rote Wangen, und er wusste, dass sie die gleiche seelenerschütternde Empfindung durchtoste wie ihn.

Sie griff in ihre Handtasche, entwand sich seinem Arm und holte ihren Schlüsselbund heraus. »Ich bin dir was schuldig«, sagte sie etwas atemlos.

»Du wirst mir nie etwas schuldig sein, Baby. Warum verschwendest du deine Zeit mit solchen Losern?«

Sie zog eine Schulter hoch. »Das kann ich dir an Abenden wie diesem selbst nicht erklären.«

»Eine Frau wie du sollte sich nicht mit Dating-Apps und Ken-Imitaten abgeben, wenn ein richtiger Mann vor ihr steht.«

»Justin.« Sie sah ihn entschuldigend an. »Du weißt, dass ich den bösen Jungs schon vor langer Zeit abgeschworen habe.«

»Das sagst du immer, aber du hast ja keine Ahnung, wie *gut* ein böser Junge sein kann.« Er trat näher an sie heran, fuhr mit den Fingern ihren Arm entlang und stellte erfreut fest, dass ihr der Atem stockte. »Wenn du deinen Fehler einsiehst, weißt du, wo du mich findest.« Er gab ihr einen Kuss auf die Wange. »Gute Nacht, Süße. Komm gut nach Hause.«

Zwei

Am Dienstagnachmittag suchte Chloe in ihrem Büro Material für eine Einführungsveranstaltung zusammen und telefonierte dabei über ihre Bluetooth-Kopfhörer mit ihrer jüngeren Schwester Serena. »Was ist mit dem Bastrock und dem Kokosnuss-Top, die du vor ein paar Jahren auf der Halloween-Party getragen hast? Kannst du mir die vielleicht raussuchen?«

»Gern, aber ich muss dich daran erinnern, wie sehr du mich deswegen gehänselt hast. Ich glaube, deine Worte waren, ich solle meine Möpse nicht der ganzen Welt zeigen.«

»Mag ja sein, aber hierbei geht es um ein Buchclubtreffen mit den Mädels, da geht das schon in Ordnung.« Chloe leitete zusammen mit ihrer Freundin Daphne einen Online-Buchclub für erotische Liebesromane. Gerade lasen sie ein Buch, das auf Hawaii spielte, und Chloe plante seit Wochen ein Luau – ein hawaiianisches Fest – für ihr nächstes Treffen, das am Freitag in einer Woche am Cahoon Hollow Beach stattfinden sollte.

»Was ist mit Blumenkränzen und all solchen Dingen?«, fragte Serena. »Brauchst du so etwas auch? Ich bin mir nicht sicher, ob ich irgendwas aufbewahrt habe, kann aber gern mal nachsehen.«

»Die habe ich schon gekauft und alles andere auch. Ich

habe sogar eine tolle Getränkehütte mit Grasdach gefunden, die ich über meinem Klapptisch aufstellen kann. Dazu gehört noch eine Tischdecke mit einer Bordüre aus Bast. Ich werde tropische Musik laufen lassen, fruchtige Getränke in Kokosnussschalen servieren und Spieße über dem Lagerfeuer grillen. Das Ganze ist so schrecklich aufregend, dabei ist es nur ein Buchclubtreffen, kein Bankett.«

»Schade, dass Harper und Tegan es verpassen werden.« Die beiden waren zwei ihrer Freundinnen. Tegan hatte ein Amphitheater geerbt und vor Kurzem zusammen mit Harper eine eigene Produktionsfirma gegründet. Sie waren zu sehr mit den Vorbereitungen für die Eröffnung beschäftigt und konnten daher nicht an diesem Treffen teilnehmen.

»Ich werde viele Fotos machen, damit sie das Gefühl bekommen, sie wären dabei gewesen.«

»Vielleicht werde ich ja eines Tages auch noch eine Leseratte und trete deinem Club bei.« Das schien Serenas Ernst zu sein, dabei war sie kein Mensch, der lange stillsitzen konnte, und jetzt, wo sie mit ihrem Jugendfreund Drake Savage verheiratet war, hatte sie in ihrer Freizeit sowieso genug anderes zu tun.

»Das glaube ich erst, wenn ich es sehe«, erwiderte Chloe, zog die Schublade ihres Aktenschranks auf und fischte die benötigten Unterlagen heraus. »Wahrscheinlich könntest du dich eher mit Drake zusammentun und die erotischen Szenen selbst schreiben.«

»Wir würden das bestimmt viel besser hinbekommen.« Serena musste lachen. »Hey, Mom hat mich heute früh angerufen. Hat sie dich auch gebeten, Sonntagvormittag vorbeizukommen, damit sie dir wieder mal einen neuen Freund vorstellen kann? Der wievielte ist das jetzt, der zweitausendste?«

Ihre Mutter stellte ihnen mehrmals im Jahr einen neuen Freund vor, immer mit dem aufgeregten Geflüster, er wäre jetzt endlich der Richtige. Während Chloes und Serenas Kindheit hatte ihre Mutter mehr Zeit mit der Suche nach einem Mann verbracht, der ihre Rechnungen bezahlte, als mit der Erziehung ihrer Töchter. Manchmal versuchte Chloe, sich einzureden, dass sie und Serena Glück gehabt hatten. Immerhin war ihre Mutter keine Alkoholikerin oder Drogensüchtige. Sie war nur keine besonders gute Mutter. Und offenbar auch keine gute Partnerin, denn als Chloe acht Jahre alt war, befand ihre Mutter sie für alt genug, um auf Serena aufzupassen, und ging von da an regelmäßig aus, blieb jedoch nie lange in einer Beziehung.

»Wahrscheinlich eher der zweitausendfünfte. Gehst du hin?« Chloe betrat den Konferenzraum und legte die Orientierungsmappen für das neue Programm, das sie entwickelt hatte, auf den Tisch. Es hatte Monate gedauert, das Junior-/Senior-Programm auf die Beine zu stellen, mit dem es Highschool-Schülern ermöglicht werden sollte, die für den Abschluss benötigte gemeinnützige Arbeit zu leisten, indem sie jede Woche ins LOCAL kamen und Zeit mit älteren Menschen verbrachten. Chloe hatte mit Highschools in der Umgebung zusammengearbeitet und einige Schüler ausgewählt, die im Sommer an einem sechswöchigen Testprogramm teilnehmen sollten. Wenn der Versuch erfolgreich verlief, würde sie die Genehmigung für die künftige Finanzierung erhalten.

»Ja, ich gehe hin«, antwortete Serena voller Verachtung. »Drake begleitet mich, und wenn es zu absurd wird, behaupten wir einfach, er hätte einen Termin im Musikladen, und verschwinden wieder.«

Drake besaß mehrere Musikgeschäfte und war zusammen

mit seinem Bruder Rick und Dean Masters, einem weiteren Jugendfreund, Eigentümer des Bayside Resort in Wellfleet. Rick und Dean waren mit Desiree und Emery verheiratet, die zu Chloes und Serenas engsten Freundinnen gehörten.

»Dein Mann ist der Beste.«

»Ich weiß«, erwiderte Serena glücklich.

»Ihr passt so gut zusammen und schenkt mir Hoffnung, dass ich irgendwann auch den Richtigen finde.«

»Apropos der Richtige, ich habe gehört, dass dir Justin gestern Abend beim Abschießen eines Dates geholfen hat.«

Justins durchdringende blaue Augen und sein auf raue Weise attraktives Gesicht blitzten vor Chloes innerem Auge auf. Sie schloss die Tür des Konferenzraums und fragte: »Wer hat dir davon erzählt?«

»Du vergisst andauernd, dass Gavin Justins bester Freund ist.« Gavin Wheeler war Serenas Geschäftspartner bei Mallery and Wheeler Interior Designs, und er hatte erst vor einem Monat ihre Freundin Harper geheiratet.

Chloe verdrehte die Augen. »Stimmt. Entschuldige. Ich hatte in letzter Zeit einfach zu viel um die Ohren. Wahrscheinlich hätte ich den Kerl auch selbst abservieren können, trotzdem hat Justin mir einen großen Gefallen getan. Ich bin es langsam leid, mir ständig Ausreden einfallen zu lassen, aber der Typ war wieder mal ein Volltrottel. So langsam bekomme ich den Eindruck, es könnte an mir liegen und dass ich immer nur die Langweiler anziehe.«

»Ähm, hallo? Justin Wicked ist alles andere als langweilig. Ich wünschte, du würdest ihm eine Chance geben. Nicht alle Biker sind wie die Kerle, mit denen Mom ausgeht. Schau dir nur Gavin an. Er hat auch ein Motorrad.«

Sie warf einen Blick auf die Uhr und stellte fest, dass ihr

noch zwanzig Minuten bis zu ihrer Besprechung blieben. »Gavin ist kein ledertragender, tätowierter, knallharter Biker und kein Mitglied eines Motorradclubs. Er fährt nur Motorrad, weil Justin ihn dazu überredet hat.«

Serena wusste nichts davon, dass sich manche Freunde ihrer Mutter an Chloe herangemacht hatten und dass Chloe viele Nächte im Schlafzimmer ihrer Schwester Wache gehalten und auf sie aufgepasst hatte. Selbst damals schon war Chloe dankbar dafür gewesen, dass diese Männer ihr und nicht Serena nachstellten. Sie war schon immer Serenas Beschützerin gewesen, auf emotionaler ebenso wie auf körperlicher Ebene, und daran hatte sich auch später nichts geändert. Deshalb hatte sie ihrer Schwester auch nichts von dem Kerl erzählt, mit dem sie während ihrer Collegezeit ausgegangen war und der nach einem Abend im Salty Hog derart handgreiflich wurde, dass sie fast eine ganze Tube Make-up hatte auftragen müssen, um die blauen Flecken zu verdecken. Von diesem Moment an hatte sie den harten Kerlen und allen, die ihnen auch nur im Entferntesten ähnelten, abgeschworen und war nie wieder ins Salty Hog zurückgekehrt.

Wieder einmal versuchte Chloe, das Geschehene herunterzuspielen, ohne die Realität zu verharmlosen, während sie auf und ab ging. »Du weißt wahrscheinlich nicht mehr, wie viele von Moms Freunden in unser Haus kamen, als wir längst im Bett lagen. Das ging dann ein paar Abende so, sie verschwanden in ihrem Schlafzimmer und ließen sie dann mit gebrochenem Herzen zurück.«

»Moms Herz war nie lange gebrochen«, erwiderte Serena gelassen. »Es hat immer nur wenige Tage gedauert, bis sie sich erneut auf die Suche gemacht hat.«

»Das stimmt, aber die Männer, mit denen sie zusammen

war, sind nie lange bei ihr geblieben. Ich habe genug Motorrad-Rücklichter gesehen, um das nicht wiederholen zu müssen. Mir ist durchaus bewusst, dass Justin ein toller Kerl ist, und er ist auch ein wirklich guter Freund, aber wir wissen nicht alles über ihn. Zugegeben, wir haben seine Brüder und Cousins kennengelernt, wissen jedoch nichts über seine Eltern oder darüber, wie seine Familie wirklich ist. Und ja, die Dark Knights tun wunderbare Dinge für die Gemeinde, doch die Welt der Biker ist uns trotzdem weitestgehend fremd. Nach allem, was ich bei Moms Freunden miterlebt habe, verpassen wir da nicht viel. Es gibt in Bezug auf Justin zu viele Unbekannte, die Probleme verursachen könnten. Und vergiss nicht, dass er mit Violet geschlafen hat, als sie wieder hergezogen ist, um ihr dabei zu helfen, Andre zu vergessen.«

Ihre Freundin Violet war inzwischen mit Andre verlobt. Die beiden waren mehrere Monate im Jahr auf Reisen, um in Entwicklungsländern Krankenhäuser einzurichten. Momentan hielten sie sich in Honduras auf. Als Violet mit Justin ins Bett gegangen war, hatte sie Andre gerade verlassen und er lebte im Ausland. Chloe und ihre Freundinnen hatten bei einem ihrer Frühstücke im Summer House Inn zufällig mitbekommen, wie sich Violet und Andre wegen Justin stritten. Chloe konnte selbst nicht sagen, warum es sie derart störte, dass die beiden nur deshalb miteinander ins Bett gegangen waren, damit Violet Andre vergessen konnte, aber so war es nun mal.

»Findest du das nicht auch ein bisschen bedenklich?«, fragte Chloe. »So etwas würde ich nie tun. Sie waren ja nicht einmal richtig zusammen.«

»Ich glaube, der *nackte Langschniedeltyp* ist ein *wirklich* guter Freund.« Chloe spürte, dass sie rote Wangen bekam, als Serena den Spitznamen erwähnte, den ihre Freundin Emery

Justin im Sommer nach der nicht ganz so geheimen Sache mit Violet verpasst hatte. Damals hatte sie kurzzeitig bei Violet gewohnt und eines Nachts den nackten Justin in der Küche angetroffen. Gerüchte verbreiteten sich in Bayside rasend schnell, und schließlich kam heraus, dass Justin Violet für eine Skulptur Modell gestanden und bei ihr übernachtet hatte. Violet und Justin wollten damals die falschen Gerüchte gleich wieder aus der Welt schaffen und gaben ihr Geheimnis preis, dass sie nämlich nur ein einziges Mal gleich nach Violets Rückkehr ans Cape miteinander im Bett gelandet waren. Dass Emery ihn nackt gesehen hatte, lag nur daran, dass Justin nun mal nackt schlief, was Chloe einem Mann, der nur ein Freund war, niemals gestattet hätte.

»Du wärst wahrscheinlich anderer Meinung, wenn Drake das mit einer *deiner* Freundinnen gemacht hätte«, beharrte Chloe. »Aber er liebt dich seit eurer Kindheit. Verstehst du es denn nicht, Serena? Du hast Glück. Du bist mit einem tollen, stabilen Mann zusammen, dessen Vergangenheit oder Leben nicht im Geringsten fragwürdig ist. Ich möchte genauso glücklich sein. Ist das so verwerflich? Es muss doch da draußen noch wenigstens einen normalen Typen geben, der nicht wie ein Roboter wirkt. Tegan hatte es da weitaus leichter – sie war gerade erst hergezogen, als sie Jett Masters kennengelernt hat, und er ist die Liebe ihres Lebens.«

»Die beiden passen so gut zusammen. Aber du weißt ja, was ich über deine Dating-Entscheidungen denke. Ich kann dir nur raten, endlich mit den langweiligen Vanille-Donuts aufzuhören, denn die sorgen nur dafür, dass du dich nach etwas Größerem und Besserem sehnst. Gönn dir mal ein ordentliches Eclair mit Schokoladenfüllung …«

»Hör bloß auf! Mir wird schon ganz anders. Warum musst

du Sex immer mit Donuts in Verbindung bringen?«

»Das könnte daran liegen, dass mein Mann so köstlich wie ein Donut mit Cremefüllung ist. Aber mal im Ernst. Ich könnte mir vorstellen, dass Justin dem Namen Wicked mehr als gerecht wird.«

»Das mag ja durchaus sein, doch ich will mehr als nur heißen Sex, Serena. Sex ist toll, solange er andauert, aber wenn mich mit einem Mann sonst nichts verbindet, fühle ich mich danach noch einsamer als zuvor. Könnten wir bitte das Thema wechseln? Mein Junior-/Senior-Programm fängt nächste Woche an und ich muss gleich die Einführungsveranstaltung leiten und mich vorbereiten.«

»Du bist bestimmt aufgeregt.«

»Das kannst du laut sagen. Ich kann kaum glauben, dass es endlich losgeht. Der Überschwang der Teenager ist ansteckend, und diese neuen Freundschaften dürften viel dazu beitragen, die Einsamkeit der Bewohner zu lindern. Etwas so Einfaches wie Vorlesen, ein Spiel oder ein Spaziergang kann sie aufmuntern und ihnen etwas geben, auf das sie sich jede Woche freuen.«

»Die Menschen, die dort leben, können sich glücklich schätzen, dich zu haben. Du strebst in einer Tour danach, ihr Leben zu verbessern.«

»Danke. Du hättest die Collage sehen sollen, die ich letzte Woche zu Louis Flessingers zweiundneunzigstem Geburtstag gebastelt habe. Ich habe Fotos von ihm mit anderen Bewohnern, seinen Enkeln und seiner Tochter gemacht und auf eine große, verzierte Tafel geklebt. Er hat vor Freude geweint, als er sie gesehen hat.« Sie liebte es, Andenken wie Bildertafeln, Alben und Karten für ihre Freunde, die LOCAL-Bewohner und für sich selbst und Serena anzufertigen.

»Du hast immer gewusst, dass die kleinen Dinge den großen Unterschied ausmachen«, sagte Serena.

»Ich kann nur hoffen, dass dieses Programm etwas bewirkt, denn es gibt da noch ein anderes, das ich beim Treffen mit dem Vorstand nächste Woche mal ansprechen möchte, um die Chancen auszutesten. Wenn dieses Programm gut ankommt und der Vorstand meine nächste Idee nicht ablehnt, kann ich einen formellen Vorschlag ausarbeiten und Alan unterbreiten. Man sollte das Eisen schließlich schmieden, solange es noch heiß ist.«

»Das wirst du am besten wissen«, meinte Serena. »Worum geht es bei diesem anderen Programm?«

»Erinnerst du dich an den Artikel, von dem ich dir vor ein paar Wochen erzählt habe? In dem es um die Vorteile des Puppenspiels als Therapieform für Demenzpatienten ging?«

»Ja, das klang wirklich cool. Du solltest dich mal mit Justins Schwester Mads unterhalten. Sie ist Puppenspielerin. Weißt du noch, wie wir sie letzten Sommer bei der Eröffnung seiner Galerie kennengelernt haben? Sie war mir sehr sympathisch, denn sie wirkt so lieb, und man kann kaum glauben, dass sie all diese harten Brüder hat.«

»Genau das habe ich auch gedacht.« Allerdings beherrschte im Augenblick ein ganz besonders harter und muskulöser Bruder von Madigan ihre Gedanken. Ein heißer Schauder durchfuhr sie. Warum hatte allein der Gedanke an ihn eine derartige Wirkung auf sie? Sie versuchte, ihn aus ihrem Kopf zu verbannen, doch er klammerte sich einfach dort fest. »Mads ist ständig auf Reisen, aber ich habe gehört, dass sie wieder in der Stadt ist und Arbeit sucht. Vielleicht rufe ich sie mal an und stelle zusammen mit ihr ein Test-Puppenspielprogramm auf die Beine. Aber das Junior-/Senior-Programm muss wirklich reibungslos laufen, damit ich überhaupt die Chance bekomme, ein weiteres Projekt unterzubringen.«

Die Tür zum Konferenzraum wurde geöffnet und Alan Rogers kam herein. Ihr Chef war ein unscheinbarer Mann mittleren Alters von durchschnittlicher Statur, der sein kurzes braunes Haar wahrscheinlich schon seit seiner Kindheit im gleichen jugendlichen Stil trug. Er war gut in seinem Job und außerdem für die Programmfinanzierung zuständig. Glücklicherweise hatte er stets Interesse an Chloes Ideen gezeigt, und die neuen Programme, die sie vorschlug, in der Regel unterstützt. Bedauerlicherweise neigte er jedoch auch dazu, einem zu nahe zu kommen und beim Reden unangenehm direkt in die Augen zu schauen. Bisher hatte er sich zwar nie unangemessen verhalten, dennoch empfand sie es als beunruhigend, wenn jemand den Diskretionsabstand unaufgefordert ignorierte.

»Ich muss jetzt aufhören und rufe dich später wieder an, Serena.« Chloe steckte ihr Handy weg und wandte sich ihrem Chef zu. »Hi, Alan.«

»Bereitest du alles für die Einführung vor?«, fragte er und kam um den Konferenztisch herum auf sie zu.

»Ja. Die Kinder müssten bald hier sein.« Sie beschäftigte sich damit, die Mappen auf dem Tisch zu platzieren, um Abstand zwischen ihnen zu schaffen – eine Strategie, die sie schon früh entwickelt hatte.

»Nächsten Monat findet in Boston eine Konferenz für betreutes Wohnen statt, auf der eine Reihe von Themen behandelt wird, die hilfreich für unsere Bewohner sein könnten. Frauen im Management stehen dabei im Mittelpunkt, und ich dachte, das würde dir vielleicht gefallen, da du hier alles am Laufen hältst.«

»Oh, vielen Dank. Das klingt wirklich interessant«, erwiderte sie, ohne innezuhalten.

»Du weißt, wie sehr ich dich bewundere, Chloe. Konferenzen wie diese könnten uns dabei helfen, ein noch besseres Team zu werden. Ich schicke dir die Informationen per E-Mail rüber. Es ist eine zweitägige Tagung, Freitag und Samstag. Wir könnten zusammen hinfahren und in dem Hotel übernachten, in dem die Konferenz stattfindet, um auch die Vormittagstermine wahrnehmen zu können.«

Allein die Vorstellung, mit ihm zusammen dorthin zu fahren, bewog sie beinahe dazu, das Angebot abzulehnen, doch sie wollte keine Konferenz versäumen, die für ihre Karriere und die Einrichtung gut sein könnte. »Ich bin mit der Entwicklung der neuen Programme ziemlich beschäftigt und weiß nicht, ob ich mir eine Auszeit von zwei Tagen leisten kann, aber ich sehe mir die Sache mal an und gebe dir Bescheid.«

»Einverstanden.« Er folgte ihr um den Tisch herum. »Ich habe mich mit den Männern getroffen, die du mir für die Arbeiten auf meiner Terrasse empfohlen hast. Sie wirken ein bisschen ungehobelt. Hattest du nicht gesagt, das wären Freunde von dir?«

»Das sind sie auch. Es sind gute Leute und an ihrer Arbeit ist nichts auszusetzen.« Sie legte die letzte Mappe ab, und als sie aufblickte, stand Alan direkt vor ihr.

»Du vertraust ihnen?«, hakte Alan nach.

»Ja, das tue ich.«

Seine Miene wurde ernst. »Bist du mit einem von ihnen zusammen?«

»Ich wüsste nicht, inwiefern das relevant ist, aber nein, das bin ich nicht.«

»Gut.« Ein Lächeln umspielte seine Lippen. »Eine Frau wie du verdient einen Mann, der deiner Professionalität entspricht.

Einen Mann, der es sich leisten kann, dich gut zu behandeln.«

»Meines Wissens haben die Wickeds keine finanziellen Sorgen, außerdem kann nicht jede so viel Glück haben wie deine Frau.« Sie war durchaus bereit, ihm ein wenig zu schmeicheln, wenn sie darauf hoffen konnte, das Gespräch auf diese Weise beenden zu können und seinen beißenden Atem nicht länger riechen zu müssen.

Er sah ihr fest in die Augen. »Glück gibt es mehr als genug. Es ist alles nur eine Frage des Timings.«

Chloe verdrehte die Augen und trat einen Schritt zurück. »Tja, das mag ja sein, aber wenn du mich fragst, warte ich schon eine Ewigkeit darauf.«

»Du bist keine Frau, die überstürzt handelt und Fehler macht, Chloe. Es lohnt sich, darauf zu warten, dass der richtige Mann zur richtigen Zeit auftaucht, denkst du nicht auch?«

»Da ist sie ja!«, rief Rose Masters, die an Alan vorbei in den Raum stürmte und Chloe umarmte. Rose war die Großmutter von Chloes Freunden Dean und Jett und wohnte seit Langem im LOCAL. Wie immer begleiteten sie ihre beiden besten Freundinnen Magdeline und Arlin.

»Ich habe Sie schon überall gesucht, Mr. Rogers.« Magdeline, eine große, drahtige Frau, die genug Grips für zehn besaß, trat zwischen Chloe und Alan. »Meine Tochter hat versucht, Sie zu erreichen, um eine finanzielle Angelegenheit zu besprechen. Haben Sie ihre Nachrichten erhalten?«

»Ich, ähm, nein. Ich kann mich nicht daran erinnern, sie bekommen zu haben«, antwortete Alan, während Magdeline und Arlin ihn mit sich zur Tür zogen.

»Wir begleiten Sie in Ihr Büro«, schlug Arlin vor. Sie schien sich gerade die Haare gemacht zu haben, deren Orangeton noch heller war als sonst. »Dann können wir sie zusammen anrufen.«

Alan schaute auf die Uhr. »Ich habe gleich ein Meeting, werde mich jedoch darum kümmern, sobald ich Zeit dafür finde.«

»Perfekt!«, rief Magdeline und schloss die Tür des Konferenzraums hinter ihm. Dann kicherten ihre Freundinnen und sie, als hätten sie gerade einen tollen Plan umgesetzt.

Rose erschauderte und ihr schneeweißes Haar wippte bei der Bewegung. »Dieser Mann ist mir nicht ganz geheuer.«

Chloe bemühte sich um eine unbewegte Miene, konnte sich das Lachen jedoch nicht verkneifen.

»Wie hat er diesen Job überhaupt bekommen?«, fragte Arlin.

»Das kann ich dir verraten: Er ist Darrens Sohn«, erklärte Magdeline. Darren Rogers war der Vorstandsvorsitzende des LOCAL.

Rose legte sich eine Hand aufs Herz. »Darren ist einfach traumhaft. Mir ist absolut schleierhaft, wie er diesen Mann gezeugt hat. Allerdings habe ich gehört, dass der Vorstand mit Alans Arbeit sehr zufrieden ist.« Sie nahm Chloes Hand. »Wie geht es dir, meine Liebe?«

»Mir geht es gut, Rose. Wirklich. Alan ist harmlos.« Chloe achtete darauf, im Umgang mit den Bewohnern keine Grenzen zu überschreiten, obwohl sie nur zu gern zugegeben hätte, dass es ihr jetzt, wo er weg war, besser ging.

»So harmlos wie eine Klapperschlange, wenn ihr mich fragt«, warf Magdeline ein. »Ich wüsste zu gern, was seine Frau in ihm sieht. Sie ist so eine reizende Person.«

Chloe beschloss, der Sache nun Einhalt zu gebieten. »Das reicht jetzt aber, meine Damen. Er rückt einem eben arg auf die Pelle, aber damit ist er nicht der Einzige.«

»Hast du bei allen anderen denn auch das Gefühl, nach

einer Begegnung dringend duschen zu müssen?«, fragte Arlin.

»Oh, bitte, Arlin.« Rose winkte ab. »Chloe verschwendet ihre Zeit ganz bestimmt nicht mit solchen Schwätzern. Sie hat wahrscheinlich eine ganze Schar attraktiver Gentlemen, die um ihre Gunst buhlen. Wahrscheinlich stehen sie um den ganzen Block herum Schlange, und nach einer Begegnung mit ihr haben *sie* sicherlich das Bedürfnis zu duschen, und zwar eiskalt.«

»Grundgütiger, Rose. Nein, das ist nicht wahr.« Chloe nahm die Mappe mit den Unterlagen zur Hand und ging sie durch.

»Was soll das denn bedeuten?«, hakte Rose nach. »Du bist eine schöne, kluge Frau.«

Chloe sah ihr in die fassungslosen Augen. »Der Dating-Pool hier ist ziemlich mager. Ich hatte in dieser Hinsicht bisher nicht besonders viel Glück.«

»Oh, Liebes, dann lass uns doch die Sache in die Hand nehmen. Setz dich.« Magdeline drückte Chloe auf einen Stuhl.

Schon setzten sich alle drei ihr gegenüber hin.

»Okay. Und jetzt erzähl uns doch mal, wie du Männer kennenlernst, Chloe.« Magdelines Ton war streng.

Chloe wusste, dass sie weiter nachfragen würden, bis sie ihnen eine Antwort gab, daher beschloss sie, kurz und knapp zu antworten, um sich danach wieder den Vorbereitungen widmen zu können. »Ich nutze Dating-Apps und gehe in Clubs. Okay, in *einen* Club. Meinem Freund Colton gehört das Undercover in Truro, deshalb gehe ich dort manchmal hin.«

»Clubs sind gut. Dort trifft man die heißen Typen«, meinte Arlin.

»Meine Enkelin nutzt *Binder*. Sie sagt, es wäre der beste

Weg, um Jungs kennenzulernen«, erklärte Magdeline. »Jedes Mal, wenn wir miteinander reden, will sie sich gerade mit jemandem treffen oder mit ihm abhängen oder wie ihr jungen Leute das heutzutage doch gleich nennt.«

»Die App heißt *Tinder*, Mags«, korrigierte Arlin sie. »Das ist eine App für Sex-Dates.«

»Das habe ich doch gesagt. Die jungen Leute treffen sich zu Dates.«

»Es ist eine Sex-App, keine Dating-App«, stellte Arlin klar. »Himmel noch mal. Du solltest wirklich mehr Fragen stellen, Mags, bevor du so etwas von dir gibst. Meine Tochter hat mir alles über Tinder erzählt. Die Kids nutzen die App, um Sex zu haben. Nichts anderes als Sex.« Sie beugte sich näher zu Rose herüber und fügte mit gesenkter Stimme hinzu: »Ich wünschte, wir hätten hier auch so etwas. Das würde uns die Sache deutlich erleichtern und wir müssten den ganzen Smalltalk-Quatsch nicht über uns ergehen lassen.«

»Okay, meine Damen, genug von Tinder.« Chloe hatte Tinder ausprobiert, aber schon nach dem ersten Treffen gewusst, dass es nicht die richtige App für sie war. »Und ich will wirklich nichts von irgendwelchen Sex-Verabredungen im LOCAL hören.«

Arlin und Mags kicherten wie Schulmädchen.

Rose wedelte mit einem Finger vor ihren Nasen herum. »Ihr werdet noch Ärger bekommen.«

»Pah.« Arlin winkte ab. »Sex ist ein normaler Bestandteil des Lebens.«

»Vielleicht sollte Chloe Tinder mal ausprobieren.« Magdeline musterte Chloe mitfühlend. »Sex ist gut, Schätzchen. Er kann zu ganz anderen Dingen führen.«

»Ich weiß selbst, dass es manchmal so kommt, aber ich

glaube nicht, dass die Art von Mann, die ich suche, Zeit mit Apps wie Tinder verbringt. Wenn ihr mich fragt, sind Dating-Apps ohnehin nichts für mich.«

»Was für einen Mann suchst du denn?«, wollte Rose wissen.

»Einen, der nett und willensstark ist und ein weiches Herz hat. Die Art von Männern, die meine Schwester und meine Freundinnen geheiratet haben. Ich wünsche mir einen Mann, der mich um meiner selbst willen kennenlernen und nicht nur mit mir schlafen will. Jemanden, der interessant und lustig ist und vielleicht ab und zu meine Hand hält. Ich weiß gar nicht, wie lange es her ist, dass ich die Hand eines Mannes gehalten habe.«

Roses graublaue Augen wurden herzlicher. »Und er sollte dir Blumen schenken. Blumen machen die Seele einer Frau glücklich.« Rose war schon immer eine begeisterte Gärtnerin gewesen. Sie half dabei, die Blumen für den LOCAL-Speisesaal zu arrangieren, und da Dean für die Landschaftsgestaltung zuständig war, gärtnerte sie auch mit ihm.

»Blumen sind immer schön«, stimmte Chloe ihr zu. »Aber weißt du, was mir wirklich gefallen würde? Ein Mann, der anruft, weil er gerade an mich denkt, und der fürs Vorspiel mehr Ideen hat als Textnachrichten zu schreiben. Texten ist gut und schön, aber die Stimme eines Mannes zu hören, ist viel intimer.«

Die Damen nickten zustimmend.

»Deine Generation verpasst den ganzen Spaß«, sagte Arlin. »Telefonate steigern die Vorfreude und nichts bringt dein Herz so zum Rasen wie ein gutes Vorspiel. Eine Frau muss erst in Wallung gebracht werden, damit sie es richtig genießen kann.«

»Das digitale Zeitalter hat durchaus seine Vorteile, aber ich bin nicht davon überzeugt, dass es auch gut für die Partnersuche ist«, fand Magdeline. »Für mich besteht eine Beziehung noch immer aus zwei Menschen, die ihren besten Freund oder ihre beste Freundin gefunden haben.«

»Diese Beschreibung gefällt mir.« Chloe warf einen Blick auf die Uhr. Sie mochte diese Unterhaltung, und sie war froh, dass ihr noch ein wenig Zeit bis zu ihrem Treffen blieb. »Für mich besteht eine Beziehung aus zwei Menschen, die mehr aneinander denken als an sich selbst. Ich bin kein bedürftiger Mensch, und ich will keinen Märchenprinzen in glänzender Rüstung, der mir den Weg weist oder mir seine ganze Aufmerksamkeit schenkt. Ich wünsche mir einen Partner. Jemanden, der an meiner Seite steht, der sich über meine Leistungen freut und nicht ausflippt, wenn ich ein wenig emotionale Unterstützung brauche. Aber manche Männer sind so sehr mit sich selbst beschäftigt und kennen auch kein anderes Thema außer sich selbst.«

Rose tätschelte ihre Hand. »Das war auch schon früher so, meine Liebe. Die Männer haben sich schon immer an die erste Stelle gesetzt. Sie mussten so viele Jahre lang die Familie ernähren, daher kann man ihnen diese Einstellung auch nicht verübeln. Aber wir haben einen langen Weg zurückgelegt, und ich bin ganz deiner Meinung, dass sich das weiterhin ändern muss.«

»Genau, und du brauchst einen Mann, der dir keine Fotos von seinen Körperteilen schickt«, fügte Arlin hinzu. »Wusstet ihr, dass Jacob Sellers Patti Tegrond ein Bild von seinem Gemächt geschickt hat? Er behauptet, er habe im Internet gelesen, dass Frauen so was mögen.«

Chloe schlüpfte in ihre professionelle Rolle zurück. »Dafür hat er ziemlich viel Ärger bekommen. Und ja, keine Bilder von

Körperteilen, bitte. Ich suche einen Profi, der einen sinnvollen Job hat und dem sein Beruf am Herzen liegt.«

Rose schürzte die Lippen und wackelte mit dem Zeigefinger. »Aber nicht allzu sehr. Ich war sehr lange mit einem Arzt verheiratet, der zu seinen Patienten sehr charmant war, aber grausam zu seiner Familie und jenen, die er als unter seiner Würde betrachtet hat.«

Einen solchen Mann wollte Chloe auf keinen Fall in ihrem Leben haben. Sie hatte Geschichten über Deans und Jetts Großvater gehört, und auch über ihren Vater, der ihrem Großvater lange Zeit nachgeeifert hatte. Letzterer hatte sich glücklicherweise noch gewandelt und war inzwischen ebenso liebenswert wie seine Söhne.

»Ich habe meine große Liebe Leon erst sehr spät und nach dem Tod meines Mannes kennengelernt«, sagte Rose. »Wir waren nur ein paar Jahre zusammen, bevor er starb. Aber das waren die besten Jahre meines Lebens. Man weiß nie, wann die Liebe vor der Tür steht, Chloe. Daher würde ich das mit den Wünschen an den Traumpartner auch nicht so eng sehen. Die wichtigsten Dinge in einer Beziehung sind die einfachen. Jede Frau sollte einen Mann haben, bei dem sie ein Kribbeln im Bauch spürt, der ihr aber auch genauso oft das Gefühl von Sicherheit, Wertschätzung und Liebe vermittelt.«

»Rose hat recht – sich sicher, geschätzt und geliebt zu fühlen, muss ein konstanter Faktor sein. Aber wenn ihr mich fragt, ist dieses Kribbeln im Bauch noch wichtiger. Das soll nicht heißen, dass der Sex alles wäre, aber kommt schon, meine Damen. Guter Sex ist ein Muss.« Magdeline nickte nachdrücklich.

»Stimmt, aber der Sex lässt irgendwann nach«, rief Arlin ihr in Erinnerung.

»Dafür gibt es doch diese kleinen blauen Pillen«, erwiderte Rose mit einem Augenzwinkern und brachte alle zum Lachen. »Chloe, Liebes, wenn die wahre Liebe vor dir steht, wirst du es schon merken. Du wirst möglicherweise ziemlich viele Kröten küssen müssen, und deine große Liebe wird eventuell nicht alle Kriterien deines Wunschzettels erfüllen. Aber du wirst es wissen, wenn er der Richtige ist. Wenn du den Mann triffst, der dich ansieht, als wärst du etwas ganz Besonderes, spürst du förmlich, wie sehr er dich anbetet. Der Mann, der in guten wie in schlechten Zeiten für dich da ist, hat eine Chance bei dir verdient. Vergiss nicht: Liebe ist geduldig und Liebe ist freundlich …«

»Und er hat hoffentlich auch einen knackigen Hintern«, fügte Magdeline lachend hinzu.

Rose gluckste.

Die Gegensprechanlage piepte, und die Rezeptionistin Shelby fragte: »Chloe?«

»Ja?«

»Die Teenager sind da und Madigan Wicked hat zurückgerufen. Sie sagte, sie ist bis morgen beschäftigt und meldet sich dann bei dir.«

»Großartig. Danke, Shelby.«

»Da war noch etwas«, ergänzte Shelby. »Es kam noch ein weiterer Anruf wegen Janet Kirsh. Ich habe ihn auf deine Mailbox weitergeleitet.« Janet war eine alleinerziehende Mutter, die ein paar Jahre lang in der Buchhaltung des LOCAL gearbeitet hatte. Vor etwas über einem Jahr war sie nach Florida gezogen.

»Okay. Danke. Das hatte ich ganz vergessen. Ich rufe im Laufe des Tages zurück.« Chloe und die anderen Damen erhoben sich von ihren Plätzen.

»Geht es dabei um unsere Janny?«, fragte Rose. »Hat sie nicht letztes Jahr zu Weihnachten einen Job gesucht?«

»Ja. Anscheinend hat sie Schwierigkeiten, etwas Passendes zu finden«, erklärte Chloe. Janet war eine hervorragende Mitarbeiterin gewesen, doch jetzt wurde Chloe alle paar Wochen angerufen und um Referenzen gebeten.

»Das ist wirklich schade. Sie war so ein nettes Ding«, meinte Arlin. »Und ihr kleiner Junge war furchtbar niedlich.«

»Er hat alle *Gamma* genannt«, erinnerte sich Rose nachdenklich.

Chloe war in Bezug auf Janets kleinen Sohn mit den strahlenden Augen am deutlichsten in Erinnerung geblieben, wie Janet über ihn gesprochen hatte: als wäre er das größte Geschenk, das ihr gemacht worden war. »Vielleicht findet sie dank dieser Referenz ja den richtigen Job. Vielen Dank für das Gespräch, meine Damen.«

»Und dafür, dass wir *du weißt schon wen* unterbrochen haben«, ergänzte Arlin schmunzelnd.

Chloe konnte über die Frauen, die ihr zu den Großmüttern geworden waren, die sie nie gehabt hatte, nur den Kopf schütteln, und fühlte sich nicht zum ersten Mal gesegnet, sie in ihrem Leben zu haben. »Das habe ich nie gesagt.«

»All deine Geheimnisse sind bei uns sicher.« Magdeline umarmte Chloe.

Chloe nahm auch Arlin und Rose in den Arm, und nachdem alle den Raum verlassen hatten, dachte sie über die Dinge nach, die sie gesagt hatten.

Sich sicher, geschätzt und geliebt zu fühlen, muss ein konstanter Faktor sein … Wenn du den Mann triffst, der dich ansieht, als wärst du etwas ganz Besonderes, spürst du förmlich, wie sehr er dich anbetet. Der Mann, der in guten wie in schlechten Zeiten für dich da ist, hat eine Chance bei dir verdient.

Sie erinnerte sich daran, wie ihr Date sie am Vorabend behandelt hatte, als wäre sie eine Geschäftspartnerin, und wie Justin sie angesehen hatte, als wäre sie die einzige Frau im Raum. Schon als sie Justin das erste Mal an der Bar gesehen hatte, war ihre Verbindung praktisch magnetisch gewesen. Sie hatte sogar die Beine übereinanderschlagen und die Schenkel zusammenpressen müssen, denn jedes Mal, wenn er sie so ansah, schlug ihr Herz schneller und in ihrem Unterleib passierten die wildesten Dinge. Schließlich war sie eine Frau. Sie erkannte, wenn etwas sexy war, und Justin Wicked war der Sex in Person. Außerdem war er charmant und witzig und strotzte nur so vor Selbstbewusstsein und Draufgängertum. Er war rau und schroff und wahnsinnig heiß mit seinem stets zerzausten braunen Haar, seinen durchdringenden blauen Augen, die immer ein wenig gequält wirkten, und dem muskulösen, straffen Körper, der Chloe in schon zu vielen schlaflosen Nächten beschäftigt hatte. *Und dieses leicht schiefe, eingebildete Grinsen ...* Hitze waberte unter ihrer Haut auf. Das Verlangen, das er in ihr weckte, fühlte sich gefährlich und verboten an, was ihn noch verlockender machte, obwohl sie ganz genau wusste, dass sie die Finger von ihm lassen sollte.

Justin weckte Gefühle in ihr, wie es kein anderer Mann zuvor je vermocht hatte, und sie fühlte sich in seiner Nähe definitiv sicher. Aber nach ihrer schweren Kindheit durfte sie auf keinen Fall vergessen, dass es für ihr Herz zu gefährlich war, sich in einen harten Biker zu verlieben.

Drei

Justin saß am Mittwochabend mit seinen Cousins und Brüdern im Clubhaus der Dark Knights an einem Tisch und wartete darauf, dass die Church anfing, so wie jeden Mittwochabend seit fast dreizehn Jahren, seitdem er offiziell bei den Dark Knights aufgenommen worden war. Von außen betrachtet war das Clubhaus nichts weiter als ein altes Schulgebäude aus Backstein, das nur wenige Minuten vom Salty Hog entfernt lag. Justin konnte sich noch gut daran erinnern, wie sehr er sich als Teenager die Ehre verdienen wollte, die Abzeichen der Dark Knights zu tragen und an ihren Treffen teilzunehmen, und an den Adrenalinstoß und seinen Stolz, als er zum ersten Mal durch diese Türen zu einem Treffen gegangen war. Dieser Stolz war in den vergangenen Jahren nur noch gewachsen.

Preacher und Conroy hielten am Haupttisch neben dem Clubsekretär und dem Schatzmeister Hof. Buster, Preachers Golden-Retriever-Mischling, saß zu seinen Füßen unter dem Tisch. Preacher und Gunner brachten immer einen oder zwei ihrer Hunde mit zur Church. Während Preacher über die Prospects und Clubfinanzen sprach, schaute sich Justin im Raum um und betrachtete die Männer, von denen er das Gefühl hatte, sie schon sein ganzes Leben zu kennen. Wie das

Äußere des Clubhauses waren auch einige Mitglieder der Bruderschaft im Laufe der Jahre verwittert und gealtert, während sich andere tätowieren ließen, Familien gründeten und zu- oder abnahmen. Die Mitglieder kamen aus allen Gesellschaftsschichten, von Ärzten und Anwälten bis zu Arbeitern und sogar einem Hausmann war alles vertreten. Unter der Kleidung waren sie alle dieselben engagierten, aufrechten Männer. Genau wie das robuste, stabile Gebäude um sie herum waren auch die Herzen der Bruderschaft loyal und unnachgiebig geblieben.

Justins Gedanken kehrten zu Chloe zurück, so wie immer. Abermals versuchte er, zu verstehen, warum sie sich andauernd weigerte, mit ihm auszugehen, was jedoch nur in Frustration endete. Er war fest entschlossen, den Grund dafür herauszufinden und ihre Meinung zu ändern. Ursprünglich hatte er auf den richtigen Zeitpunkt warten wollen, damit sie sich den ganzen Unsinn über ihren Anzug tragenden Märchenprinzen aus dem Kopf schlagen konnte, doch vielleicht war es an der Zeit, die Initiative zu ergreifen und ihr zu zeigen, wer er wirklich war.

»Wach auf, Kumpel.« Baz riss Justin aus seinen Gedanken, fuhr sich mit der Hand durch sein langes blondes Haar und setzte das charmante Lächeln auf, das Frauen um den Verstand brachte. Er deutete mit dem Kopf in Richtung Cuffs, der sich auf den Weg nach vorn machte. »Neuigkeiten vom Hundekampfring.«

Cuffs war glattrasiert und athletisch und hatte eine breite Brust, kurze braune Haare und ein markantes Kinn. Er war durch und durch Polizist, ob nun mit oder ohne Uniform, aber für Justin würde er immer der erste Mann sein, dem Blaine in seinem Namen die Stirn geboten hatte. Cuffs war seit ihrer

Kindheit Blaines bester Freund gewesen, jedoch in Ungnade gefallen, nachdem er in der Mittelschule einen Streit mit Justin angefangen hatte. Einige Monate später hatte er es wiedergutgemacht, indem er Blaine und Justin zur Seite stand und ihnen half, eine Gruppe von Schlägern davon abzuhalten, einen hörgeschädigten Jungen zu schikanieren.

»Wie ihr alle wisst, sind wir dem Hundekampfring, auf den uns Baz vor ein paar Wochen aufmerksam gemacht hat, auf die Spur gekommen.« Cuffs nickte Baz zu. »Mein Team hatte sich darauf vorbereitet, ihn diese Woche auszuschalten, doch dann erfuhren wir aus anderen Quellen, dass sie eine weitere Hundelieferung erhalten haben. Da wir diese Operation und auch all ihre Gegenstücke ausschalten wollten, halten wir bis nächste Woche die Füße still. Wir rechnen damit, dass wir dort zwischen zehn und dreißig Hunde rausholen werden. Gunner wird die Hunde zur Auffangstation bringen und Baz wird sich um ihre medizinische Versorgung kümmern.« Cuffs schaute zu ihrem Tisch hinüber. »Brauchst du dafür noch mehr Leute, Gunner?«

Gunner spähte in seine Weste. Granger, einer seiner Hunde, stand zwischen seinen Beinen und stützte das Kinn auf Gunners Arm, den er sich über den unteren Teil der Weste gegen den Bauch drückte. Er schob eine Hand unter die Weste.

»Was zum Teufel macht er da?«, murmelte Tank. Er war der Älteste von Justins hiesigen Cousins, ein Berg von einem Mann und übersät mit Tattoos und mehreren Piercings. Ihm gehörte das Tattoostudio Wicked Ink und er war freiwilliger Feuerwehrmann. Außerdem war er auch der Cousin mit den meisten Dämonen, denn er hatte seine verstorbene Schwester Ashley vor mehreren Jahren nach ihrem Selbstmord gefunden.

»Au! Verdammt!«, stieß Gunner hervor und sprang auf.

Dabei öffnete sich seine Weste, und ein flauschiges weißes Kätzchen, das sich mit den Krallen an seine Brust klammerte, kam zum Vorschein. »Entschuldigt.« Vorsichtig zog Gunner die Krallen des Kätzchens aus seiner Haut. Granger wedelte mit dem Schwanz und beobachtete jede von Gunners Bewegungen. »Ich habe sie gestern Abend gefunden und muss sie mit der Flasche aufziehen, daher wollte ich sie nicht allein lassen.«

»Du hast deine *Muschi* mitgebracht?« Zander gluckste amüsiert.

Blaine stieß Zander mit dem Ellbogen an. »Das verleiht dem Begriff *muschisüchtig* eine völlig neue Bedeutung …« Alle brachen in Gelächter aus.

Gunner drückte sich das Kätzchen an die Nase und raunte ihm zu: »Achte nicht weiter auf sie, Snowflake. Das sind nur Arschlöcher.«

»Snowflake?«, wiederholte einer der anderen.

»Er muss sie umgarnen. Sie ist die einzige Muschi, die er heute Nacht bekommen wird«, fügte Zeke hinzu.

Zeke stellte die seltene Kombination aus Klugscheißer und Genie dar, obwohl er Ersteres normalerweise unter Verschluss hielt. Laut der Frauen gäbe Baz den besten Ehemann ab, doch Justin ging fest davon aus, dass Zeke der Erste von ihnen sein würde, der eine Familie gründete. Er hatte schon immer beständiger gewirkt als alle anderen und besaß eine ruhige, wachsame Art. Zeke war Sonderschullehrer gewesen, bis ein Mann bei einer Veranstaltung eine fiese Bemerkung über »bescheuerte zurückgebliebene Kinder« gemacht hatte, und Zeke auf ihn losgegangen war. Aufgrund der Schlägerei hatte Zeke seinen Job verloren und arbeitete nun mit Zander und ihrem Vater in ihrem Familienunternehmen Cape Renovations zusammen, gab nebenbei Nachhilfe und leistete ehrenamtliche

Arbeit im Gemeindezentrum.

»Okay, das reicht jetzt.« Preacher sah Zander und Zeke ernst an, die daraufhin kapitulierend die Hände hoben. »Wie wär's, wenn du Cuffs' Frage beantwortest, Gunner? Brauchst du noch Unterstützung beim Transport der Hunde?«

»Das dürfte nicht nötig sein«, antwortete Gunner und streichelte das winzige Kätzchen. »Aber ein paar zusätzliche Helfer können nie schaden, erst recht nicht, wenn wir wieder im Tierheim sind.«

Mehrere Mitglieder meldeten sich und boten ihre Hilfe an. Conroy hob die Hände und rief: »Ich lege einen Zettel aus, auf dem ihr euch anmelden könnt, und Gunner kann nach der Sitzung weitere Fragen beantworten.«

Justins Onkel sah eher aus wie ein alternder Filmstar als wie ein Biker. Er hatte eine lange, gerade Nase, gewelltes silbriges Haar, das ihm bis zum Kragen reichte, und ein stets präsentes Lächeln, das seine Grübchen gut zur Geltung brachte. Seine Kinder hatten viele seiner Eigenschaften geerbt, zu denen auch diese Grübchen gehörten. Tank besaß nicht nur dieselbe stämmige Statur wie sein Vater, sondern auch das tiefschwarze Haar, das Conroy früher gehabt hatte. Gunner war genauso großspurig wie Conroy, und Baz beherrschte die Fähigkeit seines Vaters, in jeder Situation ruhig bleiben zu können. Früher hatte ihre jüngere Schwester Ashley dieselbe Lebensfreude wie ihr Vater gehabt, was ihren Tod noch niederschmetternder machte. Nachdem seine leibliche Mutter Selbstmord begangen hatte, als Justin gerade mal sieben Jahre alt war, hatte er mit Ashley schon die zweite Person durch einen Suizid verloren.

Während Cuffs wieder an seinen Platz zurückkehrte, sagte Preacher: »Wir bereiten uns auf die alljährliche Suizidpräventions-Rallye zu Ehren von Ashley Wicked, Conroys und Gingers geliebter Tochter, vor. Ginger sucht Freiwillige für die Veranstaltung.«

Traurigkeit überkam Justin und legte sich auch auf alle anderen Anwesenden. Der Zusammenhalt der Bruderschaft brachte es mit sich, dass sie alles Schöne wie auch alles Schmerzhafte miteinander teilten. Selbst diejenigen, die Ashley nicht gekannt hatten, scharten sich jedes Jahr um die Familie, hielten ihr Andenken lebendig und halfen der Familie, die nicht enden wollende Traurigkeit über ihren Verlust zu verkraften. Preacher hatte Justin einmal gefragt, ob er seine leibliche Mutter bei der Veranstaltung ebenfalls öffentlich ehren lassen wolle, aber da er nicht gern über den Tod seiner Mutter oder dessen Umstände sprach, die selbst Preacher nicht vollständig kannte, hatte er das Angebot ausgeschlagen. Während Preacher die Details der Veranstaltung im September besprach, legte Justin Tank eine Hand auf die Schulter, hob seine Bierflasche und sagte lautlos: *Auf Ashley.*

Tank stieß mit Justin an und sie tranken beide einen Schluck.

Nach der Church waren Gunner und Baz damit beschäftigt, Freiwillige für die Rallye um sich zu scharen, und Zander durchquerte den Raum, um mit einigen seiner Freunde in der Nähe der Billardtische Darts zu spielen. Preacher und Conroy machten sich auf den Weg zu dem Tisch, an dem Justin und die anderen saßen.

Preacher strahlte die Autorität und das Selbstvertrauen eines Mannes aus, der Gehorsam verlangte. Er hatte ernste Augen und seine Brauen und sein Schnurrbart waren pechschwarz. Sein von silbernen Strähnen durchzogenes dunkles Haar kämmte er stets nach hinten und sein silberner Bart war sauber gestutzt. Bei ihrer ersten Begegnung war sich Justin nicht sicher gewesen, was er von dem tätowierten Renovierungsexperten halten sollte, aber je besser er ihn kennengelernt hatte, desto deutlicher war geworden, dass Preacher ein sehr warmherziger und geduldiger Mensch war. Er neigte zu Scherzen, doch wenn es um die Sicherheit seiner Familie oder seiner Gemeinde ging, kannte er kein Erbarmen. Justin hatte keine Ahnung, wie Preacher und Reba es geschafft hatten, sein Verhalten und die Tatsache, dass er mehrfach weggelaufen war, zu ertragen, war jedoch sehr dankbar dafür. Preacher war ihm im ersten Monat bei den Wickeds bereits ein besserer Vater gewesen als sein leiblicher Vater in den elf Jahren, in denen sie unter einem Dach gelebt hatten. Und Reba? Sie war ein Geschenk des Himmels. Nach allem, was ihm von seiner leiblichen Mutter in Erinnerung geblieben war, ging er davon aus, dass sich die beiden so gut wie Schwestern verstanden hätten. Reba wäre dabei die stärkere, ältere Schwester gewesen, die auf seine schüchterne leibliche Mutter aufgepasst hätte.

Wäre es doch nicht passiert ...

Preacher stellte seine Bierflasche neben Justins auf den Tisch und legte ihm eine Hand auf die Schulter, während er den Blick durch die Runde wandern ließ. »Wie schlagen sich unsere Jungs?«

Tank grinste breit und sah Blaine an. »Der hier denkt über eine Geschlechtsumwandlung nach, um sich zu einer Frau machen zu lassen.«

»Hast du gesagt, ich will es mit einer Frau machen?« Blaine grinste ebenfalls. »Woher wusstest du, dass ich nachher ein Date habe?«

Tank sah ihm schmunzelnd in die Augen. »Das wusste ich nicht. Leiht dir Gunner seine *Muschi*?«

»Hört auf damit, Jungs.« Conroy nahm zwischen den beiden Platz.

Preacher setzte sich neben Justin. »Hey, mein Sohn. Bleibt es dabei, dass du morgen bei Grandpa vorbeischaust?«

Einige Monate zuvor war Preachers Vater Mike gestürzt und bei Preacher und Reba eingezogen. Vor ein paar Wochen war er erneut hingefallen. Da Reba als Büroleiterin von Cape Renovations nicht immer vor Ort sein konnte, kümmerten sich Justin und seine Geschwister tagsüber abwechselnd um ihren Großvater. Mike war ein Scherzkeks, genau wie Zander, obwohl er die Rolle des mürrischen alten Mannes auch ziemlich gut draufhatte. Er war bei einem Vater aufgewachsen, der Bestrafungen häufig mit den Fäusten erteilte, und mit sechzehn Jahren von zu Hause weggelaufen. Seine verstorbene Frau Hilda hatte er mit siebzehn kennengelernt. Sie heirateten mit achtzehn, bekamen ein paar Jahre später Kinder und bauten sich gemeinsam ein Leben fern von Missbrauch auf. Ihre neue Familie besaß nicht viel, aber sie schuf sich eine sichere, liebevolle Welt, in der sie sich entfalten konnte. Obwohl Mike kein Biker war, hatte er großen Respekt vor dem Club und unterstützte seine Bemühungen. Schließlich hatte er seine Söhne ja auch so erzogen, dass sie den Dark Knights würdig waren.

»Selbstverständlich«, erwiderte Justin. Mike hatte Justin schon früh ins Herz geschlossen und war ihm zu dem Großvater geworden, den er nie gehabt hatte. Wie Preacher und Conroy hatte auch Mike jede Gelegenheit genutzt, um Justin beizubringen, was richtig und was falsch war. Er hatte Justin einmal gesagt, das Beste, was er für sich tun könne, sei, ein guter Mensch zu sein. *Denn dann wird sich alles andere von selbst ergeben.* Justin hatte diesen Rat ernst genommen und war davon noch nie enttäuscht worden.

»Tu mir einen Gefallen«, sagte Preacher. »Hör damit auf, ihm Kekse und Schokoriegel mitzubringen, okay? Er sollte nicht so viel Zucker essen.«

Justin setzte eine Unschuldsmiene auf, zeigte auf sich und fragte lautlos: *Wer, ich?*

Preacher trank einen Schluck Bier. »Ganz im Ernst, Maverick. Er ist davon immer total aufgedreht.«

»Macht er dir und Mom noch Ärger?«, erkundigte sich Blaine.

»Wenn du damit meinst, dass er sich rausschleicht und ins *Common Grounds* geht, wo er schamlos mit Gabe und jeder anderen Frau flirtet, die ihm über den Weg läuft, dann ja.« Preacher nippte schmunzelnd erneut an seinem Getränk.

Gabe Appleton war eine üppige Rothaarige, der das Café gehörte, in dem jedes Jahr die Suizidpräventions-Rallye stattfand. Ihre Brüder Rod, ein Gitarrist, und Elliott, der das Down-Syndrom hatte, arbeiteten ebenfalls dort. Gabe beschäftigte mehrere Menschen mit Behinderungen, und schuf ein Umfeld, in dem jeder willkommen war. Deshalb hatte die Familie auch beschlossen, die Rallye dort abzuhalten, als es emotional zu anstrengend geworden war, sie bei laufendem Betrieb im Salty Hog zu veranstalten.

»Dein Großvater ist schlimmer, als ihr vier es jemals wart«, beschwerte sich Preacher.

»Ich war immer nur der Sündenbock.« Blaine lehnte sich auf seinem Stuhl zurück und betrachtete seine Brüder, während er fortfuhr: »Ich bekam andauernd die Schuld für Sachen, die meine Brüder angestellt hatten.«

Justin wusste, dass Blaine sie nur aufziehen wollte, aber er bekam bei dieser Bemerkung dennoch ein schlechtes Gewissen.

Blaine war nur ein Jahr älter als er, und nachdem Justin bei den Wickeds eingezogen war, hatte sich Blaine zu Recht als Alphatier des Rudels etablieren wollen. Justin, dessen Vater Angst als Mittel zum Gehorsam genutzt und nur selten daran gedacht hatte, ihm etwas zu essen zu geben, hatte hingegen niemandem vertraut. Aus diesem Grund waren Blaine und er oft aneinandergeraten und Justin war Dutzende Male weggelaufen. Aber egal, wie oft er durchbrannte, Blaine und der Rest seiner Familie sowie die Dark Knights folgten ihm doch jedes Mal aufs Neue und brachten ihn wieder nach Hause. Justin bekam deswegen auch nie Ärger. Ihm wurde nur gesagt, wie sehr er geliebt wurde und dass die Familie für ihn da war, auch wenn er es nicht wollte. Letzten Endes hatte Justin gelernt, den Fremden zu vertrauen, die ihn nicht nur aufgenommen, sondern auch zu einem Teil einer viel größeren Familie gemacht hatten.

Obwohl Justin und Blaine anfangs einen schweren Stand hatten und sich zu Hause oft stritten, hatte ihm Blaine in der Öffentlichkeit stets den Rücken gestärkt. Justin würde nie den Tag vergessen, an dem Blaine Cuffs, der damals Cameron hieß, in der Mittelschule verprügelt hatte, weil er Justin piesackte. Danach hatte Justin Blaine gefragt, warum er sich auf seine Seite und nicht auf die seines besten Freundes gestellt hatte, und Blaine hatte erwidert: »Sobald dein Bett in unserem Haus stand, hast du zur Familie gehört. Ich werde immer hinter dir stehen, aber das heißt noch lange nicht, dass ich mir jeden Scheiß gefallen lasse.«

Blaine war zu Justins erstem richtigen Freund geworden und Justin hatte nie wieder die Hand gegen ihn erhoben.

»Der Sündenbock?« Justin lachte auf. »Unsere heimtückischen Machenschaften waren meist deine Idee, wie zum

Beispiel, dass wir uns rausschleichen, um Marcy Hurley und ihre Freundin bei den Dünen zu treffen.«

Blaine legte lächelnd den Kopf in den Nacken. »Ah. Marcy Hurley. Sie war …«

»Zu verdammt heiß für jemanden wie dich«, neckte Zeke ihn und brachte damit alle zum Lachen.

»Ich wollte eigentlich sagen, dass sie ein nettes Mädchen war«, erklärte Blaine.

»Nett und leicht zu haben«, murmelte Tank kaum hörbar.

»Ich verweigere die Aussage«, sagte Blaine.

Preacher schüttelte den Kopf, sah Conroy an und hob glucksend seine Flasche an die Lippen.

»Eure Marcy Hurley war unsere Sally McGee«, bemerkte Conroy. »Erinnerst du dich an sie, Preacher?«

Preacher zog die Augenbrauen hoch, dann wurde sein Blick ernst und er zeigte nacheinander auf alle, die am Tisch saßen. »Ihr Jungs dürft den Namen dieser Frau nicht in Gegenwart eurer Mütter aussprechen, habt ihr verstanden?«

»Frauen wollen nichts über die erste Frau hören, mit der ihr Mann geschlafen hat.« Conroy ließ den Blick über den Tisch schweifen. »Lass uns lieber zu Dad fahren, Preacher. Ist mit ihm so weit alles in Ordnung? Sollen Ginger und ich ihn für ein paar Monate aufnehmen?«

»Nein, das geht schon klar so. Ihr müsst euch um die Bar kümmern und ein Umzug ist viel zu anstrengend. Außerdem würde er dann wahrscheinlich nur eine Spritztour mit deinem Geländewagen machen und verhaftet werden.« Preacher und Conroy lachten beide auf. »Mir ist durchaus bewusst, dass der alte Mann seine Freiheit vermisst, aber die Jahre holen ihn langsam ein.«

»Er ist stur wie ein Maultier, genau wie seine Söhne. Übrigens habe ich mich neulich mit Sonja und Jake unterhalten. Sie haben mir ihre Hilfe angeboten, aber ich habe ihnen gesagt, dass wir ihn schon im Griff haben.« Ihr jüngerer Bruder und ihre jüngere Schwester waren gleich nach dem College vom Cape weggezogen. Conroy trank einen Schluck Bier und wandte sich Justin zu. »Bevor ich es vergesse, Maverick, Ginger wollte wissen, ob du immer noch bereit bist, für die Versteigerung bei der Rallye eine Skulptur anzufertigen.«

»Auf jeden Fall. Ich habe schon mit dem Entwurf angefangen.« Das entsprach durchaus der Wahrheit, denn er hatte bereits mehrere Entwürfe verworfen. Seit seiner Teenagerzeit betätigte er sich auch als Bildhauer, und er hatte ein Atelier auf seinem Grundstück, in dem er viele lange Abende verbrachte. Im letzten Sommer hatte er seine Werke zum ersten Mal in einer Galerie ausgestellt und seitdem konnte er sich nicht über Kundenmangel beklagen. Aber nun erlebte er eine kreative Durststrecke, was noch nie der Fall gewesen war. Jedes Mal, wenn er mit einem Entwurf für die Rallye anfing, steckte er bald in einer Sackgasse.

»Das ist ja großartig. Ich bin schon sehr gespannt auf das, was du dir ausgedacht hast.« Conroy stand auf. »Lass uns eine Runde Billard spielen, Preacher. Ich werde dir zeigen, wo der Hammer hängt.«

»Träum weiter«, erwiderte Preacher, und die beiden verließen den Tisch.

»Hey, Maverick, willst du dir immer noch das Tattoo stechen lassen, das du letzte Woche erwähnt hast?«, fragte Tank.

»Auf jeden Fall. Sobald du Zeit dafür hast.«

»Ich hatte eine Absage für nächsten Freitagabend«, sagte Tank, während Gunner und Baz mit ihren Hunden zurückkehrten.

»Super, der Termin ist gebongt.«

Gunner hielt das Kätzchen hoch und drückte ihm einen Kuss auf die Nase. »Was ist das für ein Termin?«

»Ich lasse mir ein Tattoo stechen.« Justin nahm ihm das Kätzchen ab und rieb mit der Wange über das weiche Fell. »Sie ist wirklich süß.«

»Gib mir mein Baby zurück.« Gunner holte sich das Kätzchen sachte zurück.

»Wir gehen rüber zum Hog. Wollt ihr alle mitkommen?« Baz warf Blaine einen vielsagenden Blick zu und ergänzte: »Marly ist vielleicht auch da.« Marly Bowers, eine hinreißende Brünette mit olivfarbener Haut und exotischen Augen, war eine enge Freundin ihrer Familien. Sie hatte vor Jahren ihren Bruder bei einem Motorradunfall verloren und danach die Kampagne *Head Safe* gegründet, um das Tragen von Motorradhelmen zu fördern.

Buster schlenderte zu Blaine hinüber und leckte ihm die Hand ab. Blaine streichelte ihn und erhob sich. »Von diesem heißen Cocktail könnte ich in der Tat einen Schluck vertragen.«

»Ich bin auch dabei.« Zander sah Zeke an und fügte hinzu: »Du lässt uns doch hoffentlich nicht wieder im Stich, *Lehrer*. Ich brauche deine Unterstützung.«

Zander zerrte Zeke am Rücken seiner Lederweste auf die Beine. Zeke schlug seine Hand weg und entgegnete: »Du hast keine Unterstützung mehr gebraucht, seit du vierzehn warst und diese Sechzehnjährige am Strand aufgegabelt hast.«

Zander grinste breit. »Da hast du allerdings recht, aber ich habe dich gern an meiner Seite, Bruder.« Er sah Justin und Tank an und fragte: »Kommt ihr mit?«

»Aber klar.« Tank stand auf. »Maverick? Kommst du oder

spielst du wieder Chloes Rausschmeißer?«

Notgedrungen erhob sich Justin ebenfalls. »Woher zum Teufel weißt du denn davon?«

Zander gluckste.

»Trottel«, schimpfte Justin und zwängte sich an Zander vorbei, der den Mund mal wieder nicht hatte halten können.

»Hast du auch deinen Umhang dabei, Captain America?«, stichelte Zander, als sie sich auf den Weg zur Tür machten. »Man weiß ja nie, wann das Uptown Girl im Hog auftaucht.«

Justin starrte ihn erbost an. Es bestand nicht die geringste Chance dafür, dass Chloe im Salty Hog erschien. Sie betrat es nie und das war ihm auch lieber so. Das Letzte, was er wollte, war ein Haufen Kerle, die ihr sabbernd hinterherstarrten – zumindest nicht, bevor er sie an seiner Seite hatte und sie respektiert und als mehr als nur eine heiße Braut betrachtet wurde. Und dieser Tag würde bald eintreten, das konnte er deutlich spüren.

Vier

Am Samstagabend stürmte Chloe ins Undercover und hoffte inständig, dass ihre engsten Freundinnen noch da waren. Sie schlängelte sich durch die Menge und entdeckte sie an einem Tisch in der Nähe der Tanzfläche. *Gott sei Dank!* Sie machte sich auf den Weg zu ihnen und fühlte sich sofort viel besser.

»Chloe ist da!«, rief Harper so laut, dass Chloe sie hören konnte, noch bevor sie den Tisch erreichte. Gavin, der neben seiner Frau Harper saß, winkte ihr derweil zu.

Tegan, Daphne und Steph sprangen kreischend von ihren Stühlen auf und umarmten Chloe gemeinsam.

»Das Begrüßungskomitee«, meinte Jett.

»Ich bin so froh, dass du da bist!«, verkündete Tegan.

Steph, eine kurvige Brünette mit roten Strähnen im Haar, berührte bewundernd die Rüschen des trägerlosen weißen Bardot-Tops, das Chloe mit einer weiten schwarzen Hose kombiniert hatte. »Wow, Chloe, du siehst echt toll aus. Ich wünschte, ich könnte so was tragen.« Steph war Dichterin und besaß einen Kräuterladen im Nachbarort Brewster.

»Was ist aus deinem Date geworden?«, erkundigte sich Daphne.

Während sich die Frauen wieder setzten, merkte Gavin an:

»Wenn man bedenkt, dass es gerade mal neun ist, kann es nicht besonders gut gelaufen sein.«

Chloe stellte ihre Handtasche auf den Tisch und stieß die Luft aus. »Mir reicht es langsam. Ich bin es leid, nach einem Mann zu suchen, mit dem ich Zeit verbringen kann, ich habe es satt, meine Zeit mit Losern zu verschwenden, und ich habe definitiv genug von Dating-Apps. Und ich muss so dringend pinkeln, dass ich mir gleich in die Hose mache. Passt ihr so lange auf meine Handtasche auf?«

»Ja, natürlich. Geh nur.« Harper scheuchte sie weg.

Chloe eilte durch die Menge in Richtung des Flurs, der zur Damentoilette führte. Als sie um die Ecke bog, stieß sie gegen eine steinharte Brust. »Tut mir leid …« Sie hob den Kopf und blickte in zwei vertraute eisblaue Augen. Justin ließ sein umwerfendes Lächeln aufblitzen, woraufhin sich ihr Herzschlag beschleunigte. Dieser verfluchte Kerl! Warum konnte ihr Körper auf keinen anderen Mann so reagieren? Nicht einmal auf einen einzigen anderen Mann?

»Hallo, Herzensbrecherin«, sagte er und legte die Arme um sie. »Wieso hast du es denn so eilig?«

Eine Gruppe junger Frauen versuchte, sich an ihnen vorbeizuzwängen, und Justin schob sich zusammen mit Chloe beiseite und drückte sie mit seinem herrlichen Körper gegen die Wand. Seine muskulösen Oberschenkel berührten ihr Becken, und seine Hüften streiften ihren Bauch, und sofort stellten sich ihre Brustwarzen auf und fingen an zu kribbeln. Sie schluckte schwer und befahl sich, nichts anderes mehr zu bemerken, wie beispielsweise das wölfische Grinsen, das sich auf seinen Lippen ausbreitete. *Oh, diese Lippen …* Sie hatte schon oft darüber nachgedacht, wie es sein musste, diese Lippen zu küssen, erst recht seitdem er vor ein paar Wochen während eines Sturms bei ihr vorbeigekommen war, um ihre Fensterläden zu reparieren. Sie hatten *so kurz* davorgestanden, sich zu küssen, und ihr war völlig klar gewesen, dass sie nicht dabei bleiben würden. Zwar ging sie fest davon aus, dass der Sex mit Justin ihre Welt auf den Kopf stellen würde, doch die Zeit der Seitensprünge und austauschbaren Freundschaften mit Männern waren ein für alle Mal vorbei.

Daher versuchte sie, an etwas anderes zu denken als an das Gefühl seines verlockend harten Körpers, der sich verführerisch an sie presste, aber das einzig andere, was ihr durch den Kopf ging, beruhte auf genau der Sache, die sie zu ignorieren versuchte – Justin Wicked machte dem Spitznamen, den Emery ihm einst gegeben hatte, offenbar alle Ehre. Chloe versuchte, nicht weiter darüber nachzudenken. Sie hatte Justin noch nie bei einem Date beobachtet, ihn jedoch schon oft genug mit Freunden scherzen hören, um zu wissen, dass er noch in der Phase war, in der er sich die Hörner abstoßen musste. Und sie wollte auf keinen Fall zu seiner nächsten Eroberung werden. Selbst wenn er sich noch so gut anfühlte.

»Hat es dir die Sprache verschlagen, meine Schöne?«

Er sah sie an, als ob er sie nur zu gern vernaschen wollte, was in ihr wiederum die wildesten Emotionen auslöste. »Nein«, presste sie mühsam hervor.

»Was ist passiert, Süße? Hat der nächste Ken-Imitator dafür gesorgt, dass du heute Abend keine Befriedigung findest?«, fragte er mit tiefer, rauer Stimme.

Sie kam nicht umhin, sich zu fragen, wie sich diese Stimme durch die Hitze der Leidenschaft verändern würde. Würde er fordernd sein? Zärtlich? Romantisch? Oder eher schweigsam? Sie musste sich wirklich wieder in den Griff bekommen, denn in ihr hatte sich so viel sexuelle Frustration aufgestaut, dass sie sich fast wie eine rollige Katze vorkam.

Sie reckte das Kinn in die Luft. »Ich würde eher sagen, dass *er* auf die Befriedigung verzichten musste.« Genau wie all die anderen Männer, mit denen sie sich im letzten Jahr getroffen hatte.

Sein Blick schien sie zu durchbohren. »Keiner von diesen Typen ist gut genug für dich.«

»Ich bin ja auch mit keinem von ihnen zusammen, oder?«, konterte sie.

»Das bist du ganz sicher nicht und dafür gibt es auch einen guten Grund. Du stehst auf eigenen Füßen, bist klug, selbstbewusst, herausfordernd. Aber in mancherlei Hinsicht irrst du dich und eines Tages wirst du das auch erkennen.« Er beugte sich vor und senkte die Stimme, bis sie kaum noch ein Flüstern war. »Vor ein paar Wochen warst du *so* kurz davor, alle Antworten zu finden, die du suchst.«

Er ließ seine rauen Hände ihre Arme hinauf bis zu ihren nackten Schultern wandern, bewegte die Finger federleicht über ihre Haut und bewirkte, dass sich immer mehr Hitze in ihrem Inneren aufbaute. Dann drückte er sich noch fester gegen sie, sodass sein ganzer Körper förmlich mit dem ihren verschmolz. Als er mit der Wange über ihre strich, rieben seine Bartstoppeln über ihre Haut und ihre Gedanken schlugen abermals eine lüsterne Richtung ein. Wie würde es sich wohl anfühlen, wenn sie einander küssten?

»In deinem Haus, Baby. Erinnerst du dich noch?« Er raunte ihr die Worte heiser ins Ohr und bewirkte, dass das Verlangen in ihr aufloderte. »Als es so gestürmt hat.«

Grundgütiger! Hatte er vorhin ihre Gedanken gelesen? Oder gar gehört?

Die Erinnerungen an diesen Abend stürzten auf sie ein,

ließen ihr Herz schneller schlagen und ihren Körper vor Verlangen erbeben. Sie waren vom Sturm durchnässt worden, und als sie das Haus betraten, zog Justin sein Hemd aus und entblößte seinen ungemein muskulösen und tätowierten Oberkörper. Am liebsten hätte sie die Tropfen von seiner glitzernden Haut geleckt, als er den Kopf in den Nacken legte und ein Glas Wasser trank. Auch jetzt sah sie noch deutlich vor sich, wie sich die Spuren des Regens über sein Sixpack zum Bund seiner tiefsitzenden Jeans gezogen hatten. Als er das Glas abgestellt und sich umgedreht hatte, hatten sie fast in derselben Position wie jetzt dagestanden, nur dass sie sich damals an die Küchentheke gelehnt hatte. Normalerweise stand sie nicht auf Tattoos, aber bei Justin sahen sie wunderschön und gefährlich aus. Wobei das die gute Art von *gefährlich* war – genau wie ihre heißen Fantasien, in denen er seitdem die Hauptrolle spielte.

»Du erinnerst dich«, flüsterte er ihr ins Ohr. »Du hast es auch gespürt.«

Chloe hatte diese Anziehungskraft damals genauso stark wahrgenommen wie jetzt, doch sie presste die Lippen aufeinander, um sich die Wahrheit nicht eingestehen zu müssen: dass ihr Körper in Flammen stand. Aber es ging nicht. Sie wollte weder einen One-Night-Stand noch ein gebrochenes Herz riskieren. Daher musste sie die Kontrolle zurückgewinnen, bevor sie entweder völlig verbrannte oder den ersehnten Kuss endlich einforderte.

Sie stählte sich gegen das Inferno, das zwischen ihnen tobte, verengte die Augen und erwiderte: »Ich erinnere mich nur daran, dass du mein Haus an diesem Abend wieder verlassen hast.«

»Ach ja?« Seine Stimme war ein verführerisches Knurren und er sah ihr tief in die Augen. Dann ließ er die Hand an ihrem Oberschenkel und ihrer Hüfte hinaufwandern und drückte sanft zu, während er sich erneut vorbeugte. »Du erinnerst dich nicht daran, wie *feucht* wir geworden sind? Ich weiß, dass du es gefühlt hast, Süße, genau wie es jetzt in dir pulsiert, wie es durch deine Adern brennt und bewirkt, dass du dir mehr ersehnst. Du fühlst es in diesen unausweichlichen Vibrationen, die dir das Denken erschweren. Bei keinem Mann auf der Welt wirst du dasselbe fühlen wie bei mir.«

Sie presste die Schenkel zusammen. *Gott steh mir bei!* Sie war diesem Mann einfach nicht gewachsen.

Abermals strich er mit seinen Bartstoppeln über ihre Wange. »Spürst du das Ziehen in deinem Bauch? Dein feuchtes Höschen?« Er drückte erneut ihre Hüfte. »Die Art und Weise, wie dein Puls gerade in die Höhe geschossen ist, als ich von deinem Höschen gesprochen habe?«

Ein erstickter, lüsterner Laut entrang sich ihrer Kehle, bevor sie ihn unterdrücken konnte. Sie klappte den Mund rasch zu, um zu verhindern, dass ihr noch mehr entschlüpfte.

»Du hast in der Nacht des Sturms gezögert, Süße. Deshalb bin ich gegangen«, erklärte er bestimmt, um dann sanfter hinzuzufügen: »Ich werde mich dir niemals aufdrängen.« Er wich zurück und fixierte sie mit einem weiteren hungrigen Blick. »Wenn du aufhörst, wegzulaufen, und dich dem hingibst, was du wirklich willst, wirst du dich jedes Mal so fühlen, wenn wir zusammen sind. Nur besser, denn dann wirst du wissen, dass du mir gehörst.«

Er leckte sich über die Lippen, und – *heilige Mutter des Verlangens!* – ihr stockte der Atem.

»Wir sehen uns gleich vorn am Tisch, meine Süße.«

Sobald er gegangen war, stieß sie die Luft aus. Ihr Kopf sackte nach hinten gegen die Wand, und sie versuchte, wieder zu Atem zu kommen. Wie in aller Welt sollte sie den Abend am selben Tisch mit dem Mann überstehen, der sie mit nichts anderem als dem harten Druck seines Körpers und ein paar sündigen Sätzen fast zum Kommen gebracht hatte?

Es war alles andere als cool, in der Öffentlichkeit mit einer Erektion herumzulaufen. Aber Chloe dabei zuzuschauen, wie sie sich mit ihren Freundinnen auf der Tanzfläche austobte, war das Heißeste, was Justin je erblickt hatte. Sie sah unfassbar sexy aus in diesem enganliegenden Top und wie sie die schlanken Hüften im Takt wiegte. Ihr seidiges Haar peitschte um ihr Gesicht, während sie und die anderen Tegans fuchtelnden Armen auswichen. Tegan Fine war eine süße, selbstbewusste kleine Blondine, konnte allerdings überhaupt nicht tanzen. Anhand der Art, wie Jett sie anschaute, erkannte Justin jedoch, dass Tegan mit ihm ihren perfekten Partner gefunden hatte. Genauso wie er sich sicher war, dass er seine perfekte Partnerin beobachtete.

Während Chloe ihre Freundinnen auf der Tanzfläche um sich versammelte, um ein Selfie zu machen, dachte Justin über seine Freunde am Tisch nach. Er hatte gehört, wie Chloe mit den anderen Frauen über Gavin und Jett gesprochen hatte, bevor sie jeweils zusammengekommen waren, und er wusste, dass die beiden dem Typ Mann entsprachen, den sie sich an ihrer Seite wünschte. Sie waren gepflegt und hatten gute Jobs: Gavin war Innenarchitekt und Jett Investor. Aber Justin wusste auch, dass es nicht ihre Karrieren waren, die den Unterschied ausmachten. Was Chloe zurückhielt, war etwas anderes, denn sie mochte stilvoll sein, war aber kein Snob.

»Fährst du am Sonntag mit uns mit, Gavin?«, fragte Justin. Gavin war vor ein paar Jahren ans Cape gezogen, um mit Serena zusammen ein Unternehmen zu gründen. Damals war er noch Single gewesen, und sie hatten sich schnell angefreundet. Jetzt, wo er verheiratet war, verbrachten sie weniger Zeit miteinander, doch er hatte Gavin für Motorräder begeistert, und sie fuhren zusammen aus, so oft sie konnten.

»Nur, wenn ich endlich einen Bikernamen bekomme.« Gavin grinste breit.

Chloes Stimme ging Justin durch den Kopf. *Gavin hat ein süßes, jungenhaftes Grinsen. Er ist die ideale Mischung aus professionell und lustig.* An Justin war rein gar nichts Jungenhaftes. Sie hatte Jett als *attraktiv wie ein Filmstar* und *faszinierend* bezeichnet, sich jedoch keinem der beiden irgendwie genähert, solange sie noch Singles gewesen waren. Er warf einen Blick auf die Tanzfläche, auf der sie noch immer mit den anderen herumtollte. Im Flur war die angestrengte Beherrschung in ihren Augen nicht zu übersehen gewesen und er hatte ihr Verlangen deutlich spüren können. Aber eines musste er ihr lassen: Sie hatte einen eisernen Willen. *Eines Tages wirst du dir eingestehen, dass ich der einzige Mann bin, mit dem du zusammen sein willst.*

»Du wirst Maverick genannt, da kann ich doch Goose sein«, schlug Gavin vor. »*Top Gun*, Bruder. Denk mal drüber nach.«

Justin lehnte sich zurück. »Einen Bikernamen musst du dir verdienen, mein Freund. Wie lange erzähle ich dir schon, dass du Prospect bei den Dark Knights werden solltest?«

»Seit du mich zum Motorradfahren überredet hast. Aber ich bin ein vielbeschäftigter Mann. Ich habe mein Unternehmen und meine schöne Frau.« Gavin schaute über die Schulter zu Harper hinüber, die mit den anderen tanzte. »Sieh dir diese Frau an. Ich bin der glücklichste Mann der Welt.«

»Oh nein, dieser Titel gehört mir. Aber wir werden uns nicht darüber streiten, wessen Frau heißer ist.« Jett beäugte Justin. »Da kannst du vorerst nicht mitreden.«

»Das wird sich bald ändern, denn die große, blonde Sexbombe da vorn gehört sehr bald nur noch an meine Seite.«

»Da solltest du deinen Anspruch besser schnell geltend machen«, warnte Gavin ihn. »Beckett hat sich gestern bei seinem Anruf nach Chloe erkundigt. Er überlegt, irgendwann diesen Sommer mal herzukommen.« Beckett war Gavins jüngerer Bruder, ein wohlhabender Investor, der in Oak Falls, Virginia, lebte.

»Da mache ich mir nicht die geringsten Sorgen. Beckett ist ein anständiger Kerl, kann es jedoch nicht mit mir aufnehmen.« Justin trank einen Schluck und fügte hinzu: »Bevor ich es vergesse: Dwayne veranstaltet in ein paar Wochen einen Tag der offenen Tür mit Vermittlungen. Brauchen Ehepaare denn nicht auch einen Hund?«

»Vielleicht kommen wir vorbei«, erwiderte Gavin. »Harper liebt Hunde, aber ich bin mir nicht sicher, ob wir dieses Jahr noch einen adoptieren können. Tegan und sie haben im Moment ziemlich viel zu tun.«

»Überlegt es euch einfach. An Hunden mangelt es nie und sie alle brauchen ein liebevolles Zuhause. Jett, möchtest du nicht vielleicht einen vierbeinigen Freund retten? Tegan würde einen Hundekumpel bestimmt lieben.«

»Ich würde das wirklich gern tun, aber wie Gavin schon sagte, ist Tegan mit dem Amphitheater beschäftigt, und dein alter Herr wird im Herbst ihr Haus renovieren. Aber ich habe gehört, dass Dean und Emery überlegen, sich einen Welpen anzuschaffen, bevor ihr Baby zur Welt kommt. Ich kann es ihnen gegenüber ja mal erwähnen.«

»Danke, Mann.«

Die Frauen kehrten kichernd und tuschelnd von der Tanzfläche zurück. Chloe hielt ihr Handy hoch und bat: »Kann einer von euch ein Foto von uns machen?«

Justin schnappte sich ihr Handy, und während Chloe einen Arm um Harper und den anderen um Daphne legte, machte er sich daran, sie zu fotografieren. Sie sah so unfassbar gut aus.

Tegan und Steph gesellten sich zu ihnen, und die Frauen posierten erst für ein ernstes Foto, dann für eins mit strahlendem Lächeln, um im Anschluss alberne Grimassen zu schneiden und sich gegenseitig Hasenohren zu machen, während Justin alles festhielt.

»Danke!«, sagte Chloe und nahm ihm ihr Handy wieder ab.

Die Frauen drängten sich um sie und sie sahen sich die Fotos an. Als alle kicherten, warf Chloe Justin einen vorwurfsvollen Blick zu. »Du hast ein Dutzend Fotos von mir gemacht«, beschwerte sie sich, aber das Funkeln in ihren Augen war nicht zu übersehen. »Lauter Nahaufnahmen.«

»Tja, du stichst eben aus der Menge heraus.«

Chloe stemmte eine Hand in die Hüfte und kniff die Augen zusammen, wobei sie versuchte, sich ein Grinsen zu verkneifen. »Justin …«

»Schick mir die Bilder bitte alle zu.« Er zwinkerte ihr zu und brachte die anderen erneut zum Lachen.

Chloe verdrehte die Augen. »Träum weiter.«

»Das sind wohl eher Fantasien«, korrigierte Harper sie, woraufhin Chloe errötete.

»Oh ja«, sagte Gavin. »Eindeutig Fantasien.«

Chloe warf ihm einen bösen Blick zu.

»Scroll weiter, Süße.« Justin deutete auf das Telefon. »Ich habe auch Gruppenfotos gemacht. Ich würde mein Mädchen doch niemals enttäuschen.«

»Ich bin nicht dein Mädchen«, widersprach Chloe.

»Und ob du das bist, Schnecke. Wir wissen doch beide, wie es enden wird.«

Daphne riss die Augen auf. »*Oooh.* Das klingt ja fast so, als würde sich da was zusammenbrauen.«

»Etwas Heißes und Köstliches«, fügte Steph hinzu.

»Ja, ein Hexengebräu«, meinte Chloe.

»Klingt für mich eher nach einem Liebestrank«, erklärte Tegan.

Chloe knuffte sie. »Ermutige ihn nicht auch noch.«

»Hey, hört doch mal!«, rief Harper, und die Frauen verstummten. »Sie spielen *All to Myself*! Komm schon, Gavin! Das ist einer unserer Songs.« Sie nahm Gavins Hand und zog ihn auf die Tanzfläche. Chloe, Daphne und Steph folgten ihnen.

»Los, komm, Jett!«, drängte Tegan.

»Ist mir ein Vergnügen, meine Schöne.« Jett nahm ihre Hand und führte sie auf die Tanzfläche.

Justin lehnte sich zurück und nahm alles in sich auf. Während sicherlich die meisten der Frauen mit ihren Bewegungen Männer von ihren Plätzen locken konnten, war er von Chloe schlichtweg fasziniert. Die bunten Lichter umspielten sie, während sie sich verführerisch zum Beat wiegte und den visuellen Inbegriff der Sinnlichkeit abgab. Sie schwang die Hüften und schlängelte die Arme geschmeidig und anmutig zur Decke. Dann legte sie den Kopf in den Nacken und schloss die Augen, um sich der Musik hinzugeben.

Justin wünschte sich, sie würde sich ihm ebenfalls so hingeben.

An einem Nachbartisch unterhielten sich zwei Männer über eine *heiße Blondine* und begafften Chloe.

»Scheiß drauf.« Er hatte genug. Justin richtete sich auf und marschierte auf die Tanzfläche, um Chloe einen Arm um die Taille zu legen und sie an sich zu ziehen.

»Was zum …?« Chloes Augen fokussierten sich auf ihn und wurden grimmig.

»Tut mir leid, Mädels, aber dieser Tanz gehört mir.« Justin sprach mit Daphne und Steph, aber sein Blick ruhte auf Chloe, während er sich im Takt bewegte. »Nicht wahr, Süße? Oder hast du auch Angst davor, mit einem richtigen Mann zu tanzen?«

»Ich habe nie behauptet, dass ich vor irgendetwas Angst habe. Kannst du denn auch mithalten, Bikerboy?« Sie ließ die Hände über seine Brust gleiten und verengte aufreizend die Augen, während sie die Hüften schwang und sich mit herausforderndem Grinsen an seinem Schritt rieb.

»Ich kann die ganze Nacht mithalten, Baby.« Er ließ eine Hand über ihren Rücken gleiten, strich über ihren Hintern und drückte sie fester an sich, wobei er sich ihren Bewegungen anpasste. »Und bei mir wirst du immer deine Befriedigung finden.«

Ihre Augen verdunkelten sich, wurden noch verführerischer und trotziger. Der Song wechselte zu einem schnelleren Beat und der Text drehte sich ums Ausbrechen und einander ausziehen. *Perfekt.*

Chloe zog erst eine Schulter nach hinten, dann die andere, bewegte sich vor und zurück und vollführte einen verführerischen Tanz, den er mühelos nachahmte. Er bewegte die Hände an ihrem Oberkörper herunter und sie drehte sich in seinen Armen und rieb den Hintern an ihm. Sie hob die Arme über den Kopf und schlängelte sie durch die Luft. Er schlang von hinten die Arme um sie und fuhr mit einer Hand ihren Oberschenkel hinunter, mit der anderen jedoch ihren Bauch hinauf. Seine Fingerspitzen streiften die Unterseite ihrer Brüste, und er spürte, wie ihr der Atem stockte. Sie drehte sich wieder zu ihm um, und die Botschaft in ihren Augen war laut und deutlich zu verstehen: *Lass uns spielen!* Doch sie konnte zwar versuchen, ihn mit ihren Verführungskünsten zu übertrumpfen, auf Spiele hatte er hingegen keine Lust.

Denn er wollte sie für immer.

Sie sah ihn mit ihren wunderschönen Augen an und sie bewegten sich auf erotische Weise miteinander. Andere Menschen, die Musik und alles in der Bar verblasste. Chloe war alles, was Justin sah, alles, was er fühlte, und alles, was er wollte. Ihre Hände berührten sich, während sich ihre Körper in einem sinnlichen Rhythmus bewegten, der ganz der ihre war. Als sie sich vor ihm drehte, zog er sie mit dem Rücken an seine Brust und schob ihr ein Knie zwischen die Beine. Sie wackelte verlockend mit dem Hintern und presste ihn in seinen Schritt. Er drückte den Mund auf ihre Schulter und fuhr mit der Zunge über ihre heiße Haut. Dabei rechnete er eigentlich damit, dass sie sich losreißen würde, aber sie schien sich dem Tanz ebenso hinzugeben wie er, denn sie gab nur einen lüsternen Laut von sich, der ihn noch mehr anspornte. Er wanderte mit den Lippen an ihren Hals, woraufhin sie – *oh verdammt!* – den Hintern noch heftiger an ihm rieb.

Ihre Haut war süß und heiß und so köstlich, dass er sich eine Spur aus Küssen über ihren Hals bahnte und ihr Ohrläppchen gerade fest genug anknabberte, um ihre Aufmerksamkeit zu erregen, während er praktisch knurrte: »Dreh dich um.«

Ihre Blicke begegneten sich mit der Hitze von tausend Sonnen. Sie war atemlos und hatte rote Wangen bekommen. Zum ersten Mal überhaupt schien sie sämtliche Barrieren heruntergelassen zu haben. Doch kaum hatte er das bemerkt, reckte Chloe das Kinn in die Luft und sah ihn mit einem siegreichen Funkeln in den Augen an. Wie sie diesen Zustand der Lust derart schnell wieder verlassen konnte, war ihm ein Rätsel. Dennoch ging es ihm ähnlich wie ihr, und er triumphierte innerlich, weil er einen kurzen Blick auf ihre wahre, unverstellte Schönheit hatte werfen können. Jeden Schwung ihrer Hüften erwiderte er fast schon frohlockend mit einer ähnlichen Bewegung.

»*Die ganze Nacht lang*, Süße«, murmelte er und entlockte ihr damit ein besonders sündhaftes Grinsen. Dieser Anblick, wie sie ihm atemlos und verletzlich gegenüberstand, hatte sich in sein Gedächtnis eingebrannt, genau wie das siegreiche Schimmern in ihren Augen. Endlich hatte er es geschafft, ihr unter die Haut zu gehen, wenn auch nur für einen Moment.

Sein Telefon gab Preachers Klingelton von sich und zum ersten Mal in seinem Erwachsenenleben wollte er den ignorieren. Er wünschte sich nichts sehnlicher, als hier bei Chloe zu bleiben, die ihren heißen Körper an ihn schmiegte, und ihren unglaublichen verlangenden Blick zu genießen. Außerdem wusste er noch zu gut, wie er ihr Date am Vorabend für einen Idioten gehalten hatte, weil er telefonierte, statt sich ihr zu widmen, und jetzt hatte er genau dasselbe vor.

Aber der Club und die Familie hatten Vorrang.

Immer.

Verdammt! Er zog das Telefon aus der Hosentasche und hielt es sich ans Ohr. »Ja?« Er tanzte weiter, wenngleich ihm

Chloes missbilligende Blicke nicht entgingen.

»Es geht um Grandpa«, sagte Preacher. »Er liegt im Krankenhaus.«

Justins Magen zog sich zusammen. »Ich bin schon unterwegs.« Rasch steckte er das Handy wieder ein, gab Chloe einen Kuss auf die Wange. »Tut mir leid, Süße. Ich muss los.« Dann eilte er zu dem Tisch, an dem Gavin und Jett saßen.

Gavin drehte sich um, als Justin näherkam. »Hey, Mann, ihr beide …«

»Ich muss leider gehen. Kannst du dafür sorgen, dass Chloe sicher nach Hause kommt?«

»Du weißt, dass du dich auf mich verlassen kannst. Ist alles in Ordnung?«, erkundigte sich Gavin.

»Keine Ahnung. Ich werde es herausfinden. Danke, Mann.« Justin warf auf dem Weg zur Tür einen Blick über die Schulter und stellte fest, dass Chloe ihm mit einer Mischung aus Besorgnis und Fassungslosigkeit hinterherschaute.

Er mahlte mit dem Kiefer. Die Sorge um seinen Großvater rang mit dem Verlangen, das durch seine Adern toste. Sobald er im Freien war, holte ihn die kühle Nachtluft in die Realität zurück. Während er auf sein Motorrad stieg und losfuhr, überschattete die Angst, Mike zu verlieren, alles andere.

Justin stand zwischen Preacher und Conroy neben Mikes Krankenbett und hielt die schlaffe Hand seines Großvaters. Es waren massenhaft Dark Knights erschienen, die sich in Mikes Zimmer drängten und auch auf dem Flur standen. Mike war gestürzt und hatte sich den Kopf angestoßen. Nachdem er mit sieben Stichen genäht und mehrfach untersucht worden war, wurde er über Nacht zur Beobachtung im Krankenhaus behalten.

»Sag diesen Leuten, dass es mir gut geht, und schaff mich nach Hause, okay, Maverick?«, bat Mike mit rauer Stimme. »Ich kann es nicht leiden, wenn ständig an mir herumgestochert wird.«

Mit seinen neunundsiebzig Jahren war Mike Wicked immer noch genauso störrisch wie eh und je. Dank des schütteren grauen Haars, des kantigen Kiefers, der schmalen Lippen und der blaugrauen Augen gab er ein Ebenbild von Clint Eastwood in seinem und Justins Lieblingsfilm *Gran Torino* ab. Sie hatten ihn sich öfter zusammen angesehen, als sie zählen konnten. Aber im Krankenhauskittel und mit verbundenem Schädel wirkte der zähe alte Mann eher schmächtig und blass.

»Das geht nicht, Gramps«, erwiderte Justin gelassener, als

er sich fühlte. Auf dem Weg ins Krankenhaus hatte ihm das Herz bis zum Hals geschlagen, und erst nachdem er Mike gesehen und mit ihm gesprochen hatte, war die Beklemmung weit genug gewichen, dass er wieder richtig atmen konnte. »Du hast uns einen ziemlichen Schreck eingejagt, und wir müssen sicherstellen, dass es dir gut geht.«

»Ich wollte nur ein Eis essen«, brummte Mike. »Wenn der verdammte Hund nicht im Weg gewesen wäre, hätte das auch wunderbar geklappt.«

Das war Mikes Geschichte: Er behauptete, über einen von Preachers Hunden gestolpert zu sein. Aber laut Preacher hatten sich die Hunde zu diesem Zeitpunkt nicht in der Küche aufgehalten.

Preacher und Conroy tauschten besorgte Blicke.

»Morgen Abend können wir ein Eis essen, Grandpa. Das verspreche ich dir.« Madigan zwängte sich zwischen Preacher und Justin. »Nicht wahr, Maverick? Wir holen ihm seine Lieblingssorte vom Cape Cone.«

»Unbedingt, Mads.« Justin legte einen Arm um sie und drückte sie an sich. Madigan war sieben Jahre jünger als er und gerade mal vier gewesen, als er bei den Wickeds eingezogen war, und sie war ihm überallhin gefolgt. Er hatte nicht gewusst, was er mit einem kleinen Mädchen anfangen sollte, das ihn hingebungsvoll anbetete, doch schließlich hatten sich seine Urinstinkte bemerkbar gemacht, und er hatte Madigan beschützt, obwohl er sich selbst verloren und elend gefühlt hatte.

»Du schaffst das schon«, sagte Preacher. »Es ist nur eine Nacht, Pop.«

»Dies ist der sicherste Ort für dich, Gramps. Das weißt du doch«, ergänzte Baz.

»Du bist Arzt und hättest mich einfach selbst nähen können«, brummte Mike.

Baz gluckste. »Ich könnte dich auch kastrieren lassen, damit du nicht mehr ganz so stur bist, aber ich versuche, mich auf Tiere zu beschränken, solange es möglich ist.«

»Du bist mir echt keine Hilfe«, beschwerte sich Mike. »Ich will nur in meinem eigenen Bett schlafen.« Er kniff die Augen zusammen und musterte seine Familie, dann lehnte er sich zur Seite und schaute sich um. »Ich dachte, das wäre ein Raum voller Männer. Will mich denn niemand hier rausholen?« Er schlug wütend in die Luft und schimpfte: »Ihr seid ein Haufen Weicheier.«

»Ich bin kein Weichei«, widersprach Zander. »Aber an deiner Stelle würde ich hierbleiben, Gramps. Zu Hause gibt es keine heißen Krankenschwestern, die sich um dich kümmern.«

Zeke nickte zustimmend. »Er hat recht, Grandpa. Genieß die Aufmerksamkeit der hübschen Damen, solange du kannst. Außerdem hat Preacher recht: Es ist nur eine Nacht. Morgen kommst du hier raus und bist so gut wie neu.«

»Eine Nacht ist lang, wenn einem nicht mehr so viele bleiben«, beschwerte sich Mike.

Justins Kehle schnürte sich zusammen. Er bedauerte es, dass er diesen unglaublichen Mann die ersten elf Jahre seines Lebens nicht gekannt hatte, und konnte sich eine Welt ohne ihn einfach nicht vorstellen.

»Was redest du denn da?« Conroy tätschelte seinem Vater das Bein. »Du bist so stark wie ein Maultier und auch ebenso stur. Du wirst nirgendwo hingehen, sondern uns noch das nächste Jahrzehnt erhalten bleiben.«

»Wenigstens«, fügte Preacher hinzu.

»Und wir freuen uns darüber«, erklärte Ginger von der

anderen Seite des Krankenbetts, wo sie wie ein rotblonder Leuchtturm zwischen Tank in seiner Lederweste – die Arme vor der breiten Brust verschränkt, die dunklen Augen seit seiner Ankunft im Krankenhaus auf Mike gerichtet – und Blaine stand, der einer Säule der Stärke und Ruhe in jedermanns Sturm glich.

Blaine griff nach Gingers Hand. Sie legte den Kopf an seine Schulter und schob ihre Schildpattbrille hoch. Ginger war für Justin eine zweite – eigentlich dritte – Mutter geworden. Sie führte gemeinsam mit Conroy das Salty Hog, und wie Reba verkörperte sie alles, was die Frau eines Bikers sein musste. Sie ließ sich von niemandem einschüchtern und behandelte die Dark Knights und ihre Familien als genau das – als *Familie*. Doch trotz ihrer Entschlossenheit war sich Justin stets der Leere bewusst, die Ashley hinterlassen hatte, die dem klaffenden Abgrund glich, der nach dem Tod seiner Mutter in ihm existierte. Ginger behandelte Madigan, Marly und alle Frauen, die für sie arbeiteten, als wären sie ihre Töchter oder, wie sie sagen würde, *Geschenke einer Welt, die ihr die einzige Tochter geraubt hatte.*

»Ich glaube langsam, ihr habt alle den Verstand verloren, wenn ihr mich allen Ernstes über Nacht hierlassen wollt«, beschwerte sich Mike weiter. »Alte Leute werden in Krankenhäuser eingeliefert und kommen nicht mehr raus.«

Gunner bahnte sich schnaubend einen Weg durch die Menge. »Ich mache mir größere Sorgen um die armen Krankenschwestern als um dich. Die blonde hat mir gerade erzählt, dass du sie gebeten hast, dich mit dem Schwamm abzureiben, als sie dich in dein Zimmer gebracht haben.«

Mike gluckste. »Es war einen Versuch wert. Sie ist ein süßes Ding.« Er rüttelte an Justins Hand. »Wenn es mit der hübschen kleinen Schnecke, der du hinterherjagst, nicht klappt, solltest du dir vielleicht mal den Arm brechen.«

Alle quittierten seine Bemerkung mit lautem Schnauben und auf einmal kam Reba in den Raum gestürmt. »Okay, alle mal hergehört. Anscheinend hatten die Schwestern für heute genug zu gucken.« Auf dem Weg zum Fußende des Betts klopfte sie einigen der Männer auf die Schulter. »Sie haben jetzt lange genug ein Auge zugedrückt und wollen uns langsam loswerden.«

»Das ist wahrscheinlich auch das Beste. Pop braucht seine Ruhe«, sagte Preacher.

Mike schlang die Finger um Justins und hielt sie fest, während die Dark Knights ihm Gute Nacht sagten. Der alte Mann murrte zum Abschied und sagte so oft »Haut endlich ab«, bis die letzten Männer nur noch erwiderten: »Wir sind ja schon weg.«

Justin konnte hören, wie sich Preacher und Conroy auf dem Flur bei den anderen für ihr Kommen bedankten.

Mike zog Justin näher zu sich heran und fragte: »Weißt du noch, als dein Vater diese Nierensteine hatte? Er hat das Krankenhausessen gehasst. Die werden mir hier jeglichen Zucker vorenthalten. Kannst du mich wirklich nicht hier rausschaffen?«

»Leider nicht. Aber morgen früh bin ich wieder da und werde dir den ganzen Tag Gesellschaft leisten. Bestimmt hast du im Nullkommanichts die Nase voll von mir.«

»Danke, mein Junge«, sagte Mike, als Conroy und Preacher wieder ins Zimmer kamen. Erneut zog er Justin zu sich herunter und flüsterte: »Bring mir Kekse mit, ja? Oder einen Muffin mit Schokostückchen. Ja, lieber einen Muffin.«

Justin war bereit, Mike alles mitzubringen, was er verlangte, denn die Vorstellung, dass dieser Mann die Nacht im Krankenhaus verbringen musste, war nur schwer zu ertragen.

Als sie den Raum verließen, legte Reba einen Arm um Justin, den anderen um Tank. Sie war nur eins sechzig groß, hatte genau wie Madigan schulterlanges mahagonifarbenes Haar und Augen, die fast jeden zu durchschauen vermochten. Zudem besaß sie ein Händchen dafür, genau zu wissen, wer ein wenig mehr bemuttert werden musste, und Justin gab nur zu gern zu, dass dies an diesem Abend auf ihn zutraf.

»Es geht ihm gut, Jungs«, sagte Reba beruhigend. »Morgen ist er wieder zu Hause.«

Tank brummte etwas Unverständliches.

»Ja, ich weiß«, erwiderte Justin und versuchte, seine Besorgnis zu verbergen.

»Passt mal auf, Jungs. Ich weiß, dass es schwer ist, Grandpa so zu sehen, aber so schnell streicht er nicht die Segel. Schließlich stammt er aus einer guten Familie – na ja, zumindest aus einer starken Familie«, korrigierte sie sich, während sie zusammen mit den anderen das Krankenhaus verließen. »Ich bin heute Abend zu Hause, falls einer von euch vorbeikommen und reden möchte.«

Tank drückte ihr einen Kuss auf den Scheitel. »Danke, Tante Reba, aber ich komme zurecht.« Er machte sich auf den Weg zu seinem Motorrad.

»Alles gut. Danke, Mom.« Justin umarmte sie.

Sie hielt ihn noch einen Moment länger fest. »Hab dich lieb, Schatz.«

»Ich hab dich auch lieb.« Justin hatte Jahre gebraucht, um Reba oder jemand anderem seine Zuneigung zu gestehen. Sie war erst die zweite Person in seinem Leben, zu der er das gesagt hatte. Er erinnerte sich, seiner leiblichen Mutter gesagt zu haben, dass er sie liebhatte, jedoch nicht, es jemals zu seinem biologischen Vater gesagt zu haben. Erst Jahre später hatte er auch angefangen, Reba *Mom* zu nennen. Doch als er diesen Schritt endlich getan hatte, schien sich seine ganze Welt noch einmal drastisch verbessert zu haben.

»Hey, Ma«, sagte Blaine, als er sich zu ihnen gesellte. »Kümmerst du dich um Dad? Ich möchte ihn und Con nicht unterbrechen.«

»Natürlich, Schatz.« Sie umarmte ihn. »Passt heute Abend besonders gut auf euch auf, Jungs.«

»Immer«, versprachen sie alle gleichzeitig.

Nachdem sie gegangen war, fragte Blaine: »Kommst du mit den anderen mit zu mir?«

»Ich komme vielleicht später nach. Ich muss mich erst noch um was kümmern.«

Das Geräusch einer eintreffenden Nachricht weckte Chloe. Sie griff nach ihrem Handy und setzte sich auf der Couch auf. Nachdem sie früher am Abend derart aufgedreht gewesen war, staunte sie selbst darüber, dass sie auf der Couch eingeschlafen war. Das Licht des Fernsehers erhellte ihr dunkles Wohnzimmer. Sie warf einen Blick auf ihr Handy und stellte fest, dass die Nachricht von Justin kam. Sofort schlug ihr Herz schneller. Sie hatte sich über sein abruptes Verschwinden geärgert, aber Gavin hatte sehr besorgt gewirkt. Aufgrund ihrer leicht lüsternen Benommenheit war ihr zwar aufgefallen, dass Justin irgendwie seltsam gewirkt hatte, doch sie hatte nicht klar genug denken können, um sich näher damit zu beschäftigen.

Rasch las sie seine Nachricht. *Hey, Herzensbrecherin. Bist du wach?*

Es war nicht ungewöhnlich, dass sie spät in der Nacht eine Nachricht von Justin erhielt. Normalerweise flirtete er mit ihr oder fragte sie bei schlechtem Wetter – wie nach dem Sturm –, ob es ihr gut ging und ob sie etwas brauchte. Sie dachte an ihren heißen Tanz zurück und wie seine Berührungen und sein Mund sie erregt hatten.

Bei der Erinnerung loderte Hitze in ihr auf.

Sie zog die Beine neben sich auf die Couch und antwortete: *Ja. Was ist denn passiert?*

Im nächsten Moment hörte sie das laute Dröhnen eines Motorrads und sprang auf. Er war hier? Ein Lichtstrahl fiel in ihr Fenster, als er in ihre Einfahrt einbog. *Verdammt!* Sie schaute auf ihre seidenen Schlafshorts und ihr Tanktop hinunter und verfluchte sich innerlich. Wahrscheinlich ging er davon aus, sie hätte ihm mit ihrem heißen Tanz vermitteln wollen, dass sie bereit war, mit ihm zu schlafen.

Was durchaus der Wahrheit entsprach, allerdings war das ihr kleines Geheimnis. Ihr wilder Wunschtraum.

Sie hatte jedoch nicht vor, es tatsächlich zu tun!

Im nächsten Moment traf eine weitere Nachricht ein und sie umklammerte das Telefon fester. Was hatte sie nur getan? Sie hatte sich die ganze Zeit wirklich bemüht, Abstand zu halten, oder zumindest versucht, eine virtuelle Mauer zwischen ihnen zu errichten, und jetzt hatte sie mit einem Tanz alles zunichtegemacht.

Es war allein seine Schuld, denn er hatte all diese unverstellte Männlichkeit auf sie losgelassen, als hätte er einen Röntgenblick und könnte ihre tiefsten Sehnsüchte ergründen. Was hatte sie denn gedacht, was im Anschluss passieren würde?

Dass sie so eine Show für einen Mann wie Justin abzog und es folgenlos blieb?

Sie stand mitten im Wohnzimmer und umklammerte ihr Telefon, wohl wissend, dass es keinen Ort gab, an dem sie sich vor dem, was sie getan hatte, verstecken konnte. Er wusste, dass sie zu Hause war.

Dann las sie seine Nachricht. *Komm doch raus.*

Großer Gott! Sie kniff die Augen zusammen und wusste, was sie zu tun hatte. Justin war in erster Linie ihr Freund, das Flirten war zweitrangig. Zugegeben, er hatte etwa sieben Sekunden, nachdem sie sich kennengelernt hatten, mit dem Flirten angefangen, aber trotzdem wollte sie ihre Freundschaft nicht zerstören, und vor allem wollte sie nicht mit ihm ins Bett gehen, nur weil er wusste, wie er sie dazu bringen konnte.

Chloe schlug die Augen wieder auf, atmete tief ein und langsam aus und sagte sich, dass sie es jetzt einfach tun musste. Sie schrieb *Ich schlafe nicht mit dir* und schickte die Nachricht ab. Dann starrte sie auf ihr Telefon und hielt den Atem an, während sie auf seine Antwort wartete.

Ein Klopfen an ihrer Tür bewirkte, dass sie die Luft ausstieß.

Verdammt noch mal!

Okay, Chloe. Jetzt wird es ernst.

Er klopfte noch einmal an und ihr Herzschlag wurde unfassbar schnell.

Sie schnappte sich ihre Strickjacke von der Couchlehne und zog sie über, während sie zur Tür eilte. *Spiel die Rolle, bis du sie erfüllst.* Sie straffte die Schultern, nahm einen weiteren beruhigenden Atemzug, der jedoch rein gar nichts half, und zog die Tür auf. Justin stand im Mondlicht vor ihr und trug noch dieselben abgewetzten Jeans und das schwarze T-Shirt wie in der Bar. Sein Haar sah so zerzaust aus wie direkt nach dem Sex, wenngleich sie davon ausging – oder es jedenfalls *hoffte* –, dass dies an seinem Motorradhelm lag und er nicht gerade den nächsten One-Night-Stand plante, direkt nachdem er einen hinter sich hatte. Bei diesem Gedanken wurde ihr ein bisschen schlecht.

Augenblick mal, vor ihr stand Justin. Er würde so etwas nicht tun.

Oder doch?

Er beäugte sie irritiert, und ihr fiel wieder ein, dass sie sich vor dem Fernsehen nicht abgeschminkt hatte. Wahrscheinlich standen ihr die Haare zu Berge und sie hatte schwarze Schlieren um die Augen. Geistesabwesend betastete sie ihr Haar.

»Hey, meine Schöne«, sagte er, allerdings nicht in dem arroganten und koketten Ton wie sonst. Vielmehr klang er ein wenig traurig. »Wir haben den Tanz noch gar nicht beendet.«

Sie trat auf die Veranda, schloss die Tür hinter sich, zog ihre Strickjacke enger zusammen und verschränkte die Arme. »Ich werde nicht mit dir schlafen, Justin. Tut mir leid, wenn ich dich im Undercover auf falsche Gedanken gebracht habe.«

Er zog die Mundwinkel hoch. »Ich will wirklich nur mit dir tanzen, Babe.«

Im nächsten Moment tippte er auch schon auf seinem Telefon herum und *Heartbeat* von Carrie Underwood ertönte. Das war ihr Lieblings-Country-Song. Sie wollte ihren Ohren kaum trauen.

»Justin …?«

Er legte sein Telefon auf den Verandatisch. »Du hast sie letzten Herbst live gesehen, und ich habe gehört, wie du Daphne erzählt hast, dass dies dein Lieblingslied ist.«

Schon legte er ihr die Arme um die Taille und sah ihr tief

in die Augen, während er sich im Takt wiegte. Sie stand stocksteif da und wartete darauf, dass er aufdringlich wurde. Doch dann bemerkte sie, dass seine Hände nicht umherwanderten und er sich nicht an ihr rieb. Sein Blick blieb sanft und zärtlich. Das hier war nichts als ein langsamer Tanz und zugegebenermaßen romantisch und süß, und es brachte sie innerlich zum Schmelzen. Sie wusste nicht, was sie sagen sollte, doch als ihre Anspannung nachließ, bewegte sie sich ebenfalls im Takt der Musik.

»Habe ich mich vielleicht im Song geirrt?«, fragte er.

»Nein«, antwortete sie leise. »Ich bin nur überrascht. Willst du wirklich nur tanzen?«

»Ach, Chloe. Wenn du das fragen musst, bist du definitiv mit den falschen Typen ausgegangen.« Seine Hand wanderte ihren Rücken hinauf und spielte mit ihren Haarspitzen. »Ein Gentleman lügt nicht. Und er lügt erst recht nicht die Frau an, die er anbetet.«

Die er anbetet? Hatte Justin das eben wirklich gesagt? Alles, was er tat, war so anders als das, was sie von ihm kannte, dass sie ihn einfach fragen musste: »Fängt ein Gentleman eine Frau auch vor der Damentoilette ab und macht sich an sie ran?«

»Nein. Hat das etwa jemand mit dir getan?«

»Du«, erwiderte sie lächelnd.

»Das war kein Annäherungsversuch, Süße. Wenn ich dich angemacht hätte, wüsstest du es.« Er legte die Lippen an ihr Ohr und flüsterte: »Das war nur eine Erinnerung.«

Danach verstummte er und schwieg lange genug, dass ihr aufging, wie sehr sie es genoss, in seinen Armen zu liegen und dass sich ihre Körper derart harmonisch miteinander bewegten, ohne Druck und ohne dass Sex im Raum stand. Sie konnte sich nicht daran erinnern, wann sie das letzte Mal einfach nur langsam mit einem Mann getanzt hatte.

»Du gibst gern vor, nichts für mich zu empfinden«, sagte er und holte sie aus ihren Gedanken. »Es wird Zeit, dass du damit aufhörst.«

Möglicherweise hatte er recht. Oder sie war einfach nur völlig durcheinander, denn immer, wenn er in ihrer Nähe war, waren da so viele Emotionen, die sie nie zuvor gekannt hatte. Er brachte ihr Herz in Gefahr, oder etwa nicht? Sie musste mehr über ihn erfahren, über sein Leben, seine Welt.

»Warum bist du heute Abend so schnell verschwunden?«, fragte sie.

»Ich muss mich dafür bei dir entschuldigen, aber es ging nicht anders. Mein Großvater Mike ist im Krankenhaus.«

Der Schmerz in seiner Stimme bewirkte, dass sich ihr Brustkorb zusammenzog, und sie drückte ihn ein wenig fester an sich. »Das tut mir leid. Geht es ihm gut?«

»Ich hoffe es. Sie behalten ihn über Nacht da.«

Er hatte alles stehen und liegen lassen, um seinen Großvater zu besuchen. Vielleicht hätte sie das nicht überraschen sollen, aber so war es nun mal. »Stehst du ihm nahe?«

»Sehr sogar. Er ist ein guter Mensch und hat mir viel beigebracht.«

Chloe merkte, dass das Lied von vorne anfing, und war froh darüber. Sie war noch nicht bereit, den Tanz zu beenden. Ein angenehmes Schweigen senkte sich auf sie herab, und sie hoffte, dass er das Lied ein drittes Mal abspielen würde. Sie wollte Justin noch mehr Fragen stellen, aber sie spürte, dass er diesen ruhigen Moment, diese Nähe, vielleicht genauso brauchte wie sie. Das war ein seltsamer Gedanke, schließlich ging es doch um den Mann, der jede Gelegenheit nutzte, um mit ihr zu flirten. Wahrscheinlich tat er das auch mit vielen anderen Frauen. Sie hatte bemerkt, dass ihm immer Frauen hinterherschauten, wenn sie mit ihren Freunden ausgingen, und nur weil sie nie mitbekommen hatte, dass er eine Frau mitbrachte oder mit einer nach Hause ging, bedeutete das noch lange nicht, dass so etwas nicht passierte.

Obwohl ihr jetzt, wo sie wirklich darüber nachdachte, erst bewusst wurde, dass er an diesen Abenden eigentlich nur Augen für sie hatte.

Himmel! Sie war völlig durcheinander. Auf der einen Seite sah sie Justin als einen unmöglichen Kerl an, der in einer Tour flirtete. Andererseits kannte sie ihn als guten, fürsorglichen, beschützenden Freund, talentierten Künstler, und nach allem, was sie gesehen und gehört hatte, ehrlichen, harten Arbeiter. Sie wusste nicht, was sie von all diesen Gefühlen halten sollte, die sie in diesem Moment durchdrangen. Aber eines wusste sie mit Sicherheit: In dieser warmen Sommernacht mit dem Mann, dem sie abgeschworen hatte, barfuß unter den Sternen zu tanzen, fühlte sich gut und richtig an, und es war das Romantischste, was ein Mann je für sie getan hatte.

Als der Song endete und nicht wieder anfing, wurde ihr das Herz schwer, dennoch hörten sie beide nicht auf zu tanzen. Justin hielt sie etwas fester in seinen Armen, und sie gab dem Drang nach, ihm näher zu sein. Sie lehnte den Kopf an seine Schulter und genoss die Art von Nähe, von der sie in zu vielen Liebesromanen gelesen und nie geglaubt hatte, dass es sie im wirklichen Leben geben konnte.

Aber es geschah wirklich. Justin schien bei diesem improvisierten Abschluss ihres Tanzes keinerlei Hintergedanken zu haben, was sie unglaublich sexy fand.

Sie war sich nicht sicher, wie lange sie in ihrem eigenen stillen Rhythmus getanzt hatten, doch als Justin sich mit einem sanften und eindringlichen Blick zurückzog, vermisste sie seine Nähe sofort. Dazu gesellte sich eine gewisse Verwirrung, aber sie versuchte nicht, das alles zu verstehen. Wie lange sie auch getanzt hatten, wie verwirrt sie auch sein mochte, sie wollte nur zurück in seine Arme und alles noch einmal erleben.

»Danke für den Tanz, Chloe. Ich hoffe, es war okay, dass ich so spät noch vorbeigekommen bin.«

»Das ... das ist alles? Das ist wirklich alles, was du wolltest?«

»Heute Abend schon. Ein Gentleman bringt immer zu Ende, was er anfängt.« Er gab ihr einen Kuss auf die Wange. »Aber ich bin noch lange nicht fertig mit dir, Chloe Mallery.« Mit diesen Worten steckte er sein Handy ein, schlenderte zu seinem Motorrad hinüber und schnappte sich seinen Helm. »Schlaf gut, Süße. Und jetzt schwing deinen süßen kleinen Hintern wieder ins Haus, damit ich weiß, dass du in Sicherheit bist.«

Das ist der Justin, den ich kenne ...

Sie kehrte ins Haus zurück und grinste dabei wie eine Idiotin. Als er den Motor anließ, spähte sie aus dem Fenster und beobachtete, wie er sich den Helm aufsetzte und aus der Einfahrt fuhr.

Vielleicht ist es an der Zeit, dass ich dich besser kennenlerne.

Sechs

Viele von Chloes Freunden erzählten oft, wie schön es war, in das Haus zurückzukehren, in dem sie aufgewachsen waren, und ihre Eltern zu besuchen. Sie schwärmten davon, dass diese Besuche Erinnerungen an Familienessen, herzliche Momente und vor allem das Gefühl der Sicherheit weckten. Für Chloe und Serena waren Familienessen nie etwas Besonderes gewesen. Normalerweise waren sie dabei nur zu zweit gewesen, und die Mahlzeiten hatten aus Nudeln mit Butter, Cornflakes oder etwas anderem, das ebenso einfach und billig war, bestanden. Herzliche Momente waren rar gesät, und ein Gefühl der Geborgenheit war etwas, das sich Chloe für Serena wünschte, da sich ihre Mutter nie wirklich darum bemühte. Als Chloe am Sonntagvormittag vor dem einfachen grauen Haus ihrer Mutter hielt, wo sie zusammen brunchen wollten, zog sich ihr Magen schmerzhaft zusammen. Serenas Auto stand in der Einfahrt hinter der alten Rostlaube ihrer Mutter. Ihre Mutter kümmerte sich um ihr Auto ungefähr so gut wie um ihre Töchter und alles andere in ihrem Leben.

Abgesehen von ihren Männern.

Chloe parkte am Straßenrand und fragte sich, ob der neue Freund ihrer Mutter bereits wieder ein Ex war, kein Auto besaß oder sich einfach so wie sie verspätet hatte. Die Teenager waren während der Einführungsveranstaltung für das Junior-/Senior-Programm so begeistert gewesen, dass sie sich mit noch größerem Enthusiasmus in die Entwicklung weiterer Programme gestürzt hatte, und heute war sie sehr früh aufgestanden, um ihre Ideen zu konkretisieren. Aber sie musste immer wieder daran denken, dass Justin gestern Abend aus heiterem Himmel bei ihr aufgetaucht war, um mit ihr zu tanzen, und schon hatte sie den Vormittag mit Tagträumereien vertan und kam zu spät los.

Sie stieg aus dem Wagen und machte wie jedes Mal, wenn sie herkam, eine Bestandsaufnahme all der Dinge, die sie von ihrer Mutter und deren Leben unterschied. Sie fuhr ein Auto, das erst vier Jahre alt war, und pflegte es gut. Sie hatte immer etwas zu essen im Kühlschrank und in der Speisekammer, und sie hatte Kochen gelernt – dank YouTube. Als sie den Weg entlangging, warf sie einen Blick auf ihr hübsches grünes Oberteil mit Flügelärmeln, die weißen Shorts und die Riemchensandalen, die sie alle neu gekauft hatte. Nicht, dass sie etwas gegen Secondhand-Kleidung gehabt hätte. Sie liebte es, in Secondhand-Läden zu stöbern, musste dies jedoch nicht tun, und das war ihr wichtig. Serena und sie hatten so viele Jahre mit schlechtsitzenden Secondhand-Klamotten leben müssen, dass sie es sich schon früh zum Ziel gesetzt hatte, das später nicht mehr tun zu müssen.

Als sie die Stufen zur Haustür erklomm, betrachtete sie die schmalen Beete voller Erde und Unkraut unter den Fenstern. Sie konnte sich nicht daran erinnern, dass dort jemals Blumen oder Sträucher gestanden hätten, und dachte stolz an ihren eigenen üppigen Garten.

Chloe war stets davon ausgegangen, ihre Mutter würde

einfach nicht genug Geld verdienen, um ein glückliches Zuhause schaffen zu können. Irgendwann hatte sie die Wahrheit erkannt. Während ihrer ersten beiden Jahre am Community College hatte sie zu Hause gewohnt, um auf Serena aufzupassen. Aber als Serena wegzog, um zu studieren, beschloss Chloe, die letzten beiden Jahre umzuziehen, und sie merkte bald, wie wenig es brauchte, um ein glückliches Zuhause zu schaffen. Allein die Nichtexistenz von Verwahrlosung bewirkte bereits, dass sie sich entspannen und ihre Umgebung genießen konnte, selbst wenn diese nicht besonders beeindruckend war.

Kaum hatte sie die Veranda betreten, schwang die Tür auf und Serena rief: »Juhu, du bist da!«

Chloe war nie so temperamentvoll und übermütig wie Serena gewesen. Sie wusste nicht, ob das daran lag, dass sie immer so viel Verantwortung hatte übernehmen müssen, oder ob es schlichtweg Veranlagung war. Sie tippte auf Letzteres und beneidete Serena ein wenig für diese unbekümmerte Ausgelassenheit und die Art, wie sie alles leichter und aufregender erscheinen ließ.

»Entschuldige, dass ich so spät dran bin.« Chloe umarmte ihre Schwester. »Ich hatte die Zeit total aus den Augen verloren.«

Serenas Armbänder klirrten, als sie nach draußen trat. Sie sah in dem lockeren weißen Top und den blauen Shorts modisch und hübsch aus. Früher hatte Serena immer versucht, wie die Mädchen aus der Schule auszusehen, die schönere Kleidung trugen. Als Teenager beschloss sie dann, einen eigenen Trend zu starten, und bemalte ihre Jeans. Wie alles andere, was sich ihre brillante und kreative jüngere Schwester in den Kopf gesetzt hatte, wurde auch Serenas Trendtraum

Wirklichkeit, und bald bekamen alle Mädchen Ärger, weil sie ihre Jeans eigenhändig verschönerten. Außer Serena natürlich, denn ihre Mutter bemerkte es nicht einmal.

»Daphne hat mir erzählt, dass du gestern Abend mit Justin echt heiß getanzt hast«, sagte Serena leise. »Wart ihr danach noch zusammen? Kommst du deshalb so spät?«

»Der Klatsch in Bayside ist kaum noch zu toppen. Nein, wir sind nicht zusammen im Bett gelandet. Ich habe heute Vormittag gearbeitet.« Eine kleine Notlüge, um nicht über ihre Tagträume ausgefragt zu werden, war doch nicht so schlimm, oder?

»Wie schade.« Serena zog Chloe ins Haus und flüsterte: »Tony ist noch nicht da, aber Mom schwört, dass er noch kommt.«

Als Chloe ihre Handtasche auf dem Tisch neben der Tür abstellte, bemerkte sie eine große Plastiktüte, die darunter auf dem Boden stand. »Sind das die Luau-Sachen für das Buchclubtreffen?«

»Ja. Ich sagte doch, dass ich dich nicht im Stich lasse. Ich habe den Bastrock und auch den Kokosnuss-BH gefunden.«

»Das ist ja super! Ich bin schon so aufgeregt. Die anderen wissen Bescheid, dass sie sich entsprechend kleiden sollen. Sie rechnen bestimmt damit, dass ich nur Blumenketten verteile. Die werden vielleicht Augen machen, wenn sie sehen, wie viel ich auf die Beine gestellt habe.« Sie schaute sich um. »Wo ist Drake?«

»In der Küche …«

»Chloe, Schätzchen!« Ihre Mutter kam in hautengen Jeans, einem enganliegenden beigen Tanktop mit Rüschen am Saum und himmelhohen Absätzen aus der Küche gestürmt. Ihr blondes Haar rahmte ihr hübsches Gesicht ein und mit ihrem

Pony wirkte sie weitaus jünger als zweiundfünfzig.

»Entschuldige, dass ich zu spät komme, Mom«, sagte Chloe, als ihre Mutter sie umarmte. »Ich war mit der Arbeit beschäftigt und habe die Zeit aus den Augen verloren.«

Drake, gut aussehend wie immer, trat ebenfalls durch die Küchentür und fuhr sich mit den Fingern durch das gewellte dunkle Haar. Sein Blick wanderte zu Serena, und sie tauschten eine stille Liebesbotschaft aus, bevor er sich Chloe mit amüsierter Miene zuwandte. »Hey, Chloe«, begrüßte er sie und fügte lautlos hinzu: *Eure Mutter ist total aufgedreht.*

Ihre Mutter neigte dazu, übermäßig dramatisch zu werden, wenn sie ihnen einen Mann vorstellte, als ob sie mit ihren Energieausbrüchen alles perfekt machen könnte. Das Problem war nur, dass Linda Mallery nicht die geringste Ahnung hatte, wie man ein auch nur mittelmäßiger Elternteil war, geschweige denn ein perfekter. In ihren Augen bedeutete perfekt, die Wünsche eines Mannes zu erfüllen, ohne Rücksicht auf alle anderen zu nehmen.

»Lass mich dich doch mal ansehen.« Ihre Mutter legte ihr mit strahlendem Lächeln die Hände auf die Schultern.

Chloe hatte nie das Gefühl, dass ihre Mutter sie wirklich wahrnahm, selbst wenn sie noch so sehr vorgab, sie in Augenschein zu nehmen. Andere Mütter hängten sich die Zeichnungen ihrer Kinder an den Kühlschrank und Familienfotos an die Wohnzimmerwände. Ihre Mutter hatte so etwas nicht getan. In ihrer Grundschulzeit hatte Chloe Serenas Bilder in ihrem Zimmer aufgehängt, damit ihre Schwester wusste, dass sich jemand für sie interessierte. Als Chloe in der fünften Klasse war, bekam sie von Drakes Eltern, die um die Ecke wohnten, eine preiswerte Kamera geschenkt. Das war das größte Geschenk, das sie jemals bekommen hatte, und sie hütete es wie ihren Augapfel. Ihre Mutter hatte behauptet, nicht genug Geld für Schulfotos zu haben – wahrscheinlich, weil sie es für Kleidung ausgab, in der sie auf Männerfang gehen konnte. Chloe fing damit an, Fotos von Serena zu machen, und wenn ihre Mutter ihnen Geld zum Einkaufen daließ, zweigte Chloe jedes Mal ein wenig davon zum Entwickeln des Films ab. Sie hängte jedes Jahr ein besonderes Foto neben den Küchenkalender an die Wand. Aber Serena fotografierte Chloe ebenfalls und auf Serenas Drängen hin befestigte sie ihr Foto neben dem ihrer Schwester. In diesem Jahr fing Chloe auch damit an, Sammelalben für Serena zu erstellen. Als Serena den Highschoolabschluss machte, hängte Chloe ein gerahmtes Foto von ihr mit Hut und Talar an die Wohnzimmerwand ihrer Mutter. In jenem Sommer stieß Chloe kurze Zeit später auf ein gerahmtes Foto von sich, das neben Serenas hing, und bildete sich kurz ein, ihre Mutter würde sich endlich für sie interessieren. Bis sie schließlich herausfand, dass Serena es dort aufgehängt hatte, was ihr sogar noch mehr bedeutete, als wenn ihre Mutter es getan hätte. Ihre Mutter hatte keines der Fotos auch nur ein einziges Mal erwähnt, weder die Jugendfotos noch die gerahmten Bilder von ihren Abschlussfeiern. Dennoch hängte Chloe noch ein drittes und letztes Bild an die Wand ihrer Mutter: Serenas Hochzeitsfoto. Ein Bild ihrer kleinen Schwester mit ihrem frisch angetrauten Ehemann. Vielleicht war es ein passiv-aggressiver Akt, aber Chloe wollte ihrer Mutter vor Augen führen, dass sie Serena nicht von einem glücklichen Leben abgehalten hatte.

»Du bist wunderschön wie immer«, rief ihre Mutter und riss Chloe aus ihren Gedanken. »Genau wie deine Mama! Und jetzt erzähl mir von der Arbeit. Als wir uns das letzte Mal unterhielten, hattest du irgendetwas vor, aber ich weiß nicht mehr, was es war.«

Natürlich weißt du das nicht mehr. Denn dazu hättest du dich mit etwas anderem als deinem neuesten Freund beschäftigen müssen. »Ich hatte mich auf die Testphase des Junior-/Senior-Programms vorbereitet«, rief Chloe ihr in Erinnerung. »Die Einführungsveranstaltung lief super und die Teenager sind wirklich begeistert. Ich hatte sehr viel zu tun …«

»Das ist ja großartig!«, fiel ihre Mutter ihr ins Wort und schüttelte dabei die Kissen auf der Couch auf. »Warte nur, bis du Tony kennenlernst. Du wirst ihn ganz bestimmt lieben. Schaut mal.« Sie streckte den Arm aus und zeigte ihnen ein billiges Silberarmband. »Ist es nicht wunderschön? Er hat es mir einfach so geschenkt.«

»Ja, es ist wunderschön«, sagte Chloe. »Wo steckt er denn? Ich dachte, wir wären um zehn zum Brunch verabredet?«

»Hatte ich zehn gesagt? Wie spät ist es eigentlich?« Sie eilte zum halb leeren Bücherregal hinüber und tat so, als würde sie die Stapel von Frauenzeitschriften ordnen, die nach Chloes Meinung wenigstens zehn Jahre alt waren.

»Es ist halb elf«, antwortete Drake. »Und ich bin mir ebenfalls ziemlich sicher, dass du zehn gesagt hast.«

»Ach, er wird schon kommen. Er ist ein vielbeschäftigter Mann. Oh, Mädels, könnt ihr mal einen Blick in den Ofen werfen? Das Essen müsste gleich fertig sein.« Ihre Mutter machte sich auf den Weg zur Treppe. »Ich laufe nur schnell rauf und bürste mir die Haare.«

Chloe folgte Serena und Drake in die Küche, wo ein gekaufter Gugelhupf auf dem Tisch stand, noch in der Verpackung, auf der ein leuchtend orangefarbener Angebotssticker prangte.

»Manchmal frage ich mich, wie sie es geschafft hat, uns zu

produzieren«, sagte Serena.

Drake drückte ihr einen Kuss in den Nacken. »Ich dachte, wir hätten das mit den Bienchen und den Blümchen schon ziemlich ausführlich behandelt.«

»Das mag sein, doch mangelhafte Fähigkeiten im Männerfang kam bestimmt nicht darin vor«, entgegnete Chloe. »Da Mom nicht kochen kann, könnten wir ja Wetten abschließen, was sich im Ofen befindet.«

Serena öffnete die Backofentür und beim Anblick von etwas nicht Identifizierbarem in einer Einwegpfanne aus Alufolie stöhnten sie alle auf. »Was *ist* das?«

»Der Mülleimer ist voller leerer Verpackungen von tiefgefrorenen Frühstücksgerichten.« Drake zeigte darauf. »Vielleicht hat sie alle zusammengemischt.«

»Ich staune immer mehr darüber, dass sie es geschafft hat, uns zu bekommen«, sagte Serena. »Selbst ich weiß, wie man frische Donuts kauft.«

Drake legte einen Arm um die beiden Schwestern. »Mir ist völlig egal, wie sie das geschafft hat, aber ich bin ihr sehr dankbar dafür. Ihr seid zwei großartige Frauen, und ich bin stolz darauf, dass ihr zu meiner Familie gehört.«

»Ooooh.« Als Serena ihn umarmte, erklang von draußen das Dröhnen eines Motorrads.

Justin? Chloes Herzschlag beschleunigte sich. Sie hatte kaum Zeit, um zu begreifen, dass es unmöglich Justin sein konnte, als auch schon die Küchentür aufflog und ein sehr großer Mann, der von Kopf bis Fuß in Schwarz gekleidet war – vom Bandana über die dunkle Sonnenbrille bis hin zu den Nietenstiefeln –, hereinkam. Er trug eine dicke Silberkette um den Hals und hatte sich mindestens zwei oder drei Tage nicht mehr rasiert, was die schwarz-weißen Bartstoppeln in seinem

Gesicht und an seinem Hals bezeugten.

»Baby!«, rief er mit der heiseren Stimme eines Rauchers, als er an den dreien vorbeiging.

Die hektischen Schritte ihrer Mutter donnerten die Treppe hinunter. Sie erschien in der Tür, quietschte wie ein Teenager und stürzte sich in seine Arme. Er hob sie von den Füßen und umfing ihre Pobacken, während er sie küsste – und zwar sehr leidenschaftlich.

Korrektur.

Das schwarzhaarige *Dog the Bounty Hunter*-Imitat verschlang ihre Mutter förmlich.

Chloe versuchte, die Galle hinunterzuschlucken, die in ihrer Kehle aufstieg, nahm Serenas Hand und flüsterte: »Bitte sag mir, dass ich in zwanzig Jahren nicht so sein werde.«

Nachdem er sie wieder abgesetzt hatte, sah ihre Mutter strahlend und atemlos wie eine frischgebackene Ehefrau aus. »Tony, ich möchte dir meine Mädchen Chloe und Serena vorstellen.«

Chloe hatte ihre Mutter schon öfter so gesehen, als sie zählen konnte, außerdem hatte sie auch noch Drake vergessen. Hatte er keinerlei Bedeutung? Warum hatte sie ihn nicht vorgestellt?

Tony musterte Chloe und Serena vom Kopf bis zu den Zehen. »Das sind keine Mädchen mehr, Baby, sondern echt scharfe Weiber. Wie geht's denn so? Ich bin Tony.«

Drake baute sich mit verschränkten Armen vor den beiden auf. »Drake Savage. Das sind meine Frau und meine Schwägerin, die du da anstarrst.«

»Cooler Name, Kumpel. Heiße Frau.«

Arschloch! Chloe fragte sich, ob er zu der Art von Bikern gehörte, mit denen Justin verkehrte. In diesem Fall wollte sie nichts mit Justins Welt zu tun haben, egal wie romantisch die letzte Nacht auch gewesen war. Zudem wusste sie Drakes Bemühungen zwar zu schätzen, brauchte jedoch keinen Mann, der sie beschützte. Sie trat um Drake herum und fragte: »Bist du ein Dark Knight?«

»Auf keinen Fall, Babe«, antwortete Tony. »Ich mache mir nichts aus diesem Gruppen-Bullshit, bei dem man an Treffen teilnehmen und Gemeinschaftsarbeit leisten muss. Fahre hart und lebe frei, Baby. Einen anderen Weg gibt es nicht.«

Erleichterung durchströmte sie, und sie fand den Mut, das zu tun, was sie von Anfang an hätte tun sollen. »Ich heiße Chloe, nicht Babe oder Baby, und meine Schwester Serena und ich würden es begrüßen, wenn du uns nicht wie ein Stück Fleisch anstarren würdest.«

Tony gluckste und wandte sich dem Kuchen auf dem Tisch zu. »Hey, nichts für ungut.«

»Wie wäre es mit: *Es tut mir leid, wenn ich euch beleidigt habe?*«, fragte Chloe empört.

Er schnitt sich ein Stück Kuchen ab und meinte: »Oh, keine Sorge, das hast du nicht.«

Serena packte Chloes Handgelenk und warf ihr einen warnenden Blick zu, der ihr vermitteln sollte: *Lass gut sein.*

Chloe war davon überzeugt, dass ihr Rauch aus den Ohren drang.

Tony sah ihre Mutter an. »Zieh dir die Stiefel an, Baby. Wir fahren nach Plymouth zu einer Party bei Greg.«

»Was?« Ihrer Mutter gelang es, immerhin ein wenig hin- und hergerissen auszusehen, während sie erwiderte: »Ich dachte, wir würden brunchen.«

Tony nahm das Stück Kuchen, das er abgeschnitten hatte, und reichte es ihr. »Hier hast du deinen Brunch. Iss auf und lass uns gehen.« Er schnitt sich ein weiteres Stück ab und biss herzhaft hinein.

Ihre Mutter runzelte die Stirn, und Chloe fühlte sich wieder wie ein kleines Mädchen, das hoffte, Mom würde sie und Serena einem Mann vorziehen. Wut kochte in ihr hoch. Warum hatte sie geglaubt, dass sich ihre Mutter jemals ändern würde? Und was noch wichtiger war: Warum ließ sie sich das weiterhin gefallen?

»Geh nur«, zischte Chloe. »Serena und ich werden uns hier um alles kümmern. Hau einfach ab.«

Tony gab ihrer Mutter einen Klaps auf den Hintern. »Du hast sie gehört. Beeil dich, Baby.«

»Ich mache es wieder gut, Mädchen!« Ihre Mutter zog kichernd die hochhackigen Schuhe aus. Dann rannte sie die Treppe hinauf, vermutlich um ihre Stiefel zu holen.

Chloe trat auf Tony zu. »Und du …«

»Viel Spaß!«, warf Serena ein, nahm Chloes Hand und zog sie ins Wohnzimmer, wo sie leise mit ihr schimpfte. »Sie sind es nicht wert. Du wirst dich nur schuldig fühlen, wenn du etwas sagst.«

»Von wegen schuldig.« Chloe bebte vor Wut.

Drake stand wie ein Bodyguard zwischen Küche und Wohnzimmer, hatte die Arme verschränkt und wandte ihnen den Rücken zu, während Serena ergänzte: »Du hasst es, gemeine Dinge zu sagen. Tu's nicht, Chloe. Du weißt, dass du es bereuen wirst, und zwar nicht, weil er es nicht verdient hat, sondern weil du besser bist als er.«

Chloe ging auf und ab und verfluchte sich dafür, überhaupt hergekommen zu sein und diese Scharade zum x-ten Mal mitzumachen.

»Tschüss, Mädchen! Das machen wir bald noch mal«, rief

ihre Mutter und eilte dabei die Treppe hinunter und durch das Wohnzimmer. »Ich hab euch lieb!«, ergänzte sie über die Schulter und war auch schon aus der Küchentür verschwunden.

»Was in aller Welt war denn das?«, fragte Drake, als er ins Wohnzimmer kam.

Chloe stemmte die Hände in die Hüften. »Willkommen bei der Freakshow im Mallery-Haus.«

»So langsam kann ich nachvollziehen, warum du mit keinem der raueren Kerle ausgehen willst«, meinte Serena.

Drake nahm sie in die Arme. »Der war nicht nur ein bisschen rau, Supergirl, sondern ein jämmerliches Arschloch. Kommt den Freunden eurer Mutter bloß nicht zu nahe.«

»Meinetwegen musst du dir da keine Sorgen machen. Ich habe ihr Affentheater so was von satt«, fauchte Chloe. »Ein Mann wird ihr immer wichtiger sein, als wir es sind, und wir sollten uns nicht so hundeelend fühlen, nur weil sie derart anhänglich und armselig ist.«

Drake sah Serena erwartungsvoll an.

»Guck nicht so. Ich komme nicht wieder her, wenn du und Chloe es nicht tut.«

»Gut, denn ich würde es dir nur ungern verbieten«, neckte Drake sie.

Serena schnaubte. »Das kannst du ja mal versuchen.« Sie schlang die Arme um ihn. »Was wird wohl passieren, wenn du mir vorschreiben willst, was ich nicht tun darf?«

»Ich kenne dich gut, Supergirl. Was glaubst du, warum ich dir in den Nächten, in denen du müde bist, sage, dass du nicht zu übermütig werden sollst?« Er gab Serena einen Kuss. »Wie wäre es, wenn ich das Essen entsorge und hier aufräume, damit wir alle verschwinden können?«

Als er in der Küche verschwand, stellte Chloe wieder einmal fest, wie viel Glück Serena doch hatte, und ihre Gedanken wanderten ein weiteres Mal zu Justin. Sie erinnerte sich daran, wie er in der Bar vor der Damentoilette leicht zudringlich geworden war und wie aufregend das auf sie gewirkt hatte. Sie hatte seine Stimme noch immer klar und deutlich im Ohr. *Das war nur eine Erinnerung. Du gibst gern vor, nichts für mich zu empfinden. Es wird Zeit, dass du damit aufhörst.*

Gestern Abend hatte sie überlegt, dass es möglicherweise Zeit wurde, ihre Angst vor harten Kerlen zu überwinden. Aber Justins Abschiedsworte hallten ihr immer wieder durch den Kopf – *Und jetzt schwing deinen süßen kleinen Hintern wieder ins Haus, damit ich weiß, dass du in Sicherheit bist* –, und die passten so gar nicht zu dem, was sie zuvor erlebt hatte. Waren Justins Abschiedsworte ein Scherz gewesen, so wie Drakes, weil ihm etwas an ihrem Wohlbefinden lag? Oder war das nur die Spitze des Eisbergs und ein Warnsignal, dass er sich genau wie Tony verhalten würde, wenn sie ihn erst einmal näher an sich herangelassen hatte?

Chloe war nach dem Vorfall mit dem Freund ihrer Mutter so durcheinander und verwirrt, dass sie befürchtete, mit Justin in die Höhle des Löwen zu geraten. Den ganzen Sonntagabend und den Montag kämpfte sie gegen den Drang an, ihm zu schreiben und sich danach zu erkundigen, wie es seinem Großvater ging. Am Montagabend saß Chloe auf dem Boden ihres Wohnzimmers, sortierte Fotos für das Hochzeitsalbum, das sie für Harper und Gavin anfertigen wollte, und versuchte, das nagende Gefühl zu ignorieren, dass sie ihren Freund im Stich ließ. In den Wochen vor der Hochzeit hatte sie Dutzende von Fotos von Harper und Gavin zusammen mit ihren Freunden gemacht, und im letzten Monat waren bei der Hochzeit der beiden noch mal so viele dazugekommen.

Sie schaute sich mehrere Bilder von Gavin und Harper an, die so verliebt aussahen, dass sie es förmlich spüren konnte. Danach stieß sie auf ein Foto, auf dem Justin, Gavin und Beckett Arm in Arm standen, und nahm es in die Hand. Es war am Abend der Hochzeit aufgenommen worden. Gavin und sein Bruder sahen mit ihren glatt rasierten Wangen und in den makellosen Anzügen einfach perfekt aus. Aber es war Justin mit seinen Bartstoppeln und den zerzausten Haaren, der ihre Aufmerksamkeit erregte. Seine Krawatte saß ein wenig schief, seine Kleidung war leicht zerknittert. Er hatte eine Hand in der Tasche, die andere lag auf Gavins Schulter, sodass sein Lederarmband zu sehen war. Manchmal trug er auch anderen Schmuck, aber das Armband war eine Konstante, und sie fragte sich, ob es von einer Ex-Freundin stammte oder ob er es sich einfach selbst gekauft hatte. Sie betrachtete das Bild und dachte an diesen Abend zurück. Justin war eigentlich nie von ihrer Seite gewichen. Nachdem die meisten ihrer Freunde zu Bett gegangen waren, hatte Beckett Chloe eingeladen, mit ihm an der Bar noch etwas zu trinken, und Justin hatte sich den Rest des Abends zwischen ihnen aufgebaut. Damals hatte er gesagt, er wolle nicht, dass Chloe nur zur nächsten Kerbe in Becketts Bettpfosten wurde. Sie hatte dieses Verhalten für seine typische, aufdringliche, flirtende Art gehalten und geglaubt, dass er trotz seiner Behauptung über Beckett auf einen One-Night-Stand gehofft hatte. Allerdings hatte er sich ihr an diesem Abend ebenso wenig genähert wie in der Nacht des

Sturms, in der er gegangen war, ohne sie zu küssen.

Du hast in der Nacht des Sturms gezögert, Süße. Deshalb bin ich gegangen. Ich werde mich dir niemals aufdrängen.

Sie betrachtete das Foto eine Weile und fühlte sich immer schlechter.

Ihre Sorgen in Bezug auf Justin schienen absolut unbegründet zu sein. Bisher war sie noch niemandem eine schlechte Freundin gewesen. Warum hatte sie zugelassen, dass das verrückte Leben ihrer Mutter etwas daran änderte? Justin war nicht Tony, und er war auch nicht Drake. Er war anders als alle Männer, die sie je gekannt hatte, und es tat ihr schrecklich leid, dass sie nicht nachgefragt hatte, wie es seinem Großvater ging. Immerhin hatte er sich schon aus weit weniger wichtigen Gründen bei ihr gemeldet. Er war der einzige Mann, der immer für sie da gewesen war und sie beschützt hatte, auch wenn sie keinen Schutz wollte. Er hatte sie in seinen Armen gehalten, als er sie eines Abends nach der Arbeit weinend vor ihrem Haus sitzen sah, weil ein LOCAL-Bewohner, mit dem sie sich angefreundet hatte, verstorben war. Er war sogar zusammen mit ihr zur Beerdigung gegangen. Er mochte übermäßig flirten und aufdringlich sein, aber er war auch der Inbegriff eines guten Freundes, und sie wollte ihm eine ebenso gute Freundin sein.

Ihr Telefon pingte wegen einer Benachrichtigung von einer der Dating-Apps, die sie benutzte.

Sie schnaubte angewidert. Online-Dating war ein Experiment gewesen, eines, bei dem sie sich nie besonders wohlgefühlt hatte, von dem sie aber wusste, dass sie es ausprobieren musste, um sich nicht später zu fragen, ob es vielleicht erfolgreich verlaufen wäre. Es war an der Zeit, diesen Teil ihres Lebens hinter sich zu lassen. Sie war keine Serien-

Daterin.

Rasch legte sie das Foto wieder hin, griff nach ihrem Telefon und deaktivierte ihre Konten bei den beiden Dating-Apps, die sie ausprobiert hatte.

Sofort fühlte sie sich besser.

Ein wenig zumindest.

Chloe sah sich das Foto von Justin und seinen Freunden noch einmal an. Sie hatte sich eingebildet, Justin wäre an diesem Abend eifersüchtig auf Beckett gewesen, und vielleicht entsprach das sogar der Wahrheit. Beckett war es definitiv wert, eifersüchtig zu sein. Er erfüllte *sämtliche* Voraussetzungen ihrer Dating-Liste. Er hatte einen guten Job und war anständig, eine sichere Wahl. Aber er brachte ihr Herz nicht auf die gefährliche Art und Weise in Wallung, wie es Justin tat. Die Art und Weise, die ihr das Gefühl gab, sie könnte den Verstand verlieren – und das Höschen.

Bei der Vorstellung, sich vor Justin auszuziehen, spürte sie ein aufgeregtes Flattern im Bauch.

Das jedoch sofort in ein schmerzhaftes Ziehen umschlug, weil sie wusste, dass sie dem Mann, der, wie sie schließlich erkannt hatte, Freundschaft über alles stellte, keine gute Freundin gewesen war.

Sie schnappte sich ihr Handy und schrieb Justin eine Nachricht, der sie ein lächelndes Emoji hinzufügte. *Wie geht es deinem Großvater?* Ihr Puls beschleunigte sich, als sie auf seine Antwort wartete.

Das Telefon vibrierte, als eine Nachrichtenblase erschien. *Es geht ihm gut. Ich war den ganzen Tag bei ihm.*

Sie seufzte erleichtert und schrieb: *Das freut mich.*

Seine Antwort kam sofort. *Was machst du gerade?*

Sie antwortete: *Ich bastele ein Hochzeitsalbum für Harper*

und Gavin. Erzähl Gavin ja nichts davon.

Als Justin nicht sofort antwortete, legte sie ihr Handy weg und versuchte, sich auf das Album zu konzentrieren, aber ihr Blick wanderte immer wieder zum Telefon zurück.

Ein paar Minuten später traf die nächste Nachricht von ihm ein. *Sorry, ich musste Gavin sofort von dem Album erzählen. Er ist begeistert!*

Lachend schrieb sie zurück: *Erinnere mich daran, dass ich dir keine Geheimnisse mehr verrate.*

Er antwortete: *Ich werde sie trotzdem alle herausfinden.*

Sie tippte: *Träum weiter.* Ihr Herz raste, weil sie ganz genau wusste, dass seine Antwort sofort eintreffen und verrucht sein würde – und so war es auch.

Es sind Fantasien und du spielst in allen die Hauptrolle. Schick mir die Fotos von neulich Abend.

Gott, sie liebte seine Unverfrorenheit so sehr, wie sie sie fürchtete.

War sie deshalb genau wie ihre Mutter?

Dieser Gedanke behagte ihr gar nicht.

Sie erwiderte: *Ich habe nicht vor, dir Bilder für deine Fantasien zu liefern.*

Seine Antwort kam sofort. *Das tust du schon seit dem Tag, an dem wir uns kennengelernt haben, und zwar als Einzige. Ich habe Bilder von dir in deinem sexy Bikini im Kopf, in diesen schicken Outfits, die du immer trägst, und in den knappen Shorts, die mich dazu verlocken, dir in den knackigen Po zu beißen.*

Sie schluckte schwer und kämpfte gegen das Verlangen an, das sich in ihr ausbreitete.

Roses Stimme hallte ihr durch den Kopf. *Jede Frau sollte einen Mann haben, bei dem sie ein Kribbeln im Bauch spürt, der ihr aber auch genauso oft das Gefühl von Sicherheit, Wertschät-*

zung und Liebe vermittelt.

Mit der nächsten Nachricht kam ein Foto, auf dem Justin in einem schwarzen Tanktop auf der Seite lag und die muskulösen, tätowierten Arme zur Schau stellte. Er stützte den Kopf auf die Hand, hatte sexy zerzaustes Haar, und seine Lider waren halb geschlossen, als wollte er ihr vermitteln: *Komm schon, Herzensbrecherin. Du weißt, dass du mich willst.*

Sie konnte den Blick nicht von ihm abwenden. Wie schaffte er es nur, sie mit einer Nachricht und einem Foto derart zu erregen? Und warum wollte sie sich unbedingt darauf einlassen, obwohl sie doch befürchtete, dass es das absolut Falsche war? Rose war eine weise Frau. Vielleicht hatte sie recht damit, dass Chloe die Männer, mit denen sie ausging, mit keiner derart langen Wunschliste abgleichen durfte. Diese Liste hatte Chloe vor über einem Jahrzehnt nach dem schrecklichen Vorfall vor dem Salty Hog in ihrem zweiten Studienjahr erstellt. Sie ging nun schon so lange mit Männern aus, die ihren Wunschvorstellungen entsprachen, dass sie sich davor fürchtete, von diesem Muster abzuweichen.

Eine weitere Nachrichtenblase erschien. *Träum heute Nacht von mir, du heiße Braut, denn ich werde auf jeden Fall von dir träumen.*

Großer Gott. Das war eine schreckliche Idee. Jetzt würde sie den Rest der Nacht nur noch an ihn denken können.

Gut gespielt, Wicked. Gut gespielt.

Sieben

Die Tage vergingen wie im Flug und waren gespickt mit einer Mischung aus lustvoller Vorfreude und Angst, ausgelöst durch einen gewissen heißen Biker mit lockerem Mundwerk. Justin schrieb Chloe jeden Abend eine Nachricht mit einer frechen und unverschämten Frage wie: *Weißt du, wie spät es ist?* Wenn sie den Köder schluckte, antwortete er mit: *Chloe-Zeit. Ich gehe meine mentalen Bilder durch. Worauf hast du Lust? Auf einen Biss in den Hintern oder etwas Sinnlicheres?* Oder er schrieb etwas weniger Offensichtliches wie: *Bist du beschäftigt?* Wenn sie antwortete, dass sie an dem Hochzeitsalbum oder etwas anderem arbeitete, schrieb er: *Ich spüre, dass du an mich denkst. Kannst du spüren, wie ich dich berühre?*

Der Mann wusste genau, wie er sie durcheinanderbringen konnte. Inzwischen schaffte sie es nicht einmal mehr, nicht auf seine Nachrichten zu antworten, und freute sich zu allem Überfluss auch noch darauf. Sie hatte sich offenbar bisher geirrt, denn Nachrichten waren eine sehr effektive Methode des Vorspiels. Zu ihrem Glück hatte er sich nicht während ihres heutigen Treffens mit dem Vorstand gemeldet, denn das wäre peinlich gewesen. Sie hätte sich mit seinem Foto in ihrem Büro einschließen und erst einmal selbst befriedigen müssen. Was war nur los mit ihr? Bisher hatte sie nie Spaß am Sexting gehabt. Sie wusste, dass sie mit den Nachrichten aufhören musste, sonst würde er sich wahrscheinlich noch einbilden, er könne sie bei ihrer nächsten Begegnung einfach ins Bett schleifen. Aber es war Donnerstagnachmittag und sie war immer noch bei der Arbeit. Durch den Start des neuen Junior-/Senior-Programms und Chloes andere administrative Aufgaben blieb ihr keine Zeit für Erotisches. Dies war die falsche Zeit, um über den frechen Kerl nachzudenken, der sich in jeden ihrer Gedanken einschlich.

Als sie an diesem Nachmittag ihre Runde drehte, sich mit den Bewohnern unterhielt und nach den Männern und Frauen sah, die am Junior-/Senior-Programm teilnahmen, musste sie an ihre Mutter denken. Würden Serena und Chloe in einigen Jahren darüber entscheiden müssen, ob ihre Mutter in einer Einrichtung wie dem LOCAL untergebracht werden sollte? Chloe war am Sonntag derart verletzt und wütend gewesen, dass sie diese Frage mit einem völligen Verzicht auf diese Verantwortung beantwortet hätte. Doch seitdem waren einige Tage vergangen, und sie hatte Zeit gehabt, sich wegen des dort abgelaufenen Fiaskos wieder zu beruhigen. Tatsächlich wusste sie ganz genau, was sie tun würde, denn wenn es so weit wäre, würde sie ihrer Mutter nicht den Rücken zukehren können. Dass sie eine schlechte Mutter war, bedeutete noch lange nicht, dass Chloe auch eine schlechte Tochter sein musste.

Sie schaute im Gemeinschaftsraum vorbei, in dem Owen Crenshaw, einer der Jugendlichen, die an dem Programm teilnahmen, Samuel Warren etwas vorlas. Samuel war vor fünf Jahren mit seiner Frau Alma ins LOCAL gezogen. Er hatte als Kind einen Unfall erlitten, durch den sein Sehvermögen eingeschränkt worden war. Früher hatte ihm seine Frau immer etwas vorgelesen, aber sie war Anfang des Jahres verstorben. Chloe hatte es sich zur Aufgabe gemacht, ihm in ihren Mittagspausen vorzulesen, so oft sie es einrichten konnte.

Bei der Idee für das Junior-/Senior-Programm hatte sie sich vorgestellt, einer der Teenager zu sein und so einen älteren Freund zu finden, der einige Altersweisheiten zu vermitteln hatte. Das gehörte zu den Dingen, die sie an der Arbeit mit älteren Menschen am meisten schätzte. Sie hatte gehofft, dass das Programm sowohl bei den Teenagern als auch bei den Bewohnern gut ankommen würde, und sie war überglücklich, dass sie bisher nur positive Rückmeldungen erhalten hatte. Und Owens und Samuels Lächeln nach zu urteilen, schien dies auch weiterhin der Fall zu sein.

Auf dem Weg zurück in ihr Büro nahm sie sich vor, Samuel zu besuchen, wenn er allein war, um sich zu vergewissern, dass sie mit ihrer Beobachtung richtig lag.

»Chloe?«

Als sie Darren Rogers' Stimme hörte, drehte sie sich um und sah den Vorstandsvorsitzenden auf sich zukommen. Sie hatte großen Respekt vor Darren. Er war ein fairer und taktvoller Mann, der alle Optionen abwog, bevor er Entscheidungen traf, und der sich die Zeit nahm, die Bewohner und Mitarbeiter kennenzulernen. »Hallo, Darren.«

»Schön, dass wir uns über den Weg laufen«, sagte er freundlich. »Ich wollte dir noch mitteilen, dass der Vorstand und ich heute früh sehr beeindruckt von deinen Ideen waren.«

»Danke.« Sie hatte ihnen von dem Puppenspielprogramm erzählt, über das sie nachdachte. »Ich habe mich an eine hiesige Puppenspielerin gewandt, um weitere Informationen zu erhalten. Wenn alles gut geht, kann ich Alan bald einen formellen Vorschlag unterbreiten.«

»Ausgezeichnet. Dein kontinuierliches Engagement für diese Einrichtung und unsere Bewohner ist nicht unbemerkt geblieben.«

Mit einem freundlichen Nicken ging er weiter zu den Büros der Führungskräfte. Chloe betrat ihr Büro mit etwas mehr Schwung im Schritt.

Shelby hielt sie auf, als sie am Empfang vorbeikam, und drückte einen Anruf in die Warteschleife. »Es ist Madigan Wicked. Hast du jetzt Zeit für sie?«

»Unbedingt. Danke.« Chloe eilte in ihr Büro und nahm den Hörer ab, während sie um den Schreibtisch herumlief. »Hallo, Mads. Entschuldige, dass es so lange gedauert hat, bis wir einander an die Strippe bekommen haben.«

»Ich bin diejenige, der es leidtut«, erwiderte Madigan. »Schließlich war ich viel unterwegs. Ich habe in fünf Minuten eine Telefonkonferenz und muss mich auf die Show heute Abend vorbereiten, aber ich wollte wenigstens kurz mit dir sprechen. Was hältst du davon, wenn wir uns mal abends treffen, wo wir doch tagsüber so viel zu tun haben?«

»Das ist eine hervorragende Idee.«

»Großartig. Ich weiß, dass das sehr kurzfristig ist, aber ich treffe mich heute Abend mit meiner Freundin Marly im Salty Hog. Sollen wir beide uns nach meiner Show oben in der Bar zusammensetzen? So gegen halb neun? Marly kommt erst gegen zehn, wir sollten also genug Zeit zum Reden haben.«

Chloe wurde mit einem Mal ganz nervös. Bei der Vorstellung, diese spezielle Biker-Bar zu betreten nach allem, was in dieser schrecklichen Nacht vor all den Jahren geschehen war, bekam sie eine Gänsehaut. Sie wusste aber auch, dass das Salty Hog Justins und Madigans Tante und Onkel gehörte, und wenn Madigan sich dort wohlfühlte, dann sollte Chloe das ebenfalls gelingen. Die Erinnerungen würden dadurch jedoch nicht verschwinden. Sie konnte Madigan allerdings nicht gestehen, dass sie die Bar ihrer Verwandten lieber nicht betreten wollte, daher stimmte sie zu, sich dort mit ihr zu treffen, und hoffte das Beste.

Nach dem Telefonat widmete sich Chloe ihren Notizen und Projektideen und versuchte, sich darin zu vertiefen, um die Angst zu ignorieren, die ihr im Nacken saß.

Später an diesem Abend zog sich Chloe eine Röhrenjeans und eine ärmellose Bluse an und legte ihr Lieblings-Fußkettchen mit den Libellen um, das ihr Mut spenden sollte. Libellen symbolisierten Verwandlungen und Neuanfänge. Mit etwas Glück würde ihr Treffen mit Madigan großartig verlaufen und vielleicht sogar ihre schlechten Gefühle in Bezug auf das Salty Hog verschwinden lassen.

Mit großen Hoffnungen machte sie sich auf den Weg dorthin.

Es war eine klare Nacht, und als sie aus dem Wagen stieg, wurde sie von der Musik aus der Bar und den maritimen Gerüchen des Hafens begrüßt. Alle Voraussetzungen für einen schönen Abend waren gegeben, wären da nicht die schlechten Erinnerungen gewesen, die sich ihren Weg an die Oberfläche bahnen wollten. Chloe beschloss, den geschäftigen Restaurantbereich zu meiden, und stieg die Stufen zum Außeneingang der Bar hinauf, wobei sie von Sekunde zu Sekunde nervöser wurde. Sie rief sich ins Gedächtnis, dass das, was während ihrer Collegezeit passiert war, heute nicht geschehen würde, und wandte all die Tricks an, auf die sie sich im Laufe der Jahre verlassen hatte, um sich Mut zu machen und die schlechten Erinnerungen zu verdrängen: Sie reckte das Kinn in die Luft, atmete tief durch und glaubte vor allem an sich selbst.

Sie betrat die überfüllte Bar und suchte den Raum nach Madigan ab. Die rustikale Kneipe wirkte mit den abgenutzten Holzwänden und abgewetzten Böden rauer als Chloes üblicher Treffpunkt. Auch die Gäste erschienen ihr unkonventioneller, was wohl vor allem an dem guten Dutzend Männern lag, die alle Lederwesten mit Aufnähern der Dark Knights trugen und von einer grimmigen Aura umgeben waren. Zudem waren auch zahlreiche andere Männer anwesend, die keine Biker waren und Oberhemden, Stoffhosen, Shorts oder Jeans trugen, sowie Dutzende von Frauen in hübscher Sommerkleidung. Gespräche und Gelächter erfüllten die Luft, dennoch wurde Chloe von einem Gefühl erhöhter Wachsamkeit erfasst.

»Chloe!« Madigan winkte ihr von einem Stehtisch aus zu. Ihr mahagonifarbenes Haar fiel ihr in sanften Wellen über die Schultern, als sie vom Barhocker aufstand, und sie sah in ihrem kurzen, fließenden aquamarin-weißen Sommerkleid jung und hübsch aus. »Schön, dass du kommen konntest.« Sie umarmte Chloe enthusiastisch.

»Danke, dass du dir die Zeit nimmst.« Chloe setzte sich. »Dein Kleid ist der Hammer.«

Madigan nahm Chloe gegenüber Platz. »Ich habe es letztes Frühjahr in Spanien gekauft, und zwar gleich in drei Farben, weil es mir so gut gefallen hat.«

»Du kommst ganz schön in der Weltgeschichte herum. Das Puppenspieler-Geschäft muss echt boomen.«

»Ich kann es mir selbst nicht erklären, aber plötzlich bekomme ich alle möglichen Angebote, und das nicht nur als

Puppenspielerin. Ich spiele auch Gitarre und trete als Geschichtenerzählerin auf, und da sind ja auch noch die *Mad Truth*-Grußkarten.« Die Grußkartenserie *Mad Truth About Love* (Verrückte Wahrheit über die Liebe) machte sich ein bisschen über die schwierigeren Aspekte von Beziehungen lustig.

»Ich hatte ja keine Ahnung, dass du Gitarre spielst und dass du hinter diesen Karten steckst. Die sind so toll! Wie kommst du nur auf so viele neue Ideen?«

»Wenn einem das Herz in Stücke gerissen wird, ist es leicht, sich über die Liebe lustig zu machen. Außerdem bin ich natürlich fest davon überzeugt, dass es für Madigan Wicked keine wahre Liebe geben wird.«

»Oh, das tut mir leid.«

Madigan beugte sich vor und fügte leiser hinzu: »Das mit dem Liebeskummer sollten wir lieber für uns behalten. Das ist eine lange, schmerzhafte Geschichte, von der meine Brüder nichts wissen. Und ich kann sehr gut darauf verzichten, dass die Männer in meinem Leben deswegen in Aufruhr geraten.«

»Keine Sorge, von mir werden sie kein Sterbenswörtchen erfahren.« Chloe wusste nicht, was *in Aufruhr geraten* in diesem Zusammenhang zu bedeuten hatte. »Es muss ganz schön schwierig sein, so überfürsorgliche Brüder zu haben.«

»Brüder, Vater, Onkel, Cousins.« Madigan zuckte mit den Achseln. »Wenn man die Tochter des Präsidenten der Dark Knights ist, gilt man als die Prinzessin des Clubs. Demzufolge passen sie alle auf mich auf.«

»Bist du deshalb so viel unterwegs? Um ihren Adleraugen zu entkommen?«

Madigan zuckte erneut mit den Achseln. »Eigentlich nicht. Sie mögen es mit ihrem Beschützerinstinkt zwar manchmal übertreiben, aber ich vermisse sie wie verrückt, wenn ich weg bin. Ich liebe es einfach, zu reisen und neue Leute kennenzulernen. Deshalb bin ich mir auch nicht sicher, was ich in Bezug auf all die Angebote machen soll, die bei mir eintrudeln. Darunter sind ein paar coole Auftritte als Geschichtenerzählerin und natürlich als Puppenspielerin, doch ich habe auch den Vorschlag bekommen, meine *Mad Truth*-Reihe auf andere Bereiche auszuweiten. Das Problem ist nur, dass die meisten dieser Angebote eine ziemlich lange Reise erfordern. Mein Großvater ist kürzlich gestürzt und im Krankenhaus gelandet. Es geht ihm wieder gut, aber mir wurde dadurch erst klar, dass ich vielleicht nicht mehr viel Zeit mit ihm verbringen kann. Aus diesem Grund möchte ich lieber noch eine Weile in der Nähe bleiben.«

»Justin hat mir von eurem Großvater erzählt. Es freut mich sehr, dass es ihm gut geht, und deine Familie ist bestimmt heilfroh, dass du hierbleibst.«

»Das ist sie auch. Ich habe mich schon den ganzen Nachmittag auf das Gespräch mit dir gefreut, und bin sehr gespannt, mehr über deine Ideen zu erfahren.«

»Ich bin vorerst auf der Suche nach Informationen«, sagte Chloe. »Für meine Arbeit im LOCAL halte ich immer Ausschau nach neuen Programmen für ältere Menschen. Daher interessiert mich, was du über den Einsatz von Puppen zur Unterstützung von Demenzkranken weißt. Hast du schon einmal davon gehört oder sogar schon mit älteren Menschen gearbeitet?«

»Ja, das Puppenspiel wird schon seit geraumer Zeit bei der Seniorenarbeit eingesetzt. Andere Länder scheinen ein besseres oder breiteres Verständnis dafür zu haben, wie nützlich es bei einer Vielzahl von Problemen sein kann, und das nicht nur bei älteren Menschen. Ich habe im Ausland studiert und in einigen Ländern mit Senioren gearbeitet, aber merkwürdigerweise nicht hier in den USA.« Madigan blickte auf, als sich eine große rotblonde Frau mit Schildpattbrille und herzlichem Lächeln dem Tisch näherte. »Hallo, Tante Ginger.«

»Hallo, Mads. Ich dachte, ich erkundige mich mal, ob deine Freundin etwas trinken möchte und ob ihr Hunger habt.« Ginger stützte eine Hand in die Hüfte. Sie trug Jeans und ihr kastanienbraunes Oberteil enthüllte kleine Tätowierungen auf den Oberarmen. »Dich habe ich hier meines Wissens noch nie gesehen.«

»Das ist meine Freundin Chloe Mallery. Sie leitet das LOCAL. Chloe, das ist meine Tante Ginger«, stellte Madigan sie einander vor. »Ihr und meinem Onkel Conroy gehört dieser Laden.«

»Freut mich«, sagte Chloe.

»Du bist also das berüchtigte *Uptown Girl*.« Gingers Augen funkelten amüsiert. »Ich hatte mich schon gefragt, wann ich dich endlich mal kennenlerne.«

»Das *Uptown Girl?*« Chloe hatte keine Ahnung, wovon Ginger da sprach.

Ginger berührte Chloe an der Schulter. »Ach, Liebes, das ist als Kompliment gemeint. Aber ich habe mich gerade in Schwierigkeiten gebracht und die Katze aus dem Sack gelassen, nicht wahr?« Sie verzog das Gesicht und warf Madigan einen schuldbewussten Blick zu.

Madigan riss die Augen auf. »Hey, sieh nicht mich an. Ich bin genauso verwirrt wie Chloe.«

»Okay, die Sache ist die.« Ginger wurde wieder ernst. »Mein Neffe Maverick – Justin – ist schon sehr lange in dich verknallt, und seine Brüder und Cousins ziehen ihn ständig damit auf, dass er nicht in deiner Liga spielt. Du weißt ja, wie Männer so sind.«

Chloe war so in das Gespräch mit Madigan vertieft gewesen, dass sie gar nicht bemerkt hatte, dass ihre Nervosität verflogen war, bis sie auf einmal wieder aufflackerte, und sie spürte, dass sie vor Verlegenheit rote Wangen bekam. »Das hört sich beinahe so an, als würden sie denken, ich wäre zu eingebildet für ihn.«

»Was? Nein. Auf keinen Fall«, rief Madigan aus.

Ginger schüttelte den Kopf. »Nein, Liebes. Ich versichere dir, von eingebildet war nie die Rede. Sexy, schön, klug, das war alles dabei, aber niemals eingebildet. Die Jungs halten dich für einen heißen Feger.«

»Wie kommt es dann, dass *ich* diesen Spitznamen noch nie gehört habe?«, fragte Madigan.

»Das liegt daran, dass ich die Barkeeperin bin und alles mitbekomme.« Ginger berührte Madigans Schulter, so wie sie eben Chloes berührt hatte, und ergänzte: »Und du bist die kleine Schwester, von der die Männer in unserer Familie gern glauben würden, dass sie nichts über die Dinge weiß, die Männer und Frauen so miteinander treiben.«

Madigan verdrehte die Augen. »Wie auch immer. Jedenfalls ist es kein Wunder, dass Justin auf dich steht, Chloe. Du bist umwerfend. Die meisten Männer haben dich sofort abgecheckt, kaum dass du hereingekommen warst.«

»Das stimmt doch gar nicht«, widersprach Chloe und sah sich schnell um, obwohl sie zu sehr damit beschäftigt war, darüber nachzudenken, dass Justins Brüder und Cousins sie *Uptown Girl* nannten. Sie hatte sich Justin nie überlegen gefühlt, vielmehr hatten sie einfach einen unterschiedlichen Lebensstil.

»Sie haben dich definitiv abgecheckt, Liebes«, bestätigte Ginger. »Und das ist auch gut so. Hübsche junge Dinger wie ihr beide haben es verdient, abgecheckt zu werden.« Sie deutete auf einen gut aussehenden Mann mit langem silbernem Haar und strahlend weißem Lächeln, der sich mit einer Gruppe von Leuten unterhielt. »Sollte euch jedoch jemand wie dieser Kerl abchecken, dann müsst ihr euch in Acht nehmen. Er ist ein echter Herzensbrecher.«

»Der Silberfuchs da drüben? Im Ernst? Tja, wenn man so gut aussieht, gehört das vermutlich irgendwie dazu«, meinte Chloe.

Madigan fing lauthals an zu lachen. »Das ist mein Onkel Conroy! Er flirtet nur mit Tante Ginger.«

»Ach herrje! Tut mir leid, dass ich deinen Mann als Silberfuchs bezeichnet habe!« Chloe schlug sich peinlich berührt die Hände vors Gesicht.

Ginger erklärte lachend: »Das muss es nicht. Jede nimmt ihn in Augenschein und das ist auch gut so. Dieser Mann ist ein echter Hingucker und er gehört ganz allein mir. Wir necken uns hier oft, aber das ist alles nur Spaß. Du solltest öfter vorbeikommen. Und wenn ihr mich fragt, haben meine Söhne und Neffen absolut keine Ahnung, denn Maverick ist einer der besten und aufrichtigsten jungen Männer, die ich kenne. Was kann ich dir denn zu trinken bringen?«

»Da ich jetzt weiß, wie sie mich nennen, wäre eine Flasche Tequila vielleicht nicht verkehrt«, erwiderte Chloe amüsiert.

»Das kann ich nachvollziehen«, sagte Ginger, deren Mann nun auf sie zukam. »Bist du mit dem Auto hier?«

»Ja, aber das mit dem Tequila war ein Scherz. Ein Eistee reicht völlig, danke«, erklärte Chloe, als Conroy Wicked neben Madigans Stuhl trat und ihr einen Kuss auf den Scheitel drückte. Aus der Nähe sah er noch besser aus, denn er hatte tiefe Grübchen und blaue Augen, die so strahlend waren wie sein Lächeln.

»Wie geht's meinen Mädels?«, erkundigte sich Conroy.

»Hi, Onkel Con«, begrüßte Madigan ihn herzlich. »Das ist meine Freundin Chloe. Sie findet dich heiß.«

»Mads!«, schimpfte Chloe, was alle zum Lachen brachte. »Das habe ich überhaupt nicht gesagt! Zugegeben, du bist ein gut aussehender Mann, aber …« Sie wusste nicht mehr weiter, und Conroy grinste so breit, als wüsste er genau, was hier los war, daher gab sie schließlich zu: »Okay, sie hat recht. Deine Frau hat die Angel ausgeworfen und ich habe den Köder geschluckt. Tut mir leid.«

Er gab Ginger einen Kuss auf die Wange und legte ihr einen Arm um die Taille. »Meine Süße muss die Gäste immer aufs Korn nehmen.«

»Ich habe sie bloß im Hog willkommen geheißen«, behauptete Ginger unschuldig. »Hast du eine Ahnung, wer diese umwerfende Blondine ist?«

»Chloe. Hat Mads doch gerade gesagt«, antwortete Conroy.

Chloe stand auf und reichte ihm die Hand. »Hi, ich bin das *Uptown Girl*«, sagte sie, als er ihr die Hand schüttelte. »Du hast vielleicht schon von mir gehört. Billy Joel hat einen Song über mich geschrieben, allerdings bevor ich geboren wurde.« Sie setzte sich wieder und fügte hinzu: »Und nur fürs Protokoll: Ich bin nicht der Ansicht, dass irgendjemand unter meiner Würde ist.«

Conroys Lachen klang tief und herzlich. »Du bist also die Kleine, die Maverick schon vor sehr langer Zeit ins Auge gefallen ist. Tja, ist mir ein Vergnügen, Chloe. Du hast den Jungen ganz schön aus der Fassung gebracht. Und der

Spitzname ist nur ein Spaß. Maverick gibt allerdings einen richtig guten Fang ab.«

»Es gibt bestimmt eine Menge Frauen, die Justin gern am Haken hätten«, meinte Chloe gelassener, als sie sich fühlte.

»So geht es all unseren Wicked-Jungs«, scherzte Conroy. »Aber Maverick ist nicht der Typ, der sie erst einfängt und dann wieder ins Wasser wirft.«

»Versuch nicht, sie zu verkuppeln, Onkel Con«, warnte Madigan ihn. »Chloe ist hier, um mit mir über die Arbeit zu sprechen, nicht um bei einer Kuppelshow mitzumachen.«

»Hey, ich bin nur ein Onkel, der mit seinem Neffen angibt. Das ist doch nicht verwerflich.« Conroy grinste breit und wandte sich an Ginger. »Gibt's was Neues von den Jungs?«

»Noch nicht«, antwortete Ginger. »Wie macht sich Leah als Starrs Schatten?«

»Ist Leah die neue Kellnerin? Ich habe sie bei Starr gesehen, als ich vorhin reingekommen bin«, warf Madigan ein.

»Ja. Sie hat gerade erst angefangen«, sagte Conroy. »Leah ist schnell und geschickt und gerade freundlich genug.« Er schaute quer durch den Raum zu einer schlanken jungen Frau mit dichtem, lockigem, braun-rotem Haar und wachsamem Blick hinüber. »Sie ist nicht besonders warmherzig, und es muss sich noch zeigen, ob sie mit den Jungs hier zurechtkommt. Aber es ist erst ihre erste Woche und sie schlägt sich bisher wirklich gut.«

»Wir sind ein wilder Haufen, Con. Es dauert seine Zeit, bis man sich an uns gewöhnt hat«, meinte Ginger. »Solange sie sich behaupten kann und schnell und geschickt bleibt, werden wir in ihr eine tolle Mitarbeiterin haben. Ich rede heute vor Feierabend mal mit ihr und finde heraus, ob ich ihr helfen kann, sich hier wohler zu fühlen.« Sie wandte sich wieder an

Chloe und Madigan. »Jetzt habe ich euch aber lange genug warten lassen. Worauf habt ihr Appetit?«

»Nachos wären toll.« Madigan sah Chloe an und fragte: »Hast du Hunger?«

»Nein danke. Ich habe vorhin schon gegessen.«

Conroy starrte Madigan finster an. »Nachos sind kein Abendessen, Mads. Wie wär's mit einem Burger?«

»Wie wär's mit Nachos mit extra Rindfleisch?«, konterte Madigan.

»Mal sehen, was sich machen lässt.« Conroy zwinkerte ihr zu, bevor er die Stimme senkte, Ginger mit einem lodernden Blick bedachte und fragte: »Treffen wir uns in der Küche, um ein bisschen rumzuknutschen?«

»Onkel Conroy!«, schimpfte Madigan, doch ihr Lächeln verriet Chloe, dass sie nichts gegen seine Verspieltheit einzuwenden hatte.

Conroy ging glucksend weg.

»Er ist so frech«, stellte Madigan fest.

»Das ist er, und ich kann euch versichern, dass ich diesen Mann mehr als alles andere liebe. Selbst nach all den Jahren lässt er mein Herz immer noch höherschlagen.« Ginger seufzte leise. »Jeder sollte so glücklich sein. Ich bringe dir gleich dein Getränk, Chloe.«

Als sie wegging, rief Madigan ihr noch hinterher: »Bleib der Küche ja fern!«

»Du bist echt eine Spaßbremse«, erwiderte Ginger über die Schulter hinweg.

Madigan lehnte sich grinsend auf ihrem Barhocker zurück. »Ich liebe die beiden so sehr.«

»Sie scheinen glücklich zu sein. Du hast Glück, dass du so viele Verwandte in der Gegend hast. Meine kenne ich noch nicht mal.«

»Keinen Einzigen?«

Chloe schüttelte den Kopf, wollte jedoch nicht über ihre ungute Kindheit sprechen, daher sagte sie: »Deswegen sind wir auch nicht hier. Ich möchte wissen, was du über die Wirkung des Puppenspiels auf ältere Menschen denkst.«

»Darüber habe ich mir viele Gedanken gemacht.« Madigan erzählte ihr von ihrer Arbeit mit Senioren und was sie dabei gelernt hatte. Sie erläuterte, welche Vorteile sich daraus ergeben konnten, dass die Bewohner eigene Puppen anfertigten, was gut für ihre Feinmotorik sei, und dass die Verwendung der Puppen bei eigenen Shows die soziale Interaktion fördere und das Gehirn stimuliere. Sie erzählte Chloe, dass der Einsatz von Puppen Erinnerungen auslösen und Kommunikationsbarrieren abbauen könne, die mit Alzheimer und Demenz einhergingen, und dass er auch bei depressiven Menschen hilfreich wäre.

Sie unterhielten sich sehr lange, verputzten Nachos und scherzten ebenso oft, wie sie ernsthafte Themen erörterten. Chloe erklärte, dass sie ein Versuchsprogramm mit einigen wenigen Bewohnern über einen Zeitraum von vier bis sechs Wochen durchführen wollte, so wie sie es beim Junior-/Senior-Programm gemacht hatte, und wenn es sich als vorteilhaft erwies, würde sie ein längerfristiges Programm daraus ableiten.

»Klingt das nach etwas, das dich interessieren würde?«, fragte Chloe.

»Ja, auf jeden Fall.«

»Großartig! Wärst du bereit, mir bei der Präsentation zu helfen? Ich möchte sicherstellen, dass die Terminologie korrekt ist und dass ich keine wichtigen Elemente übersehe.«

»Das mache ich sehr gern.«

Sie verabredeten sich für den folgenden Dienstag in Chloes Büro, und Chloe erläuterte, welche Anforderungen Madigan erfüllen musste, um im LOCAL arbeiten zu können, vorausgesetzt, das neue Programm käme zustande.

»Ich bin wirklich begeistert davon, was dieses Programm für unsere Bewohner bewirken könnte«, sagte Chloe, während sie ihre Notizen zusammensuchte und in ihrer Umhängetasche verstaute.

»Ich auch.« Madigan warf einen Blick in Chloes Tasche. »Ich sehe da einen roten Bucheinband. Ist das etwa *Verrufene Inselvergnügen*?«

»Ja. Ich leite einen Buchclub und wir lesen es gerade. Kennst du das Buch? Es war auf allen Bestsellerlisten.«

»Mein Buchclub liest es auch! Wahrscheinlich tun sie es alle! Es ist überall in den sozialen Medien. Ich bin fast durch, und *oh mein Gott!*, es ist so heiß!«

»Ich weiß. Es ist echt gut. In welchem Buchclub bist du?«

»Es ist ein Onlineclub, der im Moment nur *Mein Buchclub* heißt, weil sich die Gründer nicht für einen Namen entscheiden können.«

Chloe musste lachen. »Ich fasse es nicht. Das ist mein Buchclub. Ich habe ihn mit meiner Freundin Daphne zusammen gegründet. Uns ist noch immer kein passender Name eingefallen.«

»Bist du ReadingMama oder ChapterChick? Ich bin MadReader!«

»Ich bin ChapterChick und Daphne ist ReadingMama. Sie hat eine zweieinhalbjährige Tochter. Wie hast du den Club gefunden?«

»Meine Cousine Dixie war letzten Sommer zu Besuch und hat mich und meine Freundin Marly auf den Club aufmerksam gemacht.«

»Dixie Whiskey?«, fragte Chloe. Als Madigan nickte, sagte

sie: »Ich kenne sie. Sie und ihre Freundinnen haben ein paar Mal per Videochat teilgenommen. Sie ist eine Wucht.«

»Ach, du hast ja keine Ahnung. Ich will wie Dixie sein, wenn ich groß bin. Sie ist härter als die Hälfte der Männer, die ich kenne.« Madigan senkte die Stimme. »Und sie ist mit dem heißesten Typen der Welt verheiratet: mit Jace Stone von Silver-Stone Cycles.«

»Ich habe keine Ahnung von Motorrädern.« *Aber wenn du mich fragst, ist Justin der heißeste Typ der Welt.*

»Ich weiß auch nicht viel über Motorräder, aber ich weiß, dass Jaces zu den besten gehören. Ich fahre eine rosafarbene Vespa, mit der mich meine Brüder gern aufziehen. Du solltest wissen, dass ich all meinen Freundinnen von dem Buchclub erzählt habe. Siehst du die blonde Kellnerin? Die mit den langen, krausen Haaren und den Tattoos, die Leah anlernt?« Sie zeigte auf eine hübsche junge Frau am anderen Ende des Raums, die gerade eine Bestellung aufnahm. »Das ist Starr. Sie ist auch im Buchclub.«

»Wirklich? Ist ja super. Als Daphne und ich den Club gegründet haben, hätten wir uns nie träumen lassen, dass gleich mehrere Leserinnen aus unserer Gegend kommen würden. Wusstest du, dass wir uns jeden Monat an verschiedenen Orten treffen?« Da der Club Mitglieder auf der ganzen Welt hatte, lief der Großteil der Kommunikation über das Online-Forum, aber jeden Monat wurde ein Mitglied nach dem Zufallsprinzip ausgewählt, um das Buch für den nächsten Monat auszusuchen und den Ort für das persönliche Treffen zu bestimmen. Sie hatten nur eine Regel: Die Treffen mussten in der Nähe eines Strands oder zumindest eines Gewässers stattfinden. Mitglieder, die nicht dabei sein konnten, wurden immer eingeladen, per Videochat daran teilzunehmen.

»Ja, aber ich schaue eigentlich nie in diesen Thread, weil ich immer unterwegs bin. Es ist einfacher, das Forum zu benutzen.«

»Das verstehe ich vollkommen. Aber das Treffen findet diesen Monat hier bei uns statt, morgen Abend um sieben am Cahoon Hollow Beach. Willst du nicht hinkommen? Du kannst Marly und Starr mitbringen. Das wird ein Riesenspaß. Ich habe ein Luau geplant, ein hawaiianisches Fest mit Blumenkränzen und fruchtigen Getränken, Inselmusik und allem Drum und Dran.«

»Das klingt ja unglaublich. Marly möchte bestimmt auch mitkommen, und ich werde Starr fragen, aber sie ist alleinerziehende Mutter, und ich weiß, dass sie oft keinen Babysitter für Gracie findet. Die Kleine ist sehr aktiv.«

»Sie kann sie doch mitbringen. Wir sind kleine Kinder gewöhnt. Manchmal ist auch Daphnes Tochter Hadley dabei. Ich kann es kaum erwarten, Marly kennenzulernen, und hoffentlich auch Starr. Was haben sie für Benutzernamen? Dann suche ich mal in den Foren nach ihnen.«

»Marly ist FlippinPages und Starr ist RadiantReader. Sie werden begeistert sein …«

Die Tür flog auf und Justin und Tank kamen zusammen mit Justins Brüdern und einer Handvoll anderer Männer in schwarzen Westen mit den Aufnähern der Dark Knights herein. Sie blieben mit grimmigen Mienen in der Tür stehen und brachten den Lärm der Menge zum Verstummen, als würde eine Woge der Dunkelheit über sie hereinbrechen. Ihre Kleidung war zerrissen und blutig. Justin hatte einen leuchtenden Bluterguss auf der Wange, Kratzer an den Armen und einen Riss in der Jeans, durch den sein blutiger Oberschenkel zu sehen war. Tank zeigte auf einen Tisch in der Ecke, an dem weitere Dark Knights saßen, und einige der Männer gingen in diese Richtung. Die Menge machte Tank, Justin, Blaine, Zeke und Zander, die Schulter an Schulter und mit gesenkten Köpfen auf die Bar zuschritten, als trügen sie die Last der Welt auf ihren Schultern, bereitwillig Platz und starrte sie staunend an.

Justin ließ sich auf einen Barhocker sinken und Conroy stellte ein Bier vor ihm ab. Er bediente Tank und die anderen, während Ginger ihre Schnitte und Prellungen begutachtete. Sie waren zu weit weg, als dass Chloe hätte hören können, was sie sagten, aber Justin schüttelte den Kopf. Bei ihrem ernsten Tonfall jagte Chloe ein Schauder über den Rücken. Sie beobachtete gebannt die Szene, die sich vor ihr abspielte, und ihre schlimmsten Vermutungen schienen sich zu bewahrheiten – als wollten sie sie daran erinnern, warum sie sich mit hübschen Jungs verabredete, denen ihr Gesicht zu wichtig war, als dass sie sich prügelten.

Derweil stützte Justin die Ellbogen auf die Theke und legte die Stirn in die Hände. Es war ein seltsamer, unerklärlicher Anblick, ihren starken, zu allem fähigen Freund derart niedergeschlagen zu sehen. Doch trotz der Ängste, die in ihr tosten, empfand Chloe Mitleid mit ihm. »Sie sehen aus, als hätten sie eine harte Nacht hinter sich.«

»Ja. Anscheinend ist es nicht gut gelaufen.« Madigan beäugte ihre Brüder.

Chloe beobachtete, wie Leah auf die Bar zuging und auf ihren Bestellblock schaute. Tank drehte sich gerade um, als Leah aufblickte, und sie erstarrte und sah ihn mit großen Augen an. An jedem normalen Tag wirkte Tank schon einschüchternd, aber mit den Kratzern im Gesicht und an den Armen und dem grimmigen Blick war er geradezu furchterregend. Ginger legte Leah eine Hand auf die Schulter und raunte ihr etwas ins Ohr. Chloe hatte nicht die geringste Ahnung, was sie Leah sagen konnte, um ihr die Angst zu nehmen, und dann huschte Leah davon wie ein verängstigtes Mäuschen. Chloe vermutete, dass sich Leah in diesem Moment wahrscheinlich fragte, ob sie ihren neuen Job wirklich behalten wollte.

Tanks Schultern sanken herab, und er drehte sich zu Blaine um und deutete auf den Tisch, an dem sich die anderen Dark Knights versammelt hatten. Blaine stupste Justin an, aber Justin schüttelte nur den Kopf. Blaine und die anderen gingen zu dem Tisch in der Ecke und ließen Justin allein zurück, der in sein unangetastetes Bier starrte.

»Läuft das immer so?«, fragte Chloe und konnte den Blick nicht von Justin abwenden.

»Manchmal«, antwortete Madigan. »Sie tun, was sie tun müssen.«

»Seit wann *muss* man denn kämpfen?«

»Sie würden alles tun, um ein weiteres Leben zu retten«, sagte Madigan leise.

Chloe wusste nicht, was das bedeutete, aber sie hatte es satt, über Justin und sein Leben nachzudenken. Es spielte keine Rolle, was sie vom Kämpfen hielt. Sie konnte nicht einfach dasitzen und ihn leiden sehen. »Macht es dir was aus, wenn ich mal nach Justin sehe?«

»Keineswegs. Ich will sowieso nach den anderen sehen. Wir sehen uns dann morgen Abend beim Buchclubtreffen.«

»Ich freue mich schon darauf.« Chloe stand auf und griff nach ihrer Tasche.

Während ihr das Herz bis zum Hals schlug und sie sich fragte, ob sie das Richtige tat, durchquerte sie den Raum.

Justin starrte mit leerem Blick in sein Glas. Er hatte einen beschissenen Tag hinter sich. Dieser Blödmann Alan Rogers war zu Hause gewesen, als Justin und Blaine am Vormittag sein Grundstück besichtigt hatten, und Justin hatte sich sehr zusammenreißen müssen, um dem Kerl, dessen herablassende Art kaum zu ertragen war, nicht die Meinung zu sagen. Doch der restliche Tag war sogar noch schlimmer geworden. Und offenbar hatten die Ereignisse ihn noch mehr durcheinandergebracht, als er geglaubt hatte, denn seine Haut kribbelte wie sonst nur, wenn Chloe in der Nähe war. Aber er wusste, dass das nur Wunschdenken sein konnte. Sie ging nie ins Salty Hog. Er schloss die Augen und wollte das Gefühl vertreiben, es wurde jedoch nur noch stärker. Schließlich hob er den Kopf und sah sich um, denn er ging fest davon aus, dass er den Verstand verlor. Er überflog die Umstehenden, und als sich mehrere Leute setzten, zog sich sein Brustkorb zusammen. Als hätte er sie herbeigezaubert, tauchte Chloe am anderen Ende des Raums auf – wie ein Leuchtfeuer der Hoffnung in der dunkelsten aller Nächte, das ebenso viel Erleichterung wie Qualen mit sich brachte.

Sie näherte sich zaghaft und mit wachsamen Augen. An jedem anderen Abend hätte er sich Sorgen gemacht, dass er es in den letzten Tagen mit den heißen Nachrichten vielleicht zu weit getrieben hatte, doch ihm war klar, dass sie nicht deshalb leicht verängstigt aussah. Dass sie überhaupt Angst hatte, war schon schwer zu ertragen, erst recht vor ihm, aber er wusste, wie sehr sie Gewalt ablehnte, und was er getan hatte, ließ sich nun einmal nicht verbergen. Immerhin war sie nicht zur Tür hinausgelaufen.

Er straffte die Schultern und versuchte sich an einem Lächeln, wenngleich Traurigkeit und Wut an ihm nagten. Obwohl es ein aussichtsloser Kampf war, versuchte er, diese Gefühle mit Humor zu überspielen. »Hey, Herzensbrecherin. Was führt dich in diesen Teil der Stadt?«

»Ich habe Mads gefragt, ob sie Puppenspiele im LOCAL aufführen würde.« Sie studierte sein Gesicht, dann wanderte ihr Blick an seinen Armen hinunter zu der blutigen Wunde an seinem Bein, und ihre Miene wurde immer besorgter. »Geht es dir gut?«

Die vertraute magnetische Anziehungskraft zog an ihm, das Bedürfnis, in ihrer Nähe zu sein, sich von ihrer Gegenwart beruhigen zu lassen. Aber er war in einer zu düsteren Stimmung, um den Gelassenen zu spielen, und musste dringend von hier verschwinden, bevor er sie noch mehr verängstigte. »Ja, alles in Ordnung.«

»Du solltest die Wunde an deinem Bein säubern.«

»Das mache ich gleich schon noch.« Er griff nach seinem Bierglas und wünschte sich, die Dunkelheit einfach wegtrinken zu können, doch der Gedanke an die Hunde, die sie heute Abend gerettet hatten, und die, die sie nicht hatten retten können, bewirkte, dass sich ihm der Magen umdrehte. Fluchend ließ er das Bierglas wieder sinken.

»Jetzt stell dich nicht so an. Du bekommst noch eine Infektion.« Sie ließ eine riesige Ledertasche auf den Tresen fallen und kramte darin herum. »Ich traue mich gar nicht zu fragen, wie die anderen Typen aussehen.«

»Scheiß auf die anderen Typen. Sie sind nicht weiter wichtig.«

»Justin …« Sie sah ihn fassungslos an, holte dann jedoch

ein Erste-Hilfe-Set aus ihrer Tasche, öffnete eine kleine Packung mit antiseptischen Tüchern und sah wieder zu ihm auf. »Im Augenblick erkenne ich dich gar nicht mehr wieder«, murmelte sie und machte sich daran, die Wunde an seinem Bein zu reinigen.

»Au. Verdammt noch mal, Blondie!«

»Stell dich nicht so an. Wenn du kämpfen kannst, kannst du auch ein bisschen Desinfektionsmittel ertragen.« Sie fuhr fort, seine Wunde zu säubern. »Ich weiß nicht, weshalb ihr euch geprügelt habt, aber jedes Leben ist wichtig, und ich glaube nicht eine Sekunde, dass ihr das anders seht.« Sie legte das schmutzige Tuch auf die Theke und holte ein neues hervor.

»Warum machst du das?«

»Auch wenn ich so tue, als würde ich bestimmte Dinge an dir nicht bemerken – du bist immer da, wenn ich oder jemand anderes dich braucht. Das Mindeste, was ich tun kann, ist, für dich da zu sein und dafür zu sorgen, dass sich deine Wunde nicht entzündet. Jetzt magst du den harten Kerl spielen, aber eine Infektion würde dich zum Weinen bringen.« Chloe sah ihn an und zog die Mundwinkel zu einem süßen angedeuteten Lächeln hoch, das seine Anspannung etwas linderte. Sie fächelte die feuchte Stelle an seinem Bein mit der Hand trocken.

Er nahm ihre Hand in seine und sah ihr ernst in die Augen. »Ich spiele also den harten Kerl?«

Sie entzog ihm die Hand und verdrehte die Augen. »Wie kannst du in so einem Moment mit mir flirten?« Sie nahm eine versiegelte Packung mit antibiotischer Salbe aus dem Erste-Hilfe-Set und versuchte, sie zu öffnen, zerrte und drehte daran und kniff entschlossen die Augen zusammen.

Er nahm ihr das Päckchen ab, riss es mit den Zähnen auf

und drückte es ihr wieder in die Hand. »Weil es einfacher ist, als sich mit dem Mist in meinem Kopf zu beschäftigen.«

»Dann rede mit mir. Wie kam es zu diesem Kampf?«

Er presste die Lippen aufeinander, denn etwas derart Düsteres wollte er nicht in ihre schöne Welt bringen.

»Komm schon, Justin. Was auch immer es ist, es kann nicht schlimmer sein als die Bilder, die in meinem Kopf herumspuken.« Sie trug die Salbe auf seine Wunde auf und sah ihn dabei flehentlich an. »Raus mit der Sprache, Wicked.«

Er beobachtete, wie sie die Salbe sorgfältig mit einem Pflaster abdeckte. »Wir waren zusammen mit der Polizei unterwegs, um einen Hundekampfring zu zerschlagen, und die Sache lief aus dem Ruder.«

»Ein Hundekampfring?« Der Schreck in ihren Augen war unübersehbar. Sie betrachtete seine Arme. »Sind das Kratzer von Hunden?«

Er nickte. »Und von der Umzäunung des Grundstücks.«

»Dann will ich mal hoffen, dass du in letzter Zeit gegen Tetanus geimpft wurdest. Was ist mit deinem Bein? Ist das von den Hunden oder vom Zaun? Und der blaue Fleck in deinem Gesicht?«

Er knirschte mit den Zähnen und wollte den Rest der Wahrheit nur ungern aussprechen, da er ihr nicht gefallen würde, aber er hatte nicht vor, einen Teil von sich vor irgendjemandem zu verbergen – vor allem nicht vor ihr. »Als die Polizei durch die Vordertür kam, wurde auch die Hintertür überwacht. Aber ein paar Typen kamen durch die Kellertür an der Seite raus und noch mehr aus einem Schuppen im hinteren Teil, die haben wir verfolgt. Wie ich schon sagte, lief es dann ein bisschen aus dem Ruder.«

Sie runzelte die Stirn und in ihren wunderschönen Augen

spiegelten sich widersprüchliche Gefühle wider. »Waren das diejenigen, die den Hundekampfring betrieben haben?«

Er nickte.

»Dann hatten sie auch verdient, was immer ihr mit ihnen gemacht habt.« Ihre Stimme wurde sanfter, als sie fragte: »Und die Hunde?«

»Wir haben alle gerettet, die wir retten konnten.«

Traurigkeit stieg in ihren Augen auf und sie legte ihre Hand auf seine. »Dann haben es nicht alle geschafft?« Sie blickte bedauernd zum Tisch hinüber, an dem seine Brüder und sein Cousin saßen. »Und ich dachte, ihr wärt bloß …«

»Leichtsinnig? Oder Unruhestifter?« Er zog eine Augenbraue hoch. »Das habe ich alles schon gehört, Chloe. Nichts, was du sagst, kann mich noch schockieren.«

»Tut mir leid. Ich sollte dich besser kennen, als so etwas auch nur zu vermuten. Aber es gibt so viel, was ich nicht über dich weiß, und ich schätze, ich habe die Lücken einfach aufgrund früherer Erfahrungen gefüllt.«

»Du hast vollkommen recht, Prinzessin.« Er drehte seine Hand um und hielt die ihre fest. »Doch das lässt sich ändern.«

Ihr Blick zuckte nervös umher. Sie schaute auf ihre verschränkten Hände hinunter, und er glaubte schon, sie würde ihre Hand wegziehen. Aber das tat sie nicht. Stattdessen begegnete sie seinem Blick erneut und fragte: »Sollen wir spazieren gehen und darüber reden? Damit du es hinter dir lassen kannst?«

»Bist du dir sicher, dass du das hören willst?« Er war dankbar für die Gelegenheit, die sie ihm gab, wollte sie jedoch nicht mit sich in die Tiefe reißen. »Es ist keine schöne Geschichte, Chloe.«

»Das Leben ist selten schön.« Sie räumte das Erste-Hilfe-Set wieder weg und schulterte ihre Tasche. »Wo kann ich die ganzen blutigen Tücher entsorgen?«

Er nahm den Müll an sich und ging damit hinter die Theke. Chloe sah ihn jetzt so anders an, dass er innehielt und sich einen Moment Zeit nahm, um in sich aufzusaugen, wie es sich anfühlte, von ihr angesehen zu werden, wenn sie nicht versuchte, sich hinter ihrer üblichen Barriere zu verstecken.

Sie beäugte ihn fragend. »Kommst du, Bikerboy? Oder muss ich mir den Rest der Geschichte von einem deiner Brüder erzählen lassen?«

»Einen Teufel wirst du tun.« Justin hatte keine Ahnung, wie sie das geschafft hatte, aber er fühlte sich schon ein wenig besser. Er legte ihr einen Arm um die Schultern, als sie zur Tür gingen. »Mein Bikername ist Maverick, Süße. Nicht Bikerboy.«

Sie setzte ein freches Lächeln auf. »Bikerboy ist süßer.«

Als er die Tür aufstieß, erklärte er: »Maverick ist männlicher. Und glaub mir, Baby, ich bin durch und durch Mann.«

Acht

Eine kalte Brise fegte über den Parkplatz, als sie Chloes Tasche in ihrem Kofferraum verstauten. Sie schlang die Arme um sich und murmelte: »Ich hätte einen Pullover mitnehmen sollen.«

»Ich habe einen Hoodie dabei.« Sie gingen zu Justins Motorrad, und er holte sein schwarzes Sweatshirt aus der Satteltasche und half ihr, es anzuziehen. Es war ihr etwa drei Nummern zu groß. »Du siehst bezaubernd aus.«

Sie verdrehte die Augen und schob die Ärmel hoch.

Als sie über den Parkplatz zu dem Weg gingen, der zum Strand führte, schien die Hässlichkeit dessen, was er durchgemacht hatte, nach und nach zu verblassen. Er wusste, dass das viel mehr mit Chloe zu tun hatte als mit der frischen Luft. »Warum verdrehst du die Augen, wenn ich dir ein Kompliment mache?«

»Keine Ahnung. Aus reiner Gewohnheit, schätze ich.«

»Es ist an der Zeit, dir das abzugewöhnen. Jedes Mal, wenn du die Augen verdrehst, werde ich ab jetzt etwas tun, um dich daran zu erinnern, das zu lassen.«

»Na, da bin ich aber gespannt«, spottete sie. »Was denn zum Beispiel, etwa mir den Hintern versohlen?«

Er grinste breit. »Das ist die beste Idee, die ich den ganzen

Abend gehört habe.«

»Wenn du deine Hand behalten willst, wirst du das gar nicht erst versuchen.« Sie blieb stehen, um ihre Sandalen auszuziehen. »Willst du dir denn nicht die Stiefel ausziehen?«

»Nein.«

»Du willst in Lederstiefeln am Strand spazieren gehen?«

»Ja.«

»Möchtest du nicht den Sand zwischen den Zehen spüren?«

»Du willst mich offensichtlich entkleiden und bei meinen Stiefeln anfangen ...« Er zog sich die Stiefel und Socken aus und legte sie neben ihre Sandalen, dann öffnete er den Knopf seiner Jeans.

»Justin!« Sie wurde knallrot und eilte den Weg hinunter. Er hatte sie mit drei langen Schritten eingeholt, und sie schimpfte: »Hast du dir jetzt genug ausgezogen?«

»Vorerst schon.«

Sie sah ihn aus dem Augenwinkel an, aber ihr Lächeln verriet ihm, dass sie seinen Sinn für Humor ebenso mochte, wie es ihm gefiel, sie erröten zu lassen.

Langsam gingen sie in Richtung Wasser, und als sie am Ufer entlangschlenderten, fragte sie: »Darf ich dich was wegen heute Abend fragen?«

Er hatte gehofft, sie würde die Sache auf sich beruhen lassen. »Ja«, antwortete er knapp.

»Machst du so etwas oft?«

»Nein. Zum Glück gibt es hier in der Gegend nicht viele Hundekämpfe. Dieser hier war etwa eine Stunde entfernt.«

»Warum seid ihr hingefahren? Ist dafür nicht die Polizei zuständig? Gibt es denn keine Heime oder Gruppen, die sich um so etwas kümmern?«

»Situationen wie diese sind genau das, wofür Gunner's

Auffangstation da ist.«

»Gunner?«

»Dwayne, entschuldige. Gunner ist sein Bikername.« Chloe und ihre Freunde hatten Dwayne ungefähr zur selben Zeit wie Justin kennengelernt. Da sie nicht zur Biker-Gemeinschaft gehörten, kannten sie sie nur unter ihren Vornamen. »Dwayne hat Wicked Animal Rescue für ebensolche Zwecke gegründet, und weil es da draußen Arschlöcher gibt, die Tiere auch auf andere Weise misshandeln.«

»Aber gibt es nicht Gesetze gegen Tierquälerei?«

»Schon, und die Polizei tut alles, was sie kann, allerdings sind ihr in vielerlei Hinsicht die Hände gebunden. Die Täter wissen das ganz genau, aber sie haben keine Ahnung, was sie von einem Haufen Biker zu erwarten haben. Wenn Gunner und ein paar von uns vor ihrem Haus auftauchen, kriegen sie es mit der Angst zu tun. Und das ist auch gut so, denn ihre Tiere haben auch Angst. Ich weiß, dass du Gewalt nicht magst, Chloe, und in solchen Fällen müssen wir normalerweise nicht viel mehr tun als reden, um die Täter dazu zu bringen, die Tiere abzugeben. Das heute Abend war etwas ganz anderes.« Er blieb stehen, blickte aufs Wasser hinaus und versuchte, die Wut in sich zu beruhigen. »Heute hatten wir es nicht nur mit einem Verrückten zu tun, der sein Haustier vierundzwanzig Stunden am Tag angekettet im Hof zurücklässt, oder mit einem Tierhorter mit siebzehn Katzen. Hundekämpfe sind ein Verbrechen und bedeuten für die Tiere ein grausames, kurzes Leben. Viele Tierheime haben nicht die Mittel, um Hunden aus solchen Verhältnissen zu helfen. Sie sind ein Sicherheitsrisiko. Hundekämpfe sind ein lukratives Geschäft, und die Betreiber sind bekannt dafür, dass sie versuchen, die Hunde zurückzustehlen. Dwaynes Einrichtung ist bewacht und mit modernsten Sicherheitssystemen ausgestattet, und er und Baz wohnen vor Ort. Letztes Jahr haben wir über fünfzig Hunde aus einem einzigen Ring in Plymouth übernommen, und es hat Monate gedauert, bis wir einige von ihnen zur Adoption freigeben konnten. Die meisten Tierheime wüssten nicht, wie sie das bewältigen sollten.«

»Fünfzig Hunde? Das ist ja furchtbar.«

»Ja. Deshalb hat Dwayne das Tierheim gegründet, weil ihm so viel an den Tieren liegt. Dank der Unterstützung der Dark Knights haben er und Baz die Mittel, um Hunde wie die von heute Abend nicht nur unterzubringen, sondern auch medizinisch zu versorgen und zu rehabilitieren, damit sie irgendwann in Familien vermittelt werden können, die sie lieben und gut behandeln. Und heute Abend …« Er schnaufte, dachte daran zurück, dass er die Männer, mit denen er gerungen hatte, am liebsten umgebracht hätte, und lief unruhig auf und ab. »Die Bedingungen, unter denen diese Hunde leben mussten, waren entsetzlich. Sie sind unterernährt, wurden in Käfigen angekettet, waren übersät mit Narben und eiternden Wunden. Einige hatten gebrochene Knochen.« Er kämpfte gegen das Gift an, das ihn innerlich zerfraß, und marschierte über den Sand. »Einer von ihnen wird sein Auge verlieren. Die Hälfte seines Ohrs sah aus, als wäre sie abgebissen worden, und als ich ihn hochhob, konnte ich deutlich seine Knochen spüren. Dieser Hund hat die Pfoten wie ein Kind auf meine Schultern gelegt, als ob er für immer dortbleiben wollte, Chloe. Wir haben dreizehn Hunde gerettet. Eine Hündin ist trächtig, und wir können nur hoffen, dass die Welpen überleben. Da war ein Müllcontainer voller toter Hunde. Zwei der im Hof angeketteten Hunde waren schon tot, als wir dort ankamen, und ein anderer …« Er wandte den Blick ab und mahlte mit dem

Kiefer. »Ein anderer Hund, den sie wahrscheinlich benutzt hatten, um die Kämpfer zu trainieren, ist auf dem Weg ins Tierheim in meinen Armen gestorben.«

»Oh, Justin …« Sie sah so gequält aus, wie er sich fühlte. »Da ist es wirklich kein Wunder, dass ihr ausseht, als wärt ihr im Krieg gewesen.«

Sie streckte eine Hand nach ihm aus, doch er wich einen Schritt zurück. »Ich kann nicht. Ich bin viel zu wütend, Chloe. Tut mir leid. Diese Hunde kennen nichts als Missbrauch. Sie haben Schmerzen und sind hungrig. Sie sollten die Menschen verachten, aber sie lieben uns trotzdem. Und sie sind so verdammt verängstigt. Du solltest ihre Augen sehen. Aber sie haben keine Angst vor uns. Sie sind darauf trainiert, andere Hunde zu töten. Es ist so unfassbar verkorkst und so verdammt traurig.«

Justin ließ sich in den Sand sinken, zog die Knie an und verschränkte die Arme darüber. Er starrte aufs Wasser hinaus und versuchte, sich auf das Rauschen der Wellen zu konzentrieren, auf das Pulsieren des Bluts in seinen Ohren, auf irgendetwas, um die Erinnerungen zu übertönen. Doch nichts konnte die böse Seite der Menschheit auslöschen, die er an diesem Abend gesehen hatte.

Chloe setzte sich neben ihn, legte einen Arm um ihn und stützte den Kopf an seine Schulter. »Gemeine Menschen sind schwer zu ertragen«, sagte sie leise. »Was wird mit den Leuten geschehen, die sie verhaftet haben?«

»Hoffentlich wandern diese gierigen Mistkerle für lange Zeit ins Gefängnis. Die Polizei geht jedenfalls davon aus. Manche Menschen sind so krank, Chloe. Sie behandeln Tiere und Menschen wie Wegwerfware, missbrauchen und vernachlässigen sie ohne Rücksicht auf Verluste. Du musst sehr vorsichtig sein. Ich weiß, dass du glaubst, wenn ein Mann eine Krawatte trägt, ist er sicher. Aber man kann nie wissen, Baby.«

»Das weiß ich doch.« Sie setzte sich auf und zog ihren Arm weg. »Ich muss mich bei dir entschuldigen, Justin. Ich bin nicht bei normalen Eltern aufgewachsen und wegen meiner schwierigen Kindheit habe ich dich falsch eingeschätzt. Das tut mir leid. Du warst immer gut zu mir, aber ich habe nun mal eine Heidenangst davor, die gleichen Fehler zu machen wie meine Mutter.« Sie verstummte und fuhr mit den Fingern durch den Sand.

Justin wartete ab, ob sie noch mehr sagen würde, doch sie sah so traurig aus, dass er das Schweigen brach. »Hey, meine Schöne, wo bist du gerade?«

Sie hob den Blick und antwortete: »Nirgendwo.«

Er drehte sich ihr zu, während sie dem Wasser zugewandt blieb, und streckte ein Bein vor ihr, das andere hinter ihr aus. Dann schlang er die Arme um sie, zog sie seitlich an seine Brust und bat sie leise: »Rede mit mir, Chloe. Vor welchen Fehlern hast du Angst? Was ist passiert, als du aufgewachsen bist?«

»Sagen wir einfach, dass meine Mutter eher darauf aus war, einen Mann zu finden, als uns eine Mutter zu sein. Ich schätze, Serena und ich waren so was wie Wegwerfkinder.«

»Ach, verdammt, Babe. Warst du oft auf dich allein gestellt?«

»Eigentlich die ganze Zeit, von klein auf. Meine Mutter hat als Kellnerin gearbeitet – manchmal in Restaurants, manchmal in Bars. Wenn sie frei hatte, war sie entweder auf der Suche nach einem Mann oder verbrachte Zeit mit einem. Ich habe Serena praktisch allein großgezogen, deshalb passe ich auch jetzt noch so sehr auf sie auf. Ich habe unsere Mahlzeiten zubereitet, unsere Wäsche gewaschen und dafür gesorgt, dass sie pünktlich zur Schule kam. Jede Minute jedes Tages war schwer. Als ich zur Welt kam, war meine Mutter gerade mal achtzehn, daher kann ich verstehen, dass sie das Gefühl hatte, viel verpasst zu haben. Aber sie war nie da. Wir konnten uns glücklich schätzen, dass wir Freunde hatten, deren Eltern gut zu uns waren, so wie Drake Savages Familie. Sie luden uns zum Essen ein und all das. Während Serena mit Drakes Schwester Mira befreundet war, hatte ich immer eigene Freunde. Ich wusste, dass Serena bei den Savages in Sicherheit war. Aber ich wollte einfach nur weg, verstehst du? Weg von den ständigen Erinnerungen an das, was wir nicht hatten, und weg von der Peinlichkeit, dass unsere Freunde über unsere armselige Mutter Bescheid wussten.«

»Über das Weglaufen weiß ich selbst eine Menge«, gab er zu und litt innerlich, weil sie so eine schlimme Kindheit gehabt hatte. »Was ist mit deinem Vater?«

»Ich habe ihn nie kennengelernt. Meine Mutter behauptet, dass Serena und ich denselben Vater haben, doch das glaube ich ihr nicht. Ich habe noch nie Fotos von meinem Vater gesehen, und sie weicht immer aus, wenn wir wissen wollen, was sie gemacht hat und wo wir gewohnt haben, als wir klein waren. Und sieh dir mich und Serena doch mal an. Serena ist klein, kurvig und brünett. Wir sehen uns überhaupt nicht ähnlich. Ich bin mir ziemlich sicher, dass meine Mutter absichtlich schwanger wurde, um meinen Vater an sich zu binden, und als das in die Hose ging, hat sie wahrscheinlich versucht, einen anderen Mann, nämlich Serenas Vater, zu einer Ehe zu zwingen. All das kann ich jedoch nicht beweisen, und es spielt eigentlich auch gar keine Rolle. Ich bin dankbar dafür, dass ich Serena als Schwester habe, und alles andere ist mir völlig egal.«

»Du hattest also nie eine Vaterfigur zu Hause?«

Sie schüttelte den Kopf. »Aber mach dir keine Sorgen. Ich bin nicht auf der Suche nach einem Vaterersatz«, sagte sie ein wenig zu schroff.

»Davon bin ich auch nicht ausgegangen, Chloe. Mir ging nur durch den Kopf, dass du Serena immer beschützt hast. Du warst praktisch ihre Mutter und ihr Vater.«

»So könnte man es wohl ausdrücken. Das ist einer der Gründe, aus denen ich nach einem bestimmten Typ Mann gesucht habe. Ich sehne mich nach Stabilität, Justin, und aufgrund der rauen Kerle, mit denen meine Mutter immer ausgegangen ist, nahm ich an, dass mein Vater auch so war. Demzufolge habe ich nach dem Gegenteil Ausschau gehalten. Aber ich weiß wie gesagt nichts über meinen Vater. Das Einzige, was ich mit Sicherheit weiß, ist, dass wir in dem Haus gewohnt haben, in dem meine Mutter immer noch lebt, als ich in die Vorschule ging, denn ich erinnere mich, wie ich damals aus dem Bus gestiegen und nach Hause gelaufen bin. Ich kann dir nicht einmal mehr sagen, wer damals auf uns aufgepasst hat. Im Nachhinein kommt es mir so vor, als hätten wir alle zwei Wochen einen neuen Babysitter gehabt, zumindest bis ich acht war und unsere Mutter anfing, uns allein zu lassen.«

Er wusste nur zu gut, wie es war, allein gelassen zu werden, und es schmerzte ihn sehr, dass sie das durchgemacht hatte. »Hat deine Mutter Männer mit nach Hause gebracht?«, fragte er vorsichtig und hoffte inständig, die Antwort würde Nein lauten.

»Ja, und wir sollten uns immer von unserer besten Seite zeigen.« Ihre Stimme wurde schriller. »*Ich muss So-und-so beeindrucken. Er könnte der Richtige sein.*« Mit normaler Stimme ergänzte sie: »Und es waren immer Biker oder

Bauarbeiter, die uns angestarrt haben und …« Ihr Gesicht verdüsterte sich vor Unbehagen.

Er drückte sie fester an sich, und ihm wurde übel bei der Vorstellung, dass ihr jemand vielleicht wehgetan hatte. »Haben sie dich und Serena jemals angefasst?«

»Serena nicht«, erwiderte sie entschieden. »Ich hätte mein Leben gegeben statt so etwas zuzulassen.«

Sein Beschützerinstinkt wallte auf und er biss die Zähne zusammen. »Großer Gott, Chloe. Was ist passiert?«

Sie schnaubte. »Welches Mal meinst du?«

Er schloss die Augen, während sein Herz gegen seine Rippen hämmerte und er versuchte, die Wut zu zügeln, die ihn durchströmte. Doch sie brauchte diese Wut nicht zu sehen, daher zwang er sich, die Augen zu öffnen und so ruhig weiterzusprechen, wie er nur konnte – was zugegebenermaßen nicht besonders ruhig war. »Verdammt noch mal. Jetzt wundert es mich nicht länger, dass du Angst hast, mit harten Kerlen auszugehen.«

»Wenn du einmal in einer Küche oder auf einer Couch in die Enge gedrängt wurdest oder aufgewacht bist, weil ein Fremder dich betatscht, verändert das deine Perspektive.«

»Das kann doch alles nicht wahr sein, Baby.« Er wollte die Mistkerle am liebsten sofort aufspüren, die sie angefasst hatten, und in Stücke reißen. Sanft stützte er die Stirn gegen ihren Kopf und ermahnte sich, dass die Wut, die er empfand, nichts war im Vergleich zu dem, was sie durchgemacht hatte. »Wie alt warst du da? Und was hast du getan?«

»Ich war ungefähr zwölf, als ich in die Ecke gedrängt wurde. Und eins kann ich dir verraten: In diesem Alter ist es völlig egal, ob man weiß, dass man ihm in die Eier treten oder schreien muss, wenn ein ausgewachsener Mann auf einen zukommt. Zumindest bei mir war das nicht der Fall, denn ich wusste genau, dass ich beides tun musste, aber vor lauter Angst war mein Kopf wie leergefegt. Zum Glück kam meine Mutter ins Zimmer, sodass ich mich ihm entziehen konnte, bevor ihm mehr gelang, als mich zu betatschen und unflätige Dinge zu sagen. Aber ich habe den Fehler gemacht, mich hinter ihr zu verstecken, weil ich dachte, sie würde mich beschützen. Ich habe geweint und ihr gestanden, dass er Dinge gesagt hatte, die er nicht hätte sagen sollen, und dass er mich gegen den Tresen gedrückt und angefasst hatte. Doch er hat behauptet, wir hätten uns nur unterhalten und ich hätte mich danebenbenommen, weil ich meine Mutter für mich haben wollte.«

»Dieser Wichser«, stieß er zähneknirschend hervor. »Was hat deine Mutter getan?«

»Sie hat es lachend abgetan, also habe ich mir Serena geschnappt und uns in meinem Zimmer eingeschlossen.« Chloe bewegte sich in seinen Armen. »Justin, du hältst mich ein bisschen zu fest.«

»Entschuldige.« Er lockerte seinen Griff, doch seine Muskeln waren angespannt und kampfbereit. »Ich würde dem Kerl am liebsten den Hals umdrehen, und verzeih mir, Babe, aber ich würde deiner Mutter auch nur zu gern die Meinung geigen.«

»Dann stell dich hinten an. Ich habe immer gewusst, dass sie sich nicht um uns kümmern wollte, aber ich hätte nie gedacht, dass sie uns nicht beschützen würde. Das einzig Positive an der ganzen Sache war, dass ich daraus gelernt habe. Von diesem Tag an habe ich es mir zur Aufgabe gemacht, nie wieder wie ein Reh im Scheinwerferlicht erwischt zu werden oder jemanden zu brauchen, der mich rettet.«

Und da war sie, die Geschichte, auf der ihre Unabhängigkeit gründete.

»Ich sah mir Selbstverteidigungsvideos an und lernte, meine Umgebung bewusster wahrzunehmen«, fuhr Chloe fort. »Ich wurde härter, und das hat mich vermutlich in vielen schlimmen Situationen gerettet, wenn auch nicht in allen.« Sie sah ihn an und schlimme Erinnerungen spiegelten sich in ihren Augen wider. »Ich habe weder Serena noch sonst jemandem davon erzählt, und ich will nicht, dass sie es jemals erfährt, weil sie sich dann schuldig fühlen würde, da sie mir nicht helfen konnte. Du musst mir versprechen, ihr das niemals zu erzählen. Okay?«

»Ich würde niemals ein Wort sagen. Du musst mir auch überhaupt nichts mehr erzählen, aber es könnte helfen, es dir von der Seele zu reden.«

»Ich möchte es dir gern sagen. Nur so kannst du verstehen, warum ich dich immer auf Abstand gehalten habe, und es tut gut, es endlich jemandem anzuvertrauen.« Sie atmete tief ein und starrte auf den Sand hinab. »Als ich vierzehn war, brachte meine Mutter nach der Arbeit einen Mann mit nach Hause. Serena hat bei Mira übernachtet, und ich saß auf der Couch, sah fern und war am Basteln. Meine Mutter ging nach oben, um sich umzuziehen, weil sie ausgehen wollten, und er versuchte, sich mit mir zu unterhalten, fragte, wie alt ich sei und was ich gerne mache. Da wusste ich jedoch längst, dass ich diese Männer ignorieren musste, und ich habe mich auf mein Projekt konzentriert. Er saß neben mir auf der Couch und tat so, als würde er sich für das interessieren, was ich mache. Aber ich hatte gelernt, den Blick eines Mannes zu deuten, der sich einbildet, mit allem durchkommen zu können, und genau so hat er mich angesehen. Ich wollte aufstehen und den Raum verlassen, aber er zerrte mich wieder nach unten und schob mir die Hand zwischen die Beine.«

Justin presste die Zähne noch fester zusammen, um seine Wut nicht hinauszuschreien.

Chloe ließ den Blick übers Wasser schweifen. »Ich habe fester zugeschlagen als jemals zuvor und konnte mir so gerade genug Zeit verschaffen, um aufzuspringen. Aber er war direkt hinter mir und er hat mich gepackt.« Sie drückte sich eine Hand auf die Brust und murmelte: »Mein Herz rast wie verrückt.«

Justin drückte sie an seine Brust und küsste sie auf die Schläfe. »Ich hab dich, Chloe. Du bist bei mir sicher. Du warst immer sicher bei mir.«

Sie legte die Hände auf seinen Arm, den er um ihren Bauch geschlungen hatte, und hielt ihn fest, während sie weitersprach. »Ich weiß noch, wie sich mein Magen zusammenzog, und für den Bruchteil einer Sekunde dachte ich schon, ich würde wieder erstarren, genau wie damals, als der Kerl mich in der Küche in die Ecke gedrängt hatte, doch das tat ich nicht. Ich trat ihm auf den Fuß und stieß ihm meinen Ellbogen in den Bauch. Aber ich war eine dürre Vierzehnjährige und er ein großer, kräftiger Mann. Meine Mutter kam die Treppe herunter, als ich mich gerade losreißen wollte, und da fing er an zu lachen. Dieses unheimliche Geräusch werde ich nie vergessen. Er ließ mich los, und ich drehte durch, schrie ihn an, erzählte meiner Mutter, was er getan hatte, und flehte sie an, die Polizei zu rufen. Aber er behauptete, er hätte mich nur gekitzelt, und obwohl ich schrie und weinte und ihr sagte, dass er sie anlog, war es, als würde sie mich überhaupt nicht hören. Dann meinte er, dass sie jetzt losmüssten, weil sie sonst zu spät kämen, und sie brachen auf, als wäre überhaupt nichts passiert. Auf dem Weg zur Tür schaute er über die Schulter zu mir zurück und hat mir zugezwinkert. Ich riss eine Lampe von der Wand und warf sie nach ihm. Aber sie waren schon weg, als sie zu Boden fiel.«

»Ich würde diesen arroganten Mistkerl am liebsten in Stücke reißen. Weißt du, wer er ist?«

»Nein und das spielt auch keine Rolle mehr. Ihn jetzt zu verletzen, würde nichts an dem ändern, was damals passiert ist.«

Er fluchte leise. »Hast du jemals wieder mit deiner Mutter darüber gesprochen?«

»Ja, sie hat immer nur behauptet, ich wäre auf Aufmerksamkeit aus und es wäre sowieso egal, weil sie sich inzwischen getrennt hätten …«

»Immer, Chloe? Es ist mehrmals passiert?«

Sie nickte. »Ich will nicht darüber reden. Es lief eigentlich immer gleich ab. Irgendein Widerling hat versucht, mich anzufassen, ich habe mich gewehrt, und meine Mutter hat so getan, als wäre es keine große Sache. Aber nach diesem Zwischenfall auf der Couch lief einiges anders. Danach bin ich kein Risiko mehr eingegangen. Ich habe mich mit Serena in einem Zimmer eingeschlossen, wenn sie da waren. Der Hammer ist jedoch, dass sich in all den Jahren eigentlich nichts verändert hat. Meine Mutter zieht die Männer weiterhin uns vor. Das hat sie erst letztes Wochenende getan, als sie uns ihren neusten Freund vorstellen wollte. Eine Sache ist allerdings schon anders: Ich bin es leid, ihre Kerle kennenzulernen. Ich dachte immer, ich sei es ihr schuldig, weil sie unsere Mutter ist, aber damit ist es jetzt vorbei.«

»Wir schulden unseren Eltern nichts dafür, dass sie uns auf die Welt gebracht haben. Das war ihre Entscheidung.«

»Ich weiß, und es ist erbärmlich, das zuzugeben, aber obwohl ich entschieden habe, das nicht noch einmal durchzumachen, weiß ich, dass es schwer sein wird, das hoffnungsvolle kleine Mädchen in mir zum Schweigen zu bringen, das sich immer fragt, ob es dieses Mal vielleicht anders sein wird.«

»Oh, Baby«, sagte er leise. Er wusste selbst ganz genau, wie schwer es war, dieses hoffnungsvolle Kind in sich zum Schweigen zu bringen.

Lange Zeit sagte keiner von ihnen ein Wort, und als Chloe das Schweigen brach, klang ihre Stimme weniger gepeinigt und eher nachdenklich. »In letzter Zeit habe ich mich gefragt, wie ich wohl wäre, wenn ich nicht bei meiner Mutter aufgewachsen und nicht vernachlässigt worden wäre oder nicht diese schrecklichen Erfahrungen gemacht hätte. Hätte ich dich von Anfang an mit anderen Augen gesehen?« Sie begegnete seinem Blick. »Ich glaube schon, und ich wünschte, es wäre so gewesen.«

»Ich kann nicht fassen, dass ich dir das alles erzählt habe.« Chloe war regelrecht entsetzt, dass sie sich ausgerechnet bei Justin ausgeweint hatte. »Bitte entschuldige. In deinem Kopf müssen gerade lauter Alarmsirenen losgegangen sein. Es ist schon schlimm genug, dass ich gedacht habe, du könntest wie die Männer sein, mit denen meine Mutter ausgeht, wo du doch immer nur gut zu mir warst, auch wenn du wie verrückt flirtest.«

»Ich flirte nur mit dir so, Babe. Und mach dir deswegen keine Vorwürfe. Du vertraust mir, Chloe, und das ist auch gut so. Du weißt, dass ich dir nie wehtun würde.«

»Das weiß ich«, gab sie offen zu. »Aber alles, was ich dir gerade erzählt habe, lässt mich wie eine Jungfrau in Nöten erscheinen, und das ist mir peinlich. Warum haben wir überhaupt über mich gesprochen?«

»Du wolltest mir begreiflich machen, warum du stets auf Abstand geblieben bist, und jetzt ergibt alles einen Sinn. Aber wenn sich jemand schämen sollte, dann ist es deine Mutter. Du warst ein junges Mädchen, das solche Situationen nie hätte erleben dürfen. Und die Typen, die du Biker nennst? Die sind ganz und gar nicht wie ich, und ich versichere dir, dass sie nicht zu den Dark Knights gehören.«

»Ich habe den Kerl, den wir letztes Wochenende kennengelernt haben, gefragt, ob er bei euch Mitglied ist. Er war abscheulich.«

»Ich weiß, dass du uns alle für ledertragende, tätowierte Raufbolde hältst, die wahrscheinlich zu viel trinken und fluchen und ständig auf der Suche nach Ärger sind. Doch so sind wir nicht. Okay, wir suchen durchaus nach Ärger, aber anders, als du angenommen hast. Und ja, ich bin ein ledertragender, tätowierter Biker, und ich fluche definitiv wie ein Matrose. Aber ich habe es mir zur Gewohnheit gemacht, nicht zu viel zu trinken. Die Dark Knights sind gewissermaßen ständig auf Abruf. Wir müssen allzeit bereit sein, auf unsere Motorräder zu steigen und loszufahren, wenn uns jemand braucht, egal zu welcher Tages- oder Nachtzeit. Unter unseren Mitgliedern sind Ärzte, Anwälte, Lehrer, Arbeiter, Väter und Großväter. Es ist nicht wichtig, welche Kleidung jemand trägt oder wie eloquent er sich ausdrückt. Bei uns kommt es darauf an, wie man sein Leben führt, nach welchem moralischen Kodex man sich richtet. Man kann leicht behaupten, man wäre ein guter Mensch oder würde sein Leben für andere geben.

Aber wie lebt man so? Wie kann man es sich selbst und allen um einen herum mit allem, was man tut und sagt, beweisen? Das ist nicht leicht, Chloe. Und ich rede nicht davon, perfekt zu sein, denn ich bin so weit davon entfernt, perfekt zu sein, wie man nur sein kann. Aber ich *versuche*, ein besserer Mann zu sein, indem ich eingreife, wenn ich sehe, dass ein Mann eine Frau oder ein Kind misshandelt, oder indem ich Kindern, die schwierig sind, Orientierung gebe, oder einfach indem ich jemandem den Einkauf nach Hause trage, der das allein nicht schafft. Es geht darum, ehrlich zu sich selbst und zu anderen zu sein, ein Freund zu sein, der zuhört und Trost spendet. Das sind die Dinge, die einen guten, beständig vertrauenswürdigen Menschen ausmachen. Und vielleicht denkst du, dass es einfach ist, ein Dark Knight zu werden, doch das ist es nicht. Unser Club ist nicht die Art von Club, der jedem Dahergelaufenen ein Abzeichen in die Hand drückt. Es kann Jahre dauern, bis man sich einen Platz in der Bruderschaft verdient hat. In dieser Zeit wird alles, was du tust, in Bezug auf Loyalität und Respekt – dir selbst und anderen gegenüber – beurteilt und abgewogen, und zwar nicht nur von Preacher oder Con, die den Club gegründet haben und Präsident und Vizepräsident sind, sondern von jedem einzelnen Mitglied. Ich bin stolz darauf, mir das Recht verdient zu haben, ein Dark Knight zu sein. Wir kämpfen für die Sicherheit unserer Gemeinden, und wir lassen nicht zu, dass jemand oder etwas misshandelt wird, wir verschließen nicht die Augen davor. Wenn du einem Dark Knight irgendetwas von dem erzählt hättest, was du damals durchgemacht hast – sogar, dass du von deiner Mutter allein gelassen wurdest –, hätte man sich darum gekümmert. Man hätte sich um dich gekümmert. Solche Biker sind wir, Chloe. So ein Mann bin ich.«

Chloe verschlug es einen Moment lang die Sprache und sie musste seine Worte erst einmal verarbeiten. Jetzt ergab alles einen Sinn. Dass er sie immer beschützte, dass er in der Nacht des Sturms gegangen war, als sie beim Kuss gezögert hatte, dass er sie in Becketts Gegenwart nicht aus den Augen gelassen hatte. Es dauerte eine Weile, das alles zu begreifen. »Ich hatte ja keine Ahnung, dass es so viel bedeutet, ein Dark Knight zu sein, oder dass es einen derart großen Teil von dir ausmacht. Ich hatte davon gehört, dass der Club Gutes für die Gemeinde tut, aber alles, was du gerade gesagt hast, lässt die Clubmitglieder wie eine Armee von wirklich guten Männern erscheinen.«

»Das sind sie auch. Das ist genau das, was ich damit zum Ausdruck bringen will. Und das bedeutet nicht, dass wir etwas Besonderes sind oder so. Wir sind einfach Menschen, die anderen helfen wollen.«

»Das macht dich zu etwas Besonderem, Justin. Ich wusste immer, dass du ein guter Mensch bist, aber ich hätte dir nicht zugetraut, so gut zu sein. Mir fehlten zu viele Informationen, um zu verstehen, warum du dich so verhalten hast. Außerdem hat meine Vergangenheit meinen Blick getrübt.«

»Manche Vorurteile wird man schwerer los als andere.«

Sie drehte sich so weit um, dass sie einander in die Augen sehen konnten, und setzte sich im Schneidersitz zwischen seine Beine. »Ich weiß nicht viel über deine Familie und das lässt Raum für Vermutungen.«

»Dann lass uns das Rätselraten ein für alle Mal beenden. Wir beide haben viel gemeinsam, Chloe. Ich wusste immer, dass es so ist, kannte jedoch bisher nicht den Grund dafür. Doch seitdem ich dich kenne, hatte ich das Gefühl, dass wir füreinander bestimmt sind. Jetzt verstehe ich es. Deine Mutter war mehr an Männern als an der Kindererziehung interessiert, so wie sich mein Vater mehr ums Stehlen als ums Vatersein geschert hat.«

»Rob ist ein *Dieb*?«

»Nein. Rob und Reba sind meine Adoptiveltern, und sie sind zwei der besten Menschen, die ich kenne. Sie haben mich vor mir selbst gerettet. Mein leiblicher Vater sitzt im Gefängnis.«

»Okay, wow. Das kannst du mir doch nicht einfach so vor den Latz knallen. Ich wusste ja nicht mal, dass du adoptiert bist. Aber das ist jetzt nicht weiter wichtig. Er sitzt im Gefängnis? Seit wann? Besuchst du ihn manchmal? Und was ist mit deiner Mutter?«

»Meine Mutter beging Selbstmord, als ich sieben Jahre alt war.« Seine Stimme war leise und von Traurigkeit durchdrungen.

Ihr brach um seinetwillen beinahe das Herz. »Oh, Justin. Das tut mir so leid. Das muss ja schrecklich gewesen sein. Erinnerst du dich an sie?«

»Ja«, antwortete er leise. »Ich weiß nicht, wie viel von dem, woran ich mich erinnere, echt ist und wie viel ich mir einbilde, aber ich habe auch noch ein Foto von ihr.« Er zog sein Portemonnaie aus der Gesäßtasche und holte ein altes, rissiges und ausgefranstes Foto heraus. Als er es ansah, umspielte ein herzliches Lächeln seine Lippen. Dann reichte er es ihr. »Ihr Name war Mary.«

Chloe betrachtete die junge dunkelhaarige Frau. Sie war hübsch, hatte zarte Gesichtszüge, ein leicht spitzes Kinn und eine Stupsnase. Justin hatte ihre blauen Augen und vollen Lippen geerbt, allerdings schimmerte in ihren Augen eine tiefe Traurigkeit. Chloe bildete sich ein, dieses Gesicht schon einmal gesehen zu haben, sagte sich jedoch, dass es nur daran lag, dass

Justin ihr so ähnelte. Sie gab ihm das Foto zurück. »Sie war wunderschön. Du siehst ihr sehr ähnlich.«

»Danke.« Er betrachtete das Bild lange, bevor er es schließlich wieder einsteckte.

»Wie war sie so?«

»Sie war lieb, schüchtern, freundlich. Ich glaube, sie hatte eine schöne Stimme. Ich weiß noch, wie sie mir abends immer etwas vorgesungen hat. Ich weiß, dass sie mich geliebt hat, aber sie war einfach nicht stark genug, um unser Leben in den Griff zu bekommen.«

»Weil dein Vater im Gefängnis saß?«

»Nein. Weil mein Vater sie verprügelt hat. Ich kann mich kaum an ihre Beziehung erinnern, aber was ich nie vergessen werde, ist, wie er ihr sagte, dass er uns beide umbringen würde, wenn sie ihn verlässt. Wahrscheinlich hat sie nur deshalb nicht versucht, mit mir wegzulaufen. Zumindest rede ich mir das ein.«

»Das ist ja schrecklich.« Sie rutschte näher an ihn heran und schob ihre Beine unter seine.

»Das war es. Das *ist* es. Mein Vater kam erst Jahre nach ihrem Tod ins Gefängnis. Er hat mich ungefähr so behandelt wie deine Mutter dich. Ich konnte von Glück reden, wenn er daran gedacht hat, mir etwas zu essen zu kaufen.« Er runzelte die Stirn. »Willst du das wirklich hören?«

»Ja. Ich habe genug Zeit damit verbracht, dich falsch einzuschätzen und mit Typen auszugehen, die ich am Ende nur mit dir verglichen habe. Ich will wissen, wer du bist, Justin – das Gute, das Schlechte, was du durchgemacht hast. Ich will alles über dich wissen.«

Er nickte ernst. »Nach dem Tod meiner Mutter hatte ich Angst, dass mein Vater mich umbringen würde, weil meine

Mutter sich entschieden hatte, uns zu verlassen, oder dass er anfangen würde, mich zu verprügeln, jetzt, wo sie nicht mehr da war. Und ich war noch ein Kind. Ich habe sie schrecklich vermisst. Sie war der einzige Mensch, der mich geliebt hat, und aus diesem Grund habe ich mir anfangs oft die Augen ausgeheult. Dann wurde mein Vater richtig fies.«

»Er hat dich geschlagen?«, fragte sie mit zugeschnürter Kehle.

»Er hat mich ein bisschen verprügelt und viel rumgebrüllt. Ich habe gelernt, meine Gefühle zu verbergen, den Mund zu halten und ihm aus dem Weg zu gehen. Eines Abends, als er nicht zu Hause war, fand ich das Foto meiner Mutter in einer Schublade, und das hat mich so glücklich gemacht, als wäre ich auf eine Million Dollar gestoßen.« Seine Stimme klang gepresst, und er spannte sich sichtlich an, während er den Strand entlangblickte, aufs Wasser schaute, irgendwohin sah, nur nicht in Chloes Augen.

Als sie seine Pein beobachtete, konnte sie es nicht länger ertragen. Sie berührte ihn am Arm und brachte ihn so dazu, sie anzusehen. »Wir müssen nicht darüber reden, wenn es zu schwer für dich ist.«

Er räusperte sich und bewegte den Hals erst in die eine, dann in die andere Richtung, wie es Männer in Filmen vor einem Kampf taten. »Schon okay«, erwiderte er mit festerer Stimme. »Ich habe das Foto unter meiner Matratze versteckt, und jeden Abend, wenn ich davon ausgehen konnte, dass mein alter Herr nicht mehr in mein Zimmer kommen würde, habe ich es herausgeholt und angeschaut und mir gewünscht, sie hätte mich mitgenommen.«

»*Justin*«, stieß sie gepresst hervor. Tränen brannten in Chloes Augen, als sie auf die Knie ging und die Arme um ihn schlang. »Ich bin so froh, dass sie es nicht getan hat«, murmelte sie und presste die Lippen an seinen Hals.

Er legte die Arme um sie und dann hielten sie einander lange fest. Die Stille wurde nur durch das Rauschen der Wellen unterbrochen. Nachdem er seinen Griff gelockert hatte, umarmte Chloe ihn nur noch fester, hielt ihn in den Armen, und trauerte mit ihm um seine Mutter und den kleinen Jungen, der er einmal gewesen war und der sich so allein gefühlt haben musste. Und dann umarmte sie auch noch den Freund – den Mann –, von dem sie sich fälschlicherweise ferngehalten hatte.

Als sie sich schließlich wieder hinkniete und ihre Tränen wegen all dem, was Justin durchgemacht hatte, halbwegs versiegt waren, legte sie ihm die Hände an die Wangen und sah ihm in die Augen. Sie hatte Schuldgefühle, weil sie seine erkennbare Qual als etwas gedeutet hatte, von dem sie sich fernhalten musste, statt zu erkennen, dass sie von den Wunden herrührten, die so tief reichten und vielleicht niemals verheilen würden.

»Willst du mich jetzt immer noch besser kennenlernen oder sind die Alarmsirenen in deinem Kopf längst losgegangen?«, fragte er.

»Ja und nein, und es macht mich traurig, dass du so etwas denkst. Ich weiß, wie ungerecht das Leben sein kann. Ich stelle gerade fest, wie leid es mir tut, dass meine Vergangenheit meine Meinung von dir derart getrübt hat, und wie glücklich ich bin, dass du geblieben bist, und wie sehr du deine Mutter vermisst haben musst. Ich …« Ihr liefen die Tränen über die Wangen. »Du warst noch so klein.« Sie beugte sich vor und umarmte ihn erneut.

»Das ist schon lange her, Darling«, sagte er an ihrer Wange.

Sie spürte, wie er sich aufrichtete, wie er Rücken und Brust ausdehnte und sich straffte, als ob ihm bewusst wurde, dass er Schwäche gezeigt hatte und seinen Alpha-Status wiederherstellen musste. Wusste er denn nicht, dass die besten und stärksten Männer Schwäche zeigen konnten? Sie hatte nicht viele davon getroffen, aber die Lebensgefährten ihrer engsten Freundinnen gehörten eindeutig dazu.

Sie setzte sich wieder zwischen seine Beine in den Sand und er legte ihr die Arme um die Taille und zog sie näher an sich. Dann ließ er dieses schiefe Grinsen aufblitzen, das manchmal jungenhaft und charmant wirkte und sie gelegentlich derart erregte, dass sie befürchtete, dahinzuschmelzen. In diesem Augenblick setzte es ihr sehr zu.

»Entschuldige, dass ich so emotional geworden bin.«

»Dafür musst du dich nicht entschuldigen. Das ist ein schwieriges Thema. Was willst du noch wissen?«

»Ach, das kann ich wirklich nicht sagen. Ein Teil von mir hat genug gehört, weil es mich so traurig macht, aber ein größerer Teil will alles über dich wissen.«

»Frag mich, Süße. Lass es uns richtig machen.«

Sie seufzte. »Okay. Ist das Zusammenleben mit deinem leiblichen Vater jemals einfacher geworden?«

Justin schüttelte den Kopf. »Nicht wirklich. Er hat mich nicht mehr so oft verprügelt, nachdem ich gelernt hatte, den Mund zu halten. Aber später wurde es auf andere Weise schlimm. Es gab Zeiten, in denen er mich bei seinen Raubzügen im Auto mitnahm. Ich musste mich dann immer auf den Boden legen und auf ihn warten. Ich hatte keine Ahnung, was er vorhatte. Die ersten paar Male machte er ein Spiel daraus und meinte, ich müsse unten bleiben und dürfe nicht gucken, weil er eine Überraschung für mich habe. Als er wieder ins

Auto stieg, fuhr er zu schnell, hupte und brüllte, war total aufgedreht, und wir landeten an einem seltsamen Ort. Wahrscheinlich in einer anderen Stadt. Ich war zu klein, um das genau zu begreifen. Hinterher habe ich die ganze verdammte Nacht auf meine Überraschung gewartet und wusste ganz genau, dass ich ihn nicht danach fragen durfte. Irgendwann hat er mir dann einen Burger oder eine Pizza ausgegeben.«

Die Wut und die Abscheu in Justins Stimme machten es noch schwerer, das zu hören.

»Bei einem anderen Raubüberfall sagte er zu mir, wenn mich jemand sähe, würde man mich ihm wegnehmen und ihn ins Gefängnis stecken. Ich wusste, dass mein Leben nicht toll war, aber er war alles, was ich hatte. Als ich neun oder zehn Jahre alt war, begriff ich, was er da tat. Doch er hatte mir eine Gehirnwäsche verpasst, damit ich glaubte, die Welt sei ein beschissener Ort, die Polizei wäre böse, und uns stünden das Geld und die anderen Dinge zu, die er gestohlen hatte. Damals war ich ein knallharter kleiner Mistkerl, der sich prügelte und die Schule schwänzte. Ich hatte keine Ahnung, was Freunde sind, und ich war so kaputt, dass ich es auch gar nicht wissen wollte. Ich war gerade elf geworden, als er schließlich verhaftet wurde. In dieser Nacht war ich nicht bei ihm. Er sagte, er hätte sich mit ein paar anderen zusammengetan und sie würden ein großes Ding durchziehen. Dass wir reich sein würden. Ich weiß noch, wie ich zu Hause in unserer armseligen kleinen Wohnung saß und Pläne schmiedete und mir all die Dinge ausdachte, die wir tun würden, wenn wir wie Könige leben konnten.« Er senkte den Blick. »Er hat in dieser Nacht einen unschuldigen Mann getötet. Er hat ihn wegen ein paar hundert Dollar erschossen. Danach kam ich in Pflegefamilien.«

»Wusstest du, dass er einen Mann getötet hat?«

Er nickte, biss die Zähne zusammen und richtete den Blick weiterhin auf den Strand. »Irgendwann erfuhr ich davon. Die Polizei und der Sozialdienst tauchten in der Wohnung auf und teilten mir mit, dass er verhaftet worden war und dass ich sie begleiten müsse. Einige Zeit danach sagten sie mir, was er getan hatte.«

»Großer Gott, Justin. Haben sie dich zu ihm gelassen? Du warst viel zu jung, um ohne einen Elternteil aufzuwachsen. Auch wenn das Leben bei ihm furchtbar war, muss es für dich unfassbar schwer gewesen sein.«

»Ich war zu sehr damit beschäftigt, herauszufinden, wie ich an einem neuen Ort und mit Menschen zusammenleben sollte, die ich weder kannte noch verstand, um groß über ihn nachzudenken. Meine Welt war über so lange Zeit aus den Fugen geraten, dass ich nicht mehr wusste, was normal ist. Ich traute den Menschen nicht, die versuchten, nett zu sein. Ich war furchtbar zu meinen Pflegefamilien und war aus zweien wieder rausgeflogen, bevor ich bei Rob und Reba gelandet bin.« Er hob den Kopf und in seinen Augen schimmerte Dankbarkeit. »Sie nahmen mich auf und behandelten mich vom ersten Tag an, als wäre ich ihr Kind, während ich tat, was ich nur konnte, um von ihnen wegzukommen. Ich bin hundertmal weggelaufen in dem Versuch, dem Hass auf mein Leben, meinen Vater und mich selbst zu entkommen. Ich hatte das Gefühl, dass ich gegen die ganze Welt kämpfen muss, weil ich das schon immer getan hatte. Aber es gab kein Entkommen. Die Wickeds holten mich jedes Mal zurück, wenn ich weglief, wenn nötig zusammen mit den Dark Knights. Blaine war immer an Robs Seite, was ich einfach nicht begreifen konnte, weil ich mich so gut wie jeden Tag mit Blaine bis aufs Blut gestritten habe. Ich konnte ihm ebenso wenig vertrauen wie er mir.«

Er erzählte ihr, wie sich Blaine in der Schule einmal für ihn eingesetzt hatte und wie sich die Dinge zwischen ihnen danach verändert hatten. Danach schilderte er ihr, was Blaine gesagt und ihm über Freundschaft und Familie beigebracht hatte. Er erzählte ihr auch Geschichten über seine anderen Geschwister, die allerdings deutlich jünger waren als er und ihn nicht wie Blaine als Konkurrenz angesehen hatten. Sie waren ihm hinterhergelaufen, als wäre er nur ein weiterer ihrer Brüder.

Chloe sah sie alle nun mit anderen Augen.

Justin fuhr fort, ihr zu erklären, wie die anderen Pflegefamilien ihn für sein Weglaufen und sein Verhalten bestraft hatten. »Ich wollte diese Bestrafung als eine Form der Buße, aber auch als Mittel, um auf verdrehte Weise weiter in einem Zustand zu bleiben, in dem ich wütend auf die ganze Welt sein konnte. Ich hielt mich für einen knallharten Kerl, der es mit der Welt aufnehmen und gewinnen konnte, und wusste nicht, wie verkorkst das war, bis Preacher und Reba in mein Leben traten.«

»Preacher? Ist das der Mann, der euren Club gegründet hat? Ist das Rob oder ein echter Prediger?«

»Das ist Robs Bikername und so nenne ich ihn auch. Er ist das beste Vorbild, das sich ein Mann nur wünschen kann. Er gab mir gute Gründe, um aus diesem selbstzerstörerischen Zustand herauszufinden, und er tat es mit Geduld und manchmal auch voller Wut, die aber nie gegen mich gerichtet war. Sein Zorn richtete sich gegen das Leben, in das ich hineingeboren wurde. Und obwohl wir ihn Preacher nennen, musste er nicht predigen, um seinen Standpunkt zu vertreten. Ich erinnere mich an einen Zwischenfall, als ich etwa vierzehn war – damals hatte ich bereits meine Fehler eingesehen und benahm mich nicht länger wie ein Ekelpaket –, und er schenkte mir als Zeichen seines Vertrauens ein Taschenmesser. Ich hatte eines Nachmittags einen Vogel geschnitzt und ihn in den Müll geworfen, bevor ich an den Strand ging. Als ich nach Hause kam, betrat ich sein Arbeitszimmer, um ihm etwas zu erzählen, und da lag dieser lächerliche Holzvogel auf seinem Schreibtisch. Auf die Frage, warum er ihn aus dem Müll geholt hatte, erwiderte er, dass ich Zeit für seine Herstellung aufgewandt hätte, was ihn an sich schon wertvoll machen würde. Ich widersprach ihm natürlich, und meinte, dass ich ihn nur aus Langeweile geschnitzt und dabei meine Zeit verschwendet hätte. Woraufhin er sagte, dass ich weiterhin meine Zeit verschwenden soll, weil ich Talent hätte.«

Sie lachte leise. »Seine Art, dich zu ermutigen, gefällt mir.«

»Ja. Er ist ein toller Kerl. Danach hat er mir immer mal Holzreste aufs Bett oder auf meine Schulbücher gelegt. Irgendwann kamen zu dem Holz auch Bildhauer- und Kunstbücher. Von Zeit zu Zeit legte er Werkzeuge dazu oder Metalle, Steine, das Anmeldeformular für einen Kunstkurs. Er hinterließ mir Bücher über Bildhauerei überall im Haus, im Badezimmer oder in meinem Lieblingssessel. Dabei ging er wirklich gerissen vor. Ich weiß noch genau, wie ich mal in die Küche kam und er sich mit Reba einen Künstlerkatalog angesehen hat. Reba schwärmte von einer Engelsskulptur, die ein paar Tausend Dollar kostete. Nun ja, das war die Frau, die mir jedes Mal, wenn sie mich zurückbrachte, nachdem ich weggelaufen war, zu verstehen gab, dass die Familie mich wirklich gern in ihrem Haus hatte. Sie gab mir zu essen, obwohl ich es nicht verdient hatte, und umarmte mich, obwohl sie mich eigentlich hätte ohrfeigen sollen. Sie kümmerte sich um meine Schnittwunden und blauen Flecken und behandelte mich so, wie meine eigene Mutter es vermutlich getan hätte, wenn sie stark genug gewesen wäre, meinen Vater zu verlassen, statt … Du weißt schon. Ich wollte Reba etwas zurückgeben, und das Einzige, was ich zu bieten hatte, war die Fähigkeit, die Preacher in mir gefördert hatte.«

»Und da hast du ihr den Engel gemacht?«

»Ja, und sie war so gerührt, dass sie weinen musste. Sie sagte, sie hätte noch nie etwas Schöneres gesehen. Sie hat ihn immer noch und bewahrt ihn im Wohnzimmer auf. Damals wusste ich noch nicht, wie dilettantisch er aussah.« Er musste lachen. »Man erkennt deutlich, dass er von einem Kind geschaffen wurde. Aber daran habe ich damals noch nicht gedacht. Sie haben an mich geglaubt, Chloe. Am Anfang konnte ich es einfach nicht fassen. Ich habe fast ein Jahr gebraucht, um zu begreifen, dass die Wickeds und die Dark Knights wirklich die sind, die sie zu sein schienen, und es hat noch viel länger gedauert, bis ich ihnen voll und ganz vertrauen konnte. Aber wenn man diese Art von Unterstützung jeden Tag erfährt, lernt man, egal wie sehr man sich dagegen sträubt, welche Kraft ihr innewohnt und welchen Wert es hat, jemand zu sein, der sie anderen bieten kann. Ich wünschte, es hätte so jemanden damals auch in deinem Leben gegeben.«

Wie hatte sie sich jemals Sorgen machen können, er würde sie verletzen? Selbst jetzt, wo er ihr seine Seele ausschüttete, dachte er noch an sie. »Ich hatte Serena und wir haben aneinander geglaubt.«

»Das weiß ich und ich bin sehr froh darüber. Aber ich wünschte, ihr hättet auch einen Erwachsenen gehabt, der sich um euch kümmert, dann hättest du diese ganze Last nicht allein schultern müssen.«

Sie zitterte in der kühlen Brise, und er drückte sie enger an sich, um sie zu wärmen.

»Ist dir kalt? Möchtest du gehen?«, fragte er.

»Nein. Ich möchte den Rest deiner Geschichte hören, wenn es dir nichts ausmacht. Und in deinen Armen ist mir warm.«

»Wenn das so ist, kommen wir hier vielleicht nie mehr weg«, sagte er leise, was ihr ein Kribbeln im Bauch bescherte.

Er ließ keine Gelegenheit zum Flirten aus, und nachdem sie einander ihre Seele entblößt hatten, verspürte sie den Drang, ihn zu küssen. Wenn sie sich nicht weiter unterhielten, würde sie es vielleicht einfach tun, daher fragte sie: »Hast du deinen Vater je wiedergesehen?«

»Ja. Die Wickeds hatten mein Leben verändert, aber ich schleppte immer noch eine Menge Gefühlschaos mit mir herum. Mein leiblicher Vater hatte einen Mann getötet, und ich trug nicht nur den Namen meines Vaters, sondern hatte auch noch einen Berg an Schuldgefühlen, weil ich gewusst hatte, dass er einen großen Coup durchziehen wollte, und nicht versucht hatte, ihn aufzuhalten.«

»Du warst noch ein kleiner Junge, Justin. Du hättest ihn nicht aufhalten können.«

»Ich weiß, aber das hat mich noch lange nicht entlastet. Als ich fünfzehn war, half mir Preacher, die Familie des Mannes ausfindig zu machen, den mein Vater getötet hatte, und ich habe mich entschuldigt. Sie wussten, dass ich damals noch ein Kind war, und haben mir vergeben. Und diese Vergebung hatte ich wirklich bitter nötig. Aber ich brauchte auch noch etwas anderes, das mir nur mein Vater geben konnte. Dabei spielte es keine Rolle, dass ich mich zu diesem Zeitpunkt schon wie ein Wicked fühlte. Ich war keiner. Ich war ein ›Brown‹ und habe es gehasst. Es fühlte sich an, als läge ständig eine Schlinge um meinen Hals, denn es war eine immerwährende Erinnerung an den Mann, von dem ich abstammte, und an alles, was er mir genommen hatte – meine Mutter, meine Kindheit, verdammt, sogar noch einige Jahre meines Lebens, nachdem er verhaftet worden war. Ich wusste nicht, was ich dagegen tun sollte. Doch in diesem Sommer traf ich Violet und habe ihr von meinem Dilemma erzählt.«

Chloe spürte einen Anflug von Eifersucht. »Wie lange kennst du sie schon?«

»Ich bin ihr am Wellfleet Pier begegnet, als ich ein trotziger Dreizehnjähriger mit langen Haaren war, der immer eine unangezündete Zigarette im Mundwinkel hängen hatte. Sie war zwölf, saß ganz in Schwarz gekleidet auf dem Pier und sah aus, als würde sie die ganze Welt hassen. Wir haben uns eine Weile aus der Ferne beäugt, und irgendwann hat sie mich angefaucht, dass ich mich ›verdammt noch mal hinsetzen‹ soll.«

»Klingt ganz nach Vi.«

»Ja, sie ist großartig. Wir haben viel geredet, uns kennengelernt und jeden Tag zusammen verbracht, während sie in der Stadt war, auch in den darauffolgenden Sommern. Sie wurde als Kind aus ihrer Familie gerissen, und ihre verrückte Mutter hat sie danach durch die halbe Weltgeschichte gezerrt und ihr nie die Chance gelassen, Freunde oder ein stabiles Zuhause zu haben. Wir hatten beide Vertrauensprobleme und auf einmal jemanden gefunden, der gewissermaßen aus denselben Kreisen kam und mit dem wir reden konnten. Seitdem sind wir die besten Freunde. Sie war es auch, die mir vorgeschlagen hat, meinen Vater im Gefängnis aufzusuchen und ihm zu sagen, was ich von ihm halte. Sie fand, dass er meinen Zorn verdient hatte. Was sie im Gegensatz zu mir damals schon wusste, war, dass auch ich diese Begegnung gebraucht habe. Ich musste ihm meinen Hass an den Kopf werfen, weil er meine Mutter so mies behandelt und so viel anderen Scheiß abgezogen hatte. Violet war es auch, die mir riet, Preacher und Reba zu fragen, ob sie mich adoptieren würden. Sie sagte, ich hätte die Chance auf eine Familie und sollte sie nutzen.«

»Ich wusste zwar, dass ihr beide euch nahesteht, aber mir war nie klar, wie viel ihr zusammen durchgemacht habt und was ihr einander wirklich bedeutet.« Sie nahm ihren ganzen Mut zusammen und beschloss, ihm alles zu sagen, was er sonst noch wissen sollte. »Ich muss dir etwas beichten.«

Er zog eine Augenbraue hoch.

»Ein weiterer Grund, warum ich dich auf Abstand gehalten habe, war, dass du … ähm … versucht hast, Vi zu helfen, Andre zu vergessen, als sie hierher zurückkam, indem du mit ihr geschlafen hast. Das würde ich niemals tun und ich habe es einfach nicht verstanden.«

»Chloe, Vi und ich kennen uns schon sehr lange, und das war ein …«

Sie presste die Lippen auf seine und brachte ihn so zum Schweigen. Seine Lippen waren warm und süß, und obwohl es nur ein Kuss mit geschlossenem Mund war, löste die Elektrizität zwischen ihnen ein unfassbares Hochgefühl in ihr aus. Als sie sich zurückzog, war sie atemlos und sehnte sich nach mehr. Und – *Gott steh mir bei!* – sein Blick bewog sie beinahe dazu, es sich auch zu nehmen. Sie hatte aus einem Impuls heraus gehandelt und fürchtete sich ein wenig davor, es erneut zu tun, daher sagte sie rasch: »Du musst dich nicht rechtfertigen. Ich wollte nur, dass du weißt, warum ich mich bisher zurückgehalten habe. Und … hast du ihren Vorschlag befolgt?«

»Chloe«, stieß er schnell und heftig hervor, schob eine Hand in ihr Haar und presste den Mund auf ihren.

Sein Kuss war sanft, aber beharrlich. Er fuhr mit der Zunge

über ihre, dann küsste er sie leidenschaftlicher und ließ sich Zeit, als würde er jeden Moment auskosten. Er schob ihr die Finger ins Haar und drehte leicht ihren Kopf, damit sich ihre Zungen zu einem exquisiten Tanz vereinen konnten. Sein Arm schmiegte sich fester um ihre Taille, so stark und besitzergreifend, und er stieß einen tiefen, sinnlichen Laut aus, der sie wie ein Blitz durchzuckte. Sie hatte so oft davon geträumt, ihn zu küssen, dass sie davon überzeugt gewesen war, genau zu wissen, wie es sich anfühlen würde. Aber Himmel, sie hatte sich gewaltig geirrt. Etwas, das der göttlichen Ekstase nahekam, die Justin Wickeds Kuss in ihr auslöste, hatte sie noch nie erlebt. Sie wollte in seinen Armen verweilen, mit der Brise auf den Wangen und seinen Lippen auf ihren, bis die Sonne aufging.

Als sich ihre Lippen schließlich langsam und widerwillig voneinander lösten, waren sie beide außer Atem. Justin drückte sie fest an sich und stützte die Stirn an ihre. »Das wollte ich schon tun, seit ich dich zum ersten Mal gesehen habe.«

Ihr pochendes Herz übertönte das Rauschen des Meeres, aber Justins Geständnis war trotz allem zu verstehen. »Ich auch.« Sie wusste, wenn er sie noch einmal küsste, würde sie nicht mehr damit aufhören wollen, und dazu war sie noch nicht bereit, also wich sie ein Stück zurück. »Du beendest besser deine Geschichte, denn dich zu küssen ...«

»Macht süchtig?«

»Könnte man so sagen.«

»Befürchtest du, über mich herfallen zu müssen?«, fragte er mit arrogantem Grinsen.

Ja. »Nein«, antwortete sie wenig überzeugend. »Es ist nur ... Ich will auch den Rest hören.«

»Okay. Das wird jetzt so richtig einfach, wo das ganze Blut aus meinem Gehirn gen Süden gerauscht ist.« Er gluckste und sie knuffte ihn sanft. »Hey, das ist allein deine Schuld, Herzensbrecherin. Ich habe nur hier gesessen und plötzlich hast du dich auf mich gestürzt.«

Sie schlug erneut nach ihm und musste lachen, als er ihre Hand in der Luft abfing, sie an sich zog und seine Lippen auf ihre presste.

»*Das* war mein Fehler«, gab er leise zu. »Und damit wir uns richtig verstehen, ich beende meine Geschichte, werde aber ganz sicher deinen unglaublichen Mund genauer erkunden.«

In ihrem Kopf vollführte sie einen Freudentanz, während sie äußerlich gelassen blieb und das Kinn in die Luft reckte. »Das werden wir ja noch sehen. Hast du Vis Rat nun befolgt oder nicht?«

»Das habe ich. Ich habe Preacher gefragt, ob sie in Betracht ziehen würden, mich zu adoptieren.« Justins Gesichtsausdruck wurde nachdenklich, als würde er sich an diesen Moment erinnern. »Er sagte, er und Reba hätten gehofft, dass ich sie eines Tages darum bitten würde.«

»Hurra!«, rief Chloe aus. »Ich wusste ja, dass sie zugestimmt haben mussten, da dein Nachname Wicked ist, aber es zu hören, macht mich trotzdem glücklich.«

»Es war definitiv ein Hurra-Moment. Ich hätte mich auch von einem Gericht für mündig erklären lassen können, und es war wahrscheinlich ziemlich fies von mir, es nicht zu tun, aber ich wollte, dass mein Vater seine elterlichen Rechte ganz und gar abgeben muss. Meine Hoffnung war, dass er irgendwo in seinem kalten Herzen den Verlust spüren würde, wenn er seine Rechte tatsächlich überschreiben musste.«

»Das ist verständlich und ich halte es auch nicht für fies. Glaubst du, dass es ihn geschmerzt hat?«

»Nein. Aber das ist in Ordnung. Letztendlich habe ich

getan, was ich für meinen Seelenfrieden tun musste, und allein die Tatsache, dass diese Bindung legal aufgelöst wurde, hat mich befreit. Denn ein Wicked zu werden, fühlte sich außerdem so an, als hätte ich endlich mein Zuhause gefunden.«

Chloe hatte zwar keine neue Familie bekommen, als sie von zu Hause ausgezogen war, um das College zu beenden, aber sie wusste, wie es war, endlich einen Ort zu haben, an dem sie sich sicher fühlte.

Sie saßen lange Zeit am Strand, jeder in seine Gedanken versunken. Chloe fühlte sich Justin so nahe. Zu wissen, dass er so viel überwunden hatte, zu verstehen, was für ein Mann er wirklich war und wofür er stand, bewirkte, dass sie ihn bewunderte.

Irgendwann wechselten sie die Position, und Justin zog sie an seine Seite, sodass sie beide dem Wasser zugewandt waren. Sie unterhielten sich hier und da ein wenig, beobachteten ein Stück Treibholz, das von den Wellen erst ans Ufer geschwemmt und dann wieder aufs Meer getrieben wurde.

»Dieses Treibholz erinnert mich daran, wie ich mich jedes Mal fühle, wenn ich meine Mutter sehe. Es spielt keine Rolle, wie viel ich erreiche oder wie viel Mühe ich mir gebe. Wenn ich sie sehe, habe ich immer noch das Gefühl, dass ich mich rückwärts bewege, dass ich abdrifte, dass ich kämpfen muss, um vorwärtszukommen und meine Insel zu finden, aber nie dortbleiben kann.« Sie lehnte den Kopf an Justins Schulter. »Deine Eingewöhnung bei den Wickeds erinnert mich ebenfalls an dieses Treibholz, allerdings wurdest du nicht zurück aufs Meer gezogen, sondern das Land war dein altes Leben und du bist beständig in die geöffneten Arme einer Familie gedriftet, die so groß und tief wie das Meer ist.«

Justin lehnte seinen Kopf an ihren. »Zwei Treibholzstücke,

die ihre Insel suchen. Das sind wir beide.«

»Ich glaube, du hast deine bei Rob und Reba gefunden.«

»Vielleicht, aber eine weise Frau hat mein Familienleben gerade zutreffend als das tiefe blaue Meer beschrieben, daher hoffe ich weiterhin auf meine eigene Insel.«

Eine Windböe durchfuhr die salzige Luft und Chloe fröstelte erneut. Wie lange waren sie schon hier draußen? Eine Stunde? Zwei? Sie konnte es nicht sagen und es war ihr auch egal. Alles, was sie wusste, war, dass sie sich Justin näher fühlte als jemals jemandem zuvor, und der heutige Abend stand ganz oben auf der Liste der besten Abende, die sie je erlebt hatte, genau wie der letztes Wochenende, als sie unter den Sternen getanzt hatten.

»Ist es verrückt, dass ich mir wünsche, dieser Abend würde niemals enden?«, fragte sie.

»Ich habe gerade dasselbe gedacht. Wie lange haben wir gebraucht, um an diesen Punkt zu kommen? Etwa eineinhalb Jahre?«

»So ungefähr.«

Er presste die Lippen abermals auf ihre und küsste sie zärtlich. »Endlich habe ich dich ganz für mich allein«, sagte er kaum lauter als ein Flüstern. »Jetzt wieder zu gehen, ist das Letzte, was ich tun möchte, aber Baz und Evie, seine Assistentin, operieren heute noch einige der Hunde, und ich habe versprochen, dass ich zurückkomme, um ihnen zu helfen.«

»Ach herrje, Justin!« Sie richtete sich auf. »Lass uns gehen. Es tut mir so leid. Ich wollte nicht, dass du zu spät kommst.«

Er erhob sich und nahm ihre Hand, als wäre das ganz natürlich. Sie freute sich darüber, dass sie so gut zusammenpassten, als sie zurückgingen. Seine Hand war groß, rau und stark, genau wie er. Wenn sie es nicht besser gewusst hätte, wäre sie glatt auf die Idee gekommen, Rose könnte ihm von ihrer Unterhaltung erzählt haben.

Nachdem sie angehalten hatten, um sich die Sandalen und Stiefel anzuziehen, nahm Justin abermals ihre Hand. »Ich möchte, dass du etwas weißt. Vi und ich haben als Teenager miteinander geschlafen, wenn sie im Sommer für ein paar Wochen hier war. Wir haben einander vertraut und uns gegenseitig beschützt, hatten jedoch nie eine Liebesbeziehung. Später ist etwa zehn Jahre lang überhaupt nichts mehr zwischen uns passiert, bis zu dem Sommer, in dem sie von ihrer Mutter manipuliert wurde, zum Cape zu kommen. Zu dem Zeitpunkt war sie mit Andre im Ausland, und sie hat ihn mitten in der Nacht verlassen, ohne auch nur ein Wort zu sagen. Sie hinterließ ihm nicht einmal eine Nachricht und sie und Desiree kannten sich damals kaum. So traurig hatte ich sie noch nie erlebt. Sie war bis über beide Ohren in Andre verliebt und völlig durcheinander. Sie hat wirklich geglaubt, dass sie über ihn hinwegkommen würde, wenn sie – entschuldige meine Ausdrucksweise – so wie früher rumvögeln könnte, ohne Gefühle, nur um eine Leere zu füllen. Das war eine einmalige Sache, und es waren buchstäblich nur zwei Freunde, die miteinander schliefen, damit sie ihre Liebe zu ihm vergessen konnte. Aber das Ganze ist in Tränen geendet, Chloe. Wir erinnern uns beide nur sehr ungern daran, und uns war klar, dass sie nie über Andre hinwegkommen würde. Sie hat ihn viel zu sehr geliebt. Und sie hat sich dafür gehasst, dass sie ihn auf diese Weise verlassen hatte. Ich war da, um sie in den Arm zu nehmen, während sie weinte, und um sie daran zu erinnern, dass sie geliebt wird und – was wahrscheinlich noch wichtiger war – liebenswert ist. Liebenswert als meine Freundin, nicht auf die Art und Weise, wie man seine Partnerin liebt. Aber für den richtigen Mann, für Andre, war sie so liebenswert, wie es eine Lebenspartnerin sein sollte.«

Die Ehrlichkeit in seiner Stimme und sein Bedürfnis, es ihr zu erklären, berührten sie zutiefst. »Das hättest du mir wirklich nicht alles erzählen müssen. Was du am Strand gesagt hast, hat mir schon vor Augen geführt, wie viel ihr einander bedeutet.«

»Ich weiß, aber du sollst auch wissen, dass das, was zwischen uns passiert ist, eine einmalige Sache war. So wie damals, als ich nackt für sie posiert und bei ihr übernachtet habe. Du weißt bereits, dass dabei nichts zwischen uns passiert ist. Das waren außergewöhnliche Augenblicke, die sich nie wiederholen werden. Es gab nie romantische Gefühle zwischen uns und die wird es auch nie geben. Selbst wenn sie und Andre sich trennen würden, was ich nicht glaube, käme eine Beziehung zwischen uns nicht infrage. Verstehst du, was ich dir damit sagen will? Sie wird immer eine meiner engsten Freundinnen sein, und ich hoffe, du kannst das akzeptieren, denn ich werde immer für sie da sein, aber nicht mehr auf diese Weise.«

»Okay«, erwiderte sie und wusste, dass sie seinem Wort vertrauen konnte. »Sie ist auch meine Freundin, und ich fühle mich jetzt, wo ich das weiß, tatsächlich besser.«

Er stieß die Luft aus. »Großartig. Danke.«

Sie gingen den Pfad hinauf, und als der Sand in Kies überging, hatte Chloe das Gefühl, die Ketten ihrer Vergangenheit hinter sich zu lassen. Das Salty Hog kam in Sicht und erstrahlte hell vor dem dunklen Nachthimmel. Musik lag in der Luft, als sie über den Parkplatz zu ihrem Auto gingen.

Justin schloss sie in seine Arme. Das Mondlicht spiegelte sich in seinen Augen, und sie hatte das Gefühl, zum ersten Mal den echten Justin Wicked zu sehen. Was nicht etwa daran lag, dass er ihn ihr noch nie gezeigt hatte. Die Offenheit, Ehrlichkeit und Wertschätzung in seinen Augen waren wahrscheinlich schon immer da gewesen, doch sie hatte sie aufgrund der dicken Barriere um sich herum nicht wahrnehmen können.

»Sieh uns an, Herzensbrecherin. Was denkst du gerade?«

»Ich denke, dass es neu und ein bisschen seltsam ist, hier so mit dir zu stehen. Aber es fühlt sich auch gut und richtig an, nicht wahr?«

»Das tut es, Babe. Bitte sag, dass du dich morgen nicht wieder von mir zurückziehen wirst.«

»Nein, das werde ich nicht tun. Ich hatte eigentlich gehofft, wir könnten uns Samstagabend sehen«, schlug sie zaghaft vor.

»Du wirst ja ganz rot, meine Süße. Hast du etwa vor, dieses Wochenende was mit mir anzustellen?«

Die Hitze, die zwischen ihnen aufflammte, ließ ihr Herz schneller schlagen. »Ich habe unsere Küsse genossen, aber mach dir keine Hoffnungen auf mehr, Bikerboy.«

»Du küsst mich also gern?« Sein Blick schien sie zu durchbohren. »Das ist doch schon mal ein guter Anfang.«

Er strich federleicht mit den Lippen über ihre und drückte sie mit dem Rücken gegen ihren Wagen. Sie hielt den Atem an, war bereit für einen Kuss. Aber seine Lippen glitten weiter über ihre Wange, und sie stellte fest, dass sie sich inständig danach sehnte, ihn erneut zu küssen. »Hast du Freitagabend etwa schon was vor?«

»Mhm. Eifersüchtig?«

Er presste ihr die Lippen auf die Wange und raunte ihr ins Ohr: »Gäbe es denn einen guten Grund dafür?«

Seine Stimme war so sexy und männlich, dass sich Schmetterlinge in ihrem Bauch regten. »Ich weiß nicht, ob du auf einen Abend mit meinem Frauenbuchclub eifersüchtig sein solltest. Vielleicht, wenn ich auf Frauen stehen würde. Steph und die anderen sind schließlich wunderschön.«

Er küsste sie auf die empfindliche Stelle hinter ihrem Ohr, woraufhin Verlangen durch sie hindurchtoste. »Andere Männer mögen das vielleicht als erregend ansehen, aber ich nicht, Blondie.« Bei diesen Worten drückte er ihr sanft einen Kuss direkt neben den Mund. »Du bist die einzige Frau, die ich will.« Dann strich er mit den Lippen über ihre. »Dich mit einer anderen Frau zu sehen – oder davon zu erfahren –, wäre nicht mal ansatzweise besser, als dich ganz für mich zu haben.«

Jede Berührung seiner Lippen steigerte ihre Vorfreude und erschwerte ihr das Atmen.

Er bahnte sich eine Spur aus Küssen über ihren Unterkiefer. »Ich bin keine zwanzig, Chloe. Ich habe keine Lust mehr auf Spielchen und Leichtsinn. Ich weiß, was ich will, und sie steht direkt vor mir.«

Hatte er auch nur die geringste Ahnung, wie erregend seine Worte waren?

Als er mit seinen Bartstoppeln über ihre Wange strich und seinen harten Körper an sie drückte, entschlüpfte ihr ein lustvoller Laut. Sie spürte sein Lächeln auf ihrer Wange, als er sie dort küsste. Seine Lippen wanderten ihren Hals hinunter, und sie krallte die Finger in seine Seiten, weil sie Halt suchte, da ihre Knie nachzugeben drohten. Er hatte ihren Widerstand gebrochen und ein brennendes Verlangen, ein schmerzhaftes Bedürfnis, ihn wieder zu küssen, in ihr ausgelöst. Sie hatte ihn so lange auf Distanz gehalten, dass sie nun das Gefühl hatte, kurz vor dem Explodieren zu stehen. Ihre Nervenbahnen glichen Drähten, die unter Strom standen, als er sich küssend ihren Hals und Kiefer entlang zu ihrer Wange arbeitete und mit der Zunge an ihrer Ohrmuschel entlangfuhr.

»*Justin*«, flehte sie ungeniert.

»Ja, meine Schöne?«

Zum Teufel mit dem Warten. Sie packte seinen Kopf und presste ihren Mund auf seinen. Schon spürte sie seine Hände in ihrem Haar, die sich verkrampften, was gleichzeitig Schmerz und Lust in ihr auslöste. Er rieb sich mit dem Becken an ihr, während sie einander förmlich verschlangen. Ihr war völlig egal, dass sie auf einem Parkplatz standen, wo jeder sie beim Knutschen sehen konnte. Sie waren vollständig bekleidet und fummelten nicht nackt aneinander herum, und sie hatte nicht vor, die verlockende Überredungskunst seines unglaublich talentierten und köstlichen Mundes oder das Gefühl seiner harten Hitze, die sich gegen sie drückte, zu ignorieren. Jedes Umgarnen ihrer Zungen, jedes kehlige Geräusch und jedes Schaben seiner Bartstoppeln an ihrer Haut weckten in ihr das Verlangen nach mehr – mehr von ihm. Als sie schon glaubte, den Verstand zu verlieren, lockerte er die Zügel und verlegte sich auf berauschend langsame, lodernde Küsse. Sie hörte ein gewimmertes Stöhnen und stellte verdutzt fest, dass es über ihre Lippen gekommen war. Dabei wimmerte sie doch sonst nicht. Mit was für einem Zauber hatte er sie belegt? Was auch immer es war, sie wollte nicht, dass es zu Ende ging.

Jemand räusperte sich neben ihnen, und Chloe schrak zusammen und riss die Augen auf, löste sich von ihm und stand atemlos und zittrig da.

Madigan und Zander verharrten grinsend neben ihnen, und Tank näherte sich ihnen aus einigen Metern Entfernung mit verwirrter Miene. Justins Hände waren immer noch in Chloes Haaren, sein Körper presste sich verlockend an sie. *Oh Gott!* Justins Küsse hatten alles andere verdrängt, sogar ihre Vernunft!

»Hey«, grüßte Justin beiläufig und zog Chloe vom Wagen

in seine schützenden Arme.

Aber Chloe brauchte keinen Schutz. Sie schämte sich nicht für das, was sie getan hatte. Es war ihr nur peinlich, auf dem Parkplatz beim Knutschen erwischt worden zu sein, als wäre sie ein notgeiler Teenager. Sie reckte das Kinn und legte einen Arm um Justin, um den neugierigen Blicken seiner Geschwister als Gleichgestellte und nicht als sein Schützling zu begegnen.

»Wir haben uns schon gefragt, wo ihr abgeblieben seid«, sagte Madigan.

»Anscheinend haben wir sie unterbrochen, bevor es zum Höhepunkt kommen konnte«, ergänzte Zander mit arrogantem Grinsen.

Hätten Blicke töten können, wäre Zander von Justins finsterem Blick dahingerafft worden.

»Zander!«, schimpfte Madigan.

»Das reicht, Zander«, mahnte Justin, während Tank zu ihnen stieß. »Wir haben uns nur voneinander verabschiedet.«

»Warum hast du mir denn nicht erzählt, dass ihr beide zusammen seid, Chloe?«, fragte Madigan. »Ihr seid so ein süßes Paar.«

»Sie sind heiß, Mads, nicht süß«, korrigierte Zander sie. »Mich wundert, dass nicht der ganze Parkplatz in Flammen aufgegangen ist.«

»Und ob wir das sind.« Justin grinste stolz, während er Chloe an seine Seite drückte.

»Wir sind nicht zusammen«, erklärte Chloe. »Ich bin mir nicht sicher, was das zwischen uns eigentlich ist. Es ist auf jeden Fall noch ganz frisch.« Sie schaute Zander in die Augen und fügte hinzu: »Aber das *Uptown Girl* nimmt ihren *Backstreet Guy* endlich so wahr, wie er ist.«

»Wurde auch Zeit«, meinte Tank.

Madigan legte den Kopf schief. »War das eine Anspielung auf die Boyband? Denn es sind die Backstreet *Boys*.«

Die Männer grinsten und Justin erläuterte: »Das ist eine Anspielung auf Billy Joel, Mads. Das war vor deiner Zeit. Schlag den Text von *Uptown Girl* nach.«

»Ich weiß, wer Billy Joel ist«, rechtfertigte sich Madigan. »Entschuldige bitte, dass ich nicht jedes Wort aus jedem Lied kenne, das je geschrieben wurde. Es ist schon spät, und ich muss morgen früh zu einem Kindergeburtstag, darum fahre ich jetzt nach Hause. Es freut mich, dass ihr beide zusammen seid, oder was auch immer das Knutschen auf dem Parkplatz zu bedeuten hat«, stichelte sie. »Wir sehen uns morgen Abend beim Treffen des Buchclubs, Chloe. Starr wird Gracie mitbringen. Sie und Marly freuen sich schon darauf, dich kennenzulernen.«

»Seit wann bist du in Chloes Buchclub?«, fragte Justin. »Ich möchte eigentlich nicht, dass meine kleine Schwester erotische Liebesromane liest.«

»Dann ist es ja gut, dass du nicht darüber zu bestimmen hast«, entgegnete Madigan. »Chloe hat ein Luau am Cahoon Hollow geplant, mit Blumenkränzen, fruchtigen Getränken und anderen coolen Sachen, einschließlich vieler *sexy, erotischer* Gespräche. Das lasse ich mir um nichts in der Welt entgehen.« Sie unterstrich ihre Entschlossenheit mit einem frechen Wackeln ihrer Schultern.

Justin musterte Chloe neugierig. »Das machst du alles für ein Buchclubtreffen? Klingt eher nach einer Party.«

»Mir ist durchaus bewusst, dass es übertrieben klingen mag, aber ich habe eine Schwäche für besondere Anlässe. Als ich jünger war, hat meine Mutter nie Geburtstage oder besondere Ereignisse gefeiert, daher möchte ich es richtig machen, wenn ich die Gastgeberin spiele.«

Zander deutete auf Madigan. »*Du* gehst nirgendwohin, um über erotische Liebesromane zu reden, aber das klingt nach einer Party, die *ich* besuchen muss.«

»Ha!«, rief Madigan aus. »Träum weiter.«

»Tut mir leid, Zander, aber Männer sind nicht erlaubt«, sagte Chloe. Justin war bei den letzten drei Treffen des Buchclubs einfach so aufgekreuzt und hatte versucht, sie anzubaggern. Beim letzten Mal hatte er sogar ein Exemplar des Buchs, über das sie sprechen wollten, mitgebracht und behauptet, er hätte die Clubregeln durchgelesen und darin stünde nichts, was besagte, dass ein Mann nicht mitmachen dürfe. Jetzt zeigte sie auf Justin und erklärte: »Und du wirst unser Treffen auch nicht stören.«

»Viel Glück dabei.« Zander legte Madigan einen Arm um die Schultern. »Komm, Mads. Ich bringe dich zu deinem Barbie-Fahrrad und dabei können wir über diese Buchclub-Party reden.«

»Warum könnt ihr nicht einfach Vespa dazu sagen?«, schimpfte Madigan und ging mit ihm weg.

Zander rief über die Schulter: »Wir sehen uns gleich bei Gunner.«

»Willst du immer noch da hin?«, fragte Tank.

Justin nickte. »Ja. Ich fahre gleich rüber. Wir treffen uns dann da.«

»Cool. Bis dann, Chloe.«

Nachdem Tank weggegangen war, drehte Justin Chloe in seinen Armen zu sich um. »Immerhin wurden wir nicht nackt erwischt.«

»Bitte sag mir, dass du nicht mal nackt auf einem Parkplatz erwischt wurdest. Großer Gott, mir ist gerade klar geworden, dass ich deine Dating-Vorgeschichte gar nicht kenne.«

»Ich wusste nicht, dass ich einen Lebenslauf abgeben muss, um mit dir ausgehen zu dürfen.«

»So habe ich das nicht gemeint. Wer weiß, vielleicht ist es bei dir ja durchaus normal, mit heruntergelassenen Hosen erwischt zu werden, und darüber wäre ich doch gern im Vorfeld im Bilde.«

Seine Miene wurde ernst. »Ich mache viele Witze, aber so ein Typ bin ich nicht, Chloe. Nach allem, was ich durchgemacht habe, sehe ich nichts als selbstverständlich an, schon gar nicht, dass eine Frau mir genug vertraut, um mit mir intim zu werden.« Sein Tonfall wurde weicher, als er weitersprach. »Es tut mir leid, dass ich mich eben derart habe hinreißen lassen, so in der Öffentlichkeit. Aber mehr als Küsse hätte es auch nicht gegeben. Du bist einfach so unwiderstehlich, und ich habe so lange darauf gewartet, dass ich nicht anders konnte.« Er beugte sich näher an sie heran. »Offen gesagt war ich mit keiner anderen Frau zusammen, seitdem wir uns getroffen haben.«

Seitdem sie Justin kannte, hatte sie auch mit keinem Mann mehr geschlafen, allerdings war sie immer davon ausgegangen, dass so gut wie jeder Single-Mann höchstens ein oder zwei Wochen ohne Sex auskommen konnte – erst recht ein derart lebensfroher wie Justin. »Du meinst doch nicht allen Ernstes, seitdem wir uns das erste Mal getroffen haben«, staunte sie.

»Doch, das tue ich.« Ein teuflisches Grinsen umspielte seine Lippen. »Es war mein voller Ernst, dass du mir die einzigen Bilder für meine Fantasien geliefert hast.«

Grundgütiger! Er war frech, aber auch ehrlich. Sie verliebte sich auf der Stelle noch ein bisschen mehr in ihn.

»Wie hieß es in diesem Tom-Cruise-Film doch gleich? ›Du hattest mich schon beim Hallo‹, Chloe.«

Er gab ihr einen zärtlichen Kuss, und als sie sich voneinander lösten, umfing er ihre Pobacken und ließ ihr Verlangen in neue Höhen schnellen.

»Du bist auf einmal so *handgreiflich*.« Sie war es nicht gewohnt, sich von einem Mann betatschen zu lassen, doch sein Zauber schien noch zu wirken, denn seine Hände störten sie nicht. Vielmehr sehnte sie sich nach seiner Berührung.

»Anderthalb Jahre, Babe«, rief er ihr in Erinnerung. »Gib mir Bescheid, wenn ich vor eurem Treffen vorbeikommen soll, damit wir einige der Sexszenen nachspielen können.«

Der nächste Kuss war schmeichelnd und so ausgiebig, als hätten sie alle Zeit der Welt. Chloe war überrascht, dass sie sein Angebot tatsächlich in Erwägung zog. Aber je länger sie sich küssten, desto schwerer fiel es ihr, überhaupt noch einen klaren Gedanken zu fassen. Wenn seine Küsse sie schon derart erregten, würden sie für das Nachspielen der Szenen die ganze Nacht brauchen. So verlockend diese Vorstellung auch war, wenn sie ihre Freundinnen wegen eines Mannes vernachlässigte, wäre sie genau wie ihre Mutter. Und das kam nun mal nicht infrage.

Nicht einmal für den König der atemberaubenden Küsse.

Am Freitagabend trug Chloe mit Obstsalat gefüllte Ananashälf-
ten in ihr Wohnzimmer, lauschte dem Prasseln des Regens, das
durch die offenen Fenster hereindrang, und kämpfte gegen die
Enttäuschung an. Es hatte den ganzen Tag geregnet, und sie
hatte das Treffen des Buchclubs nach drinnen verlegen müssen.
Ein Luau war ohne Sand unter den Füßen einfach nicht
dasselbe, aber sie hatte sich große Mühe gegeben, ihr gemütli-
ches Häuschen in eine tropische Insel zu verwandeln. In der
Mittagspause hatte sie im Partyshop ein Banner mit der
Aufschrift *Aloha* gekauft, das jetzt über dem Kamin hing. Die
Buchstaben darauf sahen aus wie Palmenäste. Für den Esstisch
hatte sie eine Tischdecke mit Bastfransen besorgt, passend zu
der, die mit der Luau-Hütte geliefert worden war und die nun
den Klapptisch zierte. An das Dach der Hütte hatte sie eine
Lichterkette aus Tiki-Lichtern gehängt, was genauso niedlich
aussah, wie sie es sich erhofft hatte. Die beiden aufblasbaren
Palmen, die sie aus einer Laune heraus mitgenommen hatte,
gaben die perfekte Ergänzung für den heutigen Abend ab. Wo
sie schon einmal unterwegs war, hatte sie auch gleich ein paar
Spielsachen für Starrs Tochter gekauft, mit denen sich die
Kleine beschäftigen konnte. Zwar hatten sie keinen Strand,

aber immerhin das Ambiente.

Sie stellte den Obstsalat zwischen die Kokosnussbecher mit den bunten Getränkeschirmchen und den Käse- und Crackeraufstrich auf den Tisch. Die Spieße würden kurz nach der Ankunft der anderen Mitglieder fertig sein, was jeden Moment der Fall sein sollte. Auf dem Weg in ihr Schlafzimmer schnappte sie sich ihr Telefon und warf einen letzten Blick in den Ganzkörperspiegel. Der Bastrock und der Kokosnuss-BH waren vielleicht ein bisschen übertrieben, aber das war ihr egal. Sie hatte zu viele Jahre damit verbracht, sich Kostüme und besondere Partys zu wünschen.

Sie legte ihr Libellen-Fußkettchen an, schlang sich zwei bunte Blumenketten um den Hals und fotografierte ihr Spiegelbild, um Justin das Foto zu schicken. Er hatte ihr am Vorabend Bilder von einigen der geretteten Hunde geschickt, sie jedoch vorgewarnt, dass die Tiere schlimm aussahen. Der Anblick hatte ihr beinahe das Herz gebrochen, denn sie waren wirklich in einem schrecklichen Zustand. Einige waren so unterernährt, dass man die Rippen zählen konnte, und alle hatten Schnittwunden und Narben am ganzen Körper. Die Bilder gingen ihr nicht mehr aus dem Kopf. Einem Hund musste ein Bein amputiert werden, und wie Justin befürchtet hatte, war das Auge eines anderen nicht mehr zu retten gewesen. Auf dem Foto leckte der einäugige Hund, ein gestromter Pitbull mit weißem Fleck auf der Brust, Justin das Gesicht ab. Sein Fell war um den Operationsbereich herum rasiert worden und sah um die Nähte herum wund aus, aber Justin schrieb, dem Hund ginge es ansonsten gut. Er hatte gewinselt, als Justin gegangen war. Chloe konnte sich gut vorstellen, dass sich die geretteten Tiere nach Liebe sehnten, so wie sie und Justin es als Kinder auch getan hatten. Sie hatte die

Fotos an diesem Nachmittag immer wieder angestarrt und sie schließlich ausgedruckt.

Es hatte sich gestern Abend unglaublich angefühlt, all die Emotionen zuzulassen, die sie so lange Zeit zurückgehalten hatte, und als er ihr später schrieb und Fotos von den Hunden schickte, die er gerettet hatte, waren all diese guten Gefühle noch einmal aufgewallt. Als er dann heute früh auch noch angerufen und versprochen hatte, für ihr Buchclubtreffen einen Sonnentanz aufzuführen, hatte sie diese neu gewonnene Freiheit von ganzem Herzen genossen.

Ihr Telefon vibrierte und Justins Name erschien auf dem Display. Sie war so in Gedanken an ihn versunken gewesen, dass sie ihm das eben geschossene Foto noch gar nicht geschickt hatte.

Auf dem Weg ins Wohnzimmer las sie seine Nachricht. *Hey, Süße. Tut mir leid, dass mein Sonnentanz nicht funktioniert hat und dein Luau ins Wasser fällt.*

Wie hatte sie je auf die Idee kommen können, dass er nicht der Richtige für sie wäre? Er dachte immer nur an andere. Sie fügte das Foto, das sie gerade geschossen hatte, einer Nachricht hinzu, außerdem zwei der Bilder, die er neulich beim Tanzen mit ihrem Telefon gemacht hatte, und schrieb dazu: *Ich würde diesen Sonnentanz gern mal selbst sehen.* Außerdem fügte sie noch ein Herzaugen-Emoji hinzu. Nachdem sie die Nachricht abgeschickt hatte, rief sie Spotify auf und ließ ihre Playlist mit tropischer Musik laufen.

Als es klingelte, schaute sie sich noch einmal im geschmückten Wohnzimmer um und öffnete dann die Tür.

Steph riss die Augen auf, nachdem sie ihren Schirm auf der Veranda abgestellt hatte und sie in Augenschein nahm. »Wow! Schau dich nur an, Hula-Mädchen. Du siehst umwerfend aus.«

»Danke.« Chloe wackelte mit den Hüften, sodass ihr Bastrock hin und her schwang. »Serena hat mir das Outfit geliehen.« Obwohl es Steph nie zu stören schien, wenn Chloe Serena erwähnte, fühlte sich Chloe immer ein wenig unwohl dabei, weil Stephs jüngere Schwester Bethany Ashleys beste Freundin gewesen war. Nach Ashleys Tod war Bethany drogensüchtig geworden und tauchte nur hin und wieder mal in Stephs Leben auf.

»Du hast es hoffentlich vorher gewaschen. Wenn Drake sie darin gesehen hat, möchte ich nicht wissen, was danach alles passiert ist.«

Sie mussten beide lachen, doch Chloe war sich ziemlich sicher, dass Drake Serena das Outfit in diesem Fall förmlich vom Leib gerissen hätte.

Abermals kamen Scheinwerfer die Straße entlang. Ihr Häuschen lag recht verborgen vom Rest der Welt am Ende einer schmalen, bewaldeten Straße. Es war nicht sehr groß, hatte jedoch eine wunderschöne, mit Fliegengitter versehene Veranda, und ihr gefiel sehr, dass sie sich keine Sorgen wegen irgendwelcher Nachbarn machen musste.

Zwei Autos hielten am Straßenrand. »Sieht ganz danach aus, als wären Starr und Daphne auch schon da«, meinte Steph.

»Du kennst Starr?«

»Ja, aus dem Salty Hog. Aber ich hatte keine Ahnung, dass sie im Buchclub ist. Mads hat es mir heute erzählt, als sie bei mir im Laden war.«

Chloe trat auf die Veranda und sah Daphne und Starr unter Regenschirmen neben Starrs Auto stehen. Daphne nahm Starr den Schirm ab und hielt ihn über Starr, die sich auf den Rücksitz beugte, um Gracie herauszuheben.

»Arbeitsteilung«, murmelte Chloe, als die drei den Weg hinaufkamen.

»Braucht ihr Hilfe?«, rief Steph.

»Es geht schon. Ich habe Starrs Tasche«, erwiderte Daphne und betrat die Veranda. »Es ist schön, eine weitere Mutter in der Gruppe zu haben. Ich habe Starr gerade erzählt, dass Hadley heute Abend bei meiner Mutter ist.«

»Sie hat Glück, dass ihre Familie in der Nähe wohnt.« Starr wandte sich Chloe zu. »Hi. Du musst ChapterChick sein.«

»Ja, ich bin Chloe. Schön, dass du kommen konntest. Und du bist bestimmt Gracie.«

Die Kleine vergrub das Gesicht an Starrs Hals und umklammerte einen Plüschaffen. Ihr fiel das feine blonde Haar ins Gesicht.

»Sie ist anfangs meist ein bisschen schüchtern, aber mit der Zeit gibt sich das schon. Nicht wahr, Gracie?« Starr küsste ihre Tochter auf die Wange und strich ihr die Haare aus dem Gesicht.

Gracie nickte und runzelte die schmale Stirn. Starr setzte sie ab, und Gracie presste die Wange ans Bein ihrer Mutter, während sie mit den größten braunen Augen, die Chloe je gesehen hatte, zu ihnen aufschaute.

»Ist sie nicht entzückend? Sie ist genauso alt wie Hadley«, sagte Daphne. »Die beiden sollten mal zusammen spielen.«

»Ja, das ist eine gute Idee.« Starr schob sich das lange lockige Haar über die Schulter.

Chloe ging in die Hocke, damit sie Gracie in die Augen sehen konnte. »Hallo, Gracie. Ich bin Chloe, und ich freue mich sehr, dass du und deine Mommy mich heute Abend besucht.«

Gracie versuchte, sich hinter Starrs Bein zu verstecken.

»Wir beiden sind heute Abend eindeutig auf der gleichen Wellenlänge, Chloe«, meinte Starr und öffnete den Regemantel ihrer Tochter. Gracie trug einen Bastrock mit Blumen um die Taille und ein niedliches rosa T-Shirt.

Gracie tätschelte ihren Rock, wobei sie ihren Plüschaffen in der Hand behielt, und verkündete: »Hock!«

»Du hast einen sehr hübschen Rock an«, bestätigte Chloe. »Sie sieht wunderschön aus, Starr. Macht es dir etwas aus, wenn ich heute Abend Fotos für die anderen mache, die nicht dabei sein können?«

Zwei weitere Autos hielten vor dem Haus, während Starr antwortete. »Nein, natürlich nicht. Ich komme sowieso viel zu selten dazu, selbst welche zu machen.«

»Keine Sorge, sie schickt dir garantiert fünfzig Fotos«, warf Daphne ein. »Und wenn du nett fragst, bastelt sie dir auch eine Erinnerungscollage oder ein Fotoalbum.«

»Darum muss mich Starr gar nicht bitten, weil ich das sowieso für alle vorhabe«, gab Chloe zu.

»Danke. Das wäre toll.« Starr hockte sich neben Gracie. »Möchtest du unseren neuen Freundinnen deinen Hula-Tanz zeigen?«

Gracie nickte und ein strahlendes Lächeln erhellte ihr Gesicht. Sie wackelte mit den Hüften und alle jubelten und klatschten. Derweil kamen Gabe, Madigan und eine auffallend hübsche Brünette mit olivfarbener Haut, von der Chloe annahm, dass sie Marly war, zu ihnen auf die Veranda.

»Ich wünschte, ich könnte mich so bewegen, und wow, Chloe, du siehst einfach umwerfend aus!«, verkündete Gabe. »Wenn ich meine Brüste in Kokosnüsse und meinen Hintern in einen Bastrock stecken könnte, würde ich das jeden Tag tragen.« Sie nahm ihren knallgelben Regenhut ab und ihre wilden roten Locken fielen ihr über den Rücken.

»Wäre ich so gut bestückt wie du, würde ich so in der ganzen Stadt herumlaufen.« Madigan umarmte Gabe kurz und fuhr fort: »Aber wage es ja nicht, einen Kokosnuss-BH in der Gegenwart meines Großvaters zu tragen. Er würde einen Herzinfarkt bekommen.«

»Du kannst Gabes Körper haben, wenn ich ihre Haare bekomme«, schaltete sich die Brünette mit der olivfarbenen Haut und den Mandelaugen ein, die mit ihnen angekommen war. »Ich kenne alle außer euch beiden.« Sie deutete auf Chloe und Daphne. »Ihr müsst die Gründerinnen unseres Buchclubs Chloe und Daphne sein. Ich bin Marly Bowers, FlippinPages im Forum. Ich finde die Seite übrigens toll, und danke, dass ich heute Abend herkommen durfte. Ich freue mich, euch endlich persönlich kennenzulernen.«

»Wir sind auch aufgeregt. Ich bin Chloe, ChapterChick auf der Website. Und das ist Daphne, meine Partnerin beim Buchclub. Woher kennst du Mads?«

»Ich habe sie über unseren gemeinsamen Freund Jace Stone kennengelernt, der jetzt mit einem anderen Buchclubmitglied, Madigans Cousine Dixie, verheiratet ist.«

»Die kennen wir auch«, erwiderte Chloe.

»Ich liebe sie«, sagte Marly. »Ich habe Jace bei Bikes on the Beach kennengelernt, Jahre bevor er und Dixie ein Paar wurden, kurz nachdem ich meinen Bruder bei einem Motorradunfall verloren hatte.«

»Das mit deinem Bruder tut mir leid«, sagten Chloe und Daphne gleichzeitig.

»Danke. Er ist zum ersten Mal Motorrad gefahren und dachte wie viele andere junge Leute auch, er wäre unverwundbar und müsse deshalb keinen Helm aufsetzen«, erklärte Marly. »Es war furchtbar. Ich habe meinen besten Freund verloren und ich vermisse ihn jeden Tag. Aber über dieses Thema müssen wir heute nun wirklich nicht sprechen. Als ich Jace kennenlernte, hatte ich gerade das *Head Safe*-Programm ins Leben gerufen, um andere Familien davor zu bewahren, dass ihnen dasselbe widerfährt wie uns. Jace hat mir bei den ersten Schritten geholfen und mich den Dark Knights vorgestellt. So habe ich Mads kennengelernt, und durch sie traf ich Gabe, Starr und Steph.«

Madigan legte einen Arm um Marly. »Und jetzt wird sie uns nicht mehr los.«

»Ich würde es auch nicht anders haben wollen«, sagte Marly.

»Wir auch nicht«, bekräftigte Steph.

Gracie klopfte an die Fliegengittertür und Starr nahm sie in die Arme. »Nein, nein, Schatz. Nicht dagegen schlagen.«

»Ach herrje. Ich bin die schlechteste Gastgeberin der Welt, ich habe euch noch nicht einmal ins Haus gebeten«, stellte Chloe fest. »Kommt doch rein.«

Chloe folgte ihnen ins Haus, und alle riefen »Oh« und »Ah«, nachdem sie die Regenjacken ausgezogen hatten und die Dekoration erblickten. Chloe war froh, dass alle dem Anlass entsprechend hübsche Sommerkleider und Oberteile mit Hawaii-Muster ausgesucht hatten.

»Das wird ein Riesenspaß«, sagte Steph, sobald sie das Wohnzimmer betrat. »Du hast dir wirklich viel Mühe gegeben, Chloe. Hier sieht es toll aus!«

»Scheint ganz so, als würde eine bestimmte junge Dame die Dekoration auch mögen«, sagte Daphne, während Starr hinter Gracie herlief, die direkt auf die Basttischdecke des Klapptischs zusteuerte.

»Vorsichtig, Gracie«, warnte Starr sie sanft. »Nicht am Bast ziehen.«

Gracie schaute blinzelnd zu ihr auf. »Nicht ziehen.«

»Genau, Schätzchen.« Starr strich ihrer Tochter mit der Hand über den Rücken und sagte zu den anderen: »Danke, dass ich meine Kleine mitbringen durfte. Wenn sie zu viel Ärger macht oder weinerlich wird, verschwinde ich, damit sie nicht allen den Abend verdirbt.«

»Sei nicht albern. Du hast heute Abend viele helfende Hände«, widersprach Daphne.

Chloe deutete auf den Korb mit den Spielsachen. »Ich habe vorsichtshalber ein bisschen was besorgt.«

»Das wäre doch nicht nötig gewesen. Ich habe ihr Spielzeug mitgebracht«, sagte Starr. »Aber vielen Dank dafür. Das war wirklich nett von dir.«

Chloe holte die Spieße aus dem Ofen und richtete sie auf einer Platte an, dabei plauderten sie weiter. »Ich habe den Tisch im Esszimmer gedeckt, aber vielleicht wäre es lustiger, wenn wir eine Decke auf den Wohnzimmerboden legen und ein Picknick machen. Wir können so tun, als ob wir am Strand wären.«

»Das klingt gut«, fand Madigan, und die anderen stimmten ihr zu.

Chloe wollte gerade nach nebenan gehen, um eine Decke zu holen, als es an der Tür klingelte. »Wer wollte denn noch vorbeikommen?«, fragte sie und öffnete die Tür – nur um Justin gegenüberzustehen, der in seinen verblichenen Jeans und dem weißen T-Shirt zum Anbeißen aussah. Sein Blick wanderte an ihrem Körper hinab und bewirkte, dass sie eine Gänsehaut bekam.

»Hallo, meine Schöne.« Er nahm sie in die Arme und küsste sie so leidenschaftlich, dass ihr ganz schwindlig wurde.

»Was war denn das?«, rief Steph und eilte zur Tür, wobei

die anderen ihr dicht auf den Fersen waren.

»Der heißeste Kuss, den ich je gesehen habe«, sagte Daphne.

»Sie sind jetzt zusammen«, erklärte Madigan und holte Chloe aus ihrer lustvollen Träumerei. »Wir haben sie gestern Abend beim Knutschen auf dem Parkplatz erwischt.«

»Was machst du denn hier, Justin?«, fragte Chloe, doch da bogen auch schon zwei weitere Pick-ups in die Einfahrt ein und vier Männer stiegen aus. »Ich sagte doch, dass du das Treffen heute nicht stören sollst.« Sie hatte diesen Kuss so dringend gebraucht, nachdem sie den ganzen Tag an ihn gedacht hatte – wahrscheinlich sollte sie ihm eher dafür danken, anstatt zu fragen, warum er da war. Sie überlegte kurz, ob dieser Kuss sie zu einem Abklatsch ihrer Mutter machte, verwarf den Gedanken jedoch schnell wieder. Justin war nicht wie die furchtbaren Männer, mit denen ihre Mutter ausging, und sie war auch nicht wie ihre Mutter. Vielmehr durfte sie mit einem guten Mann glücklich sein.

»Moment mal! Ist Chloe etwa das *Uptown Girl*?«, erkundigte sich Starr.

»Ja«, bestätigte Madigan mit einem Nicken.

Alle sahen überrascht und glücklich aus, und Chloe stellte fest, dass sie es ebenfalls war. »Ich bin das Uptown Girl, möchte aber lieber als Justins Mädchen bekannt sein.«

Sofort hallte begeisterte Zustimmung auf und Justin zog sie in seine Arme. »Mein Mädchen, Mavericks Old Lady, Uptown Girl. Das ist mir alles völlig egal, solange du zu mir gehörst.«

Ihr Herz setzte angesichts der Emotionen in seinen Augen einen Schlag aus.

»Ich will euer Treffen nicht stören«, fuhr er fort. »Aber ich dachte mir, dass mein Mädchen bei ihrem Luau vielleicht lieber die Zehen in den Sand stecken will, darum habe ich den Strand zu dir gebracht.«

Chloe hatte keine Ahnung, was er damit meinte, doch der Gedanke, dass er überhaupt etwas Besonderes für sie tun wollte, ließ sie innerlich dahinschmelzen. Sie bemerkte, dass Tank und Blaine im strömenden Regen mit Schubkarren den Weg hinaufkamen. Hinter ihnen hatten Zeke und Zander die Arme voll mit undefinierbaren Gegenständen. Die anderen Frauen sahen genauso verwirrt aus wie sie selbst. »Ich kann dir nicht folgen.«

Justin nahm ihre Hand und erklärte: »Es gab so viele Jahre, in denen du nicht die Partys feiern konntest, die du dir gewünscht hast, und das müssen wir wiedergutmachen. Von jetzt an werde ich dafür sorgen, dass jedes einzelne Event besser ist als das letzte. Und damit geht es gleich heute los, indem wir dir einen Strand für dein Luau bauen.«

Sie war sprachlos.

Daphne stupste Chloe an. »Wenn du diesen Mann nicht heiratest, tue ich es.«

»Daphne, du bist soeben direkt nach Chloe an die Spitze der Liste meiner Lieblingsmenschen gewandert«, erwiderte Justin und betrachtete die versammelten Frauen. »Okay, meine Damen, wir verlegen die Party auf die überdachte Terrasse. Wenn ihr die Tische abräumt, kümmern wir uns um den Rest.«

Chloe half den anderen beim Abräumen und sah verdutzt zu, wie Zeke und Zander auf ihrer Veranda Planen auslegten und die Männer einen Sandsack nach dem anderen darauf ausschütteten. Chloe und ihre Freundinnen unterhielten sich derweil ebenso fassungslos wie aufgeregt, während die Männer die Tische, die Luau-Hütte und alle anderen Dekoartikel nach draußen schafften. Sie hängten die Tiki-Lichter an der Überdachung auf und fügten weitere hinzu, die Justin mitgebracht hatte. Er hatte sogar eine kleine Feuerschale mit Gitterrosten und zwei Soundmaschinen besorgt, die Meeresrauschen abspielten. Ihr rauer, schroffer Biker hatte an alles gedacht. Sie hätte nie damit gerechnet, dass er so ein Romantiker war, und schloss ihn immer mehr in ihr Herz.

Während sich die Frauen begeistert von den Bemühungen der Männer zeigten, versuchte Gracie, an Blaine wie an einer Leiter hochzuklettern. Er hob sie hoch, unterhielt sich mit ihr und kitzelte sie am Bauch. Als er versuchte, sie wieder abzusetzen, hob sie die Knie und klammerte sich mit aller Kraft an ihm fest.

»Oh Gott, jetzt geht's los«, sagte Starr leise. »Sie hat das Fahrwerk eingezogen.« Die Frauen drängten sich um sie herum.

»Zu schade, dass große Mädchen mit so was nicht durchkommen.« Marly warf Blaine einen Blick zu. »Er mag in der Öffentlichkeit vielleicht das ruhige Auge des Sturms sein, aber ich wette, dass dieser Mann im Schlafzimmer der reinste Taifun ist. Sodass man danach völlig ausgelaugt ist, aber trotzdem noch mehr will, weil … na ja … Seht ihn euch doch nur an.«

Madigan verschränkte die Arme und starrte Marly an. »Wie oft muss ich dir noch sagen, dass ich deine schmutzigen Gedanken nicht hören will, wenn einer meiner Brüder darin die Hauptrolle spielt?«

»Dann sollte ich dir wohl lieber nicht von meinem Traum erzählen, in dem Zeke *und* Zander die Hauptrolle gespielt haben«, stichelte Starr.

»Ach, da fällt mir etwas ein.« Marly wackelte mit den Augenbrauen. »Ich habe da ein Buch, das ich Zeke mal leihen könnte. Das *Kama Sutra*. Und sieh dir Tank an. An dessen Feuerwehrstange würde ich gern mal runterrutschen.«

»*Grundgütiger!*« Daphne wurde knallrot.

Chloe und die anderen kriegten sich gar nicht mehr ein vor Lachen.

Madigan warf Marly einen finsteren Blick zu, allerdings verrieten ihre Augen, dass sie das Ganze eigentlich ganz lustig fand. »Du bist ja gar nicht mehr wiederzuerkennen. Wieso habe ich dich heute doch gleich mitgenommen?«

»Weil du mich liebst.« Marly klimperte mit den Wimpern.

Blaine versuchte noch einmal, Gracie wieder abzusetzen, aber sie protestierte lautstark und klammerte sich nur noch fester an ihn.

Starr seufzte. »Warum tut sie mir das ständig an?«

»Auf mich wirkt es eher, als hättest du die perfekte Unterstützung«, stellte Steph fest.

»Nicht wahr?« Gabe amüsierte sich köstlich darüber. »Vielleicht kann ich sie mir ja mal ausleihen.«

»Dann solltest du erst mal Hadley erleben«, sagte Daphne. »Sie verguckt sich immer in die falschen Männer. Zuerst war es mein Chef, dann unser Freund Jett, und jetzt steht sie total auf diesen umwerfenden Kerl namens Jock, der dank meiner Tochter jedes Mal praktisch Reißaus nimmt, sobald er uns sieht.«

»Ich befürchte fast, dass unsere Töchter uns richtig Ärger machen werden, wenn sie älter sind.« Starr beobachtete, wie Blaine versuchte, den Männern mit nur einer Hand zu helfen.

»Vielleicht solltest du Blaine retten«, schlug Gabe vor.

»Könntest du Gracie noch eine Minute länger bei ihm lassen? Das Kind im Arm steht ihm richtig gut«, fand Marly.

»Wir helfen lieber dabei, das Essen wieder auf den Tisch zu stellen, sonst fängst du gleich noch an zu sabbern.« Madigan nahm Marlys Hand und zerrte sie ins Haus.

Starr eilte zu Blaines Rettung. Steph und Daphne folgten ihr, aber Zander fing sie ab und flirtete heftig mit ihnen. Chloes Blick wanderte an allen vorbei zu Justin, der zusammen mit Tank einen der Tische aufstellte. Justin deutete auf Zander und die beiden Frauen und sagte leise etwas zu Tank, woraufhin der die Augen zusammenkniff und zu den dreien hinübermarschierte. Chloe hatte keine Ahnung, was Tank als Nächstes tat, denn Justin stürmte mit sündigem Blick auf sie zu, nahm sie in die Arme und eroberte ihre Lippen mit einem zärtlichen Kuss.

War das ihre neue Normalität? Küsse zur Begrüßung? Unangekündigtes Auftauchen und romantische Überraschungen? Daran konnte sie sich gewöhnen.

»Was denkst du, Blondie?«

»Wer kann schon noch klar denken, wenn du so etwas Wunderbares tust? Ich stehe immer noch unter Schock, weil du dir das alles ausgedacht und dann auch noch umgesetzt hast. Dabei hatten wir noch nicht einmal ein richtiges Date.«

»Richtige Dates sind wichtig, aber eigentlich bloß Formalitäten. Wir sind schon so lange befreundet, da braucht es keine Dates mehr. Ich habe dir Suppe vorbeigebracht, als du krank warst, obwohl du mich nicht zur Tür hereinlassen wolltest. Reicht das denn nicht aus?«

»Ich hatte Magen-Darm-Grippe und wollte nicht, dass du dich ansteckst.«

»Okay, da hast du recht. Ich habe dich ins Krankenhaus gebracht, als du dir auf deinen meterhohen Absätzen den Knöchel verstaucht hast.«

»Ich wollte selbst hinfahren«, erinnerte sie ihn.

Er bedachte sie mit einem ausdruckslosen Blick. »Und genau deshalb habe ich es getan. Denk doch mal kurz über uns beide nach, Chloe. Du warst diejenige, die das Design für die Steinbank ausgesucht hat, die ich für Harper und Gavin zur Hochzeit angefertigt habe, und sie war das perfekte Geschenk. Du hast mir mit den Einladungen für meine Galerieeröffnung geholfen.«

»Das war nicht weiter schwer.« Und sie hatte so viel Spaß mit ihm gehabt, dass sie es jederzeit wieder tun würde.

»Es geht nicht darum, wie schwer die Aufgabe ist, sondern darum, etwas gemeinsam zu tun, sich gegenseitig zu helfen. Du warst meine BH-Pong-Partnerin bei Harpers Junggesellinnenabschied.«

»Auf dem du eigentlich gar nichts zu suchen hattest«, merkte sie mit einem Lächeln an und erinnerte sich nur zu gut an diesen Abend, denn da hatte es angefangen zu stürmen. *Das war der Abend vor unserem Beinahe-Kuss.*

Sein Blick wurde ernst. »Wir hatten zusammen Spaß, wir waren füreinander da, und wir haben uns sogar gestritten. Obwohl ich zugeben muss, dass du beim Streiten meist gewonnen hast. Ich habe einige meiner besten Anmachsprüche bei dir ausprobiert, und du hast unzählige Abende damit verbracht, mir heimlich Blicke zuzuwerfen, wenn wir mit unseren Freunden unterwegs waren, und dir rotzfreche Erwiderungen einfallen lassen, was ich über alles geliebt habe. Ich habe mit dir gelacht, dich in den Arm genommen, wenn du geweint hast, und jetzt, wo ich weiß, was du von Partys hältst, habe ich den leisen Verdacht, dass du mein Geburtstagsessen im Summer House mit Vi und unseren Freunden organisiert hast. Und den Motorradkuchen? Die Kekse, die wie Künstlerpaletten aussahen? Schokoladen-Werkzeuge? Schwarze Luftballons mit der Aufschrift *Let's Ride*? Jetzt ergibt alles einen Sinn. Ich dachte, Gavin hätte das alles arrangiert.«

»Du solltest das nicht wissen«, gestand sie leise und erinnerte sich an die Abende im letzten Herbst, in denen sie das alles organisiert hatte. »Jetzt kommt es mir albern vor, dass ich es geheim gehalten habe.«

»Es war nicht albern, Babe. Du wolltest das zwischen uns nicht wahrhaben, ganz im Gegensatz zu mir. Verstehst du es denn nicht, Chloe? All das bildet eine solide Grundlage für eine großartige Beziehung.«

Ihr wurde leicht schwummrig, was gar nicht zu ihr passte. Aber wie hätte es anders sein sollen? Sie wusste ja, dass er recht hatte. »Okay, Mr. Wicked. Du hast mich ertappt. Du bist ziemlich großartig, und ich muss wohl mit Scheuklappen herumgelaufen sein, denn bevor du bei mir aufgetaucht bist, um unseren Tanz zu beenden, dachte ich, du würdest nur mit mir spielen.«

»Das habe ich auch, aber stets mit ernsthaften Absichten, Chloe. Hätte ich gewusst, dass du in deiner Jugend Geburtstagsfeiern und alles andere verpasst hast, hätte ich all das für dich organisiert, seitdem ich dich kenne, auch wenn du dich bisher geweigert hast, mit mir auszugehen.«

Er hielt inne, als wolle er seine Worte wirken lassen, und sie zeigten in der Tat Wirkung.

»Wir verschwinden dann mal wieder, damit ihr euren Mädelsabend genießen könnt.« Er küsste sie auf die Wange und fügte hinzu: »Steck deine Zehen in den Sand, meine Schöne. Wir sehen uns morgen Abend bei unserem Date.«

Ein paar Stunden und viele Lacher später hatte der Regen aufgehört, Chloe hatte viel zu viele Fotos gemacht, und Gracie schlief auf einer Decke mit ihrem Plüschaffen im Arm. Die Frauen räumten gemeinsam die Reste weg und richteten Chloes Wohnzimmer wieder her. Während sie den Esstisch nach drinnen trugen, musste sie wieder an Justin denken, wie sie es eigentlich schon den ganzen Abend lang tat. Als er plötzlich auf der Veranda gestanden hatte, war sie zuerst davon ausgegangen, er wäre hergekommen, um sie zu stören, mit ihr zu flirten und sich über die Gruppe lustig zu machen, wie er es in der Vergangenheit getan hatte. Sie war so dankbar dafür, dass er in all der Zeit, in der sie sich nun schon kannten, nie aufgegeben hatte. Auf diese Weise hatte er ihr demonstriert, wer er wirklich war. Sie hatte noch immer sein Geständnis im Kopf, dass es für ihn keine andere Frau mehr gegeben hatte, seitdem er sie kannte. Allerdings war er auch der Mann, mit dem sie alle anderen Männer verglichen hatte. Selbst bei einem bloßen Abendessen oder Drink hatte keiner ihm je das Wasser reichen können. War es für ihn etwa ähnlich gewesen?

»Was grinst du so verträumt?«, fragte Gabe, als sich alle zum Aufbruch fertig machten.

»Ach, nichts weiter«, behauptete Chloe, hörte jedoch selbst die Verträumtheit in ihrer Stimme.

»Er ist ein guter Mann, Chloe«, beruhigte Gabe sie. »Ich kenne Justin schon sehr lange. Alles, was er tut, kommt bei ihm von Herzen.«

»Oder seinem *Langschniedel*«, flüsterte Daphne, bekam sofort rote Wangen und musste kichern. Sie schlug sich eine

Hand vor den Mund und brachte so auch alle anderen zum Lachen.

»Und ich kann nicht mal mit ihr schimpfen, dass sie so was nicht über meinen Bruder sagen soll. Seht sie euch doch an!«, rief Madigan. »Es ist ihr so peinlich, dass sogar ihre Ohren rot angelaufen sind.«

»Möchte ich wissen, woher Daphne *das* über Justin weiß?«, fragte Starr.

»Ich weiß es nicht aus eigener Erfahrung!«, beharrte Daphne sofort. »Unsere Freundin Emery hat ihn mal nackt gesehen. Das ist eine lange Geschichte, und sie hat nicht mit ihm geschlafen, aber sie schwört, dass es wahr ist.«

Alle sahen Chloe erwartungsvoll an. Sie konnte sich den Scherz einfach nicht verkneifen. »Das ist eine *lange* Geschichte.«

Die Frauen brachen in Gelächter aus.

»Ich gehe dann mal lieber. Komm mit, Marly, bevor sie dich auch noch dazu bringen, über die Körperteile meiner Brüder zu reden.« Madigan umarmte Chloe. »Das war der lustigste Abend seit Langem. Danke für die Einladung.«

»Es ist so schön, dass ihr alle gekommen seid. Ich bringe euch raus«, sagte Chloe. Starr kehrte gerade mit der schlafenden Gracie im Arm ins Wohnzimmer zurück. »Ich hole deine Tasche und deinen Schirm, Starr.«

»Wisst ihr schon, wer das nächste Buch aussuchen darf?«, fragte Marly, während sie und die anderen sich die Jacken anzogen.

»Noch nicht. Morgen früh wähle ich mit einem Zufallsgenerator aus der Mitgliederliste eine von uns aus, die das dann entscheiden darf. Ich werde es im Forum bekannt geben.« Chloe folgte ihnen hinaus zu ihren Autos.

»Ich hoffe, dass diejenige, die ausgewählt wird, in der Nähe wohnt, damit wir alle zusammen zum nächsten Treffen gehen können«, sagte Steph.

»Ich auch«, stimmte Daphne ihr zu. »Das war das bisher beste Treffen. Es wäre zwar auch so großartig gewesen, wenn man uns keinen Strand spendiert hätte, aber dadurch wurde es geradezu episch.«

»Das war nur Justin zu verdanken und er hat es für Chloe getan«, sagte Madigan.

»Wusstest du, dass er das vorhatte?«, fragte Gabe.

»Nein«, antwortete Madigan. »Ich wollte damit nur sagen, dass wir nicht vergessen dürfen, warum und für wen er das getan hat. Meine Brüder haben alle ein großes Herz, aber Justin gibt sich bei den Menschen, die ihm wichtig sind, besonders große Mühe. Ich werde nie vergessen, was er in der siebten Klasse für mich gemacht hat.«

»Spann uns nicht auf die Folter«, drängte Chloe.

»All meine Freundinnen hatten ein Date für den Schulball, nur ich nicht«, berichtete Madigan. »Justin war damals längst ausgezogen, aber als er davon erfuhr, tauchte er auf dem Ball auf. Die Mädchen waren verrückt nach ihm, und die Jungs hielten ihn in seiner Lederjacke und den Biker-Stiefeln für den coolsten Typen, den sie je gesehen hatten. Er führte mich auf die Tanzfläche, und es war mir total peinlich, weil er ja mein Bruder ist. Ich habe ihn angefleht, mich nicht dazu zu zwingen, mit ihm zu tanzen, aber ihr kennt ja Justin. Er akzeptierte kein Nein. Er sah mir direkt in die Augen und sagte, der Tanz wäre nicht für mich, sondern für ihn. Weil er so stolz darauf wäre, dass ich seine Schwester bin, und er nun endlich die Gelegenheit hätte, es der ganzen Welt zu zeigen.«

»Das hat er gesagt?«, fragte Chloe.

»Klar, und er war neunzehn Jahre alt, da sind die meisten Jungs totale Idioten.« Madigan warf ihre Handtasche in ihren Wagen. »Aber ich glaube, er hat es vor allem deshalb getan, weil er wusste, dass alle Jungs mit mir tanzen wollen, wenn es der coolste Typ auf dem Ball auch schon getan hatte.«

»Ich sagte doch schon, dass alles, was er macht, von Herzen kommt«, meinte Gabe zu Chloe. »Und das heute Abend war wahrscheinlich das Romantischste, was ich je einen Mann im wirklichen Leben habe tun sehen.«

»Ich hatte keine Ahnung, dass Justin überhaupt romantisch sein kann.« *Zumindest nicht bis zu dem Abend, an dem er vor meiner Tür stand, um unseren Tanz zu beenden.* Chloe behielt das für sich, denn es fühlte sich intim und besonders an, und das sollte auch so bleiben. Außerdem hatte er sich noch gemerkt, dass sie ihm am Vorabend erzählt hatte, ihre Mutter habe besondere Ereignisse nie richtig gefeiert. »Aber jetzt weiß ich es besser. Allerdings trifft es *fürsorglich* meiner Meinung nach sogar noch besser.«

Starr, die Gracie in ihrem Kindersitz angeschnallt hatte, blickte auf. »Was auch immer er ist, ich hätte gern einen Mann wie ihn.«

»Hätten wir den nicht alle gern?«, fragte Daphne.

Madigan schüttelte den Kopf. »Macht, was ihr wollt. Ich bin vollkommen zufrieden mit meinen Puppen, über die ich die ganze Macht habe.«

»In meinem Leben hat keiner außer mir Macht«, sagte Chloe.

»Sie meint die Macht, ihr das Herz zu brechen.« Marly umarmte Chloe. »Nochmals vielen Dank. Ich bin so froh, dass ich euch alle kennenlernen durfte, und kann es kaum erwarten, euch nächsten Monat alle wiederzusehen.«

Gabe winkte fröhlich und rief: »*Hallo*. Ich führe ein Café. Bei mir können wir an einem Abend pro Woche einen Mädelsabend machen.«

»Das ist eine gute Idee. Was haltet ihr davon?«, fragte Madigan aufgeregt. Sie einigten sich darauf, sich am kommenden Mittwoch im Common Grounds zum Abendessen zu treffen, und verabschiedeten sich, wobei sie sich alle umarmten, als wären sie alte Freundinnen. Chloe wartete, bis sie weggefahren waren, bevor sie den Weg wieder hinaufschlenderte. Sie ging um das Haus herum, blieb auf dem Rasen stehen und blickte zur Terrasse hinüber. Die bunten Tiki-Lichter beleuchteten den behelfsmäßigen Strand. Aus dem Wohnzimmer ertönte leise tropische Musik und das Feuer war noch nicht ganz erloschen. Sie schoss ein paar Fotos für ihre Erinnerungsalben und Collagen, dann drehte sie sich um und machte ein Selfie mit den Lichtern im Hintergrund.

Schließlich setzte sie sich auf der Terrasse auf eine Decke. Als sie die Zehen in den Sand bohrte, musste sie an Justin denken. *Ich dachte mir, dass mein Mädchen bei ihrem Luau die Zehen in den Sand stecken will, darum habe ich den Strand zu dir gebracht.* Sie machte ein Foto von ihren Zehen im Sand und überlegte, ob sie es ihm mit einer sexy Nachricht schicken sollte. Oder einer Einladung. Ihre Daumen schwebten über dem Display, und ihr Herz schlug bei dem Gedanken, ihn bald wiederzusehen, gleich viel schneller.

Zehn

Justin lag im *Wicked Ink*-Tattoostudio auf dem Bauch. Das Summen von Tanks Tätowierpistole konkurrierte mit der Rockmusik, die aus den Lautsprechern dröhnte. Tank hatte eben erst mit der Arbeit an Justins neuem Tattoo begonnen, weil sie nach dem Besuch bei Chloe noch ein Bier trinken gegangen und eine Weile geblieben waren. Das Studio hatte geschlossen, aber die beiden anderen Tätowiererinnen Gia und Aria unterhielten sich ganz in der Nähe an dem Arbeitsplatz, den Aria nach ihrem letzten Kunden gerade reinigte.

Tank war ein begabter Tätowierer, aber nicht der beste Gesprächspartner, und sobald er in der *Zone* war, kam er so schnell nicht wieder heraus. Justin machte das nichts aus. Auf diese Weise bekam er die Möglichkeit, über Chloe und ihr Date am nächsten Abend nachzudenken. Er hatte schon so lange auf die Gelegenheit gewartet, mit ihr auszugehen, dass er eigentlich eine ganze Liste mit einem Dutzend außergewöhnlicher Ideen parat haben müsste. Doch *außergewöhnlich* fühlte sich nicht richtig an, obwohl Chloe die eleganteste Frau war, die er kannte. Nach ihrem Gespräch am Strand wusste er, dass in ihr viel mehr von einem bodenständigen Mädchen steckte, als man nach dem ersten Blick erwartete. Vielleicht sogar mehr, als ihr bewusst war. Er wollte sie natürlich beeindrucken, aber nicht, indem er alles auf eine Karte setzte. Lieber plante er etwas, durch das sie erkennen konnte, dass er sie als die Frau wahrnahm, die sie war. Am liebsten hätte er sie gleich hinter sich auf sein Motorrad gesetzt, doch er wollte am kommenden Abend lieber den Wagen nehmen, falls ihr das Motorradfahren nicht geheuer war. Immer schön kleine Schritte machen …

Tank schaltete die Tätowierpistole aus und fragte: »Bist du Sonntag dabei?«, während er Justin den Rücken abwischte.

Im Sommer war der Verkehr am Cape oftmals ein Albtraum, daher versuchten sie, sich sonntags mit ihren Brüdern und Freunden zu langen Ausfahrten zu treffen.

»Unbedingt. Und du?« Während er diese Worte aussprach, träumte er bereits davon, dass sich ihm Chloe eines Tages anschließen würde.

Tank nickte und widmete sich erneut seiner Arbeit. Sein Cousin wirkte müde, aber kämpferisch. Eigentlich tat er das schon seit Ashleys Tod. Die Arbeit im Tattoostudio und auf der Feuerwache beschäftigten Tank viele Stunden pro Woche. Justin hatte das Gefühl, dass er versuchte, die Erinnerungen an die Nacht, in der er Ashley gefunden hatte, zu verdrängen. Aber Tank war schwerer zu knacken als Fort Knox. Justin konnte nie mit Sicherheit sagen, was im Kopf seines Cousins vor sich ging.

»Wie läuft es auf der Feuerwache?«

Tank nahm die Nadel von Justins Rücken und zuckte mit den Achseln. Er wischte die Stelle ab, die er gerade tätowiert hatte, und setzte sein Werk fort.

»Frag ihn, ob er in letzter Zeit überhaupt noch geschlafen hat«, sagte Gia, die mit Aria an ihnen vorbeiging.

Gia arbeitete schon seit mehreren Jahren für Tank. Sie

schien nur aus langen Beinen zu bestehen, hatte dunkelbraune Haut und bunte Tattoos auf den Armen und Beinen und war so sarkastisch, dass es für eine ganze Armee von Frauen gereicht hätte. Sie überragte die zierliche und schüchterne Aria bei Weitem, die seit etwa zwei Jahren im Studio arbeitete und ebenfalls das beste Aushängeschild für Körperkunst darstellte. Genau wie Tank hatte sie ein Nasenpiercing.

»Bringst du Aria nach Hause?«, erkundigte sich Tank.

»Tatsächlich habe ich sie dazu überredet, mit mir ins Undercover zu gehen«, erwiderte Gia. »Schließlich ist Freitagabend. Du solltest nachher auch rüberkommen und Zeit mit uns verbringen.«

Tank hob seine Nadel an und beäugte Aria. Er beschützte alle Menschen, die mit ihm zusammenarbeiteten, männliche ebenso wie weibliche, aber Aria litt unter Angststörungen, vor allem in bestimmten sozialen Situationen, daher passte er umso mehr auf sie auf. Zeke hatte Aria während der Highschoolzeit Nachhilfe gegeben, und als sie anfing, bei Tank zu arbeiten, hatte Zeke ihm und allen ihren Brüdern und Cousins Mittel und Wege gezeigt, wie man ihr helfen konnte, sich wohler zu fühlen.

»Bist du wirklich damit einverstanden, Aria?«, hakte Tank nach.

Aria strich sich das lange blonde Haar hinter das Ohr und nickte. »Ja.«

»Wird Cait auch dort sein?«, fragte Tank.

Cait arbeitete ebenfalls für ihn. Sie war eine schlaue, zurückhaltende Tätowiererin und Piercerin, die zwar eher schweigsam war, aber trotzdem alles, was um sie herum geschah, sehr genau mitbekam. Justin wusste, was Tank gerade dachte. Wenn sich Cait dort mit ihnen traf, konnte sie ein

Auge auf die beiden haben und sicherstellen, dass nichts Schlimmes passierte.

»Nein. Sie hatte heute Abend schon was vor.« Gia legte einen Arm um Aria. »Ich passe auf sie auf, Tank. Ich würde nie zulassen, dass unserer Kleinen etwas zustößt.«

»Ich komme rüber, sobald ich hier fertig bin«, sagte Tank.

»Was ist mit dir, Maverick? Hast du Lust auf ein paar Drinks?«, erkundigte sich Gia.

Die einzige Frau, mit der Justin an diesem Abend Zeit verbringen wollte, war Chloe, und da sie mit dem Buchclub beschäftigt war, hatte er vor, in seinem Atelier am Entwurf für das Kunstwerk zu arbeiten, das er für die Suizidpräventions-Rallye spenden wollte. »Heute nicht.«

»Okay. Na, dann noch viel Spaß, Jungs.« Gia betrachtete skeptisch Justins Rücken. »Du solltest dich irgendwann mal von mir tätowieren lassen. Ich könnte deinem sexy Rücken ein bisschen Farbe verpassen.«

»Danke für das Angebot, aber der Kerl hier hat sich das Recht dazu schon verdient, als ich noch ein unausstehlicher kleiner Scheißer war. Er würde mir vermutlich den Schädel einschlagen, wenn ich mich von jemand anderem tätowieren lasse.«

»Wie du willst. Lass uns losziehen, Aria«, sagte Gia.

Sobald die beiden gegangen waren, bat Tank: »Tu mir einen Gefallen, damit ich die Handschuhe nicht ausziehen muss. Dwayne und Baz haben im Tierheim zu tun, aber schick bitte Blaine und Zeke eine Nachricht und bitte sie, ins Undercover zu fahren, um die Mädels im Auge zu behalten.«

»Geht klar.« Justin informierte seine Brüder, dann legte er sein Handy auf den Tisch. Während Tank weiter tätowierte, fragte Justin: »Schläfst du in letzter Zeit überhaupt?«

»Nicht weniger als sonst.«

»Warum macht sich Gia dann Sorgen um dich?«

Das Zucken an Tanks Kiefer verriet Justin, dass er nicht in der Stimmung war, sich ausfragen zu lassen, was Justins Besorgnis nur noch steigerte. »Du weißt, dass du immer mit mir reden kannst, Mann.«

»Es gibt eine Menge Dinge, die ich tun kann, aber das heißt noch lange nicht, dass ich sie auch tun werde.«

Justins Handy vibrierte. »Das könnte Blaine oder Zeke sein.« Tank nahm die Nadel von seinem Rücken und Justin griff nach seinem Handy. Als er Chloes Namen auf dem Display entdeckte, überkam ihn ein unfassbares Glücksgefühl. Er öffnete die Nachricht und lächelte beim Anblick von Chloes Füßen im Sand. Ihre Zehennägel waren rosa lackiert, und eine hübsche silberne Kette lag um ihren Knöchel, in deren Libellenanhänger sich die farbigen Tiki-Lichter spiegelten. Unter dem Bild stand die Nachricht: *Willst du deine Zehen in meinen Sand stecken?*

Er wollte viel mehr als das.

»Das ist meine Süße. Ich muss jetzt los. Macht es dir was aus, wenn wir hier unterbrechen und ein anderes Mal weitermachen?«

»Ist alles in Ordnung?«, erkundigte sich Tank und legte seine Tätowierpistole beiseite.

»Klar. Sie will mich nur sehen.«

»Gib mir fünf Minuten, um alles sauber zu machen.« Er wischte die Stelle ab. Während er eine durchsichtige Plastikfolie darüberlegte und mit Klebeband fixierte, sagte er: »Ich freue mich sehr für dich, Mann. Du hast lange darauf gewartet, mit Chloe auszugehen. Versau es nicht.«

Justin stand auf und streifte sich sein T-Shirt wieder über.

»Ich gebe mein Bestes. Danke.«

Fünfzehn Minuten später hielt er in Chloes Einfahrt. Als er den Weg hinaufging, tauchte Chloe hinter dem Haus auf. Sein Körper geriet beim Anblick seiner Luau-Göttin im Mondlicht in Wallung. Sie winkte ihn mit einem Zeigefinger zu sich und nahm ihn in die Arme.

»Guten Abend, Mr. Wicked«, sagte sie heiser.

Gott, diese Frau …

»Hallo, meine Hübsche«, erwiderte er und schlang die Arme um sie.

Sie zog die präzise gezupften Augenbrauen hoch und ihre Augen funkelten vor Verlangen. Sanft stupste sie gegen seine Brust und erklärte: »Ich habe ein Hühnchen mit dir zu rupfen.«

»Merk dir, was du sagen willst.«

Er presste die Lippen auf ihre und küsste sie zärtlich. Aber wie bei jedem ihrer Küsse stoben Funken um sie herum und die Zärtlichkeit verwandelte sich in drängende, unaufhaltsame Leidenschaft. Sie klammerte sich an ihn, während ihre Zungen einander umspielten. Seine Hände wanderten auf ihrem nackten Rücken auf und ab, bis er es keine Sekunde länger aushielt und mehr von ihr berühren musste. Er ließ die Hände nach unten gleiten, schob sie durch ihren Bastrock und umfing ihre Pobacken. Der Geschmack ihres heißen, willigen Mundes und das Gefühl ihres Seidenhöschens erregten ihn nur noch mehr. Seide mochte er ganz besonders. Er drückte sie an sich, damit sie sein Verlangen spüren konnte. Der harte Kokosnuss-BH zwischen ihnen hätte die Erregung mindern sollen, doch dafür war es längst zu spät. Sie stöhnte in seinen Mund, und er hob sie hoch, woraufhin sie die Beine um seine Taille schlang. Sie küssten sich weiter, während er sie auf die Veranda trug und sich mit ihr auf seinem Schoß auf eine Decke sinken ließ. Er wollte sie nackt ausziehen und jeden Zentimeter von ihr so liebkosen, wie sie es verdiente. Aber irgendwo in seinem Hinterkopf verharrte die Erinnerung daran, dass sie ihm etwas hatte sagen wollen.

Aber ihr Mund …

Er konnte sich nicht losreißen, brauchte noch eine weitere herrliche Minute, in der er sie küsste, in der sie sich auf seinem Schoß räkelte. Noch eine Minute, in der ihre Hände in seinen Haaren waren und sie ihn festhielt, als gehöre er ganz allein ihr. Sie gab einen weiteren gierigen Laut von sich, und seine Erektion zuckte, als wollte sie sich aus seiner Hose befreien. Wenn er jetzt nicht aufhörte, würde er gar nicht mehr aufhören können. Notgedrungen zwang er sich dazu, sich von ihr zu lösen. Ein Lufthauch entwich Chloes Lippen, als sie flatternd die Lider aufschlug.

Er war gefesselt von den ungezügelten Emotionen, die darin zu sehen waren. »Sprich mit mir, Baby.«

Ihre Wangen waren gerötet, ihre Lippen nach dem Kuss rosa. Sie hob den Zeigefinger. »Ich muss kurz zu Atem kommen.«

Er drückte sanft die Lippen auf ihre und genoss es, dass sie ebenso aufgewühlt war wie er.

»Wow«, murmelte sie kaum lauter als ein Flüstern. »Normalerweise stehe ich mit beiden Beinen fest auf dem Boden, aber das ist das dritte oder vierte Mal, dass mich deine Küsse in den siebten Himmel befördert haben.«

»Geht es bei dem Hühnchen, das du mit mir zu rupfen hast, etwa darum?«

»Mhm«, erwiderte sie leise.

»Tja, Babe, das klingt für mich eher wie ein Kompliment.

In diesem Fall kannst du das gern die ganze Nacht lang tun.«

Ein fast lautloses Lachen drang über ihre Lippen. »Du machst es einem schwer, ernst zu bleiben.«

»Du machst mich hart und das ist durchaus etwas Ernstes.«

»Justin«, protestierte sie leicht verlegen und zog die Augenbrauen zusammen. »Ich muss etwas loswerden, das mir schwer auf der Brust liegt.«

»Da kann ich dir helfen. Hat dieser Kokosnuss-BH hinten einen Verschluss?«

»Gott, was habe ich nur getan?«, stichelte sie.

»Du hast eine Tür geöffnet, die du nicht mehr schließen kannst. Na los, Süße. Verrat mir, was dir auf der Seele liegt.« Er drückte einen Kuss auf die Spannungsfalten zwischen ihren Brauen und sie seufzte verträumt.

»Das hört sich vielleicht komisch an«, sagte sie leise, aber selbstbewusst. »Also denk bitte daran, dass meine Vergangenheit auch ein bisschen seltsam ist. Als du mich heute Abend an der Tür vor all meinen Freundinnen geküsst hast, habe ich mich fallen lassen und alles andere in den Hintergrund gedrängt. Und wenn wir uns nahe sind, rast mein Herz und ich habe Schmetterlinge im Bauch. So habe ich mich noch nie gefühlt, und es ist unglaublich, dass ich mir endlich erlaube, all die Dinge für dich zu empfinden, die ich zu ignorieren versucht habe. Aber es ist wie eine Droge. Ich will mehr von uns. Und deshalb frage ich mich, ob diese Gefühle das sind, was meine Mutter immerzu sucht. Dieser flüchtige Rausch aus Adrenalin und Verlangen. Ich habe mein ganzes Leben lang alles dafür getan, um nicht so zu werden wie sie, und es ist ein bisschen beängstigend, plötzlich frei und in aller Öffentlichkeit dazu zu stehen, dass ich Lust auf dich habe.«

»Gott, Baby, du bist so unfassbar aufrichtig. Das mag ich

an dir. Aber wenn du mich bittest, dich nicht in der Öffentlichkeit zu küssen …«

»Nein, darum geht es nicht. Ich will einfach nicht wie sie sein, verstehst du? Ich habe mich völlig in unseren Kuss vorhin vertieft, dabei hatte ich das Haus voller Freundinnen. Und ich *wollte* diesen Kuss, Justin. Ich wollte diesen Kuss mehr als alles andere, deshalb habe ich mich so darin verloren. Aber ich will keine Frau sein, die einen Mann über ihre Freunde stellt.«

»Es war nur ein Kuss, Chloe. Und ja, es war ein verdammt guter, aber du bist nicht deine Mutter, Babe. Nach dem, was du mir erzählt hast, jagt sie Männern hinterher und vergisst dafür alle anderen. So eine Frau könntest du niemals sein, und das sage ich jetzt nicht nur, damit du dich besser fühlst.« Er strich ihr eine Haarsträhne aus dem Gesicht. »Was hast du nach dem Kuss zu mir gesagt?«

Sie verdrehte die Augen und ein Lächeln umspielte ihre Lippen. »Ich kann mich nicht daran erinnern, weil ich noch keinen klaren Gedanken fassen konnte.«

Er lachte leise. »Du hast mich daran erinnert, dass du mir verboten hattest, euch an diesem Abend zu stören. So etwas hätte eine Männerjägerin, wie du sie mir geschildert hast, niemals getan.« Er schaute ihr tief in die Augen und wollte, dass sie jedes seiner Worte auch wirklich hörte. »Deine Mutter braucht offensichtlich einen Mann, der eine Leere in ihr füllt, der ihr das Gefühl gibt, ganz zu sein, weil sie es offenbar nicht alleine schafft. Du bist da völlig anders. Du hast es selbst gesagt, Chloe. Du hast dein Leben damit verbracht, nicht so zu werden wie sie. Du bist stark. Du hast dir ein eigenes Leben geschaffen und eigene Freunde gefunden, und du brauchst nichts von irgendeinem Mann, auch nicht von mir. Du würdest niemals zulassen, dass jemand verletzt wird, der dir etwas bedeutet, und das würde dir auch jeder, der dich kennt, uneingeschränkt bestätigen. Sieh dir nur Serena an. Sieh dir deine Freunde an. Drake hat mir erzählt, wie du ihm die Hölle heiß gemacht hast, als Serena noch ein Teenager war und er ihr das Herz gebrochen hat.«

»An diesem Abend hat er die volle Wucht meines Zorns abbekommen. Ich fasse es nicht, dass er dir davon erzählt hat.«

»Er sagte auch, dass du keinen Hehl aus dem gemacht hast, was du ihm antun würdest, wenn er ihr wieder wehtun würde, als sie als Erwachsene erneut zusammenkamen.«

»Das stimmt ebenfalls«, flüsterte sie.

»Und Gavin hat mir erzählt, wie du ihm die Stirn geboten hast, als er anfing, mit Harper auszugehen. Dir ist das vielleicht nicht klar, aber ich bin mir hundertprozentig sicher, dass die anderthalb Jahre, die du dich von mir ferngehalten hast, deine Art waren, mir deinen ›Brich mir nicht das Herz‹-Vortrag zu halten und sicherzustellen, dass ich dich laut und deutlich höre.«

Sie bekam rote Wangen und senkte den Blick.

Er legte ihr einen Finger unter das Kinn und hob ihren Kopf an, damit sie einander in die Augen sehen konnten. »Das mit uns ist alles andere als flüchtig, Süße. Es ist echt, weil du und ich echt sind.«

»Ich habe über das nachgedacht, was du gesagt hast, dass wir ein starkes Fundament haben, das auf Freundschaft beruht. Ich weiß, dass du recht hast, aber Leidenschaft ist nicht von Dauer, Justin, und offen gesagt bin ich im Moment so voller Leidenschaft, dass ich platzen könnte.«

»Du hast ganz schön viele Sorgen in deinem wunderschönen Kopf, und ich bin froh, dass du mir genug vertraust, um mir davon zu erzählen. In Bezug auf die Leidenschaft hast du recht, Chloe«, gab er offen zu. »Leidenschaft allein ist nicht von Dauer, und Beziehungen, die darauf basieren, gehen irgendwann in die Brüche. Aber Leidenschaft hat in den besten Beziehungen durchaus einen Platz. Leidenschaft, Liebe, Kommunikation, Kompromisse gehen Hand in Hand. All diese Dinge machen Beziehungen stärker. Ich habe Jahre gebraucht, um zu lernen, was eine gesunde Beziehung ausmacht, und dann hat es noch einige Jahre länger gedauert, bis ich mir selbst genug vertraut habe, um zu wissen, dass ich in der Lage bin, eine bedeutungsvolle Beziehung zu führen.« Er spürte, dass sie immer entspannter wurde und ihn und ihre Beziehung zunehmend akzeptierte. »Wir beide haben perfekte Beispiele für das erlebt, was man nicht tun sollte. Später habe ich Preacher und Reba und Con und Ginger beobachtet, und wir beide haben miterlebt, wie sich unsere Freunde verliebt haben und ein glückliches Leben führen. Dass zwei Menschen erst an den jeweils anderen denken, bevor sie ihre eigenen Belange in Betracht ziehen, ist möglich, wie wir beide inzwischen gelernt haben, und ich möchte diese Möglichkciten mit dir erkunden, Chloe.«

Sie fuhr ihm mit den Fingern über den Nacken. »Woher weißt du nur immer, was du sagen musst, um mich zu beruhigen?«

»Das ist ganz einfach, Babe: Ich sage bloß die Wahrheit. Wenn wir nicht füreinander bestimmt wären, wenn du eine Frau wärst, die hinter jedem Kerl der Stadt her wäre, oder wenn ich ein Typ wäre, der dir das Herz brechen will, stünden wir jetzt nicht hier. Wir sind beide viel zu klug für solche Spielchen.«

Verlangen brandete in ihren Augen auf, dennoch runzelte sie die Stirn. »Alles, was du sagst, verrät mir, wer du bist, und das gefällt mir wirklich sehr. Der Wunsch, dich zu küssen, ist im Moment so intensiv, dass ich schreien könnte. Aber ich weiß, wenn wir uns küssen, werde ich nicht mehr aufhören wollen, und zu entscheiden, wie es danach weitergehen soll, ist ein sehr schmaler Grat. Ich will das mit uns nicht vermasseln oder dich glauben lassen, ich sei leicht zu haben. Ich hatte so lange keine Beziehung mehr, dass mein Radar wahrscheinlich nicht mehr funktioniert. Aber ich möchte dich jetzt wirklich gern küssen, und ich weiß, dass du mich küssen möchtest. Wo verläuft bei uns die Grenze, Justin?«

Er fuhr ihr mit der Hand über den Rücken. Ihre Haut war warm, und sie sah ihn an, als wollte sie ihn am liebsten bei lebendigem Leib verspeisen, und ihm ging es ganz genauso. Was er jedoch noch mehr wollte, war, dass sie sich sicher fühlte und die Kontrolle hatte, daher erwiderte er: »Wir haben anderthalb Jahre lang keine Grenzen überschritten, und ich werde warten, so lange du willst. Das Wichtigste ist, dass du weißt, wo du diese Grenze ziehen willst, Chloe.«

»Eigentlich will ich sie gar nicht ziehen«, flüsterte sie und griff hinter sich. Im nächsten Atemzug fiel ihr Kokosnuss-BH in seinen Schoß.

Er nahm die Frau, die ihn schon so lange faszinierte, ganz genau in Augenschein. In ihrem Blick lagen die Selbstsicherheit, die er bewunderte, und eine geheime, unverhoffte Unschuld, von der er wusste, dass er sie noch in seinen Träumen sehen würde. »Gott, bist du schön, Baby.« Er ließ die Hände federleicht von ihrer Taille nach oben gleiten und strich mit den Daumen seitlich an ihren Brüsten entlang.

Sie schnappte nach Luft und ein kleines Lächeln umspielte ihre Lippen.

»Ich habe so lange davon geträumt, dich so zu sehen …« Er

drückte ihr einen Kuss auf das Brustbein. »... dich so zu berühren.« Er fuhr mit dem Finger über eine winzige weiße Narbe knapp über ihrer linken Brust. »Was ist hier passiert?«

»Ich erinnere mich nicht mehr daran«, flüsterte sie. »Küss mich ...«

Er küsste die Narbe und dann die Rundung ihrer Brust. Sie atmete zittrig ein und schloss die Augen.

»Ich muss dich an mir spüren, Liebste.« Er zog sich das T-Shirt über den Kopf und sie schlug die Augen auf und half ihm dabei.

»Oh Gott«, hauchte sie atemlos und fuhr mit den Händen über seine Brust.

Er ließ eine Hand in ihren Nacken gleiten und zog ihren Mund an seinen, wobei er sich ermahnte, ja nicht zu wild zu werden. Die über ein Jahr lang aufgestaute Leidenschaft stieg in ihm auf, als sie sich gegen seine Härte presste und ihn küsste. Das Gefühl ihrer nackten Brüste an seiner Haut ließ die wildesten Gelüste in ihm aufkommen. Seine Hände waren auf einer Mission, berührten sie überall gleichzeitig, streichelten ihre Brüste, fuhren ihr durchs Haar, betasteten ihren Hintern. Er konnte nicht genug von ihr bekommen. Jede Berührung löste ein scharfes Einatmen, ein unwillkürliches Stöhnen oder eine Bewegung ihrer Hüften aus. Er war drauf und dran, seinen Verstand zu verlieren.

Mit einem Knurren unterbrach er ihren Kuss. »Ich brauche mehr von dir.« Er senkte den Mund auf ihre Brust und saugte kräftig daran.

»Oh ja!« Sie packte seinen Kopf, bog den Rücken durch, drückte seinen Mund auf ihre Brust und verlangte: »Fester.«

Die Begierde in ihrer Stimme ließ seinen ganzen Körper pulsieren. Er drückte sie auf den Rücken und sie hob das

Becken an und stieß dabei gegen seine Erektion.

»Dazu kommen wir noch, Süße«, versprach er ihr. »Aber wir haben beide lange auf diesen Moment gewartet und werden auf keinen Fall irgendetwas überstürzen.«

Er verschränkte ihre Hände miteinander und stützte sie neben ihrem Kopf ab, um dann mit seiner Zunge über ihre Unterlippe zu fahren. Als sie den Kopf hob und nach mehr verlangte, zog er sich zurück.

»Ich sagte doch, dass ich es nicht überstürzen werde, Baby, und ich lüge nie.« Er ließ die Nasenspitze über ihre Wange wandern und atmete ihren Duft ein. »Vertrau mir, Chloe. Mit mir wirst du dich besser fühlen, als du es je für möglich gehalten hast.«

»Ich freue mich schon darauf.«

»Nicht halb so sehr wie ich.«

Im nächsten Moment presste er auch schon die Lippen auf ihre, küsste sie innig und auch ein bisschen grob, um auszutesten, was sie so mochte. Sie reckte den Hals und erwiderte seine Liebkosungen mit derselben Leidenschaft.

Oh ja!

Er umspielte ihre Zunge mit der seinen, erforschte sie, nahm sie in Besitz, dann ging er zu einer Reihe langsamer, zärtlicher Küsse über. Als sie sich unter ihm emporwölbte, gab er ihr, was sie verlangte, und küsste sie erneut härter und tiefer. Sie passte sich an seine Bewegungen an, und die heißen Laute, die sich ihrer Kehle entrangen, schienen ihn anzuflehen, ja nicht aufzuhören. Sie küssten sich eine gefühlte Ewigkeit, und er verlor sich in diesen Küssen, verlor sich in ihr, während sie sich mal schnell, mal langsam, mal süß, mal rau küssten. Als er sich schließlich zurückzog, waren sie beide außer Atem.

»Dein Mund ist ein Kunstwerk, Baby.« Er fuhr mit der

Zunge über ihre Oberlippe und sie gab einen wimmernden Laut von sich. »Ich liebe deinen Mund so sehr.«

»Und ich liebe es, dich zu küssen«, stieß sie keuchend hervor.

»Was machst du sonst noch gern mit deinem Mund, Süße?« Er ließ ihr keine Gelegenheit zur Antwort, sondern stieß die Zunge abermals in ihren Mund und umgarnte die ihre, ohne dabei ihre Lippen zu berühren, sodass sie den Mund aufrissen und einander mit den Zungen liebkosten und neckten.

Sie kniff die Augen zusammen. »Mehr.«

»Oh, das wirst du auch bekommen.« Sie war so fordernd, dass er ihr Spiel noch ein wenig weiter trieb. »Eines Tages werde ich dabei zusehen, wie mich deine schönen Lippen verwöhnen.«

Hitze flammte in ihren Augen auf.

»Gefällt dir diese Vorstellung, Baby?«

»Fast so sehr wie die Vorstellung, deinen Mund zwischen meinen Beinen zu spüren«, erwiderte sie ungeniert.

Oh ja, Süße. Lass dich gehen. »Ich wusste, dass wir perfekt zueinander passen.« Er strich mit dem Zeigefinger über ihre Unterlippe, und sie leckte darüber, wobei es in ihren Augen herausfordernd funkelte. Daher schob er ihr den Finger in den Mund und sagte: »Lutsch daran, Baby. Zeig mir, worauf ich mich freuen kann.«

Sie saugte nicht an seinem Finger. Stattdessen leckte sie daran entlang und liebkoste ihn, bis sich seine Härte wie ein Stahlstachel anfühlte.

»Großer Gott, Baby. Wir werden diese Welt in Brand stecken.«

Chloe ging fest davon aus, dass sie gestorben und in den Sex-Himmel gekommen sein musste. Sie war noch nie so dreist gewesen, fühlte sich bei Justin jedoch so sicher, dass sie Dinge sagen konnte, von denen sie nie gedacht hätte, sie jemals laut auszusprechen. Für ihn empfand sie so viel mehr als für irgendjemand sonst, und sie wollte Dinge mit ihm tun, die sie nie zuvor gewollt hatte. Sie war noch nie mit einem Mann zusammen gewesen, der so versaute Dinge von sich gab, obwohl sie sich danach gesehnt hatte wie nach einer Droge. Justins Dirty Talk machte sie genauso wild wie seine Küsse, mit denen er sich einen Weg über ihren Körper bahnte und ihr wilde Versprechen zuflüsterte, wenn er nicht gerade an ihr saugte und leckte. Er verstand es ebenso meisterhaft, sie mit seinem Mund zu erregen, wie er flirten konnte. Er reizte sie mit der Zunge, umkreiste ihre Brustwarze, bis sie sich unter ihm wand und krümmte und nach mehr verlangte. Er strich mit seinen Bartstoppeln über die empfindliche Haut an ihren Brüsten und streifte die hart aufgerichteten Knospen mit den Zähnen, was Ströme der Lust durch ihren Körper jagte.

»Oh Gott«, murmelte sie und krallte die Hände in die Decke.

Er sah ihr in die Augen. »Zu viel?«

»Nein. Hör nicht auf.«

»Ich werde dir alles geben, wovon du jemals geträumt hast, und noch viel mehr, Baby«, versprach er ihr.

Er legte den Mund auf ihre Brust und saugte so himmlisch daran, dass sie aufschrie. Jetzt war sie mehr denn je froh darüber, keine Nachbarn zu haben. Als er ihre andere Brustwarze drückte, versuchte sie, die Schenkel zusammenzupressen, um das Verlangen zu unterdrücken, was sein großer Körper jedoch verhinderte. Er drückte seine Erektion gegen ihre Mitte und ließ ihr Höschen durch die Reibung nur noch feuchter werden. Hitze breitete sich wie ein Lauffeuer in ihr aus, als er sie meisterhaft bis kurz vor den Höhepunkt brachte. Er drehte sich auf die Seite, legte sich neben sie, liebkoste ihre Brust weiter mit seinem Mund und streichelte sie mit der Hand durch ihr Höschen. Sie spreizte die Beine weiter, denn sie brauchte mehr. Glücklicherweise begriff er, was sie wollte, und schob die Finger in ihr Höschen, um ihre feuchte Mitte zu streicheln. Dabei stieß er ein leises, wohliges Grummeln aus.

»Rasiert und wunderschön«, murmelte er gierig. »Ich kann es kaum erwarten, dich mit dem Mund zu verwöhnen.«

Sie stieß einen Laut aus, der peinlicherweise sehr begierig klang, und er verzog die Lippen zu einem sündigen Grinsen. »So ist es richtig, Süße. Du wirst noch heilfroh sein, dass du dir die Zeit dafür genommen hast.«

Großer Gott! Bei Justin bekam der Begriff Dirty Talk eine völlig neue Dimension und sie ergötzte sich daran.

Erneut presste er den Mund auf ihre Brust, beschleunigte seine Bemühungen zwischen ihren Beinen und rieb mit seiner Erektion über ihren Oberschenkel. Sie versuchte, sich auf seinen Mund zu konzentrieren, aber seine Hand löste elektrische Impulse in ihrem Inneren aus. Das Verlangen wogte durch sie hindurch und steigerte sich mit jeder Bewegung seiner Zunge, mit jeder Liebkosung seiner Finger. Emotionen durchströmten sie, und sie versuchte verzweifelt, die Kontrolle zu behalten. Aber er war zu talentiert, zu entschlossen, ihr Lust zu bereiten, leckte und küsste, rieb und neckte. Zu viele Empfindungen strömten auf einmal auf sie ein. Sie stöhnte und krümmte sich, stieß das Becken vor, bebte unkontrollierbar und stand kurz davor, den Verstand zu verlieren.

Erneut steckte er ihr einen Finger in den Mund. »Lutsch ihn, Baby. Lutsche ihn, als wäre es mein Schwanz, wenn du kommst.«

Allein seine schmutzigen Forderungen brachten sie fast um den Verstand. Sie tat, was er verlangte, und im Gegenzug presste er den Mund auf ihre andere Brust und saugte so perfekt daran, dass sie die Zehen krümmte. Er drang mit den Fingern in sie ein und bewegte sie ganz langsam, während er den Daumen auf ihren empfindlichsten Nervenknoten drückte. Der Höhepunkt überrollte sie förmlich und stahl ihr die Luft aus der Lunge. Ihr Körper zuckte und pulsierte wild. Schon spürte sie seinen Mund auf ihrem, den er mit einem quälend intensiven Kuss eroberte, während er zwischen ihren Beinen weiterhin seine Magie wirkte. Sie schwebte schwerelos und entrückt von dannen, verlor sich in Justins verruchter Welt der Lust.

Als sie schließlich langsam wieder zu sich kam und noch immer von den Nachbeben erschüttert wurde, sah er ihr tief in die Augen. »Bleib bei mir, Süße.«

»Ich kann kaum noch atmen«, stieß sie stöhnend hervor.

Die Wonne in seinen Augen war nicht zu übersehen. »Bist du zu erschöpft, als dass ich dich zum ersten Mal kosten könnte?«

Oh großer Gott. Ihr ganzer Körper kribbelte vor Vorfreude. »Niemals.«

Er zögerte nicht eine Sekunde und bahnte sich küssend, kostend und streichelnd einen Weg an ihrem Körper herunter, wobei er jedes ihrer Nervenenden in Flammen aufgehen ließ. Er küsste ihre Oberschenkel, die er sanft spreizte, wobei er ihr den Bastrock abstreifte. Dann hakte er die Finger an ihren Hüften unter ihr Höschen und schaute ihr tief in die Augen, als er es ihr auszog. Erst danach wanderte sein durchdringender Blick auf ihre Mitte und löste eine Flutwelle der Hitze aus.

Mit raubtierhaftem Blick biss er sich auf die Unterlippe und murmelte: »Mmh.«

Bei der Mischung aus Verlangen und etwas viel Tieferem, das in seinen Augen schimmerte, tobte ein Aufruhr durch ihr Innerstes.

»Ich hätte ewig auf dich gewartet, meine Schöne.«

Am liebsten hätte sie ihm gesagt, wie froh sie darüber war, dass er so lange gewartet hatte, doch da drückte er auch schon einen Kuss auf ihre Spalte und ihre Gedanken zerstreuten sich in alle Richtungen. Als sie den Mund aufmachte, kam daher nur ein zittriger Atemzug heraus. Er hielt ihren Blick, drückte ihre Oberschenkel auseinander und bahnte sich küssend einen Weg von ihrem Knie zum oberen Ende ihres Oberschenkels, um mit der Zunge über die Falte an der Stelle zu fahren, die sich derart nah an ihrer Mitte befand, dass sie unwillkürlich die inneren Muskeln anspannte. Sie konnte den Blick nicht von seinen intensiven Augen abwenden, während er sie mit zärtlichen Küssen und der Zungenspitze in den Wahnsinn trieb. Seine Augen waren so dunkel, so gierig, dass sie seine Zurückhaltung deutlich spüren konnte, als er die Hände an ihren Oberschenkeln entlang wandern ließ und mit den Daumen über die feuchte Spur fuhr, die sein Mund hinterlassen hatte.

Sie spürte seinen heißen Atem auf ihrer Mitte und schloss die Augen. Jeder Zentimeter ihres Körpers prickelte, als er den Mund auf die Stelle presste, an der sie ihn am dringendsten brauchte. Schon mit der ersten Zungenbewegung entlockte er ihr ein langes, unaufhaltsames Stöhnen. Er tat es gleich noch einmal, diesmal langsamer, bewegte die Zunge genüsslich über ihre ganze Spalte, um dann dieses magische Nervenbündel mit der Zungenspitze zu liebkosen. Sie hob das Becken an und schaffte es beim besten Willen nicht, die keuchenden, wollüstigen Geräusche zu unterdrücken, die aus ihr heraussprudelten, als er es wieder und wieder tat und sie bis an den Rand der Ekstase brachte.

»So ist es gut, Baby«, raunte er ihr zu. »Genieße jede Sekunde, denn das tue ich auch.«

Gott, was er alles sagte …

Er schob eine Hand unter ihren Po und hob ihre Hüften an, um den ganzen Mund auf ihre Mitte zu drücken, während er mit der anderen Hand diese mystische Stelle fand, woraufhin sie die Kontrolle verlor. Sie konnte nicht mehr klar denken, während er sich an ihr ergötzte, gekonnt all ihre Lustpunkte reizte und ihre Begierde zu einem Crescendo steigerte, bei dem sie nur noch zucken und wimmern konnte. Adrenalin und Hitze vermischten sich in ihrem Inneren und strömten durch ihre Adern, ihre Brust und ihre Glieder. Erneut drang er mit den Fingern in sie ein und berührte diese geheime Stelle, als wüsste er genau, wo sie sich befand. Als er den Mund etwas weiter nach oben bewegte, explodierte sie beinahe. Sie konnte nicht mehr denken. Konnte nicht mehr atmen. Konnte nur noch fühlen, wie er sie in immer größere Höhen katapultierte, höher und immer höher, bis sie sich dicht vor dem Abgrund befand. Unverhofft machte er etwas Unglaubliches mit dem Mund, mit den Fingern oder gar mit einem gottverdammten Zauberstab und sie zerstob in eine Million glorreiche Einzelteile.

»*Justin!*«, entkam ihrer Kehle.

Er blieb bei ihr, leckte und streichelte sie weiter, steigerte jedes Gefühl ins Unermessliche, bis sie zitternd und ausgelaugt auf die Decke zurücksank. Er drückte unzählige Küsse auf ihren Bauch und jede Berührung seiner Lippen ließ ihre Haut kribbeln. Sie war noch nie derart gründlich verwöhnt worden, und als er sie in seine starken Arme nahm und küsste, hauchte er Luft in ihre erschöpfte Lunge.

Nachdem sie schließlich die Lippen voneinander lösten, fühlte sie sich wie verwandelt. Er küsste sie so zärtlich auf die Stirn, dass sie die Wange an seine Brust legte und die Augen schloss.

»Spürst du das, Baby?«, fragte er mit tiefer, selbstbewusster Stimme. »Diese Vertrautheit? Das mit uns ist alles andere als flüchtig.«

Zu wissen, dass er sich ihre Sorgen zu Herzen nahm, erfüllte sie mit Glück. Sie lag da und lauschte der knisternden Glut des Feuers und der Musik, die durch die Tür ins Freie drang, während sie geistesabwesend die Tätowierungen auf seiner Brust nachzeichnete. Erst nach einer Weile schlug sie die Augen wieder auf, und ihr Blick wanderte an seinem Bauch hinunter zu der gewaltigen Beule in seinen Jeans. Erst da wurde ihr bewusst, dass sie zwar herrlich befriedigt worden war, er jedoch noch immer eine Erektion hatte. Bislang hatte sie noch keinen Mann mit dem Mund verwöhnt, aber bei Justin war alles anders. Sie wollte ihm genauso viel Vergnügen bereiten, wie er ihr geschenkt hatte. Sie bewegte ihre Hand weiter nach unten und streichelte ihn durch seine Jeans hindurch.

Er umfasste ihre Hand mit seiner und hielt sie fest. »Das musst du nicht tun.«

Sie richtete sich auf, damit sie sein Gesicht sehen konnte. Er wirkte genauso glückselig, wie sie sich fühlte. »Ich kann doch nicht zulassen, dass du meine Welt auf den Kopf stellst und selbst zurückstecken musst.«

Er drückte seine Lippen auf ihre und stützte sich neben ihr auf einen Ellbogen, sodass sie sich auf gleicher Höhe befanden. »Ich habe dir keine Lust bereitet, damit du es im Gegenzug auch bei mir tust. Was ich getan habe, war ebenso sehr für mich wie für dich gedacht. Nachdem ich mir unzählige Male vorgestellt habe, wie es sein muss, dich so zu liebkosen, konnte ich dich fast schon im Schlaf schmecken.«

Sie spürte, wie sie rot wurde, und murmelte: »Das ist der Justin Wicked, den ich kenne.«

»Er war nie weg, Süße.« Er gab ihr einen Kuss. »Jetzt, wo du aufgehört hast, Blockaden zwischen uns zu errichten, und erkannt hast, dass ich dein Mann bin, haben wir alle Zeit der Welt.«

»Himmel, deine Ausdrucksweise ist so …«

»Ehrlich?«

Sie lachte leise. »Ich wollte eigentlich frech sagen. Ich bin das einfach nicht gewöhnt.«

»Ach, jetzt komm schon. Wie kannst du nach all der Zeit, die wir uns kennen, noch behaupten, dass du nicht an mich gewöhnt wärst?«

»An dich durchaus, zumindest an bestimmte Aspekte von dir, beispielsweise dein Flirten und deine Aufdringlichkeit. Aber ich bin deinen Dirty Talk ebenso wenig gewohnt wie die Tatsache, dass du mich offen für dich beanspruchst, und das auch noch so meinst.«

»Ich habe es schon immer so gemeint.« Er grinste arrogant. »Du wirst dich schon daran gewöhnen, das alles zu hören, auch wenn es vielleicht noch ein oder zwei Tage dauern wird.«

»Benimm dich nur nicht so besitzergreifend. Ich bin nicht

dein Eigentum.«

»Was hältst du denn von *wild*?« Er beugte sich über sie und drückte sie auf den Rücken. Sie mussten beide lachen, als er sie mit Küssen überschüttete. »Darf ich bei dir wild werden, Blondie?«

Sie krümmte sich unter ihm und hielt sich an seinem Rücken fest, während er ihren Hals küsste. Auf einmal spürte sie etwas Glattes unter den Fingern. »Was ist das?«

»Ich habe mir gerade ein neues Tattoo von Tank stechen lassen, als deine Nachricht angekommen ist.«

»Darf ich es sehen?«

Sein Grinsen wurde wölfisch. »Darf ich deinen Körper auf Tattoos untersuchen?«

Mit leisem Lachen stellte sie fest, dass sie die Gesellschaft eines Mannes im oder außerhalb des Bettes noch nie so sehr genossen hatte wie jetzt. »Ich kann dir versichern, dass ich keine Tattoos habe.« Sie drückte ihm spielerisch gegen die Brust und verlangte: »Zeig mir dein neues.«

Sie setzten sich auf und sie hielt sich die Hände vor die Brüste und suchte nach ihrem Kokosnuss-BH. Justin reichte ihr sein T-Shirt. »Hier, Süße. Zieh das über.«

»Danke«, sagte sie, und er half ihr, es überzustreifen. Der Stoff duftete nach ihm, und als sich die weiche Baumwolle an ihre Haut schmiegte, fühlte sie sich ihm noch näher – und ein wenig unbehaglich. »Fühlt sich das für dich komisch an?«

»Das hast du mich gestern Abend nach dem Kuss auch gefragt, und meine Antwort ist immer noch dieselbe. Kein bisschen.« Er zog die Augenbrauen zusammen. »Ist es denn komisch für dich?«

»Fast nackt vor dir zu sein und dein T-Shirt zu tragen, nachdem du gerade all diese verruchten Dinge mit mir gemacht hast? Ja, ein bisschen. Es gefällt mir, ist aber noch sehr neu. Ich habe wieder Schmetterlinge im Bauch und werde schon ganz kribblig davon, dein T-Shirt zu tragen. Das passt überhaupt nicht zu mir.«

»Ich kann nur hoffen, dass du mit mir viele Dinge fühlen und tun wirst, die du nicht gewohnt bist. Das werden wir vermutlich beide, denn das mit uns ist anders als alles, was wir in der Vergangenheit erlebt haben. Es ist in Ordnung, all diese Dinge zu fühlen, Chloe. Sie machen dich nicht zu einem schwächeren Menschen, also genieß es einfach. Denk nicht zu viel darüber nach.«

Wieder einmal konnte er sie mit seiner Sensibilität beruhigen.

»Und du siehst verdammt heiß aus in meinem T-Shirt.«

Sie verschränkte die Arme. »Das ist gut, denn ich werde heute Nacht darin schlafen.«

»Bring mich nicht dazu, mir dich in deinem Bett vorzustellen, sonst trage ich deinen heißen kleinen Hintern auf der Stelle ins Haus.«

Sie entdeckte ihr Höschen neben ihren Füßen und zog es an, wobei sie versuchte, sich Justin nicht in ihrem Bett vorzustellen. »Das wird heute ganz bestimmt nicht passieren. Und jetzt zeig mir dein neues Tattoo.«

»Gern, gleich nachdem du mir davon erzählt hast.« Er berührte ihr Fußkettchen. »Mir ist aufgefallen, dass du es bei Gavins und Harpers Hochzeit und gestern Abend am Strand auch getragen hast.«

»Ich kann nicht glauben, dass dir das aufgefallen ist.« Und sie fand es toll. »Serena hat es mir geschenkt, kurz bevor ich aufs College gegangen bin. Das ist mein Seelentier.«

»Die Libelle?«

»Mhm. Als wir noch klein waren, sind wir oft an einem Bach in der Nähe unseres Hauses spazieren gegangen, und es flogen immer Libellen um uns herum. Nicht nur eine oder zwei. Wir sahen meist etwa acht oder zehn. Also habe ich im Internet nachgeschaut und herausgefunden, dass sie Veränderungen, Hoffnung und Anpassungsfähigkeit symbolisieren. Man sagt, wenn man eine Libelle sieht, ist es Zeit, etwas zu verändern.« Sie berührte das Fußkettchen und erklärte: »Ich trage es zu besonderen Anlässen wie einer Hochzeit und dem heutigen Abend, oder wenn ich Kraft für eine Veränderung brauche, wie zu Beginn des Studiums oder eines neuen Jobs.« Sie verriet ihm nicht, warum sie es gestern Abend getragen hatte. Dies war nicht der richtige Zeitpunkt, um über etwas derart Unangenehmes zu sprechen.

»Das ist faszinierend. Und du hast es schon so viele Jahre?«

»Ja. Und jetzt dreh dich um und zeig mir dein neues Tattoo, Bikerboy. Ich bin heute Abend auf Entdeckungsreise.«

»Und was hast du bis jetzt entdeckt?«

»Dass du ein sehr schmutziges Mundwerk hast.«

»Das hat dir aber gefallen, meine Hübsche, versuch nicht, es zu leugnen.«

»Ach, hör auf. Du bringst mich in Verlegenheit«, sagte sie und drückte ihn auf den Bauch.

Er verschränkte die Arme unter dem Kopf. »Tank hatte heute nicht viel Zeit, um daran zu arbeiten, bevor deine Nachricht eintraf, und meine anderen Tattoos kennst du ja.«

»Das stimmt, aber ich habe sie mir nie richtig angesehen.« Sie waren schon oft mit ihren Freunden am Strand gewesen, aber wenn Justin mit nacktem Oberkörper herumlief, interessierte sie sich für alles andere als für seine Tattoos.

Was sie auf seinem Rücken ertastet hatte, war eine durchsichtige Folie, die mit Klebeband über der neuen Tätowierung befestigt war. Sie konnte das Motiv nicht erkennen, nur die Umrisse von Flügeln und dahinter etwas, das wie Wolken aussah. Ihr Blick wanderte von der neuen Tätowierung zu den stachligen dunklen Ästen der sorgfältig ausgearbeiteten Tätowierung eines Baums, die sich von knapp unter seinen breiten Schultern bis zum Bund seiner Jeans erstreckte. Die Äste waren fast kahl und mehrere fallende Blätter zierten seinen Rücken. Jedes Blatt sah so echt aus, dass sie es berühren musste. Zwischen den Zweigen hingen Bänder, auf denen jeweils ein Wort oder ein Name standen. Es waren Dutzende von Bändern, einige mit Namen, die ihr nichts sagten, während sie andere wie Con, Ginger, Tank, Baz und Gunner kannte. Ein Engel saß auf einem Zweig und ließ die nackten Füße herunterbaumeln, so detailliert und schön, die Flügel so zart wie Federn. *Ashley* stand auf dem Band, das von dem Zweig neben ihr und unter ihren Füßen zu einem auf ihrer anderen Seite führte. Steph hatte Chloe und ihren Freundinnen erzählt, dass Justins Cousine Selbstmord begangen hatte, als sie noch jung war. Das hatte sie damals traurig gemacht und jetzt noch viel mehr.

Sie wusste nicht, wie Tanks oder Baz' Vornamen lauteten, nahm aber an, dass dies ihre Bikernamen waren. Dass Justin ihre Bikernamen verwendet hatte, überraschte sie nicht, wenn man bedachte, wie viel ihm die Dark Knights bedeuteten. Was sie jedoch erstaunte, waren die vielen anderen Namen, die ihr etwas sagten, wie Gavin und Harper, die sich ein Band teilten, und Violet und Andre sowie einige weitere ihrer engsten Freunde. Doch jetzt, da sie verstand, wie wichtig Justin Violets Freundschaft war, verwandelte sich das Erstaunen in Bewunderung.

In den verschlungenen, kunstvoll gezeichneten Stamm waren mehrere Daten und Worte wie *Justice, Cuffs, Fish, Sidecar* und Dutzende andere eingraviert. Waren das ebenfalls Bikernamen? Oder hatten sie eine andere Bedeutung?

Am unteren Teil des Stamms befand sich eine schattierte Vertiefung. Die Details waren so realistisch, dass es aussah, als befände sich der Hohlraum tatsächlich in Justins Haut. Darin stand, geschützt durch den Rest des robusten Stamms, der Name seiner Mutter in hübscher gelber Schrift. Das war der einzige Farbfleck innerhalb der gesamten Tätowierung. Chloes Brust zog sich schmerzhaft zusammen.

Sie folgte den langen, fingerartigen Wurzeln auf seinem Kreuz, die sich über und um das Emblem der Dark Knights schlängelten: ein Totenkopf mit dunklen Augen, markanten Brauen und einem Mund voller gezackter Reißzähne. Sie hatte das furchterregende Emblem nie verstanden. Warum wollte eine Gruppe, die so hart für das Wohl anderer kämpfte, mit etwas so Furchteinflößendem in Verbindung gebracht werden? Mittlerweile ergab es weitaus mehr Sinn. Diese Biker würden alles tun, was nötig war, um andere zu schützen, und manchmal bedeutete das eben, furchterregend zu erscheinen.

Dicke Wurzeln wucherten wie Schlangen aus dem Mund des Schädels und verzweigten sich, bis in Enden, die wie Widerhaken an Ankern abgewinkelt waren. Auf den Bändern an diesen Wurzeln standen die Namen Mike, Preacher, Reba, Blaine, Zeke, Zander und Mads.

Seine Familie.

Seine Wurzeln.

Chloe berührte seinen Rücken mit beiden Händen und schloss die Augen. Sie empfand so viel für ihn, dass es ihr eigentlich Angst hätte einjagen müssen. Doch es fühlte sich so richtig an, genau wie es die Intimität zuvor auch getan hatte. Sie drückte einen Kuss auf die Mitte des Baumes, dann betrachtete sie den Rest der Tätowierung. Einige der Wurzeln reichten bis unter den Bund seiner Jeans, und sie wollte unbedingt wissen, wie es dort weiterging.

»Chloe?« Er hob den Kopf und holte sie aus ihren Gedanken. »Du kannst die Plastikfolie abnehmen. Sie war jetzt lange genug drauf.«

Sie zog die Folie ab und fragte: »Was soll das werden?«

»Ein Engel für meine Mutter.«

»Wie der für Ashley?«

»Ein bisschen anders, aber es steckt dieselbe Idee dahinter.«

»Das gefällt mir. Deine Tattoos sind wunderschön. Da sind so viele Namen und Daten. Du hast sogar Gavin und Harper mit aufgenommen.«

»Ich habe dir doch gesagt, dass ich nichts als selbstverständlich ansehe. Das sind die Namen meiner engsten Freunde und meiner Familie. Gavin ist wie ein Bruder für mich, Harper wie eine Schwägerin. Und die Daten stehen für verschiedene Ereignisse in meinem Leben, wie das Datum, an dem meine Mutter starb, und das, an dem ich Preacher und Reba zum ersten Mal begegnet bin. Das Datum, an dem ich meinen Vater zum letzten Mal gesehen habe, das Datum, an dem meine Adoption offiziell wurde, und noch viele andere wichtige Daten. Ich werde wahrscheinlich immer wieder neue hinzufügen.«

»Und was ist mit den Worten im Stamm?«, fragte sie. »Cuffs? Sidecar?«

»Das sind Dark Knights, denen ich nahestehe. Cuffs ist Polizist. Das ist der Junge, von dem ich dir gestern Abend erzählt habe. Er war Blaines bester Freund, als wir noch Kinder waren, und derjenige, den Blaine verprügelt hat, bevor er mir all die Sachen über Familie erzählt hat.«

Justin war viel tiefgründiger und emotionaler, als sie es sich je vorgestellt hatte. »Ich habe nie viel über Tattoos nachgedacht, aber deine gefallen mir sehr. Sie sagen eine Menge über dich aus. Die Symbolik ist beeindruckend.«

»Das Leben ist ziemlich beeindruckend.«

Sie strich mit den Fingern über die Tinte auf seinem Rücken und spürte, dass die Symbolik für ihn genauso wichtig war wie das Blut, das durch seine Adern floss. »Manche Menschen tragen ihr Herz auf der Zunge, du trägst deins auf deinem Rücken.«

Er setzte sich auf. »Du trägst deins in deinen Augen.« Er küsste sie zärtlich. »Wenn du mich so ansiehst, wie du es jetzt tust, möchte ich die ganze Nacht bei dir bleiben. Aber wir haben morgen eine wichtige Verabredung, und daher ist es vermutlich besser, wenn ich dich etwas schlafen lasse.«

Das Wort *Bleib* lag ihr bereits auf der Zunge, doch sie sprach es nicht aus. Zwischen ihnen gab es so viele neue Emotionen, dass sie sie praktisch um ihre Köpfe kreisen sehen konnte.

Als er ihr auf die Beine half, versprach er: »Ich komme morgen vorbei und räume hier alles auf.«

»Können wir es nicht noch für ein paar Tage so lassen? Es ist eine schöne Erinnerung.«

»Bist du denn nicht besorgt, dass du den ganzen Sand ins Haus tragen könntest?«

Sie schüttelte den Kopf. »Wir leben am Cape und haben eigentlich immer Sand auf den Böden. Außerdem sind diese Erinnerungen es wert.«

Er nahm sie in die Arme. »Du bist ziemlich unglaublich, Süße.«

»Du bist auch nicht ohne, Bikerboy. Ich bringe dich zu deinem Wagen.«

»So läuft das nicht, Süße. Ich bringe dich rein und sorge dafür, dass deine Tür gut verschlossen ist.«

»Ich weiß, wie man abschließt, Justin.«

»Ich weiß, dass du das kannst, aber gönn es mir einfach, okay? Es ist mein zweiter Abend als dein Freund, und da muss ich mich doch auch dementsprechend verhalten.«

Beim Hineingehen sagte sie: »Ich glaube, du hast gerade schon ein paar ziemlich fantastische Dinge gemacht, die nur mein Freund tun würde ...«

Elf

Als Justin am Samstagabend vor Chloes Haus aus dem Wagen stieg, war er zugegebenermaßen ziemlich nervös. Seit er sie gestern Abend verlassen hatte, zählte er die Stunden bis zu ihrem Date. Chloe war den größten Teil des Tages bei der Arbeit gewesen, und er hatte den Vormittag bei Cape Stone gearbeitet, im Anschluss nach den Hunden gesehen und den Nachmittag in seinem Atelier verbracht, sodass sie sich auch kaum Nachrichten geschrieben hatten. Doch die wenigen waren genauso frech und witzig wie immer gewesen, was ihn sehr erleichterte. Chloe war eine Grüblerin, und er hoffte inständig, dass sie nichts von dem bereute, was sie am Vorabend getan hatten. Ebenso hoffte er, dass er ein Date geplant hatte, das ihr gefallen würde. Ein Abendessen in einem netten Restaurant in Provincetown, ein romantischer Spaziergang im Mondschein, danach vielleicht noch ein Drink am Pier. Er wollte Zeit haben, um sich mit ihr zu unterhalten und damit sie sich aufeinander konzentrieren konnten, statt ins Kino oder in einen Club zu gehen, wo sie einander nicht besser kennenlernen konnten.

Er schnappte sich den Blumenstrauß, den er gekauft hatte, und ging den Weg hinauf. Dies war das erste Mal, dass er einer

Frau Blumen mitbrachte, aber Chloes Garten sah so prächtig und gut gepflegt aus, daher würde sie das bestimmt zu schätzen wissen. Außerdem hatte Mike ihm Dutzende von Geschichten darüber erzählt, wie oft er für seine Frau Blumen gepflückt hatte und wie viel ihr das bedeutet hatte. Justin war sich nicht sicher, ob Chloe selbstgepflückte Blumen lieber wären, daher war er in den Blumenladen seiner Freundin Lizzie gegangen, wo ihn die Schwertlilien ebenso verlockt hatten, wie Chloe es immer tat. Lizzie hatte gesagt, dass Schwertlilien Eloquenz, Glaube, Weisheit und Hoffnung symbolisierten, was seiner Meinung nach perfekt zu seiner vorsichtigen Liebsten passte, die sich schon als junges Mädchen an die Hoffnung auf eine bessere Zukunft geklammert hatte und nicht nur auf ihre Worte und Taten achtete, sondern auch auf die Menschen, mit denen sie sich umgab.

Als er die Verandastufen erklomm, blickte er auf seine Jeans und das T-Shirt mit V-Ausschnitt hinunter, das Madigan ihm zu Weihnachten geschenkt hatte. Madigan hatte die Farbe als *trübes Sangria* bezeichnet, was ihm nichts sagte, doch er hoffte, dass es Chloe gefiel.

Er klopfte an die Tür. Als Chloe sie öffnete, konnte er die Freude in ihren haselnussbraunen Augen nicht übersehen, und seine Befürchtungen, sie könnte zu viel über ihre Beziehung nachdenken, zerstreuten sich. Sie sah in ihrem glitzernden champagnerfarbenen Tank-Top und den schwarzen Röhrenjeans, zu denen sie heiße Highheels mit Riemchen trug, die sich um ihre Knöchel wanden, wunderschön aus.

»Hallo«, sagte sie.

»Hallo, meine Süße. Verdammt, siehst du gut aus. Gib mir eine Sekunde, bis ich den Mund wieder zukriege.«

Sie bekam rote Wangen und schloss für einen Sekundenbruchteil die Augen. In diesem Moment der Schüchternheit fiel es ihm leicht, sich den unschuldigen Teenager vorzustellen, der sie gewesen wäre, wenn ihre Mutter sie nicht an die Wölfe verfüttert hätte.

»Die sind für dich.« Er reichte ihr die Blumen und beugte sich vor, um sie auf die Wange zu küssen und ihren leichten, sommerlichen Duft einzuatmen.

»Danke. Sie sind wunderschön. Komm doch rein, ich stelle sie schnell in eine Vase.« Als er ihr in die Küche folgte, sagte sie: »Dein Hemd gefällt mir. Rot steht dir gut.« Sie holte eine Vase aus einem Schrank und füllte sie mit Wasser.

»Danke. Mads hat es mir geschenkt.« Er schlang von hinten die Arme um sie und küsste sie auf den Hals. »Du siehst in allem umwerfend aus.«

»Mit Schmeicheleien kommt man weit«, stichelte sie. »Woher wusstest du, dass ich Schwertlilien liebe?«

»Das wusste ich nicht, aber als ich erfuhr, wofür sie stehen, war mir klar, dass sie für dich bestimmt sind.« Er drückte ihr einen Kuss auf die Schulter. »Die blauen symbolisieren Glaube und Hoffnung.« Er küsste sie auf den Hals. »Gelb symbolisiert Leidenschaft.« *Kuss, Kuss.* »Und Lila steht für Weisheit. Wenn es doch nur eine Farbe dafür gäbe, dass du mich um den Verstand bringst.«

Sie musste lachen. »Manchmal sagst du echt tolle und kitschige Sachen.«

»Nur bei dir, Süße.« Er bemerkte, dass der Tisch mit Fotos von älteren Menschen bedeckt war. »Sind auf einem davon deine Großeltern zu sehen?«

»Nein. Ich kenne meine Großeltern nicht, was einer der Gründe dafür ist, dass ich mit älteren Menschen arbeiten wollte. Das sind die Bewohner des LOCAL. Ich mache bei unseren Veranstaltungen Fotos und hänge zur Erinnerung Fotocollagen im Gemeinschaftsraum auf. Manchmal bastle ich auch Alben für sie.«

»Das ist schön. Du scheinst deine Arbeit wirklich zu mögen.«

»Mehr, als du glaubst. Diese Menschen sind so dankbar für jede Kleinigkeit, dass ich noch mehr für sie tun möchte. Du wärst überrascht, wie viele Familien Angehörige ins Heim bringen und wöchentliche Besuche versprechen, dann aber nicht oft genug – oder überhaupt nicht mehr – kommen. Ich bemühe mich besonders darum, Zeit mit denjenigen zu verbringen, die sehr viel allein sind. Und es macht mir großen Spaß, mich für sie einzusetzen und zu versuchen, ihre letzten Jahre so schön wie möglich zu gestalten. Ich bin immer auf der Suche nach neuen Ideen für sie.«

Sie erzählte ihm von ihrem neuesten Projekt, dem Junior-/Senior-Programm, und von dem Puppenspielprogramm, das sie mit Madigan ausarbeitete. Die Leidenschaft in ihrer Stimme und die Art, wie sie strahlte, als sie über ihre Arbeit sprach, zeugten von ihrer Aufrichtigkeit.

»Ich hatte ja keine Ahnung, dass du dich derart für die Menschen dort engagierst. Wie bist du zu diesem Beruf gekommen?«

»Während der ersten beiden Jahre am College habe ich ehrenamtlich im LOCAL gearbeitet, und einige der Mitarbeiter meinten, dass dieser Job perfekt für mich wäre. Ich bin sehr froh, dass ich auf sie gehört habe. Die Arbeit erfüllt mich in vielerlei Hinsicht.«

Er ließ den Blick über den Tisch schweifen. »Das klingt ganz so, als hättest du den perfekten Job gefunden. Die Bewohner sind bestimmt begeistert davon, dass du so viel für sie machst.« Er entdeckte weitere Fotos auf der Arbeitsplatte neben dem Kühlschrank, bei denen es sich allerdings um die Bilder handelte, die er ihr geschickt hatte und die ihn und die Hunde, die sie gerettet hatten, zeigten, sowie ein paar Fotos von seiner Geburtstagsfeier, Gavins Hochzeit und anderen Gelegenheiten.

Als sie die Vase auf den Tisch stellte, nahm er ihre Hand und freute sich über die Hitze, die in ihren Augen aufstieg. »Was hat das alles zu bedeuten? Brauchst du die Bilder für deine mitternächtlichen Fantasien?«

»Was? Igitt! Nein!« Sie gab ihm einen spielerischen Klaps.

Er legte ihr die Hände um die Taille und zog sie an sich. »*Igitt* ist nicht das Wort, das mir durch den Kopf geht, wenn ich mir vorstelle, wie du dich selbst befriedigst. *Heiß, sexy wie die Sünde* und *verführerisch erotisch* wären da schon passender.« Sie lief puterrot an. »Wir könnten ja mal ein Experiment durchführen, ins Schlafzimmer gehen und herausfinden, welche Worte aus meinem Mund kommen, während ich dich dabei beobachte.«

»*Großer Gott.*« Sie befreite sich aus seinem Griff, packte ihn am Kragen und zerrte ihn zur Haustür. »Komm schon, Bikerboy, bevor ich noch beschließe, dass es mir zu peinlich ist, mit dir auszugehen.« Auf dem Weg zur Tür schnappte sie sich ihre Handtasche.

»Was hast du denn mit all diesen Fotos vor?« Er öffnete die Beifahrertür und half ihr beim Einsteigen.

»Da bin ich mir noch nicht sicher. Ich kann einfach nicht aufhören, an die armen Hunde zu denken.« Er stützte die Hände gegen den oberen Teil des Türrahmens und beugte sich ins Wageninnere.

»Ach, also an die Hunde? Nicht an den Mann, der sie gerettet hat?«

»Na ja, vielleicht ein kleines bisschen.« Ihre Miene wurde ernst, und sie drehte sich auf dem Sitz zu ihm um. »Ich muss immer wieder über sie nachdenken und über das, was sie durchgemacht haben. Du hast zwar gesagt, dass sie sehr freundlich wären, aber stimmt das auch wirklich? Versuchen sie nie, jemanden zu beißen?«

»In der Nacht, in der wir sie abgeholt haben, waren einige von ihnen wegen des ganzen Chaos ein bisschen aggressiv, und auch, als wir sie im Tierheim an den anderen Hunden vorbeigeführt haben. Aber Menschen gegenüber sind sie nicht aggressiv, und Gunner hält sie von anderen Hunden fern. Einige von ihnen haben Angst vor lauten Geräuschen und bestimmte Töne werden vermutlich auch in Zukunft Angst und Aggression auslösen. Ihre Wunden müssen heilen und das braucht Zeit.«

»Das gilt auch für emotionale Verletzungen. Die armen Tiere«, sagte sie. »Hast du sie heute besucht?«

»Nur kurz. Sie haben sich gefreut, mich zu sehen. Der Einäugige jault immer, wenn ich wieder gehen muss.«

»Meinst du, Dwayne hätte etwas dagegen, wenn wir mal vorbeischauen?«

Die Hoffnung in ihren Augen setzte ihm sehr zu. »Hast du etwa eine Schwäche für Hunde, Herzensbrecherin?«

»Für alle Tiere und vermutlich auch für Menschen. Wir sind gar nicht so verschieden. Wir können nichts für die Familie, in die wir hineingeboren wurden, und die Menschen im LOCAL, deren Familien nicht mehr vorbeikommen, haben auch nicht darum gebeten, vergessen zu werden, ebenso wenig wollten diese Hunde im Besitz von Monstern sein. Beim Gedanken an sie wird mir ganz schwer ums Herz.«

»Ich mag dein großes Herz. Möchtest du die Hunde wirklich besuchen?«

»Ja. Wenn es dir nichts ausmacht. Bringt es deine Pläne für unser Date arg durcheinander?«

»Nicht im Geringsten.«

Wicked Animal Rescue befand sich auf einem eingezäunten und gesicherten Grundstück in Harwich. Baz' Tierklinik und die beiden Tierheimgebäude lagen ein gutes Stück von der Straße entfernt, Dwaynes rustikales Farmhaus stand an der Westseite des Grundstücks. Es gab eingezäunte Bereiche mit kleineren Unterständen für Nutztiere wie Schafe, Ziegen und Schweine, die Dwayne gelegentlich rettete.

»Gehört Dwayne das ganze Land?«, fragte Chloe, als sie aus dem Wagen stieg.

»Ihm und Baz. Dwayne lebt in dem Haus da drüben.« Er deutete über das Grundstück. »Baz wohnt über der Klinik. Die beiden langen Gebäude gehören zum Tierheim. In dem auf der rechten Seite wurden die geretteten Hunde untergebracht. Die geretteten Tiere, die nicht aus dem Hundekampfring stammen, befinden sich im anderen.« Er bemerkte Sidney Carver, die mit Dwayne im Tierheim zusammenarbeitete und gerade mit einem angeleinten Hund über die Wiese auf sie zukam. Den humpelnden Gang des Hundes hätte er überall wiedererkannt. »Das sind Sidney und mein einäugiger Kumpel.«

»Wer ist Sidney?«

»Sie arbeitet hier als Trainerin und Physiotherapeutin für Hunde und hat ein Zimmer in Dwaynes Haus gemietet.«

»Mutige Frau«, kommentierte Chloe.

Justin gluckste. »Sie ist die Tochter eines Dark Knights, kennt die unbarmherzige Realität des Lebens und fürchtet sich nicht davor, Dwayne die Meinung zu sagen. Sie ist eine coole Braut und der totale Wildfang.« Sidney war sehr schlank und hatte schmale Hüften und kleine Brüste. Ihr braunes Haar reichte ihr bis kurz über die Schultern und sie versteckte sich gern dahinter. »Ich bezweifle, dass was zwischen ihr und Dwayne läuft, aber du weißt ja, wie Dwayne ist …«

»Sie ist wirklich hübsch«, sagte Chloe. »Warum humpelt der Hund?«

»Er hat eine geprellte Hüfte.« Der Hund wollte zu ihm laufen und zerrte bellend und winselnd an der Leine.

»Er ist so süß!«, rief Chloe. »Komm.« Sie nahm Justins Hand und eilte auf Sidney und den Hund zu, als hätte sie Turnschuhe statt Highheels an.

»Da freut sich aber jemand, dich zu sehen«, sagte Sidney. »Ich hatte den Eindruck, dass er die ganze Zeit nach dir Ausschau gehalten hat.«

»Hey, Kumpel.« Justin hockte sich hin und kraulte ihn. Der Hund stützte die Pfoten auf Justins Schultern und leckte ihm das Gesicht ab. »Ich hab dich auch vermisst, mein Freund. Sid, das ist …« Er blickte zu Chloe auf und konnte sich das Lächeln nicht verkneifen. »Meine Freundin Chloe. Chloe, das ist Sid, die beste Physiotherapeutin und Hundetrainerin am Cape.«

Chloe sah Justin mit einem freudigen Funkeln in den Augen an, was daran lag, dass er sie als seine Freundin bezeichnet hatte, wie er ganz genau wusste. Dasselbe Glücksgefühl durchströmte auch ihn.

»Hi«, begrüßte Chloe Sid. »Ich hoffe, es ist okay, dass wir vorbeigekommen sind.«

»Machst du Witze? Der Kleine hier hält Maverick längst für sein Herrchen.« Sidney schob die Finger in die Vordertaschen ihrer Jeans. »Ich war die letzte halbe Stunde mit ihm unterwegs, und er hat nur getrödelt, aber sobald er Maverick bemerkt hat, war es, als hätte er einen dreifachen Espresso getrunken.«

»Darf ich ihn streicheln?«, bat Chloe.

»Ja, aber lieber langsam. Er kommt gut mit Menschen zurecht.«

Chloe hockte sich neben Justin und ließ den Hund an ihrer Hand schnuppern. »Hallo, mein Süßer.« Er leckte ihr die Hand ab und sie streichelte ihm den Rücken. »Oh, sieh dir nur dein kleines Ohr und die vielen Schnittwunden an. Du armes Ding.« Der Hund drängte sich gegen sie und betatzte ihren Schoß, also setzte sie sich auf den Hintern, um ihn zu streicheln.

»Er mag dich«, sagte Sidney.

»Das beruht auf Gegenseitigkeit«, erwiderte Chloe. »Er ist so abgemagert. Wird er wieder gesund?«

»Er hat eine Menge durchgemacht, aber er frisst gut und wird schnell an Gewicht zulegen«, beruhigte Sidney sie.

Der Hund zerrte mit der Kralle an Chloes Oberteil.

»Nee, Kumpel. Mach das nicht kaputt«, schalt Justin sanft.

»Schon okay.« Chloe blickte zu Sidney auf. »Er hat so viel durchgemacht – es ist ein gutes Zeichen, dass er Menschen gegenüber so offen ist, nicht wahr?«

»Ja, das ist es«, bestärigte Sidney. »Er wird noch Manieren lernen müssen, aber im Moment muss er vorerst nur wissen, dass er geliebt wird.«

Der Hund kletterte auf Chloes Schoß und sie drückte ihm einen Kuss auf den Kopf. »Er ist so süß.«

»Machst du dir denn keine Sorgen wegen der Hundehaare auf deiner Kleidung?«, fragte Justin.

»Nein, die kann man doch waschen.«

»Hey, Mav, Mike und deine Eltern sitzen mit Gunner am Picknicktisch neben dem Hundehaus«, sagte Sidney.

»Okay. Sind Gunners Hunde draußen?«

»Nein. Ich bringe sie immer ins Haus, wenn ich mit den Hunden aus dem Kampfring arbeite. Du kannst deinen neuen Freund hier zu deiner Familie mitnehmen, wenn du magst. Wenn er eine Weile bei dir bleibt, hätte ich Zeit, seinen Zwinger zu putzen.«

Zwar machte es den Anschein, als würde sich Chloe gern mit dem Hund beschäftigen, aber Justin wollte nicht, dass sie den Eindruck hatte, hier festzusitzen, wo sie doch eigentlich ein Date hatten. »Sollen wir gehen, oder möchtest du noch bleiben, Chloe?«

»Können wir noch ein bisschen hierbleiben? Oder würdest du lieber gehen?«

Justin konnte kaum glauben, dass sie in einem glitzernden Oberteil und mit hochhackigen Schuhen auf der Wiese saß und mit dem Hund spielte. »Ich habe es nicht eilig, Babe. Ich will dich nur nicht von unserem Date abhalten.«

»Wir haben noch jede Menge Zeit. Ich würde gerne bleiben, mit ihm spielen und die anderen Hunde kennenlernen, wenn das okay ist.«

»Klar ist es das. Überlass ihn ruhig uns, Sid.«

Nachdem Sidney weggegangen war, meinte Chloe: »Ich mag Sid. Sie scheint nett zu sein.«

»Ja, das ist sie«, bestätigte er und fragte sich, ob Chloe den Rest seiner Familie kennenlernen wollte oder ob ihr das zu viel wäre.

Sie spielten lange mit dem Hund, sprachen über alles Mögliche und lachten über alberne Dinge. Chloe schoss etwa ein Dutzend Fotos. Er hätte den ganzen Abend dort sitzen können und wäre vollkommen zufrieden gewesen, denn er genoss es sehr, wie unbekümmert sie war. Je länger sie blieben, desto mehr wollte er sie seiner Familie vorstellen. Er beschloss, alle Bedenken in den Wind zu schlagen. »Was meinst du, Blondie? Möchtest du meine Familie kennenlernen? Mein Großvater ist zwar ein kleiner Griesgram, aber ein guter Mensch.«

»Das würde ich gern.«

»Wirklich? Ich war mir nicht sicher, ob dir das jetzt schon recht ist.«

»Warum denn nicht? Ich möchte die Menschen kennenlernen, die dein Leben verändert und dir geholfen haben, zu dem Mann zu werden, der du heute bist.«

Er schlang ihr einen Arm um den Hals und zog sie an sich, um sie zu küssen. Der Hund streckte winselnd eine Pfote über Chloes Schoß und berührte Justins Bein.

Chloe lächelte. »Er will die ganze Aufmerksamkeit für sich.«

Justin legte die Hände um den Kopf des Hundes und drückte ihm einen Kuss auf die Schnauze. »Es ist durchaus in Ordnung, ein bedürftiges Hündchen zu sein, aber am besseren Timing arbeiten wir noch.« Er stand auf und behielt die Hundeleine in der Hand, um die andere auszustrecken und Chloe beim Aufstehen zu helfen.

»Warum hat er keinen Namen?«, fragte sie und streichelte den Hund erneut.

»Keine Ahnung. Normalerweise kriegen sie irgendwann einen. Ein paar haben schon einen Namen bekommen. Die schwangere Hündin ist Mama Bear und der größte von allen heißt Rambo. Er ist robust und hat zwar eine Menge einstecken müssen, es jedoch überlebt.«

Justin hielt ihre Hand und überquerte mit ihr den Hof.

»Shadow«, sagte Chloe leise.

»Wie bitte?«

»Sein Name sollte Shadow sein. Auf der Fahrt hierher hast du gesagt, dass er dir immer hinterherläuft.« Sie hockte sich neben den Hund und fragte: »Was denkst du? Gefällt dir der Name Shadow?«

Der Hund leckte ihr übers Gesicht und sie schaute grinsend zu Justin hoch.

Justin tätschelte den Kopf des Hundes. »Sieht so aus, als hättest du jetzt einen Namen, mein Großer. Hallo, Shadow.«

Chloe hörte zuerst Dwaynes Lachen, als sie um das Gebäude herumgingen. Sie war aufgeregt, weil sie Justins Eltern und seinen Großvater treffen würde, und gespannt auf die Menschen, die ihm in der Zeit, in der er gebrochen und wütend gewesen war, dabei geholfen hatten, vieles zu überwinden, die ihm einen besseren Lebensweg gezeigt und ihm ein besseres Leben geschenkt hatten.

Dwayne saß mit einer fröhlichen Frau, deren Haare mahagonifarben schimmerten, am Picknicktisch. Sie musste in den Fünfzigern sein, hatte ein freundliches Lächeln und einen Schönheitsfleck neben ihrem linken Auge. Sie schaute Justin bewundernd an. Das musste Reba sein, und der gut aussehende Mann mit dem graumelierten Haar und den tätowierten Armen, der neben ihr gesessen hatte und aufstand, sobald er sie bemerkte, war dann vermutlich Rob. Ein älterer Mann saß auf einem Liegestuhl und hatte ein kleines weißes Kätzchen auf dem Schoß. Chloe nahm an, dass er Justins Großvater war. Auf dem Tisch standen drei Pizzakartons sowie mehrere Bier-, Limonade- und Wasserflaschen.

»Benutzt du jetzt schon meine Hunde, um Frauen aufzureißen?«, rief Dwayne Justin zu, als sie näherkamen.

»Nur einen Hund und nur eine Frau.« Er drückte Chloes Hand und sah sie mit diesem schiefen Grinsen an, das ihr ein Kribbeln im Bauch bescherte. »Und der Hund hat jetzt dank dieser ganz besonderen Frau einen Namen. Er heißt Shadow.«

»Mein Sohn braucht keinen Hund, um eine Frau zu verzaubern, und das ist der perfekte Name für diesen Hund. Er läuft Justin hinterher, als wäre der sein stolzes Herrchen.« Reba kam mit ausgebreiteten Armen um den Picknicktisch herum. »Komm her und lass dich umarmen, du Charmeur.«

Justin nahm sie in die Arme. »Mom, Preacher, Grandpa, das ist Chloe Mallery.«

»Ehemals bekannt als das Uptown Girl«, fügte Dwayne hinzu.

Justin funkelte ihn erbost an. »Halt die Klappe, Gunner.«

»Schon okay, Justin. Soweit ich weiß, reden eifersüchtige Cousins eine Menge Unsinn«, stichelte Chloe.

»Ach du meine Güte. Du bist wirklich fantastisch«, sagte Reba. »Wir haben schon so viel von dir gehört, dass es mir vorkommt, als würdest du längst zur Familie gehören.« Sie umarmte Chloe und raunte ihr ins Ohr: »Er ist verrückt nach dir.«

»*Mom*, ich bin mir ziemlich sicher, dass sie das längst weiß«, bemerkte Justin kopfschüttelnd.

»Das tue ich in der Tat«, bestätigte Chloe. »Justin macht es einem auch schwer, das zu übersehen.«

Rob klopfte Justin auf den Rücken. »Das ist mein Junge. Es ist mir eine große Freude, dich kennenzulernen, Chloe.« Er umarmte sie so fest, wie ein Vater seine Tochter umarmen würde. »Darf ich dir Justins Großvater Mike vorstellen?«

»Das kann ich auch selbst tun«, brummte Mike, der mit dem Kätzchen in der Hand aufstand. Rob ging zu ihm und nahm ihm das Kätzchen ab. »Die drei Meter schaffe ich gerade noch, Junge.«

Mike kam zu ihnen herüber und sah in seinen Jeans und dem Jeanshemd rauer aus als alle Großeltern, die Chloe je kennengelernt hatte.

»Du bist eine hübsche Frau«, stellte Mike ernst fest. »Welche Absichten verfolgst du hinsichtlich meines Enkels?«

Sie war sich nicht sicher, was sie erwartet hatte, aber das ganz bestimmt nicht. Justin sah amüsiert zu. Sie zog eine Schulter hoch. »Na ja, er ist ziemlich süß, daher hoffe ich zumindest auf ein paar Küsse.«

Reba gluckste.

»Nur ein paar?« Mike schnaubte.

»Offen gesagt hatte ich gehofft, ihn wegen seines Körpers und seines Geldes auszunutzen«, neckte Chloe ihn. »Aber ich dachte, das kommt bei seiner Familie vermutlich nicht so gut an.«

Ein Lachen drang über Mikes Lippen. »Das gefällt mir schon besser.« Er umarmte sie sanft. »Setz dich und iss etwas Pizza. Du könntest etwas mehr Fleisch auf den Rippen vertragen.«

»Ja, schließt euch uns an«, stimmte Reba zu. »Wir haben mehr als genug.«

Chloe schaute Justin an, weil sie befürchtete, er wäre enttäuscht, wenn sie noch später hier wegkamen.

»Jetzt erzähl mir bloß nicht, dass du zu den Frauen gehörst, die nur Salat essen oder die Zustimmung eines Mannes brauchen, um sich etwas in den Mund zu stecken.« Mike zeigte auf Dwayne, der breit grinste. »Sprich nicht aus, was du denkst.«

»Die Vorlage kam von dir, Gramps.« Dwayne trank einen Schluck Bier.

»Du hast eine schmutzige Fantasie, Gunner. Zwar kommt manchmal auch was Gutes raus, aber schmutziger geht's kaum.« Mike sah Chloe an. »Na, dann mal raus mit der Sprache. Was darf's denn sein? Kaninchenfutter oder Pizza?«

Chloe reckte das Kinn in die Luft, und Justin nickte ihr fast unmerklich zu, um sie aufzumuntern. »Ich nehme ein Stück Pizza«, sagte sie und setzte sich an den Picknicktisch. »Am besten gleich zwei.«

»Sollen wir Sid fragen, ob sie etwas abhaben will?«, fragte Justin.

Dwayne schüttelte den Kopf. »Sie hat sich mit Baz eine Pizza geteilt, bevor er aufgebrochen ist, um sich mit Evie zu treffen.«

Justin setzte sich neben Chloe. »Evie ist nicht nur Baz' Assistentin in der Klinik, sondern auch seine beste Freundin.« Er senkte die Stimme. »Danke, dass du meine Familie erträgst.«

»Danke, dass du mich mitgenommen hast. Das macht Spaß.«

Sie aßen und redeten und scherzten so viel, dass Chloe das Gefühl hatte, seine Familie schon ewig zu kennen. Shadow schlief zu Justins Füßen, und ab und zu legte er das Kinn auf Justins Bein, um sich ein paar Streicheleinheiten abzuholen, die Justin ihm gerne gab. Chloe machte Fotos und erklärte, dass sie gern Andenken an schöne Zeiten bastelte, was Reba sehr zu gefallen schien. Reba bat sie, ihr die Fotos zu schicken, weil sie viel zu selten zum Fotografieren kam. Dwayne machte ein paar Witze darüber, dass sie aufpassen müsse, Reba nicht versehentlich versaute Bilder weiterzuleiten, und erntete dafür Lacher von allen, auch von Chloe, die mit einem sarkastischen »Keine Sorge, die halte ich unter Verschluss« konterte.

Als Rob ihr von der jährlichen Suizidpräventions-Rallye erzählte und erwähnte, dass Justin eine Skulptur anfertigte, die versteigert werden sollte, fiel ihr auf, dass Justin nie über seine Kunstwerke sprach. Sie war neugierig auf diesen Teil seines Lebens und nahm sich vor, ihn später danach zu fragen.

Reba erkundigte sich bei Chloe nach ihrer Familie und Chloe erzählte ihr von Serena und auch ein wenig von ihrer Mutter. Sie ging nicht ins Detail, aber Rebas Gesichtsausdruck verriet ihr, dass sie zwischen den Zeilen lesen konnte, als Chloe erwähnte, dass ihre Mutter nicht oft für sie da gewesen wäre. Reba hatte eine sanfte, fürsorgliche Art an sich, aber ihre innere Stärke war offensichtlich. Chloe konnte sie sich gut beim Hüten eines Rudels wilder Söhne und Cousins vorstellen, die früher wahrscheinlich jede Menge Chaos angerichtet hatten, während Madigan und, wie sie annahm, auch Ashley hinter ihnen herliefen.

Chloe genoss es sehr, seine Familie kennenzulernen und zu sehen, wie sie sich gegenseitig neckten, aber auch aufbauten. Sie nahmen sie so herzlich in ihren inneren Kreis auf, dass es ein Leichtes war, sich vorzustellen, wie sie den elfjährigen Justin mit all seinen Problemen empfangen hatten. Justins Eltern waren den ganzen Abend über unverhohlen zärtlich zueinander, genau wie Justin zu ihr, und es fühlte sich nicht mehr seltsam an, ihm nahe zu sein, sondern richtig und *wunderbar*.

»Dich und Justin so zusammensitzen zu sehen, erinnert mich an die Zeit, als unsere Kinder noch klein waren.« Reba legte den Kopf auf Preachers Schulter und schaute bei ihren nächsten Worten Justin an. »Erinnerst du dich an deine erste Nacht bei uns, mein Schatz?« Reba benutzte Kosenamen genauso oft wie Justin und überhäufte ihren Sohn, ihren Neffen und sogar Chloe damit. Es war offensichtlich, woher Justin diese Angewohnheit hatte. Reba verhielt sich freundlich und mitfühlend und hörte immer aufmerksam zu.

Chloe hätte alles für eine Mutter wie sie gegeben.

»Ich erinnere mich noch daran, dass ich wütend war«, antwortete Justin. »Ich befand mich an einem neuen Ort mit einem älteren Jungen, der mich hasste, und einem jüngeren, der mich ansah, als könnte ich spannende Geheimnisse ausplaudern …«

»Damit kann er nur Zander meinen«, sagte Dwayne, nahm Rob das Kätzchen ab und setzte sich hin, um es mit der Flasche zu füttern.

Das war eine liebevolle Seite von Dwayne, die Chloe noch nie gesehen hatte.

»Da hast du recht«, bestätigte Justin. »Und dann war da noch ein anderer Junge, der mich wahrscheinlich für das perfekte Forschungsobjekt hielt.«

»Zeke«, warf Mike ein. »Dieser Junge hat Fakten schon immer wie Erdnüsse verschlungen.«

»Das kannst du laut sagen. Ich habe noch nie einen klügeren Kerl als Zeke getroffen. Und dann war da noch Mads.« Justin sah Chloe an. »Ich hatte keinen blassen Schimmer, was ich mit ihr anfangen sollte.«

»Sie hatte ein paar Wochen, bevor dieser widerspenstige junge Mann bei uns eingezogen ist, gerade ihren vierten

Geburtstag gefeiert«, erklärte Reba. »Ich werde nie vergessen, wie sie mich mit ihren großen blauen Augen angesehen und gefragt hat: ›Kann er auch mein Bruder sein, Mom?‹«

Chloe stellte sich die vierjährige Madigan mit ihren drei älteren Brüdern vor, die immer für sie da waren, und vermutete, dass das Mädchen gedacht hatte, Justin wäre genauso. Möglicherweise wäre er es unter anderen Umständen sogar gewesen. »Das ist eine bedeutsame Frage. Was hast du geantwortet?«

»Wir hatten schon früher Pflegekinder und sie sind immer zu ihren leiblichen Eltern zurückgekehrt«, erklärte Reba. »Justin hatte diese Möglichkeit nicht, darum habe ich ihr die Wahrheit gesagt. Ich habe ihr erzählt, dass seine Mama im Himmel ist, dass sein Vater schlimme Dinge getan hat und für eine lange Zeit fort sein wird, und dass es an Justin liegt, ob er bei uns bleibt.« Sie sah Justin mit all der Liebe an, die Chloe immer in den Augen ihrer Mutter zu sehen gehofft hatte. »Seit unsere Kinder alt genug waren, um zu verstehen, was es bedeutet, ein Freund zu sein, wurde ihnen alles über die Stärke und Loyalität der Familie beigebracht und dass unsere Familie auch die Familien der Dark Knights und andere enge Freunde umfasst. Sie wuchsen mit dem Biker-Leben auf, auch mit den Härten davon, und unsere kleine Mads war bestürzt, dass Justin niemanden hatte, der auf ihn aufpasste. Bevor ich dir erzähle, was unser kleines Mädchen dagegen unternommen hat, musst du wissen, dass sie sich, bevor Justin zu uns kam, monatelang eine Plüschkuh gewünscht hat. Und nicht nur irgendeine Kuh. Es musste eine ganz bestimmte braun-weiße sein. Ihr Daddy hat lange gesucht und schließlich eine Frau in Idaho ausfindig gemacht, die diese Kühe herstellt.«

»Dafür übernehme ich die volle Verantwortung«, schaltete

sich Mike ein. »Wir waren mit den Kindern auf der Landwirtschaftsmesse, und die Jungs probierten alle Fahrgeschäfte aus, aber Mads wollte sich die Tiere ansehen. Wir beide waren stundenlang dort. Sie war ganz vernarrt in die Kühe und eines der Kinder dort besaß genau so eine Kuh. Nach der Messe hat Mads Zeke überredet, ihr so ziemlich alles vorzulesen, was er über Kühe finden konnte. Auf diese Weise erfuhr sie, dass Kühe ohne Brandzeichen, die keiner Herde angehören, Mavericks genannt werden.«

»Sie nannte die Stoffkuh Maverick und schlief jede Nacht mit dem verflixten Ding im Arm.« Preacher legte einen Arm um Reba und drückte ihr einen Kuss auf den Scheitel. »Den Rest erzählst du, Darling.«

»Nachdem ich Mads von Justins Familie erzählt hatte, ging sie in ihr Schlafzimmer und holte ihre Kuh und ihre Lieblingsdecke. Justin saß auf der Couch und grübelte darüber nach, warum seine Welt wieder einmal aus den Fugen geraten war.« Reba blinzelte mehrmals und schaute in den Himmel. »Entschuldigt. Wenn ich an diesen Tag denke, werde ich immer ein bisschen emotional.«

Preacher zog sie näher an sich heran, so wie Justin es neulich am Strand mit Chloe getan hatte.

»Mads hat sich neben Justin auf die Couch gesetzt und ihm ihre Kuh in die Hand gedrückt«, erklärte Reba. »Sie sagte …«

»Jetzt bist du nicht mehr allein«, übernahm Justin und klang dabei ebenso emotional. »Jetzt gibt es zwei Mavericks, dich und ihn.«

»Mads rollte sich in ihrer Lieblingsdecke zusammen und legte den Kopf auf Justins Schulter, und Justin saß stocksteif da, als hätte er Angst, sie könnte zerbrechen, wenn er sich bewegte«, schilderte Reba gerührt. »In diesem Moment wusste ich, dass er dazu bestimmt war, zu uns zu stoßen. Er wollte uns vielleicht weismachen, dass er nur Ärger macht, und hat es eventuell sogar selbst geglaubt. Aber ich hatte genug Kinder gesehen, um zu erkennen, dass dieser Junge in seinem tiefsten Inneren etwas ganz Besonderes war. In ihm gab es nichts als Güte.« Sie schaute wieder in den Himmel und fächelte sich Luft ins Gesicht. »Jetzt muss ich weinen, also ignoriert mich einfach.«

»Und ob er was Besonderes ist«, murmelte Dwayne. »Eine ganz besondere Nervensäge.«

Justin zeigte ihm den Mittelfinger, woraufhin sie beide grinsen mussten, aber die Gefühle, die sich in ihren Augen widerspiegelten, waren so echt wie Rebas Tränen.

»Das ist eine hinreißende Geschichte.« Chloe blickte zu Justin auf. »Dann hat Mads dir also deinen Bikernamen gegeben?«

»Meinen Bikernamen musste ich mir erst noch verdienen.« Justin sah Preacher an. »Das war mit die größte Ehre meines Lebens.«

Preacher nickte ernst. »Madigan hat seinen Spitznamen geprägt. Die Bruderschaft gab ihm seinen Bikernamen. Sein Bikername ist Maverick, aber nicht etwa, weil er kein Brandzeichen trug. Damals war Justin schon ein Wicked. Er hatte eine Familie, die ihn liebte. Aber es stellte sich heraus, dass Mads durchaus wusste, was sie tat, denn Maverick bedeutet auch *unabhängiger Geist*, was die perfekte Beschreibung für den wütenden Jungen war, der uns mit allem, was er hatte, bekämpfte und zu einem guten, starken Mann heranwuchs.«

Sidney tauchte aus dem Tierheim auf und unterbrach sie. »Darf ich deinen Kleinen jetzt ins Bett bringen?«

»Wir haben ihn Shadow getauft«, erklärte Justin.

»Dürfen wir dich begleiten?«, fragte Chloe. »Wäre das in Ordnung? Ich würde mir gern die anderen Hunde ansehen, mich aber auch liebend gern noch weiter mit euch allen unterhalten. Seid ihr gleich noch hier?«

»Ja, Liebes. Geh nur und schenk ihnen etwas Liebe«, erwiderte Reba. »Wir gehen nicht weg.«

Chloe und Justin begleiteten Sidney und gaben Shadow jede Menge Küsse und Streicheleinheiten, bevor sie ihn in seinen Zwinger brachten. Er winselte, als sie weitergingen, damit Chloe die anderen Hunde kennenlernen konnte, und Chloe konnte es nicht ertragen und kehrte zu ihm zurück, um ihn erneut zu streicheln. Zu guter Letzt blieb Justin bei Shadow sitzen, während Chloe mit Sidney die anderen Hunde besuchte. Sie waren in einem noch schlechteren Zustand als auf den Fotos und hatten Bisswunden, Stellen, an denen ihnen Fell fehlte, alte Wunden, die noch nicht ganz verheilt waren. Einige waren schüchterner als andere, aber schließlich tauten sogar die Schüchternen auf.

Nachdem sie Shadow ein letztes Mal gestreichelt hatten, machte sich Sidney auf den Heimweg, und Justin ging mit Chloe in das zweite Gebäude, um sich die Hunde und Katzen anzusehen, die zur Adoption freigegeben waren.

Als sie schließlich wieder draußen standen, sagte sie: »Wenn ich den Platz hätte, würde ich sie alle mit nach Hause nehmen.«

»Jetzt weißt du, warum Dwayne mehrere Hunde und Katzen hat. Sie wachsen einem schnell ans Herz.«

»So wie Shadow dir«, sagte sie. »Kannst du dir vorstellen, einen Hund zu adoptieren?«

»Sicher, wenn die Zeit reif ist. Shadow ist noch nicht so weit und ein Hund ist wie ein Kind. Er braucht Stabilität, ein

Leben, in dem seine Familie jeden Abend zu Hause ist. Gestern Abend war ich kurz davor, dich in dein Schlafzimmer zu tragen, Baby. Ich kann einen Hund mit all seinen Bedürfnissen nicht unversorgt allein zurücklassen. Das ist einfach nicht mein Stil.«

Es gefiel ihr, dass er Verantwortung nicht auf die leichte Schulter nahm.

Reba, Rob, Mike und Dwayne saßen an einer Feuerschale und unterhielten sich. Die Szene schien geradewegs ihren Kindheitsträumen entsprungen zu sein.

»Wir haben euch den Love Seat freigehalten.« Dwayne zeigte auf einen Schaukelstuhl, in dem zwei Personen Platz fanden.

»Danke, Mann«, sagte Justin, als sie sich setzten. Er legte einen Arm um Chloe und zog sie an sich.

»Ich würde am liebsten all deine Tiere adoptieren«, meinte Chloe zu Dwayne.

Dwayne hob seine Bierflasche. »Ich wünschte, das wäre möglich. Samstag in einer Woche findet hier eine Adoptionsveranstaltung statt. Du solltest vorbeikommen.«

»Brauchst du dafür freiwillige Helfer? Falls ja, würde ich gern mitmachen. Ich würde alles dafür tun, dass sie ein gutes Zuhause finden.«

»Klar, Freiwillige sind immer willkommen. Dein Freund ist einer meiner besten Helfer«, erklärte Dwayne.

»Gehst du hin?«, fragte sie Justin.

»Das tue ich immer.«

»Natürlich tust du das.« Chloe beugte sich vor, um ihn zu küssen, ohne groß darüber nachzudenken.

»Ihr zwei seid einfach zu süß«, sagte Reba.

Chloe merkte erst jetzt, dass sie Justin gerade zum ersten

Mal von sich aus in der Öffentlichkeit geküsst hatte, und es gefiel ihr, dass dies die Zustimmung seiner Mutter gefunden hatte.

»Und ob wir das sind.« Justin küsste sie erneut.

»Okay, Casanova, lass mich mal mit deinem hübschen Mädchen reden«, bat Mike mit einem Anflug von Ernsthaftigkeit. »Dwayne hat uns erzählt, dass du im LOCAL arbeitest.«

»Ja. Ich leite die Einrichtung für betreutes Wohnen. Hast du schon mal davon gehört?«

»Ansatzweise«, antwortete Mike. »Ich verliere den Verstand, wenn ich noch lange mit meinem Sohn zusammenleben muss. Ein Mann braucht seinen eigenen Freiraum, wenn du verstehst, was ich meine?«

»Jetzt hör aber auf, Pop«, beschwerte sich Rob.

»Komm mir nicht auf die Tour. Wirst du später wollen, dass deine Jungs über dein Leben bestimmen, wenn du in meinem Alter bist?« Mike schüttelte den Kopf. »Wohl kaum. Also erzähl mir doch bitte mal ein bisschen von dieser Einrichtung, Chloe.«

Chloe warf Rob einen fragenden Blick zu, da sie sich nicht in eine Familiendiskussion einmischen wollte.

»Mach nur, Chloe«, sagte Rob. »Er wird ohnehin so lange fragen, bis du ihm erzählst, was er wissen will.«

»Daher hat Justin das also«, meinte Dwayne grinsend.

»Verdammt richtig«, sagte Mike. »Mal hören, was Chloe zu sagen hat.«

»Okay, wo fange ich an? Das LOCAL hat mehrere Abteilungen für die jeweiligen Pflegestufen. Die Abteilung *Helper's Hand* richtet sich an Menschen, die es vorziehen, allein zu leben, während in der Abteilung *Live-in-Assistance* Menschen wohnen, die eine Vollzeit-Pflegekraft benötigen. Wir bieten auch Pflege- und Hospizdienste an und natürlich verfügen wir über ausreichend medizinisches Personal. Manche Bewohner ziehen schon im Alter von fünfundsechzig Jahren bei uns ein, weil sie einen sicheren Ort suchen, an dem sie Freundschaften schließen können, um ihren Familien später nicht zur Last zu fallen. Nicht, dass sie ihren Familien wirklich zur Last fallen würden, aber man fühlt sich vermutlich schnell so, wenn man es gewohnt ist, allein zu leben, und dann auf Hilfe angewiesen ist.«

»Wie ist die Umgebung? Und das Essen?«, fragte Mike.

»Das Umfeld ist sehr fröhlich und positiv und wir haben einen fantastischen Speisesaal mit Spitzenköchen.«

»Gibt es auch Nachspeisen?«, wollte Mike wissen.

»Jetzt komm schon, Pop. Du weißt ganz genau, dass der Arzt dir verboten hat, so viel Zucker zu dir zu nehmen«, rief Rob ihm in Erinnerung.

Mike winkte ab. »Siehst du, Chloe? Ich stehe andauernd unter seiner Fuchtel.«

»Diese Dynamik zwischen euch beiden ist doch ganz normal. Einer der größten Vorteile, wenn ein geliebter Mensch in unsere Einrichtung zieht, besteht darin, dass seinen Kindern diese Art von Verantwortung und Aufsicht damit abgenommen wird. Wir wissen, wie wir sicherstellen können, dass Mikes süße Gelüste gestillt werden, ohne seiner Gesundheit zu schaden.« Chloe sah Mike an. »Möglicherweise bliebe dir auch einfach weniger Zeit, um an Süßigkeiten zu denken. Wir bieten wunderbare Programme und Aktivitäten an, beispielsweise Sportkurse, Schwimmen, Yoga, Wandern und Gartenarbeit. Es gibt Kunst- und Bastelkurse, Computerkurse, Spiele- und Quizabende, Filmabende, Gruppenausflüge und

Bustouren. Und ich bin ständig auf der Suche nach neuen Aktivitäten für unsere Bewohner. Ich habe gerade ein Programm ins Leben gerufen, bei dem Highschoolschüler Zeit mit unseren Senioren verbringen, und es scheint allen großen Spaß zu machen.«

»Und was ist mit der Damenwelt? Gibt es in dieser Hinsicht irgendwelche Bestimmungen?«, fragte Mike.

»Oh Mann, jetzt geht's los«, murmelte Reba. »Tut mir leid, Chloe.«

»Nein, schon in Ordnung. Diese Frage wird mir sogar ziemlich oft gestellt. Auch ältere Menschen haben Bedürfnisse und leider scheint das von ihren Familien missbilligt zu werden. Mein Eindruck ist, dass selbst erwachsene Kinder Schwierigkeiten haben, über die intimeren persönlichen Beziehungen ihrer Eltern nachzudenken. Einrichtungen wie das LOCAL werden ständig mit diesem Problem konfrontiert. Wir sorgen uns nicht nur um die Familien, sondern auch um die Gesundheit und das Wohlergehen unserer Bewohner und um die Frage, wo die Grenze zu ziehen ist, wenn die Menschen beginnen, ihre kognitiven Fähigkeiten zu verlieren. Die Studienlage zeigt jedoch, dass soziale Beziehungen für Senioren von entscheidender Bedeutung sind, und das gilt umso mehr für das betreute Wohnen. Intimität und Geselligkeit wirken sich positiv auf das Gefühl der Unabhängigkeit aus, fördern die körperliche und geistige Gesundheit und helfen gegen Einsamkeit. Und um deine Frage zu beantworten, Mike: Es gibt in unserer Einrichtung keine festen Regeln, aber die Sicherheit unserer Bewohner hat stets oberste Priorität.«

»Wenn ich jemals eine Fürsprecherin brauche, hätte ich dich gern an meiner Seite, Chloe.« Rob nahm Rebas Hand.

»Danke. Mir liegt sehr viel daran, dass unsere Bewohner

glücklich sind. Ich habe Freunde, die schon seit mehreren Jahren dort leben. Manchmal esse ich mit ihnen zu Mittag oder zu Abend. Älterwerden ist eine komische Sache. Wir verbringen unser ganzes Leben damit, eine Familie zu gründen, oder haben uns dagegen entschieden, und wir arbeiten hart, um die Rechnungen bezahlen zu können. Heutzutage gehen viele Menschen erst mit über siebzig in den Ruhestand. Sie wollen sich nicht mehr um das Rasenmähen oder die Pflege eines großen Hauses kümmern, und unsere Einrichtung bietet ihnen die Möglichkeit, mehr Zeit damit zu verbringen, das Leben zu genießen, und sich weniger um die täglichen Pflichten kümmern zu müssen. Für viele Familien können schon die Wege zu Arztterminen ein Problem darstellen. Bei uns befinden sich die Praxen direkt im Gebäudekomplex, das macht vieles einfacher. Der Supermarkt ist nur einen Shuttlebus entfernt und er liefert auch. Freunde befinden sich im selben Gebäude, für das Abendessen ist gesorgt und Veranstaltungen werden von uns geplant, sodass es einfacher ist, das Leben zu genießen.« Chloe merkte, dass sie zu lange geredet hatte. »Entschuldigt. Ich lasse mich schnell mitreißen, wenn ich über das LOCAL spreche.«

Justin zog sie näher an sich heran. »Es muss dir nicht leidtun, Babe. Deine Leidenschaft raubt mir den Atem.«

»Behalt deine Leidenschaft in der Hose, Maverick«, warnte Mike und brachte alle zum Lachen. »Ich würde mir das Haus gerne ansehen, Chloe. Würdest du mich mal rumführen?«

»Bist du dir da wirklich sicher, Poppy? Du weißt, dass wir dich gerne bei uns haben«, sagte Reba.

»Natürlich weiß ich das, Darling, und ich bin dir und meinem Jungen dankbar, dass ihr mir euer Haus geöffnet habt. Aber wenn ich nicht bald wieder eigene vier Wände um mich habe, werde ich noch verrückt.«

Rob und Reba überlegten, Mike am nächsten Donnerstagnachmittag ins LOCAL zu bringen, damit er sich herumführen lassen konnte. Sie unterhielten sich noch eine Weile, und als sich alle aufbruchbereit machten, war Chloe hellauf begeistert. Justins Familie war ganz anders, als sie vor ihrem Gespräch am Strand gedacht hatte, und genauso liebevoll und gastfreundlich, wie sie es nach all den in der Zwischenzeit erhaltenen Informationen erwartet hatte.

»Es war schön, dass du heute Abend bei uns warst.« Dwayne umarmte Chloe unbeholfen mit einem Arm, da er in der anderen Armbeuge das Kätzchen festhielt. »Pass gut auf den Kerl hier auf, ja?«

»Ich werde es versuchen.«

Dwayne und Justin stießen die Fäuste gegeneinander. Dann verabschiedete sich Dwayne vom Rest der Familie und ging ins Tierheim, um ein letztes Mal nach den Hunden zu sehen.

»Es hat mich sehr gefreut, dich kennenzulernen, Chloe, und ich hoffe, wir sehen uns bald wieder.« Reba umarmte sie sogar noch länger als bei der Ankunft.

»Ich auch, und ich freue mich darauf, euch nächste Woche wiederzusehen.«

Rob legte die Arme um Chloe. »Sei nett zu meinem Jungen.«

»Immer. Ich habe viele Monate, in denen ich ihn zappeln ließ, wiedergutzumachen«, gab sie zu.

Mike zwinkerte ihr zu. »Die Jagd ist doch der halbe Spaß.« Er umarmte Chloe, während Justin sich von seinen Eltern verabschiedete.

Hand in Hand gingen Chloe und Justin zu seinem Wagen.

»Tut mir leid, dass wir so viel Zeit mit meiner Familie verbracht haben. Ich hatte eigentlich vor, dich heute Abend nach P-Town zu entführen«, sagte Justin.

»Ich habe jede Sekunde mit ihnen genossen«, sagte sie aufrichtig. »Du hast großes Glück, Justin. Genau so sollte eine Familie sein, und der heutige Abend war bereits jetzt das beste Date, das ich je hatte.«

Er drückte sie an sich. »Die Nacht ist noch nicht vorbei. Was möchtest du jetzt gern tun?«

»Provincetown klingt wunderbar, aber ich bin auch gern in deiner Welt und möchte mehr davon sehen. Wäre es in Ordnung für dich, mir dein Atelier zu zeigen?«

»Das ist ein ziemlich privater Ort.« Ein teuflisches Grinsen umspielte seine Lippen. »Bisher hat noch keine Frau, mit der ich ausgegangen bin, mein Atelier zu Gesicht bekommen.«

»Dann ist es gewissermaßen ein jungfräuliches Atelier?« Sie schob einen Finger in den Bund seiner Jeans. »Das macht es ja noch viel interessanter.«

Zwölf

Reba hatte immer gesagt, dass sich nichts so gut anfühlen würde, wie nach Hause zu kommen, doch als Justin am Samstagabend mit Chloe an seiner Seite vor seinem abgelegenen Haus am Teich vorfuhr, wusste er, dass sich Reba geirrt hatte. Nach Hause zu kommen war großartig, aber mit Chloe nach Hause zu kommen, war noch eine Million Mal besser. Er war nervös und aufgeregt, ihr nun auch diesen Teil seiner Welt zu zeigen. Es stimmte durchaus, dass er noch keine Frau, mit der er ausgegangen war, in sein Haus oder sein Atelier mitgenommen hatte. Er wusste, wie es sich anfühlte, an einem Ort zu leben, der mit negativer Energie behaftet war, und so etwas wollte er nie wieder erleben müssen. Sein Haus war sein Zufluchtsort, wo er die Füße hochlegen und sich in Ruhe entspannen konnte, ohne irgendein schlechtes Mojo. Er hoffte, dort eines Tages seine eigene Familie zu gründen, mit seinen Kindern im Teich zu angeln und im Wald zu wandern, und wenn sie Interesse daran hatten, würde er ihre künstlerischen Fähigkeiten so fördern, wie es Preacher bei ihm getan hatte.

»Wow, Justin. Ist das dein Haus oder dein Atelier?«

Er parkte neben seinem Motorrad. »Das ist mein Haus. Dahinter liegt ein Teich, aber im Dunkeln ist er schwer zu erkennen. Das Atelier ist dort unten.« Er zeigte auf die Stelle, an der die Einfahrt hügelabwärts zu dem gewächshausartigen Glasdach des Gebäudes aus Stein und Glas führte, in dem er jedes Mal aufs Neue zu sich fand.

»Dein Haus ist wunderschön. Es sieht aus wie dieses berühmte Gebäude von Frank Lloyd Wright. Du weißt schon, das mit den auskragenden Terrassen und Dachüberständen.«

»Fallingwater. Ja, das hat den Architekten inspiriert, der dieses Haus gebaut hat.« Er stieg aus dem Wagen und ging auf die Beifahrerseite, um ihr beim Aussteigen zu helfen.

Als sie den Hügel zum Atelier hinuntergingen, legte er einen Arm um sie, und obwohl er das schon oft getan hatte, bevor sie zusammengekommen waren, fühlte es sich verdammt gut an, es jetzt als ihr Freund zu tun.

»In meinem Atelier herrscht das reinste Chaos«, warnte er sie, als er die Tür aufschloss. »Und wie auch immer man *Chaos* definiert, das hier ist wahrscheinlich zehnmal schlimmer.«

»Vermutlich gehört Unordnung zum Künstlerdasein dazu. Ich bin gespannt auf das, woran du arbeitest und wie dein künstlerischer Geist funktioniert.«

Als sie eintraten, umgab sie der Geruch von kaltem Stein, und er war von zerborstenen Geistern umgeben. Während sein Zuhause sein Zufluchtsort und frei von schlechten Erinnerungen war, sah er sein Atelier als sein Reich an. Hier ließ er seiner Wut freien Lauf, kämpfte mit seinen Dämonen, feierte sein Glück und fand den Frieden, mit dem er abends in sein Haus zurückkehrte.

Er versuchte, das Atelier durch Chloes Augen zu sehen, während sie die Betonböden, Tische und Regale betrachtete, die mit Steinstaub bedeckt und mit Bildhauerwerkzeugen, Büchern und anderen Utensilien übersät waren. Auf den

Staffeleien standen Skizzen von zukünftigen und bereits fertiggestellten Skulpturen. Überall waren alte Holz- und Metallteile und mehrere große Steinplatten verteilt. Zwei seiner aktuellen Arbeiten waren mit Laken abgedeckt, eine in der Raummitte und die andere weiter links auf einem Arbeitstisch. An der gegenüberliegenden Wand befanden sich zwei große Waschbecken aus Edelstahl, mehrere Arbeitsbereiche und ein riesiger Brennofen.

Chloe warf einen Blick auf den Arbeitstisch zu ihrer Linken. »Das ist irgendwie erregend, als ob ich in dein geheimes Refugium eingeladen wurde.«

»Hätte ich das gewusst, hätte ich deinen hübschen kleinen Arsch schon längst hierher gezerrt, Prinzessin.«

Sie berührte das Laken, das seine Arbeit abdeckte. »Darf ich mal schauen?«

»Sicher.«

Sie hob das Laken an und enthüllte den Blick auf eine riesige Marmorplatte, die teilweise wie eine nach vorn gebeugte Frau aussah. Ihre Schultern waren größtenteils erkennbar, sie hatte den Kopf gesenkt, und ihr Haar wallte wie ein erstarrter Fluss zu Boden.

Chloe schaute sich das Stück betrübt an. »Ist das für die Rallye bestimmt?«

»Nein. Das ist eine Auftragsarbeit für einen Mann in Brewster.« Er legte ihr eine Hand auf den Rücken. »Es wird noch eine ganze Weile dauern, bis es fertig ist.«

»Entscheiden deine Kunden über das Motiv?«

»Wie sich herausgestellt hat, kann ich es nicht leiden, wenn man mir vorschreiben will, was ich schaffen soll, daher lautet die Antwort wohl Nein. Ich habe zwei Auftragsarbeiten ausgeführt, bei denen die Kunden festgelegte Designs verlangt haben, und mich bei deren Erschaffung in jeder Sekunde geärgert. Das hemmt meine Kreativität und der ganze Prozess wird frustrierend.« Er zuckte mit den Achseln. »Jetzt entwerfe ich, was ich machen möchte, und wenn es einem Kunden gut genug gefällt, erteilt er mir einen Auftrag darüber.«

Sie fuhr mit den Fingern über den Marmor. »Wie wird sie aussehen, wenn sie fertig ist?«

Er griff nach der Zeichnung, die er für das Stück angefertigt hatte. »Etwa so. Sie hat die Beine unter sich angezogen, die Arme über dem Gesicht verschränkt und hält sich die Schultern.«

»Und was sind das für dunkle Linien?«

»Ihr Körper wird gezeichnet und zerkratzt sein, mit tiefen Gruben und auffälligen Verletzungen. Die dunklen Linien stehen für die Gedanken und Ängste, die sie fesseln. All das wird auf Hochglanz poliert, und siehst du die Platte auf ihrem Rücken, die wie ein Schildkrötenpanzer aussieht?«

»Ja.«

»Das ist das Gewicht dieser Gedanken und Ängste, die sie niederdrücken. Dieser Teil wird rau und hässlich sein und nicht poliert.«

»Deine Arbeit ist so kraftvoll, Justin. Dieses Werk wäre das traurigste, das ich je gesehen habe, würde ich nicht die in der Galerie kennen. Hast du sie alle verkauft?«

Er schüttelte den Kopf. »Die meisten schon, aber zwei habe ich behalten. Sie sind in meinem Haus.«

»Welche denn?«

»Erinnerst du dich an ein Stück namens *Cornerstone*?«

»Ja, wenn es das ist, an das ich denke. Ein Frauengesicht, das aus einem beschädigten Stein auftaucht, richtig?«

Justin nickte und dachte an die Skulptur. Er hatte ihre

Lippen und ihre Nase definiert und poliert, doch von der rechten Wange bis zum Nasenrücken sah es so aus, als wäre mit Gewalt ein Stück abgebrochen worden.

Chloe ging ein Stück weiter zu den Skizzen, die er für die Suizidpräventions-Rallye angefertigt hatte. Ihr Blick wanderte über das Bild einer Frau, die eine Ziegelmauer durchbrach, einer Frau mit Engelsflügeln und ein Dutzend anderer verworfener Skizzen.

»Welche andere Skulptur hast du behalten?«, fragte sie und hob den Blick.

»Eine nackte, armlose Frau, die auf dem Rücken auf etwas liegt, was alle für Wellen hielten. Ihr Kopf war nach hinten geneigt, die Augen geschlossen.«

»Ich erinnere mich an sie. Sie war groß, nicht wahr? Ihre Gesichtszüge waren kunstvoll herausgearbeitet, und um ihren Rumpf und ihre Beine wanden sich breite Steinbänder wie eine riesige flache Schlange, die ihre Beute zerquetscht.«

»Das ist sie. Ich nenne sie *Beholden*. Das, was du für eine Schlange hältst, ist *Verpflichtung*, und das Fundament, das sie stützt und von dem die Leute dachten, es seien Wellen, ist *Liebe*.«

»Justin.« Sie berührte sanft seinen Arm. »Als du mir das Foto von deiner Mutter gezeigt hast, war mir, als hätte ich sie schon einmal gesehen. Jetzt weiß ich, warum. Ist sie *Beholden*?«

Sein Brustkorb zog sich zusammen. Er wandte sich ab und legte das Laken wieder über die Skulptur, um sich Zeit zum Nachdenken zu verschaffen. Diese Frage hatte ihm bisher niemand gestellt, obwohl er schon gern gewusst hätte, ob die Menschen, die seine Vergangenheit kannten, die Puzzleteile zusammengefügt hatten.

»Justin …?«

»Sie stellen alle nur sie dar, Chloe«, gestand er und drehte sich zu ihr um. »Jede Einzelne von ihnen oder zumindest ein Teil davon. Und sie sind ich. Ich bin die Verpflichtung, die sie dazu bewogen hat, diese Welt zu verlassen, statt *mein* Leben in Gefahr zu bringen und meinen Vater zu verlassen.«

»Das sind ganz schön viele Schuldgefühle, und wenn man die wegen des Verbrechens, das dein Vater begangen hat, dazunimmt, grenzt es an ein Wunder, dass du noch lebst. All diese Schuldgefühle müssen doch einen hohen Tribut von dir fordern.«

»Nein«, widersprach er leise und wünschte sich, dass sie ihn verstand. »Das sind keine Schuldgefühle. Vielmehr ist es die Realität und so halte ich meine Mutter in meinem Kopf am Leben. Indem ich mich an das erinnere, was sie durchgemacht hat, indem ich ihr Gesicht immer und immer wieder erschaffe, so wie ich es einst gesehen habe, damit ich nie vergesse, wie schön sie war, was sie alles durchgemacht hat und was sie aufgegeben hat, damit ich überleben konnte. Das macht mich stärker, und ich möchte weiterhin der beste Mensch sein, der ich sein kann, weil sie mir diese Chance gegeben hat. Wenn irgendetwas einen Tribut gefordert hat, dann der Versuch, eine Skulptur für die Rallye zu entwerfen.« Er zeigte auf die vielen angefangenen Skizzen. »Nichts, was mir einfällt, fühlt sich richtig an.«

»Darf ich dich etwas fragen? Rob sagte, die Rallye würde Ashley zu Ehren veranstaltet. Gibt es einen Grund dafür, dass deine Mutter dabei nicht ebenfalls geehrt wird?«

»Ich habe sie gebeten, das nicht zu tun. Die Rallye hat eine Bedeutung und unterstützt all die Menschen, die von einem Selbstmord betroffen sind. Die Menschen, die zurückgelassen wurden. Ich möchte sie ebenfalls unterstützen, auch wenn es mir nicht leichtfällt, und auf diese Art von Aufmerksamkeit kann ich gut verzichten.«

»Warum hast du dann zugestimmt, eine Skulptur dafür anzufertigen?«

»Weil meine Tante Ginger mich darum gebeten hat, ich würde sie niemals hängen lassen.«

»Du bist so ein guter Mensch. Alle haben ebenso großes Glück, dich zu haben, wie es auch umgekehrt der Fall ist.« Sie betrachtete die Zeichnungen erneut. »Die Veranstaltung ist für all die Menschen, die zurückgeblieben sind, richtig?«

»Ja.«

»Diese Skizzen sehen so aus, als würdest du versuchen, deine Mutter zu befreien. Vielleicht fühlt es sich deshalb nicht richtig an, weil du ihre Tat nicht rückgängig machen kannst.«

Er dachte einen Moment lang darüber nach. »Vielleicht. So habe ich das noch nie gesehen.«

»Wenn diese Veranstaltung für alle ist, die zurückgelassen wurden, und natürlich zum Gedenken an Ashley und all jene, die Selbstmord begangen haben, sollte dein Werk dann nicht dasselbe bezwecken? Ich bin keine Künstlerin und verstehe nicht, wie es funktioniert, von einem Konzept zu den wunderschönen Stücken zu kommen, die du erschaffst. Aber was wäre, wenn du etwas kreierst, das all das repräsentiert? Was fällt dir ein, wenn du an die Unterstützung durch andere denkst? An Menschen, die dich auffangen, wenn du fällst? An die du dich anlehnen kannst? Die dich aufrichten?«

Er konnte die Energie der von ihr beschriebenen Unterstützung förmlich spüren. »Hände«, antwortete er und blickte auf seine eigenen hinunter.

»Oh, das ist gut. Du könntest die Hände von Menschen abbilden, die jenen geholfen haben, die einen geliebten

Menschen durch Selbstmord verloren haben, indem sie ihn unterstützten …«

»Die Gesichter der Menschen, die zurückgeblieben sind, nicht die derjenigen, die wir verloren haben«, sagte er aufgeregt und griff nach einem Block und einem Stift. »Das ist brillant. Das ist es, Baby. Das ist genau das, was die Menschen brauchen. Hoffnung.«

»Ja. Konzentrier dich auf das Überleben und nicht auf den Verlust oder den Versuch, etwas zu ändern, was nicht rückgängig gemacht werden kann.«

Sie schaute ihm über die Schulter, als er Gesichter skizzierte, die in alle Richtungen blickten und in unterschiedlicher Höhe angebracht waren, als würden sie eine Säule schmücken. Denn genau dort sollten sie sich später auch befinden – an einer Säule der Unterstützung. Während er skizzierte, sagte er: »Sie werden alle aus derselben Basis herauskommen, und diese wirbelnden Linien, die ich zwischen die Gesichter und um sie herum zeichne, stehen für die Energie der Unterstützung, die sie sich gegenseitig geben. Herzensbrecherin, du bist eine verdammt gute Muse.« Unter der Säule skizzierte er einen Kreis von Armen, von den Ellbogen bis zu den Handgelenken, wobei die Handflächen nach oben zeigten, um die Säule zu stützen. »Die Ellbogen dienen als Ständer der Skulptur, und die Hände werden die Säule stützen. Dieses Werk wird dem Begriff *unendliche Unterstützung* eine ganz neue Bedeutung verleihen«, sagte er, während er die Hände um den Sockel herum zeichnete, die sich gegenseitig überlappten und eine endlose Stütze bildeten.

»Kannst du die Hände der Menschen nachbilden, die für Ashleys Familie da waren? Und für dich?«

»Es gibt nichts, was ich nicht modellieren kann, Baby.« Das

war das perfekte Konzept, um Hoffnung zu schenken und die Menschen aus der Dunkelheit, die der Selbstmord hinterließ, herauszuholen. Sogar ihn selbst. »Ich kann sie bitten, herzukommen, und einen Abdruck ihrer Hände anfertigen, während ich arbeite.« Je mehr er skizzierte, desto mehr spürte er die Hoffnung in dem Werk und das Zusammenkommen und die Liebe, die er im Laufe der Jahre empfunden hatte.

»Und wenn du sie damit überraschst?«, schlug Chloe vor. »Kannst du auch Fotos als Vorlage verwenden?«

»Natürlich. Woran genau denkst du?«

»Dass Reba, Rob und die anderen so viel für dich getan haben, und hiermit kannst du ihnen zeigen, wie sehr du ihre Unterstützung zu schätzen weißt. Es ist eine Möglichkeit, sie persönlich zu erwähnen, damit jeder weiß, wie besonders er ist. Nicht, dass sie nicht längst wüssten, wie viel sie dir bedeuten. Aber denk doch mal darüber nach. Rob, Tank, Baz, Zander und Dwayne haben Tattoos auf den Handrücken, und Reba, deine Tante und dein Onkel tragen Eheringe. So könnte man sie alle voneinander unterscheiden. Ich weiß nicht, wie es bei Zeke oder Blaine aussieht, aber vielleicht haben auch sie etwas Einzigartiges an den Händen.«

»Das ist eine tolle Idee, Babe. Aber wie kann ich ihre Hände unbemerkt fotografieren?«

»Überlass das nur mir«, sagte sie. »Ich habe da so meine Methoden. Du musst mir nur eine Liste der Leute geben, deren Hände du für die Skulptur brauchst.«

Er legte den Block beiseite, hob Chloe auf den Tisch und stellte sich zwischen ihre Beine. Sie lächelte wie eine Grinsekatze, und das war das Schönste, was er je gesehen hatte.

»Was soll das werden, Mr. Wicked?« Sie fuhr mit ihren

Fingern über seine Arme. »Dies ist eine ziemlich brenzlige Lage.«

Justin strich ihr das Haar über die Schulter und küsste die Haut, die er dadurch entblößt hatte. »Wenn du das schon als brenzlig bezeichnest ...« Er ließ eine Hand in ihren Nacken gleiten, schob die Finger in ihr seidiges Haar und fuhr mit einem Finger über die Mitte ihres Brustbeins. »Ich höre gern, wie du schwerer atmest, sobald ich dich berühre.«

»Ich wusste gar nicht, dass einen das Reden über Skulpturen so heiß machen kann«, sagte sie verführerisch und fuhr mit den Händen seine Arme hinauf und in sein Haar.

»Ich auch nicht.« Er presste die Lippen auf ihre und entlockte ihr die hungrigen Laute, die er so sehr liebte.

»Ich muss öfter mit dir über Kunst sprechen«, brachte sie atemlos hervor.

Er strich mit den Lippen über ihre und fuhr mit einem Finger direkt über dem Ausschnitt ihres glitzernden Tops über ihre Haut, wobei er flüsterte: »Ich muss dir nahe sein, Baby, so nah, wie zwei Menschen einander nur sein können.« Er ließ die Zunge über ihre Lippen gleiten, und der Laut, den sie von sich gab, war getränkt von Verlangen. Sanft drückte er ihre Hände hinter ihren Hüften auf den Tisch, sodass sie den Rücken leicht wölben musste, und bahnte sich eine Spur aus Küssen über ihre Brüste. Ihre Brust hob sich bei jedem Einatmen, und als er ihr hübsches Oberteil anhob, stöhnte er beim Anblick ihrer nackten Brüste auf. »Gott, wenn ich gewusst hätte, dass du da drunter nichts anhast ...« Er leckte über eine dralle Knospe und sie schloss genüsslich die Augen. »Sieh zu, wie ich dich liebe, Chloe.«

Sofort schlug sie die Augen wieder auf und bekam rote Wangen, als er sie erneut leckte und mit der Zungenspitze ihre

Brustwarze umkreiste. Er legte ihr eine Hand ins Kreuz und hielt sie dicht bei sich, während er sich an ihren Schoß drückte und ihre Brust fest in seinen Mund saugte.

»Oh mein Gott«, kam es ihr sinnlich und begierig über die Lippen. »Justin …«

Er richtete sich auf und fuhr ihr durchs Haar, was ihr ein weiteres gieriges Keuchen entlockte. »Ich will dich nackt und feucht unter mir in meinem Bett haben, Chloe. Ich will, dass du deine langen Beine um mich schlingst, während ich so tief in dich eindringe, dass du nächste Woche noch spüren wirst, wie sich mein Schwanz in dir bewegt. Wir werden uns zusammen so verdammt gut fühlen, Baby, dass du nur noch an uns denken kannst.« Sie gab ein wimmerndes Geräusch von sich, das ihm verdammt gut gefiel. Er presste den Mund neben ihr Ohr. »Kannst du es schon spüren, Baby? Wie ich mich an dir reibe?«

»Ja«, stieß sie keuchend hervor.

»Wirst du die Fingernägel in mein Fleisch bohren, wenn ich in dich eindringe?«

Sie stieß den Atem aus und sein Name drang wie ein Flehen über ihre Lippen. »Justin …«

»Spürst du, wie sich dein Körper um mich herum zusammenzieht? Dein Verlangen nach dem nächsten Stoß? Das Gefühl meiner Hüften zwischen deinen Schenkeln?«

»Ja, ja, ich kann es fühlen. Ich will dich, Jus…«

Er presste den Mund begierig auf ihren, fordernder als je zuvor, und sie war ebenso wild und erwiderte jede hungrige Forderung mit einer eigenen leidenschaftlichen Liebkosung. Dabei zerrte sie an seinem T-Shirt und er löste die Lippen von ihren und sah sie mit loderndem Blick an.

»So gern ich dich auch über diesen Tisch beugen und nie

wieder aufhören möchte, dich zu lieben, werden wir unser erstes Mal nicht in einem schmutzigen Atelier erleben. Ich will dich in meinem Bett, Darling. Jetzt sofort.«

Chloe hatte nicht die leiseste Ahnung, wie sie den Hügel hinauf und in Justins Haus gekommen waren, geschweige denn in sein Schlafzimmer, einen der vielen freischwebenden Räume mit drei Glaswänden, hinter denen die Dunkelheit zu sehen war. Seine herrlich sündhaften Versprechen hallten in ihrem Kopf wider, und sie stand ganz und gar in Flammen, als sie sich unter wildem Gefummel und heißen Küssen gegenseitig entkleideten. Er schob die Hände in ihr Haar und presste heiß und fordernd den harten Körper gegen sie. Durch die Bewegung wurde sie mit dem Rücken gegen eine Glaswand gepresst, während sie einander förmlich verschlangen. Sie berührte ihn überall, tastete und erkundete und genoss das Gefühl, von diesem muskulösen Mann gegen die Scheibe gedrückt zu werden. Er nahm ihre Hände in seine, spreizte ihre Arme zur Seite und hielt sie so fest. Seine Härte drückte sich so verlockend gegen ihren Bauch, dass sie sich vorbeugte und auf die Zehenspitzen stellte, weil sie ihn in sich spüren wollte.

Er unterbrach ihren Kuss und knurrte: »Wie steht es um die Verhütung? Ich bin gesund. Nimmst du die Pille?«

»Ja. Küss mich«, befahl sie.

Sie spürte, wie er in ihre Küsse hineinlächelte, während er das Becken nach hinten bewegte und sie aneinander ausrichtete. Seine Eichel ruhte genau auf ihrer Mitte. Sie spürte seinen Umfang und versuchte verzweifelt, auf ihn herabzusinken. Aber er hatte die totale Kontrolle, zog sich bei jeder ihrer Bemühungen zurück, stieß dann wieder gegen sie und reizte sie, bis sie so feucht und begierig war, dass sie nichts anderes mehr wollte, als ihn in sich zu spüren. Sie schlang ein Bein um seins und hakte den Knöchel hinter seine Wade, um ihm mehr Bewegungsfreiheit zu geben. Ein tiefes, gutturales Geräusch drang aus seiner Brust, als er seine dralle Erektion gegen sie drückte. Dieser gierige Klang durchfuhr sie und ließ Flammen unter ihrer Haut auflodern. Sein schweres Atmen gab ihr zu verstehen, dass er sich nur mit Mühe beherrschen und davon abhalten konnte, ihr zu geben, was sie verlangte. Dieser Mann besaß die Macht, sie in die Knie zu zwingen, und *oh*, wie sehr sie das genoss! Sie wollte ihn schmecken und ebenso in den Wahnsinn treiben, wie er es mit ihr tat. Ihn vor Verlangen um den Verstand bringen und ihn so exquisit verwöhnen, wie er ihr Lust bereitete.

Aber im Augenblick brauchte sie ihn so dringend in sich, wie sie sich nach dem nächsten Atemzug verzehrte. Sie entzog ihm ihre Lippen und forderte: »Nimm mich, Justin. Erobere mich.«

Seine Augen glichen Vulkanen und hielten ihren Blick, als er zustieß, und ein Laut, der gleichzeitig Schock und Entzücken kundtat, verließ ihre Lunge.

»Halt dich gut fest, Darling. Jetzt wird es ernst.«

Sie schlang die Finger um seine, die Arme noch immer seitlich ausgestreckt, als er ihren Mund abermals eroberte. Er küsste sie leidenschaftlich, während er tiefer in sie eindrang, sie langsam dehnte und so vollständig ausfüllte, dass sein Schaft all ihre geheimen Lustpunkte berührte. In ihr explodierte ein Feuerwerk und jagte lustvolle Blitze durch sie hindurch. Ihre Arme und Beine zitterten. Ihr Körper pulsierte gierig um seine

Länge herum und saugte die erregende Spannung in sich auf. Sie konnte kaum atmen, da er sie weiterhin leidenschaftlich küsste und sie mit seinem ganzen Gewicht mit dem Rücken gegen die Glasscheibe presste. Gleichzeitig lag sie in seinen Armen und genoss die Nähe, während er Luft in ihre müde Lunge hauchte. Noch nie hatte sie etwas derart Verzehrendes empfunden. Sie bemühte sich, die Gefühle, die in ihr anschwollen, zu ergründen, aber ihre Gedanken ertranken in einem Meer aus Verlangen, in einem Tsunami, den Justin in ihr auslöste.

Seine Lippen glitten von ihren, und er stützte die Stirn neben ihrem Kopf gegen das Glas und schnappte nach Luft. *»Großer Gott.«* Seine Stimme klang rau, so tief und kraftvoll wie das Dröhnen seines Motorrads.

Er ließ ihre Hände los, legte die Arme um sie und drückte sie an sich, während sein Mund abermals den ihren eroberte und sie ihren Rhythmus fanden. Mit jedem Stoß erklomm sie größere Höhen. Jede Bewegung jagte Stromstöße durch sie hindurch. Chloe hatte sich noch nie so lebendig gefühlt, so im Einklang mit einem anderen Menschen. Sie klammerte sich an ihn, während er in sie stieß. Seine starken Hände umfassten ihren Hintern, und er hob sie hoch und führte ihre Beine um seine Taille, ohne dabei innezuhalten. Sie spürte, wie sich seine Muskeln durch die Anstrengung anspannten. Seine Arme wanderten ihren Rücken hinauf, dienten als Puffer gegen das Glas, und er griff mit beiden Händen in ihr Haar. Oh, wie sehr sie es liebte, wenn er die Kontrolle übernahm. Er war grob, ohne verletzend zu sein, er war gefühlvoll und irgendwie auch sinnlich. Seine Zunge glitt im gleichen Rhythmus über ihre, in dem ihre Körper zueinanderfanden. Er unterstrich jeden Stoß mit einer Drehung seines Beckens und berührte dabei die verborgenen Stellen, sodass sich ihre Gedanken in Wohlgefallen auflösten. Sie spürte, wie sich der Orgasmus tief in ihrem Bauch aufbaute. Kribbelnde Empfindungen rasten in atemberaubender Geschwindigkeit brennend und prickelnd zugleich durch ihre Glieder und ihre Brust hinauf.

Ihre Gefühle waren das reinste Durcheinander. Sie riss den Mund auf und schrie: »Hör nicht auf!«

Er hielt sie fester, stieß härter zu.

»Schneller … Oh Gott … Ja, da, das …«

Sie konnte die Augen nicht länger aufhalten, als Wellen der Ekstase sie durchströmten, und er stieß wieder und wieder auf diese perfekte Weise zu, um ihren Höhepunkt ins Unermessliche zu verlängern. Gerade als sie glaubte, es nicht länger ertragen zu können, verharrte er und zog sich halb aus ihr heraus, nur um dann hart und schnell zuzustoßen, den Rhythmus zu verlangsamen und dieses Muster fortzusetzen, bis sie außer sich vor Lust war und er in ihrem Inneren genau die richtigen Stellen berührte. Sie war nicht in der Lage, die Geräusche zu unterdrücken, die sich ihrer Kehle entrangen, als sie sich ihrer Leidenschaft hingab. Justin packte ihre Haare fester, presste den Mund auf ihre Lippen und küsste sie tief und sinnlich, als wollte er sich in ihr vergraben und für immer dortbleiben.

Als sie schließlich wieder aus den Wolken herabschwebte und entkräftet in seinen Armen zusammensackte, küsste er sie sanft und stützte die Stirn gegen ihre. Sie schaffte es gerade mal, sich wieder daran zu erinnern, wie man eigentlich atmete. Seine Hände waren noch immer in ihren Haaren geballt, sein Körper angespannt. Ihr heißer Wicked riss sich sichtlich zusammen.

»Bett, Baby«, keuchte er. »Ich brauche dich in meinem Bett.«

Er trug sie zum Bett und schlug mit einer Hand die Decke zurück. Dabei blieb er tief in ihr, während er sie auf die Laken sinken ließ. Die Gefühle, die in seinen Augen schimmerten, steigerten die in ihr aufkeimenden Emotionen nur noch mehr. Sie wusste, dass sie sich bis in alle Ewigkeit an jede Sekunde dieses Abends erinnern würde, an seine Augen, an das Gefühl, wie er den Körper gegen ihren presste, und an das süße, gänzlich unbeschwerte Lächeln, das sich auf seinen Lippen ausbreitete. In diesem Moment veränderte sich alles. Die Luft wurde dicker, ihre Körper bewegten sich langsamer, und ihre Küsse waren weniger drängend und hektisch. Sie waren lodernd und machtvoll, durchzogen von einer träumerischen Intimität. Das war kein Sex, wie sie ihn kannte. Hier waren zwei Menschen miteinander verbunden und auf eine höhere Ebene transportiert worden, auf der nur sie allein existierten.

Er schob die Hände weiter nach unten, umfasste ihre Pobacken und beschleunigte seine Bemühungen wieder. Seine Berührung brannte auf ihrer Haut. Sie bohrte die Fingernägel in seine Arme und spürte, wie er mit jedem Stoß unvorstellbar in ihr anschwoll. Das Verlangen erfüllte sie wie der Rauch eines Feuers, sickerte in jede Ritze und jeden Spalt, bis ihr ganzes Wesen davon durchdrungen war. Ein Kribbeln durchlief sie von der Kopfhaut bis zu den Finger- und Zehenspitzen. Bei seinem nächsten Stoß krümmte sie sich unter ihm, ein elektrischer Schlag durchzuckte sie und sie schrie in ihre Küsse hinein. Dabei riss sie das Becken hoch und ihre Mitte umklammerte ihn wie ein Schraubstock. Als ihn seine kraftvolle Erlösung übermannte, löste Justin die Lippen von ihren, vergrub sein Gesicht an ihrem Hals und knurrte ihren Namen derart gefühlvoll, als läge darin sein ganzes Herz.

Als sie schließlich mit schweißnassen Leibern auf die Matratze sanken, glich Chloes Verstand einem Wirbelwind aus Lust und Verlangen und etwas so viel Größerem, das sie nicht einmal versuchen konnte, zu definieren. Das Mondlicht strömte durch die Glaswand herein, während sich ihre Atmung beruhigte, ihre Körper ineinander verschlungen dalagen und ihre Herzen im Einklang schlugen. Justin drückte ihr warme, zärtliche Küsse auf die Wange, den Hals und die Schulter, und jeder Einzelne jagte Hitzewogen über ihre Haut.

Er drehte sie auf die Seite, presste sie an sich und schaute ihr tief in die Augen. »Bleib heute Nacht bei mir.«

»Es gibt keinen Ort, an dem ich lieber wäre.«

Dreizehn

Wäre der Himmel ein Ort auf Erden, dann hätte Justin ihn am Sonntagmorgen gefunden, als er mit der schlafenden Chloe in seinen Armen erwachte. Ihre Wange ruhte an seiner Brust, ihr Arm lag über seinem Bauch, und ihre weichen Kurven schmiegten sich an seine Seite. Kurz nachdem sie letzte Nacht miteinander geschlafen hatten, war sie eingenickt, und er hatte noch lange wachgelegen und den Rausch genossen, bei der Frau zu sein, auf die er so lange gewartet hatte. Schließlich war er ebenfalls eingeschlafen, nur um ein paar Stunden später wieder aufzuwachen, und sie waren ein weiteres Mal unersättlich übereinander hergefallen.

Das Sonnenlicht sickerte wie jeden Morgen durch die Glaswand, aber sein Schlafzimmer fühlte sich anders an. Er fühlte sich anders. Mit Chloe zu schlafen, war noch unglaublicher gewesen, als er es sich vorgestellt hatte. Auf die überwältigenden Gefühle, die ihn in dem Moment überkamen, als sie sich zum ersten Mal miteinander vereinten, war er nicht vorbereitet gewesen. Zuerst war er davon überzeugt gewesen, dass es nur die Folge der langen Sehnsucht nach ihr war, aber als sie später abermals miteinander schliefen, hatten ihn die gleichen überwältigenden Empfindungen übermannt.

Er küsste sie auf die Stirn und hoffte inständig, dass sie nicht erneut auf Abstand gehen würde, glaubte jedoch, dass sie diese Phase endgültig hinter sich gelassen hatten.

Sie schlug flatternd die Lider auf und hob leicht den Kopf. »Hi«, sagte sie schläfrig.

»Guten Morgen, meine Schöne.« Er ließ eine Hand über ihre Hüfte gleiten und drückte sie sanft. »Hast du gut geschlafen?«

»Mhm. Du hast mich ausgelaugt«, antwortete sie leise. Sie ließ den Blick umherschweifen. »Dies ist das erste Mal, dass ich einen Tag an der Seite eines Mannes beginne, noch dazu in seinem Bett. Ich kann kaum glauben, dass wir wirklich hier sind.«

»Hier wie in meinem Schlafzimmer oder wir beide hier zusammen?«

Sie beäugte ihn verschmitzt. »Beides. Es hat mir gestern großen Spaß gemacht, deine Familie und Sidney kennenzulernen. Ich fand es auch toll, die Hunde zu sehen und mit Shadow zu spielen.« Sie drehte sich auf den Rücken und hielt sich die Decke vor die Brust, während sie sich aufsetzte und sich in seinem Zimmer umsah.

»Und …?« Er stützte sich auf einen Ellbogen und küsste sie knapp unter der Schulter.

»Die Pizza war auch ziemlich lecker.«

»Die Pizza, hm?« Er schob eine Hand unter die Bettdecke und zog sie zu sich. »Mir scheint, du hast mehr als nur die Pizza genossen, Herzensbrecherin.«

»Oh ja«, erwiderte sie gelassen. »Die Orgasmen waren nicht von dieser Welt. Danke dafür.«

Er lachte leise. »Nur die Orgasmen?«

»Vielleicht auch der dazugehörige Mann.«

Er tätschelte ihr schelmisch den Hintern.

Sie kniff die Augen zusammen. »Hast du mir gerade auf den Hintern geschlagen?«

»Das war nur ein Klaps, Baby. Ich würde dir nur dann auf den Hintern schlagen, wenn du mich darum bittest.«

»Dann muss ich mir ja keine Sorgen machen, denn ich werde dich nie darum bitten, mich zu versohlen.«

Er wickelte sich einige ihrer Haarspitzen um einen Finger. »Wenn du meinst.«

»Dieses freche Grinsen kannst du dir sparen.« Ihr Blick blieb an etwas hinter seiner Schulter hängen. »Ist das die Kuh, die dir Madigan geschenkt hat?«

Ah, sie begutachtete sein Bücherregal. »Ganz genau.«

»Das ist eine wirklich süße Geschichte.«

»Ja, Mads hat sich ziemlich schnell in mein Herz geschlichen.« Er küsste sie auf die Lippen. »Ich will nicht über meine Schwester reden, sondern über dich. Was hast du heute vor, meine Schöne?«

»Nun, zuerst möchte ich herausfinden, warum dein Schlafzimmer so ordentlich aussieht. Hast du etwa eine Haushälterin?«

»Nein. Ich bin einfach ein ordentlicher Typ, nur nicht in meinem Atelier. Wenn man sich in seiner Kindheit selbst um alles kümmern muss … Aber das muss ich dir ja nicht erzählen. Ich habe dein Zuhause gesehen. Es ist genauso ordentlich wie meins.«

»Aber ich bin eine Frau.«

»Gott sei Dank. Die letzte Nacht wäre mir ansonsten ein wenig unangenehm gewesen.«

Sie knuffte ihn lachend. »Du bist so derb.«

»Nur echt, Baby. Fahr heute mit mir mit.«

»Was?« Sie schaute ihn skeptisch an.

Er küsste sie auf die lächelnden Lippen. »Wir machen sonntags immer lange Motorradtouren. Ich möchte den Tag mit dir verbringen. Komm mit. Lern die anderen kennen. Du wirst es lieben.«

Sie runzelte die Stirn.

»Hast du Angst, dich auf mein Motorrad zu setzen? Denn ich würde nie zulassen, dass dir etwas zustößt.«

»Das weiß ich, aber ich bin noch nie Motorrad gefahren. Das ist schon ein bisschen respekteinflößend, aber ich habe keine Angst davor. Ich bin mir nur nicht sicher, ob es die *anderen* so gut finden würden, wenn du mich mitnimmst.«

»Erstens ist mir egal, was die anderen denken. Ich will dich bei mir haben, und das ist alles, was zählt. Zweitens sind es nur meine Brüder, Cousins und Gavin. Niemand wird sich daran stören.«

»Bist du sicher, dass du mich dabeihaben willst? Falle ich dir nicht eher zur Last?«

»Du bist bezaubernd und außerdem voll mein Stil, Süße. Ich habe lange darauf gewartet, dich hinter mir auf meinem Motorrad zu haben. Komm mit. Wir machen eine Ausfahrt und ich zeige dir mehr von meiner Welt.«

»Du hast letzte Nacht schon ein paar lange, harte Ausfahrten mit mir gemacht.« Hitze flammte in ihren Augen auf. Sie drückte ihn auf den Rücken und setzte sich rittlings auf ihn. »Jetzt bin ich mal an der Reihe, hier den Ton anzugeben.«

»Du kannst mich jederzeit reiten, Baby, Tag und Nacht.« Er legte die Hände um ihre Taille und bewegte sich unter ihr. »Komm heute mit.«

»Ich *komme* sehr gern.«

»Diese Worte aus deinem sexy Mund werden dich noch in

große Schwierigkeiten bringen.« Er umfing ihre Brust, nahm ihre Brustwarze zwischen Zeigefinger und Daumen und schob die andere Hand zwischen ihre Beine, um die Stelle zu liebkosen, bei der ihre Lider zu flattern anfingen.

Chloe biss sich auf die Unterlippe und riss die wunderschönen Augen auf. Sie warf ihm einen raubtierhaften Blick zu und säuselte: »Vielleicht mag ich diese großen Schwierigkeiten ja sogar.«

Sie glitt an seiner Erektion entlang und benetzte ihn mit ihrer Lust. Dabei strich sie mit den Fingern über seine muskulöse Brust und neckte seine Brustwarzen. Wie sehr er das genoss!

»Was springt für mich dabei heraus, wenn ich dich begleite?«, wollte sie wissen.

»Außer dem weltbewegenden Orgasmus?«

Sie lächelte. »Hast du vergessen, dass wir über eine Motorradfahrt gesprochen haben?«

»Nimm mich, du heiße Braut, und dann können wir über die Motorradfahrt reden.«

Sie richtete sich auf, und er richtete seine Härte aus, während sie sich nach unten sinken ließ und jeden Zentimeter von ihm in sich aufnahm. Sie beugte sich vor und ließ sich das Haar ins Gesicht fallen, während sie ihre inneren Muskeln um ihn herum zusammenzog.

»Himmel noch mal, Baby«, stieß er zwischen zusammengebissenen Zähnen hervor. Er musste sich in ihr bewegen, bevor er noch den Verstand verlor, richtete sich auf und umklammerte ihre Hüften.

Sie legte die Hände auf seine und weigerte sich, seinem Drängen nachzugeben. »Ich möchte dich heute begleiten, aber wenn mich einer der anderen nicht dabeihaben will, musst du versprechen, mich nach Hause zu bringen und keine große Sache daraus zu machen.«

»Es wird niemanden stören, Baby. Harper kommt ebenfalls mit.«

Sie runzelte die Stirn. »Warum hast du mir das nicht gleich gesagt? Ich habe ihr Hochzeitsalbum fertig und kann es ihr mitbringen.«

Er schlang die Arme um sie und zog sie an sich. »Ich wollte, dass du mich begleitest, weil du mit mir zusammen sein willst, weil du mir vertraust und dich bei mir sicher fühlst. Nicht, weil du davon ausgehst, dass du es tun kannst, weil Harper es ebenfalls macht.«

»Lass dir eins gesagt sein, Justin.« Sie schlang die Arme um seinen Hals, zog ihn zu sich heran, bis sich ihre Nasenspitzen beinahe berührten, und flüsterte: »Wenn ich dir nicht vertrauen würde, läge ich wohl kaum nackt in deinem Bett oder würde zulassen, dass du mit deiner Riesenpython alle diese schmutzigen Dinge mit mir machst.« Sie drückte die Lippen auf seine. »Haben wir jetzt genug geredet?«

Zwei Orgasmen und eine sündhaft sexy Dusche später frühstückten Justin und Chloe, wobei er ihr eine Lektion in Sachen Motorradsicherheit erteilte. Im Anschluss fuhren sie zu ihrem Haus, damit sie sich umziehen und das Hochzeitsalbum für Harper und Gavin abholen konnte. Diese Fahrt war für Justin Himmel und Hölle zugleich. Er hatte jeden Zentimeter ihres Körpers berührt und gekostet, aber das hatte ihn noch lange nicht auf das Gefühl vorbereitet, sie an seinem Rücken zu spüren, oder auf den Stolz, der in ihm anschwoll, weil er sein Mädchen endlich auf seinem Motorrad sitzen hatte.

Als sie bei ihr zu Hause ankamen, stieg er vom Motorrad ab und nahm sich einen Moment Zeit, um ihre langen Beine zu bewundern. Sie trug das glitzernde Top, die Röhrenjeans und die Highheels vom Vorabend und sah verdammt sexy aus, als sie ihren Helm abnahm und den Kopf schüttelte, sodass ihr blondes Haar ihr Gesicht umspielte.

»Vielleicht solltest du ein Foto machen«, sagte sie keck.

Er zückte sein Handy und sie klemmte sich den Helm unter den Arm und warf sich in Pose.

»Verdammt, Süße, du bist echt heiß.«

Er half ihr vom Motorrad, und sie baute sich mit verführerischem Lächeln auf, als er ein weiteres Foto schoss.

Sie kicherte. »Das reicht, Bikerboy.«

Er steckte sein Handy ein und küsste sie. »Ich werde nie genug davon bekommen. Wie hat dir die Fahrt gefallen?«

»Das hat Spaß gemacht! Ich war gar nicht mehr so nervös, sobald wir losgefahren waren.« Sie zerrte an seiner Hand. »Komm schon. Ich muss mich umziehen, damit wir nicht zu spät kommen.«

Justin war schon mehrmals in Chloes Haus gewesen, aber er hatte sich noch nie lange dort aufgehalten. Während sie die Kleidung wechselte, nahm er sich einen Moment Zeit, um sich in ihrem Wohnzimmer umzusehen. Blassgrüne, blaue und gelbe Kissen ließen ihre cremefarbenen Sofas lebhafter wirken. Schlicht und feminin, aber nicht übertrieben mädchenhaft. Ein pastellfarbener Teppich griff die kastanienbraunen, orangefarbenen und roten Akzente auf, die sie im Raum verteilt hatte. Auf dem Kaminsims standen gerahmte Fotos von Serena als jungem Mädchen, bei ihrem College-Abschluss, vor ihrem

Innenarchitekturbüro und an ihrem Hochzeitstag, wobei sie strahlend zu Drake aufblickte, der sie so ansah, wie Justin vermutlich auch Chloe ansah – als wäre sie für ihn die einzige Frau auf der Welt. An den Wänden hingen Bilder von Chloe und ihren Freunden. Jeder Rahmen war mit Bändern, Stoffen und anderen Dingen verziert.

Er ging zu einem der Bücherregale neben dem Kamin. Darin standen Liebesromane, Krimis und ein paar Bücher über die Arbeit mit älteren Menschen. Dazwischen weitere gerahmte Bilder von Serena und ihren Freunden, aber kein einziges Foto von Chloe. Er warf einen Blick auf das andere Bücherregal und bemerkte mehrere dicke Ordner; einige aus Stoff, andere aus Leder oder abgenutztem Vinyl. Er zog einen gepunkteten Stoffordner heraus. Korrektur: ein Album. Auf dem Einband prangte ein Foto der jungen Chloe, die einen Arm um Serena gelegt hatte. Sie saßen auf einem Baumstamm im Gras. Serena strahlte in die Kamera, und Chloe, die etwa neun oder zehn Jahre alt zu sein schien, machte die unverwechselbare Miene eines kleinen Mädchens, das viel zu viel Verantwortung tragen musste. Ihr Haar war länger und reichte ihr bis in die Rückenmitte. Sie trug ein T-Shirt mit einem Pepsi-Schriftzug, eine abgewetzte Jeans, die an den Säumen ausgefranst war, und billige Flip-Flops. Schlaksig und bezaubernd wie sie war, schien sie nur aus Ellbogen und Knien zu bestehen. Er schlug das Album auf und stieß auf seitenweise Fotos von Serena, als sie noch klein war, dazwischen vereinzelte Bilder von Chloe. Jede Seite war sorgfältig mit fröhlichen Motiven wie Stränden und Schmetterlingen dekoriert. Auf fast jeder Seite waren Libellen zu sehen und Chloe hatte um die Bilder herum besondere Momente beschrieben. Er hatte nicht die geringste Ahnung, wie viel Zeit es gekostet haben musste, auf jeder Seite so schöne

Erinnerungen zu schaffen. Aber so war Chloe nun einmal, nicht wahr? Sie schuf Erinnerungen an ein glückliches Leben für die kleine Schwester, die sie vor so vielen harten Realitäten beschützte. Wieder einmal wünschte er sich, die Zeit zurückdrehen und ihr die Kindheit schenken zu können, die sie verdient hatte.

Er stellte das Album zurück, zog ein anderes heraus und wieder entdeckte er kunstvoll verzierte Seiten und fröhliche Geschichte, nur dass auf diesen Fotos auch ihre Freunde zu sehen waren. Als er durch die Seiten blätterte, stieß er auf ein Foto von sich, wie er mit Gavin, Rick und Dean in Badehose auf einem Handtuch am Wasser saß. In der Ferne warfen weitere ihrer Freunde eine Frisbeescheibe. Justin hatte die Knie angezogen, seine Arme ruhten darauf, und ihm hing das Haar in die Augen. Die Seite war mit Treibholz-, Seestern- und Muschel-Aufklebern verziert. Chloes Handschrift führte von der oberen linken Ecke der Seite schräg nach unten. *Labor-Day-Wochenende mit der Clique. Strand, Sonnenbrand und S'mores.*

Auf der nächsten Seite befand sich ein Foto, auf dem Drake Serena und Dean Emery auf den Schultern trug, und zwischen ihnen rannte Justin ins Wasser, der sich Chloe wie einen Sack Kartoffeln über die Schulter geworfen hatte. Ihr Mund stand offen, als ob sie schreien würde, aber ihre Augen funkelten vor Freude. Die Seite war mit einem verblichenen hellbraunen und blauen Hintergrund verziert, der wie eine Tapete aussah und auf dem *Strand, Meer* und *Küste* stand, umgeben von Bildern eines Delfins, eines Seepferdchens und Muscheln. Chloe hatte Strudel und hübsche Muster auf die linke Seite gemalt und *Wicked-Chaot* neben das Foto geschrieben, zusammen mit einem Pfeil, der auf ihn zeigte. Der I-Punkt war ein rotes Herz.

Er erinnerte sich noch gut an diesen Nachmittag. Sie hatten sich mit ihren Freunden amüsiert und Chloe hatte ihn in diesem sexy blauen Bikini fast verrückt gemacht. Aber wirklich im Gedächtnis geblieben war ihm, was passiert war, nachdem er sie in die Wellen geworfen hatte. Er war ihr hinterhergelaufen und hatte sie hochgehalten, damit sie wieder zu Atem kommen konnte. Ihr unbändiges Lachen hatte ihm das Herz geraubt. Er konnte an einer Hand abzählen, wie oft er Chloe so hatte lachen hören, und es war einfach herrlich gewesen. Doch dann hatten sich ihre Blicke getroffen, und ihr Lachen war so schnell verstummt, wie es entstanden war. Sie hatte in seinen Armen gelegen, den nassen Körper an seinen gepresst, und eine Sekunde lang hatten sie sich beide aneinander gelehnt wie zwei kollidierende Schiffe, aber genau wie während des Sturms hatte sie gezögert. Schließlich hatte sie sich aus seinen Armen geschlängelt und ihn mit Wasser bespritzt, bevor sie davonstolzierte.

»Hey.«

Chloes Stimme riss ihn aus der Erinnerung. Er klappte das Album zu und sein Körper erhitzte sich bei ihrem Anblick. Sie trug ein schwarzes Tank-Top mit Reißverschluss am Ausschnitt, der gerade so weit geöffnet war, dass man einen Hauch von Dekolleté sehen konnte, dazu enge Jeans, die an einem Oberschenkel ein Loch hatten und ein weiteres knapp über dem Knie, und kniehohe schwarze Lederstiefel mit silbernen Schnallen.

»Wow, Babe. Du siehst verdammt heiß aus.«

»Danke, und du siehst aus, als hättest du rumgeschnüffelt«, stichelte sie und trat neben ihn.

Er war so angetan von ihr, dass er einen Moment brauchte, um zu begreifen, was sie meinte. »Entschuldige. Ich habe mir nur deine Alben angeschaut. Hast du die ganzen Dekorationen selbst gemacht?«

»Ja.« Sie nahm ihm das Album ab und stellte es zurück ins Regal. »Du weißt doch, dass ich Sammelalben bastle. Ich habe dir erzählt, dass ich eins für Gavin und Harper gemacht habe.«

»Schon, aber ich hatte bisher noch keins gesehen. Du bist wirklich talentiert.«

»Danke. Es ist nur ein Hobby. Nichts Besonderes. Ich hole schnell das Hochzeitsalbum, dann können wir gehen.«

Sie wollte sich schon abwenden, doch er nahm sie in die Arme, was ihm ein süßes Lächeln einbrachte.

»Du hast in jede dieser Seiten dein Herzblut gesteckt, was sie alle zu etwas Besonderem macht. Es tut mir wirklich leid, dass ich neugierig war, aber ich bin froh, dass ich einen Blick auf diesen Teil deines Lebens werfen konnte.« Er presste die Lippen auf ihre. »Und ich habe ein sehr aussagekräftiges kleines Herz über dem I in meinem Namen gesehen. Da habe ich mich gefragt, wie viele Fotos du noch von mir hast und wie sie wohl verschönert wurden.«

Sie entwand sich ihm und eilte ins Esszimmer. »Das war nur Deko.«

»Auf keiner dieser Seiten befindet sich einfach nur Deko, Süße. Sie waren alle sehr durchdacht. Vielleicht sollten wir uns diese Alben eines Abends mal in Ruhe ansehen, nur wir beide, damit ich all deine versteckten Botschaften über mich finden kann.«

»Nach den letzten zwölf Stunden bin ich mir ziemlich sicher, dass du alle meine Geheimnisse längst kennst.«

Sie drehte sich mit dem als Geschenk verpackten Hochzeitsalbum in der Hand um, doch er war schon wieder bei ihr.

»Du bist eine sehr komplexe Frau.« Er legte die Arme um

sie. »Ich werde wahrscheinlich ein Leben lang brauchen, um alle deine sexy Geheimnisse zu entdecken, einschließlich deiner geheimen Fantasien über mich.«

»Ich verweigere die Aussage.«

»Du darfst deine Geheimnisse vorerst für dich behalten. Aber sei dir versichert, Miss Mallery, dass ich sie dir eines Tages alle entlocke.«

»Du bist dir deiner Sache ja ziemlich sicher, Mr. Wicked.« Ein verführerisches Grinsen umspielte ihre Lippen. »Anstatt deine Energie darauf zu verwenden, die Fantasien aufzudecken, die ich hatte, bevor wir zusammenkamen – und ich kann dir versichern, davon gab es einige –, solltest du mich vielleicht dazu verleiten, mir neue auszudenken. Wer weiß, was für unanständige Wünsche du dann aufdeckst.«

Er drückte ihr einen Kuss auf den Hals. »Wie wäre es, wenn ich jetzt gleich damit anfange?« Schon schob er die Hände unter ihr Oberteil und drückte sie an sich, während er ihr all die schmutzigen Dinge zuflüsterte, die er mit ihr anstellen wollte.

Chloe wusste selbst nicht genau, woher sie die Kraft nahm, Justin aus ihrem Haus zu zerren. Wenn er noch ein einziges heißes Versprechen geflüstert hätte, wären sie im Schlafzimmer gelandet und hätten die Ausfahrt verpasst. Nicht, dass es ihr geholfen hätte, sich abzukühlen, als sie auf sein Motorrad stieg. Harper hatte ihr einmal erzählt, dass die Fahrt auf Gavins Motorrad wie ein Vorspiel sei. Damals hatte Chloe gedacht, ihre Freundin müsse den Verstand verloren haben. Jetzt wusste sie es besser. Als sie vor ihrem Haus vom Motorrad gestiegen war und trotzdem noch die Vibrationen im Körper spürte, hatte sie sich sexy und aufgedreht gefühlt und gegen den Drang ankämpfen müssen, Justin die Kleider vom Leib zu reißen. Ziemlich verrückt, wenn man bedachte, dass sie in den letzten vierundzwanzig Stunden mehr Sex gehabt hatte als in den letzten zwei Jahren. Jetzt, wo sie zu Harper und Gavin fuhren, um sich mit den anderen zu treffen, brachte das Motorrad sie abermals auf Touren. Sie hatte so eine Ahnung, dass sie den ganzen Tag lang erhitzt und erregt sein würde.

Sie klammerte sich an Justin, spürte seine angespannten Rückenmuskeln an ihrer Brust, seine Bauchmuskeln unter ihren Händen. Zuerst war sie versucht, die Hände weiter nach unten zwischen seine Beine gleiten zu lassen, hatte jedoch Angst, ihn abzulenken. Wie sollte sie nur *Stunden* an ihn geschmiegt überleben, mit der kühlen Luft, die ihre Haut küsste, und der Hitze seines Körpers, die durch seine Lederweste drang? Und es waren nicht nur Justin und die Vibrationen des Motors, die sie in Wallung brachten. Auf dem Rücksitz eines Motorrads sah alles anders aus und fühlte sich anders an. Die Luft war klarer, der Himmel war blauer und die Umgebung interessanter. Sie hatte erwartet, sich davor zu fürchten, herunterzufallen oder von einem anderen Fahrzeug erfasst zu werden, aber sie vertraute Justin bedingungslos und wusste, dass er sie auf der Straße genauso beschützen würde wie im Schlafzimmer. Er würde nie ein Risiko eingehen und sie in Gefahr bringen. Dank dieses Vertrauens stellte sich durch diese Fahrt ein tieferes Gefühl der Nähe und ein überwältigendes Gefühl der Freiheit ein, von dem sie wusste, dass sie es wie eine Süchtige begehren würde.

Sie bogen in Gavins Einfahrt ein. Als die Motorräder der

anderen in Sicht kamen, flammte ihre Nervosität abermals auf. Hoffentlich würde niemand bemerken, dass sie sich in eine Art Motorrad fahrende, freiheitssuchende Nymphomanin verwandelt hatte.

Tank telefonierte und lief neben den Blumenbeeten auf und ab. Zeke und Zander unterhielten sich mit Gavin und Harper, während Dwayne, Baz und Blaine sich etwas auf Baz' Handy anschauten. Sie alle blickten auf, als Justin das Motorrad parkte. In ihren Lederklamotten sahen sie irgendwie anders aus, rauer und einschüchternder. Chloe empfand kurz Unbehagen, aber als ihr knallharter, ebenfalls in Leder gekleideter Freund vom Motorrad stieg, ihre Hand nahm und ihr sagte, er sei froh, dass sie mitgekommen war, verschwand dieses Gefühl wieder.

Justin küsste sie auf die Wange. »Sag schon mal Hallo. Ich bringe das Album mit.«

Harper sah in ihren blauen Jeans und kniehohen Stiefeln fantastisch aus. Sie kam mit wehendem blondem Haar auf Chloe zugerannt und umarmte sie. »Also stimmt es wirklich! Wie schön! Ich habe schon gehört, dass du jetzt mit Justin zusammen bist. Das erklärt wohl, warum du dich heute nicht mit mir und den anderen zum Frühstück getroffen hast.«

Chloe konnte sich das Lächeln nicht verkneifen.

»Wie ist das passiert?«, fragte Harper, als Gavin und Justin zu ihnen stießen.

»Sie hat endlich gemerkt, was sie sich alles entgehen lässt.« Justin warf Chloe einen verführerischen Blick zu und zeigte an seinem Körper herab, als würde er sich auf einem Silbertablett präsentieren.

So gern sie auch alles verschlingen wollte, was er ihr anbot, musste sie ihre Erregung im Zaum halten. Sie nahm ihm das

Geschenk ab und reichte es Harper, um sich abzulenken. »Ich habe für dich und Gavin eine Erinnerung an eure Hochzeit gebastelt.«

»Das wäre doch nicht nötig gewesen.« Harper öffnete das Geschenk. Auf dem Foto, das den Einband des Albums zierte, blickte Gavin Harper tief in die Augen. Chloe hatte es abends, nachdem die meisten Gäste bereits gegangen waren, am Lagerfeuer auf der Terrasse des Silver House auf Silver Island aufgenommen, wo die Hochzeit stattgefunden hatte. Das Foto war in Herzform ausgeschnitten und mit Spitze umrandet. Darüber stand in weißer Schrift *Unsere Liebesgeschichte* auf einem goldenen Banner. Zwei kleine Herzanhänger, ein G und ein H, hingen an einem Band an einer Seite herunter. Am unteren Rand des Einbands befand sich ein weißes Banner mit dem Hochzeitsdatum und dem Schriftzug *Mr. & Mrs. Wheeler* in Gold. »Chloe, das ist wunderschön. Danke.«

»Ich bin so froh, dass es dir gefällt.«

Harper lehnte sich gegen Gavin und schlug das Album auf. Während sie die Fotos bewunderten, gesellten sich Dwayne und Zander zu ihnen. Dwayne stieß die Faust gegen Justins und zwinkerte Chloe zu.

Zander trat neben sie. »Du hast auf dem Rücksitz des Motorrads eine verdammt gute Figur abgegeben, Chloe. Wenn du bereit für einen richtigen Mann bist, gib mir Bescheid.«

Justin stürzte sich sofort auf ihn und Zander stolperte lachend rückwärts und stieß gegen Zeke.

»Ich habe ihn.« Zeke packte Zander am Arm. »Komm mit, du Trottel.«

Er zerrte seinen Bruder weg, und Chloe bemerkte, dass Baz zu ihnen lief und Blaine, der an seinem Telefon herumfummelte, sie beobachtete.

Dwayne gluckste. »Du weißt, dass er sich nie ändern wird, oder, Bruder?«

»Ist mir schon klar«, murmelte Justin.

»Ich bringe das schnell noch rein, bevor wir losfahren.« Harper verschwand im Haus.

»Das Album ist wunderschön, Chloe. Vielen Dank«, sagte Gavin. »Ich bin froh, dass du heute mitfährst. Für Harper ist es garantiert viel angenehmer, wenn noch eine Frau dabei ist.« Er klopfte auf seine Gesäßtasche. »Mist. Bin gleich wieder da. Ich hab meinen Schlüsselbund drinnen liegen lassen.« Er lief Richtung Haus und hielt nur kurz inne, um ein paar Worte mit Baz zu wechseln, der auf dem Weg zu Chloe und Justin war.

»Sperr deine Frau nicht im Schlafzimmer ein«, rief Dwayne ihm nach. »Wir wollen bald los.«

Gavin warf ihm einen Blick über die Schulter zu. »Ich kann nichts versprechen.«

»Schön, dich zu sehen, Mav.« Baz klopfte Justin auf die Schulter und machte eine ruckartige Kopfbewegung, um das dunkelblonde Haar aus den Augen zu bekommen. Bei seinem Lächeln wurden seine umwerfenden Grübchen sichtbar. Er küsste Chloe auf die Wange. »Ich freue mich auch, dich zu sehen, meine Hübsche.«

»Lass meine Süße deine Grübchen gar nicht erst sehen.« Justin gab ihm einen spielerischen Schubs und legte einen Arm um Chloe.

Chloe musste lachen. »Bei diesen Grübchen stehen die Frauen bestimmt Schlange, um ihre Haustiere von dir untersuchen zu lassen.«

Baz zwinkerte ihr zu. »Du magst meine Grübchen wohl, was?«

»Durchaus, aber nicht so sehr wie dieses hübsche Gesicht.« Chloe gab Justin einen Kuss auf die Wange, was ihr ein heißes, dankbares Lächeln einbrachte. Blaine kam auf sie zu, beäugte Baz und zwinkerte Chloe zu. Sie wollte sich gar nicht vorstellen, wie viele gebrochene Herzen diese flirtwilligen Kerle hinter sich zurückließen.

»Macht dir dieser Blödmann das Leben schwer?«, erkundigte sich Blaine.

»Ich kann nichts dafür, dass die Damen meine Grübchen mögen.« Baz' Telefon klingelte. »Der nächste Grübchenfan.« Er ging ein Stück beiseite, um den Anruf entgegenzunehmen.

»Hi, Chloe. Schön, dich zu sehen.« Blaine umarmte sie kurz. »Hat Justin dir bereits die Sicherheitseinweisung gegeben?«

»Ja, mit allen unangenehmen Details«, antwortete sie amüsiert, obwohl sie eigentlich froh über seine ausführliche Lektion in Sachen Motorradsicherheit war. Denn das zeigte ihr, dass Justin auch gut auf seine Beifahrer aufpasste.

Blaines Augen funkelten verschmitzt. Er legte ihr einen Arm um die Schultern. »Dann weißt du ja auch, dass wir später alle nackt baden gehen.«

Justin schob ihn beiseite. »Sorgst du mal dafür, dass Tank aufhört zu telefonieren?«

Chloe hatte das Gefühl, dass sie Justin heute alle aufs Korn nehmen würden, und das gefiel ihr. Ihr spielerisches Geplänkel war genau das, was sie brauchte, um sich zu beruhigen.

»Zuerst muss ich mit Gunner abrechnen«, erwiderte Blaine lachend. Er sah Dwayne an, bedeutete ihm, ein Stück zur Seite zu gehen, und streckte dann die Hand aus.

Fluchend zückte Dwayne seine Brieftasche und murrte: »Elender Maverick.«

»Ernsthaft?« Justin beobachtete die beiden leicht gereizt.

»Was ist denn?«, fragte Chloe.

»Nur eine kleine Wette wegen dir und Maverick«, erklärte Dwayne, der Blaine einige Geldscheine überreichte. »Nichts, weshalb du dir Gedanken machen musst.«

»Will ich das überhaupt wissen?«, fragte Chloe und musterte Justin.

Justin sah Blaine und Dwayne finster an. »Ich bin mir nicht mal sicher, ob ich es wissen will.«

Tank kam auf sie zu und nahm alles mit wachsamen Augen in sich auf.

»Es ist nichts Schlimmes.« Blaine steckte das Geld ein. »Wir wussten, dass ihr beide gestern Abend ausgehen wolltet, und haben wegen der heutigen Ausfahrt gewettet. Gunner sagte, Maverick würde allein herkommen. Aber ich weiß, dass er schon sehr lange auf dich steht, Chloe, und mir war klar, dass er heute entweder gar nicht auftaucht, wenn alles gut läuft, oder dass du auf seinem Motorrad sitzen würdest. Ich wusste, dass er dich dann auf gar keinen Fall allein lassen würde.«

Chloe legte einen Arm um Justin. »Wer sagt denn, dass nicht ich es war, die ihn nicht gehen lassen wollte?«

»Verdammt, ist das heiß.« Dwayne stieß einen leisen Pfiff aus. »Bist du dir sicher, dass Maverick dir Mann genug ist, Chloe?«

»Willst du dich etwa binden?«, fragte Tank.

Dwayne sah ihn an, als ob er den Verstand verloren hätte. »Auf gar keinen Fall.«

Blaine beugte sich näher an sie heran. »Aber das mit dem Nacktbaden steht noch, oder?«

»Mit Justin? Unbedingt. Mit euch?« Sie lachte auf. »Das könnt ihr vergessen.«

Justin schloss sie in die Arme. »Und genau deshalb ist sie mein Mädchen.«

Vierzehn

Der Umgang mit einem Haufen Wickeds war in etwa so, als müsste man ein Welpenrudel bändigen. Sie flitzten in alle Richtungen davon und neckten einander in einer Tour. Dwayne und Zander rangen schließlich auf dem Rasen um eine Frau, mit der sie beide ausgegangen waren. Zeke und Blaine versuchten, sie voneinander zu trennen, und wurden mit in den Kampf hineingezogen. Dann beschlossen Justin und Baz, die Sache zu beenden, als Gavin und Harper endlich wieder aus dem Haus kamen. Gavin warf einen Blick auf das Chaos und gesellte sich blitzschnell zu den muskulösen, tätowierten, einschüchternden Bikern, die sich wie sorglose Teenager mit Gras und Erde bedeckt lachend auf dem Boden wälzten. Chloe schoss jede Menge Fotos. Als Tank anfing, die Raufbolde einen nach dem anderen am Kragen zu packen und zur Seite zu schleudern, bekamen sich Chloe und Harper vor Lachen kaum noch ein. Die Männer tauschten einen Blick und in der nächsten Sekunde jagten sie Chloe und Harper auch schon durch den Garten. Tank hievte sich Chloe über die Schulter und Baz schnappte sich Harper. Chloe und Harper quietschten und lachten, während Justin und Gavin Tank und Baz hinterherliefen.

Diese Männer waren völlig anders als die Freunde, die sie bisher gehabt hatte. Chloe konnte noch nicht genau sagen, ob sie in die Gruppe hineinpassen würde, aber sie hatte selten so viel gelacht und sich so gut amüsiert. Als sie sich schließlich auf den Weg machten, fühlte sie sich ihnen bereits zugehörig.

Chloe war seit jeher eine Planerin. Das war auch nötig gewesen, denn es hatte niemanden gegeben, der das für sie und Serena getan hätte. Deshalb wusste sie jederzeit, was von ihr erwartet wurde, wo sie hinwollte und wie sie dort hinkam. Immer fokussiert zu bleiben und die Kontrolle zu behalten, verlieh ihr Sicherheit, machte sie zu einer ausgezeichneten Schülerin und zu einer geschätzten Mitarbeiterin. Sorglosigkeit erlaubte sie sich nur selten, aber als sie an Justins Rücken gepresst über den Highway raste, das Dröhnen des Motors in ihr widerhallte und Justins Cousins und Brüder sie umgaben – Tank an der Spitze, Zeke am Ende –, überkam sie erneut dieses Gefühl der Freiheit, und ihr Bedürfnis, die Kontrolle zu behalten, wurde vom peitschenden Wind mitgerissen. Sie hatte geglaubt, alle großen Veränderungen im Leben hinter sich zu haben und die Frau zu sein, die sie immer sein würde. Doch Justin half ihr, ihre alte, einengende Haut abzulegen, und brachte Teile von ihr zum Vorschein, von deren Existenz sie nichts geahnt hatte.

Nach einer Weile bogen sie vom Highway ab, fuhren eine lange zweispurige Straße entlang, die von Farmen und Ranchhäusern gesäumt war, und unter einem bogenförmigen Schild mit der Aufschrift *Harborside, wo der Himmel auf die Erde trifft* hindurch. Ein freudiger Schauer erfasste Chloe. Sie hatte zwar ihr ganzes Leben am Cape verbracht, doch obwohl sie schon von Harborside gehört hatte, einem kleinen Küstenort auf dem Festland mit Strandpromenade, der als guter

Surfspot und für den *Taproom*, ein rustikales Restaurant mit Bar an einem Pier, bekannt war, war sie noch nie dort gewesen.

Nach einigen Kilometern wurde die Straße vierspurig, und die Farmen wichen Wiesen, Sand und prächtigen Strandhäusern. Die Gruppe bog in die Stadt ein und fuhr vorbei an bunten Schaufenstern und Cafés. Ein wunderschöner Strand kam in Sicht. Die Seebrücke ragte aufs Wasser hinaus und an ihrem T-förmigen Ende befand sich der Taproom. Chloe war begeistert, Harborside endlich zu sehen, das sich stark vom Cape unterschied, und nahm sich vor, für Justins Skulptur heimlich die Hände der Männer zu fotografieren.

Sie parkten im hinteren Teil des Strandparkplatzes. Die Motorengeräusche hallten in ihren Ohren nach, selbst nachdem sie längst ausgestellt worden waren. Wie schon zuvor war sie die ganze Zeit peinlicherweise erregt gewesen, was sowohl an Justin als auch an der Fahrt gelegen hatte.

Justin stieg vom Motorrad und sah männlich und umwerfend aus, als er den Helm abnahm und sich mit einer Hand durch das dichte Haar fuhr. Chloe nahm ihren Helm ebenfalls ab und schüttelte ihr Haar aus, wobei sich ein langsames Grinsen auf Justins Gesicht ausbreitete.

»Ich liebe es, wenn du das machst«, sagte er und half ihr beim Absteigen. »Fast so sehr wie ich es mag, wenn du beim Fahren die Arme um mich legst.«

Er legte die Lippen auf ihre und küsste sie so leidenschaftlich, dass ihr ganz schwummrig wurde.

»Was denkst du, Süße?«

»Ich habe dir doch gesagt, dass ich nicht denken kann, wenn du mich so küsst.«

Er gluckste und küsste sie erneut. »Dann war die Fahrt offenbar auch ganz in Ordnung.«

»Der Kuss und die Fahrt waren fantastisch. Innerhalb der Gruppe zu fahren war nicht so, wie ich es mir vorgestellt hatte. Ich war überhaupt nicht nervös und habe mich mit ihnen allen sicher gefühlt.«

»Das ist die Macht der Bruderschaft, Baby.«

Die anderen versammelten sich, und Chloe erfuhr, dass sie sich mit den Dark Knights aus Harborside im Taproom treffen wollten. Als Justin hörte, dass Chloe noch nie in Harborside gewesen war, schlug er vor, eine Runde durch die Stadt zu drehen und danach zu den anderen zu stoßen. Gavin und Harper schlossen sich ihnen an.

Sie machten sich auf den Weg ins Stadtzentrum, schauten in mehrere Geschäfte und plauderten miteinander. Jeder Laden war niedlicher als der andere und die Menschen wirkten herzlich und freundlich. Sie kamen an einem Diner mit einem fröhlichen gelben Schild im Fenster vorbei, auf dem *Gigi's* stand, und gingen dann in ein cooles Geschäft für maßgefertigte Möbel namens *Artsea*, in dem es ausgefallene Stücke aus Treibholz, Metall und Glas gab.

»Ich glaube, ich bin im Himmel gelandet«, murmelte Gavin, als sie sich darin umsahen. »Meine Kunden würden einige dieser Stücke lieben.«

»Ich bin auch sehr angetan.« Harper berührte einen Spiegel aus Treibholz und Muscheln. »Würde der nicht gut in den Wintergarten passen?«

»Er würde in jedem Strandhaus wunderschön aussehen und Serena würde diesen Stuhl lieben.« Chloe schickte Serena ein Foto des Stuhls mit der Nachricht: *Ich bin mit Justin und den Dark Knights in Harborside! Motorrad-Road-Trip! SO TOLL! Ich dachte, dieser Stuhl würde dir gefallen.*

Serenas Antwort kam sofort. *LIEBE den Stuhl, aber OMG,*

ich liebe es noch mehr, dass du mit Justin zusammen bist!

Chloe war derart mit Justin beschäftigt gewesen und merkte erst jetzt, dass sie gar keine Gelegenheit gehabt hatte, Serena über ihre Beziehung auf den neuesten Stand zu bringen. Sie schaute sich zu Justin um, der einen Tisch im vorderen Teil des Ladens bewunderte. Er wirkte so nachdenklich, dass sie ein paar Fotos machen musste, solange er sie nicht bemerkte. Hier kam der Künstler in ihm zum Vorschein. Sie hatte bisher noch nie so viel für einen Mann empfunden, dass sie ins Schwärmen geriet. Rasch schrieb sie eine Antwort an Serena. *Ich auch! Am Anfang war es komisch, weil er mich so gut kennt. Ich war noch nie mit einem meiner Freunde zusammen. Aber, Serena ...* Sie hatte ihr so viel mitzuteilen, wollte jedoch keine Zeit mit dem Schreiben von Nachrichten verbringen, während sie mit Justin zusammen war, daher fügte sie ein Herzaugen-Emoji und ein Feier-Emoji hinzu und tippte: *Später mehr. Hab dich lieb!* Gleich darauf vibrierte ihr Handy und sie las Serenas Nachricht. *Ich weiß. Ich habe meinen besten Freund geheiratet! Freunde sind die besten Liebhaber. Ich mein ja nur. Xox*

Chloe ging wie auf Wolken auf Justin zu.

Sie blieb stehen, um sich ein Treibholzstück genauer anzusehen, in das Kerzen eingelassen waren und das sie an die Nacht am Strand erinnerte, in der sie und Justin einander ihr Herz ausgeschüttet hatten. Es war ein großes Stück, etwa einen Meter lang, und die Kerzen waren entlang der hohen Grate und ausgewaschenen Rinnen platziert worden. Sie fuhr mit den Fingern über die rauen Kanten und die glatten Vertiefungen und Rundungen, die sie an ihr Leben erinnerten. Manchmal waren die Dinge glatt, dann wieder turbulent, aber sie konnte stets die Schönheit darin erkennen. *Jetzt umso mehr denn je.*

Justin trat an ihre Seite. »Diese Möbel wurden von jemandem hergestellt, der weiß, was er tut.« Sein Blick wanderte über das Treibholz. »Das ist wunderschön.«

»Gefällt es dir?«, fragte sie. »Ich dachte eben, dass es auf dem Steintisch vor deinem Fenster, durch das man auf den Teich hinausblickt, schön aussehen würde.«

Er hatte sie an diesem Vormittag durch sein Haus geführt. Erdfarbene Dekorationen und warme Holzböden ließen sein Haus gemütlich und einladend wirken. Sein Schlafzimmer war eines der freitragenden Zimmer mit Glaswänden und Blick auf den Teich auf der einen und den Wald auf der anderen Hausseite. Seine Skulpturen waren prominent in zwei der freitragenden Bereiche platziert worden. Er hatte auch viele Fotos von seiner Familie und seinen Freunden, aber nicht so viele wie Chloe in ihrem Haus. Justin stellte die Menschen, die er liebte, auf eine noch bedeutendere Weise zur Schau – auf seiner Haut. Sein Haus war so kunstvoll eingerichtet, dass sie ihn gefragt hatte, ob Gavin ihm dabei geholfen hatte, und sie war beeindruckt gewesen, als er gesagt hatte, er hätte alles selbst gemacht. Justin war offensichtlich ein Mann, der wusste, was ihm gefiel.

Als er einen Arm um sie legte, dachte sie: *In mehr als einer Hinsicht.*

»Das wäre dort perfekt.« Er presste die Lippen neben ihr Ohr. »Wir könnten eine Decke auf den Boden legen und uns bei Kerzenschein lieben.«

Ein heißer Schauder durchzuckte sie. Seine Augen flammten auf, als ob er es gespürt hatte, und er küsste sie.

»Ich verbringe den Tag wirklich gern mit dir, Süße«, sagte er leise.

»Geht mir genauso.« Wenn ihr vor zwei Wochen jemand gesagt hätte, dass sie den heutigen Tag damit verbringen würde, Justin zu küssen und mit einer Gruppe von Bikern unterwegs zu sein, hätte sie ihn für verrückt erklärt. Aber jetzt gab es keinen Ort, an dem sie lieber gewesen wäre.

Sie schlenderten durch weitere Geschäfte. Justin hielt ihre Hand und öffnete ihr die Türen. Er war ein in Leder gekleideter Gentleman, und sie genoss es, an seiner Seite unterwegs zu sein. Er zeigte ihr Dinge, von denen er dachte, dass sie ihr gefallen könnten, und sie beobachtete voller Freude, was ihn ansprach. Sie war sich dabei durchaus bewusst, dass andere Frauen ihn beäugten, doch obwohl sich leise Eifersucht in ihr breitmachte, hielt sie den Kopf hoch erhoben, da sie wusste, dass er jede haben konnte, sich jedoch für sie entschieden hatte. Beides war ebenfalls neu für sie – die Eifersucht und die Erkenntnis, dass Justin von all den Frauen, die er in den letzten anderthalb Jahren kennengelernt hatte, sie ausgewählt hatte. Er hatte genau das erkannt, wovor sie davongelaufen war – dass sie nur auf den ersten Blick Gegensätze waren.

Jetzt wusste sie jedoch, dass sie in den wesentlichen Punkten genau dasselbe dachten.

An diesem sonnigen Nachmittag fand sie vieles heraus, beispielsweise wie nahe er und Gavin sich wirklich standen. Die beiden Männer probierten in einem Laden für Militärbedarf Armeejacken und -mützen an und lachten über Insiderwitze, die Chloe und Harper nicht verstanden. Doch das machte ihr nichts aus. Sie hatte eigene Insiderwitze mit Harper. Justin und Gavin sprachen über Mikes Sturz und den bevorstehenden Besuch des LOCAL. Justin erzählte Gavin und Harper von den Hunden, die sie gerettet hatten, und was passiert war, als sie die Polizei in jener Nacht begleitet hatten. Gavin legte Justin eine Hand auf die Schulter und sprach ihm leise Trost zu. Chloe hatte gewusst, dass die beiden eng befreundet waren, aber sie in einer anderen Umgebung als einer Bar zu sehen, in der Justin mit ihr flirtete, brachte die Tiefe ihrer Freundschaft erst zum Vorschein.

Als sie am Endless Summer Surf Shop vorbeikamen, sagte Justin, dass dieser Jesse und Brent Steele gehöre, zwei Brüdern und ebenfalls Dark Knights. Er ergänzte, dass sie auch ein Restaurant in der Stadt besäßen und dass sie sie im Taproom treffen würden, zusammen mit Levi, einem ihrer Cousins, und einer Reihe anderer Clubmitglieder.

»Es ist cool, dass du Dark Knights aus verschiedenen Gegenden kennst«, bemerkte Chloe, als sie einen Musikladen betraten.

»Wir sind eine große Familie, Babe«, erwiderte Justin.

»Ich würde mir wünschen, dass sich Gavin den Club ansieht und Mitglied wird«, sagte Harper. »Aber er ist besorgt, dass er nicht genug Zeit dafür findet.«

»Eines Tages«, meinte Gavin, während sie sich in dem ausgefallenen Laden umsahen, in dem es alte Schallplatten, antike Möbel und ein Sammelsurium anderer Dinge gab. Er stupste Justin an. »Sehen wir uns doch mal die Platten an«, schlug er vor und zog ihn durch den Laden.

Harper nutzte die Tatsache, dass die Männer vorübergehend außer Hörweite waren. »Dann mal raus mit der Sprache! Was gibt's Neues? Daphne hat mir erzählt, was Justin beim Buchclubtreffen gemacht hat. Habt ihr danach miteinander geschlafen, oder ...?«

Chloe schaute quer durch den Laden zu den Männern hinüber, die sich Schallplatten ansahen. »Nein. In der Nacht davor hat sich etwas zwischen uns geändert, aber wir haben nicht miteinander geschlafen. Wir haben lange geredet, und mir wurde bewusst, dass ich mich in ihm gewaltig geirrt hatte.

Ich weiß selbst nicht, wie das alles so schnell gehen konnte, aber, Harper, ich bin *so* glücklich. Ich dachte, er wäre zu rau für mich oder sein Lebensstil wäre wie der der Typen, mit denen meine Mutter ausgeht. Aber er ist ganz und gar nicht so.« Sie bemerkte, dass Justin sie mit diesem Blick bedachte, der sie innerlich zu Watte werden ließ. »Er ist einfach wundervoll, und ich finde es sehr schade, dass ich so viel Zeit damit vergeudet habe, gegen meine Gefühle für ihn anzukämpfen, denn dann hätten wir die ganze Zeit zusammen sein können.«

»Ich freue mich so für dich«, sagte Harper, als Justin in ihre Richtung kam. »Die Dinge passieren aus einem bestimmten Grund. Vielleicht habt ihr diese Zeit gebraucht, um sicher zu sein, dass ihr zueinander passt. Wie du ja weißt, lag bei uns ein ganzes Jahr zwischen unserer ersten Begegnung und dem Wiedersehen. Und sieh uns heute an.«

Justin nahm Chloes Hand. »Ihr seht aus, als würdet ihr irgendwas planen.«

»Nur Gutes«, meinte Harper. »Hast du meinen Mann etwa mit den Platten allein gelassen? Jetzt kommen wir hier nie mehr weg. Er liebt das Shoppen sogar noch mehr als ich.«

»Wir haben es nicht eilig.« Justin zog Chloe näher zu sich heran. »An der Kasse gibt es diese Dekosachen, die du für deine Alben verwendest – Aufkleber, Anhänger und all das. Möchtest du sie dir mal ansehen?«

Sie konnte ihre Freude darüber nicht verbergen, dass er an ihr Hobby gedacht hatte.

»Oh, Justin. Du bist ihr mit Haut und Haaren verfallen, nicht wahr?« Im Weggehen sagte Harper lautlos über die Schulter zu Chloe: *Er ist so süß!*

Vierzig Minuten später, nach dem Kauf von Anhängern und Aufklebern und dem Besuch weiterer Läden, verstauten sie ihre Einkäufe in Justins Motorrad und machten sich auf den Weg zum Taproom am Pier. Der Nachmittag war mild, aber vom Wasser kam eine kühle Brise herüber. Justins Cousins und Brüder saßen an Tischen mit einer Reihe anderer Männer, die Lederwesten mit Aufnähern der Dark Knights trugen. Chloe hatte noch nie so viele Biker auf einem Fleck gesehen. Es waren auch noch weitere Gäste anwesend, Paare und Familien, die an anderen Tischen saßen. Ein junger, schlaksiger Typ mit pechschwarzem Haar spielte Gitarre und beäugte Chloe, als sie Justin zu einem Tisch folgte, an dem Baz und Tank mit ein paar Männern saßen, die sie nicht erkannte.

Plötzlich blieb Justin stehen, legte Chloe eine Hand in den Rücken und starrte den Gitarristen mit finsterem Blick an. »Hör auf, meine Frau anzustarren, Brandon.«

Brandon hörte auf zu klimpern und ein verschlagenes Grinsen erhellte sein Gesicht. »Ich will keinen Ärger, Mann. Du weißt ganz genau, dass ich es mit euch beiden treiben würde.« Er wackelte mit den Augenbrauen und fasste sich in den Schritt.

Um sie herum ertönte Gelächter.

»Behalt dich im Griff, Owens«, warnte Justin. Er ging hinter Chloe her und ließ sie nicht los, während sie zu seinen Cousins gingen.

Als Harper und Gavin sich zu Tank und Baz an den Tisch setzten, zog Chloe Justin zur Seite. Sie bohrte ihm einen Finger in die Brust und senkte die Stimme. »Du musst mich *nicht* als dein Revier beanspruchen.«

»Es hat mir nicht gefallen, wie Brandon dich angestarrt hat.«

»Dann komm drüber hinweg«, sagte sie scharf. »Das war peinlich. Mach die Augen auf, Justin. Praktisch jede Frau, der wir heute begegnet sind, hat dich angestarrt, und du hast mich nicht vor Eifersucht grün anlaufen sehen.«

Justin legte die Arme um sie und erklärte verschmitzt: »Es macht mir nichts aus, wenn du eifersüchtig wirst, Baby. Ich möchte, dass du mich als dein Revier beanspruchst.«

Wie konnte ein Mann nur so süß und gleichzeitig so nervig sein? »Ich muss meine Gefühle nicht dadurch beweisen, dass ich mich anderen Frauen gegenüber bescheuert verhalte. Du weißt, was ich für dich empfinde …«

»Was empfindest du denn für mich?«, fragte er mit einem wissenden Lächeln.

Da war dieses schiefe Grinsen wieder, das ihr jedes Mal weiche Knie bescherte. »Ich wäre nicht hier, wenn ich nicht verrückt nach dir wäre.«

»Verdammt, Babe, das höre ich gerne.«

Er zog sie näher an sich heran und die Emotionen in seinen Augen ließen sie ihre Entschlossenheit vergessen.

»Ich bin verrückt nach dir, Justin. Wie könnte das auch anders sein? Du bist charmant und witzig, und du weißt, dass du heiß bist. Aber noch wichtiger ist, dass es keine Rolle spielt, wie viele Frauen dich begaffen oder wie schön sie sind, denn ich weiß, dass ich diejenige bin, die du willst. Kannst du mir nicht den gleichen Respekt entgegenbringen?«

Seine Miene wurde ernst. »Es ist respektvoll, die anderen davon abzuhalten, dich anzustarren.«

»Nein, das macht dich eher zu einem Neandertaler. Wir sind ein Paar, was auch bedeutet, dass wir an allen Fronten ein Team sind. Ich bin stolz darauf, eine starke Frau zu sein, die auf sich aufpassen kann, und das wird sich auch nicht ändern. Kannst du mir nicht auf halbem Weg entgegenkommen?« Sie streichelte ihn im Nacken, weil sie wusste, dass er das mochte.

»Du sollst nur wissen, dass ich dir gehöre, und wenn du das Bedürfnis hast, deinen Anspruch vor anderen Männern geltend zu machen, dann halte meine Hand oder küss mich auf die Wange. Mach keine Szene und bring mich nicht in Verlegenheit.«

Er kniff die Augen zusammen. »Und was ist, wenn der Kerl nicht damit aufhört?«

»Dann nimm es als Kompliment, schließlich weißt du ja, dass du der Mann bist, mit dem ich nach Hause gehen werde.«

Sie stellte sich auf die Zehenspitzen und küsste ihn. Er drückte sie fester an sich, während um sie herum Jubel, Applaus und Pfiffe ertönten. Chloe drehte sich um, weil sie herausfinden wollte, was dieser ganze Trubel sollte, und ihr schoss das Blut in die Wangen. Die Dark Knights standen auf und applaudierten ihnen.

Da blieb ihnen wohl nichts anderes übrig …

Sie wandte sich wieder Justin zu. »Ich dulde hiermit zwei Minuten Neandertaler-Verhalten. Bitte küss mich, bis ich vergesse, wie peinlich das ist.«

»Verdammt, Baby. Du bist eine umwerfende Frau.«

»Und ich gehöre ganz dir.«

Als seine Lippen auf die ihren trafen, ertönten weitere Jubelrufe. Justin vertiefte den Kuss, schob eine Hand in ihr Haar und ließ den ganzen peinlichen Unsinn zu weißem Rauschen werden.

Das Mittagessen war köstlich, und Justin stellte Chloe alle vor, auch Brandon Owens, den Gitarristen. Es stellte sich heraus, dass Harper ihn ebenfalls kannte. Brandon war der Grafikdesigner, der das Logo für Harpers und Tegans Produktionsfirma entworfen hatte. Chloe wusste, dass sie die Namen all der Personen, die sie heute kennengelernt hatte, niemals behalten würde, genoss es aber trotzdem und stellte fest, dass alle große Stücke auf Justin hielten.

Nachdem sie sich mit Jesse und Brent Steele und ihrem Cousin Levi unterhalten hatten, waren sie gerade auf dem Weg zurück zum Tisch, als ein kleines, honigblondes Mädchen lautstark »Maverick!« rief. Die Kleine rannte zwischen Tank und Baz hindurch, schlang die Arme um Justins Taille und strahlte ihn an.

»Hallo, Prinzessin.« Justin nahm sie in die Arme und sie klammerte sich an ihn.

Grundgütiger. Chloes Herz setzte einen Schlag aus. Mit diesem süßen kleinen Mädchen in den Armen sah der große, raue Justin gleich noch zehnmal heißer aus.

»Wie geht es meinem Lieblingsmädchen?«, erkundigte sich Justin.

»Gut«, antwortete das Mädchen und genoss seine Aufmerksamkeit. »Hast du meine Skulptur schon fertig?«

»Was habe ich dir darüber gesagt, Peanut?«, mahnte Levi.

»Du hast gesagt, ich soll ihn nicht nerven. Aber, Daddy, ich nerve nicht. Ich frage doch nur.«

Justin schmunzelte. »Ich arbeite daran, und du weißt, dass ich dich nie enttäuschen würde.« Er lächelte Chloe an. »Ich habe jemand Besonderen dabei, den ich dir vorstellen möchte. Das ist Chloe, die ich sehr gern habe. Chloe, das ist Levis Tochter Josephine.«

»*Maverick!*« Das kleine Mädchen verdrehte die Augen, und das war so ziemlich das Niedlichste, was Chloe je gesehen hatte. »Ich heiße *Joey*. Bist du Mavericks Freundin?«

»Ja«, bestätigte Chloe und genoss Justins Strahlen.

Joey legte den Arm fest um Justins Hals. »Tja, ich werde ihn heiraten, wenn ich groß bin, also mach dir keine zu großen Hoffnungen.«

»Josephine Steele, das ist nicht nett.« Levi gluckste. »Entschuldige, Chloe.«

»Schon okay. Deine Tochter hat einen guten Geschmack.« Chloe holte ihr Handy heraus. »Darf ich ein Foto von dir und Maverick machen? Ich werde es ausdrucken und dir eine Kopie schicken.« Es war seltsam, Justins Bikernamen zu verwenden, aber in diesem Teil von Justins Welt wäre es wahrscheinlich umso merkwürdiger gewesen, wenn sie Justins Vornamen genutzt hätte.

»Klar! Nur zu.« Joey lehnte den Kopf an Justins. Er nahm ihre Hand von seiner anderen Schulter und hielt sie fest, während Chloe das Foto schoss.

»Kannst du es mir schicken?«, bat Levi.

Er gab Chloe seine Nummer und sie schickte ihm das Bild. »Ich habe zu Hause einen Fotodrucker und kann dir auch einen Ausdruck schicken.«

»Mir auch«, erinnerte Joey sie.

»Auf jeden Fall. Ihr bekommt beide einen.«

Sie unterhielten sich lange mit Levi und Joey, bis Levi sich verabschieden musste, um Joey zu einer Geburtstagsparty zu bringen. Allerdings nicht bevor Joey sich von all ihren Dark-Knight-*Onkeln* verabschiedet hatte, also von allen Mitgliedern der Dark Knights, was Chloe die Gelegenheit gab, weitere süße Fotos zu machen. Joey umarmte Chloe ebenfalls fest, aber nicht annähernd so fest wie Justin, der ihr später erzählte, dass Joey ihm zugeflüstert hatte: »Vergiss nicht, dass wir heiraten werden.«

Kurze Zeit später nahm Justin Chloe, Harper und Gavin mit auf einen Spaziergang über die Strandpromenade, bevor sie zu den anderen zurückkehrten und sich am Nachmittag zum Aufbruch bereit machten. Es folgte eine laute Verabschiedungsrunde mit Umarmungen, Schulterklopfen und vielen Versprechen, dass Chloe irgendwann mal wieder mit Justin vorbeischauen würde.

Einige der Dark Knights aus Harborside schlossen sich ihnen an, als sie ihre Motorradtour fortsetzten. Sie fuhren aus Harborside hinaus und durch andere Nachbarstädte, doch Chloe gefielen die Straßen am besten, die parallel zum Wasser verliefen. Die Gruppe hielt an einem Straßencafé an, um zu Abend zu essen, und nahm jeden freien Tisch und jede Nische in Beschlag.

Als sie schließlich wieder vor Chloes Haus ankamen, ging die Sonne bereits unter. Sie fühlte sich, als hätte sie in den letzten vierundzwanzig Stunden so viel wie in einem Monat erlebt, und konnte es kaum erwarten, das zu wiederholen.

Arm in Arm schlenderten sie zur Tür.

»Das war ein toller Tag«, sagte sie, als sie auf die Veranda traten. »Alle sind so anders, als ich es mir vorgestellt hatte. Ich bin froh, dass ich sie besser kennenlernen durfte. Zeke hat mir erzählt, dass er früher Sonderschullehrer war und wie er seinen Job verloren hat. Ich hatte ja keine Ahnung. Ich dachte, er hätte immer mit deinem Vater zusammengearbeitet.«

»Er ist ein kluger Mann und ein ausgezeichneter Lehrer. Er unterrichtet immer noch Kinder.«

»Das hat er mir auch erzählt. Ich mag ihn wirklich sehr. Wusstest du, dass Dwayne Sid angerufen hat, um sich nach Snowflake zu erkundigen, während wir beim Abendessen saßen? Ich hätte nie gedacht, dass er so etwas tut. Es sei denn, er hat das eigentlich nur getan, weil er sich für Sid interessiert.«

»Das bezweifle ich. Er hat Steph angerufen, als wir im Taproom waren. Sie hat Sid heute im Tierheim unterstützt. Die Tiere liegen ihm wirklich sehr am Herzen.«

Sie kramte nach ihrem Schlüsselbund und schloss die Tür auf. »Dir aber auch. Ich habe gehört, wie du Baz beim Abendessen nach Shadow gefragt hast.«

Er nahm sie mit einem sehnsüchtigen Blick in die Arme. Das ließ sie nur zu gern geschehen, denn das war der einzige Ort, an dem sie sein wollte. »Ich möchte mich nicht von dir verabschieden, Chloe.«

»Dann tu es nicht«, sagte sie leise.

Seine Mundwinkel zuckten. Er gab ihr einen zarten Kuss und flüsterte: »Was hast du mir nur angetan?«

»Sag mir Bescheid, wenn du es herausgefunden hast, denn ich will mich auch nicht verabschieden.«

»Dann komm heute Abend mit mir. Nimm mit, was du morgen für die Arbeit brauchst, und bleib bei mir. Wir können am Teich spazieren gehen, fernsehen oder uns im Mondschein lieben. Mir ist völlig egal, was wir tun. Ich will einfach nur mit dir zusammen sein.«

Ein warmes Glücksgefühl durchflutete sie. »Okay. Ich muss meinen Laptop holen, um das Forum des Buchclubs zu überprüfen, weil ich gerade das neue Buch angekündigt habe und es Fragen geben wird. Und ich möchte meinen Fotodrucker mitnehmen. Ich habe tolle Fotos von allen gemacht und auch heimlich ihre Hände fotografiert. Ich kann es kaum erwarten, sie dir zu zeigen. Oh, und ich habe ein paar süße Fotos von Levi und Joey und von Joey und ihren Onkeln – Levis Cousins Jesse und Brent und natürlich den anderen Männern –, die ich ihr zusammen mit dem Foto von euch beiden schicken möchte. Vielleicht bastle ich ihr sogar ein kleines Album.«

»Das würde ihr gefallen, Baby. Ich mag es, wenn du vor Nervosität zu plappern anfängst.« Er küsste sie erneut langsam und sanft. »Nimm mit, was du brauchst. Pack am besten gleich Kleidung für zwei Tage ein.«

»Ist es dafür nicht ein bisschen früh?«, fragte sie und bereute es sofort. Sie hatte ausgesprochen, was sie ihrer Meinung nach sagen sollte, und war sofort wieder in die einschränkende, sichere Haut geschlüpft, die sie heute nur zu gern abgelegt hatte.

Bevor sie es zurücknehmen konnte, erwiderte er: »Ich habe so lange darauf gewartet, mit dir zusammen zu sein, Darling, dass für mich nichts zu schnell gehen kann.«

Fünfzehn

Als Chloe am Montagmorgen aufwachte, war sie umhüllt von Justins hartem Körper. *Ganz schön hart*, stellte sie fest, als sie seine Erektion am Hintern spürte, während er sich an sie schmiegte. Und dann wurde ihr bewusst, dass sie heute arbeiten musste und diesen Arbeitstag nicht in ihrem Haus begann. Das war das erste Mal und daher eine große Sache. Eine riesige Sache. Eine *unglaubliche* Sache. Mit einem Mal wurde sie nervös und ging schnell eine mentale Checkliste durch, um herauszufinden, ob sie etwas vergessen hatte, das sie für die Arbeit brauchte. Kurz darauf schloss sie erleichtert die Augen, da alles in Ordnung war, und versuchte, ihre Nervosität in den Griff zu bekommen. Sie machte eine Bestandsaufnahme ihrer Gefühle, suchte nach dem Unbehagen, nach Reue oder Angst, aber da war nur Glück. Zudem sagte sie sich, dass es in Ordnung war, nervös zu sein, wenn sie unter der Woche woanders schlief, und erlaubte sich, den Moment zu genießen. Ihre Hand lag über Justins Hand auf ihrem Bauch, und sein Atem wärmte ihr die Schulter. Ihr Blick wanderte zu ihrer Tasche neben der Schlafzimmertür, in der all ihre Habseligkeiten verstaut waren und die sie am Vorabend einfach abgestellt hatte, damit sie einander in die Arme stürzen konnten. Sie waren wild übereinander hergefallen, als ob die Fahrt in getrennten Fahrzeugen von ihrem Haus zu seinem eine zu lange Trennung bedeutet hätte, und hatten alles andere links liegen lassen. Sie warf einen Blick auf seine Kommode, auf der die Fotos, die sie nach der Befriedigung ihrer Begierde ausgedruckt hatte, neben ihrem Laptop und dem Fotodrucker lagen.

Justin drückte die Lippen auf ihre Schulter. »Daran könnte ich mich gewöhnen.«

Seine Stimme war tief und rau und so sexy, dass sie sich noch enger an ihn schmiegte. »Ich auch«, flüsterte sie.

Er küsste ihre Schulter und ihren Nacken, ließ die Hand ihren Bauch hinaufwandern und streichelte ihre Brüste. Sie schloss die Augen und genoss es, ihn zu spüren. Seine zärtlichen Berührungen und seine Küsse auf ihren Hals und ihre Schulter belebten all ihre Sinne. Er spreizte die Hand auf ihrem Bauch und hielt sie fest, während er ihr süße Dinge ins Ohr flüsterte. »Ich liebe es, neben dir aufzuwachen …« Seine Hand wanderte ihre Hüfte und ihren Oberschenkel hinunter. »So weich und schön.« Langsam und sinnlich bewegte er das Becken. Ihr Innerstes summte vor Verlangen, und er schob die Hand zwischen ihre Beine und streichelte sie so perfekt, dass sie kaum noch atmen konnte.

Dabei gab er einen anerkennenden, heißen Laut von sich. »So feucht für mich.«

»Für uns«, flüsterte sie und rieb den Hintern an seiner Erektion. Sein männlicher Duft umhüllte sie und bewirkte, dass sie sich seiner noch deutlicher bewusst wurde. Seine Beine lagen hinter den ihren, sodass seine Haare sie kitzelten, seine Härte bohrte sich in ihr Fleisch, und seine rauen Finger bewegten sich in ihr, während er sie mit dem Mund an ihrem

Hals liebkoste, knabberte und leckte, bis sie kurz vor dem Höhepunkt stand.

»Ja. Für uns, Liebste.« Er glitt mit der Zunge an ihrer Ohrmuschel entlang. »Das mit uns ist so wundervoll. Ich will mich in *uns* verlieren.«

Dann drückte er seine Länge gegen ihre Mitte und drang langsam in sie ein. Sie streckte einen Arm nach hinten aus und klammerte sich an seine Hüfte, während sie in einen langsamen, sinnlichen Rhythmus verfielen, der so anders war als ihr lustvolles, wildes Liebesspiel in der letzten Nacht. Sie legte den Kopf in den Nacken, damit er besser an ihren Hals herankommen konnte, während er sie liebte und seine Hand benutzte, um ihre Lust noch zu steigern. Seine Erektion pochte in ihr wie ein zweites Herz.

»Großer Gott, Chloe«, hauchte er heiß gegen ihren Hals. »Du gehst mir unter die Haut.«

Die Emotionen in seiner Stimme ließen sie noch größere Höhen erklimmen, und sie bewegte das Becken schneller.

»Das ist es, Baby, du fühlst es auch. Wir sind so verdammt real.«

Er legte den offenen Mund auf ihren Hals und saugte genüsslich daran, während er sich in ihr bewegte und mit den Fingern genau die richtigen Stellen berührte. Ihr fielen die Augen zu, als ihr Höhepunkt sie überrollte, und ein verzweifeltes »*Justin!*« kam über ihre Lippen.

»Ich bin bei dir, Liebste.« Er fuhr mit den Zähnen über ihre Schulter, schickte Funken in ihr Inneres und katapultierte sie auf den Gipfel.

Sie bohrte die Fingernägel in seine Haut und keuchte: »Komm ... mit mir.«

Er zog sich zurück, und im nächsten Atemzug lag sie auf

dem Rücken, er war über ihr und drang mit einem harten Stoß tief in sie ein. Sie schrie vor süßer, himmlischer Qual auf. Er nahm ihre Hände und sah ihr tief in die Augen, und sie versuchte, die Augen offen zu halten, wollte die Gefühle festhalten, die sie vor sich sah, doch die Empfindungen waren einfach viel zu intensiv. Blind vor Ekstase öffneten und schlossen ihre Lider sich unkontrolliert. Sie sah ihn immer wieder blitzartig, wie in einem alten Film, konnte seine Anspannung und seine Lust erahnen. Dann presste er den Mund auf ihren und küsste sie derart verheerend und leidenschaftlich, dass sie ihm entgegenkam, um jede Sekunde davon zu genießen, denn ihr ganzer Körper verlangte nach mehr. Er beschleunigte seine Bemühungen, seine dralle Länge drang schneller und tiefer in sie ein und traf all ihre Lustpunkte mit tödlicher Präzision. Sie entriss ihm ihren Mund, schnappte nach Luft und krallte sich an seinem Rücken fest. Jeder seiner Stöße raubte ihr aufs Neue den Atem. Er schob die starken Arme unter sie und wiegte sie wie das Kostbarste auf der Welt. Nichts hatte sich je so richtig angefühlt. Es gab keine Trennung mehr zwischen ihnen, keinen Anfang und kein Ende, während sie sich in perfekter Harmonie bewegten. »Ich gehöre dir, Chloe«, stieß er hervor. »Ich gehöre ganz allein dir!« Und dann schwebten sie davon in die Wolken.

Auch den restlichen Morgen fühlte Chloe sich, als würde sie schweben, während sie sich unter der warmen Dusche küssten, sich gegenseitig wuschen und jede Vertiefung und Kurve ihrer Körper erkundeten. Er trocknete sie liebevoll mit einem

Handtuch ab und sah aus, als wolle er erneut über sie herfallen, während sie ihren Slip und ihren BH anzog und er in frische Boxershorts schlüpfte. Das Kribbeln in ihrem Bauch verwandelte sich in ein regelrechtes Feuerwerk. Er beäugte sie lasziv, während sie sich die Zähne putzten, und gab einen wunderschönen Anblick ab, wie er oben ohne und befriedigt am Türrahmen des Badezimmers lehnte, das schiefe Grinsen im Gesicht, und ihr dabei zusah, wie sie sich schminkte und sich die Haare föhnte.

»Ich bin gleich wieder da, Süße.«

Er küsste sie, und sie beobachtete, wie er sich eine Hose überstreifte. Sie genoss den Anblick seiner tiefsitzenden Jeans, die sich an seinen Hintern schmiegte, während er das Bett machte. Er räumte den Rest ihrer Sachen, die sie an der Tür gelassen hatten, in seinen Schrank, bevor er das Schlafzimmer verließ. Sie ging zum Kleiderschrank und staunte selbst über den Nervenkitzel, ihre Kleidung neben seiner zu sehen.

Justin kam mit zwei Tassen Kaffee ins Schlafzimmer geschlendert, während sie ihre Bluse zuknöpfte, und blieb stehen, um ihr zuzusehen, wie sie sich hochhackige Schuhe anzog. Er stieß einen Pfiff aus. »*Mmh*, Darling, du bist wunderschön«, sagte er, was die Schmetterlinge in ihrem Bauch beinahe durchdrehen ließ.

»Du hast Kaffee gekocht?« Das hatte er zwar auch am Vortag getan, doch sie hatte geglaubt, es wäre eine einmalige Sache gewesen.

»Und du siehst zum Anbeißen aus.« Mit einem wölfischen Grinsen näherte er sich ihr.

Blut rauschte durch ihre Adern. »Du solltest besser aufhören, mich so anzusehen, sonst komme ich hier nie raus.«

»Du könntest dich krankmelden«, schlug er frech vor.

»Ich wünschte, das wäre möglich, aber heute kommen die Schüler, die am neuen Programm teilnehmen, und ich muss noch an der Präsentation für das Puppenspiel arbeiten, bevor ich mich morgen mit Mads treffe.« Sie schaute auf die Uhr und ihr Magen zog sich zusammen. »Ich sage es nur ungern, aber …«

Er küsste sie auf die Wange. »Ich fülle dir deinen Kaffee in einen Becher zum Mitnehmen und bringe dich zu deinem Wagen.«

»Du musst mich nicht hinausbegleiten.«

Er grinste breit. »Du bist mein Mädchen – und ich begleite dich zu deinem Auto.«

Ihr Herz führte einen Freudentanz auf. Während er den Kaffee umfüllte, räumte sie im Bad auf und spürte, wie sie ein weiterer Schauder durchfuhr, weil sie ihre Sachen dort zurückließ. Oder wollte er, dass sie alles wieder in ihre Tasche packte? Sie hatte keine Ahnung, was man in diesem Fall machte. Sie griff nach ihrem Handy, um Serena eine Nachricht zu schreiben, hörte jedoch, wie Justin ins Schlafzimmer zurückkehrte, und steckte es wieder weg.

»Bitte sehr, meine Schöne.« Er beäugte sie irritiert. »Ist irgendwas?«

Sie sah sich ihre Sachen auf dem Waschbeckenrand an. »Soll ich das alles wieder wegpacken? Es fühlt sich komisch an, so in deine Privatsphäre einzudringen.«

Er stellte ihren Becher aufs Waschbecken und nahm sie in die Arme. »Ich mag es, wenn du in meine Privatsphäre eindringst, und du weißt, dass ich auch in deine eindringen möchte.«

Die Ehrlichkeit in seiner Stimme haute sie fast von den Socken. »Okay. Danke für den Kaffee.«

»Danke, dass du dich endlich besonnen hast und uns eine Chance gibst.«

Als er sie zu ihrem Auto begleitete, gestand sie: »Du bist ganz anders, als ich dachte.«

»Das bist du auch, Prinzessin.« Er öffnete ihr die Autotür und nahm sie in die Arme. »Wir haben immer nur an der Oberfläche gekratzt, Babe. Halte all das Gute fest. Es hat lange auf sich warten lassen.«

Er gab ihr einen süßen Kuss, der schnell zu mehr wurde. Sie war atemlos und wusste ganz genau, dass sie den ganzen Tag an nichts anderes denken würde.

»Bis heute Abend, Süße.«

Sie drehte sich um und wollte einsteigen, da gab er ihr einen kurzen Klaps auf den Hintern.

Daraufhin warf sie ihm einen finsteren Blick zu. »Ernsthaft?« Sie setzte sich hinters Lenkrad und ließ den Motor an. »Ich sagte doch, dass du mir nicht auf den Hintern schlagen sollst.«

Er beugte sich ins Auto. »Du hast auch gesagt, dass du nie mit mir ausgehen würdest. Außerdem kannst du von Glück reden, dass ich mir deinen hübschen Hintern nicht über die Schulter werfe und zurück ins Schlafzimmer schleppe.«

Sogleich schien ihr Innerstes in Flammen zu stehen. Sie drückte die Schenkel zusammen, bevor sie noch das Höschen wechseln musste, und versuchte, sich das Lachen zu verkneifen. »Hör auf damit! Ich muss los.«

»Ich schicke dir später eine Nachricht.«

Justin schlug die Tür zu und sie ließ die Fenster herunter. »Kein Sexting bei der Arbeit. Dann kann ich mich nicht konzentrieren, und es wird mir schon schwer genug fallen, nicht die ganze Zeit an das zu denken, was wir heute früh getrieben haben.«

Er beugte sich vor, damit sie sich in die Augen sehen konnten. »Soll ich dir vorsichtshalber ein zusätzliches Höschen holen?«

Weitere Flammen loderten in ihr auf. »Justin!«

Er lachte laut auf. Beim Losfahren rasten ihre Gedanken in Hunderte verschiedene, lächerlich glückliche Richtungen. »Serena anrufen.« Ihr mit Bluetooth verbundenes Telefon reagierte und Serena ging nach dem zweiten Klingeln ran.

»Hey, Schwesterherz. Wie geht's?«

»Rate mal, wo ich bin«, sagte Chloe viel zu vergnügt.

»Im Auto …?«

»Ja. Ich fahre von Justins Haus zur Arbeit!«

Serena kreischte. »Unter der Woche? Da lässt sich's aber jemand gutgehen!«

»Ja, und ich habe ihm versprochen, heute Abend wieder bei ihm zu übernachten!«

»Das wurde aber auch Zeit, verdammt noch mal. Pass lieber auf, Schwesterherz. Du weißt ja, was man sagt – wenn du einmal in die verbotene Frucht gebissen hast, gibt es kein Zurück mehr.«

»Hm. In seine *Frucht* beißen. Das muss ich unbedingt mal ausprobieren.«

Sie mussten beide lachen, und während Chloe ihre Freude und Aufregung mit ihrer Schwester teilte, wurde ihr klar, dass sie nicht in die konservative Haut zurückgeklettert war, die sie einst als so perfekt und sicher empfunden hatte. Diese Haut war ihr deutlich zu eng geworden, seitdem sie mit Justin zusammen war.

Aber sie hatte sie nicht ganz abgestreift.

Justin half ihr dabei, eine neue, andere Schicht zu entwickeln – eine bessere, die nicht darauf ausgerichtet war, sich vor der Vergangenheit zu verstecken, sondern sich auf eine Zukunft zu freuen.

<h1 style="text-align:center">Sechzehn</h1>

Am späten Dienstagnachmittag hallte laute Musik durch Justins Atelier. Er war voll in seinem Element, strich mit dem Daumen über den Stein und wischte Staub von den Wangenknochen des Gesichts, an dem er arbeitete. Dabei dachte er an den Sex mit Chloe an diesem Morgen zurück, bei dem er ihre Wange berührt und sie ihn angesehen hatte, als wäre er alles, was sie sich je wünschen könnte. Es war so wundervoll gewesen, sie in den letzten Nächten in seinem Bett zu haben. Er hatte jeden sinnlichen, lustvollen Moment genossen. Aber obwohl er sie jede Nacht bei sich haben wollte, hatte er das Gefühl, dass Chloe Zeit brauchte, um sich an ihre Beziehung zu gewöhnen. Daher ließ er ihr notgedrungen Freiraum, indem er keine Pläne schmiedete, sie heute oder morgen Abend zu sehen. Die Erinnerung an sie in seinem Bett sollte ihn ohnehin noch ein paar Tage lang beschäftigen. Er dachte daran, wie sexy und bezaubernd sie ausgesehen hatte, als sie am Sonntagabend nur mit seinem T-Shirt bekleidet mitten in seinem Bett saß, nachdem sie einander ausgiebig geliebt hatten, und sich mit ihm die Bilder ansah, die sie am Wochenende gemacht hatte.

Ihm war gar nicht bewusst gewesen, dass sie am Samstag bei ihrem ersten Besuch im Tierheim so viele Fotos gemacht hatte. Sie hatte außerdem die Hände seiner Mutter und die von Preacher fotografiert, als sie an der Feuerschale saßen, ebenso die Hände seines Großvaters, der gerade Snowflake streichelte – noch bevor ihnen überhaupt klar geworden war, dass er Bilder von ihren Händen brauchte, als ob die Entscheidung, was sie für die Suizidpräventions-Rallye machen sollten, vom Schicksal vorherbestimmt gewesen wäre. Sie hatte Dutzende Fotos von Justin mit Shadow und mit seinen Familienmitgliedern geschossen. Aber sein Lieblingsbild war ein Selfie von ihm und Chloe mit Shadow auf ihrem Schoß. Er hatte geglaubt, sich nur eingebildet zu haben, wie glücklich sie in jener Nacht gewirkt hatte, aber die Bilder bestätigten es. Am Sonntag hatte sie vor Gavins Haus und in Harborside weitere schöne Fotos gemacht. Sie hatte ein richtig gutes Auge, fing die Menschen ein, wenn sie in Gedanken versunken waren, und fotografierte sie aus Blickwinkeln, die ihm nie eingefallen wären. Durch ihre Augen sah er seine Familie und Freunde völlig anders als je zuvor und sogar sich selbst.

Er wusste, dass sie ihn auch anders sah, was sich darin zeigte, wie wohl sie sich in seinem Haus und in seinen Armen fühlte. Sie bezog ihn auch weitaus mehr in ihr Leben ein. Während der Fotodrucker arbeitete, hatte sie ihm erzählt, wann und warum sie das erste Album angefertigt hatte. Und später, als sie auf Beiträge im Forum ihres Buchclubs antwortete, berichtete sie ihm, wie es zu dem Club gekommen war und wie viel Spaß er ihr machte. Sie hatte ihm sogar von dem Buch erzählt, das sie gerade lasen. Es bereitete ihm große Freude, das alles zu erfahren, denn er wollte einfach alles über sie wissen.

Er nahm seine Schutzbrille ab, und als er das Werkzeug absetzte, fiel sein Blick auf die Inspirationstafel mit den ausgedruckten Fotos, die Chloe für ihn angefertigt hatte. Die

Tafel war an sich schon ein Kunstwerk. Chloe war gestern Abend mit dem ganzen Material dafür aufgetaucht und hatte Sackleinen über eine große Leinwand gespannt. Das Ganze umwickelte sie kreuz und quer mit einer Schnur, an die sie mit kleinen Wäscheklammern Fotos seiner Familienmitglieder hängte. Unter jedes Bild kam ein weiteres Foto, auf dem nur die Hände zu sehen waren. Um jedes der Fotos hatte sie Verzierungen angebracht, neben Rebas beispielsweise das winzige Bild einer Mutter, die die Arme um mehrere Kinder gelegt hatte, und neben das des alten Griesgrams Mike das eines alten, mit einem Stock wedelnden Mannes. Um Preachers Foto hatte sie mehrere Anstecknadeln mit Männern auf Motorrädern und eine mit der Aufschrift Familie angebracht. Gunners Bild war von Tieren umrahmt. Die Tafel war mit Dutzenden anderer Kleinigkeiten bedeckt, die alle perfekt durchdacht waren. Die meisten Menschen hätten ihm einfach die Fotos in die Hand gedrückt, aber Chloe schätzte gute Erinnerungen genauso wie er, und das war nur einer von Millionen Gründen, aus denen er sie liebte.

Sein Telefon, das auf dem Tisch lag, klingelte. Violet rief ihn über FaceTime an. Er schaltete die Musik aus und nahm den Anruf entgegen. Er war froh, Violets Gesicht zu sehen, als sie auf dem Bildschirm erschien. Ihr tiefschwarzes Haar hatte sie mit einem Batikstirnband zurückgebunden. Ihre Haut schimmerte frisch gebräunt, und ihre zusammengekniffenen Augen und ihr Grinsen verrieten Justin, dass die *Real Housewives of Bayside*, wie er Serena, Emery, Desiree und Daphne nannte, wieder getratscht hatten.

»Na, das ist doch mal ein zutiefst befriedigtes Gesicht, wenn ich je eins gesehen habe.« Violet hatte noch nie ein Blatt vor den Mund genommen. »Dann ist es also wahr? Du hast deine Schlange in Chloes Gras gesteckt?«

Er grinste breit. »Du weißt doch, dass ich keine intimen Details ausplaudere.«

»Ich will auch keinerlei Einzelheiten über dein Sexleben wissen. Aber hast du sie etwa an dein Bett gekettet? Desiree hat gesagt, dass Chloe seit Tagen nicht mehr beim Frühstück war und dass du auch kaum noch vorbeikommst, um mit allen zu frühstücken. Ich habe nur erwidert, dass es ohne mich sowieso nicht dasselbe ist, aber ich weiß nicht, ob sie mir das abkauft.« Violet grinste schelmisch.

Violets Schwester Desiree kochte gerne, und Chloe und ihre Freundinnen aus dem Bayside Resort trafen sich oft zum Frühstück bei ihr. Justin versuchte, sich ihnen anzuschließen, wann immer er konnte.

»Ich kann nur die Schuld für die letzten drei Vormittage mit Chloe auf mich nehmen, ansonsten hatte ich einfach zu viel zu tun, Vi. Aber jetzt, wo du mir die Idee in den Kopf gesetzt hast, Chloe an mein Bett zu ketten …«

Violet verdrehte die Augen. »Kannst du nicht wenigstens einmal bei Desiree frühstücken, bevor das Kind da ist? Sie vermisst dich.« Der errechnete Geburtstermin war im Juli.

»Wir kriegen das schon hin, Vi, versprochen.« Es fühlte sich gut an, sich und Chloe als *wir* zu bezeichnen. »Aber noch genieße ich die Morgenstunden zu zweit mit Chloe viel zu sehr.«

»Das verstehe ich. Andre und ich sind schon so lange wieder zusammen, wie du hinter Chloe her bist, und ich stehe morgens noch immer äußerst ungern auf. Justin Wicked hat also endlich sein Mädchen für sich erobert.«

»Sie konnte mir nicht ewig widerstehen«, sagte er arrogant.

»Das kannst du laut sagen. Die sexuelle Spannung zwischen

euch beiden hätte einen Eisberg entzünden können. Sei einfach vorsichtig, okay?«

»Vorsichtig?«

»Ja. Du kannst dein großes, weiches Herz vielleicht vor allen anderen verbergen, aber wir beide wissen, dass das für dich nicht nur eine lockere Angelegenheit ist.« Ihr Blick wurde sanfter, als sie hinzufügte: »Ich liebe Chloe. Sie ist eine gute Freundin und eine wirklich coole Braut. Aber für eine konservative Frau bist du ganz schön viel Mann. Ich möchte nur nicht, dass du dich darauf einlässt und verletzt wirst, weil eure Welten so verschieden sind.«

»Hey, wie war das mit dem Glashaus und den Steinen?« Violet und Andre kamen selbst aus sehr unterschiedlichen Welten. Als sie sich kennenlernten, war Violet eine vagabundierende Künstlerin, die nie Wurzeln schlagen wollte, und Andre ein gefragter Kinderarzt mit einer erfolgreichen Praxis in Boston und Wurzeln, die bis zum Kern der Erde reichten.

»Du hast ja recht. Entschuldige. Aber ich mache mir trotzdem Sorgen um dich.«

»Sie ist dir und mir viel ähnlicher, als du denkst, Vi. Ich weiß, wie du und alle anderen Chloe seht. Du siehst eine vorsichtige, konservative Frau, die nicht oft flucht und sich vor harten Kerlen in Acht nimmt. Und du weißt, dass ich diese Dinge an ihr schätze, aber sie ist so viel mehr als das.« Er wollte Chloes Vertrauen nicht missbrauchen, daher hielt er seine Bemerkungen allgemein. »Was du nicht siehst, ist, dass sie genauso viel überwinden musste wie du und ich, und dass ihre Weigerung, mit mir auszugehen, nichts mit mir zu tun hatte, sondern mit dem ganzen Mist, den sie durchgemacht hat.«

»Wirklich?«

»Ja, du kannst es nur nicht sehen, weil sie den Leuten ihre

Vergangenheit nicht auf die Nase bindet, so wie du und ich es mit unserer ›Nimm uns, wie wir sind‹-Einstellung tun. Und sie spielt auch nicht wie Blaine das Spiel einfach mit. Sie hat ihre Vergangenheit hinter sich gelassen und ist stolz darauf, und das zurecht. Und jetzt, wo ich weiß, was sie durchgemacht hat, ergibt alles an ihr einen Sinn.« Gestern Abend hatten er und Chloe über ihre Kindheit gesprochen, und sie hatte ihm erzählt, dass sie und Serena immer Secondhand-Kleidung getragen hatten und sie sich geschworen hatte, das nie wieder tun zu müssen. Sie wusste, dass sie sich anders kleidete als die anderen, und hatte erklärt, dass das sowohl mit der Bewältigung ihrer Vergangenheit als auch mit dem Versuch zu tun hatte, irgendwie aufzufallen, aber nicht auf protzige Art und Weise. In ihrer Kindheit und Jugend hatte sie sich immer unsichtbar gefühlt. Er fand zwar, dass Chloe selbst in Lumpen gekleidet nie unscheinbar wirken oder im Hintergrund verschwinden könnte, verstand jedoch nur zu gut, was sie meinte.

»Sie ist kein Mensch, der die Welt für das bestraft, was sie ihr angetan hat, Vi, und sie sieht nichts als selbstverständlich an. Freunde stehen ganz oben auf dieser Liste. Sie bastelt diese unglaublichen Alben für andere. Wusstest du das? Sogar für einige der Bewohner im LOCAL.«

»Ja, sie hat Desiree und Rick ein wunderschönes Hochzeitsalbum geschenkt.«

»Ich hatte keine Ahnung, dass sie so kreativ ist und so viel Zeit für andere investiert.« Er ging im Atelier auf und ab, während er Violet von der Skulptur erzählte, die er gerade anfertigte, und dass es Chloes Idee gewesen war, sich auf die noch lebenden Menschen zu konzentrieren statt auf die, die sich das Leben genommen hatten. Er schilderte ihr, dass Chloe die Personen und ihre Hände fotografiert hatte, damit er die Fotos bei der Arbeit an der Skulptur verwenden konnte, und er zeigte ihr auch die Inspirationstafel.

»Sie scheint genauso in dich verliebt zu sein, wie du in sie vernarrt bist.«

»Ich glaube schon, zumindest hoffe ich es«, sagte er ehrlich. »Ich wusste, dass ich sie mag, aber – *Mann!* – es ist so viel mehr als das. Sie hat die letzten Nächte bei mir verbracht, und letztens haben wir uns die Hunde angesehen, die Dwayne und ein paar von uns aus einem Hundekampfring gerettet haben. Es gibt da einen Hund, den Chloe Shadow getauft hat. Wir lassen ihn beide nur ungern allein, aber wenn ich sehe, wie sie sich um ihn kümmert?« Er schüttelte den Kopf. »Ich weiß nicht, Vi, alles, was sie tut, geht mir nahe.«

»Das hört sich ganz nach etwas sehr Ernstem an.«

»Ja, und ich möchte noch mehr. Alles ist besser, wenn wir zusammen sind. Wir haben gestern Abend zusammen gekocht, und selbst das hat Spaß gemacht. Und lass mich gar nicht erst davon anfangen, wie es ist, mit ihr in meinen Armen aufzuwachen oder ihr dabei zuzusehen, wie sie sich morgens für die Arbeit fertig macht und sich die schicken Kleider und die hochhackigen Schuhe anzieht, in denen ihre Beine kilometerlang erscheinen. Dann muss ich mich echt beherrschen, um ihren wunderschönen Hintern nicht wieder ins Bett zu schleifen. Und das nicht nur, weil ich auf Sex aus bin. Ich will sie in den Armen halten, mit ihr zusammen sein, um …«

»Um sie zu lieben?«, schlug Violet vor.

»Ja«, gestand er und überraschte sich selbst. »Ich meine, keine Ahnung. Ich würde das nicht laut aussprechen und sie in die Flucht schlagen, aber ich hätte nie gedacht, dass es so sein könnte.«

»Komm mir nicht mit so was. Jedes Mal, wenn sie dich abserviert hat, musste ich mir anhören, dass sie aber die Richtige für dich ist. Vielleicht hättest du nie gedacht, dass es so gut sein könnte, aber du wusstest definitiv, dass ihr beide gut zusammenpasst.«

»Kann schon sein. Ich bin nicht besonders wortgewandt, aber du weißt, was ich meine. Ich habe mich erst heute früh von ihr verabschiedet und wünsche mir jetzt schon, die Zeit würde schneller vergehen, damit ich sie wiedersehen kann.«

»Klingt, als hätte dich Amors Pfeil getroffen.« Violet musterte ihn mitfühlend. »So ist das nun mal, Justin. Weißt du noch, wie es bei mir und Andre war? Ich habe mich so schnell und heftig in ihn verliebt, dass ich Angst bekam und das Land verlassen habe. Was ein Riesenfehler war. So habe ich zwei Jahre mit ihm verloren. Mach nicht dieselben Fehler wie ich. Hab keine Angst, weil deine Gefühle so groß sind.«

Er schnaubte. »Ich habe keine Angst. Ich will mehr Zeit mit ihr verbringen, sie vor den Arschlöchern dieser Welt beschützen und dafür sorgen, dass ihr Leben einfach nur unglaublich ist. Meine einzige Sorge dabei bin ich, verstehst du? Sie ist so unabhängig, und ich habe Angst, dass ich es versaue. Sie ist am Sonntag mit mir und den anderen nach Harborside gefahren und hat es sehr genossen, aber sie hat mir beinahe den Kopf abgerissen, weil ich einem Typen gesagt habe, er solle aufhören, sie anzustarren.«

Violet musste lachen. »Du hast sie auf dein Motorrad gesetzt und sie hat dir die Hölle heiß gemacht? Dir ist schon klar, dass sie dadurch noch toller wird?«

Justin warf ihr einen ausdruckslosen Blick zu. »Im Ernst, Vi. Sie hat mir im Grunde gesagt, ich müsse nicht dafür sorgen, dass man sie in Ruhe lässt.«

»Ich verstehe das und mag sie deshalb wie gesagt sogar noch mehr.«

»Ja, ich auch. Das ist doch komisch, oder?«

»Nein, Justin. Es ist großartig. Du würdest es nie mit einem Mauerblümchen an deiner Seite aushalten. Ich weiß, dass du dich gern um andere kümmerst, aber du brauchst auch die Herausforderung. Du brauchst eine Frau, die so klug und stark ist wie du, die versteht, was es bedeutet, in deiner Haut zu stecken. Das heißt aber nicht, dass sie sich alles gefallen lassen muss, was ihr unangenehm ist. Du solltest gut aufpassen, dass du sie nicht erdrückst«, mahnte Violet.

»Ich versuche, das nicht zu tun, aber bisher hat sich nie jemand um sie gekümmert, und ich möchte das so gern tun, Vi.«

»Hey, ich habe versucht, auf sie aufzupassen. Ich habe dir gesagt, du sollst deine Schlange von ihrem Gras fernhalten, als du sie das erste Mal getroffen hast«, rief ihm Violet in Erinnerung. »Für mich klingt das ganz so, als ob Chloe gut für dich ist.«

»Ich glaube, das beruht auf Gegenseitigkeit. Sie versteht mich, und ich glaube, sie hat noch nie jemandem die Chance gegeben, sie gut genug kennenzulernen, um wirklich zu verstehen, wer sie ist – bis jetzt.«

»Es tut mir leid, dass sie es so schwer hatte, aber ich bin froh, dass sie dich an sich ranlässt.«

»Ja, das bin ich auch. Ich wünschte, ich könnte das alles für sie ändern«, gab er aufrichtig zu. »Und du solltest wissen, dass ich mit Chloe über uns gesprochen habe – über dich und mich –, wegen dem, was damals passiert ist, als du zum ersten Mal wieder zurück ans Cape gekommen bist, und das bei Andres Auftauchen aufgeflogen ist.«

»Oh, verdammt. Ich war damals so schlecht drauf.« Besorgnis stieg in Violets Augen auf. »Ich hoffe, dass das nicht zwischen euch stand.«

»Das war sicher einer der Gründe, warum sie sich so lange zurückgehalten hat, aber jetzt versteht sie es.«

»Gut. Es tut mir leid, dass ich damals so kaputt war. Jetzt habe ich ein ganz schlechtes Gewissen, weil ihr beide darunter leiden musstet.«

»Schon okay. Chloe ist hart im Nehmen.«

»Ich weiß, aber auch harte Mädchen können verletzt werden. Wer wüsste das besser als ich?« Violet lächelte. »Du bist der beste Freund, den ich je hatte. Du warst immer für mich da. Ich kann dir alles sagen, ohne dass du mich verurteilst, und nach allem, was du mir eben erzählt hast, klingt es ganz so, als hätte Chloe noch nie so jemanden in ihrem Leben gehabt. Sie hat Glück, dich zu haben, und ich freue mich für euch beide. Aber so sehr du dich auch in ihr Leben stürzen und sie beschützen willst, tu es nicht, Justin. Du hast lange darauf gewartet, dass sie bereit für dich ist. Überfordere sie nicht. Als stolze Frau kann ich dir sagen, dass es nichts Schlimmeres gibt, als wenn jemand, der dir wichtig ist, so tut, als ob du nicht stark oder fähig genug wärst – ob nun emotional oder anderweitig –, um selbst auf dich aufzupassen.«

Justin dachte darüber nach. »Ich würde nie wollen, dass sie so denkt.«

»Ich weiß. Deshalb erzähle ich dir das ja auch. Ich glaube, wenn du Chloe genug Raum und Zeit lässt, wird sie dir schon zeigen, was sie von einem Partner erwartet.«

Die Ateliertür flog auf, und Chloe stürmte mit Taschen in den Händen herein und eilte auf Justin zu, wobei sie sofort losplapperte. »Hi! Ich weiß, dass wir für heute Abend keine

Pläne hatten, aber ich konnte etwas früher Feierabend machen, nachdem ich mich mit Mads getroffen habe, und ich war so aufgeregt, weil ich Fotos von ihren Händen machen konnte, dass ich sie dir sofort zeigen musste! Wir hatten Glück. Sie hat mir ihren neuen Nagellack gezeigt und mich Fotos davon machen lassen. Ich finde sie übrigens einfach großartig. Sie ist so hilfsbereit und wir hatten viel Spaß bei der Zusammenarbeit. Ich glaube wirklich, dass unser Projektplan gut ankommen wird. Morgen ist meine große Präsentation!« Sie ließ ihre Taschen auf den Tisch fallen und kramte in einer davon herum, während sie sagte: »Ich habe Tacos zum Abendessen mitgebracht, weil ich davon ausgegangen bin, dass du in die Arbeit vertieft bist und das Essen vergisst, und Mads hat mir von diesem T-Shirt-Laden erzählt, daher habe ich auf dem Weg hierher dort angehalten und das hier gekauft.« Sie wirbelte herum und hielt ein schwarzes T-Shirt mit weißen Buchstaben auf der Brust hoch, auf dem stand: *Mein Märchenprinz hat kein weißes Pferd, sondern eine Harley.*

Sie hatte ja keine Ahnung, wie viel es ihm bedeutete, dass sie aus heiterem Himmel auftauchte und dieses alberne T-Shirt gekauft hatte. »Ich hätte nicht gedacht, dass mein Tag noch besser werden könnte, Herzensbrecherin, aber verdammt, du hast es geschafft. Du bist hier und dieses T-Shirt ist der Knaller.«

»Hi, Chloe!«, rief Violet.

Chloes Blick fiel auf das Telefon in Justins Hand und sie riss die Augen auf. »Violet? Oh mein Gott. Hi! Entschuldige, ich hatte keine Ahnung, dass ihr miteinander telefoniert.«

»Schon okay. Mir gefällt das T-Shirt auch. Und du hast Tacos zum Abendessen mitgebracht?« Violet grinste. »Steht dein *Taco* nicht sowieso jeden Abend auf der Speisekarte?«

»Himmel!« Chloe lief puterrot an und hielt sich die Hände vors Gesicht.

»Jetzt komm schon, Vi. Das reicht.« Justin warf ihr einen bösen Blick zu.

»Tut mir leid«, stieß Violet lachend hervor. »Ich konnte einfach nicht anders. Ich liebe es, Chloe erröten zu sehen.« Sie riss sich zusammen. »Aber ganz im Ernst: Ich freue mich für dich und Justin. Sei gut zu ihm, Chloe. Er ist der beste Freund, den eine Frau nur haben kann.«

»Ich weiß, dass er das ist.« Chloe legte die Arme um Justin. »Wie ist Honduras, Vi? Wie geht es Andre?«

»Die Gegend ist großartig und Andre reiße ich gleich die Kleider vom Leib.« Violet sah lächelnd zur Seite, als Andre sich ins Bild beugte, um sie zu küssen.

»Hey, Justin. Hi, Chloe«, sagte Andre. »Ihr seid also endlich ein Paar?«

Sie brachten Andre auf den neuesten Stand und unterhielten sich noch ein paar Minuten lang.

»Wir müssen jetzt aufhören, wenn ich mich noch mit meinem Mann vergnügen will«, sagte Violet. »Aber wir kommen im Juli nach Hause und werden da sein, wenn Desiree ihr Baby bekommt. Sie will mich im Kreißsaal haben, falls Rick ohnmächtig wird.«

Nachdem sie das Gespräch beendet hatten, legte Justin die Arme um Chloe. Ihr süßes Lächeln traf ihn direkt ins Herz. »Ich bin so froh, dass du hier bist.«

»Entschuldige, dass ich einfach so reingeplatzt bin. Ich war nur so aufgeregt wegen der Fotos und ...«

»Aha. Du bist also nicht vorbeigekommen, weil du mich vermisst hast?« Es brauchte keine Worte. Die Antwort stand klar und deutlich in ihren grünbraunen Augen geschrieben.

»Schön, dass du mich vermisst hast, Süße.« Er presste die Lippen auf ihre. »Willst du wissen, was mich noch mehr freut? Zu wissen, dass du mich als deinen Märchenprinzen ansiehst.«

Sie bedachte ihn mit einem frechen Grinsen. »Ich glaube eigentlich gar nicht an den Märchenprinzen, der seine Holde rettet, aber es gab kein T-Shirt, auf dem Freund statt Märchenprinz stand.«

»Ach, komm schon, Schätzchen. Lass mich dein Märchenprinz sein und deine Drachen erschlagen.«

Sie schlang ihm die Arme um den Hals. »Willst du nicht lieber mein Dark Knight sein und dich um meinen *Taco* kümmern?«

»Oh, Baby, ich habe große Lust auf ein Festmahl.« Er warf sie sich über die Schulter, und sie quietschte und kicherte, als er ihre Taschen nahm und zur Tür hinausging.

<h1 style="text-align:center">Siebzehn</h1>

Chloes spontanes Taco-Abendessen mit Justin führte dazu, dass sie die vierte Nacht in Folge bei ihm verbrachte. Am nächsten Morgen war sie in aller Herrgottsfrühe aufgestanden, um nach Hause zu fahren und sich für die Arbeit fertigzumachen, aber weder sie noch Justin wollten zu lange voneinander getrennt sein. Was mit ein paar heißen Küssen begann, endete damit, dass sie sich in die Arme fielen. Chloe musste ihre morgendliche Routine schließlich in aller Eile durchführen und schaffte es gerade noch rechtzeitig zu ihrer ersten Besprechung. Sie hatte den ganzen Tag über viel zu tun und war länger geblieben, um Alan das Puppenspielprogramm zu präsentieren. Er schien begeistert zu sein und Chloe hoffte inständig auf seine Zustimmung. Als sie nach der Arbeit endlich nach Hause kam, fühlte sie sich, als wäre sie einen Monat lang unterwegs gewesen, obwohl sie morgens für eine schnelle Dusche hier gewesen war.

Sie stellte ihre Sachen in der Küche ab und sah sich die Fotos an, die sie auf dem Tisch und der Arbeitsplatte verteilt hatte. Ein Bild von Justin und Shadow fiel ihr ins Auge. Er hatte ihr an diesem Nachmittag mehrere Flirt-Nachrichten geschickt, und obwohl er auf Sexting verzichtet hatte, war er ziemlich nah dran gewesen. Jedes Mal, wenn sein Name auf ihrem Handydisplay aufleuchtete, hatte ihr Herz einen Schlag ausgesetzt.

Es ließ sich nicht länger leugnen: Sie vermisste ihn schon wieder.

Er war heute Abend bei der Church und sie hatte viel zu tun. Neben den alltäglichen Aufgaben wie der Wäsche und dem Aufarbeiten der Post hatte sie ganz vergessen, die Terrasse vom Sand zu befreien, und sie wollte am Album für Joey arbeiten. Dennoch schweiften ihre Gedanken immer wieder zu Justin ab. Er war irgendwie immer da. Sie dachte an die süßen Dinge, die er sagte und tat, und daran, wie er sie in der einen Minute zärtlich und in der nächsten besitzergreifend berührte. Er war so verdammt sexy, dass es sie schon bei dem Gedanken an ihn heiß durchfuhr.

Sie musste aufhören, in Tagträumen von ihm zu schwelgen, damit sie nicht noch zu einer Frau wurde, die wegen eines Mannes den Verstand verlor, so wie ihre Mutter. Eine Nacht ohne ihn würde sie ja wohl überleben.

Chloe schlüpfte aus ihren Schuhen und zog sich Shorts und ein bequemes T-Shirt an, wobei sie versuchte, nicht an ihn zu denken. Sie trug einen Korb mit schmutziger Wäsche in die Waschküche, und beim Sortieren stieß sie auf Justins weißes T-Shirt, das sie am Abend des Buchclubtreffens angehabt hatte. Sie drückte es sich an die Nase und atmete seinen männlichen Duft ein, der das Kribbeln in ihr erneut entfachte.

Na toll. Jetzt vermisste sie ihn noch mehr.

Sie überlegte, das T-Shirt nicht zu waschen, sondern es auf ihr Kopfkissen zu legen, entschied sich jedoch dagegen, weil sie sich nicht wie ein liebeskranker Teenager verhalten wollte. *Mann!* Himmelten ihre Schwester und ihre Freundinnen ihre

Männer deshalb so an? Sie schnupperte ein letztes Mal am T-Shirt und zwang sich, es in die Waschmaschine zu werfen. Bevor sie es sich anders überlegen konnte, füllte sie noch mehr Wäsche hinzu, schüttete Waschmittel hinterher und schaltete die Waschmaschine ein. Daraufhin schnappte sie sich einen Eimer und einen Besen, ging ins Wohnzimmer und überlegte, ob sie den Sand loswerden konnte, indem sie ihn im Wald am Rande ihres Grundstücks auskippte. Dazu musste sie bestimmt hundert Mal hin- und hergehen, aber sie konnte die Bewegung gut gebrauchen. Es fühlte sich an, als wäre dieser bezaubernde Abend erst gestern gewesen, und gleichzeitig kam es ihr vor, als wäre ein Monat vergangen, seit sie in ihrem Hula-Outfit die Tür geöffnet hatte und in Justins Arme gesunken war. Sie rief eine ihrer fröhlichen Playlists auf, und »3AM« von Matchbox Twenty ertönte. Fröhlich mit dem Kopf wippend öffnete sie die Terrassentür.

Und ihr fiel die Kinnlade herunter. Da war kein Krümelchen Sand mehr und ihre Gartenmöbel standen wieder an ihrem alten Platz. Sie konnte es nicht fassen. Justin musste irgendwann in dieser Woche alles aufgeräumt haben, während sie bei der Arbeit gewesen war. So dankbar sie auch war, dass er sich diese Mühe gemacht hatte, war sie doch auch ein wenig traurig, weil die Überreste ihres ersten gemeinsamen Abends verschwunden waren.

Sie stellte Besen und Eimer ab und trat auf die Terrasse hinaus. Die Tiki-Lichter hatte er hängen lassen. Die Decke, auf der sie gelegen hatten, lag fein säuberlich gefaltet auf dem Tisch. Daneben stand ein Einmachglas. Ihr Herz schlug schneller, als sie es hochhob und feststellte, dass sich darin Sand und ein Stück Papier befanden. Sie schraubte den Deckel ab und holte einen Zettel mit Justins Handschrift heraus.

Erinnerungen an unseren unvergesslichen Abend. J

Sofort kehrten die Schmetterlinge in ihrem Bauch zurück. Er wusste wirklich, wie man sie in Aufruhr versetzte – und damit meinte sie nicht nur die Schmetterlinge. Er hatte ihr seine eigene Art von Album geschenkt. Sie freute sich sehr darüber, dass er diese Nacht offenbar genauso ungern vergessen wollte wie sie.

Am liebsten hätte sie ihm eine Nachricht geschickt, um sich zu bedanken, aber sie wollte ihn nicht beim Bikertreffen stören. Sie steckte die Finger in das Glas, ließ sie durch den Sand gleiten und erinnerte sich an diese Nacht zurück. Sie war so nervös gewesen und hatte all ihre Sorgen einfach aus sich heraussprudeln lassen. Er war so gut zu ihr gewesen, hatte sie nicht gedrängt und ihr überlassen, welchen Weg sie einschlagen wollte.

Sie legte den Zettel zurück ins Glas, schraubte es wieder zu und trug es in ihr Schlafzimmer, wo sie es auf den Nachttisch stellte. Dann sammelte sie in der Küche die Fotos ein, um sie ins Gästezimmer zu bringen, damit sie mit Joeys Album beginnen konnte, doch stattdessen setzte sie sich aufs Bett und sah sich die Bilder von Justin und Shadow ein letztes Mal an. Vorhin hatte er in seiner Nachricht erwähnt, dass er vor der Church keine Zeit mehr finden würde, um Shadow zu besuchen. Sie betrachtete ein Foto, auf dem Shadow mit all seinen rosafarbenen Narben und Stichen im Gras saß und in die Kamera schaute. Die Nähte sahen jetzt nicht mehr ganz so schlimm aus und die Fäden sollten in einer Woche gezogen werden. Sie fragte sich, ob Shadow Justin ebenfalls vermisste.

Natürlich tust du das. Du bist immer ganz aufgeregt, wenn du ihn siehst.

Das hatten sie beide gemeinsam.

Bislang hatte sie mit Justin noch keine Pläne für ihr nächstes Treffen geschmiedet, was ihr bis jetzt auch nicht aufgefallen war. Vermisste er sie ebenfalls? Oder brauchte er mal eine Pause von ihr?

Oh Gott, ich werde noch zu einer dieser Frauen.

Sie brauchte eine Ablenkung von ihren Gedanken, und sie ging fest davon aus, dass für Shadow dasselbe galt. Ein kurzer Besuch würde Shadow wahrscheinlich den Tag versüßen, genau wie ihr. Sie wusste, dass Dwayne und Baz mit Justin bei der Church sein würden, aber vielleicht konnte sie Sidney ja noch erwischen.

Rasch ließ sie die Fotos sinken und eilte in ihr Schlafzimmer, um in ein Paar Flip-Flops zu schlüpfen.

Zwanzig Minuten später stand sie vor dem Eingang des Tierheims, drückte auf die Klingel, schaute in die Kamera und hoffte inständig, dass Sidney ihr aufmachen würde.

»Hi, Chloe«, sagte Sidney durch den Lautsprecher.

Erleichterung durchflutete sie. »Hallo! Ist es zu spät, um Shadow zu besuchen?« Sie las sich die Öffnungszeiten durch, die am Tor standen, und stellte fest, dass seit über einer Stunde geschlossen war. Im Stillen tadelte sie sich. »Ich hätte auf die Öffnungszeiten achten sollen. Tut mir echt leid.«

»Schon in Ordnung. Das gilt nur für die Allgemeinheit. Ich muss noch Papierkram erledigen und würde mich über Gesellschaft freuen.«

Sid öffnete das Tor. Als Chloe vor der Tierklinik parkte, kam Sid heraus, um sie zu begrüßen. »Hallo.«

»Hi. Entschuldige, dass ich vorbeikomme, ohne vorher anzurufen.« Chloe hievte sich ihre Tasche über die Schulter. »Ich weiß, dass Justin heute keine Zeit hatte, Shadow zu besuchen, und dachte mir, er könnte vielleicht ein wenig Gesellschaft gebrauchen.«

»Er wird sich freuen, dich zu sehen«, sagte Sid auf dem Weg zum Tierheim.

»Arbeitest du jeden Tag hier?«

»Fast jeden. Es gibt so viel zu tun und einige der Tiere bekommen eine tägliche Therapie.« Sid öffnete die Tierheimtür, was eine Kakofonie aus Gebell auslöste, und schnappte sich eine Leine von einem Haken an der Wand. Sie ließ sich Zeit, an jedem Zwinger die Hunde ihre Hände beschnuppern zu lassen und sie kurz durch das Gitter zu streicheln.

Als sie zu Shadows Zwinger kamen, stürzte er sich mit den Pfoten ans Gitter, winselte und bellte und wedelte mit dem Schwanzstummel.

»Hey, mein Großer«, begrüßte Chloe ihn, während Sidney den Zwinger aufschloss und die Leine an seinem Halsband befestigte. Sie streichelte Shadow, der an ihren Beinen schnüffelte und aufgeregt hechelte.

»Bringen wir ihn in den Besuchsraum. Ich bleibe bei dir, da Justin nicht hier ist. Nur für den Fall, dass Shadow auf dumme Gedanken kommt.«

Chloe folgte Sid den Flur hinunter ins Besuchszimmer. »Ist er schon mal auffällig geworden?«

»Nein, und ich glaube auch nicht, dass das passieren wird. Aber manchmal hat er Angst und das kann zu Verhaltensproblemen führen. Es ist besser, auf Nummer sicher zu gehen.« Sie schloss die Tür hinter ihnen und setzte sich auf den Boden.

Chloe stellte ihre Tasche ab und ließ sich neben sie sinken. Shadow kletterte auf ihren Schoß und leckte ihr das Gesicht ab, während sie ihn streichelte. »Ich hab dich auch vermisst, Shadow.«

»Er liebt dich und Maverick sehr. Hattest du früher einen Hund?«

»Nein. Wir hatten kaum genug Geld für unser Essen.« Shadow saß jetzt zwischen ihnen und beschnupperte erst Chloe, dann Sid. Chloe streichelte ihm den Rücken. »Was ist mit dir?«

»Mein Vater war beim Militär, daher sind wir oft umgezogen. Wir hatten keine Haustiere, aber ich habe Tiere schon immer geliebt. Beim Militär wurde ich Hundeführerin. So habe ich Gunner kennengelernt. Wir waren auf demselben Stützpunkt stationiert und gemeinsam im Einsatz. Einige Jahre später räumten mein Hund Rosco und ich einen Tunnel, in den Gunners Einheit einrücken sollte. Leider wartete dort ein Selbstmordattentäter auf uns. Rosco und ich haben den Anschlag abbekommen.«

»Oh mein Gott, das ist ja furchtbar.« Chloe lief ein Schauder über den Rücken. »Wurdest du verletzt? Hat Rosco überlebt?«

»Wir hatten beide Schrapnellwunden und Knochenbrüche. Rosco verlor ein Hinterbein und ich hatte ein leichtes Schädel-Hirn-Trauma. Es hat eine Weile gedauert, aber es geht uns beiden gut. Wir hatten Glück.«

»Das hört sich für mich nicht nach Glück an. Du bist so mutig.«

Sidney zuckte mit den Achseln. »Rosco hat es mir leicht gemacht, mutig zu sein.«

»Wo ist er jetzt?« Chloe kraulte Shadow hinter den Ohren, und er legte das Kinn auf die Vorderpfoten und schloss die Augen.

»Ich habe ihn aus dem Militärdienst adoptiert. Er ist drüben in der Klinik und wartet darauf, dass ich ihn nach Hause bringe.«

»Ich will dich nicht von ihm fernhalten.«

»Das geht schon in Ordnung. Wir sind die ganze Zeit zusammen. Es ist wirklich schön, sich mal mit einem echten Menschen unterhalten zu können.«

»Justin sagte, du lebst mit Dwayne, ich meine Gunner, zusammen. Das muss interessant sein, wo er doch ständig mit einem flirtet.«

»Mir ist schon klar, dass sich deswegen alle den Kopf zerbrechen«, sagte Sidney leise. »Doch offen gesagt stehen er und Steph sich viel näher. Ich hab ihn echt lieb, aber wenn man einmal miterlebt hat, wie ein Kerl Milch aus der Packung trinkt und dann das Alphabet rülpst, dann ist es mit der Attraktivität vorbei.«

»Ich versuche, mir vorzustellen, wie Justin so etwas tut, und ich muss zugeben, dass ich mit dem ersten Part durchaus leben könnte. Das mit dem Alphabet hingegen ...« Sie musste lachen.

»Die Wicked-Männer könnten eine Nonne um den kleinen Finger wickeln.« Sidney lehnte sich mit dem Rücken an die Wand. »Aber ich glaube, sie sehen mich alle als eine von ihnen an.«

»Gibt es jemanden, bei dem du dir wünschst, es wäre anders?«

Sidney strich sich das Haar hinters Ohr und ihr Blick zuckte zu Chloe. Sie öffnete den Mund und wollte schon etwas sagen, als Chloes Telefon klingelte. Shadow hob den Kopf, und Sidney murmelte: »Noch mal Glück gehabt.«

Chloe holte in der Hoffnung, es wäre Justin, ihr Handy heraus und versuchte, sich die Enttäuschung nicht anmerken zu lassen, als sie *Madigan Wicked* auf dem Display sah. »Es ist Mads«, sagte sie und nahm den Anruf entgegen. »Hi, Mads.«

»Hi!«, brüllte Mads ins Telefon. Chloe konnte Musik im

Hintergrund hören. »Ich bin mit Marly im Hog und Starr muss arbeiten. Möchtest du vielleicht vorbeikommen, da Maverick bei der Church ist?«

»Hört sich gut an, aber ich bin bei Shadow und Sid im Tierheim, und wenn ich nach Hause komme, wartet noch eine Menge Arbeit auf mich. Aber warte kurz« – Chloe schaute zu Sid hinüber, die mit den Händen wedelte, den Kopf schüttelte und »Nein, nein« murmelte – »vergiss es, Sid schafft es anscheinend auch nicht.«

»Komm schon, Chloe«, drängte Mads. »Wenn der Kerl aus dem Haus ist, sollten die Frauen auf dem Tisch tanzen!«

Chloe musste lachen. »Außer, dass ich seit vier Tagen nicht mehr zu Hause war und sich meine Post ebenso hoch stapelt wie meine Wäsche. Aber wir sind doch nächste Woche zum Abendessen mit den anderen vom Buchclub im Common Grounds verabredet, oder?«

»Auf jeden Fall«, bestätigte Mads fröhlich. »Richte Sid aus, dass Marly einen Mann für sie ausspäht.«

Chloe gab es an Sidney weiter, die ihre Finger wie eine Pistole hielt und sich in den Kopf schoss. Ihr Kopf kippte nach vorne, sie ließ die Zunge heraushängen und hatte die Augen geschlossen, und Shadow machte sich sofort daran, ihr das Gesicht abzulecken.

»Sie ist begeistert«, log Chloe und zuckte mit den Achseln. »Beim nächsten Mal klappt es bestimmt.«

»Okay, bis bald.« Mads beendete das Gespräch.

Als Chloe ihr Telefon in ihre Tasche steckte, fragte sie: »Was hatte die Geste eben zu bedeuten?«

»Marly und Mads versuchen andauernd, mich zu verkuppeln. Das Problem ist nur, dass man zu hart ist für normale Kerle, wenn man im Einsatz war, und die harten Kerle wollen nun mal keine Frau wie mich.« Shadow rollte sich auf den Rücken und Sidney kraulte ihm den Bauch. »Einen Kerl zu finden, der so treu und bedingungslos liebt wie ein Hund und mich um meinetwillen zu schätzen weiß, ist wie die Suche nach der Nadel im Heuhaufen. Es ist lange her, dass mir etwas ohne drei oder vier Beine das Bett gewärmt hat.«

Chloe war sich ziemlich sicher, dass sie mit Justin ihre Nadel gefunden hatte, oder vielmehr hatte er sie gefunden. Allerdings wusste sie auch genau, was Sidney empfand und wie es war, mit dem Gefühl zu leben, der richtige Mann würde vielleicht nie auftauchen. Nach Sidneys Bemerkung über die Wickeds fragte sie sich, ob der richtige Mann für sie sich möglicherweise auch direkt vor ihrer Nase befand, aber anstatt nachzuhaken, sagte sie: »Ich weiß, wie das ist. Vor Justin bekam ich Liebe vor allem von fiktiven Freunden.«

»Vielleicht sollte ich mir mal deine Bücherliste ansehen.«

»Liest du Liebesromane?«

Sidney zuckte abermals mit den Achseln, was ihre übliche Reaktion zu sein schien. »Ich habe nie welche gelesen und stehe eigentlich eher auf Krimis.«

»Da verpasst du aber was. Es gibt übrigens auch romantische Krimis. Hast du einen Kindle?«

»Hat den nicht jeder?«, fragte Sid lachend. »Ich habe auch einen Nook und Apple Books auf dem Handy.«

»Ich werde deinen Horizont erweitern und dir ein paar Liebesromane ausleihen. So kannst du die Wartezeit überbrücken, bis der Richtige auftaucht.«

»Ich werde es mal ausprobieren.«

»Großartig. Wenn sie dir gefallen, gib mir Bescheid. Ich leite einen Liebesroman-Buchclub und wir suchen immer neue Mitglieder. Marly, Mads und Steph sind auch dabei. Kennst du

Starr? Sie arbeitet als Kellnerin im Salty Hog.«

»Ja, ich kenne dort alle.«

»Sie ist auch gerade beigetreten und einige meiner anderen Freundinnen sind auch dabei. Du würdest sie mögen. Gehst du manchmal ins Common Grounds?«

»Sicher.«

»Gabe ist auch im Club. Wir treffen uns dort nächste Woche zum Abendessen.«

Chloe teilte ihr die Einzelheiten mit und sie tauschten E-Mail-Adressen und Telefonnummern aus. Im Anschluss fotografierte Chloe Shadow und Sidney, und Sidney brachte sie über Shadows Fortschritte auf den neuesten Stand. Sie hatte ihn langsam an andere Hunde herangeführt, und er zeigte bisher keine aggressiven Tendenzen.

»Was glaubst du, wann er zur Vermittlung freigegeben wird?«, fragte Chloe.

»Das ist schwer zu sagen, aber wenn er weiter so gute Fortschritte macht, werde ich ihn mehr Zeit im anderen Gebäude und mit den anderen Hunden verbringen lassen. Ich muss auch noch herausfinden, wie gut er mit Kindern und Menschenmengen zurechtkommt.« Sie tätschelte Shadows Kopf. »Wenn er sich weiterhin gut entwickelt, werde ich in den nächsten Wochen damit anfangen. Es wird noch eine Weile dauern, bis er vermittelt werden kann. Justin hat mir erzählt, dass du uns beim Vermittlungstag helfen wirst.«

»Ja, das habe ich vor. Ich freue mich schon sehr darauf und habe sogar schon ein paar Ideen dafür. Ihr habt ja diese Informationsschilder vor den einzelnen Zwingern – wäre es für die Veranstaltung nicht hilfreich, wenn ich für jedes Tier ein Vorstellungsschild anfertige? Ich könnte Fotos von ihnen beim Fressen, Schlafen und Spielen einfügen, damit die Familien eine Vorstellung davon bekommen, wie sie als Haustiere aussehen würden.«

»Hättest du denn Zeit dafür?«

»Ich werde mir Zeit nehmen«, erwiderte Chloe lächelnd. »Ich hatte mir auch überlegt, dass es vielleicht ganz niedlich wäre, blaue Fliegen für die Rüden und rosa Schleifen für die Hündinnen zu machen und sie an ihre Halsbänder zu binden.«

»Oh mein Gott, das ist eine hervorragende Idee! Damit sehen sie bestimmt noch liebenswerter aus.«

»Meinst du, Dwayne hätte was dagegen?«

»Gunner? Nein. Er liebt all diese Tiere. Hast du ihn mal mit Snowflake gesehen?«

»Ja und mir sind beinahe die Eierstöcke explodiert.«

Sid lachte auf. »Die Ideen, die du eben erwähnt hast, würden ihm bestimmt gefallen. Brauchst du dabei Hilfe? Das klingt nach sehr viel Arbeit. Ich kann dir bei den Schleifen und Fliegen helfen, und Evie, Baz' Assistentin, und Tori aus dem Büro unterstützen uns garantiert ebenfalls. Es sei denn, du möchtest lieber alles allein machen?«

»Nein, das wäre toll. Ich habe Unmengen an Bändern und anderem Material. Das bringe ich morgen mit, wenn wir Shadow besuchen. Werden Evie und Tori dann auch hier sein? Ich kann euch zeigen, wie man die Schleifen macht. Das ist nicht ganz einfach.«

»Ich werde sie bitten, etwas länger hier zu bleiben.«

Sidney führte sie ins andere Gebäude, damit sie die Tiere dort fotografieren konnte, dabei sprachen sie über Ideen für die Schilder. Als Chloe ging, fühlte sie sich leichter und nicht mehr ganz so einsam. Sie war froh, dass sie ins Tierheim gefahren war und Sidney besser kennengelernt hatte. Aber als sie nach Hause kam, war ihr Haus zu ruhig, und sie vermisste Justin erneut.

Chloe hob das Kinn, weigerte sich, so etwas auch nur zu denken, und griff auf die Gewohnheiten zurück, die ihr schon früher immer geholfen hatten. Sie organisierte, plante und stürzte sich in die anstehende Arbeit. Sie steckte die Wäsche in den Trockner und kam sich albern vor, weil sie sich darüber freute, dass Justins T-Shirt auch darunter war. Sie arbeitete sich durch ihre Post. Dann richtete sie sich im Gästezimmer ein und machte sich daran, ein Album für Joey zu basteln.

Bei der Auswahl der Fotos erinnerte sie sich nur umso deutlicher an den tollen Nachmittag in Harborside und vermisste Justin noch mehr. Doch sie ließ sich nicht beirren, arbeitete fleißig und riss sich zusammen, so gut es ging. Als sie eine Pause machte, um die Wäsche zusammenzulegen, gab ihr Justins T-Shirt den Rest. Sie starrte auf ihr Handy und überlegte, ihm eine Nachricht zu schreiben, zwang sich jedoch, es nicht zu tun, und ging zurück ins Esszimmer.

Als eine Nachricht eintraf und Justins Name auf dem Bildschirm erschien, schlug ihr Herz sofort schneller. Sie griff nach dem Telefon und las die Nachricht. *Hey, Herzensbrecherin. Hast du in deinem Bett noch Platz für einen bedürftigen Bikerboy?*

»Ja!«, rief sie und tippte: *Kommt auf den Bikerboy an …*

Schon kam die nächste Nachricht. *Ich trete jedem anderen Mann, der versucht, in dein Bett zu kommen, gehörig in den Hintern!* Er fügte ein Teufels-Emoji hinzu.

Sie schrieb: *Macht sich da etwa wieder der Neandertaler in dir bemerkbar?*

Danach saß sie mit dem Telefon in der Hand da und wartete auf seine Antwort, wobei sie mit jeder Minute nervöser wurde. Fünf Minuten vergingen. Zehn. Sie lief im Wohnzimmer auf und ab und war sich nicht sicher, wo genau diese schmale Grenze verlief. Sie wusste, dass er ein Recht darauf hatte, Besitzansprüche anzumelden, aber bei der Vorstellung, er könnte jemanden aus Eifersucht verprügeln, drehte sich ihr der Magen um.

Das Aufheulen eines Motorrads ließ sie aus der Tür schnellen. Sie lief zur Einfahrt, als er gerade den Motor abstellte und den Helm abnahm. Mit angespannten Kiefermuskeln stieg er vom Motorrad und kam auf sie zu.

Sie schnappte nach Luft. »Justin, ich …«

»Wenn du mich bittest, dich nicht zu beschützen, ist das in etwa so, als würde ich von dir verlangen, nicht auf deine Schwester aufzupassen.« Sein Blick schien sie zu durchbohren, doch sein Tonfall wurde sanfter, als er fortfuhr. »Aber eine hübsche Libelle hat mir beigebracht, wie man es richtig macht. Denn ich müsste dem Kerl gar nichts tun, sondern könnte einfach das hier machen.« Er legte ihr die Hände an die Wangen und presste den Mund auf ihren, küsste sie so leidenschaftlich, dass ihr die Knie weich wurden. Sie musste sich an ihm festhalten, um nicht hinzufallen. »Das sollte innerhalb deiner Parameter doch erlaubt sein, oder nicht, Süße?«

»Mhm« war alles, was ihr über die Lippen kam.

»Ich habe dich heute Abend vermisst.« Er stützte die Stirn gegen ihre. »Als ich nichts von dir gehört habe, dachte ich, du brauchst vielleicht etwas Zeit für dich.«

Diese Fehleinschätzung riss sie aus ihrer Justin-Benommenheit. »Ich wollte mich bei dir dafür bedanken, dass du die Terrasse gereinigt hast, und natürlich für das Einmachglas und die romantische Nachricht. Aber ich wollte dich nicht bei deinem Treffen stören. Ich finde es toll, dass du etwas von unserem Sand aufgehoben hast.«

»Wir waren also beide besorgt, wir könnten uns gegenseitig

erdrücken«, sagte er mit leisem Lächeln.

»Ich denke schon, und ich bin froh, dass du dich heute Abend noch gemeldet hast.«

»Dann habe ich die Erlaubnis, dich zu erdrücken?«, fragte er kokett, während sie den Weg hinaufgingen.

»Erdrücken ist ein so negatives Wort. Wie wäre es, wenn wir uns darauf einigen, dass es okay ist, verrückt nach dem anderen zu sein, und die Dinge einfach so nehmen, wie sie kommen? Und wir schreiben oder sehen uns, so oft wir das Bedürfnis danach haben? Wenn einer von uns Abstand braucht, dann können wir das auch einfach aussprechen.«

»Du öffnest da eine gefährliche Tür, Blondie«, warnte er sie. »Du weißt, was ich für dich empfinde.«

Sie drehte sich auf der Veranda zu ihm um, schlang die Arme um ihn und blickte in sein hübsches Gesicht. »Das Risiko gehe ich ein.«

Justin spürte, wie sich Chloe an seinen Rücken schmiegte und versuchte, sich vor dem kalten, nicht nachlassenden Regen zu schützen, während er das Motorrad am frühen Sonntagabend in ihre Einfahrt lenkte. Sie waren mit den anderen unterwegs gewesen, als ein plötzlicher Wolkenbruch sie innerhalb von Minuten durchnässt hatte. Zwar hatten sie angehalten und sich eine Weile untergestellt, aber es hatte nicht aufgehört. Chloe hatte es als ihr verregnetes Abenteuer bezeichnet und Justin war in seinem ganzen Leben noch nie so vorsichtig gefahren.

Nun nahm er den Helm ab und half ihr vom Motorrad. Sie hatte sich nicht ein einziges Mal darüber beschwert, dass sie klatschnass war. Diese Frau war wirklich erstaunlich, und sie war noch offener für neue Erfahrungen, seit sie gemeinsam beschlossen hatten, sich keine Sorgen mehr über zu viel Nähe zu machen und der Natur ihren Lauf zu lassen.

»Schnell!«, sagte sie unter dem Helm und ergriff seine Hand, als sie den Weg hinaufsprinteten. Auf der Veranda nahm sie den Helm ab, verlangte mit klappernden Zähnen »Halt mich, halt mich, halt mich« und vergrub das Gesicht an seiner Brust.

Er legte die Arme um sie, drückte ihr einen Kuss auf den

Scheitel und strich mit den Händen über ihren Rücken, um sie zu wärmen, doch die kalte Luft peitschte um sie herum. »Lass uns reingehen.«

Sie reichte ihm den Schlüsselbund und er schloss die Tür auf. Momentan wechselten sie zwischen ihren Häusern und übernachteten immer dort, wo es gerade am günstigsten war. Ihm war egal, wo sie sich aufhielten, solange sie zusammen waren. Er schloss die Tür hinter ihnen und zog sich das nasse T-Shirt aus. Chloes Lächeln erreichte ihre Augen, als sie ihm beide Hände auf die Wangen legte, sich auf die Zehenspitzen stellte und ihm einen Kuss gab.

»Verdammt, Baby. Wir sollten öfter durch den Regen laufen.«

»In der Nacht des Sturms habe ich versäumt, das zu tun. Ich stand zwar kurz davor, aber ich hatte Angst. Den Fehler mache ich kein zweites Mal.«

»Ich auch nicht.« Er zog sie für einen weiteren Kuss an sich und sie presste sich an seinen Körper. Sobald sich ihre Lippen voneinander lösten und sie sich die Stiefel auszog, zitterte sie wieder. »Geh und zieh dir was Warmes an, Süße. Ich mache derweil ein Feuer.«

»Oh, das klingt perfekt. Wir können ein Picknick am Kamin machen. Sollen wir etwas kochen oder Pizza bestellen?«

»Wie wäre es mit einer Pizza und einer Fotoalbum-Party? Ich möchte sehen, wie du dich im Laufe der Jahre verändert hast.«

»Von wegen. Du willst nur herausfinden, ob ich irgendwelche Bilder von dir in den Alben versteckt habe.«

»Vielleicht auch das.« Er gab ihr einen schnellen Kuss und einen Klaps auf den Hintern. »Geh dich umziehen. Ich mache Feuer und bestelle Pizza.«

Sie eilte mit schwungvollen Schritten ins Schlafzimmer. Dieser Schwung war ebenfalls neu, und er liebte es, sie so glücklich zu sehen. Er ging ins Wohnzimmer. In den letzten Tagen hatte er entdeckt, wie gut Chloe organisiert war. Die Kleider in ihrem Kleiderschrank waren nach Typ und Stil sortiert, ihre Schuhe waren ordentlich nach Typ und Farbe aufgereiht. In der Küche standen die Gläser in einem anderen Regal als die Tassen und sie hatte auch nicht die übliche Kramschublade. In ihrer Küche waren sämtliche Schubladen mit Ordnungssystemen ausgestattet. Der Schrank im Esszimmer war angefüllt mit dem Zubehör, das sie für ihre Alben brauchte und beschriftet und akribisch nach Themen geordnet aufbewahrte. Allerdings war der Esszimmertisch im Moment mit Tierschildern bedeckt, die sie für den Vermittlungstag anfertigte. Sie hatte wie eine Verrückte daran gearbeitet, um für jedes Tier ein Schild vorzubereiten, und sie waren toll geworden. Selbstverständlich hatte Chloe auch eine Checkliste der Tiere mit ihren Eigenschaften und allen relevanten Informationen erstellt, die sowohl auf den Schildern als auch auf Flyern zu finden sein würden.

Doch damit hörte es noch lange nicht auf. Die Bücherregale im Wohnzimmer hatten unten Fächer mit Türen, und bei einem hatte sie die Innenseite mit Vinyl beklebt und einen Kaminrost angebracht. Dort hatte sie Holz gestapelt, unter dem Rost Anzündholz aufgeschichtet. Im Fach daneben befanden sich Anzünder, Zeitungen, zwei Feuerzeuge und Metallspieße, die, wie sie sagte, zum Rösten von Marshmallows bestimmt waren. Aus irgendeinem Grund gefiel ihm die Tatsache, dass sie so ordentlich und organisiert war wie er — zumindest was sein Haus und Büro anging —, wenn nicht sogar noch besser.

Er machte Feuer und ein paar Minuten später kam Chloe aus dem Schlafzimmer. Sie sah in den schwarzen Leggings, die ihre Kurven umschmeichelten, dem Märchenprinz-T-Shirt, das sie vor einigen Tagen gekauft hatte, und den blauen Flauschsocken sexy und kuschelig aus. Unverhofft verschwand sie mit erhobenem Zeigefinger in der Waschküche. Als sie wieder herauskam, hielt sie die graue Jogginghose in der Hand, die er letztens hiergelassen hatte.

»Die habe ich gestern gewaschen. Warum gibst du mir nicht deine nassen Sachen, dann wasche ich sie eben durch?«

»Seit der ersten Nacht am Strand versuchst du ständig, mich auszuziehen«, witzelte er und streifte die nasse Jeans ab. Als er auch die Unterhose auszog, wurden ihre Augen dunkel vor Verlangen, ihre Wangen liefen hingegen rot an. Er würde dieser Mischung aus Unschuld und Verführerin nie überdrüssig werden.

»Pack das sofort wieder ein, du schlimmer Mann«, verlangte sie lachend. »Wir brauchen Essen und Wärme, bevor ich deine Python in meinen Garten lasse!«

»Das ist definitiv nicht die Reaktion, die ich mir erhofft hatte.« Glucksend zog er sich die Jogginghose über. »Deine Augen sagen etwas anderes. Wie wäre es, wenn sie sich mit deinem frechen Mundwerk verständigen?«

»Lass meine verräterischen Augen aus dem Spiel, dann machst du später vielleicht Bekanntschaft mit meinem frechen Mund.« Sie schnappte sich seine Kleidung und ging in die Waschküche.

Eine ganze Weile später saßen sie inmitten von Fotoalben auf dem Boden vor dem Kamin, den Rücken an die Couch gelehnt, die Bäuche voll Pizza. Justin hatte zwar keine versteckten Fotos von sich gefunden, aber einen visuellen Rundgang durch Chloes Kindheit bis hin zu ihren College-Jahren gemacht. Er hatte eine Fülle von Teilnahme- und Ehrenurkunden und andere Auszeichnungen gesehen, die seine gebildete Schöne erhalten hatte. Es gab Bilder von ihr als Teenager, aus ihrer, wie sie es nannte, knallharten Phase, ganz in Schwarz gekleidet und mit Goth-Make-up. Er hatte sie gefragt, wo dieses wilde Mädchen jetzt steckte, und sie hatte erwidert, sie sei eher hart als wild gewesen und er habe die besten Seiten von ihr wieder ans Licht geholt. Er hatte erfahren, dass Chloe nicht zu ihrem Abschlussball gegangen und stattdessen lieber zu Hause geblieben war, damit Serena nicht mit einem der Freunde ihrer Mutter allein sein musste. Es machte ihn traurig, dass sie so viel von ihrer Jugend verpasst hatte, aber gleichzeitig bewunderte er sie noch mehr für alles, was sie überwunden hatte. Sie sahen sich die Fotos von ihrem Mittel- und Highschool-Abschluss an, zu denen jeweils ein Bild von ihr und Serena gehörte. Auf jedem hielt Serena ein Schild mit der Aufschrift *Sie hat es geschafft!* in die Luft. Sie hatten auch Fotos von der Feier mit einer Torte, die sie gemeinsam gebacken hatten. Obwohl Chloe die ersten beiden Collegejahre zu Hause gelebt hatte, um bei Serena sein zu können, hatte sie sich dennoch auch bei den Colleges beworben, an denen man vier Jahre studierte, und sämtliche Zulassungsschreiben aufbewahrt. Ihren Worten zufolge waren sie der Beweis dafür gewesen, dass sie eines Tages frei von ihrer Mutter, von diesem Haus und von diesem Leben sein würde. Sie besaß keine Fotos von ihrer Mutter, was ebenso herzzerreißend wie ein Zeichen ihrer Stärke war, die sie selbst als junges Mädchen schon besessen hatte.

Es gab ein paar Bilder von Chloe mit Drakes Familie, auf denen alle noch jünger waren, aber nicht so viele, wie er erwartet hatte. Die kamen erst später in den Alben, die sie jetzt durchsahen, von der Zeit, als der Kontakt nach dem College wieder enger geworden war. Auf diesen Seiten sah er eine andere, selbstbewusstere und weniger gequälte Chloe.

Justin blätterte um und stieß auf ein Bild von Chloe, die vor ihrem Auto stand und die Schlüssel von einem Finger herunterbaumeln ließ. Serena stand mit einem handgeschriebenen Schild neben ihr, auf dem *Ihrer!* stand und ein Pfeil auf Chloe zeigte. Sie hätten beide kaum stolzer aussehen können.

»Rick hat das Foto gemacht.« Chloe schmiegte sich an Justins Seite. »Ich werde nie vergessen, wie es war, die Papiere zu unterschreiben und das Auto zu kaufen. Ich hatte jeden Cent für die Anzahlung gespart und große Angst, weil ich auf einmal verschuldet war, gleichzeitig war es aufregend, diesen Kredit zu bekommen.«

Justin küsste sie auf die Schläfe. »Das Gefühl kenne ich.«

»Serena und ich haben das mit riesigen Eisbechern gefeiert, und an diesem Abend saßen wir in meinem Auto, hörten Radio und schauten über die Dünen aufs Wasser hinaus. Das ist eine meiner schönsten Erinnerungen. Sie war bei all meinen großen Momenten dabei.«

Chloe blätterte weiter und enthüllte ein Foto von sich und Serena vor dem LOCAL. Diesmal hielt Serena ein Schild mit der Aufschrift *Sie hat den Job!* neben einem Pfeil, der auf Chloe zeigte, hoch. Um das Bild herum stand einiges geschrieben: über die Tage, an denen sie ehrenamtlich im LOCAL gearbeitet hatte, über die Personen, mit denen sie Vorstellungsgespräche geführt hatte, das Datum, an dem sie eingestellt worden war, und der Zeitpunkt ihres Arbeitsbeginns.

»Serenas beste Freundin Mira hat dieses Foto an dem Tag geschossen, an dem sie mich eingestellt haben. Ich war so nervös, obwohl ich dort schon als Freiwillige gearbeitet hatte. Als sie anriefen, um mir zu sagen, dass ich die Stelle bekomme, habe ich geweint. Ich hatte mich sicherheitshalber bei mehreren Arbeitgebern beworben, aber mein Herz gehörte längst den Menschen dort.«

»Hat dieses Arschloch Rogers dich eingestellt?« Seinen Namen auszusprechen, fühlte sich an wie mit Fingernägeln über eine Tafel zu kratzen.

»Ja. Jedenfalls hat er die endgültige Entscheidung getroffen, aber ich musste Vorstellungsgespräche mit allen führen – mit der Personalabteilung, Alan, Darren Rogers, das ist Alans Vater und der CEO von LOCAL, dem Vorstand. Warum?«

Justin verkrampfte die Kiefermuskeln.

Sie berührte seine Wange. »Ich weiß, dass du ihn nicht leiden kannst, aber du solltest dich jetzt nicht über ihn aufregen. Vor allem, wenn es noch mehr zu sehen gibt.« Sie blätterte weiter und zeigte ihm Fotos von sich mit Serena und Mira sowie ein Selfie aus dem Undercover. »In der Nacht, in der ich eingestellt wurde, haben wir so lange gefeiert, dass man uns aus der Bar werfen musste. Rick und Drake mussten hinkommen und uns nach Hause fahren.«

»Meine Süße ist ein bisschen wild geworden, was?«

»Ich habe nicht so viel getrunken, aber ich wollte in meinem neuen Auto kein Risiko eingehen. Nicht, wo sich all meine harte Arbeit endlich auszahlte. Auch auf dem College habe ich nie zu den Mädchen gehört, die viel gefeiert oder getrunken haben. Ich war immer zu sehr darauf bedacht, gute

Noten zu bekommen, mich ehrenamtlich zu engagieren, zu arbeiten und Geld zu verdienen. Ich tat all die Dinge, die mir eine sichere, stabile Zukunft ermöglichen konnten. Auf dem Weg dorthin gab es Beulen und blaue Flecken und die eine oder andere schlechte Entscheidung, aber an dem Tag hatte ich es endlich geschafft. Zum ersten Mal konnte ich mir eine Nacht lang puren, unverfälschten Spaß erlauben. An diesem Abend habe ich alles losgelassen. Ich lachte und tanzte und wir unterhielten uns mit jedem in der Bar. Ich habe keine Kerle aufgerissen oder so etwas. Ich konnte mich einfach nur amüsieren, ohne mir Gedanken darüber zu machen, was ich am nächsten Tag tun musste. Ich hatte eine absehbare Zukunft, und es war die Zukunft, die ich mir gewünscht hatte. Das war ein unglaubliches Gefühl. Fast so toll wie das hier.«

Chloe blätterte um und sah ein Bild von sich, auf dem sie mit einem *Verkauft*-Schild vor ihrem Häuschen stand und strahlender als die Sonne lächelte. Serena neben ihr hielt einen Haufen Luftballons und ein Schild mit der Aufschrift *Ihrs!* und dem üblichen Pfeil, der auf Chloe zeigte. Justin überflog, was sie um das Bild herum geschrieben hatte, wie sie das Haus fast fünf Jahre zuvor gesehen und sich auf den ersten Blick darin verliebt hatte. Sie blätterte weiter und zeigte ihm weitere Partyfotos mit Serena, Mira, Drake und Rick. »Das war unsere andere wilde Nacht. Ich dachte, ich hätte es mir verdient.«

»Du solltest dich öfter so austoben, um all die verpassten Momente nachzuholen.«

Sie zog die Nase kraus. »Es kommt mir jetzt kindisch vor, so feiern zu müssen, aber ich gehe gerne mit meinen Freundinnen aus, wenn wir die Zeit dazu finden.«

»Das ist nicht kindisch, Babe. Ich spreche nicht von Trunkenheit am Steuer und rücksichtslosem Verhalten, sondern davon, das Leben zu genießen und die Früchte all deiner harten Arbeit zu ernten. Einen Abend lang all deine Verpflichtungen loszulassen. Das ist gut für die Seele.«

»Dich sehe ich nie so locker.«

»Doch, das tust du.«

»Wann?«

»Wenn ich auf meinem Motorrad sitze. Auf diese Weise kann ich den ganzen Stress und die schlechten Gedanken loslassen.« Er lehnte sich an sie. »Und mit dir zu fahren, macht alles noch viel besser.«

»Ich liebe das Motorradfahren ebenfalls. Ich hätte nie gedacht, dass es mir so viel Spaß machen würde, die Kontrolle abzugeben, aber es ist befreiend, und ich weiß, dass ich bei dir sicher bin. Vielleicht sind die Alben das, was mich entspannt, weil ich nun mal nicht gern feiern gehe.«

»So gut es mir gefällt, dass du gern mit mir Motorrad fährst und mir die Kontrolle überlässt – das werden wir übrigens im Schlafzimmer weiter erforschen ...«

»Ach, du glaubst also, du könntest einfach das Thema wechseln und damit durchkommen?«

»Es gibt kein Durchkommen, Darling.« Er drückte ihren Schenkel. »Willst du darüber reden? Oder ins Schlafzimmer gehen und herausfinden, wie viel Kontrolle du wirklich aufgeben willst?«

Sie musste lachen.

»Du hast mich mit deinem frechen Mundwerk verlockt.« Er beugte sich vor, um sie zu küssen. »Du wirst ja rot.«

»Ach was, du ungezogener Kerl. Hör auf damit! Wir führen hier ein ernstes Gespräch.«

»Oh, richtig. Okay, zurück zum Thema.« Er versuchte, diese köstlichen Ideen beiseitezuschieben. »Auch wenn dir das

Albenbasteln Spaß macht, ist das doch nicht die richtige Art, loszulassen. Man muss nicht wild feiern, um all seine Sorgen zu vergessen und den Moment zu genießen. Ich weiß, wie gern du tanzt, Süße, und du weißt, wie gern ich dir dabei zusehe oder mit dir tanze. Das ist der Moment, in dem du loslässt. Wir können ausgehen und die Tanzfläche zum Kochen bringen.«

Sie fächelte sich Luft ins Gesicht. »Wir brauchen eine *private* Tanzfläche, wenn wir erst einmal damit anfangen.«

Er fuhr mit den Lippen über ihre. »Die haben wir doch gleich hier.«

Sie stellten die Alben zurück ins Regal, und als sie es sich wieder auf den Decken bequem machten, den Rücken an die Couch gelehnt und die Beine vor dem Kamin ausgestreckt, sagte Chloe: »Ich wünschte, du hättest noch mehr Fotos und Dinge aus der Zeit, bevor du zu den Wickeds gezogen bist, aus denen wir dir ein Andenken an die guten Erinnerungen basteln könnten.«

»Meine guten Erinnerungen sind so selten, dass sie nicht einmal ein kleines Album füllen würden.«

Sie verschränkte ihre Hände. »Du hast erwähnt, dass deine Mutter dir immer etwas vorgesungen hat. Weißt du noch, welches Lied das war?«

Sein Blick wurde sanfter. »Sie hat die Beatles geliebt. Wenn mein Vater in der Nähe war, konnte sie nicht singen, weil er es nicht mochte, aber wenn er nicht da war, sang sie ›Blackbird‹, ›All You Need Is Love‹, ›Penny Lane‹, ›Lucy in the Sky with Diamonds‹, ›With a Little Help from My Friends‹. Es gab so viele Lieder, und es waren immer die Beatles, aber wenn sie mich abends ins Bett brachte, sang sie ›Blackbird‹ und ›I Want to Hold Your Hand‹. Als ich erwachsen wurde, wurde mir bewusst, dass diese Lieder wahrscheinlich Botschaften enthielten. Ich glaube, wenn sie ›Blackbird‹ sang, riet sie mir, all meine zerbrochenen Teile zu nehmen und wegzufliegen, möglicherweise hat sie es aber auch auf sich bezogen.«

Sie strich mit dem Daumen über ihre verschränkten Hände. »Vielleicht hat sie beides gemeint.«

»Vielleicht. Wenn sie ›I Want to Hold Your Hand‹ sang, machte sie aus ›be your man‹ immer ›be your mom‹, und ich glaube, sie wollte mir damit sagen, dass ich das bin, was sie am glücklichsten gemacht hat.« Er streckte den linken Arm aus und berührte mit den Fingern der anderen Hand sein Lederarmband, ohne Chloes Hand loszulassen. »Das war ihre Halskette. Sie hat sie nie abgenommen. Sie lag immer neben mir im Bett und ich spielte mit ihrer Kette. Wenn sie ›I Want to Hold Your Hand‹ sang, nahm sie meine Hand und wackelte damit, und ich musste lachen. Ich erinnere mich an die Vorfreude darauf, denn wenn ich gelacht habe, musste sie ebenfalls lachen, und das war etwas Wunderbares. Damals hat mir das die Welt bedeutet. Ich entzog ihr meine Hand und spielte weiter mit der Kette, nur damit sie es noch einmal tat. Mein Vater ist in meinem Kopf ein elender Mistkerl, aber ich sehe immer noch meine Mutter, wie sie mit meiner Hand wackelt und lächelt …« Er verstummte und blickte mit nachdenklicher Miene ins Feuer, als würde er sich in der Erinnerung verlieren.

»Ich wünschte, ich hätte sie gekannt.« Wie gern hätte sie Justin schon gekannt, als sie noch jünger gewesen waren. Vielleicht hätten sie dann gemeinsam einen Ausweg aus ihrer schrecklichen Lage gefunden.

»Sie war schüchtern wie ein kleines Vögelchen, aber ich habe nie an ihrer Liebe gezweifelt, so wie ich auch nie geglaubt habe, dass mein Vater auch nur einen Funken Liebe für uns empfunden hat.«

»Das tut mir leid«, flüsterte sie. »Ich wollte dich nicht traurig machen.«

»Das hast du nicht. Es sind meine besten Erinnerungen, wie ich mit meiner Mutter im Bett gelegen habe. Bei ›I Want to Hold Your Hand‹ geht es darum, sich innerlich glücklich zu fühlen, wenn er ihre Hand hält oder wenn sie einander berühren. Das Leben meiner Mutter war so eingeengt und schrecklich, und ich vermute, dass ich ihr einziger Glücksstreif war.«

»Natürlich warst du das. Du warst ihr kleiner Junge. Ihre Insel.«

Er spannte die Kiefermuskeln an und schüttelte den Kopf. »Nein.«

»Wie kommst du denn darauf?«

»Weil ich sie nicht retten konnte. Sie trieb immer ziellos auf dem Meer und hatte nie die Chance, eine Insel zu finden.«

»Ich weiß, dass du dich schuldig fühlst, weil du glaubst, dass sie Selbstmord begangen hat, um dir im Leben eine Chance zu geben, aber du warst noch ein kleiner Junge.«

»Das ist noch lange nicht alles, Chloe.«

»Ich kann dir nicht folgen.« Sie berührte sein Armband. »Hat sie dir das vor ihrem Tod gegeben?«

Er schüttelte den Kopf. »Nein. Bevor sie starb, sagte sie, sie wolle ein Nickerchen machen, und ich habe mich zu ihr gelegt. Ich durfte eigentlich nicht in ihr Bett, aber mein Vater war nicht da und würde erst spät in der Nacht nach Hause kommen. Daher ging ich das Risiko ein. Ich erinnere mich noch daran, dass auf ihrem Nachttisch leere Tablettendosen standen, und als sie einschlief, murmelte sie etwas davon, dass sie ihren Vater besuchen würde. Ich dachte, sie würde träumen, weil sie mir erzählt hatte, dass meine Großeltern tot wären. Als ich aufwachte, ging ich davon aus, dass sie noch schlafen würde, schlich mich ins Wohnzimmer und sah vermutlich fern oder spielte. Ich weiß nicht mehr genau, was ich gemacht habe. Aber ich weiß noch, dass ich irgendwann aus dem Fenster sah und merkte, dass es Nacht war. Ich ging zu ihr, um sie zu wecken, weil ich Hunger hatte. Sie lag auf dem Rücken, und als ich sie berührte, rollte ihr Kopf zur Seite und ihr lief Erbrochenes aus dem Mund.«

»Großer Gott, Justin …«, murmelte sie mit erstickter Stimme, als weitere tragische Teile seiner Vergangenheit ans Licht kamen.

»Sie hatte sich im Schlaf übergeben und war daran erstickt. Ich erinnere mich noch, dass ich sie geschüttelt habe, und irgendwann muss ich gemerkt haben, dass sie tot war. Ich weiß nicht mehr viel über das, was dann passiert ist, außer dass ich dachte, mein Vater würde mich umbringen, weil ich sie hatte einschlafen lassen und sie gestorben war. Ich weiß nicht, was mir sonst noch durch den Kopf ging, aber ich nahm ihre Halskette und versteckte sie unter meiner Matratze. Und dann habe ich mich unter meiner Bettdecke versteckt.«

Chloe liefen Tränen über die Wangen, als sie sich Justin als verängstigten kleinen Jungen vorstellte, der seine Mutter verloren hatte und um sein Leben fürchtete.

»Außer einem Therapeuten, bei dem ich als Teenager war, weiß niemand, dass ich sie gefunden habe. Nicht einmal Preacher und Reba.«

»Sie wissen es nicht?«

»Nein und das soll auch so bleiben. Mein Vater hat gelogen und behauptet, ich wäre mit ihm unterwegs gewesen, als sie starb, darum stand es nicht in meiner Akte. Vermutlich hatte er Angst, dass er Ärger bekommen könnte, weil ich dort war.«

»Er hat gelogen? Es ist wirklich furchtbar, ein Kind dazu zu zwingen, so ein Geheimnis zu bewahren. Was hat er getan, als er nach Hause kam?«

Justin zuckte mit den Achseln. »Ich weiß es nicht genau. Ist umhergelaufen, hat geflucht, mir gesagt, was ich sagen und wie ich mich verhalten soll.«

»Das muss für ein Kind beängstigend gewesen sein. Aber warum wolltest du das für dich behalten, wo Rob und Reba doch so gut zu dir waren? Hattest du Angst, dass sie dir nicht helfen würden, all diese Gefühle zu verarbeiten?«

»Nein. Selbstverständlich hätten sie mir geholfen. Aber all das passierte Jahre, bevor ich sie überhaupt kennengelernt habe. Ich habe genug Therapiestunden hinter mir, in denen ich darüber gesprochen hatte, um zu wissen, dass weiteres Reden nicht helfen würde. Das liegt jetzt alles in der Vergangenheit. Es ist passiert und vorbei.«

Sie wandte sich ihm zu und fragte: »Warum hast du es mir erzählt?«

»Weil ich keine Geheimnisse zwischen uns haben will und du wolltest mehr über meine guten Erinnerungen wissen.«

»Ich bin froh, dass du es getan hast, aber ich denke, deine Eltern – Rob und Reba – haben es verdient, das zu erfahren.«

»Vielleicht eines Tages.«

Er atmete tief ein und lange aus, als ob er sich besser fühlte, nachdem er sich das von der Seele geredet hatte. Sie hoffte jedenfalls, dass dem so war.

»Was ich nicht verstehe, ist, warum sie sich überhaupt in meinen Vater verliebt hat. Er war der letzte Dreck.«

Seine Stimme und sein Gesicht waren auf eine Art ernst, die Chloe verriet, dass er sich schon sehr lange mit dieser quälenden Frage beschäftigte. Sie hatte selbst ein Geheimnis, das ihr schwer auf der Seele lag, und obwohl sie ihm nichts anbieten konnte, um die Schuldgefühle und den Schmerz darüber zu lindern, dass er den Tod seiner Mutter praktisch miterlebt hatte, konnte ihr Geheimnis Justin vielleicht dabei helfen, eine Antwort zu finden. Ihr Brustkorb zog sich zusammen, als sie all ihren Mut zusammennahm. »Manchmal sind Menschen nicht das, was sie zu sein scheinen. Sie verändern sich mit der Zeit.«

»Nicht so sehr.«

Sie hielt seinen Blick, wollte stark sein. »Doch. Weißt du noch, dass ich sagte, ich hätte ein paar Beulen und blaue Flecken und ein paar schlechte Entscheidungen getroffen?«

Er setzte sich ein wenig aufrechter hin und nickte. »Ja.«

»Wusstest du, dass ich schon einmal im Salty Hog war, bevor ich mich dort mit Mads getroffen habe?« Sie schluckte schwer und versuchte, das Donnern in ihrer Brust zu ignorieren.

»Nein. Mir gefällt dein Gesicht nicht, Chloe. Worauf willst du hinaus?«

Natürlich sah er ihren Schmerz. Er bemerkte alles an ihr. »Als ich im letzten Semester am Community College war, ging ich mit diesem Typen aus, einem Mechaniker. Er war groß, selbstbewusst und ziemlich ungeschliffen. Wir waren seit etwa drei Wochen zusammen. Er war ein Gentleman, nicht Mr. Perfect oder so, aber für einen Zweiundzwanzigjährigen war er schon überdurchschnittlich gut. Er wusste, wie er mich richtig behandeln musste, zumindest dachte ich das. Bis wir uns eines Abends mit seinen Freunden im Salty Hog zum Essen trafen. Ich war noch nicht alt genug, um Alkohol zu trinken, er und seine Freunde schon. Ich dachte, er hätte sich gut amüsiert, aber als wir gingen, beschuldigte er mich, mit seinen Freunden geflirtet zu haben. Zuerst hielt ich es für einen Scherz. Seine Kumpel hatten ihre Freundinnen dabei. Aber als wir zu seinem Auto kamen, war er stinksauer. Ich versuchte, ihn zu beruhigen, und sagte etwas in der Art, dass er nicht mehr klar denken könne, weil er so viel getrunken hatte.« Ihre Hände zitterten, als sie sich daran erinnerte, wie sehr er sich innerhalb eines Augenblicks verändert hatte. »Ich hatte den Satz kaum ausgesprochen, als er mich auch schon schlug.«

Justin setzte sich schweratmend auf, und der Zorn in seinen Augen war so greifbar wie der Boden, auf dem sie saßen. »Ich bringe den Mistkerl um. Wer ist er?«

Chloe antwortete ihm nicht. Sie musste die Geschichte zu Ende erzählen, bevor sie noch den Mut verlor. »Ich bin nach hinten getaumelt und er hat mich noch einmal geschlagen. Daraufhin ging ich zu Boden. Auf dem Asphalt lagen Glasscherben. Eine zerbrochene Bierflasche vermutlich.«

Justin sprang auf und ballte die Fäuste, doch sie sprach weiter. Sie musste es sich von der Seele reden.

»Die Splitter zerschnitten mir die Brust und die Hände. Mein Gesicht tat so weh, aber er kam immer noch auf mich zu, und ich versuchte panisch, vor ihm wegzukrabbeln. Ein Auto fuhr auf den Parkplatz, und das Scheinwerferlicht fiel in dem Moment auf uns, in dem seine Freunde aus der Bar kamen und sahen, was gerade geschah. Einer schrie seinen Namen und rannte auf uns zu. Als der Kerl, der mich geschlagen hatte, sich zu ihm umdrehte, stand ich auf. Der andere packte ihn und hielt ihn zurück, wobei er ›Was soll denn der Scheiß, Mann? Man schlägt keine Frauen!‹ oder etwas in der Art brüllte. Die anderen eilten mir zu Hilfe, und ich zitterte und war verletzt und völlig durcheinander. Ich hatte schreckliche Angst und war wütend darüber, dass ich mich nicht hatte verteidigen können. Eines der Mädchen brachte mich nach Hause. Sie versuchte, mich zu überreden, zur Polizei zu gehen, aber ich wollte den Kerl nie wiedersehen. Sie half mir dabei, die Glassplitter zu entfernen, und lieh mir Make-up, um die Rötungen und Blutergüsse in meinem Gesicht zu verbergen, damit Serena nichts merkte, falls sie zu Hause war. Ich wollte nicht, dass meine Schwester mich so sah. Das war das letzte Mal, dass ich mit einem harten Kerl ausgegangen bin.« Sie schluckte heftig. »Bis du in mein Leben getreten bist.«

»Wer zum Teufel war das, Chloe? Ich mach den Kerl fertig.«

Schließlich sah sie zu ihm auf. Er blähte die Nasenlöcher, spannte die Muskeln an, war völlig außer sich. Sie hatte Justin begreiflich machen wollen, dass sich Menschen im Handumdrehen ändern konnten, und stattdessen hatte sie ihn richtig wütend gemacht. Rasch stand sie auf und berührte seine Hand. »Tu dir das nicht an, Justin. Es ist schon ewig her, und ich habe ihn und seine Freunde nie wiedergesehen.«

»Der Mistkerl muss für das bezahlen, was er dir angetan hat«, zischte er und lief auf und ab. »Wenn Con das gesehen hätte oder einer der anderen Dark Knights, wäre der Wichser nicht so leicht davongekommen und säße jetzt hinter Gittern, wo er hingehört.«

»Ich bin mir ziemlich sicher, dass seine Freunde ihm ordentlich den Kopf gewaschen haben. Aber das spielt keine Rolle mehr. Serena weiß nichts davon, und ich werde nicht zulassen, dass du etwas aus meiner Vergangenheit wieder ans Tageslicht holst. Sieh mich an, Justin«, forderte sie.

Er blieb stehen und begegnete ihrem Blick. Schmerz und Wut spiegelten sich in seinen Augen wider.

»Gerade du solltest verstehen können, dass man die Vergangenheit ruhen lassen muss.«

Seine Schultern sackten ein kleines Stück herab, aber das reichte ihr, um zu wissen, dass er sie gehört hatte. Sie ging zu ihm, nahm seine Hand und war dabei unerklärlich ruhig. Dann zog sie ihn zu den Decken zurück und neben sich auf den Boden, um sich auf seinen Schoß zu hocken und sich seine ungeteilte Aufmerksamkeit zu sichern. In der Hoffnung, seine Anspannung zu lindern, streichelte sie ihm über den Kiefer.

»Du willst mich vor meiner Vergangenheit schützen, aber sie ist vorbei, Justin. Genauso wenig können wir ändern, was mit deiner Mutter passiert ist. Ich habe dir diese Geschichte nicht erzählt, um dich wütend zu machen. Vielmehr solltest du erkennen, dass wir immer noch überrumpelt werden können, selbst wenn wir auf alle Hinweise achten. Auch kluge Menschen treffen schlechte Entscheidungen. Deine Mutter war jung, und dein Vater kann ein ganz anderer Mann gewesen sein, als sie sich kennengelernt haben.«

»Ich höre deine Worte, aber …« Er schlang die Arme um sie und stützte die Stirn gegen ihr Brustbein. »Die Vorstellung, dass dir dieser Kerl wehgetan hat …«

Sie drückte ihm einen Kuss auf den Scheitel und legte ihm die Hände an die Wangen, um ihm in die gequälten Augen zu sehen. »Ich weiß, wie du dich fühlst, denn ich würde auch gern in der Zeit zurückreisen und dich vor all dem retten, was dein Vater getan hat, und davor, dass du beim Tod deiner Mutter in der Wohnung gewesen bist. Doch wir können nichts von alldem tun. Uns bleibt nur, genauer hinzusehen, besser zuzuhören und zu versuchen, so etwas nie wieder zuzulassen.« Sie küsste ihn zärtlich, wieder und immer wieder und federleicht, bis sich die Anspannung in seinem Kiefer löste. »Und den Schmerz mit Liebe vertreiben.«

Sie zog ihr T-Shirt aus und sein Blick fiel auf die Narbe auf ihrer Brust. Ihm war anzusehen, wie er die Puzzleteile zusammensetzte.

»Baby«, sagte er mit gepeinigter, schroffer Stimme. Er strich mit einem Finger über die Narbe, verharrte einen Moment lang dort, dann drückte er einen Kuss darauf. Schließlich sah er ihr in die Augen und ließ sie nach hinten auf die Decke sinken. »Dir wird nie wieder jemand wehtun.«

Sie schlang die Arme um ihn. »Du kannst mich nicht vor der Welt retten, Justin.«

»Ich werde nie aufhören, es zu versuchen«, versprach er.

»Wie wäre es, wenn wir genug glückliche Erinnerungen schaffen, um die schlechten zum Schweigen zu bringen?«

Er presste die Lippen auf ihre und küsste sie zärtlich, während er sie entkleidete und all ihre neu entblößten Stellen liebkoste, als würde er sie zum ersten Mal entdecken. Ohne den Blick von ihr abzuwenden, zog er sich aus und beugte sich über sie. Seine Muskeln waren weiterhin angespannt, und er sah sie mit seinen schönen, verzweifelten Augen an. Sie sagten keinen Ton, küssten sich nicht und bewegten sich auch nicht. In der Stille hörte sie das Flüstern schlechter Erinnerungen, die darum wetteiferten, in den Vordergrund zu treten. Doch als sie mit den Händen über seine Arme und seinen Rücken strich, löste sich seine Anspannung nach und nach, und sie spürte, wie ihre eigene ebenfalls nachließ. Sie stellte sich vor, dass all diese schlechten Erinnerungen dem Rauch des Feuers durch den

Schornstein folgten und in die Nacht davonflogen.

»Chloe«, flüsterte er, Bitte und Bekräftigung zugleich.

Ihre Körper kamen mit der Anmut des Sonnenaufgangs und der Hitze eines Sturms zusammen. Er küsste sie auch dann nicht, als ihre Leidenschaft immer größer wurde, drang nur tiefer in sie ein und hielt ihren Blick. Die Klarheit der Emotionen in seinen Augen verdrängte all die Geister und vermittelte ihr all das, was er nicht aussprechen konnte. Sie hätte nicht erwartet, dass sich ihr Liebesspiel noch besser anfühlen könnte als bisher, aber das hier war anders, als hätten sie endlich die letzten Fesseln gesprengt, die sie niederdrückten, und zugelassen, dass ihre Herzen im Einklang schlugen.

Neunzehn

Chloe blickte in den Rückspiegel, als Justin ihr am Donnerstagmorgen auf seinem Motorrad zum Summer House folgte, wo sie sich mit ihren Freunden zum Frühstück treffen wollten. Es war inzwischen vier Tage her, dass sie sich ihre tiefsten Geheimnisse anvertraut hatten, und Chloe fand gerade erst heraus, welche Freiheit es mit sich brachte, jemandem so bedingungslos zu vertrauen. Sie konnte ihm alles sagen, und dadurch fühlte sich das, was sie hatten, tiefer und wahrer an, als sie es je für möglich gehalten hatte.

In den fast drei Wochen, die vergangen waren, seit er für diesen mitternächtlichen Tanz bei ihr aufgetaucht war, hatte sein romantisches Herz sie dazu gebracht, ihre Vorstellungen davon, was Romantik wirklich bedeutet, neu zu gestalten. Es bestand kein Zweifel daran, dass es romantisch war, ihr Blumen zu schenken und einen Strand für sie anzulegen. Der Strand war fantastisch gewesen. Doch es waren die kleinen Dinge, die er jeden Tag tat, um ihr das Gefühl zu vermitteln, etwas Besonderes zu sein, und obwohl sie vielleicht nicht den Vorstellungen anderer Menschen von Romantik entsprachen, wurden sie für Chloe zum Inbegriff davon. Morgens kochte er ihnen Kaffee und vor der Arbeit brachte er sie zu ihrem Auto.

Abends unterhielten sie sich manchmal stundenlang und sprachen nicht über die Vergangenheit, was schön war. Sie wusste, dass sie darüber reden konnte, wenn sie es wollte, aber es gab keinen Grund, in hässlichen Erinnerungen zu versinken, wenn die neuen doch viel schöner waren. Sie erzählten sich aus ihrem Leben – von einfachen Dingen wie dem, was sie tagsüber taten oder was sie nächste Woche, nächsten Monat oder nächstes Jahr zu tun hofften. Sie sprachen auch über die Programme, die Chloe entwickelte, und darüber, dass Justin und Blaine über eine Erweiterung ihres Unternehmens nachdachten. Justin erzählte ihr von seinen Besuchen bei Mike, da er nachmittags immer nach ihm sah, und dass er befürchtete, ihn zu früh zu verlieren. Sie besuchten Shadow fast jeden Tag und mussten sich eingestehen, wie sehr sie den Hund liebten.

Als sie in die Einfahrt des alten viktorianischen Gasthauses mit Blick auf die Cape Cod Bay einbog, wurde ihr klar, dass hier alles begonnen hatte.

Sie fuhr am Cottage vorbei, das Desiree und Violet als Kunstgalerie nutzten und das bei dem Sturm beschädigt worden war, der Chloe und Justin fast zu einem Kuss verleitet hatte. Die Reparaturen am Cottage waren noch im Gange. Sie parkte vor dem Summer House, und bevor sie die Autotür öffnen konnte, war Justin auch schon da und half ihr beim Aussteigen. *Romantik in Reinkultur.* Er dachte immer an sie, und sie verliebte sich mehr und mehr in ihn, stürzte diesen beängstigenden Hügel hinunter und wollte gar nicht langsamer werden.

»Hier hat alles angefangen. Erinnerst du dich?«, fragte sie. »Ich habe mit den anderen gefrühstückt, als du auf deinem Motorrad herkamst, um Violet vor dem großen, bösen Andre zu retten.«

Er nahm sie in die Arme, so wie er es bei jeder sich bieten-
den Gelegenheit tat, und küsste sie. »Das war der Tag, an dem
wir uns zum ersten Mal begegnet sind, aber noch besser
erinnere ich mich an das erste Mal, als ich mit allen gefrühstückt habe. Ich werde nie das Verlangen in deinen Augen
vergessen, als du über den Tisch geschaut und mir gesagt hast,
dass die Bagels und Muffins, die ich von der Blue Willow
Bakery mitgebracht hatte, mich noch heißer machen würden.«

Er hatte ein Gedächtnis wie ein Elefant, was sie über alles
liebte. »Wolltest du deshalb heute Morgen bei der Bäckerei
anhalten und Bagels und Muffins holen?«

»Meine Freundin findet, dass mich Bagels und Muffins
heißer machen. Ich wäre ein Narr, wenn ich das nicht bei jeder
Gelegenheit ausnutzen würde.« Er küsste sie. »Ich denke glatt
darüber nach, die verdammte Bäckerei zu kaufen.«

Sie bückte sich lachend, um die Leckereien vom Rücksitz
zu holen. Justin stellte sich hinter sie, legte ihr die Hände an
die Hüften und drückte sich gegen ihren Hintern. Sie warf ihm
über die Schulter einen Blick zu und konnte sich das Grinsen
nicht verkneifen. »Lass das!« Sie griff nach der Schachtel,
richtete sich auf und drückte die Autotür mit der Hüfte zu.
»Sie werden wissen, warum wir so spät kommen, wenn du so
weitermachst.«

»Das wissen sie auch so schon, Babe. Jeder in unserer Nähe
bekommt unser Feuerwerk zu spüren.« Er nahm ihr die
Schachtel ab, legte ihr einen Arm um die Taille und drückte ihr
einen Kuss auf den Hals. »Apropos Feuerwerk, du gehörst am
vierten Juli mir, stimmt's?«

»Ich gehöre immer dir«, erwiderte sie und genoss es, wie
gut es sich anfühlte, das auszusprechen.

»Gut, denn ich werde nie genug von dir bekommen, Süße. Der Nachteil daran ist, dass ich mir die ganze Zeit vorstellen werde, dich über deinen Schreibtisch gebeugt zu nehmen, während du meiner Familie heute Nachmittag das LOCAL zeigst.«

Bei dieser Vorstellung entflammte ihr ganzer Körper. »Justin! Jetzt werde ich auch an nichts anderes mehr denken können!«

Er gluckste, als sie über den Rasen zum Gasthaus gingen. Es war ein warmer, sonniger Vormittag und die Stimmen ihrer Freunde hallten durch die Luft zu ihnen herüber.

»Das ist ein bedeutsamer Anlass«, fuhr er ernster fort. »Unser erstes Frühstück mit den *Real Housewives of Bayside* als Paar.«

Sie waren zwar keine Hausfrauen, aber Klatschbasen. »Nachdem ich den anderen gestern Abend beim Abendessen nur von dir vorgeschwärmt habe, weiß sicher ganz Wellfleet, dass wir zusammen sind.« Wie Chloe und ihre Freundinnen beim letzten Buchclubtreffen verabredet hatten, hatte sie sich mit ihnen im Common Grounds zum Abendessen getroffen, während Justin bei der Church war.

»Du hast von deinem Mann geschwärmt?«, fragte er mit überheblichem Grinsen.

»Ach, halt die Klappe. Du weißt ganz genau, dass ich das getan habe.«

»Alles andere wäre auch unverständlich, schließlich bist du mit dem heißesten Kerl am Cape zusammen.«

Sie verdrehte die Augen, woraufhin er loslachte.

»Aber die Klatschbasen haben das heißeste Paar am Cape noch nie als Paar erlebt«, betonte er. »Es ist an der Zeit, sie zu beeindrucken.«

Sie musste zugeben, dass sie ihr Glück gern mit ihnen teilen wollte, nachdem sie miterlebt hatte, wie die meisten ihrer Freunde die Liebe fanden. Ihr und Justins Leben fügte sich langsam zusammen. Es war kein nahtloser Vorgang, denn es galt, noch einige Probleme zu lösen, wie zum Beispiel die Frage, in welchem Haus sie wohnen sollten und wie sie alles unter einen Hut bringen konnten, das jeder von ihnen vorhatte. Aber sie liebte es, diese Dinge mit ihm zu regeln, seine Stiefel an ihrer Tür stehen zu sehen, ihrer beider Kleidung in die Waschmaschine zu stecken, ihre Toilettenartikel im Badezimmer des anderen zu finden. Es machte ihr nichts aus, zwischen den Häusern hin und her zu fahren, und beide wollten die Abende nur ungern getrennt verbringen. Meist beschäftigte sie sich dann mit Joeys Album und den Infotafeln für den Vermittlungstag in Dwaynes Tierheim oder sie las ihr Buch für den Buchclub in Justins Atelier, während er an seinen Skulpturen arbeitete. Er fertigte ein besonderes Stück für Joey an und die Skulptur für die Rallye machte große Fortschritte. Sie liebte es, ihm dabei zuzusehen, wie er sein Herzblut in die Stücke fließen ließ, die er anfertigte. Neulich abends hatte sie ihm währenddessen allerdings erotische Passagen aus ihrem Buch vorgelesen und er hatte kaum etwas geschafft.

Als sie sich dem Garten näherten, in dem der Frühstückstisch stand, entdeckte Chloe Emery und Serena an der Küchentür des Gasthauses. Serena trug eine hübsche blaue Bluse, das Haar fiel ihr in sanften Wellen über die Schultern. Chloe hatte Emery, die kürzlich bekannt gegeben hatte, dass sie und Dean im Januar ein Baby erwarteten, schon eine Weile nicht mehr gesehen. Emery gab frühmorgens Yogakurse, weshalb sie auch jetzt ihre Yogahose und einen Sport-BH trug, doch von einem Babybauch war bislang nichts zu sehen. Chloe fragte sich, was Emery von der neuen Chloe halten würde, die mit Bikern ausging und es genoss und ein wenig Kontrolle über ihr perfekt inszeniertes Leben aufgab, um sich an Justins anzupassen.

Auf einmal kam Daphne an Emery vorbeigerannt, auf den Fersen ihrer Tochter Hadley, die Desirees struppigen kleinen Hund Cosmos jagte, und Chloe wurde bewusst, dass Desirees und Emerys Kinder nächstes Jahr um diese Zeit mit ihnen frühstücken würden. Ihrer aller Leben veränderte sich so schnell. Aber dieses Mal musste Chloe nicht von außen zusehen. Auch ihr Leben änderte sich, und zwar auf die allerbeste Art und Weise. Sie drehte sich zu Justin um, der sie zum millionsten Mal beobachtete, und er warf ihr einen Kuss zu. Sie wusste, dass sie dessen nie überdrüssig werden würde.

»Sie sind da!«, rief Emery durch die Fliegengittertür und kam über den Rasen angelaufen. »Wurde auch Zeit, dass ihr Sexmonster endlich auftaucht«, sagte sie und öffnete ihnen das Tor.

Cosmos rannte plötzlich an ihr vorbei, und Justin hob ihn mit einer Hand hoch und balancierte die Schachtel in der anderen, während der Hund ihm das Gesicht ableckte.

»Ich bin schuld, dass wir zu spät kommen«, behauptete Justin mit schelmischem Grinsen. »Ich hatte Chloe an mein Bett gekettet.« Er setzte Cosmos ab, der zurück in den eingezäunten Garten flitzte.

Emery umarmte Chloe. »Dann solltet ihr sofort wieder umkehren, nicht dass hier noch jemand einen Samenstau bekommt.«

»Ich hatte ja keine Ahnung, dass meine Schwester auf so was steht«, stichelte Serena.

Chloe verdrehte die Augen. »Du redest mit Justin, schon

vergessen? Man kann ihm kein Wort glauben. Er hatte mich nicht ans Bett gefesselt.« Obwohl ihr die Vorstellung, etwas so Verruchtes mit ihm zu machen, irgendwie gefiel.

»Jammerschade.« Emerys Augen funkelten. »Ich habe Handschellen, falls du sie dir mal ausleihen willst.«

Justin gluckste und nahm Chloes Hand. Er drückte ihr einen Kuss auf den Handrücken. »Ich würde dieser wunderschönen Dame niemals Handschellen anlegen. Seidenkrawatten sind eher unser Stil.«

Na großartig! Jetzt werde ich die ganze Zeit daran denken, wie du mich über meinen Schreibtisch beugst und mich mit Seidenkrawatten fesselst. Das würde ein sehr langer Tag werden.

Sie gingen alle in den Garten. Desiree kam mit einer großen Schüssel voller Blaubeeren und Erdbeeren aus der Küchentür. Ihr langes blondes Haar war durch die Schwangerschaft noch voller geworden und ihr Babybauch zeichnete sich deutlich ab. Es entsprach ganz eindeutig der Wahrheit, dass schwangere Frauen von innen heraus strahlten. Desiree war das beste Beispiel dafür.

»Hi, Des. Ich mach das schon.« Chloe nahm ihr die Schüssel ab. »Wir haben Bagels und Muffins mitgebracht, um dir etwas Arbeit zu ersparen.«

»Das ist süß, aber du hast bestimmt schon gehört, dass manche Schwangere häuslich werden, indem sie das Kinderzimmer dekorieren oder das Haus babysicher machen.« Desiree rieb sich den Bauch. »Allem Anschein nach tue ich das durchs Kochen. Unser Kind wird bestimmt später Koch. Vielleicht wird er oder sie aber auch nur ein guter Esser. Wer weiß. Im Haus stehen noch Teller mit Waffeln, Speck und Eiern.«

Justin stellte die Bäckereischachtel auf den Tisch. »Ich hole sie. Ihr entspannt euch mal schön.«

»Hey, Justin«, rief Emery ihm nach. »Die Männer sind heute erst sehr spät aus dem Bett gekommen und gerade zu ihrem Lauf aufgebrochen. Ich weiß nicht, ob sie rechtzeitig zurück sein werden, damit du sie noch sehen kannst.«

»Schon okay.« Er zwinkerte Chloe zu. »Ich habe nichts dagegen, mit einem Harem aus wunderschönen Frauen zu frühstücken.«

Chloe stellte die Schüssel auf den Tisch, und kaum war Justin im Haus verschwunden, drängten sich die anderen um sie.

»Los, raus mit der Sprache. Auf einer Skala von eins bis zehn: Wie behandelt er dich?«, wollte Emery wissen.

Chloes Herz schlug schneller. »Zehn.«

»Wie ist der Sex?«, fragte Emery.

»Zwanzig, und frag nicht nach Details«, ergänzte Chloe schnell. Ihr Sexleben war mehr als unglaublich, sie hatte jedoch nicht vor, Details auszuplaudern.

»Justin hat's drauf«, kommentierte Serena.

»Ich bin eifersüchtig«, gestand Daphne, die Hadley und Cosmos im Auge behielt.

»Tja, wenn sie keine erotischen Details preisgibt, dann habe ich keine weiteren Fragen mehr.« Emery nahm sich eine Erdbeere aus der Schüssel und setzte sich an den Tisch.

»Ich würde bestimmt alle Einzelheiten kennen, wenn ich es gestern Abend zum Abendessen des Buchclubs ins Common Grounds geschafft hätte«, beschwerte sich Daphne. »Aber Hadley war so schlecht drauf, dass ich sie nicht allein lassen wollte.«

»Du hast keine Details verpasst, Daphne«, beruhigte Chloe sie. »Ich habe ihnen auch nichts verraten.«

Desiree, die Anständigste ihrer Freundinnen, setzte sich

neben sie. »Ich will gar keine Details, wüsste aber gern, wie du dich fühlst, nachdem ihr so lange umeinander herumgetanzt seid. Bist du glücklich?«

»Ich bin glücklicher, als ich es mir je vorstellen konnte. Ich dachte immer, ein Mann müsste bestimmte Dinge mitbringen«, sagte Chloe, während Serena auf ihrer anderen Seite Platz nahm. »Doch es hat sich herausgestellt, dass ich einfach nur einen ganz bestimmten Mann brauchte. Justin ist wunderbar. Ob ihr es glaubt oder nicht, er ist romantisch und süß. Und er ist gut zu mir. Und ihr wisst selbst, dass er witzig, charmant und *aufdringlich* ist.« Sie verstummte, als er mit einem voll beladenen Tablett nach draußen kam. Er sah sie mit sehnsüchtigen Augen an und hob das Kinn. Chloe wandte sich erneut ihren Freundinnen zu, die sie erwartungsvoll ansahen, und senkte die Stimme. »Er bedeutet mir alles.«

Justin stellte das Tablett auf den Tisch. »Ihr seht so schuldbewusst aus. Habe ich was verpasst?«

Sie sagten alle gleichzeitig »Nein«.

»Ihr seid miserable Lügnerinnen.« Er schnappte sich ein Stück Speck und biss hinein. »Das sieht alles toll aus, Desiree. Danke, dass du dir die ganze Mühe gemacht hast.«

Die Frauen deckten rasch den Tisch.

»Komm schon, Hadley«, rief Daphne ihrer Tochter zu. »Jetzt wird gegessen.«

Justin schnappte sich Hadley, als sie an ihm vorbeiflitzte. »Hast du Hunger, kleine Prinzessin?«

Hadley umklammerte ihren heißgeliebten Plüschvogel. Die Spitzen ihres feinen Haars wippten auf und ab, als sie nickte, sie presste die Lippen aufeinander und runzelte leicht die Stirn. Sie war das ernsthafteste Kind, das Chloe je getroffen hatte. Es bedurfte praktisch höherer Gewalt, um Hadley zum Lächeln zu bringen, dennoch wurde sie von allen heiß und innig geliebt.

Justin setzte sich, nahm Hadley auf den Schoß und machte ihr einen Teller fertig. »Beeren?«, fragte er, und die finster dreinblickende Süße nickte. »Waffeln?« Sie nickte erneut. »Eier?« Wieder ein Nicken. Er warf Daphne über den Tisch einen Blick zu, um sie stillschweigend um Zustimmung zu bitten.

Chloe schaute sich am Tisch um und erkannte deutlich, dass sie nicht als Einzige davon angetan war, die sanfte Seite ihres knallharten Bikers zu Gesicht zu bekommen.

Justin schien Daphnes Gesichtsausdruck falsch gedeutet zu haben, denn er fragte: »Was ist? Ist sie gegen irgendetwas allergisch?«

»Nein«, beruhigte Daphne ihn mit verträumtem Gesichtsausdruck.

»Wir sind nur daran gewöhnt, dass du mit Chloe flirtest«, erklärte Emery. »Aber jetzt habe ich Visionen von deinen und Chloes Babys.«

Chloe fielen fast die Augen aus dem Kopf. *Wie bitte? Wir sind doch erst seit Kurzem zusammen.* Es war eine Sache, zu bewundern, wie gut Justin mit Hadley zurechtkam, aber eine ganz andere, darüber nachzudenken, in nächster Zeit Babys zu bekommen.

»Chloes Gesichtsausdruck nach zu urteilen, sind wir davon noch weit entfernt«, erwiderte Justin mit einem weiteren Zwinkern.

Chloe atmete erleichtert auf.

»Wartet lieber nicht zu lange. Chloe ist auch nicht mehr die Jüngste«, stichelte Serena.

»Hey«, schimpfte Chloe und legte sich eine Waffel und Obst auf den Teller. »Ich habe noch jede Menge Zeit.«

»Mach dir keine Sorgen, Babe. Ich hab's nicht eilig«, beruhigte Justin sie, während Hadley genüsslich eine Beere vom Teller nahm. »Bevor ich mir einen Kindersitz aufs Motorrad schnalle, muss ich noch eine ziemliche Strecke zurücklegen. Aber ich weiß von ein paar Hunden und Katzen, die ein gutes Zuhause brauchen.« Justin schaute sich am Tisch um. »Wer kommt dieses Wochenende zum Vermittlungstag von Wicked Animal Rescue?«

»Harper hat uns davon erzählt«, sagte Emery aufgeregt. »Dean und ich werden vorbeikommen, vielleicht finden wir ja einen Welpen, dem es nichts ausmacht, mit zwei verrückten Katzen zusammenzuleben. Aber wir müssen früh aufbrechen, da wir uns mit Tegan und Jett im Haus von Deans Eltern zum Mittagessen treffen.«

»Wartet nur, bis ihr die Infotafeln seht, die ich für die Tiere mache.« Chloe erzählte ihnen von ihrem neuesten Projekt und von den Schleifen und Fliegen, die Tori, Evie und Sid bastelten.

»Ich überlege, auch mal vorbeizuschauen und mir alles anzusehen.« Desiree tätschelte ihren Babybauch. »Wir werden es auf jeden Fall versuchen, aber Rick und ich werden mit Cosmos und dem Baby schon ausgelastet sein und gar keine Zeit für ein neues Haustier haben.«

»Und ich habe mit Hadley bereits alle Hände voll zu tun«, merkte Daphne an. »Tut mir leid, Justin.«

Chloe beäugte Serena. »Du könntest dir doch mit Drake zusammen ein Fellbaby anschaffen, während ihr übt, ein echtes zu machen.«

»Vielleicht sehen wir uns die Tiere mal an«, meinte Serena. »Aber ich bin mir nicht sicher, ob wir schon bereit für ein Haustier sind. Wir sind immer noch in der Phase, in der wir es kaum durch die Tür schaffen, bevor wir übereinander herfallen.«

Justin sah Chloe tief in die Augen, und ein schiefes, verschwörerisches Grinsen umspielte seine Lippen. Sie befanden sich ebenfalls in dieser Phase, und wenn es nach Chloe ging, durfte sie gern noch eine Weile anhalten.

Er zwinkerte ihr zu und wandte sich dann an Serena. »Selbst wenn ihr es nicht zu der Veranstaltung schafft, könnten wir vier doch am Samstagabend im Salty Hog essen gehen. So kannst du mich und meine Familie besser kennenlernen«, schlug Justin beiläufig vor.

Die in Justins Stimme mitschwingende Hoffnung verriet Chloe, dass es mehr als ein beiläufiger Vorschlag war. Er hatte ihr am Tag, nachdem sie ihm von der schrecklichen Nacht im Salty Hog erzählt hatte, beteuert, dass sie nie wieder ins Hog gehen müssten. Woraufhin sie erwidert hatte, dass sie lieber bessere Erinnerungen schaffen wollte, um die Vergangenheit auszulöschen. Er wusste, wie viel ihr Serena bedeutete, und die Tatsache, dass er vorschlug, mit ihr und Drake dort essen zu gehen, um diese schöneren Erinnerungen zu schaffen und ihre Welten weiter miteinander zu verschmelzen, steigerte ihre Gefühle für ihn nur noch mehr.

»Das ist eine wunderbare Idee.« Serena warf Chloe einen fragenden Blick zu. »Die Familie kennenzulernen, klingt nach etwas Ernstem.«

»Oh, es ist auch was Ernstes.« Justin fixierte Chloe. »Ich habe einen ganzen Haufen Zukunftspläne für mich und diese Schöne geschmiedet.«

Chloe ging das Herz auf.

»Apropos Zukunftspläne, in ein paar Wochen hast du Geburtstag, Chloe. *Tick, tack*«, stichelte Serena.

»Wie alt wirst du?«, erkundigte sich Daphne. »Warte, letztes Jahr bist du neunundzwanzig geworden, richtig?«

Chloe sah Serena an, und sie erwiderten gleichzeitig: »Neunundzwanzig. Wie *immer*.«

»Als Chloe neunundzwanzig wurde, hat sie beschlossen, niemals zuzugeben, älter zu sein«, erklärte Serena.

»Wie lange ist das her?«, fragte Daphne.

»Tut mir leid, du bist zwar wie eine Schwester für mich, aber diese Information kann ich nicht preisgeben.« Serena schaute Chloe an. »Steht unser jährliches Geburtstagsessen noch, oder willst du das jetzt, wo du einen Mann in deinem Leben hast, lieber verschieben?«

»Wer bin ich? Etwa *Mom*? Ich werde meine Freundinnen nicht wegen irgendeines Mannes im Stich lassen.« Sie sah Justin an. »Entschuldige. Das klang hoffentlich nicht gemein, aber …«

»Du warst in meinem Beisein noch nie gemein zu jemandem, Babe«, fiel Justin ihr ins Wort, der Hadley gerade eine Waffel kleinschnitt. »Ich wusste, dass du letztes Jahr mit deinen Freundinnen zum Mittagessen verabredet warst, und bin davon ausgegangen, dass es dieses Jahr wieder so ist. Allerdings wäre es schön, wenn du abends noch nichts vorhast.«

»Wenn sie keine Zeit hat, springe ich gern ein«, sagte Daphne und sah ihn und Hadley derart verträumt an, dass alle lachen mussten.

Hadley sprang von Justins Schoß herunter und kletterte auf den leeren Stuhl zwischen ihm und Daphne. Sie kniete sich darauf und fuhr damit fort, sich von Justins Teller zu bedienen.

Justin bedachte Chloe mit einem verführerischen Blick. »Was sagst du dazu, Herzensbrecherin? Wir zwei an deinem neunundzwanzigsten Geburtstag?«

»Du und ich, Mr. Wicked?« Chloe zog keck die Augenbrauen hoch und dachte an den gestrigen Abend zurück, an dem ihr Justin nach seinem Church-Treffen eine Nachricht geschickt und sich erkundigt hatte, ob sie noch mit ihren Freundinnen beschäftigt wäre. Sein Timing war perfekt gewesen, denn nach dem wunderbaren gemeinsamen Abendessen hatten sie gerade auf dem Parkplatz gestanden und sich verabschiedet. Sie hatte geantwortet: *Nein, aber ich würde mich liebend gern mit meinem Bikerboy beschäftigen. Wer zuerst in deinem Schlafzimmer ist ...* Er hatte bereits auf sie gewartet, als sie sein Haus erreichte, doch bis ins Schlafzimmer waren sie nicht gekommen.

Justin schob den Teller vor Hadley, ohne Chloe aus den Augen zu lassen. »Ganz genau, Süße. Was sagst du dazu? Darf ich meine Liebste einen Abend lang verwöhnen?«

»Du verwöhnst mich jeden Abend.« Es fühlte sich an, als ob sich die Luft zwischen ihnen gleich entzünden würde. Chloe hatte lange genug zugesehen, wie ihre Freundinnen mit ihren Männern schäkerten, jetzt war sie an der Reihe. Sie nahm eine Erdbeere in die Hand und wusste nicht so recht, ob sie in Gegenwart ihrer Freundinnen die Verführerin spielen sollte, aber vielleicht machte gerade das ja auch den eigentlichen Reiz aus. Denn so würde sie endlich ihre vorsichtige, immer auf Sicherheit bedachte Haut ablegen. Oder vielleicht lag es auch daran, dass seine animalische Anziehungskraft zu stark war und sie sich ihr nicht zu entziehen vermochte. Inzwischen war ihr vollkommen schleierhaft, wie sie es so lange geschafft hatte, ihn auf Distanz zu halten. Sie wusste nicht genau, warum sie ihn in Wallung bringen wollte, aber sie gab nicht klein bei, und das war ermutigend und aufregend. Sie hielt seinen Blick, während sie sich langsam über die Lippen leckte. Seine Augen verdunkelten sich, als sie sich die Beere auf die Zunge legte und so sinnlich wie möglich hineinbiss, während sie inständig hoffte, dabei nicht total lächerlich auszusehen.

Justin biss sich auf die Unterlippe, wie er es in der ersten Nacht, in der sie intim geworden waren, auch getan hatte. »*Mmh.* Deine Erdbeere könnte ich den ganzen Tag lang vernaschen.«

Großer Gott! Das Geräusch, das er machte, als er sich auf die Unterlippe biss, ließ das Verlangen in ihren Adern auflodern, doch die Hitze in seinen Augen und die Art, wie er das sagte, so voller Verlangen und etwas viel Tieferem, gab ihr den Rest. Sie war ihm vollkommen verfallen.

»Ja. Zwanzig ist nachvollziehbar«, sagte Emery und biss in ein Stück Speck.

»Wohl eher zwanzigtausend.« Desiree fächerte sich mit einer Hand Luft zu. »Wir haben oben ein leeres Schlafzimmer, falls ihr eins braucht.«

Justin ließ Chloe nicht aus den Augen, als er erwiderte: »Wenn wir jedes Mal ins Schlafzimmer gehen würden, wenn uns die Lust überkommt, würden wir es gar nicht mehr verlassen.«

Aber kommen würden wir auf jeden Fall.

Grundgütiger. Ihre Kühnheit hatte sich so richtig angefühlt, aber jetzt kam sie sich doch ein wenig entblößt vor. Sie senkte den Blick und spürte, wie ihr das Blut in die Wangen schoss.

»Wer hätte gedacht, dass meine konservative Schwester eine solche Verführerin ist?«, meinte Serena.

»Ich habe es immer gewusst.« Justin griff über den Tisch und nahm Chloes Hand, damit sie ihn wieder ansah. »Ihre intimen Geheimnisse muss man nicht sehen, um sie zu fühlen. Sie muss nur entscheiden, wer es verdient hat, daran teilhaben zu dürfen.«

Jetzt sah er sie nicht mehr an, als wollte er sie verschlingen, sondern wirkte so, als wollte er über den Tisch klettern und sie in die Arme nehmen, um sie vor ihrer Verlegenheit zu schützen. Dieser Blick war noch mächtiger und besonderer als alle anderen zusammen.

Der Nachmittag verging wie im Flug mit Besprechungen, Telefonaten und dem Abhaken ihrer Aufgabenliste, doch nichts davon trübte den Rausch, in dem sich Chloe den ganzen Tag über befunden hatte. Als die Wickeds zur Besichtigung der Einrichtung eintrafen, war sie nervös und freute sich darauf, ihnen alles zu zeigen. Es erstaunte sie nicht, dass Rob, Reba, Conroy und Ginger Mike begleiteten, und sie war noch viel weniger überrascht, dass Justin ebenfalls gekommen war. Was sie jedoch ein bisschen wunderte, war die Tatsache, dass auch Tank mitgekommen war. Während Justin an der Seite seines Großvaters blieb, bildete Tank das Schlusslicht der Gruppe. Er war größer als die anderen Männer und nahm mit wachsamen Augen alles in sich auf. Zwar sagte er nicht viel, hatte jedoch bei der Führung durch die einzelnen Gebäudeflügel zustimmend genickt.

»Ich zeige euch noch den Innenhof«, sagte Chloe, als sie in den Flur einbogen, der nach draußen führte.

Kent, Agnes Bergers Enkel, schob sie gerade in ihrem Rollstuhl durch die Türen vom Innenhof ins Gebäude. Chloe bekam ein schlechtes Gewissen, weil sie bereits von einigen Bewohnern angesprochen worden war, die einfach nur plaudern wollten, während sie die Wickeds herumführte, aber

Justins Familie schien Verständnis zu haben, und sie hatte versucht, die Gespräche abzukürzen. Agnes war schon über neunzig, und Chloe war aufgefallen, dass sie in den letzten Monaten merklich gebrechlicher geworden war. Chloe wusste nicht, wie viel Zeit ihr noch blieb, daher nahm sie sich einen Moment für eine schnelle Begrüßung.

»Hallo, Agnes, Kent. Schön, dass ihr draußen das schöne Wetter genossen habt.«

Agnes griff nach Chloes Hand, so wie sie es immer tat. »Kent hat mich vorhin durch den Garten geschoben. Er ist übrigens immer noch Single und bleibt zum Abendessen, falls du dich uns anschließen möchtest.«

Kent sah sie entschuldigend an.

Derartige Angebote erhielt Chloe von den Bewohnern häufiger, doch die Männer, um die es dabei ging, hatten die Verkupplungsversuche ihrer älteren Verwandten bisher glücklicherweise alle mit Humor genommen. »Danke für das Angebot, Agnes. Du weißt, wie sehr ich Kent mag, aber das hier sind mein Freund Justin und seine Familie. Ich zeige ihnen das Haus.« Sie deutete auf Justin.

»Freut mich, Sie kennenzulernen«, sagte Justin herzlich.

»Ach du meine Güte. Das tut mir so leid«, rief Agnes. »Davon wusste ich ja noch gar nichts! Ich werde meinen Freundinnen ausrichten, dass du vergeben bist.« Sie zeigte mit einem zittrigen Finger auf Justin. »Du bist ein Glückspilz, Justin. Wir verehren Chloe, also sei gut zu ihr.« Sie ließ die Hand sinken, und ihr Blick wanderte zum Rest seiner Familie. »Ich lebe schon seit einigen Jahren hier, und es gibt keinen Ort, an dem ich lieber wäre. Chloe sorgt dafür, dass wir immer etwas zu tun haben und dass wir gut versorgt sind. Dann lassen wir euch jetzt mal besser in Ruhe.«

Kent nickte freundlich, als er ihren Rollstuhl an der Gruppe vorbeischob.

»Ich kann mir gut vorstellen, dass so etwas häufiger passiert«, sagte Reba im Weitergehen zu Chloe. »Das ist auch nicht verwunderlich, denn es ist offensichtlich, wie sehr man dich hier schätzt.«

»Danke. Ich habe das Glück, einen Job zu machen, den ich liebe, und mit Menschen zu arbeiten, die mir Freude schenken. Ich darf immer wieder neue Programme planen. Hat Madigan euch erzählt, dass wir zusammen einen Vorschlag für ein Puppenspielprogramm ausgearbeitet haben?«

»Ja, und sie freut sich schon sehr darauf«, erwiderte Reba.

»Sie war mir eine enorme Hilfe. Wir hoffen sehr, dass die Finanzierung genehmigt wird.« Chloe drückte auf den Knopf an der Wand neben den Glastüren und die Türen nach draußen gingen auf. Die späte Nachmittagssonne warf Schatten auf den Innenhof, auf dem die Bewohner Karten und andere Spiele spielten. »Dies ist einer meiner Lieblingsorte. Wie ihr sehen könnt, gefällt er unseren Bewohnern ebenfalls sehr. Unsere Yoga-Lehrerin Emery Masters ist eine gute Freundin von mir. Wenn es warm genug ist, unterrichtet sie dort draußen unter der großen Eiche.« Sie deutete quer über den Rasen.

»Ich werde kein Yoga machen, aber vielleicht sitze ich hier und schaue mir das Ganze mal an«, meinte Mike lachend.

»*Pops.*« Rob schüttelte den Kopf.

»Nicht jeder mag Yoga«, sagte Chloe. »Wenn du gern spazieren gehst, findest du überall auf dem Gelände gepflasterte Wege, und wie ihr sehen könnt, stehen immer Spiele zur Verfügung.«

»Das klingt toll, nicht wahr, Poppy?«, fragte Reba.

»Sicher«, antwortete Mike und sagte leise etwas zu Justin und Tank, die daraufhin beide grinsten.

Ginger stupste Chloe an. »In der Nähe von Frauen und Kartentischen ist bei Mike Vorsicht geboten. Der Bikername meines Mannes lautet Con, und das hat nichts mit der Verkürzung seines Vornamens zu tun, sondern mit den Kartentricks, die ihm sein Vater damals beigebracht hat.«

Mike warf Ginger einen Seitenblick zu. »Bring mich nicht in Schwierigkeiten, wenn ich noch gar nichts getan habe.«

»Die Betonung liegt auf ›noch‹«, konterte Conroy, verschränkte die Arme und senkte das Kinn, um Mike ernst anzustarren. »Du darfst die Leute hier nicht betrügen, Pops.«

»Betrügen ist ein hartes Wort, mein Sohn«, erwiderte Mike.

»Nicht, wenn es dabei um dich geht«, beharrte Rob.

»In unserer Einrichtung leben schon einige durchtriebene Kartenspieler, auf die wir ein Auge haben müssen.« Chloe deutete auf einen Tisch auf der anderen Hofseite, an dem Nelson Byer und Robert Crumptin, zwei langjährige LOCAL-Bewohner, Dame spielten. Nelson zwinkerte Chloe zu.

»Offenbar hast du hier einen Fan, Chloe«, stellte Reba fest.

»Nelson ist bekannt fürs Flirten und seine Kartentricks. Mike und er werden sich bestimmt gut verstehen.« Sie straffte die Schultern und sah Mike an, als sie hinzufügte: »Aber du wirst die anderen Bewohner natürlich respektieren und fair spielen. Ansonsten bekommst du es mit mir zu tun.«

»Meine Süße ist ein harter Knochen, Gramps. Du solltest besser auf sie hören«, sagte Justin.

Während sich Justin und seine Familie im Innenhof umsahen, blieb Chloe an Nelsons und Roberts Tisch stehen. »Hallo, die Herren. Genießt ihr das schöne Wetter?«

»Ich genieße es, meinen Freund beim Damespiel zu besiegen«, antwortete Nelson.

»Schön, dass du zur Abwechslung mal etwas anderes als Karten spielst«, sagte Chloe.

»Ich hatte mir überlegt, mir gleich am Kartentisch noch ein paar Dollar zu verdienen und dich mit meinem Gewinn vielleicht zum Essen einzuladen.« Nelson wackelte mit den Augenbrauen.

Sie tätschelte seinen Arm. »Du hast eine lange Liste mit Freundinnen, die darauf warten, mit dir essen zu gehen. Viel Spaß noch.«

Chloe wollte Justin und seiner Familie Zeit geben, um sich ungestört zu unterhalten. Reba und Ginger sahen sich auf dem Gelände um, während Justin und die Männer sich auf der anderen Hofseite unterhielten. Sie betrachtete die Männer einen Moment lang. Tank hatte die muskulösen tätowierten Arme über der Lederweste verschränkt, hielt den Kopf gesenkt, den Kiefer angespannt, und seine dunklen Augen wirkten so ernst wie Robs, der in gleicher Haltung neben ihm stand. Justin und Conroy wirkten deutlich entspannter, während sie sich mit Mike unterhielten. Mike schien hingegen irgendwo zwischen Tanks und Robs straffer Pose und Conroys und Justins lockerer Art zu schwanken. Seine Miene war ernst, doch was auch immer Justin gerade sagte, ließ einen Hauch von Fröhlichkeit aufflackern. Conroy lachte laut los, und auch Justin musste lachen, wobei sein Blick unverhofft auf Chloe fiel. Er zwinkerte ihr zu und ein Kribbeln durchfuhr sie. Sie warf einen kurzen Blick über den Hof, um sich zu vergewissern, dass die Bewohner sie nicht beobachteten, um ihm dann diskret eine Kusshand zuzuwerfen.

Ginger und Reba kamen zu ihr geschlendert und schauten wie sie zu den Männern hinüber.

»Rob und Tank sind so ernst«, sagte Chloe. »Liegt das daran, dass ihnen irgendetwas an der Einrichtung nicht gefällt?«

»Nein«, beruhigte Reba sie. »So sind sie nun mal.«

»Tank war schon immer ernst, aber er ist nicht mehr derselbe, seit wir seine Schwester Ashley verloren haben«, erklärte Ginger. »Das ist schon lange her, doch sie standen sich sehr nahe.«

»Euer Verlust tut mir so leid.«

»Danke, meine Liebe«, erwiderte Ginger warmherzig. »Der Verlust von Ash hat uns alle verändert. Tank will die Menschen um sich herum seitdem erst recht beschützen. Kurz nachdem wir sie verloren hatten, trat er der Feuerwehr bei, und seitdem ist er auf einer Mission, um jeden in seiner Umgebung zu retten.« Ginger nickte den Männern zu. »Genau wie bei Justin gibt es auch eine besondere Bindung zwischen Tank und Mike. Ich will gar nicht darüber nachdenken, was aus den beiden wird, wenn wir Mike verlieren.«

»Hoffen wir, dass das nicht allzu bald passiert«, erwiderte Chloe. »Ich dachte, Tank wäre nur grüblerisch, aber jetzt wird mir bewusst, dass viel mehr dahintersteckt.«

»Oh, er ist durchaus ein Grübler.« Ginger schaute Tank liebevoll an.

»Ich war immer der Ansicht, Tank hätte Robs Sohn sein sollen.« Reba musterte die beiden Männer. »Und Conroy hätte Zanders und Justins Vater sein sollen.«

»Bei Justin bin ich anderer Meinung«, widersprach Chloe. »Wenn ihr mich fragt, musste er immer genau dort sein, wo er sich innerhalb eurer Familie befand. Er hat mir erzählt, wie alle für ihn da waren. Es klingt aus meinem Mund vielleicht etwas seltsam, aber ich bin euch beiden sehr dankbar, dass ihr Justin zu dem Mann gemacht habt, der er heute ist. Ich war noch nie mit jemandem wie ihm zusammen. Ich kann ihm alles sagen, und ich weiß, dass er für mich da sein wird, wenn ich überfordert bin oder am Abgrund stehe, um mir meine Sorgen zu nehmen oder mich aufzufangen, wenn ich falle.«

Zwanzig

Justin ging fest davon aus, dass es eine Art Sünde war, seiner Freundin auf den Hintern zu starren, während sie ihr nach der Führung zurück in die Lobby folgten. Und wenn das eine Sünde war, dann würde die Überlegung, sich mit ihr aus dem Staub zu machen und in einem der Büros, an denen sie vorbeigekommen waren, über sie herzufallen, ihn vermutlich auf direktem Weg in die Hölle befördern. Doch das war ihm egal. Chloe war für ihn schon immer der Inbegriff an Sexyness gewesen, aber sie in ihrem beruflichen Umfeld zu sehen, wo sie die Kontrolle und das Sagen hatte, beeindruckte ihn nur noch mehr – und erregte ihn ungemein. Allerdings beeindruckte und erregte ihn so gut wie alles, was sie tat. Der heutige Besuch im LOCAL hatte ihm ein ganz neues Verständnis dafür vermittelt, wie viel Verantwortung Chloe auf ihren Schultern trug und wie wortgewandt sie war.

Tank stupste ihn an und riss ihn aus seinen Gedanken, als sie die Lobby betraten.

»Ich bin wirklich sehr beeindruckt, Chloe. Die Vorstellung, dass Mike aus unserem Haus auszieht, gefiel mir eigentlich gar nicht«, gab Reba zu. »Aber jetzt ist mir klar geworden, dass er hier und unter Menschen seines Alters ein viel erfüllteres Leben führen könnte.«

»Viele Menschen haben einen falschen Eindruck von Einrichtungen wie der unseren. Sie bekommen Angst, wenn sie Begriffe wie ›Betreutes Wohnen‹ hören, und glauben, es sei der Anfang vom Ende, obwohl es für viele unserer Bewohner eher der Anfang eines neuen Abenteuers ist. Es freut mich, dass euch der Rundgang gefallen hat und ihr euch selbst davon überzeugen konntet, wie wunderbar es im LOCAL ist«, sagte Chloe herzlich. »Habt ihr noch irgendwelche Fragen, bevor ich die weiteren Prospekte und Unterlagen hole?«

»Wann kann ich einziehen?«, fragte Mike.

Chloes Blick wurde sanfter. »So schön es wäre, wenn du morgen einziehen würdest, wäre es mir lieber, dass du dir ein bisschen Zeit nimmst und darüber nachdenkst. Das ist eine wichtige Entscheidung für dich und deine ganze Familie. Ihr solltet die Vor- und Nachteile besprechen, um sicherzugehen, dass es für alle die richtige Entscheidung ist. Aber ich kann dir gern ein Zimmer reservieren.«

Conroy sah Preacher an und Preacher nickte fast unmerklich. »Du hast uns alles wirklich sehr gut erklärt, Chloe, und es war eine Freude, mit anzusehen, wie sehr du hier von allen geschätzt wirst.«

»Ja, das war es in der Tat«, stimmte Reba zu.

Chloe errötete leicht vor Verlegenheit, hatte sich jedoch rasch wieder im Griff und setzte ihre professionelle Miene auf. »Danke. Ich gehe nur schnell in mein Büro und hole die Unterlagen. Bin gleich wieder da.«

Als sie wegging, fragte Preacher: »Was denkst du, Pops?«

»Ich glaube, Chloe kennt sich wirklich gut aus, und Maverick sollte dieser Frau einen Ring an den Finger stecken«, erklärte Mike.

»Augenblick mal. Was hast du gerade gesagt?« Justin sah seinen Großvater an. »Seit wann bist du Heiratsvermittler?«

Mike starrte ihn gereizt an. »Sieh mich nicht so an, als hätte ich den Verstand verloren, Maverick. Du weißt ganz genau, dass ich mich direkt beim Kennenlernen in Hilda verliebt habe, und da war ich noch ein Kind.«

Preacher lachte auf. »Als ich Reba kennenlernte, hat er auch gleich gesagt, dass ich diese Frau heiraten muss. Damals war ich in Maryland und hatte ihm nur am Telefon von ihr erzählt.«

»Ich brauchte die Frau, die die Welt meines Sohnes auf den Kopf gestellt hatte, nicht zu sehen«, entgegnete Mike schroff. »Alles, was ich wissen musste, schwang bereits in deiner Stimme mit, mein Junge.«

»Dasselbe hat er auch zu mir gesagt, als Ginger in mein Leben trat.« Conroy legte einen Arm um Ginger und gab ihr einen Kuss auf die Wange. »Und der alte Mann hatte recht.«

»Ach, Poppy, du magst ja ein Händchen fürs Verkuppeln haben, aber ich glaube, dass sich Justin und Chloe noch ein bisschen Zeit lassen wollen«, meinte Reba. »Was hältst du von dem, was hier geboten wird?«

Justin war dankbar dafür, dass sie das Gespräch in eine andere Richtung gelenkt hatte. Denn das hätte ihm gerade noch gefehlt, dass Chloe von den Gedanken seines Großvaters Wind bekam und die Flucht ergriff. Er hatte keinen Zweifel daran, dass sie füreinander bestimmt waren, und er war sich ziemlich sicher, dass sie genauso empfand, doch er war nicht bereit, irgendwelche Risiken einzugehen.

Tank räusperte sich, und Justin folgte seinem Blick zu Chloe, die sich vor ihrem Büro mit Alan Rogers unterhielt. Justin fluchte leise. Es gefiel ihm gar nicht, wie nahe der aufgeblasene Mistkerl bei ihr stand. Alans Brust schien Chloes

Schulter beinahe zu berühren, während sie zusammen auf ein Blatt Papier starrten.

Alans Blick wanderte zu Justin und er grinste süffisant.

Scheiß drauf! Justin straffte die Schultern und marschierte mit Tank dicht auf den Fersen zu ihnen hinüber.

Chloe blickte auf, als sie sich näherten, und schenkte ihm ein strahlendes Lächeln. »Entschuldige, Justin, ich musste nur gerade etwas mit Alan besprechen. Alan, Justin kennst du ja schon. Das ist sein Cousin Tank.«

Alan beäugte Tank kurz und in seinen Augen spiegelte sich Abscheu wider. »Arbeitet ihr gerade hier?«

»Was …? Nein.« Chloe sah Justin und Tank entschuldigend an. »Ich habe ihre Familie eben hier herumgeführt. Ihr Großvater überlegt, zu uns zu ziehen. Ich stelle euch rasch einander vor.«

Alans selbstgefälliges Grinsen wurde sogar noch breiter. »Aber gern.« Er legte Chloe besitzergreifend eine Hand ins Kreuz, als sie zu Justins Familie zurückkehrten.

Justin mahlte mit dem Kiefer und ballte die Fäuste.

»Was zum Teufel?«, knurrte Tank leise.

»Er ist ihr Boss und ein gottverdammtes Arschloch«, erwiderte Justin leise genug, dass nur Tank es hören konnte, während Chloe Alan ihren Familien vorstellte.

Alan schüttelte Conroy die Hand. »Unsere Chloe hat Ihnen hier bestimmt alles ausgiebig gezeigt.«

Von wegen unsere Chloe. Justin war stinksauer. An diesem Morgen hatte Blaine Alans Frau die Pläne für die Terrasse übergeben, und hinterher hatte er Justin erzählt, dass Alan in dieser Familie eindeutig die Hosen anhatte. Alans Frau hatte ihn in der Stunde, in der Blaine dort war, fünfmal angerufen und jede Kleinigkeit mit ihm besprochen, anstatt selbst

Entscheidungen zu treffen. Justin wollte keinen derart kontrollsüchtigen Mann in Chloes Nähe haben, und er ärgerte sich ungemein, dass es dieser Mistkerl wagte, sie anzufassen.

»Ich überlasse Sie dann mal wieder Chloes fähigen Händen.« Alan beugte sich zu Chloe herüber und raunte ihr ins Ohr: »Komm in mein Büro, wenn du hier fertig bist, dann beenden wir unser Gespräch.«

Chloe versprach es ihm, dann wandte sie sich wieder Justins Familie zu und überreichte ihnen die Unterlagen, die sie aus ihrem Büro geholt hatte. »Darin findet ihr alle Informationen, über die wir gesprochen haben. Nehmt euch die Zeit, alles in Ruhe durchzugehen, und ruft mich an, falls ihr Fragen habt.«

Sie führte sie hinaus, und während sie sich mit Mike, Con und Preacher unterhielt, trat Reba zu Justin, ging mit ihm ein Stück zur Seite und legte ihm eine Hand auf den Arm. »Atme, mein Junge. Ich habe gesehen, wie dieser Mann dich und Tank angestarrt hat. Und auch Rob. Die Welt ist voller voreingenommener Männer wie Alan Rogers. Lass nicht zu, dass er dir unter die Haut geht. Wir verstecken nicht, wer wir sind, und wir lassen uns von ignoranten Menschen nicht kleinmachen, also lass es gut sein, Schatz.«

»Deswegen bin ich nicht sauer«, erwiderte Justin wütend. »Ich habe ständig mit Idioten wie ihm zu tun. Ich mag es nur nicht, wie nahe er Chloe gekommen ist.«

»Oh, Schatz«, sagte sie mitfühlend. »Du bist genau wie dein Vater. Du willst die Frau beschützen, die dein Herz erobert und sich für immer dort eingenistet hat. Chloe gehört dir, Schatz. Das ist an der Art, wie sie dich ansieht, deutlich zu erkennen.«

»Ich bin nicht eifersüchtig, Mom. Der Typ geht mir nur auf die Nerven.«

»Das ist alles noch neu für dich. Aber glaub mir, wenn wir durch eine Wolke von Emotionen blicken, sehen wir die Dinge nicht immer klar. Chloe ist eine kluge Frau. Das Selbstvertrauen strömt ihr praktisch aus allen Poren. Wenn sie sich bei diesem Mann oder einem anderen unwohl fühlen würde, könnte sie garantiert selbst für sich einstehen. Sieh mich an, Schatz.«

Justin begegnete ihrem Blick.

»Vergiss nicht, was ich gesagt habe. Wenn es um Herzensangelegenheiten geht, ist nicht immer alles so, wie es den Anschein hat. Sei bitte vorsichtig, mein Lieber.«

»Ich bin vorsichtig, und ich weiß genau, dass sie auf sich aufpassen kann, aber das sollte sie nicht tun müssen.«

»Diese Worte hätten direkt aus dem Mund deines Vaters kommen können.« Reba berührte seine Hand. »Komm schon, Schatz. Deine Freundin hat uns gerade auf wundervolle Weise alles gezeigt. Lass es jetzt gut sein und sag ihr, wie toll sie ist.«

Justin wartete, während sich alle anderen bei Chloe bedankten. Als seine Familie aufbrach, blieb er zurück, um mit ihr zu reden, und Tank setzte sich ein paar Meter von ihnen entfernt auf eine Bank. Es machte ganz den Anschein, als würde sein stets wachsamer Cousin darauf achten, dass Justin keine Dummheiten machte und Alan nicht den Kopf abriss oder etwas Ähnliches. So gern Justin Alan auch die Meinung gesagt hätte, so konnte er auch Rebas Warnung nicht vergessen. Was allerdings nicht bedeutete, dass er nicht wütend auf Alan war, der Chloe einfach nicht so nahe zu kommen hatte.

Als er zu Tank hinüberschaute, sah er in dessen Augen die lautlose Frage: *Bleibst du cool, oder brauchst du Verstärkung?* Justin antwortete ihm laut: »Wir sehen uns in ungefähr einer Stunde in deinem Studio.«

Tank nickte. »Bis später, Chloe.«

»Tschüss, Tank.« Als Tank zu seinem Motorrad ging, fragte Chloe: »Das lief doch gut, oder nicht?«

»Ja. Super. Danke, dass du dir so viel Zeit für uns genommen hast.« Justin war nicht in der Stimmung für Smalltalk.

»Wollt ihr heute Nachmittag weiter an deinem Tattoo arbeiten?«, erkundigte sich Chloe.

»Ja. Hör zu, Chloe, ich mag es nicht, dass dir dieser Rogers derart auf die Pelle rückt.«

Sie verdrehte die Augen. »Ich weiß. Er kommt einem beim Reden immer sehr nahe. So ist er nun mal.«

»Ist es auch wirklich nicht mehr als das? Blaine war heute bei Alans Frau, um ihr die Entwürfe für die Terrasse zu zeigen, und er hatte den Eindruck, dass er ein ziemlich kontrollsüchtiger Kerl ist. Ich will nicht, dass er dich anfasst.«

»Mich anfasst? Er hat mich nicht berührt.«

»Dann hat er die Brust nicht förmlich gegen deine Schulter gedrückt, als ihr vor deinem Büro gestanden habt? Und er hat dir nicht die Hand ins Kreuz gelegt, als du ihn meiner Familie vorstellen wolltest?«

»Das kann ich mir nicht vorstellen.« Sie runzelte die Stirn, als würde sie darüber nachdenken. »Er hatte ein paar Fragen zu meiner Puppenspielidee.« Bei diesen Worten leuchteten ihre Augen auf. »Ich hoffe wirklich sehr, dass er die Finanzierung bewilligt.«

Er fragte sich, ob Reba vielleicht doch recht hatte. Übertrieb er mit seiner Fürsorge? Sah er die Dinge wirklich nicht klar? Er hatte keinen blassen Schimmer, denn mit einer Sache hatte sie durchaus recht: Wenn Chloe ihn mit diesem Funken Hoffnung und Glück in den Augen ansah, konnte er nicht mehr klar denken und wünschte sich nur noch, sie in jeder

Minute des Tages so sehen zu können.

»Besuchen wir heute Abend noch Shadow?«, fragte sie.

Da war er wieder, dieser Lichtstrahl, der seine Dunkelheit durchdrang. »Ja. Ihm werden heute die Fäden gezogen.«

»Wohin gehst du jetzt?«

»Nach Hause, um eine Kommodenschublade für dich freizuräumen.«

»*Justin* …« Bei diesem gehauchten Wort sah sie so süß, sexy und hinreißend aus.

»Babe, du bist die halbe Woche bei mir und brauchst auch ein bisschen Platz für dich.« Er wollte ihre Hand nehmen, doch sie berührte nur kurz seine Fingerspitzen mit ihren, wobei sie über die Schulter zum Eingang des LOCAL blickte. Sie achtete derart pingelig darauf, bei der Arbeit keine Grenzen zu überschreiten, dass es ihn hinsichtlich seiner Besorgnis wegen Alan ein wenig beruhigte. Denn sie war viel zu aufmerksam und selbstbewusst, und ihr Job war ihr zu wichtig, als dass sie ihn von irgendjemandem in Gefahr bringen lassen würde.

»Sieh dich nur an«, spottete sie grinsend. »Du bist schon bereit, den Umzugswagen zu rufen.«

»Sag ein Wort und es ist so gut wie erledigt.«

Er wollte sie so gern in den Armen halten, sie bei der Arbeit aber auch nicht in Schwierigkeiten bringen. Daher trat er nur näher und behielt die Hände bei sich. Denn er hatte durchaus das Recht, ihr nahe zu sein, wenn sie sich miteinander unterhielten, und als ihr kurz der Atem stockte, wusste er auch, dass sie es genoss.

»Du hast dich da drin mit meiner Familie wirklich gut geschlagen.«

»Es hat mir großen Spaß gemacht.« Sie leckte sich die Lippen. »Aber es ist mir sehr schwergefallen, dich nicht zu berühren. Mehrmals hätte ich beinahe deine Hand genommen.«

»Ich weiß, dass dein Job zu wichtig ist, als dass du es riskieren könntest, meine Hand zu halten, aber wenn du nicht bei der Arbeit bist, musst du dich niemals zurückhalten, Baby. Es war unfassbar heiß, dir dabei zuzusehen, wie du hier alle Fäden in der Hand hältst. Ich wollte dich in jedes Büro schleifen, an dem wir vorbeikamen, dich gegen die Wand drücken und dich so oft kommen lassen, bis du weiche Knie bekommst.« Er hielt inne und ließ die Worte wirken. Sie bekam rote Wangen und in ihren Augen loderte das Verlangen. »Und wann immer du wieder zu Atem gekommen wärst und geglaubt hättest, du könntest keine weitere lustvolle Sekunde mehr ertragen, hätte ich dich über den Schreibtisch gebeugt und all die Fantasien ausgelebt, die mich schon den ganzen verdammten Tag über plagen. Verdammt, Baby, ich kann den heutigen Abend kaum erwarten, um dich endlich wieder berühren und auf unendliche Arten lieben zu können.«

»Oh, Justin …« Die Worte kamen ihr wie ein Flehen über die Lippen.

Er wollte dieses Geräusch in eine Flasche füllen und es für immer bei sich tragen. »Wir sehen uns heute Abend, meine Süße.«

»Justin!«, flüsterte sie. »Wie soll ich mit diesen ganzen Bildern im Kopf wieder da reingehen?«

Er zog eine Schulter hoch und blickte auf die Beule in seiner Jeans hinunter. »Tja, ich schätze, da haben wir wohl beide ein Problem.«

»Oh je. Den Rest des Tages kann ich jetzt vergessen. Sieh ja zu, dass du zusammen mit deinem *Problem* von hier verschwindest«, verlangte sie ein wenig atemlos. Sie straffte die

Schultern und sah ihn herausfordernd an, während sie hinzufügte: »Meine Rache wird grausam sein, Mr. Wicked. Wart's nur ab.«

Als sie zum Eingang schlenderte, rief Justin ihr hinterher: »Ich kann es kaum erwarten.«

Am Donnerstagabend war Chloe sexuell derart frustriert, dass sie schon glaubte, es müsse eine Art Test sein. Oder sie wurde dafür bestraft, dass sie den ganzen Tag von unfassbar lüsternen Gedanken geplagt worden war. Sobald Justin gegangen war, hatte sie sich nur sehr schwer wieder abkühlen können. Sie war gezwungen gewesen, auf die Damentoilette zu gehen und ihre Hände zehn Minuten lang unter kaltes Wasser zu halten, bevor sie sich überhaupt auf etwas anderes als Justins Bürofantasien konzentrieren konnte. Wann immer sie an diesem Tag an einem Schreibtisch vorbeigekommen war, hatte sie seine schmutzigen Worte im Ohr gehabt und war ganz erhitzt und erregt gewesen. Auch die Besprechung mit Alan ließ sich nur schwer überstehen. Die ganze Zeit über hatte sie sich vorgestellt, wie Justin sie über den Schreibtisch beugte und sie von hinten nahm. Dabei hatte sie kurz an seine Bemerkung in Bezug auf Alan denken müssen, die jedoch rasch von ihren schmutzigen Fantasien verdrängt worden war. Wenigstens war das Treffen gut verlaufen, auch wenn sie sich kaum konzentrieren konnte. Alan war von ihrer Puppenspielidee beeindruckt gewesen und wollte sich nach dem Feiertag am vierten Juli erneut mit ihr treffen, um eine Probezeit und ein Budget festzulegen.

Den Rest des Tages hatte sie darüber nachgedacht, wie sie Justin überraschen konnte, indem sie im Schlafzimmer die Kontrolle übernahm. Das Problem war nur, dass sich ihre Gedanken immer in Luft auflösten, sobald sie seine Finger oder seinen Mund auf sich spürte. Erst nach einer ganzen Weile hatte sie den perfekten Zeitpunkt dafür gefunden, doch dafür würde sie sich weit aus ihrer Komfortzone herauswagen müssen.

Chloe war so nervös und aufgeregt, dass sie sich an diesem Abend kaum zusammenreißen konnte, als sie Shadow besuchten. Sie hatte versucht, sich auf den Hund zu konzentrieren, dem es immer besser ging, wobei es wenig hilfreich war, dass Justin sie ansah, als hätte er ebenfalls den ganzen Tag über unanständige Gedanken gehabt.

Nachdem sie sich von Shadow verabschiedet hatten, beschleunigte sich ihr Puls vor Vorfreude. Justin half ihr beim Einsteigen, bevor er um den Wagen herum zur Fahrerseite ging, und sie staunte selbst darüber, wie sehr sie es genoss, ihn auch nur anzusehen, was schon ein bisschen lächerlich war.

Sobald er auf dem Fahrersitz saß, zog er sie über die Sitzbank zu sich heran, so wie er es in letzter Zeit jedes Mal getan hatte, wenn sie mit seinem Wagen unterwegs waren, und küsste sie so tief und innig, dass ihr ganzer Körper prickelte und kribbelte. Sie war dermaßen erregt, dass sie ihre Pläne für den Bruchteil einer Sekunde aus den Augen verlor, schnallte sich dann jedoch an und ging sie im Geiste noch einmal durch. Mit jedem Moment wurde sie nervöser. Justin ließ den Motor an, und als er sie mit seinen durchdringenden blauen Augen ansah, nahm sie ihren ganzen Mut zusammen, um dem Mann, der ihr schon so viel gegeben hatte, auch etwas zu bieten.

»Bist du bereit, nach Hause zu fahren, Herzensbrecherin?

Ich glaube, ich muss da noch einige Versprechen einlösen.«

»Mhm«, murmelte sie.

Er bog auf die Hauptstraße ab und sie legte ihm eine Hand aufs Bein. In der Hoffnung, das durchziehen zu können, ohne dass sie einen Unfall bauten, ließ sie die Hand weiter nach oben wandern und streichelte ihn durch seine Jeans hindurch.

»Mmh, Baby«, krächzte er, während sie seinen Hals mit Küssen bedeckte.

Er legte seine Hand auf ihre und drückte sie fest um seine Erektion. Verlangen durchzuckte sie. Sie liebte es, seine Hand auf ihrer zu spüren und dass er so fest zupackte, aber sie wollte die Kontrolle übernehmen, obwohl es viel leichter gewesen wäre, sie ihm zu überlassen.

Sie zog ihre Hand unter seiner hervor. »Hände weg, mein Großer. Heute Abend spielen wir nach meinen Regeln.«

»Nimm dir, so viel du willst, Süße.«

»Oh, das habe ich auch vor. Achte einfach nur darauf, dass du die Straße im Auge und die Hände am Lenkrad behältst.«

Sie knöpfte seine Jeans auf, öffnete den Reißverschluss und ließ ihre Hand in seinen Slip gleiten, um sein heißes, hartes Fleisch zu spüren. Er knirschte mit den Zähnen und bewegte das Becken nach oben, sodass sie seine Länge mit der Faust umfassen konnte. Sie presste die Schenkel zusammen, wenngleich es nur eine einzige Möglichkeit gab, dieses inständige Bedürfnis zu stillen. Nachdem sie sich abgeschnallt hatte, legte sie sich auf die Sitzbank und senkte den Mund über dieses magische *Ding*.

Justin schnappte nach Luft. »*Fuuuck.*«

Die Leidenschaft in seiner Stimme spornte sie nur noch mehr an, und sie streichelte ihn schneller, drückte fester zu und saugte begieriger. Diese Form der Kontrolle brachte einen

Adrenalinschub mit sich, der sie nur noch mutiger machte. »Komm noch nicht«, verlangte sie. »Ich will, dass du in mir kommst.«

»*Großer Gott!*«, stieß er keuchend aus.

Er legte ihr eine Hand an die Hüfte und hielt sie fest, während sie ihn liebkoste und verwöhnte. Sie spürte, wie er die Oberschenkel und Bauchmuskeln anspannte und in ihrer Hand immer weiter anschwoll.

»*Baby*«, warnte er sie. »Du treibst mich in den Wahnsinn.«

Sie nahm ihn aus dem Mund und leckte über die breite Spitze. Er umklammerte ihre Hüfte fester und fluchte leise. Aber sie ließ nicht locker, bis seine Beine zu zittern anfingen. Stöhnend drückte er ihre Hüfte fest an sich, und sie wusste, dass er kurz davor war. Sie staunte darüber, dass er noch fahren konnte.

»Halt dich fest, Baby«, drängte er sie.

Schon bog er nach rechts ab, beschleunigte und fuhr erneut um eine scharfe Kurve. Im nächsten Moment packte er sie auch schon an den Haaren und hob ihren Mund von seiner Länge, während er den Wagen abstellte. Was sehr schlau war, denn da er so abrupt angehalten hatte, wäre es durchaus möglich gewesen, dass sie vor Schreck zugebissen hätte. Sie hatte nicht die geringste Ahnung, wo sie waren, doch das war auch nicht weiter wichtig, weil er es ja wissen musste und sie davon ausgehen konnte, dass sie bei ihm in Sicherheit sein würde. Er schaltete das Licht aus und presste den Mund auf ihren, während sie auf die Knie ging. Dabei schob er ihren Rock hoch, umfasste ihren nackten Hintern und stöhnte in ihren Mund. Ihr war selbstverständlich klar gewesen, wie Justin reagieren würde, sobald sie ihr kleines Geheimnis lüftete, daher hatte sie zum Feierabend rasch noch die Unterwäsche ausgezogen. *Oh*, was seine gierigen Laute mit ihr anstellten! Er schob seinen Sitz zurück und zog sich die Jeans bis zu den Knien herunter. Seine dunklen Augen schienen sie zu durchbohren, als sie sich rittlings auf ihn setzte. Langsam ließ sie sich nach unten sinken und nahm ihn in sich auf, wobei ihr ganzer Körper zu frohlocken schien. Ihre Münder trafen sich und sie verschlangen einander gierig. Sie ritt ihn wild, und ihre lustvollen Geräusche hallten von den Fenstern wider, während er ihre Brüste und ihren Hintern streichelte und sie ihn überall berührte, wo sie ihn erreichen konnte. Er krallte die Hände in ihr Haar und küsste sie so leidenschaftlich, dass sie sich beinahe den Kiefer ausrenkte. Als er auch noch eine Hand zwischen sie schob und diese ganz besondere Stelle ertastete und rieb, bis sie in seinen Mund wimmerte, fühlte sie sich so unfassbar frei und *wild*. Sie packte seine Schultern und legte den Kopf in den Nacken, um ihn begierig stöhnend zu reiten.

Da sie seine Verzückung sehen wollte, zwang sie sich, die Augen zu öffnen, und verlor sich in dem Verlangen, mit dem er sie anstarrte. »Komm mit mir«, flehte sie.

Sie presste die Lippen auf seine, sie musste ihn unbedingt weiter küssen. Er schlang die Arme um sie und stieß das Becken nach oben, als sich ihre inneren Muskeln zusammenzogen, und nun gaben sie jegliche Kontrolle auf und ließen sich von den Flutwellen der Leidenschaft mitreißen, die sie überrollten.

Er löste seinen Mund von ihrem und knurrte ihren Namen wie ein Stoßgebet: *»Chloe, Chloe, Chloe …«*

Drei Worte lagen ihr auf der Zunge, die sie unbedingt aussprechen wollte, doch sie hielt sie zurück, weil sie nicht die Erste sein wollte, die es tat.

Er legte ihr eine Hand an den Hinterkopf und zog sie an

sich, um sie langsam und zärtlich zu küssen, während sich ihre rasenden Herzen nach und nach beruhigten. Er küsste sie, bis sich ihr Atem verlangsamt hatte, dann stützte er die Stirn gegen ihre, hatte einen Arm schützend um sie gelegt, die andere Hand an ihrem Hinterkopf und drückte sie an sich, während er flüsterte: »*Du …*« Seine Stimme verstummte. »Ich bin bis über beide Ohren in dich verliebt, Süße, und will dich nie wieder loslassen.«

»Dann tu es nicht«, erwiderte sie, und es kam direkt aus ihrem Herzen.

Einundzwanzig

Am Samstagnachmittag des Vermittlungstages von Wicked Animal Rescue hallten Gebell und angeregte Gespräche durch die Luft. Die Hunde, die aus dem Hundekampfring gerettet worden waren, waren noch nicht zur Vermittlung freigegeben, doch sechsundzwanzig andere Tiere warteten sehnsüchtig auf ein neues Zuhause. Von Justins und Gunners Familien waren so gut wie alle hergekommen, um zu helfen. Sie hatten den ganzen Vormittag mit dem Aufbau verbracht, und jetzt standen überall auf dem Gelände Schirme und Tiergehege. Luftballons hingen an Schnüren am Anmeldetisch, wo Tori und Steph die Anträge entgegennahmen. Dutzende von Menschen wuselten überall herum und spielten mit den Tieren. Die Schilder, die Chloe für die Tiere gebastelt hatte, waren ein großer Erfolg. Sie hatte sich fabelhaft mit Tori und Evie verstanden und dank ihrer Bemühungen trugen die Tiere bezaubernde blaue Fliegen und rosa Schleifen.

Justin beobachtete, wie Chloe eine Familie zur Anmeldung begleitete, während er mit einem zehnjährigen schwarz-grauen Mastiff namens Sampson Gassi ging. Chloe war in aller Herrgottsfrühe aufgestanden, weil sie es kaum hatte erwarten können, hier auszuhelfen, und seitdem war sie ununterbrochen im Einsatz. Sie trug sogar ihr Libellen-Fußkettchen als Glücksbringer. Im Augenblick schüttelte sie dem Paar, mit dem sie sich unterhalten hatte, die Hand und ließ den Blick dann umherschweifen. Sobald sie Justin bemerkte, winkte sie ihm enthusiastisch zu und schenkte ihm dieses umwerfende Lächeln, das ihn einfach nur unfassbar glücklich machte.

»Komm schon, Sampson. Gehen wir zu unserer Süßen rüber.«

Der alte Hund trottete neben ihm her. Alte Hunde wie Sampson wurden nur selten vermittelt und endeten meistens als Gunners Haustiere. Viele Leute wollten sich kein älteres Tier ins Haus holen, weil sie befürchteten, sich an ein Tier zu binden, das vielleicht nicht lange zu leben hatte. Zu diesen Tieren fühlte sich Justin immer am meisten hingezogen, und in diesen besonderen Hund hatte sich Chloe bereits an dem Tag Anfang der Woche verliebt, an dem er im Tierheim gelandet war.

»Hi«, sagte Chloe und küsste ihn. Sie bückte sich, um Sampson zu streicheln, und ihr Lächeln verblasste. »Gab es immer noch keine Interessenten für unseren großen Schnuffel?«

»Tatsächlich ist ein wirklich cooles Paar an ihm interessiert. Sie haben noch einen Hund zu Hause. Wenn sie das Bewerbungsverfahren durchlaufen und einen Hausbesuch bestanden haben, dürfen sie Sampson zu einem Probelauf mit nach Hause nehmen.«

»Das ist ja wundervoll. Hast du das gehört, Sampson? Du bekommst eine Familie *und* einen neuen Freund.« Sie stand auf und kraulte Sampson hinter den Ohren, während sich der alte Hund an ihr Bein lehnte. Das machte er oft bei ihnen, denn es war seine Art, ihnen seine Zuneigung zu zeigen. »Ich freue mich sehr für Sampson und für diese Familie, aber ich werde ihn vermissen.«

»Ich weiß, Babe.« Justin griff nach der Gürtelschlaufe ihrer hübschen blauen Shorts und zog sie sanft zu sich heran, um sie abermals zu küssen.

»Chloe!«, rief Evie, die auf sie zugerannt kam, wobei ihr das lange braune Haar über die Schultern fiel. »Ich habe dich eben am Anmeldetisch gesehen. Hast du noch ein Tier vermittelt?«

»Ja. Damit sind es dann schon neun«, bestätigte Chloe strahlend. »Sparky, der Chihuahua-Mix, hat ihr Herz im Handumdrehen erobert. Es ist so ein gutes Gefühl, wenn man sieht, wie die Familien und die Tiere zusammenfinden. Wie viele hat Baz schon?« Sie lieferte sich einen freundschaftlichen Wettstreit mit Baz darüber, wer die meisten Tiere vermitteln konnte, und Chloe machte ihm die Sache alles andere als leicht.

»Frag ihn doch selbst.« Evie zeigte auf Baz und Gunner, die vom Anmeldetisch herüberkamen. »*Dr. Grübchen* macht einen ziemlich selbstsicheren Eindruck.«

»Ich befürchte fast, dass ihm diese Grübchen verdammt viele Türen öffnen«, sagte Chloe. »Hast du die drei jungen Frauen in Bikini-Oberteilen und Shorts gesehen, die sich förmlich auf ihn gestürzt haben, als er mit einem der Kätzchen herumgelaufen ist?«

»Oh, *bitte*. Das ist doch nichts Neues. Die Frauen laufen ihm seit der Geburt in Scharen hinterher.« Evie tätschelte Sampsons Kopf. »Und dieser dämliche Doktor genießt es auch noch.«

»Wow, du bist echt gemein«, neckte Justin Evie, wie er es gern tat.

Evie kannte Baz schon sein ganzes Leben lang und zwar so gut wie die Geschwister untereinander. Baz war ein guter Kerl mit anständigem Charakter, und Evie hatte durchaus recht damit, dass ihn die Frauen schon immer umschwärmt hatten. Allerdings war Baz kein Lustmolch. Auch wenn er sich durchaus mit einigen Frauen vergnügte, verfolgte er doch größere Pläne als sich für den Rest seines Lebens mit belanglosen Affären abzufinden. Wie genau diese Pläne aussahen, hatte er bislang jedoch nicht verraten, sodass Justin diesbezüglich im Dunkeln tappte.

»Gemein?« Evie stemmte die Hände in die Hüften. »Er flirtet sogar noch mehr als Gunner. Er tut es nur nonverbal.«

»Na gut, du hast ja recht«, gab er zu, als Baz und Gunner zu ihnen stießen. Er hatte selbst miterlebt, wie Baz die Telefonnummern von Frauen bekam, mit denen er nur quer durch eine überfüllte Bar Blicke ausgetauscht hatte.

»Das macht *zehn* Vermittlungen, vielen Dank auch.« Baz legte einen Arm um Evie. »Tori sagte, Chloe hat neun. Ich schätze, damit bin ich wieder einmal der *Meister*.«

»Der Tag ist noch nicht vorbei.« Chloe sah sich um. »Aha! Da ist eine Familie, die aussieht, als könnte sie Hilfe gebrauchen. Ich würde mich an deiner Stelle noch nicht zu weit aus dem Fenster lehnen, *Dr. Grübchen*.« Schon lief sie zu einer Familie hinüber, die vor den Hunden stehen geblieben war.

Evie grinste breit. »Ich mag sie wirklich sehr, Maverick.«

»Dann sind wir ja schon zwei.« Justin beobachtete, wie Chloe ein weiteres Paar bezauberte.

»Drei«, warf Gunner ein. »Chloe ist von jetzt an für jede Veranstaltung engagiert. Sie ist der Hammer, Kumpel. Und diese Schilder, die sie gebastelt hat, erregen jede Menge Aufmerksamkeit.«

»Sie hilft dir bestimmt gern jederzeit wieder aus.« Justin kraulte Sampson den Kopf. »Habt ihr Zander gesehen? Ich muss noch etwas mit ihm besprechen.«

»Nein, aber er kommt nachher bestimmt auch zum Hog.« Baz legte den Arm fester um Evies Hals und zog sie näher zu sich heran. »Du kommst doch heute Abend mit, oder, Eves?«

»Ja. Tank hat versprochen, dass er auch da sein wird, also weißt du doch, dass ich hingehe.« Evie verbrachte liebend gern Zeit mit Tank, was Baz in den Wahnsinn trieb. Sie gehörte zu den wenigen Menschen, die Tank dazu bringen konnten, mehr als nur ein paar Worte zu sagen.

Baz brummte etwas, das Justin nicht verstehen konnte, aber was auch immer es war, es brachte Evie dazu, die Augen zu verdrehen.

»Kommst du mit Chloe heute Abend auch vorbei, Maverick?«, fragte Baz.

»Ja. Wir essen erst mit Serena und Drake zu Abend und später stoßen wir noch zu euch.« Serena und Drake waren heute gemeinsam mit Emery und Dean vorbeigekommen. Die beiden hatten einen Vermittlungsantrag für einen der Hunde ausgefüllt, aber Serena und Drake hatten vorerst abgelehnt. »Ich glaube, du wirst von deiner Old Lady gebraucht, Gunner.« Er deutete mit dem Kopf auf Steph, die mit Snowflake im Arm auf dem Weg zu ihnen war.

»Lass den Scheiß. Sie ist nicht meine Old Lady.« Gunner streckte eine Hand nach Steph aus. »Was ist, Babe?« Gunner und Steph hatten sich schon immer gut verstanden, aber seit Ashleys Selbstmord standen sie einander sehr nahe.

Steph reichte Gunner das Kätzchen. »Sie vermisst ihren Daddy.«

Gunner kraulte das Kätzchen liebevoll. »Hat Mommy gut auf dich aufgepasst?«

Steph verdrehte die Augen.

»Ach, das kann doch nicht wahr sein …«, murmelte Evie.

Justin folgte ihrem Blick zu einem Dutzend Frauen, die etwa Mitte zwanzig sein mussten und in Badesachen und Strandkleidern vom Parkplatz heraufstolziert kamen.

Evie starrte Gunner an. »Hast du deine Poster wieder an den Stränden aufgehängt?«

Für die letzte Veranstaltung hatte Gunner Plakate anfertigen lassen, auf denen er mit nacktem Oberkörper Welpen in den muskulösen Armen hielt. Außerdem waren sie mit *Vermittlungstag bei Wicked Animal Rescue, veranstaltet von Gunner Wicked* sowie *Streicheln erwünscht* direkt über den Knien beschriftet. Er hatte sie an mehreren örtlichen Stränden aufgehängt.

Gunner setzte eine Unschuldsmiene auf. »Jedes Tier braucht ein Zuhause. Je mehr Leute vorbeischauen, desto besser.« Er klopfte Baz auf die Schulter. »Sieht so aus, als wärst du am Zug, Bruder. Viel Glück.«

»Meinst du nicht eher, je mehr *halbnackte Frauen* auftauchen, desto besser *für euch*?« Evie verschränkte die Arme. »Vielleicht machen wir das nächste Mal Fotos von Steph, Tori, Sid und mir in Bikinis, auf denen wir Kätzchen in den Armen halten. Dazu schreiben wir dann *Lasst die Kätzchen schnurren* und hängen sie an Stränden, in Fitnessstudios und in Surfshops auf.«

»Ich bin dabei!«, rief Steph und warf Gunner einen vernichtenden Blick zu, den er mit finsterer Miene erwiderte.

»Nur über meine Leiche«, protestierte Baz. Zur gleichen Zeit erklärten Justin und Gunner: »Auf keinen Fall.«

Evie verdrehte die Augen. »Ihr seid alle so lächerlich.«

»Wir wollen nur unsere Frauen beschützen. Wünsch mir Glück, Eves.« Baz rieb sich die Hände. »Deine Frau ist erledigt,

Justin.«

»Das überlass mal mir«, entgegnete Justin grinsend. »Sie wird dich bei diesem Wettbewerb so oder so besiegen, Bruder.«

»Das werden wir ja sehen.« Baz richtete den Blick auf Evie. »Was denkst du, Schätzchen?«

»Ich drücke Chloe die Daumen«, sagte Evie.

Baz marschierte von dannen und warf ihr über die Schulter noch seinen Hundeblick zu.

»Der zieht bei mir nicht!«, rief Evie ihm hinterher.

Baz drehte sich um, lüftete sein Hemd und ließ mit einem arroganten Grinsen die Bauchmuskeln spielen.

Evie schnaubte. »Träum weiter!«

»So bricht man einem Kerl das Herz«, stichelte Justin.

»Ach, bitte ... Bei mir wirken diese Augen nicht so wie bei anderen Frauen«, erklärte Evie entschieden.

»Baz hat dich mit diesen Hundeaugen zu seiner besten Freundin gemacht«, rief Gunner ihr in Erinnerung.

Evie hockte sich neben Sampson und streichelte ihn ausgiebig. »Das war der größte Fehler meines Lebens. Dieser Mann bedeutet nichts als Ärger, stimmt's, Sampson?« Sampson leckte ihr übers Gesicht. »Ich sollte mich lieber an Hunde halten.«

Später an diesem Abend leckte Chloe im Salty Hog warme Karamellcreme von ihrem Dessertlöffel und hoffte sehr, dass Justin ihren Verführungsversuch bemerkt hatte – Drake und Serena jedoch nicht. Nach diesem fantastischen Nachmittag waren Justin und sie bester Laune gewesen, und obwohl sie vor dem Abendessen unter der Dusche übermütig geworden waren, hatte das ihr Verlangen kaum gemildert. Sie hatten sich während des gesamten Abendessens gegenseitig geneckt und Chloe genoss jede Sekunde. Justins Hand ruhte auf ihrem Oberschenkel. Ihr Herz schlug schneller, als seine Fingerspitzen den Weg zu der heißen Stelle zwischen ihren Beinen fanden. Sie schaute Serena und Drake über den Tisch hinweg an, doch die beiden waren zu sehr damit beschäftigt, einander tief in die Augen zu sehen.

Chloe versuchte, sich darauf zu konzentrieren, ihren Bericht über die Ereignisse des Tages zu beenden. »Letzten Endes hatte ich *drei* Vermittlungen mehr als Baz, aber das war natürlich alles nur zum …« Justin übte zwischen ihren Beinen etwas mehr Druck aus und ihre Gedanken überschlugen sich. »… ähm …«

»Spaß?«, schlug Justin amüsiert vor.

»Ja«, stieß Chloe hervor, bevor sie es verhindern konnte. *Verdammt!* Sie presste die Beine zusammen und fügte schnell hinzu: »Ich bin *begeistert*, dass ich für so viele Tiere ein potenzielles Zuhause gefunden habe.«

Serena lachte auf. »Das ist wirklich *aufregend*, nicht wahr?«

Oh nein! Hatte Serena etwa die ganze Zeit gewusst, was Justin da tat? Diese Art von Kameradschaft mit Serena kannte Chloe bisher noch nicht, und sie spürte, wie ihr das Blut in die Wangen schoss. Zum Glück nahm Justin seine Hand weg und legte den Arm um sie, bevor sie noch mehr in die Bredouille kommen konnte.

Er drückte ihr einen Kuss auf die Schläfe. »Mit Chloe ist alles aufregend.«

»Das liegt am Mallery-Blut.« Drake bedachte Serena mit einem gierigen Blick. »Sie sind aufregend, entschlossen, feurig.«

»Verdammt richtig«, bestätigte Serena.

Justin winkte die Kellnerin heran und sagte etwas zu ihr, das Chloe nicht verstehen konnte. Danach wandte er sich an sie. »Ich glaube, Baz hat seine Lektion gelernt, wenn es darum geht, sich mit Chloe messen zu wollen. Meine Süße gibt nun mal nicht auf.«

»Wie jemand anderes, den ich kenne, Mr. Anderthalb-Jahre.« Chloe gab ihm einen Kuss und dankte ihrem Glücksstern dafür, dass er sie nie aufgegeben hatte.

»Ich hätte sogar noch länger gewartet.« Er ließ eine Hand in ihren Nacken gleiten und küsste sie erneut.

»Vielleicht sollten wir lieber zahlen, bevor ihr beide noch den Tisch in Brand steckt«, spottete Serena.

»Die Rechnung ist bereits beglichen.« Justin stand auf und zog Chloe an sich. Er rollte die Schultern zurück und sah in seiner Lederweste unfassbar heiß aus.

Chloe konnte den Moment genau bestimmen, in dem die Weste mit den Aufnähern der Dark Knights von etwas Unheimlichem zu einem Kleidungsstück geworden war, in dem sie ihn gern sah. Es war in jener Nacht am Strand passiert, als er ihr die Wahrheit darüber gesagt hatte, was ihm dieser Motorradclub bedeutete und was er für ihn getan hatte. Jetzt war sie stolz darauf, an seiner Seite ein Teil dieser Welt zu sein.

Drake nahm Serenas Hand. »Eigentlich wollten wir euch heute Abend einladen.«

»Tja, dann müsst ihr nächstes Mal eben schneller sein«, erwiderte Justin, als sie sich auf den Weg zur Treppe machten.

Nächstes Mal. Wie gern Chloe diese Worte doch hörte.

Justin behielt den Arm um sie, als sie die Treppe hinaufgingen, senkte die Stimme und fragte: »Geht es dir gut? Kommst du damit klar, hier zu sein?«

»Mir geht es mehr als nur gut, aber danke, dass du dir Sorgen machst.« Sie war dankbar dafür, dass er ihrem Wunsch entsprochen hatte, Serena nichts von diesem Zwischenfall vor all den Jahren auf dem Parkplatz zu erzählen. »Wusstest du eigentlich, dass ich noch nie ein Doppeldate mit Serena hatte?«

Er setzte ein raubtierhaftes Grinsen auf. »Dann war ich also dein erstes Mal bei einem Schwester-Doppeldate?« Er drückte sie eng an sich, als sie in die laute, überfüllte Bar traten.

»Da spielt eine Band und alle tanzen!«, rief Serena über die laute Musik hinweg. »Warum sind wir nicht schon früher hierhergekommen, Chloe?«

»Weil sie da noch nicht mit mir zusammen war und weil sie nicht wollte, dass die Jungs euch beiden hinterherlaufen, ohne dass Colton eingreifen kann, falls etwas außer Kontrolle gerät«, antwortete Justin an ihrer statt.

Abermals beschützte er sie auf eine Art und Weise, die sie sehr zu schätzen wusste.

»Du hast ihm von deiner Abmachung mit Colton erzählt?«, fragte Serena.

Chloe hatte es bei einem ihrer langen Abendgespräche erwähnt. »Er hat so eine Art an sich, mir alle möglichen Dinge zu entlocken.«

»Und in dich hineinzubekommen«, ergänzte Serena lachend.

»Du hast eindeutig genug getrunken, Supergirl.« Drake nahm sie in die Arme.

»Ach, komm schon. Meine Schwester hat endlich einen Mann in ihrem Leben, nach dem sie verrückt ist. Sieh doch nur, wie glücklich sie sind.« Serena deutete auf Justin und Chloe. »Wenn man so glücklich ist, muss man einfach gehänselt werden. Das ist ein Initiationsritus.«

Chloe konnte gar nicht mehr aufhören zu lächeln, und das nicht nur, weil Justin ihr gerade etwas Schmutziges ins Ohr geflüstert hatte, sondern auch, weil sie so etwas wie das hier noch nie mit Serena erlebt hatte und es sich in der Tat wie ein Initiationsritus anfühlte – den sie voller Stolz an Justins Seite erlebte.

»Da ist sie ja. Die Frau der Stunde«, sagte Reba, die sich zusammen mit Mads einen Weg durch die Menge bahnte. Reba und Rob waren den größten Teil des Nachmittags beim Vermittlungstag gewesen, aber Madigan hatte wegen eines Puppenspielauftrags nicht dabei sein können. Reba umarmte Chloe. »Du bist heute Abend das Gesprächsthema Nummer eins im Hog, Schätzchen.«

»Ich?« Chloe warf Justin einen Blick zu, der genauso überrascht aussah wie sie.

»Ja, du«, bestätigte Reba.

»Du bist die Erste, die mehr Tiere vermitteln konnte als Baz«, erklärte Mads.

»Niemand fordert meine Schwester heraus und gewinnt«, warf Serena ein. »Chloe mag ausgeglichen und professionell erscheinen, aber sie hat die Reißzähne einer Viper und die Klauen einer Bärin, und sie weiß, wann sie sie einsetzen muss.«

»Deine Schwester?« Reba musterte sie interessiert.

»Ja«, bestätigte Chloe, der aufging, dass sie vergessen hatte, alle einander vorzustellen. »Reba, das ist meine jüngere Schwester Serena. Serena, das ist Justins Mutter Reba.«

»Freut mich sehr«, sagte Serena.

Reba umarmte sie. »Du bist aber ein süßes Ding. Da werden wir in deiner Nähe wohl gut auf all unsere Jungs aufpassen müssen.«

»Keine Sorge, das erledige ich schon.« Drake trat vor und

streckte seine Hand aus. »Ich bin Drake Savage, Serenas Mann. Ist mir ein Vergnügen.«

»Das glaube ich gern. Nimm die Hand weg und lass dich umarmen.« Reba drückte ihn an sich. »Das Vergnügen ist ganz meinerseits.«

»Lass mich auch mal jemanden umarmen. Schön, dich wiederzusehen, Serena.« Madigan umarmte sie und sagte dann zu Drake: »Ich bin Mads, Mavericks Schwester, und du wirst natürlich ebenfalls umarmt.«

Während sie ihren Worten Taten folgen ließ, meinte Justin: »Mads ist ein bisschen aufdringlich.«

»Das ist meine Frau auch. Alles gut.« Drake legte Justin eine Hand auf die Schulter. »Anscheinend muss ich mich daran gewöhnen, öfter mal deinen Bikernamen zu hören.«

»Und nicht nur den, sondern auch einen Haufen anderer Namen, die nicht ganz so nett klingen«, erwiderte Justin.

»Er macht nur Spaß. Setzt euch doch und amüsiert euch. Ich muss mal fix rüber zu Ginger.« Reba deutete auf einen langen Tisch am Fenster, an dem Steph, Marly, Tori, Sid, Evie und Justins Cousins und Brüder saßen, aber auch Mike – was Chloe überraschte –, Rob, Conroy und eine Handvoll anderer Männer, die Westen mit Dark-Knights-Aufnähern trugen. »Ich schicke gleich jemanden, der eure Getränkebestellungen aufnimmt.«

Sie folgten Madigan zu dem Tisch. Rob, Conroy und Mike erhoben sich und traten näher, um sie zu begrüßen.

Madigan hob die Hände. »Alle mal hergehört. Ich werde diese Vorstellungsrunde nicht wiederholen. Ihr kennt alle Chloe, Mavericks Old Lady, und einige von euch dürften auch ihre Schwester kennen. Aber für alle anderen: Das sind Serena und ihr Mann Drake Savage.«

Alle grüßten und winkten. Nachdem Rob, Conroy und Mike Drake die Hand geschüttelt und Serena umarmt hatten, setzten sie sich wieder auf ihre Plätze.

Sobald sie alle saßen, stahl Gunner eine Pommes von Stephs Teller. »Chloe, deine Drinks gehen heute Abend auf mich.«

Baz zwinkerte Chloe zu. »Was soll denn der Mist, Kumpel? Ich hab nie Freigetränke bekommen.«

»Wenn du so heiß wärst wie Chloe, sähe die Sache vielleicht anders aus.« Gunner lachte ebenso laut wie die meisten anderen und stibitzte sich eine weitere Pommes.

Steph gab ihm einen Klaps auf die Hand. »Keine Pommes mehr für dich. Baz ist genauso heiß wie Chloe.«

Gunner drehte sich zu Sid um, die auf seiner anderen Seite saß und einen Burger mit Pommes vor sich stehen hatte. Sie hielt eine Hand über ihren Teller. »Tut mir leid, aber Schwesternsolidarität geht vor.«

Gunner brummte: »Verräterinnen.«

Baz blies Steph und Sid Küsse zu, woraufhin Gunner nur noch lauter schnaubte. Nun folgte eine ganze Reihe weiterer ausgelassener Bemerkungen. Chloe lachte zusammen mit allen anderen, als Leah an den Tisch kam. Ihre bräunlich-roten Korkenzieherlocken umrahmten ihr sommersprossiges Gesicht wie eine Löwenmähne. Ihre Haut hatte die Farbe von süßer Sahne, und sie hatte eine leicht flache Nase und volle Lippen.

»Kann ich euch etwas bringen?«, fragte Leah mit leichtem Südstaatenakzent. Während sie um den Tisch herumging und Bestellungen aufnahm, blickte sie wachsam unter ihren dichten kastanienbraunen Brauen hervor.

Als sie Zander erreichte, grinste er überheblich und ließ den Blick an ihrem Körper hinabwandern. »Was ich will, steht nicht auf der Speisekarte.«

Leahs Blick wurde ernst, sie sah Zander ins Gesicht. Zander setzte sich aufrechter hin, warf sich in die Brust und setzte eine Miene auf, die ihr zu verstehen geben sollte: *Oh ja, Baby, du weißt, dass du mich willst.*

»Mann!«, fuhr Justin ihn an, streckte den Arm aus und gab Zander einen Klaps auf den Hinterkopf.

Zander strich sich mit einer Hand über die Stelle. »Hey! Versau mir nicht die Frisur!«

»Sei kein Arsch«, fauchte Blaine und stupste Marly an. »Frauen mögen keine Ärsche, stimmt's, Marly?«

»Zieh mich da nicht mit rein.« Marly griff nach ihrem Drink. »Gegen einen knackigen Arsch in engen Jeans hab ich nichts einzuwenden.«

Blaine schüttelte den Kopf.

»Siehst du? Frauen mögen meinen Hintern.« Zander rollte die Schultern zurück und zwinkerte Leah zu.

Leahs stoische Miene veränderte sich nicht. Sie studierte weiterhin Zanders Gesicht, als ob sie nicht ganz schlau aus ihm wurde.

»Alexander!« Rob starrte Zander kopfschüttelnd an.

»Ach, komm schon, Preacher.« Zander stand auf und bat scherzhaft: »Sag's ihnen, Leah. Dir gefällt mein Hintern, oder etwa nicht?« Er drehte sich um, klopfte auf seine Gesäßtasche und grinste sie über die Schulter hinweg an.

»Er ist nicht übel, aber ich habe schon bessere gesehen«, erwiderte Leah gelassen und zog die Brauen zusammen. »Vielleicht kann Zeke dir ja ein paar Übungen für einen knackigeren Hintern zeigen.«

Damit brachte sie alle zum Lachen, nur nicht Zander, dessen Grinsen verblasste. Er schaute Zeke an, doch Zeke hielt nur die Handflächen hoch und schüttelte den Kopf.

Leah wandte sich erneut ihrem Bestellblock zu. »Möchte noch jemand was bestellen?«

»Ich nehme einen Whiskey, pur«, erwiderte Tank.

Als Leah den Blick zu ihm hob, wich ihr die Farbe aus dem Gesicht. »Ich gehe … Ich hole … bin gleich mit den Drinks zurück.« Sie huschte in Richtung Bar davon.

»Oh je, Tank. Was hast du ihr getan?«, fragte Madigan.

Tank starrte sie bestürzt an. »*Ich?* Gar nichts. Das war ganz allein Zander.«

»Nein, das warst eindeutig du«, beharrte Blaine. »Das arme Mädchen sah ja richtiggehend verängstigt aus.«

»Tja, Kumpel, an mir liegt's eindeutig nicht. Sie steht total auf meinen Arsch.« Zander gluckste.

»Irgendwann muss da doch was vorgefallen sein«, meinte Steph.

Tank schnaubte. »Ich hab nur einen Drink bestellt. Was hätte ich denn tun sollen? Mich so verhalten wie Zander?« Seine Stimme wurde eine Oktave höher, als er sagte: *»Hey, kleine Lady, hast du Lust auf eine schnelle Nummer?«* Schallendes Gelächter brach aus, und Tank ergänzte mit normaler Stimme: »Tut mir echt leid, Mann, aber ich bin kein Arschloch.«

»Hey, ich bin auch kein Arschloch«, widersprach Zander. »Das ist doch alles nur Spaß.«

Rob starrte Zander erbost an. »Bei der Kleinen hast du gerade die Grenze überschritten, Zander. Sei beim nächsten Mal ein bisschen weniger aufdringlich.« Sein Blick wanderte zu Zeke, der ihm bestätigend zunickte.

»Zu Tanks Verteidigung«, schaltete sich Chloe zaghaft ein. »Er ist ein großer Kerl und wirkt mit all den Piercings und Tattoos schon ein bisschen einschüchternd. Tank, vielleicht solltest du sie mal anlächeln.«

Justin beugte sich zu ihr herüber. »Dieser Stahl bekommt keine Risse, Babe.«

»Ach, komm schon. Tank hat ein tolles Lächeln«, erklärte Evie.

Baz warf Evie einen Seitenblick zu.

»Das ist wahr«, stimmte Madigan ihr zu. »Zeig es ihnen, Tanky.«

Tank fletschte die Zähne und gab ein leises Knurren von sich. Die Männer glucksten und alle Frauen redeten wild durcheinander.

»Oh mein Gott«, rief Evie aus.

Madigan zeigte auf Tank. »Mach das nie wieder. Schon gar nicht bei Leah.«

»Ja, spar dir das für die Hundekampfkerle auf«, fügte Steph hinzu.

»Dein Bett wird für immer leer bleiben, wenn das dein Aufreißlächeln ist«, mischte sich Serena ein.

Serenas Bemerkung löste noch mehr Tumult aus, da die anderen sofort ihr Aufreißlächeln vorführen und lautstark über die Vor- und Nachteile jedes einzelnen davon diskutieren mussten.

Madigan sprang auf. »Kommt, Ladys! Lasst uns tanzen!«

Mit Ausnahme von Sid erhoben sich alle Frauen. Marly und Madigan nahmen jeweils einen ihrer Arme und zogen sie trotz ihrer Beschwerden auf die Beine.

»Tob dich aus, meine Schöne«, sagte Gunner zu Sid, die daraufhin die Augen verdrehte.

Zander und Baz riefen laut: »Sidney! Sidney!«

Chloe wollte den anderen schon folgen, doch vorher zog Justin sie zu einem schnellen Kuss zu sich herunter. »Zeig ihnen, wie man das macht, Süße.« Er gab ihr einen Klaps auf den Hintern und sie folgte den anderen Frauen auf die Tanzfläche.

Die Band war großartig, und sie tanzten zu mehreren Songs, die Chloe noch nie gehört hatte. Reba und Ginger gesellten sich zu ihnen auf die Tanzfläche, was Chloe die Gelegenheit gab, Ginger Serena vorzustellen, die sie ebenso herzlich umarmte, wie Reba es getan hatte. Reba und Ginger wussten, wie man eine Tanzfläche dominierte. Die beiden hatten einiges drauf und scheuten sich nicht, damit anzugeben, was Chloe noch mehr gefiel. Sie scherzten miteinander und unterhielten sich über das alberne Gehabe der Männer, die Suche nach Partnern für die Singlefrauen und den Vermittlungstag. So ging es noch eine ganze Weile weiter und Chloe genoss jede Sekunde davon. Sie liebte diese Gruppe aus eng miteinander verbundenen Freunden, die sich langsam wie ihre Familie anfühlte.

Conroy und Rob bahnten sich einen Weg durch die Menge und nahmen ihre Frauen in die Arme, um mit ihnen langsam zu einem schnellen Lied zu tanzen. Die Liebe in ihren Augen war förmlich greifbar und erinnerte Chloe an die Art, wie Justin sie ansah. Sie schaute zu Justin hinüber und bemerkte, dass er sie mit einem gleichzeitig beschützenden und lasziven Blick beobachtete. Wie er es schaffte, beides auf einmal zu übermitteln, war ihr völlig schleierhaft, doch sie liebte es. Nur für ihn drehte sie auf der Tanzfläche noch etwas mehr auf.

Serena folgte ihrem Blick und tanzte dicht genug neben ihr, dass nur ihre Schwester ihre Worte verstehen konnte. »Er ist verrückt nach dir.«

»Ich weiß.« Chloe stellte fest, wie gut es ihr tat, ihre Schwester das sagen zu hören.

»Das sind sie alle, Chloe. Du passt hierher. Ich weiß, dass du unsere Freunde aus Bayside gernhast, aber ich erlebe zum ersten Mal, dass du dich in einer so großen Gruppe derart wohlfühlst. Ich sehe Seiten an dir, die mir völlig neu sind, dabei kenne ich dich schon mein ganzes Leben. Es ist, als hättest du dich die ganze Zeit nur irgendwie über Wasser gehalten und als hätte dich Justin herausgezogen und befreit.«

Chloe blieb mitten auf der Tanzfläche stehen und begegnete Serenas Blick. Sie hatte nicht etwa unter Wasser, sondern im Schatten ihrer Vergangenheit gelebt.

Serena beugte sich noch näher zu ihr herüber. »Ich glaube, du hast deine Familie gefunden.«

Familie. Chloes Kehle war wie zugeschnürt. Sie sah Justin an, der sich zusammen mit Drake und einigen anderen Männern erhoben hatte. Schulter an Schulter kamen sie auf die Tanzfläche zu, wobei Tank die Nachhut bildete. Justin fühlte sich für sie tatsächlich wie ihre Familie an.

»Was für ein schöner Anblick«, sagte Chloe und lenkte Serenas Blick auf ihren Mann, der neben Justin herging und Serena fest im Blick hatte.

Serena nahm Chloes Hand. »Wie viele Jahre haben wir davon geträumt, so glücklich zu sein?«

»Ich hätte ja gesagt, dass es eine Ewigkeit war, doch das hier ist erst der Beginn unserer Ewigkeit. Es war auf jeden Fall eine sehr lange Zeit, Serena.« Während die Männer immer näherkamen, fügte sie noch hinzu: »Und jetzt müssen wir es genießen.«

Justin neigte den Kopf und sagte etwas zu Tank, ihrem stets präsenten Wachposten, der mit verschränkten Armen dastand und alles vom Rand der Tanzfläche aus mit Adleraugen beobachtete. Madigan lief zu ihm hinüber und versuchte, ihn auf die Tanzfläche zu zerren, aber Tank ließ sich nicht dazu bewegen. Justin sagte etwas und tätschelte Tanks Arm, dann kam er zu Chloe.

»Hallo, meine Schöne.« Er zog sie in seine Arme und fing an, sich mit ihr im Takt zu bewegen, während sein liebevoller Blick sie gefangen hielt.

»Warum hat das so lange gedauert, Mr. Wicked?«

»Ich habe den Anblick meiner Süßen genossen, aber du warst ja mit etwas anderem beschäftigt.« Er küsste sie sanft und flüsterte: »Der einzige Mann, den du anschauen solltest, ist der, der dich in seinen Armen hält.«

Sie wusste, dass er nicht eifersüchtig war. Er wusste, dass sie verrückt nach ihm war, und ließ sie wissen, dass er alles mitbekam. Damit hatte Chloe kein Problem. Sie schlang ihm die Arme um den Hals. »Da bin ich anderer Meinung.«

Er runzelte verwirrt die Stirn.

Ohne ihren Tanz zu unterbrechen, beugte sie sich ein wenig vor. »Wenn man sich in einen Mann verliebt, verliebt man sich auch in seine Familie und seine Freunde, in seine Welt. Es ist völlig normal, dass ich mich über das Glück deiner Familie und deiner Freunde freue.«

»In diesem Fall darfst du dich sattsehen, Süße.« Er knabberte an ihrer Unterlippe. »Aber wirst du jemals aufhören, mich auf den Arm zu nehmen?«

»Wahrscheinlich nicht«, flüsterte sie.

Er presste die Lippen auf ihre und küsste sie lange und ausgiebig. Als die Band eine Pause machte, verließen alle anderen die Tanzfläche. Chloe machte Anstalten, ihnen zu folgen, doch Justin hielt sie fest.

»Noch nicht«, sagte er leise.

Ein Heer von Dark Knights baute sich mit verschränkten

Armen rings um die Tanzfläche auf. Direkt hinter ihnen standen Serena und die anderen Frauen beieinander und flüsterten mit vorgehaltenen Händen miteinander.

»Alle schauen uns an, Justin.« Chloe wurde ganz mulmig zumute. »Wir sollten uns hinsetzen.«

»Das wäre keine besonders gute Idee, da sie gleich unser Lied spielen werden.«

Freude und Neugier blühten in ihr auf. »Wir haben kein Lied.«

»Jetzt schon.«

Justin schaute zur Bühne, wo Zander mit einer Gitarre am Mikrofon stand und nickte. Er stimmte eine Melodie an und sang eine langsame Version von »Uptown Girl«. Chloe spürte, wie ihre Wangen glühten, und vergrub das Gesicht an seiner Brust. Ihr Herz schlug so schnell, dass sie schon glaubte, es würde aus ihrer Brust springen, um zu ihm zu gelangen.

»Augen nach oben, Uptown Girl.«

Er drückte ihr einen Kuss auf die Stirn und sie erwiderte seinen begeisterten Blick. »Du bist verrückt!«

»Verrückt nach dir, Herzensbrecherin. Ich habe das Gefühl, dass wir hier eine Menge Zeit verbringen werden. Sieh dir all diese Männer genau an. Sie werden dich und Serena immer beschützen, auch wenn ich nicht da sein kann.«

Abermals hatte sie einen Kloß im Hals, und sie tanzten weiter, obwohl sie die Musik gar nicht mehr hörte. Die Gefühle in Justins Augen übertönten alles andere.

»Ich hoffe, das war eine akzeptable Art, Anspruch auf dich zu erheben.«

Ihre Gefühle überschlugen sich und ein nervöses Lachen begleitete ihre Worte. »Das hast du definitiv. Und jetzt küss mich, bevor ich hier vor aller Augen an dir hochklettern muss.«

Seine Augen wurden mitternachtsdunkel, als er seine Lippen auf ihre presste. Pfiffe und Jubelrufe ertönten. Die Band setzte ein und spielte den Song in normalem Tempo und ihre Freunde und ihre Familien strömten auf die Tanzfläche. Chloe fügte einen weiteren Abend ihrer Liste der besten Abende aller Zeiten hinzu. Mit Justin in ihrem Leben hatte sie das Gefühl, dass es noch sehr viele davon geben würde. Und dort in seinen Armen, während der Beat der Musik zwischen ihnen pulsierte, umgeben von den Menschen, die sie am meisten liebten, gab sie sich dem süßesten Kuss hin, den sie je erlebt hatte – und dem Mann, den sie anbetete.

Zweiundzwanzig

Die warmen Junitage wichen einem noch wärmeren Juli. Seit jenem wunderbaren Abend im Salty Hog waren acht glückliche Tage und sieben heiße Nächte vergangen. Geschäftige Tage hatten zu vollen Abenden für Chloe und Justin geführt. Sie versuchten, Shadow und Sampson so oft wie möglich zu besuchen. Sampsons Adoptivfamilie versuchte zusammen mit Sidney, ihn an ihren schon vorhandenen Hund zu gewöhnen. Justin arbeitete weiter an der Skulptur für die Rallye, und Chloe fertigte ein Album von Gracie für Starr an, so wie sie es versprochen hatte. Außerdem plante sie mit Madigan ein langfristiges Puppenspielprogramm in der Hoffnung, dass die Finanzierung der Probephase genehmigt wurde. Chloe und Justin hatten sich an einem Vormittag Zeit für ein Frühstück mit ihren Freunden im Summer House genommen und sich gestern Abend mit Serena und Drake bei Gavin und Harper zum Abendessen getroffen. Sie hatte es genossen, den Abend mit ihnen zu verbringen. Noch schöner war jedoch gewesen, dass Justin sie nach der Rückkehr in sein Haus auf die Terrasse geführt hatte, um mit ihr unter dem Sternenhimmel zu tanzen, genau wie einen Monat zuvor auf Chloes Veranda. Es war eine weitere unvergessliche Nacht gewesen. Ganz gleich, wie beschäftigt oder müde sie waren, sie beendeten jede Nacht in den Armen des anderen.

Während Justin am Nachmittag des vierten Juli in seinem Atelier arbeitete, machte sich Chloe auf den Weg zu ihrem Haus, um ein paar Dinge zu holen. »Das Leben ist wirklich schöner als jemals zuvor, Serena«, sagte sie zu ihrer Schwester, mit der sie per Bluetooth telefonierte. »Wir haben den ganzen Morgen im Bett verbracht.«

»Das glaube ich dir nicht. Du warst noch nie eine Langschläferin, nicht mal in unserer Kindheit.«

»Ich weiß, und jetzt, wo wir die Wochenenden immer zusammen verbringen, habe ich etwas über mich gelernt. Früher glaubte ich, es zu mögen, den Tag so früh wie möglich in Angriff zu nehmen und allem immer einen Schritt voraus zu sein. Aber wenn ich morgens in Justins Armen liege und wir uns unterhalten, miteinander schlafen oder einfach nur beisammen sind, denke ich manchmal, dass ich immer auf der Flucht war und Angst davor hatte, mal einen Gang runterzuschalten und das Leben zu genießen. Doch dafür habe ich mich nie sicher genug gefühlt. Ergibt das für dich einen Sinn?«

»Ja. Du hast dich immer um mich gekümmert, etwas für die Arbeit geplant oder etwas für jemanden gebastelt. Ich bin so froh, dass Justin dich dazu gebracht hat, lockerer zu werden und dich zu entspannen. Er sieht dich wirklich, Chloe, sogar noch besser als ich. Er bringt Teile von dir zum Vorschein, die du tief in dir vergraben musstest, um zu überleben. Nicht alle Männer sind so.«

»Das ist mir klar. Ich habe großes Glück«, sagte Chloe, als sie vor ihrem Haus parkte.

»Ich freue mich für dich, aber eins muss ich dir gestehen, Schwesterherz«, gab Serena zu. »Es ist ein komisches Gefühl, den vierten Juli ohne dich zu feiern.« Serena verbrachte den Tag zusammen mit ihren Freunden aus Bayside auf Drakes Boot, und Chloe konnte die anderen im Hintergrund plaudern hören.

Chloe bekam kurz Schuldgefühle, weil sie sich entschieden hatte, den Abend mit Justin statt mit ihren Freunden zu verbringen, doch sie verschwanden so schnell wieder, wie sie aufgekommen waren. Das war eine Premiere für sie und Justin und sie hatten es sich verdient. »Ich weiß und es tut mir leid. Für mich ist das auch irgendwie merkwürdig. Aber ich freue mich darauf, mir das Feuerwerk heute Abend mit Justin allein anzusehen. Bitte hass mich nicht dafür.«

»Ich könnte dich niemals hassen und ich mache dir auch keine Vorwürfe. Aber eins muss ich dir noch sagen.« Sie fing an zu singen: »Chloe und Justin sitzen auf dem Baum, knutschen miteinander, man glaubt es kaum …«

Chloe stieg lachend aus dem Wagen, während ihre Schwester dieses alberne Lied sang. Es kam ihr vor, als wäre sie seit einem Monat nicht mehr zu Hause gewesen. Normalerweise wechselten sie zwischen ihren Häusern, doch in letzter Zeit hatte Justin häufiger an seiner Skulptur gearbeitet und Chloe einige Projekte direkt bei ihm angefangen, sodass es einfacher gewesen war, gleich dort zu bleiben. Allerdings hatten sie den Mittwochabend bei ihr verbracht, da Justin nach der Church zu ihr gekommen war.

»Wie viel hast du schon getrunken?«, erkundigte sich Chloe auf dem Weg zur Haustür.

»Nur zwei Drinks. Es ist wunderschön hier draußen auf dem Wasser. Ganz im Ernst, lasst ihr euch jetzt Partnertattoos stechen und du kaufst dir auch ein Motorrad?«

»Nein.« Chloe musste erneut lachen. »Aber wenn ich mir

ein Tattoo stechen lassen würde, dann nur von Tank. Du solltest den Engel sehen, den er Justin zu Ehren seiner Mutter auf den Rücken tätowiert hat. Er hat ihn diese Woche fertiggestellt und er ist wunderschön.« Sie schloss ihre Haustür auf. »Willst du was Komisches hören?«

»Klar. Unbedingt.«

»Du weißt, dass mir mein Haus immer sehr viel bedeutet hat.«

»Ja, aber …?«

»Früher fühlte es sich immer wie eine Art Belohnung an, abends nach Hause zu kommen. Jetzt bin ich nur hier, um ein paar Sachen zu holen, und es scheint gar nichts Besonderes mehr zu sein.«

»Das ist überhaupt nicht komisch. Du hast fast jede Nacht heißen Sex in deinem abgelegenen Liebesnest mit Blick auf einen Teich, noch dazu mit einem Mann, der dich auf Händen trägt. Dieses Liebesnest ist zu deinem neuen Zuhause geworden.«

Chloe sah sich in ihrem Haus um und betrachtete die schönen Möbel und die farblich aufeinander abgestimmte Deko, die ihr einst so viel bedeutet hatten. »Ich glaube nicht, dass es daran liegt. Wenn du mich fragst, hatte ich eine Erleuchtung. Ich habe so hart gearbeitet, um mir das Haus zu kaufen, um schöne Dinge zu haben und um mir ein perfektes Leben zu schaffen. Das erforderte jahrelange Planung und jeden Penny wohlüberlegt auszugeben. Und dann reißt dieser unglaubliche Mann endlich meine Mauern so weit ein, dass ich ihn in dieses Leben hineinlasse, und innerhalb eines Monats zeigt er mir, dass ich überhaupt kein perfektes Leben geführt habe. Ich habe es nur so aussehen lassen und versucht, mir mit materiellen Dingen zu beweisen, dass ich nicht Mom bin. Es ist, als müsste ich immer noch demonstrieren, dass ich unsere Kindheit überlebt habe.«

»Wow, du bist so viel tiefgründiger als ich«, stichelte Serena.

»Halt die Klappe. Ich meine es ernst.«

»Das weiß ich doch. Aber ich habe es ebenfalls ernst gemeint. Du bist tiefgründiger als ich. Das warst du schon immer. Du bist meine verantwortungsvolle große Schwester. Es ist deine Aufgabe, mehr zu denken, und meine … einfach ich zu sein. Und nichts davon ist irgendwas Schlechtes. Warum bist du überhaupt zu Hause? Die Hälfte deines Kleiderschranks hast du bestimmt schon bei Justin deponiert.«

»Das stimmt«, bestätigte sie. Es war ein großartiges Gefühl, zu sehen, wie sich ihrer beider Leben auf so viele Arten vermischte. »Ich will ihm zu unserem Einmonatigen etwas schenken und brauche dafür Bastelmaterial.«

»Ernsthaft? Zum Einmonatigen? Bist du neuerdings eine Romantikerin, Chloe Mallery?« Serena bekam sich gar nicht mehr ein vor Lachen.

»Ich kann nichts dafür«, gestand sie leicht benommen. »Früher habe ich es mir nie gestattet, aber bei Justin ist es nicht einmal eine bewusste Entscheidung. Es passiert einfach. Wenn er mich ansieht oder berührt oder einfach … *Gott*, Serena, du weißt, was ich meine.«

»Natürlich weiß ich das. Du siehst ihn an, als hätte er dir die Sterne vom Himmel geholt. Ich liebe Justin dafür, dass er dich so glücklich macht. Aber ich muss dir ein Geheimnis verraten.« Sie senkte ihre Stimme. »Immer, wenn ich ihn sehe, muss ich an den *Langschniedel-Typ* denken.«

»Serena! Nein!« Chloe musste so breit grinsen, dass es schon wehtat. »So darfst du nicht über meinen Freund denken.«

»Ich versuche ja, es nicht zu tun. Aber Emery hat immer wieder betont, wie beeindruckend es war, ihn nackt zu sehen, dass … du weißt schon. Ich kann diesen Gedanken nicht einfach abschütteln.«

»Tja, das musst du aber, denn er gehört jetzt mir. Und ich werde die Men in Black rufen, um deine Erinnerungen zu löschen, wenn du nicht damit aufhörst.«

Serena lachte hysterisch. »Es macht so viel Spaß, dich zu ärgern! Ich denke nicht wirklich jedes Mal daran, wenn ich ihn sehe. Nur fast jedes Mal.«

»Ich lege jetzt auf.«

»Warte! Du musst mir noch verraten, wie der Langschniedel in echt ist.«

»Vergiss es, Serena.« Chloe beendete das Gespräch. »Sehr beeindruckend, aber das wirst du nie erfahren, kleine Schwester.«

Justin setzte seinen Pressluftmeißel ab und pustete den Staub vom Stein. Mit der Skulptur für die Rallye kam er gut voran, obwohl es noch einige Wochen dauern würde, bis sie fertig war. Ein Blick auf die Uhr verriet ihm, dass der Nachmittag wie im Fluge vergangen war. Er räumte sein Werkzeug weg und machte sich auf den Weg zum Haus, in dem Chloe mit etwas anderem beschäftigt war. Sie hatte nach der Rückkehr von ihrem Haus kurz im Atelier vorbeigeschaut und war nach dem Austausch einiger leidenschaftlicher Küsse ins Haus gegangen, um an einem Projekt zu arbeiten.

Sein Telefon klingelte und Levi Steeles Name erschien auf dem Display. »Levi, wie geht's, Mann?«

»Wirklich gut, danke. Es war toll, dich wiederzusehen und Chloe kennenzulernen. Tut mir echt leid, dass Joey so frech war.«

Justin blinzelte gegen die Sonne an und strich sich mit einem Unterarm über die Stirn, als er den Hügel hinaufging. »Joey war großartig. Genau wie immer. Ist Chloes Album angekommen?«

Chloe hatte stundenlang daran gearbeitet, damit auch jede Seite perfekt war. Sie hatte Joeys Lieblingsfarben und Verzierungen verwendet, die all die Dinge darstellten, die Levis Tochter seinen Worten zufolge mochte. Außerdem hatte sie sogar rosa Herzen und den Schriftzug *Erste Liebe* über eines der Fotos von Justin und Joey geklebt und Justin eine persönliche Nachricht an Joey auf diese Seite schreiben lassen, damit sie für immer eine Erinnerung daran hatte.

»Ja. Es ist wirklich schön. Ich bin echt beeindruckt, wie viel Mühe sie sich gegeben hat.«

»Es hat ihr großen Spaß gemacht.«

»Das ist der Grund, warum wir anrufen. Joey will sich bei ihr bedanken, und ich wollte dir Bescheid geben, bevor ich deine bessere Hälfte anrufe.«

Respekt war in der Bruderschaft von großer Bedeutung.

»Danke. Sie ist im Haus«, sagte er, als er die Verandastufen hinaufstieg. »Ich hole sie rasch.« Er folgte dem Klang der Musik ins Esszimmer, wo Chloe sich bei der Arbeit über den Tisch beugte und im Takt mit dem Hintern wackelte. »Hey, Süße …«

Sie keuchte auf und wirbelte herum. Sofort streckte sie beide Arme aus. »Bleib da stehen!«

»Was?« Er betrat lachend den Raum.

»Nein, nein, nein!« Sie rannte auf ihn zu und schob ihn aus dem Zimmer. »Ich bastle etwas für dich. Du darfst da nicht reingehen.«

Sie war so verdammt süß, dass er es kaum aushalten konnte. »Okay, ich bleibe draußen. Levi ist am Telefon. Joey möchte sich bei dir für das Album bedanken.«

»Oh! Ist es angekommen?« Sie nahm das Telefon entgegen und hielt es an ihr Ohr. »Hi, Levi.«

Justin spähte ins Esszimmer.

Chloe stellte sich vor ihn und drängte ihn beim Telefonieren beiseite. »Es war überhaupt kein Problem. Ich hatte sehr viel Spaß dabei.« Sie blickte finster drein und deutete ins Wohnzimmer, ohne das Gespräch zu unterbrechen. »Sicher. Ich würde gern mit ihr reden. Gib mir eine Sekunde, okay?« Sie ließ den Hörer sinken. »Wenn du da reingehst, siehst du dir das Feuerwerk heute Abend allein an.«

Sie war so sexy, wenn sie sich durchsetzen wollte. Er konnte nicht anders, als sie noch ein bisschen anzustacheln. »Komm schon, Babe. Nur ein kurzer Blick?«

»Ich geb dir gleich einen *Blick*«, konterte sie schnippisch und gab ihm einen Schubs in Richtung Wohnzimmer, dann hielt sie sich das Telefon wieder ans Ohr. »Okay, entschuldige, Levi. Ich bin wieder da. Ja, er ist eine Nervensäge, und wenn er nicht aufpasst, hat er sich selbst die Überraschung ruiniert.«

Justin hob kapitulierend die Hände und warf ihr eine Kusshand zu.

Er zog sich das Hemd aus und wackelte mit den Augenbrauen. »Duschen?«

Sie erwiderte lautlos und mit breitem Grinsen: *Bin gleich da.*

Wenn er aus dem Atelier kam, duschten sie häufig zusammen.

Er ließ sich Zeit beim Abspülen des Staubs und wartete sehnsüchtig auf sie. Aber nach ein paar Minuten hatte er genug, trocknete sich ab, zog sich eine saubere Jeans und ein T-Shirt an und machte sich auf die Suche nach ihr.

»Chloe?« Er warf einen kurzen Blick ins Esszimmer und schaute absichtlich nicht auf den Tisch. Obwohl er sie nur zu gern ärgerte, wollte er ihr die Überraschung nicht verderben. Sie war nicht da, daher machte er sich auf den Weg in die Küche und sah durch die Glastüren, wie sie auf der Terrasse auf und ab ging und sich dabei das Telefon ans Ohr drückte. Sobald er nach draußen trat, blickte Chloe ihn mit feuchten, wütenden Augen an, und sein Magen zog sich zusammen. »Was ist los, Baby?«

Sie wandte sich ab und sprach wütend ins Telefon. »Nein! Ich habe die Nase voll davon, deine Freunde kennenzulernen. Serena und ich sind keine Accessoires, mit denen du angeben kannst, als hättest du auch nur ansatzweise etwas mit unserer Erziehung zu tun gehabt!«

Ihre gottverdammte Mutter.

Er streckte die Hand nach ihr aus, doch sie wich zurück.

»Wie kannst du so etwas zu mir sagen?«, schimpfte sie und stakste über die Terrasse. »Ich musste mit gerade mal acht Jahren erwachsen werden, weil du das nicht tun wolltest. Du warst nie da, und wenn du doch mal zu Hause warst, dann nicht unseretwegen.« Sie hörte ein paar Sekunden lang schweigend zu, bevor sie sagte: »Das ist doch Blödsinn. Wo warst du, als Serena vom Fahrrad fiel und die Wunde genäht werden musste? Zum Glück war Mr. Savage zu Hause und konnte uns zum Arzt bringen. Was denkst du denn, wer Serena jeden Morgen zum Bus gebracht hat? Wer hat ihr das Frühstück, Mittag- und Abendessen gemacht? Wer hat verdammt noch mal auf sie aufgepasst, wenn die Männer, die du mit nach Hause gebracht hast, mitten in der Nacht aus deinem Schlafzimmer gekommen sind?« Chloe wischte sich mit einer zittrigen Hand über die Augen.

Justin hätte ihr am liebsten das Telefon aus der Hand genommen und ihrer verdammten Mutter eine Standpauke gehalten, aber er wusste, dass Chloe dies ein für alle Mal hinter sich bringen musste, auch wenn es ihn umbrachte, sich zurückzuhalten und sie gewähren zu lassen.

Chloe neigte das Gesicht zum Himmel und stöhnte vor Frustration. »Geld auf dem Küchentresen liegen zu lassen ist keine Erziehung.« Sie ging abermals auf und ab. »Jetzt komm mir nicht auf die Tour. Du rufst uns nur an, wenn du vor einem neuen Mann mit uns angeben willst.« Ihre Stimme wurde eiskalt und sehr, sehr ruhig. »Ich bin es leid, dein Fußabtreter zu sein. Ich will nichts mehr mit dir zu tun haben, und wag es ja nicht, Serena zu überreden, sich mit diesem neuen Idioten zu treffen. Sie ist endlich glücklich, und wenn du glaubst, dass Drake oder ich zulassen, dass du sie jemals wieder runterziehst, hast du dich gewaltig geirrt.«

Sie beendete das Gespräch und stand Justin mit tränenüberströmtem Gesicht gegenüber. Er nahm ihren zitternden Körper in die Arme und hatte Mühe, die Wut zu unterdrücken, die ihn zerfraß, während sie schluchzte und weinte.

»Es ist okay, Babe. Ich hab dich«, versuchte er, sie zu beruhigen. »Du hast das Richtige getan.«

Sie löste sich aus seinen Armen. Ein frustriertes Stöhnen entrang sich ihrer Kehle, während sie die Fäuste schüttelte. »Ist das zu fassen, dass sie allen Ernstes verlangt, einen weiteren ihrer Typen kennenzulernen? Es ist, als würde sie nicht einmal merken, was sie uns damit antut«, wetterte sie und tigerte wieder los, wobei sie sich die Tränen aus den Augen wischte. »Ich weine nie. Sie ist die einzige Person, die mich derart treffen kann, dabei ist sie die Einzige, bei der ich mir wünsche, es wäre anders.«

»Das liegt daran, dass sie deine Mutter ist. Du kannst eben nicht anders. Das ist normal, Süße. Nicht normal ist allerdings das, was sie dir und Serena antut. Was kann ich tun, um deinen Schmerz zu lindern?«

Chloe steckte ihr Handy in die Gesäßtasche und schüttelte den Kopf. Sie wandte sich dem Wald zu und hielt sich am Geländer fest. Dann ließ sie den Kopf hängen. Er konnte es kaum ertragen, sie derart verletzt und geknickt zu sehen.

Sacht trat er hinter sie, legte die Arme um sie und drückte ihr einen Kuss auf die Schulter. »Was immer du brauchst, was immer du willst, ich werde es möglich machen.«

Sie drehte sich in seinen Armen um. »Ich muss Serena anrufen, aber können wir danach eine Runde mit deinem Motorrad drehen? Dabei geht es mir immer gleich viel besser.«

»Selbstverständlich. Aber dir ist schon klar, dass heute der vierte Juli ist? Der Verkehr wird die Hölle sein. Schnell fahren können wir vergessen.«

»Das ist mir egal«, erwiderte sie und hielt ihn ebenso fest wie er sie. Schließlich sah sie ihn aus tränenverhangenen Augen an. »Ich will dich nur berühren, auf der Straße und weit weg von allem sein.«

Er küsste sie zärtlich. »Pack Sonnencreme ein und zieh dir deine Wanderschuhe an, Babe. Ich kenne den perfekten Ort dafür.«

<h1 style="text-align:center">Dreiundzwanzig</h1>

Als sie auf dem Motorrad diese unfassbare Freiheit spürte und Justin dabei so nahe war, fand Chloe die Erleichterung, die sie so dringend brauchte. Sie saugte seine Kraft auf, während sie auf dem Motorrad durch das charmante Städtchen Wellfleet fuhren, das für den Feiertag herausgeputzt war. Die Blumenkästen unter den Schaufenstern quollen über vor bunten Blüten und über den Eingängen wehten amerikanische Flaggen. Menschen schlenderten durch die Geschäfte, Kinder hielten Eistüten und Zuckerwatte in den Händen, Paare saßen auf Decken vor dem Rathaus. Chloe erinnerte sich daran, dass sie sich als Kind oft gewünscht hatte, ihre Mutter würde sie und Serena zum Feuerwerk und zu der Parade mitnehmen, doch ihre Mutter hatte alle Feiertage außer Weihnachten lieber woanders verbracht und Chloe und Serena stattdessen bei den Savages abgesetzt.

Wie schon Millionen Male zuvor versuchte Chloe, den jahrelang aufgestauten Schmerz zu verdrängen, wohl wissend, dass sie die Vergangenheit nicht ändern konnte.

Wenn sie sie doch nur vergessen könnte.

Justin bog in eine Wohnstraße ein und einen Block später in eine andere. Er beschleunigte, und die Luft fühlte sich kühl an, als sie unter einem Dach aus Baumkronen hindurchfuhren. Zwischen den Häusern und Bäumen tauchte immer mal wieder das Meer auf, wie Schnappschüsse im Wind.

Chloe lehnte sich an Justins Rücken und genoss die Aussicht und die Geborgenheit in seiner Nähe.

Sie gelangten zu einem Kreisverkehr und fuhren in Richtung Great Island, einem Wanderparadies mit kilometerlangen Wanderwegen und Blick aufs Wasser. Jetzt wusste sie, warum sie Wanderschuhe trug.

Justin parkte und half Chloe beim Absteigen. Als er die Helme verstaute, fragte er: »Warst du schon einmal auf der Insel wandern?«

»Nein. Ich war eigentlich noch nie wandern.«

Er starrte sie verdutzt an. »Aber du besitzt Wanderschuhe.«

Sie rümpfte die Nase. »Die sind eher ein Modestatement.«

Justin musste lachen. »Erzähl das nicht Zeke. Er kann sich ein Leben ohne Wanderwege und Natur nicht vorstellen und würde dir einen Vortrag darüber halten, wie gut es tut, sich in der Natur zu verlieren.« Er legte ihr einen Arm um die Schultern und küsste sie auf die Schläfe. »Mach dich auf eine Offenbarung gefasst, Baby. Wenn du glaubst, die offene Straße wäre fantastisch, dann warte nur, bis du das hier erlebt hast.«

Sie gingen händchenhaltend einen Pfad hinunter, umgeben von Kiefern und belaubten Büschen, begleitet vom Gesang der Vögel und dem Rauschen der Blätter in der warmen Brise. Der Weg führte sie aus dem Wald heraus, einen Abhang hinunter und entlang einer festen Sandfläche am Fuße der Dünen, neben der ein Fluss verlief. Chloe war dankbar dafür, dass Justin sie nicht mit Fragen über das Telefonat mit ihrer Mutter löcherte oder sie drängte, über ihre Gefühle zu sprechen. Sie wollte das alles einfach nur vergessen und die neue Tür erkunden, die er für sie geöffnet hatte.

Die Sonne brannte auf sie herab, aber Chloe machte die Hitze nichts aus. Das Schwitzen fühlte sich tatsächlich wie eine Läuterung an, um all die schlechten Gefühle loszuwerden, die das Gespräch mit ihrer Mutter in ihr ausgelöst hatte. Der Sand wurde tiefer und der Weg gabelte sich.

»Preacher und Con haben uns immer hierhergebracht«, sagte Justin, als sie dem Weg in Richtung Wald folgten. »Ich weiß noch, dass ich das Wandern immer blöd fand. Die anderen Kinder waren das von klein auf gewöhnt und kannten alle Pfade. Ashley und Madigan liefen immer vor der Gruppe her. Zander und Dwayne sind meist irgendwann verschwunden, und Zeke passte natürlich immer auf Zander auf und lief daher hinter den beiden her. Preacher oder Con schickten Tank und Blaine los, um ›auf die Truppe aufzupassen‹.« Er lachte leise. »Ich weiß noch, wie ich mich fragte, warum sie überhaupt auf sie hörten. Ich hatte noch keine richtigen Erfahrungen mit der Natur und erst recht nicht mit einer Familie, in der die Kinder genauso aufeinander aufpassen wie die Eltern.« Er sah Chloe nachdenklich an. »Aber es war nicht wie bei deiner Mutter, Babe. Sie haben es nicht vermieden, uns zu erziehen, sondern uns vielmehr beigebracht, wachsam und verantwortungsbewusst zu sein. Dwayne und Zander sind nie zu weit vorausgelaufen und auch das gab mir Rätsel auf. Schließlich bedeutete weglaufen für mich immer durchbrennen. Aber ich habe schnell gelernt, dass Preacher und Con ihnen auch Grenzen aufgezeigt haben.«

»Ihnen liegt so viel an euch allen. Ich kann mir gar nicht vorstellen, wie es sein muss, in so einer Familie aufzuwachsen«, sagte Chloe, als sie an einer weiteren Weggabelung abbogen und eine Düne hinauf zu einem anderen Waldstück gingen.

Dank des Schattens kühlte sie ein wenig ab. »Du hast zwar gesagt, dass du lange gebraucht hast, um ihnen zu vertrauen, aber wie hat es sich angefühlt, als sich die Dinge geändert haben und du Teil ihrer Familie geworden bist?«

Justin drückte sie an seine Seite. »Ich denke tatsächlich oft daran. Es fühlte sich so gut an und machte mich so glücklich, dass ich Angst bekam. So hatte ich mich noch nie zuvor gefühlt, und ich traute dem Ganzen nicht, sodass ich jedes Mal, wenn ich Fortschritte machte, verängstigt einen Schritt zurückwich und etwas Schlimmes anstellte.«

»Du hast sie auf die Probe gestellt«, erkannte sie.

»Heute weiß ich das. Es war kein reibungsloser Übergang, Babe. Manchmal fühlte ich mich wie ein Zuschauer, der das Leben eines anderen beobachtet. Es schien nicht möglich zu sein, dass das Leben, das ich bisher geführt hatte, so etwas ermöglichen sollte. Noch unglaublicher erschien es mir, dass sie mich bei sich haben wollten. Doch schließlich fügte sich alles zusammen.«

Während sie einen Hügel hinaufgingen, dachte sie darüber nach, wie es sich anfühlen musste, so geliebt zu werden. Justin nahm ihre Hand, und ihr wurde klar, dass er ihr dieses Gefühl gab, und zwar sogar schon dann, als sie ihre Gefühle zu ihm noch geleugnet hatte.

Sie gelangten in eine Sackgasse und er führte sie in ein dicht bewaldetes Gebiet hinein.

»Hier gibt es keinen Weg«, stellte sie fest.

»Stimmt, aber du hast noch keine Fotos gemacht, und ich weiß, dass du es bereuen wirst, wenn du es nicht tust.«

»Du glaubst, du kennst mich, was?«, stichelte sie und freute sich, dass er den Dingen, die ihr am Herzen lagen, trotz allem, was um sie herum vor sich ging, immer noch Bedeutung beimaß.

»Oh, ich kenne dich schon sehr gut, Süße.«

Er half ihr über Felsen, Gestrüpp und einen umgestürzten Baum hinweg und zu einer Lichtung hinauf. Oben angekommen, bot sich ihnen ein atemberaubender Blick auf den Hafen von Wellfleet. Die Ebbe hatte gerade eingesetzt, und sie schauten hinab auf die Küstenlinie, die sich am Strand entlang bis zu einer Ansammlung von grünen Grasflächen schlängelte, die wie Inseln aus einem flachen Sumpfgebiet auftauchten. Kurz darauf setzte der Strand wieder ein, um dann hinter einer langen Reihe baumbewachsener Dünen zu verschwinden.

»Das ist wunderschön.« Chloe zückte ihr Handy und machte mehrere Fotos.

»Ja, das ist es. Deshalb wirst du hier deine Vergangenheit loslassen.«

Sie ließ ihr Telefon sinken und begegnete seinem ernsten Blick. »Wie meinst du das?«

»Als Preacher mich das erste Mal allein auf diese Wanderung mitnahm, brachte er mich an diese Stelle. Er sagte mir, ich solle all diese schlimmen Gefühle aus mir herauslassen, sonst würden sie mich innerlich wie ein Krebsgeschwür zerfressen. Ich stand genau da, wo du jetzt stehst, und ließ alles raus. Ich schrie meinen Vater an, weil er ein Arschloch war, und meine Mutter, weil sie mich verlassen hatte. Ich habe das Pflegesystem verflucht und auch über mich selbst habe ich ein paar ziemlich furchtbare Dinge gesagt, von denen ich nicht einmal wusste, dass sie in mir steckten.« Er nahm ihre Hand. »Es ist kein Allheilmittel, Chloe, aber es hilft.«

»Du willst, dass ich hier stehe und mir alles von der Seele schreie?« Sie schüttelte den Kopf. »Das kann ich nicht. Jemand könnte mich hören.«

»Wir sind allein, Babe. Aber selbst andernfalls darfst du

diesen ganzen Mist nicht länger mit dir herumtragen. Preacher hatte recht – es wird dich lebendig auffressen. Du musst es rauslassen, und wen kümmert es schon, wenn dich jemand hört? Jeder schleppt ein Päckchen mit sich herum. Wenn wir es nicht loswerden, wird es auf andere Weise zum Vorschein kommen, vielleicht nicht jetzt, aber in ein paar Jahren auf jeden Fall. Glaubst du etwa, Reba und Preacher wären perfekt?« Er schüttelte den Kopf. »Das sind sie nicht. Sie haben eigene Probleme, aber sie lassen sie nicht in sich schwelen.« Er drückte ihre Hand. »Vielmehr gehen sie die Probleme an, sobald sie auftreten, und sie tun es gemeinsam. So bleiben sie stark in einer Welt, in der es so viele Gründe gibt, schwach zu sein. Du hast dein ganzes Leben damit verbracht, nach den Regeln zu spielen, Chloe, und die zu sein, die du deiner Meinung nach für alle anderen sein solltest. Ich kann nachvollziehen, dass du das bei der Arbeit immer noch tun musst, aber auf gar keinen Fall bei mir.«

Ihr Magen zog sich schmerzhaft zusammen. Er versuchte so sehr, ihr zu helfen, und sie wollte seine Hilfe auch annehmen, hatte ihre schmerzhafte Vergangenheit jedoch über so lange Zeit versteckt, dass sie zu einer gefräßigen Bestie geworden war und sich bereits Teile von ihr angeeignet hatte, die sie nie wieder zurückholen konnte. Und selbst wenn sie sich dazu überwinden konnte, so hatte sie keine Ahnung, wie sie das anstellen sollte. »Ich schreie normalerweise nicht, Justin. Ich kann das nicht.«

»Hast du es denn jemals versucht?«

Sie schüttelte den Kopf. »Ich war heute ziemlich wütend auf meine Mutter, aber du hast mich ja selbst gehört. Selbst da habe ich nicht geschrien.«

»Vielleicht hättest du das tun sollen. Versuch es nur einmal für mich, Babe. Wir haben uns beide besser gefühlt, nachdem ich dir erzählt hatte, wie ich meine Mutter gefunden habe, und du mir erzählt hast, was auf dem Parkplatz des Hog passiert ist. Das hier wird sich zehnmal besser anfühlen. Es wird dich befreien, genau wie das Motorradfahren.«

»Das ist etwas anderes. Dabei muss ich meine Gefühle nicht in die Welt hinausschreien.«

»Es mag anders sein, doch du erzielst ein ähnliches Ergebnis. Du wirst schon sehen. Es wird deinen Schmerz lindern und dir Klarheit bringen. Du musst es nicht tun, wenn du nicht willst. Ich kann gern anfangen, und du entscheidest dich hinterher, ob du es tun willst.« Er wandte sich dem Wasser zu und brüllte: »Ich verabscheue es, für Alan Rogers zu arbeiten und ihn in der Nähe meiner Süßen zu sehen!«

»Justin! Was ist, wenn dich jemand hört? Er ist mein Chef! Schlimmstenfalls werde ich noch gefeuert!«

»Siehst du hier irgendjemanden in der Nähe? Sind wir auf dem Weg hierher an einer Person vorbeigekommen?«

Ihr Magen verkrampfte sich noch mehr. »Nein, aber trotzdem.«

»Okay, ich hab's verstanden. Nichts, was mit deiner Arbeit zu tun hat. Kein Problem. Versuchen wir's noch mal.« Er holte tief Luft und brüllte: »Ich hasse es, dass deine Mutter dich traurig macht! Ich hasse es, dass mein Vater ein Arschloch war! Ich verachte es, dass Selbstmord überhaupt eine Option sein kann!« Er schlug sich mit der Faust auf die Brust. »Das fühlt sich gut an, Baby.«

Sein Blick wanderte über ihre Schulter. Sie drehte sich um und befürchtete schon, er hätte jemanden gesehen, doch da war niemand. »Was guckst du so?«

Er legte den Finger auf die Lippen, um sie zum Schweigen

zu bringen, und zeigte auf einen Zweig, von dem zwei Libellen aufflogen.

»Da ist dein Zeichen, Libellenmädchen.«

Eine Gänsehaut überzog ihre Arme. »Das ist ja unglaublich.«

»Glaube es einfach, Süße. Dies ist dein Augenblick. Es ist deine Entscheidung, aber ich glaube, das Universum gibt dir einen Schubs in die richtige Richtung. Willst du es ausprobieren? All diese schlechten Gefühle loslassen?«

»Irgendwie schon. Aber ich bin nervös«, gab sie zu.

Er streckte eine Hand aus, und als sie danach griff, hielt er sie fest. »Ich bin hier, und es wird nichts Schlimmes passieren, wenn du deine wahren Gefühle herauslässt. Du schaffst das, Chloe, und ich verspreche dir, dass du dich danach besser fühlen wirst.«

»Oder es ist mir einfach nur peinlich.«

»Du wirst es nie erfahren, wenn du es nicht versuchst. Diese schlechten Gedanken sind so, als hättest du etwas Schlechtes gegessen, das dir schwer im Magen liegt und nicht wieder rauswill. Sie schmerzen und brennen, und wenn du sie dann endlich rausbekommst, freust du dich, dass du endlich schlafen kannst.«

»Das ist ein treffender, wenn auch widerlicher Vergleich.«

»Du musst dich sprichwörtlich emotional auskotzen, Baby.«

»Okay, ich werde es versuchen.« Sie schloss die Augen und nahm ihren ganzen Mut zusammen. Ihr Herz schlug wie wild, als sie die Augen wieder aufschlug und etwas lauter als sonst sagte: »Ich hasse es, dass meine Mutter versucht hat, mir Schuldgefühle einzureden.«

»Was war das?«, stichelte er. »Ich konnte dich kaum verstehen.«

Sie verdrehte die Augen und sagte etwas lauter: »Ich hasse es …«

»Lauter, Chloe.« Er drückte ihre Hand. »Lass alles raus.«

Sie füllte ihre Lunge mit der salzigen Seeluft und schrie: »Ich hasse es, dass mir meine Mutter Schuldgefühle einreden wollte! Ich hasse es, dass sie mich und Serena verletzt hat! Ich hasse es, dass sie nicht unsere Mutter sein wollte! Ich hasse es, dass ich meinen Vater nie kennengelernt habe!« Als sie durch den Tränenschleier hindurchblickte und nach Luft schnappte, konnte sie nicht verhindern, dass die Wut aus ihr herausspru-delte. »Ich hasse die Männer, die mir wehgetan haben, und ich hasse die Menschen, die dir wehgetan haben! Und die Schweine, die Shadow und all den anderen Hunden wehgetan haben!«

»So ist es gut, Süße. Lass alles raus.«

Sie war außer Atem und fühlte sich ein wenig besser, aber gleichzeitig rangen noch mehr Worte darum, über ihre Lippen zu dringen – die Geheimnisse, die sie am meisten hasste. Es brauchte ihre ganze Zuversicht und ihr ganzes Vertrauen, um sie auszusprechen.

»Ich hasse es, dass ich Angst davor habe, wie meine Mutter zu werden und meine Kinder nicht genug zu lieben«, kam es ihr leise und beschämt über die Lippen, was ihr erneut die Tränen in die Augen trieb. Sie wusste, dass ihre Beziehung zu Justin noch nicht an dem Punkt war, an dem sie über Kinder sprachen, doch sie hatte von dem Moment an, als sie ihn mit Joey und Hadley gesehen hatte, gewusst, dass er dazu bestimmt war, Vater zu sein, und er hatte es verdient, ihre Ängste zu kennen.

»Oh, Süße«, murmelte Justin betrübt und nahm sie in die Arme. »Deshalb hast du auch so verängstigt ausgesehen, als die

Frauen beim Frühstück diese Kommentare über das Kinder-
kriegen gemacht haben.«

Sie nickte. »Ich hätte gern Kinder«, stieß sie hervor und
kämpfte gegen die gefühlt endlosen Tränen an. »Wirklich.
Aber ich habe auch große Angst.«

»Das kann ich verstehen und es ist absolut nachvollziehbar.
Aber du musst wissen, wirklich begreifen, dass du niemals so
wie sie werden kannst. Der Beweis liegt in deiner Vergangenheit, Baby. Schon als kleines Mädchen hattest du bessere
mütterliche Instinkte als deine Mutter. Du hast Serena
großgezogen, und zwar mit Liebe und Respekt. Du hast ihr
beigebracht, stark zu sein. Du hast dafür gesorgt, dass sie zur
Schule geht, und dich um all die Dinge gekümmert, die sie zu
dem erfolgreichen, klugen und freundlichen Menschen
gemacht haben, der sie heute ist. All das wäre sie nicht ohne
dich, Chloe.«

Er wischte ihr die Tränen mit den Daumen weg. »Und du,
meine schöne, starke Liebste, bist sogar noch erstaunlicher als
deine Schwester. Du sorgst dich so sehr, dass du sogar Shadow
und die anderen Hunde erwähnst. Das sagt doch eigentlich
schon alles über deine Fähigkeit zu lieben aus.«

Sie presste das Gesicht an seine Brust und lächelte, als
Dankbarkeit in ihr aufstieg. Nachdem sie sich die Augen
abgewischt hatte, blickte sie zu ihm auf. »Woher weißt du
immer genau, was du sagen musst, damit ich mich besser
fühle?«

»Da muss ich nicht groß nachdenken, Babe. Es ist einfach
die Wahrheit. Ich weiß nur zu gut, wie schwer es ist, in den
Spiegel zu schauen und die Person zu sehen, zu der man
geworden ist, und nicht die, vor der man sein Leben lang
davonlaufen wollte.«

»Das ist es ja gerade.« Sie holte ein paar Mal tief Luft und fühlte sich mit jedem Atemzug geerdeter und stärker. »Es rauszubrüllen, hat auch geholfen. Danke. Bitte entschuldige, dass meine Mutter unser Einmonatiges ruiniert hat.«

Er schürzte die Lippen. »Wir sind seit einem Monat zusammen?«

Sie schob einen Finger in seine Gürtelschlaufe und kam sich ein bisschen albern vor. »Ich wollte dir etwas basteln, werde jetzt aber nicht mehr rechtzeitig fertig, um es dir heute Abend zu geben.«

»Dann schenkst du es mir zum Zweimonatigen oder Einjährigen oder Sechsjährigen …« Er drückte die Lippen auf ihre. »Das hier ist viel wichtiger. Dass wir einander vertrauen und uns gegenseitig helfen, das Beste aus uns herauszuholen. Das ist alles, was ich brauche.«

»Ich weiß nicht, warum du dich für mich entschieden hast, obwohl ich mich die ganze Zeit dagegen gewehrt habe, aber ich bin sehr froh, dass du es getan hast.«

»Eigentlich hatte ich gar keine Wahl, Chloe. Als ich dich sah, hörten alle anderen Frauen auf zu existieren.«

Er küsste sie erneut, diesmal länger, und heilte damit die Risse in ihrem Herzen. »Wir sind füreinander bestimmt, Babe«, flüsterte er und musste sie gleich noch einmal küssen.

Als sich ihre Lippen schließlich voneinander trennten, fühlte sie sich besser, verjüngt und frei. Zwar ging sie davon aus, dass ihre Nase vom Weinen ganz gerötet war und ihre Frisur schrecklich aussehen musste, doch das war ihr egal, denn ihr Herz war voll, und sie wollte sich für immer an diesen Moment erinnern.

»Machen wir ein Selfie?«, schlug sie vor.

»Immer«, antwortete er.

Während sie Fotos schoss, küsste er ihre Wange, ihre Lippen und ihren Hals, was sie zum Kichern brachte.

»Du musst Fotos von all den schönen Dingen machen. Darf ich auch mal?« Er griff nach ihrem Handy und richtete die Kamera auf sie.

»Justin.« Sie wandte sich verlegen ab.

»Hey, ich will Fotos von dir.«

»Wir haben doch schon ein paar gemacht.«

»Von uns. Ich will eins von dir, Chloe.« Er trat vor sie. »Jeder Moment ist eine neue Chance, einen Schritt nach vorn zu machen. Wir werden diesen Moment nie mehr zurückbekommen, und ich möchte ihn genau so in Erinnerung behalten, wie er ist.«

»Ich sehe furchtbar aus und habe heute so viel geweint wie schon lange nicht mehr. Wenn wir beide auf dem Foto zu sehen sind, nimmst du mich nicht so deutlich wahr, und das ist auch besser so.«

Er legte einen Arm um sie und zog sie an sich. »Ich liebe dein Gesicht, Baby. Es spielt keine Rolle, ob du Make-up trägst oder frisch aus der Dusche kommst, ob du Tränen in den Augen hast oder verschwitzt bist vom Sex oder vom Wandern. Dein Gesicht ist das, was ich sehe, wenn ich nachts die Augen schließe, und das, das ich tagsüber in mir trage.« Er schaute ihr tief in die Augen. »Ich liebe dich, Chloe«, sagte er kaum lauter als ein Flüstern. »Dich und nur dich. All deine Launen und all deine Momente. Bitte lass mich diesen Moment, deinen Moment, auf einem Foto festhalten.«

Abermals liefen ihr die Tränen über die Wangen. »*Justin …?*« Hatte sie ihn richtig verstanden?

»Ich meine es ernst, Baby. Ich habe mich in der Sekunde in dich verliebt, in der ich deinen ersten bissigen Kommentar hörte, und ich wusste genau, dass es um mich geschehen ist. Du warst für mich bestimmt. Ich liebe es, mit dir zusammen zu sein, deine Stimme zu hören, deine Hand zu halten. Ich liebe es, wie du mich finster anschaust, weil ich dir auf die Nerven gehe, und wie du mich ansiehst, als wäre ich dein Ein und Alles, wenn wir uns lieben.«

»Du bist meine Welt. Ich liebe dich auch, Justin«, hauchte sie. »Alles an dir.«

Liebevoll presste er die Lippen auf ihre und schmeckte das Salz ihrer Tränen.

»Ich gehöre dir, Baby. Nur dir.« Er strich ihr mit der Nase über die Wange, so süß und intim, dass sie nur noch mehr weinen musste.

Voller Liebe und Hoffnung und allem, was dazwischenlag, murmelte sie: »Gott, ich liebe dich«, stellte sich auf die Zehenspitzen und küsste ihn mit allem, was sie hatte.

Später an diesem Abend kuschelten sich Justin und Chloe unter Decken auf der Ladefläche seines Pick-up-Trucks aneinander und warteten auf den Beginn des Feuerwerks. Justin küsste sie auf die Schläfe und dachte daran zurück, wie sie nach ihrer Wanderung nach Hause gekommen waren. Chloe hatte ihm das Geschenk gezeigt, das sie für ihn anfertigte. Sie hatte ein Metallgitter mit Treibholz umrahmt und in der oberen linken Ecke des Gitters glitzernde Sterne an schwarzen Bändern aufgehängt. Darunter hatte sie ein Foto von ihnen beim Tanzen geklebt, das Serena im Salty Hog aufgenommen hatte. Darauf schauten sie sich in die Augen, ihre Gefühle ließen sich deutlich erkennen. Chloe hatte die Ränder von zwei hübschen blassgelben Zetteln abgebrannt und darauf einige Zeilen aus »Heartbeat« und »Uptown Girl« geschrieben. In der oberen Mitte des Gitters, das noch nicht richtig befestigt war, klebte ein Foto von Shadow auf Justins Schoß, auf dem er ihm das Gesicht ableckte, und ein Selfie von ihnen beiden mit dem entzückenden einäugigen Hündchen.

Chloe hatte außerdem eine kleine Hundehütte aus Holz gebastelt und *Shadow* über die Tür geschrieben. Vom Dachfirst baumelte ein Band herunter, auf dem *Eines Tages* stand. Die anderen Objekte waren noch nicht auf dem Gitter angebracht: Anhänger und Verzierungen von Miniatur-Bildhauerwerkzeugen und einem Motorrad und einem Pick-up wie seinem. Außerdem lagen da noch Fotos von ihm bei der Arbeit in seinem Atelier. Dazu eine kleine Flasche mit Sand und Muscheln darin und eine Karte vom Salty Hog, um sie an ihr langes Gespräch am Strand in der Nacht zu erinnern, das alles zwischen ihnen verändert hatte. Sie hatte eine Serviette aus dem Taproom in Harborside aufbewahrt und Fotos von ihren Ausfahrten darauf platziert. Es gab ein Selfie von ihnen im Bett, aufgenommen am letzten Samstag. Auf dem Bild waren ihre Haare zerzaust, er hatte einen nackten Oberkörper und sie trug eines seiner T-Shirts. Er umarmte sie von hinten, küsste ihren Hals, und sie zog eine lustige Grimasse. An diesem Morgen hatten sie Dutzende von albernen Fotos gemacht. Aber von all den Momenten, die sie festgehalten hatte, von all den Gefühlen, die darauf zu sehen waren, gab es eines, das ihm den Atem geraubt hatte – ein Bild von ihren ineinander verschlungenen Händen, auf dem die Lederkette seiner Mutter an seinem Handgelenk lag. Daneben lagen ein Foto von Rebas Hand in seiner und ein Papierherz, auf dem in Chloes

Handschrift *I Want to Hold Your Hand* stand.

Diese Frau war einfach unfassbar. Sie hatte die Wahrheit in seinem Herzen gesehen, und anstatt vor seiner Vergangenheit zu fliehen, die all das repräsentierte, was sie fürchtete, hatte sie sich ihr gestellt. Er stellte sich vor, dass die Jahre voller Erinnerungen, die er mit Chloes Augen gesehen hatte, an ihren Wänden hingen, gerahmt in ihren Bücherregalen standen und in seinem Herzen verwurzelt waren.

Er drückte ihr einen Kuss auf die Schläfe und sagte zum wahrscheinlich hundertsten Mal: »Ich liebe dich.« Wahrscheinlich würde er es noch hundertmal sagen, bevor die Nacht zu Ende war, und es würde trotzdem nicht ausreichen, um ihr zu vermitteln, wie sehr er sie anbetete.

Sie kuschelte sich noch enger an seine Seite. »Ich kann nicht aufhören, an Shadow und Sampson zu denken.«

»Ich auch nicht«, erwiderte er. »Hoffentlich geht es ihnen gut.«

Sie hatten vor dem Feuerwerk noch im Tierheim vorbeischauen wollen, doch nachdem sie Chloes Kunstwerk bewundert hatten, war ihnen gerade noch genug Zeit geblieben, um zu duschen und zum Strand zu fahren, bevor alle guten Parkplätze besetzt waren. Sie hatten Gunner angerufen und sich nach den Hunden erkundigt, und er hatte ihnen versichert, dass Steph, Sidney und er bei den Tieren blieben, falls der Lärm des Feuerwerks sie erschrecken sollte, denn ganz in der Nähe des Tierheims sollte eines der Feuerwerke hochgehen.

»Ich muss immer daran denken, dass er früher während des Feuerwerks draußen angekettet war, und jetzt ist er drinnen eingesperrt. Ich weiß, dass Dwayne, Steph und Sid dort sind, aber dort befinden sich so viele Tiere, und sie können nicht überall sein. Du hast eine so beruhigende Wirkung auf Shadow, und Sampson ist zwar schon älter und zurückhaltend, aber wir haben keine Ahnung, wie er reagieren wird. Wäre es dir recht, wenn wir zu ihnen fahren, anstatt uns das Feuerwerk anzusehen?«

»Ach, Chloe. Wir sind wirklich füreinander bestimmt. Das ist eine tolle Idee.« Er küsste sie. »Ich mache das später wieder gut.«

»Da gibt es nichts wiedergutzumachen. Wir sind auch dort zusammen, und das ist alles, was zählt.«

Sie packten ihre Sachen zusammen, und zwanzig Minuten später saßen sie auf Decken im Besuchsraum des Tierheims und hatten Shadow zwischen sich. Sie hatten auch nach Sampson gesehen, und es ging ihm bei Beginn des Feuerwerks gut. Gunner behielt ihn im Auge und teilte ihnen kurz darauf per Nachricht mit, dass Sampson tief und fest schlief. Das Knallen des Feuerwerks hallte gedämpft durch die dicken Mauern des Gebäudes und wurde durch die beruhigenden Wellengeräusche der Soundmaschine weiter abgemildert, die Justin Chloe in der Nacht zusammen mit dem Strand auf ihrer Terrasse geschenkt hatte. Auf dem Weg hierher hatten sie kurz bei ihrem Haus gehalten, um sie abzuholen.

Chloe drückte Shadow einen Kuss auf den Kopf, und er rollte sich auf die Seite, um sich den Bauch streicheln zu lassen. »Wir haben die richtige Entscheidung getroffen«, stellte sie fest und kraulte ihn. »Danke.«

»Ich sollte mich eigentlich bei dir bedanken, Herzensbrecherin. Nicht viele Frauen würden einen Sitzplatz in der ersten Reihe bei einem Feuerwerk aufgeben, um den Abend mit einem Hund zu verbringen.«

»Einem ganz besonderen Hund und seinem sehr attraktiven Freund.«

Justin rückte näher an sie heran und legte einen Arm um sie, sodass zwischen ihnen gerade noch genug Platz für Shadow blieb. »Ist es möglich, dass ich dich jetzt mehr liebe als noch vor einer halben Stunde?«

»Mhm«, murmelte sie mit einem verführerischen Lächeln. »Und in zehn Minuten wirst du mich noch mehr lieben.«

Shadow winselte leise und robbte sich auf dem Bauch vorwärts. Dann drehte er sich wieder auf die Seite und legte die linken Vorder- und Hinterpfoten auf Chloes Bein.

»Echt jetzt?«, protestierte Justin. »Du machst dich an meine Süße ran? Das ist nicht cool.«

Chloe kraulte Shadows Bauch. »Ignorier ihn einfach, Shadow. Er ist nur eifersüchtig.«

Sie blieben bei Shadow, bis das Feuerwerk zu Ende war. Sobald sie in Justins Wagen saßen, zog er sie dicht an sich und legte einen Arm um sie.

»Ich habe irgendwie ein Déjà-vu, Süße. Als wären wir schon einmal hier gewesen, du hast dich an mich gekuschelt und mir eine Hand auf den Oberschenkel gelegt. Wenn ich mich recht erinnere, endete das mit einer heißen Nummer in einer Nebenstraße bei laufendem Motor.«

Sie sah ihn mit einem verführerischen Schimmer in den Augen an, schob ihm eine Hand zwischen die Beine und streichelte ihn durch seine Jeans hindurch. Ein heißes Gefühl breitete sich in seinem Inneren aus, und ein verlangendes Geräusch entrang sich seiner Kehle.

»Du spielst mit dem Feuer, Baby.«

»Das klingt vielversprechend«, erwiderte sie kokett. »Hast du einen Schreibtisch in deinem Büro?«

Allein bei der Vorstellung, sie über seinen Schreibtisch zu

beugen, wurde seine Erektion noch härter. »Großer Gott, Chloe. Du weißt ganz genau, dass ich davon träume.«

»Da wir das Feuerwerk verpasst haben, können wir ja vielleicht ein eigenes veranstalten.«

Beste Idee aller Zeiten.

Zehn Minuten später stolperten sie in sein privates Büro bei Cape Stone, wo sie sich leidenschaftlich küssten und die Hände nicht voneinander lassen konnten. Ihre T-Shirts flogen durch die Luft und mit einer schnellen Bewegung seiner Finger hatte er Chloe den BH ausgezogen. Ihre Küsse wurden heftig und wild, als er den Reißverschluss ihrer Shorts öffnete und ihr eine Hand zwischen die Beine schob, um mit den Fingern ihre heiße Mitte zu erkunden. Er war hart wie Stein und sie war feucht und bereit. Sie ritt auf seiner Hand und stöhnte in seinen Mund.

»Großer Gott, Baby«, sagte er zwischen Küssen. »Ich muss dich schmecken.«

Sie streifte die Sandalen ab und schlängelte sich aus den restlichen Kleidern, während er mit einer Hand alles von seinem Schreibtisch fegte, sodass die Unterlagen und Stifte nur so durch den Raum flogen. Chloe lachte auf, als er sie auf den Schreibtisch hob und ihre Beine spreizte. Er ließ sich auf die Knie sinken und presste den Mund auf ihre süße Mitte, was ihr Kichern in ein lustvolles Stöhnen verwandelte. Sie legte den Kopf in den Nacken, schlang die Beine über seine Schultern, presste sich gegen seinen Mund und gab die sündigsten Geräusche von sich, die er je gehört hatte.

Er führte ihre Hand zwischen ihre Beine. »Fass dich an, Baby. Streichle dich, während ich dich verschlinge.«

Und wie er sie verschlang, mit den Zähnen und der Zunge, während sie ihre empfindlichste Stelle rieb. Sie keuchte und stöhnte, wimmerte und bettelte. Er leckte über ihre Finger und sie nahm die Hand weg, damit er sich ungehindert an ihr ergötzen und mit zwei Fingern in sie eindringen konnte.

»Ja«, stieß sie keuchend hervor. »Aber hör nicht auf, mich zu lecken.«

Sie war in letzter Zeit mutiger geworden und das gefiel ihm ungemein gut. Er leckte und verschlang sie, während sie seine Finger ritt. Als er eine Hand nach oben ausstreckte und ihre Brustwarze drückte, schrie sie auf, bäumte sich unter ihm und wand sich unter seinem Mund. Er ließ nicht locker, bis sie von einem heftigen Orgasmus übermannt wurde. Sobald der Höhepunkt abgeklungen war, zog er sie in eine sitzende Position, behielt dabei die Finger weiterhin tief in ihr, und presste den Mund auf ihren. Sie wich nicht vom Geschmack ihrer Erregung zurück, den sie auf seiner Zunge schmeckte, und das steigerte sein Vergnügen nur noch mehr, während er sie erneut in die höchsten Höhen beförderte. Er schluckte ihre ekstatischen Laute hinunter, und als sie gegen ihn sackte, küsste er sie erneut, dieses Mal jedoch weniger leidenschaftlich und deutlich zärtlicher.

Er führte ihre Hand zurück zwischen ihre Beine. »Mach weiter.« Dabei hielt er ihren Blick und zog sich aus. Ihr Blick fiel auf seine Erektion und sie leckte sich die Lippen. Daher hielt er ihr eine Hand vor den Mund. »Leck sie ab, Baby. Mach meine Hand schön feucht.«

Sie leckte über seine Handfläche und er umfing seine Länge und fuhr mehrmals genüsslich daran entlang. Dabei ließ sie ihn keinen Moment lang aus den Augen.

»Gefällt dir das, du lüsternes Weib?«

»Ich liebe es, dir dabei zuzusehen«, antwortete sie atemlos.

»Wie wäre es damit?« Er holte ihre Finger zwischen ihren

Beinen hervor und leckte erst über die eine, dann über die andere Seite, bevor er sie in den Mund nahm und sie mit der Zunge umkreiste.

»Sooo heiß«, stieß sie keuchend hervor.

Er legte ihre Hand um seine Hoden. »Fass mich an.«

Sie streichelte und liebkoste ihn, während er sie wild und besitzergreifend küsste. Dann drang er mit den Fingern wieder in sie ein, verlor sich in ihren Berührungen, im Geschmack ihres Mundes und in dem Verlangen, das zwischen ihnen tobte.

»Das ist gut, Baby«, murmelte er und konzentrierte sich auf die magische Stelle, die ihren Atem stocken ließ. Ihre Geräusche wurden immer schriller und begieriger. »Jetzt streichle mich, Baby, schön fest und über die ganze Länge, während ich dich kommen lasse.«

Sie umfasste ihn, strich mit dem Daumen über den feuchten Wulst an der Spitze und streichelte ihn so perfekt, dass er beinahe den Verstand verlor. Er bearbeitete sie mit den Fingern, legte den Daumen auf ihre Perle und presste die Lippen auf ihre Brust, saugte daran und fuhr mit den Zähnen über die Knospe. Chloe gab weitere flehende Laute von sich und wiegte das Becken im Rhythmus seiner Bemühungen, und er wusste, dass sie kurz davor war.

»So ist es gut, Baby«, knurrte er. »Jetzt steck ihn in dich rein und ich lasse dich kommen.«

Sie spreizte die Beine und er drang in sie ein. Da er inzwischen wusste, dass sie gerade am Eingang sehr empfindlich war, bewegte er sich langsam und nur wenige Zentimeter hinein und wieder heraus.

Sie packte seine Arme. *»Hör nicht auf, hör nicht auf, hör nicht auf!«*

Er drang tiefer ein, zog sich langsam zurück, stieß sich erneut tief hinein, zog sich wieder langsam zurück und setzte diesen wahnsinnigen Rhythmus fort, bei dem er sich ebenfalls zusammenreißen musste, um nicht zu kommen. Sie drückte die Beine fest um seine Hüften, und er küsste sie wild und verlangend und stieß schneller und härter zu. Ihr Becken bebte, und sie bohrte die Fingernägel in seine Haut, während sich ihre inneren Muskeln fest und himmlisch um ihn zusammenzogen. Es kostete ihn all seine Konzentration, seinen Orgasmus zu verhindern. Als sie langsam wieder zu sich kam und den Kopf leicht drehte, um die Stirn gegen seine Schulter zu pressen, zuckten weiterhin Nachbeben durch ihren Körper.

Er küsste ihren Hals. »Bist du noch bei mir, Baby?«

»Ja«, antwortete sie mit einem langen Atemzug.

»Willst du noch mehr?«

Sie hob den Kopf. »Ich will alles.«

Die Liebe und das Verlangen in ihren Augen ließen sein Herz schneller schlagen. »Kannst du stehen? Ich möchte deinen schönen Hintern sehen, wenn ich dich von hinten nehme.«

Sie rutschte immer noch zitternd vom Schreibtisch herunter und hielt sich an ihm fest.

»Leg dich auf die Couch, Süße. Du hast zu weiche Knie und ich will dir nicht wehtun.«

Sie zog die Augenbrauen zusammen und reckte, typisch Chloe, das Kinn in die Luft, richtete sich auf und warf ihm einen herausfordernden Blick zu. »Sag mir nicht, was ich aushalten kann, Mr. Wicked, oder ich muss dich bestrafen.«

Wow! Sie meinte es wirklich ernst.

Sie drehte sich zum Schreibtisch um, spreizte die Beine, beugte sich vor und warf ihm über die Schulter einen Blick zu. Ihr Haar fiel ihr über ein Auge, und sie sah noch heißer aus als in all seinen feuchten Träumen. »Und, kommst du damit klar?«

»Es gibt nichts, womit ich nicht klarkomme, du Schönste aller Schönen.« Er leckte sie zwischen den Beinen, drückte Küsse auf ihre runden Pobacken und biss sanft in eine, gerade fest genug, um ihr einen Aufschrei zu entlocken. Dann küsste er die zarteste Stelle. »Die Frage ist doch wohl eher, ob du damit klarkommst.«

Ihr Blick traf ihn mit der Kraft eines Wirbelsturms. »Ich mag deinen Mund auf mir, egal wie du ihn benutzt.«

»Gut zu wissen, Baby, denn ich habe vor, jeden Zentimeter von dir damit zu erkunden.«

Er fuhr mit den Händen ihren Rücken hinunter, über ihren Hintern und ihre Beine und ließ sich genüsslich Zeit, um sich küssend den Weg von ihren Fußknöcheln nach oben zu bahnen. Zuerst liebkoste er sie mit den Fingern, bevor er den Mund auf ihre süße Mitte presste und ihren Hintern streichelte, während er sich an ihr labte. Schließlich stand er wieder auf und fuhr mit den Händen ihren Oberkörper hinauf, um Küsse neben ihre Wirbelsäule zu drücken.

»Justin, bitte«, flehte sie. »Ich verliere noch den Verstand.«

»Bald«, versprach er ihr. »Drück die Beine zusammen, Süße.«

Er presste seine Länge zwischen ihre Schenkel, ohne in sie einzudringen, und glitt an ihrer feuchten Spalte entlang. Sie krümmte die Finger um die andere Schreibtischkante, als er ihren Rücken und ihre Schulterblätter mit Küssen überschüttete und ihre Brüste streichelte. Seine Hüften drückten gegen ihren Hintern, und er verlangte: »Auf die Zehenspitzen, Baby.«

Sie stellte sich auf die Zehenspitzen, wodurch er ihren Hintern viel besser erreichen konnte. Er fuhr mit den Händen über die Pobacken, drückte sie und entlockte ihr weitere wundervolle Geräusche. Doch er musste sie noch ein letztes Mal schmecken und ließ sich erneut auf die Knie sinken, umfing ihren Hintern, spreizte die Pobacken und kostete ihre Erregung.

»Oh Gott«, murmelte sie mit rauer Stimme und drückte den Hintern noch weiter in die Luft, als er erneut mit der Zunge über ihre Mitte fuhr.

Er richtete sich auf und presste seine Erektion vor ihre Mitte, legte ihr eine Hand auf die Schulter, die andere an die Taille und drang mit einem einzigen tiefen Stoß bis zum Ansatz in sie ein.

»Oh, Justin …«

Er erstarrte. »Habe ich dir wehgetan?«

Sie schüttelte den Kopf und ließ ihn nach vorn sinken. »Nein.« Sie keuchte laut. »Du fühlst dich einfach so gut an, dass ich gleich wieder komme.«

Allein ihre Worte bewirkten, dass er in ihr zuckte. »Dann komm, Baby. Komm, während ich in dir bin.«

Er bewegte sich schneller. Sie war so eng, so feucht, und sie nahm ihn so tief in sich auf, dass es nicht lange dauerte, bis ihm ein Hitzeschauder über den Rücken lief. Er legte eine Hand auf ihre Perle und streichelte sie, während hinter seinen geschlossenen Lidern Lichter explodierten und er jegliche Kontrolle verlor. Ihre lustvollen Laute hingen in der Luft, als ihre Körper aufeinanderprallten und sie lustvoll seinen Namen ausstieß. *Justin – ja! Oh … Justin …«* Sie klammerte sich an den Schreibtisch, drückte das Becken nach hinten und kam jedem seiner Stöße entgegen, während er sich bis zum letzten Beben seiner kraftvollen Entladung in sie stieß.

Danach sank er auf ihren Rücken, legte ihr einen Arm um die Taille und stützte sich mit dem anderen ab. »Gott, Baby, du machst mich fertig.« Er hielt sie fest, da sie beide stark zitterten, und drückte ihr Küsse auf den Hals, wobei er flüsterte: »Ich liebe dich.« Nach einer Weile richtete er sich auf und fuhr mit den Händen an ihrem Körper entlang, massierte ihre Arme, Schultern, Hüften und Oberschenkel. Zu guter Letzt drückte er ihr einen Kuss auf den unteren Rücken. »Ich muss dein Gesicht sehen, Liebste.«

Er half ihr auf und nahm sie in die Arme. »Ich habe am Ende irgendwie den Verstand verloren. Habe ich dir etwa wehgetan?«

»Nein, und ich weiß, dass du das auch nie tun wirst.«

Sie schlang ihm die Arme um den Hals, und er spürte, wie er sich in der Liebe in ihren Augen verlor. Sanft fuhr er mit den Lippen über ihre. »Was denkst du, Herzensbrecherin?«

»Das war der beste vierte Juli aller Zeiten.« Sie erwiderte seinen Kuss. »Wie sollen wir das nächstes Jahr noch toppen, Mr. Wicked?«

»Ich weiß es nicht, Ms. Mallery, aber wir werden auf jeden Fall sehr viel Spaß dabei haben.«

Vierundzwanzig

Die nächste Zeit verging wie im Fluge: arbeitsreiche Tage, heiße Nächte und jede Menge »Ich liebe dich«. Justin hatte Pläne für Chloes Geburtstagsessen gemacht, und obwohl er ihr nicht verraten wollte, wohin sie gehen würden, hatte er sie gebeten, sich auf etwas Schickes einzustellen. Gestern Abend hatte sie sich mit Madigan und Marly zum Abendessen und Shoppen getroffen und schließlich zwei Kleider gekauft, während Justin bei der Church war. Eines für ihre Verabredung zum Abendessen und eines für die Arbeit. Außerdem hatte sie sich neue sexy schwarze Dessous von *Leather and Lace* gekauft, einer Marke, die laut Marly Jace Stone zusammen mit der renommierten Modedesignerin Jillian Braden entworfen hatte.

Chloe stand an ihrem Bürofenster und dachte über das vergangene Wochenende nach. Sie war nach dem Telefonat mit ihrer Mutter von Schuldgefühlen und Traurigkeit übermannt worden, aber nach der Wanderung mit Justin war sie davon überzeugt gewesen, dass sie das Richtige getan hatte, und in den Tagen danach war eine große Last von ihren Schultern gefallen. Endlich konnte sie nach vorn blicken, ohne Angst haben zu müssen, wieder in das verrückte, instabile

Leben ihrer Mutter zurückgerissen zu werden.

Als sie sich an ihren Schreibtisch setzte, traf eine Nachricht von Serena ein. *Können wir dein Geburtstagsessen um 12:30 Uhr statt um 12 Uhr machen? Emerys morgendliche Übelkeit ist schlimmer geworden. Bis dahin sollte es ihr wieder besser gehen.*

Chloes Gedanken wanderten nach Great Island zurück. Seitdem sie Justin gesagt hatte, wie sie über Kinder dachte, konnte sie nicht mehr aufhören, darüber nachzudenken. Der Ratschlag, den sie Serena gegeben hatte, bei wichtigen Lebensentscheidungen ihre Mutter aus der Gleichung herauszunehmen, war umso wertvoller, wenn es um ihre eigene Zukunft ging, und sie fühlte sich endlich frei genug, um ihn zu befolgen. Da sie nicht länger ihre Mutter im Hinterkopf hatte, fühlte sie sich auf einmal wie die glücklichste Frau der Welt. Ihre Programme liefen reibungslos und heute würde Alan ihr seine Entscheidung bezüglich der Finanzierung des Puppenspiels mitteilen.

Eine weitere Nachricht von Serena traf ein und holte Chloe aus ihren Gedanken. *Da du Justin an deinem Geburtstag erst zum Abendessen siehst, können wir dich doch den ganzen Nachmittag entführen, oder? Machen wir einen Mädelstag am Strand?* Das hörte sich wunderbar an.

»Chloe?«, rief Shelby über die Gegensprechanlage.

Chloe schickte Serena eine kurze Antwort, in der sie der Uhrzeit zustimmte. »Ja?«

»Reba Wicked ist auf Leitung zwei.«

Reba hatte am Dienstagvormittag angerufen und weitere Fragen zu LOCAL gestellt. Es hatte sich so angehört, als würden sie dazu neigen, Mike hier einziehen zu lassen. Chloe hatte bewusst nicht mit Justin über die Entscheidung seiner Familie gesprochen, da sie keinen Druck auf sie ausüben wollte.

»Danke, Shelby.« Sie nahm den Hörer ab. »Hi, Reba. Wie geht es dir?«

»Mir geht es heute sehr gut, danke. Ich rufe an, um dir mitzuteilen, dass wir beschlossen haben, Mike bei euch unterzubringen. Ich werde die Unterlagen noch diese Woche ausfüllen.«

»Das ist ja wunderbar. Ihr werdet es nicht bereuen.«

»Wir haben alle ein sehr gutes Gefühl dabei. Es wird seltsam sein, ihn nicht mehr im Haus zu haben, aber es ist wahrscheinlich das Beste, ihm bei euch mehr Freiheit zu ermöglichen.«

»Das scheint ihm sehr wichtig zu sein.«

»Ganz richtig, und ich kann es nachvollziehen, obwohl wir einem leeren Haus damit wieder einen Schritt näher sind.« Reba seufzte. »Mads wohnt bei uns, solange sie in der Stadt ist, aber sobald sie eine Wohnung gefunden hat, zieht sie wieder aus.«

»Das klingt nicht so, als würdest du dich darauf freuen.«

»Elternschaft ist schon was Komisches, Chloe. Wenn man Kinder großzieht, gibt es Tage, an denen man nicht weiß, wie man sie überstehen soll, und wenn sie älter werden, fragt man sich, wie man ohne sie überleben soll.« Ihr Tonfall wurde ernster. »Und dann gibt es Eltern, die ihre Kinder überleben, und man fragt sich, wie sie das schaffen.«

»Das kann ich mir gar nicht vorstellen«, sagte Chloe leise.

»Hoffentlich wirst du das nie erleben müssen. Wenn es nach meinem Sohn ginge, würde er dir auf jeden Fall eine perfekte Welt bauen, in der es keinerlei Schwierigkeiten gibt.«

Chloe musste unwillkürlich lächeln. »Er will mich immerzu beschützen, doch dasselbe scheint auch für jeden anderen zu gelten, der ihm nahesteht.«

»Ja, so sind alle unsere Kinder. Ich mische mich eigentlich nicht in das Leben meiner Kinder ein, aber ich habe Justin noch nie so glücklich gesehen, und ich weiß, dass das allein an dir liegt. Darum werde ich mich doch einmischen, nur dieses eine Mal. Er liebt dich, Schätzchen, und die Wicked-Männer sind sehr leidenschaftlich. Sie neigen dazu, zuerst zu handeln und später an die Konsequenzen zu denken. Wenn er dich zu sehr beschützt und du dich erdrückt fühlst, hoffe ich, dass du einen Weg findest, ihm das mitzuteilen, damit er versuchen kann, das Problem zu lösen. Er hat ein wirklich gutes Herz, aber selbst große, starke Männer können Angst haben, das zu verlieren, was sie am meisten lieben.«

Chloe wurde bewusst, dass Reba sie als Paar sehr ins Herz geschlossen haben musste, wenn sie Chloe einen mütterlichen Rat gab. »Mach dir keine Sorgen, Reba. Ich lasse mich nicht so leicht unterdrücken und habe kein Problem damit, meine Meinung zu sagen.«

»Das habe ich mir schon gedacht. Mein Junge könnte mit einer Frau, die ihm nicht in jeder Hinsicht ebenbürtig ist, niemals so glücklich sein. Aber als Mutter ist es egal, wie alt die Kinder werden, die Sorgen hören nie auf. Ich lasse dich jetzt besser wieder in Ruhe, bevor ich mich noch in die Bredouille bringe, indem ich noch länger über ihn rede oder darüber, wie wunderbar dich alle finden. Nochmals vielen Dank, dass du meine Fragen neulich so geduldig beantwortet hast, Liebes. Ich weiß, dass wir das Richtige für Mike tun.«

Kaum hatte Chloe nach dem Anruf Luft geholt, betrat auch schon Alan ihr Büro. Sie versuchte, seinen Gesichtsausdruck zu deuten und zu erkennen, ob er die Finanzierung ihres Programms genehmigt hatte, doch sein schiefes Grinsen verriet rein gar nichts.

»Hallo, Alan. Ich wollte noch rasch ein paar Dinge erledigen, bevor ich dich aufsuche.«

»Ich war sowieso gerade hier und dachte, ich erspare dir den Weg durch den Flur.«

Er ging um ihren Schreibtisch herum und setzte sich auf die Tischkante. Sie drehte sich auf ihrem Stuhl zu ihm um und war froh darüber, dass er saß und ihr nicht noch näher rückte. Sein Blick schweifte über ihren Schreibtisch und dann kurz über sie. Justins Bedenken gingen ihr durch den Kopf und sie schob die Beine unter den Schreibtisch.

»Das ist ein hübsches Kleid«, sagte Alan ohne irgendeine versteckte Anspielung. »Es ist nur angemessen, dass du etwas Neues trägst, um die Nachricht zu feiern, dass dein Programm genehmigt wurde.«

»Wirklich?«, rief sie aus. »Das ist ja fantastisch. Vielen Dank, Alan. Ich weiß, dass dieses Programm das Leben unserer Bewohner verändern wird.«

Er stand auf und reichte ihr die Hand. »Herzlichen Glückwunsch, Chloe. Du leistest hier Großartiges.« Sie erhob sich und schüttelte seine Hand. Er legte die andere Hand auf ihre. »Mit meiner Unterstützung kannst du es noch weit bringen.«

»Ich danke dir für dein Vertrauen«, erwiderte sie, als er ihre Hand losließ. »Es bedeutet mir sehr viel.«

»Ich wünschte, du würdest dieses Wochenende zusammen mit mir an dieser Konferenz teilnehmen. Das könnte für deine Karriere von Vorteil sein.«

»Das kann ich leider nicht. Ich habe dieses Wochenende Geburtstag und Justin hat bereits Pläne für uns.«

»Justin *Wicked*?«, fragte er mit einem Anflug von Abscheu in der Stimme.

Sie hob den Kopf etwas höher. »Ja, Justin Wicked.«

Er kniff die Augen zusammen. »Hast du nicht gesagt, du wärst nicht mit ihm zusammen?«

»Als du danach gefragt hast, war ich das auch nicht, aber die Dinge haben sich geändert.«

»Ist dem so? Oder hast du mir die Wahrheit vorenthalten, damit ich ihn mit der Arbeit an meiner Terrasse beauftrage? Denn das wäre sehr enttäuschend. Wir verlassen uns aufeinander, Chloe, und wir arbeiten eng zusammen, um die Dinge zu erreichen, die wir beide wollen. Vertrauen ist alles, findest du nicht auch?«

Sein anklagender Tonfall trieb sie in die Defensive. »Natürlich. Warum sollte ich bei so etwas lügen?«

»Ich weiß es nicht, Chloe. Vielleicht habe ich mich geirrt und du willst einfach nicht länger warten. Ich dachte, wir wären uns einig, dass manche Dinge einfach nicht überstürzt werden dürfen.«

»Ich habe nichts überstürzt, Alan. Ich kenne Justin schon sehr lange und ehrlich gesagt geht dich das auch gar nichts an.«

»Chloe?«, fragte Shelby über die Gegensprechanlage.

Chloe war froh über die Unterbrechung. »Ja, Shelby?«

»Ist Alan noch in deinem Büro? Seine Frau ist in der Leitung, und sie sagt, es sei wichtig.«

»Ja, er ist hier.«

»Ich nehme den Anruf in meinem Büro entgegen«, fauchte Alan und ging zur Tür.

»Nochmals vielen Dank für die Genehmigung des Projekts«, rief sie ihm hinterher, schloss ihre Bürotür und griff zum Telefon, um Justin anzurufen. Ihre Freude über das Projekt verdrängte Alans bizarre Kommentare.

»Wie geht es meiner Süßen?«

»Fantastisch. Die Finanzierung für das Puppenspielprogramm steht!«

»Das ist ja großartig, Babe. Du hast es dir verdient. Hast du es Mads schon erzählt?«

»Nein. Alan hat gerade mein Büro verlassen und ich wollte dir die Neuigkeiten zuerst mitteilen.«

»Ich bin so stolz auf dich. Auch wenn ich diesen Rogers nicht leiden kann, bin ich froh, dass er das Richtige getan hat. Er hat dich doch nicht angefasst, oder?«

»Nein. Ich sagte doch schon, dass er seltsam ist, aber nicht auf diese Art und Weise. Obwohl er gerade schon ziemlich schräg war.«

»Was hat er getan?«, fragte er mit durchdringendem Unterton in der Stimme.

»Er erwähnte eine Konferenz in Boston an diesem Wochenende, zu der ich mich nicht angemeldet habe, und als ich sagte, dass du Pläne für meinen Geburtstag gemacht hast, fragte er mich, ob ich gelogen hätte, damit er Cape Stone für die Arbeiten an seiner Terrasse engagiert. Ich hielt das für sehr seltsam.«

»Das ist es auch«, schäumte Justin. »Dein Privatleben geht ihn nichts an und du bist keine Lügnerin, Chloe. Es gefällt mir nicht, dass er dich so beschuldigt. Ich muss wohl mal mit ihm reden.«

»Nein, Justin, das wirst du nicht tun. Ich weiß deine Unterstützung zu schätzen, aber ich habe ihm gegenüber nicht einfach den Schwanz eingezogen, sondern es angesprochen, außerdem war es das erste Mal, dass er so etwas gesagt hat. Ich kann auf mich aufpassen, und wenn er es noch einmal anspricht, werde ich ihm unmissverständlich zu verstehen geben, dass ich es nicht schätze, wenn man mir etwas vorwirft, was ich niemals tun würde. Okay?«

»Nein, es ist nicht okay, aber ich verstehe es, daher werde ich mich zurückhalten.«

»Danke«, sagte sie sanft. »Ich weiß, wie schwer dir das fällt.«

»Du hast ja keine Ahnung.«

Sie lächelte über seine Vehemenz. »Tja, wir haben heute Abend etwas zu feiern, da die Finanzierung zustande gekommen ist, und mir fällt vielleicht etwas ein, wie ich uns den ganzen Ärger vergessen lassen kann. Ich habe gestern Abend, als ich mit den Mädels unterwegs war, ein bisschen Unterwäsche von *Leather and Lace* gekauft. Vielleicht würde dich eine Modenschau auf andere Gedanken bringen.«

»Die Vorstellung, dich in Leder und Spitze zu sehen, hat jeglichen anderen Gedanken aus meinem Gehirn verdrängt. Jetzt muss ich allerdings den Rest des Tages mit einer Erektion herumlaufen.«

»Ich verspreche, alles wiedergutzumachen und dein Wehwehchen wegzuküssen.«

»Nur *küssen*?« Verlangen schwang in seinen Worten mit.

»Küssen, lecken, saugen …«

»Großer Gott, Chloe. Ich hoffe, du sitzt in fünf Minuten in deinem Auto, oder ich komme rüber und weihe deinen Schreibtisch ein.«

Bei diesem Gedanken wurde ihr ganz heiß.

»Ich muss noch Mads anrufen. Dann treffen wir uns zu Hause.« Mit ihrer verführerischen Stimme fügte sie hinzu: »Wer als Erster im Schlafzimmer ist, Mr. Wicked?«

Er gluckste. »Wir schaffen es nie bis ins Schlafzimmer.«

»Ich weiß …«

Chloe wusste ganz genau, wie sie Justin ablenken konnte. Sie hatte ihn gestern derart effektiv auf andere Gedanken gebracht, dass ihm ihr Gespräch mit Alan erst heute beim Frühstück wieder eingefallen war. Als er es dann ansprach, tat sie es als keine große Sache ab, aber inzwischen war es fast Mittag und Justin hatte den ganzen Morgen bei Cape Stone gearbeitet und ständig daran denken müssen.

»Der Kerl verarscht uns«, sagte Blaine, der gerade in Justins Büro kam.

Justin schaute von dem Vertrag auf, den er überprüfte. »Schon wieder Rogers?«

Ihre Leute waren mit der Arbeit an seiner Terrasse gut vorangekommen, aber letzte Woche hatte Alan Rogers angerufen, um eine wichtige Änderung vorzunehmen, woraufhin sie die bereits geleistete Arbeit rückgängig machen und von vorn anfangen mussten.

Blaine nickte und ließ sich auf den Stuhl vor Justins Schreibtisch fallen. Justin stieß einen Fluch aus. »Ich habe dir gleich gesagt, dass ich den Kerl nicht leiden kann. Er ist ein wehleidiger Mistkerl.«

»Das kannst du laut sagen, Maverick. Aber du hast auch gesagt, dass er Chloes Boss ist und dass wir uns zusammenreißen und die Sache über die Bühne bringen müssen.«

»Daran hat sich nichts geändert. Was will er jetzt wieder?«

»Er will einen anderen Stein. Für die ganze Terrasse.«

»Der Kerl verarscht uns doch. Er wurde sauer, als er herausfand, dass Chloe meine Old Lady ist.«

Blaine beugte sich vor, stützte die Ellbogen auf die Knie

und starrte Justin mit ernster Miene an. »Müssen wir uns da um irgendetwas kümmern?«

Er schüttelte den Kopf. »Chloe hat die Sache geklärt.«

»Kommst du damit klar?«

»Nein, das tue ich nicht«, fauchte Justin. »Aber ich bin auch kein Arschloch. Rogers hat keine Grenzen überschritten. Ich kann ihn nicht an den Eiern aufhängen, nur weil er ihr eine Frage gestellt oder mir und Tank herablassende Blicke zugeworfen hat. Chloe sagt, sie wird mit ihm fertig. Ich lasse ihr genug Freiraum, doch sobald er eine Grenze überschreitet, bringe ich ihn um.«

»Okay. Und was sollen wir in Bezug auf unser Problem unternehmen?«

Justin kniff die Augen zusammen und malte sich aus, wie er Alan den Hals umdrehen würde.

Blaine schüttelte den Kopf. »Lass es mich anders ausdrücken: Was willst du unternehmen, das dich nicht ins Gefängnis bringen wird?«

»Er glaubt, dass er uns wegen Chloe in der Hand hat. Zeigen wir dem aufgeblasenen Mistkerl, dass das genaue Gegenteil der Fall ist. Wir stellen ihm den herausgerissenen Stein in Rechnung und lassen ihn auf seinem Grundstück liegen. Wir erklären ihm, dass wir ihn nicht anderweitig verwenden können, ohne Splitter und Risse zu riskieren. Wenn er will, dass wir ihn abtransportieren, dann stellen wir ihm auch das in Rechnung. Aber teil ihm auf jeden Fall mit, dass wir erst nächste Woche dazu kommen werden. Dann sieht er mal, was er von seinem Verhalten hat. Wenn er dann nicht aufhört, uns zu verarschen, werde ich ihn dazu bringen.«

»Ich kümmere mich darum.« Blaine schaute auf die Uhr. »Weißt du, warum Mads mit uns zu Mittag essen will?«

»Sie hat mir bei etwas für Chloes Geburtstag geholfen, aber ich habe nicht daran gedacht, sie danach zu fragen.«

»Wann wird sie hier sein?«

»Sie ist schon da«, trällerte ihre Schwester, die in Bikinioberteil und Shorts ins Büro stürmte und ihren rosa Helm und ihre Strandtasche auf Justins Schreibtisch legte. »Was ist? Hast du so großen Hunger?«

»Ich will nur hier raus und etwas Dampf ablassen.« Blaine stand gerade auf, als Marly, die ebenfalls Bikinioberteil und Shorts trug, durch die Tür kam.

»Hallo, Leute. Ich hoffe, es stört euch nicht, dass Mads mich eingeladen hat.« Marly stellte eine große Handtasche auf den Stuhl und fächelte sich Luft ins Gesicht. »Mann, ist das heiß da draußen.«

Blaine ließ den Blick über ihren Körper wandern. »Hier drin ist es auch gerade verdammt heiß geworden.«

Marly schmunzelte. »Danke, großer Junge.«

»Hi, Marly.« Justin starrte Madigan erbost an. »Wo ist dein T-Shirt? Du solltest nicht oben ohne herumfahren.«

»Da draußen ist es kochend heiß«, protestierte Madigan.

»T-Shirt, Mads«, beharrte Justin. »Auf der Stelle.«

»Großer Gott!« Madigan schnappte sich ihre Tasche vom Schreibtisch. »Warum schreist du Marly nicht an? Es ist ja nicht so, als ob mich die Jungs am Strand nicht auch so sehen würden.«

»Marly fährt nicht auf einem Zweirad durch die Gegend. Am Strand kannst du gern so rumlaufen, aber auf der Straße solltest du keine Autofahrer ablenken, sonst fährt dich noch jemand an, der mehr auf deinen Körper als auf die Straße geachtet hat.«

»Ich zieh mir auch was über.« Marly zog ein T-Shirt aus

ihrer Tasche.

Blaine legte eine Hand auf ihre. »Das ist nicht nötig, Marly. Wie wäre es, wenn wir dafür sorgen, dass es hier drin noch ein bisschen heißer wird?« Er zog sich sein T-Shirt mit einem arroganten Grinsen über den Kopf.

»Echt charmant, Bruderherz«, meinte Justin kopfschüttelnd.

Marly konnte den Blick nicht von Blaines Bauchmuskeln abwenden. »Charmant ist er zwar nicht unbedingt, aber durchaus ein Hingucker.«

»Das reicht jetzt!« Madigan trat zwischen die beiden, stemmte die Hände in die Hüften und starrte Blaine erbost an. »Zieh dir das T-Shirt wieder an, bevor du noch mit Marly im Lagerraum landest.«

Blaine sah Marly über Madigans Kopf hinweg an. »Was sagst du dazu? Lust auf eine kleine Inventur?«

»Normalerweise ziehe ich es vor, dass mir der Mann zuerst einen Drink spendiert«, konterte Marly.

Madigan blickte zur Decke und seufzte theatralisch. »Bitte mach, dass es aufhört.«

»Dann hast du Marly nicht zum Mittagessen eingeladen, damit wir uns miteinander vergnügen können?«, stichelte Blaine.

Madigan verdrehte die Augen. »Als ob man euch zwei verkuppeln müsste. Ihr verschwindet doch andauernd zusammen. Kannst du mal kurz aufhören, sie anzustarren? Ich muss mit dir und Justin darüber reden, wie ihr mir helfen könnt, eine Wohnung zu finden. Könntet ihr rumerzählen, dass ich eine Wohnung suche? Und zwar möglichst eine, die keinem Dark Knight gehört?«

»Warum?«, fragte Justin. »Als ich gestern bei Grandpa war,

sagte er, dass Preacher und Mom sich freuen würden, wenn du noch eine Weile bei ihnen bleibst.«

Sie bedachte ihn mit einem ausdruckslosen Blick. »Du weißt doch ganz genau, wie das ist. Ich liebe unsere Eltern, aber die letzten beiden Male, als ich nach Mitternacht nach Hause kam, hat Dad auf mich gewartet. Er hat zwar behauptet, er wolle nur etwas trinken, trotzdem war beide Male der Fernseher an, und er hielt mir einen Vortrag darüber, dass *nach Mitternacht nichts Gutes mehr passiert.*«

»Autsch. Daran erinnere ich mich«, sagte Blaine.

»Das ist nicht lustig«, fuhr Madigan fort. »Ich bin quer durch das ganze Land gereist, ohne dass mir jemand die Hand gehalten hat. Ich brauche keinen Babysitter. Ich finde es toll, dass Mom für mich kocht, meine Wäsche wäscht und all die anderen mütterlichen Dinge tut, die sie nicht mehr tun konnte, nachdem ich ausgezogen war, aber ich will nicht, dass sie meine Strings anfasst.«

»Und ich will nicht wissen, dass du einen String trägst«, fuhr Justin sie an.

Marly grinste breit. »Dann willst du erst recht nicht wissen, was in ihrer Nachttischschublade liegt.«

»Es reicht. Dieses Gespräch ist beendet. Sie ist unsere kleine Schwester.« Justin fuhr sich mit einer Hand über das Gesicht.

»Hallo? Ich bin aber auch erwachsen. Helft ihr mir nun oder nicht?«, fragte Madigan.

Blaine verschränkte die Arme vor der Brust. »Du verlangst viel, Prinzessin.«

Madigan starrte ihn böse an.

»Ich habe ihr gesagt, dass sie bei mir wohnen kann, aber das will sie nicht.« Marly setzte sich auf einen Stuhl und wickelte sich die dunklen Haarspitzen um einen Finger.

»Weil ich Angst habe, dass morgen früh eine bestimmte Person aus deinem Schlafzimmer schleichen könnte.« Sie zeigte dabei auf Blaine und tat so, als müsste sie würgen.

Marly sah Blaine an. »Würdest du ihr bitte sagen, dass du noch nie bei mir übernachtet hast und dass wir nur Freunde sind? Mir glaubt sie nicht.«

»Wer bin ich, diesen Mythos zu entkräften? Gehen wir jetzt was essen oder soll ich Marly im Lagerraum vernaschen?« Blaine zwinkerte Marly zu.

»Das ist ja ekelhaft! Wir gehen.« Madigan packte Justins Handgelenk und zerrte ihn aus seinem Büro.

Als sie durch den Verkaufsraum gingen, sagte Justin: »Ich weiß vielleicht was, kann dir aber erst Sonntag Bescheid sagen.«

»Du bist ein Gott!«, rief Madigan aus.

»Das sagt Chloe vermutlich auch«, witzelte Marly, die sich mit Blaine zu ihnen gesellte.

»Quatsch, normalerweise fragt sie: ›Bist du schon drin?‹« Blaine zog sich lachend das T-Shirt über.

Justin schlug ihm auf den Arm. »Arschloch.«

Marly nahm Blaines Arm, als sie den Verkaufsraum verließen. »Ein kleines Vögelchen hat mir gezwitschert, dass Maverick einen ziemlich anschaulichen Spitznamen für sein bestes Stück bekommen hat. Vielleicht bist du ja eifersüchtig.«

Blaine schnaubte. »Wird eine Anakonda eifersüchtig auf eine Gartenschlange? Wohl kaum. Ich habe gehört, Maverick hat sich einen Umschnalldildo gekauft, damit Chloe ihn nicht verlässt.«

Justin stürzte sich auf ihn und Blaine ergriff unter hysterischem Gelächter die Flucht. »Du wirst gleich meine Fäuste zu spüren bekommen!«

Fünfundzwanzig

Am Samstagmorgen glitt Chloes Arm über die kalten Laken auf Justins Bettseite. Es war ihr Geburtstag, und das Bett mochte leer sein, doch ihr Herz war voll. Da sie noch keine Lust zum Aufstehen hatte, schloss sie die Augen, kuschelte sich tiefer unter die Decke und dachte an die letzte Nacht zurück. Justin und sie hatten es sich unter einer Decke in einem Liegestuhl auf der Terrasse bequem gemacht, die Sterne beobachtet und sich unterhalten. Er hatte sie gefragt, was ihr am besten daran gefiel, neunundzwanzig zu werden, und ihre Antwort war ihr so leicht und ehrlich über die Lippen gekommen wie die Luft, die sie atmete. *Du*, hatte sie gesagt.

Sie drehte sich auf den Rücken und öffnete die Augen. Die Decke verschwand förmlich unter Luftballons, deren bunte Schnüre über ihr herunterbaumelten. An einem der Fäden hing ein Stück Papier. Sie setzte sich auf, schnappte sich den Zettel und las Justins handgeschriebene Nachricht. *Alles Gute zum 29., meine Schöne! Komm und such mich!* Quietschend sprang sie aus dem Bett und betrachtete die Luftschlangen, die über den Vorhangstangen, den Kommoden und Türrahmen von Schrank und Bad drapiert waren. Rasch hob sie Justins T-Shirt vom Boden auf und zog es an.

Als sie die Badezimmertür öffnete, schwebten Luftballons an die Decke, und ein weiterer glücklicher Laut entrang sich ihrer Kehle. Sie schnappte sich mehrere Bänder und zog die Ballons aus dem Bad, um Platz für sich zu schaffen, und als sie hineinging, prangte *Auf dein bisher bestes Jahr!* mit Lippenstift am Spiegel. Auf dem Waschbeckenrand lag ein Geschenk. Sie riss das hübsche silberne Geschenkpapier auf und hielt ein schwarzes Tank-Top mit *Birthday Girl* in rosa Buchstaben auf der Brust in den Händen, und darunter stand, ebenfalls in Rosa, die Zahl *29*! Sie nahm das Tank-Top aus dem Karton und entdeckte darunter knappe schwarze Boy-Shorts, auf denen hinten in Rosa *Knackarsch* stand.

Ihr Herz schlug wie verrückt, als sie sich schnell frisch machte und das Geburtstagsshirt und die Shorts überstreifte. Sie eilte aus der Schlafzimmertür, um Justin zu suchen, und stellte fest, dass der Flur mit weiteren Luftballons und Luftschlangen geschmückt war. Ein Geburtstagsbanner hing an der Wand und auf dem Boden lag ein lustiger Geburtstagshut mit Schaumstoffkerzen. Sie setzte ihn auf und folgte dem Duft von etwas Süßem in Richtung Küche, bis sie im Wohnzimmer stehen blieb. Am Vorabend hatte sie Justin die Erinnerungstafel geschenkt, die sie endlich fertiggestellt hatte und die jetzt wie ein Kunstwerk über dem Kaminsims hing. Als sie näherkam, bemerkte sie ein neues Foto, das mit einer kleinen Metall-klammer daran befestigt war. Es war ein Bild von ihr, wie sie auf Justins Brust schlief. Sie hatte keine Ahnung, wann er es aufgenommen hatte, aber es machte sie sehr glücklich, als sie las, was er mit schwarzem Filzstift darübergeschrieben hatte: *Meine Liebste, meine Zukunft, mein Leben.*

»Ich kann das nicht so gut wie du.«

Beim Klang von Justins Stimme drehte sie sich um und die

Emotionen schnürten ihr die Kehle zu. Er stand in der Küchentür, nur mit seinen schwarzen Boxershorts bekleidet, und hielt einen schiefen Kuchen mit rosa Zuckerguss und so vielen brennenden Kerzen in den Händen, dass es fast wie ein Inferno aussah. Ihr kamen vor Rührung die Tränen.

»Ich bin auch nicht sehr geschickt im Backen«, sagte er, während er den Kuchen zu ihr trug.

»Das ist …« Sie war zu ergriffen, um die Worte herauszubringen, und räusperte sich, um es dann noch einmal zu versuchen. »Das ist der beste Kuchen, den ich je gesehen habe.«

»Mein Gesang ist auch nicht so toll, aber du wirst dich damit abfinden müssen, Babe, denn ich fürchte, so was machen wir jetzt jedes Jahr.«

Er sang mit seiner tiefen, rauen Stimme »Happy Birthday«. Sie konnte nicht aufhören zu lächeln, als er das komplette Lied sang, wobei jedes Wort schöner war als das letzte.

»Wünsch dir was, Süße.«

Ein nervöses Lachen brach aus ihr hervor, als sie erwiderte: »Wie soll ich mir etwas wünschen, wenn alles, was ich will, direkt vor mir steht?«

»Jeder muss sich etwas zum Geburtstag wünschen, Schätzchen.« Sein Blick wurde verführerisch und er fügte hinzu: »Schließ die Augen, denk lange und intensiv nach. Dir fällt bestimmt etwas ein.«

Sie musste abermals lachen. »Was du wieder denkst.« Dennoch schloss sie die Augen und wünschte sich solche Geburtstage bis an ihr Lebensende, dann blies sie die Kerzen aus. »Danke. Ich kann gar nicht glauben, was du alles für mich getan hast.«

»Man wird nur einmal … *im Jahr* neunundzwanzig.« Er zwinkerte ihr zu und sie folgte ihm in die Küche.

In der Tischmitte stand eine riesige Vase voller Schwertlilien. Zwei Teller waren mit herzförmigen Pfannkuchen und Erdbeeren gefüllt. Neben einem Teller stand eine kleine Geschenkschachtel mit einer roten Schleife. Justin reichte sie ihr. »Für dich, Baby.«

»Justin … Das ist der beste Geburtstag, den ich je hatte. Du hast schon zu viel getan.«

Er legte die Arme um sie und küsste sie auf die Nasenspitze. »Das ist nur der Anfang und dieses Geschenk ist für mich genauso wie für dich.«

»Jetzt bin ich aber neugierig.« Sie zog die Schleife auf und nahm den Deckel der Schachtel ab. Darin befand sich ein Schlüssel an einer Schlüsselkette, an der ein kleiner Hausanhänger baumelte.

»Er ist für dieses Haus«, sagte er und brachte sie dazu, ihn anzusehen. »Ich weiß, wie hart du gearbeitet hast, um dir dein Häuschen zu kaufen, und wie viel es dir bedeutet, wenn du also lieber möchtest, dass wir …«

Sie brachte ihn mit einem energischen Kuss zum Schweigen. »Ich will den Schlüssel«, sagte sie atemlos. »Bevor wir zusammenkamen, habe ich mein Leben damit verbracht, Kästchen abzuhaken, all die Dinge zu sammeln, von denen ich dachte, sie würden ein glückliches Zuhause und ein glückliches Leben ausmachen. Aber ich hatte das hübsche Häuschen und die schönen Möbel mit den passenden Vorhängen und die Wände voller Familienfotos. Ich hatte all die Dinge, die ich zu brauchen glaubte, trotzdem war ich immer noch auf der Suche, benutzte diese blöden Dating-Apps und versuchte, das zu finden, was mir noch fehlte. Und dann bat mich deine Schwester, sie im Salty Hog zu treffen, dem einzigen Ort, den ich nie wieder betreten wollte. Doch ich hätte alles für die

LOCAL-Bewohner getan. Und ich kann von Glück reden, dass es so gekommen ist, denn als ich dich an diesem Abend blutig und verloren die Bar betreten sah, wurden mir das Herz und die Augen geöffnet. Nachdem ich anderthalb Jahre lang vor meinen Gefühlen davongelaufen war, konnte ich mich nicht abwenden, als du derart gelitten hast. Du hast mir in dieser Nacht dein Herz ausgeschüttet, Justin, und du hast mir den Mut gegeben, das Gleiche zu tun. Und seitdem hast du mir jeden Tag gezeigt, wie man ohne Angst und Vorbehalte liebt. Du hast mich erkennen lassen, dass all die Dinge, die ich gesammelt habe, nur Bojen waren, die mir halfen, mich in einem Meer von Hoffnungen und Träumen über Wasser zu halten. Aber du bist mein sicherer Hafen, meine Zuflucht, mein Glück. Du bist meine Insel, Justin, und ich will die deine sein.«

Er nahm sie in die Arme und küsste ihre lächelnden Lippen. »Ich liebe dich.«

»Ich liebe dich auch. Das ist der schönste Geburtstag aller Zeiten. Mir schwirrt schon der Kopf. Soll ich mein Häuschen vermieten? Verkaufen? Wann soll ich einziehen? Grundgütiger, Justin. Ich ziehe bei dir ein!« Sie stürzte sich wieder in seine Arme und er wirbelte sie herum.

Sie küssten sich und lachten, und als er sie wieder absetzte, sagte er: »Gut, dass du bei mir einziehen willst, denn andernfalls wäre alles ein bisschen komplizierter geworden.« Er öffnete die Küchentür und stieß einen Pfiff aus. Im nächsten Moment trottete Sampson mit einer blauen Fliege um den Hals herein.

Chloe fiel quiekend auf die Knie, um Sampson zu umarmen. Er leckte ihr das Gesicht ab und plötzlich lachte und weinte sie gleichzeitig. »Er gehört uns? Was ist mit dem coolen Paar, von dem du mir erzählt hast?«

»Damit waren wir gemeint, Süße.«

»Und was ist mit Shadow?«

»Sid hat mit den beiden gearbeitet und sie verstehen sich sehr gut. Er wird auch bald nach Hause kommen.«

»Oh mein Gott!« Sie sprang auf und versuchte, zu begreifen, was er getan hatte. »Justin … Wir haben eine Familie. Shadow und Sampson haben eine Familie. Danke für den besten Geburtstag aller Zeiten!«

»Er ist noch nicht vorbei, Liebes. Es gibt da noch etwas, das ich mit dir besprechen möchte.«

»Aber du hast schon so viel getan …«

Er sank auf ein Knie, und ihr blieb fast das Herz stehen, als er ihre Hand nahm und sie mit so viel Liebe in den Augen anschaute, dass sie fast ebenfalls in die Knie ging. Sampson leckte Justin über die Wange und setzte sich dann neben ihn.

»Ich weiß nicht, ob dich das Schicksal oder bloßes Glück in mein Leben geführt hat, aber ich wusste schon bei unserer ersten Begegnung, dass wir füreinander bestimmt sind, und seitdem hat mir jeder Tag recht gegeben.«

»Justin …?«, flüsterte sie zittrig.

»Ich weiß, dass es sich schnell anfühlt, doch ich habe anderthalb Jahre darauf gewartet, dass du uns eine Chance gibst, und ich habe es ernst gemeint, als ich sagte, dass wir dank dieser Zeit eine solide Grundlage haben.« Er erhob sich und schaute ihr tief in die Augen. »Ich liebe dich, Baby, und ich möchte den Rest meines Lebens damit verbringen, jeden deiner Tage so schön wie nur irgend möglich zu gestalten. Ich möchte dich nachts in meinen Armen halten und dir jeden Morgen Kaffee kochen. Ich möchte die nächsten sechzig Jahre deinen neunundzwanzigsten Geburtstag mit dir feiern, lange Motorradtouren mit dir unternehmen und mit dir unter den Sternen tanzen. Ich will das alles mit dir, Baby, und ich hoffe, du willst das alles auch mit mir.«

Er griff hinter die Vase und hielt den prächtigsten Ring hoch, den sie je gesehen hatte. Ein kanariengelber Diamant lag in einer Fassung aus goldenen Blumen und eine goldene Libelle, die ihre Flügel ausgebreitet hatte, als wäre sie mitten im Flug gefangen worden, überspannte den Stein. Chloe ließ den Freudentränen nun ungehindert ihren Lauf.

»Machst du mich zum glücklichsten Mann der Welt und wirst meine Frau?«

»Ja«, antwortete sie kaum lauter als ein Flüstern, um dann lauter hinzuzufügen: »Ja, ja, ja!«

Er steckte ihr den Ring an den Finger und zum dritten Mal an diesem Morgen warf sie sich in seine Arme. Ihr Hund lehnte sich an ihre Beine und ihre Herzen schlugen im Einklang. Sie küssten sich die salzigen Tränen weg und versprachen sich flüsternd wieder und wieder die ewige Liebe.

Sechsundzwanzig

Es war schon Stunden her, dass Justin ihr einen Heiratsantrag gemacht hatte, und Chloe konnte immer noch nicht aufhören, ihren Ring zu betrachten. Sie hatten auf das Frühstück verzichtet und den Morgen lieber im Bett verbracht. Nachdem sie ihr Verlangen gestillt hatten, sprachen sie darüber, wann Chloe einziehen sollte. Keiner von ihnen wollte damit warten. Nach dem Anziehen rief Chloe Serena an, um ihr die guten Neuigkeiten mitzuteilen, und Justin telefonierte mit Preacher. Ein Anruf genügte, und schon hörte Justins Telefon nicht mehr auf zu vibrieren, da andauernd Glückwünsche der Dark Knights eintrafen sowie Angebote, ihnen am nächsten Wochenende bei Chloes Umzug zu helfen. Danach machten sie mit Sampson einen schönen langen Spaziergang, und obwohl Shadow noch nicht zu Hause war, spürte Chloe bereits den Zusammenhalt ihrer Familie.

Als sie zu ihrem Geburtstagsessen mit ihren Freundinnen fuhr, schwärmte sie Serena per Bluetooth abermals von ihrem Geburtstag und dem Heiratsantrag vor. »Ich kann nicht aufhören, meinen Ring anzuschauen. Habe ich dir schon erzählt, dass Justin ihn entworfen und sein Freund Sterling ihn für ihn angefertigt hat?«

»Viermal. Nicht, dass ich mitzählen würde oder so.«

»Entschuldige! Ich bin einfach so aufgeregt! Serena, wir werden zwei Hunde haben, die uns wirklich brauchen, und ich werde heiraten!« Sie schrie den letzten Teil und beide mussten jubeln. »Ich kann es kaum erwarten, es den anderen zu erzählen.«

»Ach, darauf wäre ich ja nie gekommen«, stichelte Serena. »Oh, Mist! Ich hatte ganz vergessen, dir auszurichten, dass Desiree es nicht schafft. Sie bekommt nächste Woche ihr Kind und fühlt sich nicht gut, daher dachte ich, wir könnten nach dem Mittagessen bei ihr vorbeischauen, bevor wir an den Strand fahren.«

»Armes Ding. Warte! Planänderung! Wir treffen uns im Summer House zum Mittagessen und bestellen einfach Pizza. Desiree soll nicht zu kurz kommen, nur weil sie schwanger ist. Violet und Andre müssten auch irgendwann heute Vormittag eintrudeln. Es wäre schön, sie ebenfalls zu sehen.«

»Des ruht sich bestimmt aus«, gab Serena zu bedenken.

»Auf keinen Fall. Sie ist garantiert am Backen – du weißt doch, wie sie ist. Und selbst wenn sie sich ausruht, wird es ihr nichts ausmachen, dass wir vorbeikommen.« Chloe wendete bereits den Wagen. »Ich fahre zu ihr. Wenn ich Tegan und Harper Bescheid gebe, kannst du dann Daphne und Emery anrufen?«

»Warte! Das können wir nicht tun«, beharrte Serena. »Desiree und Rick könnten es gerade miteinander treiben. Du weißt doch, dass bei ihr die Hormone verrücktspielen.«

»Das kann ich mir kaum vorstellen, wenn Violet und Andre jeden Moment nach Hause kommen könnten. Sie würde es niemals riskieren, dabei erwischt zu werden. Was hast du denn nur?«

»Wir sind im Restaurant verabredet, Chloe. Du kannst unsere Pläne nicht einfach ändern.«

»Klar kann ich das. Heute ist mein Geburtstag. Wieso soll das nicht gehen? Kommst du mit deiner spontanen Schwester etwa nicht zurecht?«

»Das ist es nicht! Es ist nur …«

»Es ist *nichts*! Ich werde Tegan anrufen. Wir sehen uns dann dort!« Chloe beendete das Gespräch und meldete sich schnell bei Tegan und Harper. Sie konnte es kaum erwarten, ihnen vom Heiratsantrag zu erzählen, wollte es ihnen allerdings persönlich sagen.

Sie ließ die Fenster herunter, drehte das Radio lauter und sang jedes Lied mit, das gespielt wurde. Als sie am Summer House ankam, sprang sie aus dem Wagen, als würde sie auf Wolken schweben, und eilte über den Rasen. Serena bog eben in die Einfahrt, als Chloe die Küchentür aufriss. Chloe winkte Serena zu und ging hinein. Der süße Duft von frischem Gebäck kitzelte ihre Sinne. Sie hatte richtig geraten, dass Desiree am Backen war. Überall standen Abkühlgitter voller Kekse, Muffins und Backutensilien. Cosmos kam in die Küche gerannt und stützte die Pfoten gegen Chloes Bein. Sie nahm den flauschigen kleinen Hund auf den Arm und er leckte ihr übers Gesicht. »Hey, du. Wo ist dein Frauchen?«

Cosmos schlängelte sich aus ihren Händen und flitzte bellend den Flur entlang.

Chloe folgte ihm und rief: »Des?« Sie schaute die Treppe hinauf und hoffte inständig, dass sich Serena geirrt hatte und Desiree und Rick nicht gerade auf diese Art beschäftigt waren. Dann spähte sie ins Esszimmer. »Desiree?« Sie hörte etwas im Wohnzimmer, und als sie den Flur durchquerte, wurde die Küchentür geöffnet.

»Chloe?«, rief Serena.

»Im Wohnzimmer«, antwortete Chloe.

Cosmos rannte bellend um die Couch herum. Serena kam ins Zimmer gestürmt. »Da bist du ja. Wir müssen gehen.« Sie nahm Chloes Hand und zog sie in Richtung Flur.

»Warum? Desiree ist wahrscheinlich im Büro oder entspannt sich draußen«, sagte Chloe über Cosmos' Bellen hinweg.

»Komm schon. Wir sollten nicht hier drin sein.« Serena zerrte sie zurück auf den Flur.

Chloe riss sich los. »Was ist denn nur los mit dir?«

Cosmos stand zwischen der Couch und der Wand und *knurrte.*

»Und was hat er auf einmal? Komm mit, Cosmos«, säuselte Chloe und ging auf ihn zu, doch er eilte bellend und knurrend hinter die Couch. »Cosmos!« Chloe kam eben um die Couch herum, als ein Meer von roten Luftballons an die Decke stieg und Cosmos wie ein Verrückter in die Luft sprang und gar nicht mehr aufhören konnte, zu bellen. Und dort hinter der Couch hockten Tank, Drake und Ginger.

Ginger winkte ihr zu. »Hi, Schätzchen.«

Einen Moment lang glaubte Chloe schon, im falschen Haus gelandet zu sein, denn ihr verwirrter Verstand konnte sich keinen Reim darauf machen, warum diese drei Personen hinter Desirees Couch auf dem Boden saßen.

Als Tank, Drake und Ginger sich aufrappelten, bellte Cosmos umso wütender.

»Buh!«, machte Tank zu Cosmos, woraufhin der kleine Hund davonhuschte.

Chloe hörte, wie die Haustür aufging und Schritte den Flur entlangkamen. »Was ist hier los?«, fragte sie, als Harper,

Daphne, Emery und Tegan ins Zimmer stürmten.

»Oh nein!«, rief Daphne.

Die Hintertür flog auf und Zeke und Justin kamen mit Sampson an der Leine herein.

»Der Baldachin ist fertig …« Justin blieb stehen und begegnete Chloes verwirrtem Blick. Cosmos rannte zu Justin, und Sampson drückte die große Nase gegen den kleinen bellenden Hund und schubste ihn halb über den Boden.

Serena eilte an Chloes Seite. »Ich habe versucht, sie aufzuhalten, aber du hast ein spontanes *Monster* geschaffen. Sie wollte einfach nicht hören. Tut mir so leid!«

Cosmos raste an Serena vorbei, als Zander und Dwayne hinter dem Klavier auftauchten. Preacher erschien hinter einem Sessel, und Madigan trat hinter den Vorhängen hervor, woraufhin Cosmos im Zickzack von einer Person zur nächsten raste. Dean und Rick standen hinter der anderen Couch auf, als Gavin und Andre lachend durch die Hintertür hereinkamen.

Justin trat mit schiefem Grinsen auf Chloe zu. »Hey, meine Schöne. Ich dachte, du würdest dich mit deinen Freundinnen zum Mittagessen treffen.«

»Wollte ich auch. Aber dann … Was ist hier los?«, verlangte Chloe zu erfahren.

Justin schaute sich um. »Wir waren alle nur, äh …«

»Ich habe den Geburtstagskuchen und die Banner! Entschuldigt, dass ich so spät dran bin!«, rief Reba durch den Flur.

Cosmos flitzte durch die Tür hinaus und Sampson riss sich los und galoppierte ihm hinterher. Reba kreischte auf und es folgte ein Poltern.

»Oh nein!«, riefen die Männer gleichzeitig, und alle rannten in den Flur.

Reba lag unter unzähligen Kuchenstücken auf dem Fußboden. Cosmos stand auf ihrer Brust und leckte ihr den Zuckerguss vom Gesicht und Sampson verschlang den Kuchen vom Boden. Reba lachte aus vollem Hals. »Ich glaube, Cosmos und ich sind jetzt ein Paar.«

Alle eilten auf sie zu, aber Preacher war bereits an ihrer Seite und scheuchte Cosmos weg. »Hau ab, Hündchen. Ich bin der Einzige, der das bei ihr machen darf.«

»Wow, ich hatte ja keine Ahnung, dass auf dieser Party perverse Kuchenspiele geplant sind«, bemerkte Violet, die mit Desiree die Treppe herunterkam.

Justin nahm Chloe lachend in die Arme, wobei er aussah wie eine Grinsekatze oder besser gesagt wie der umwerfende, fürsorgliche Verlobte, der er ja auch war. Während die anderen versuchten, Cosmos und Sampson davon abzuhalten, Kuchen und Zuckerguss im ganzen Haus zu verteilen, schlang Chloe die Arme um Justin. »Was hast du jetzt wieder angestellt, Mr. Wicked?«

»Ich halte nur mein Versprechen, jeden deiner Tage zu etwas Besonderem zu machen.«

Violet, die eine abgeschnittene Hose, ein schwarzes Bikinioberteil und Bikerstiefel trug, kam auf sie zu und warnte: »Fangt jetzt bloß nicht an, über eure heißen Nächte zu reden, sonst setzen bei Desiree glatt die Wehen ein.« Sie gab Chloe einen Kuss auf die Wange. »Herzlichen Glückwunsch zum Geburtstag und alles Gute zur Verlobung, Chloe. Du hast dir einen guten Mann geangelt.«

Chloe strahlte Justin an. »Ich habe mir einen sündhaft guten Mann geangelt, und ich liebe ihn so, wie er ist.«

Obwohl Chloe in ihre Überraschungsparty hineingeplatzt war und Reba bedauerlicherweise den Kuchen fallen gelassen hatte, war die Party ein voller Erfolg. Sie verbrachten einen wunderbaren Tag mit ihren Freunden und ihren Familien am Strand, um Chloes Geburtstag und ihre Verlobung zu feiern. Serena bastelte ein großes Schild, auf dem *Sie hat ja gesagt!* stand sowie ein Pfeil, der zur Seite zeigte, und sie machten Dutzende von Fotos für Chloes Erinnerungsbücher. Als es Abend wurde, grillten sie und machten ein Lagerfeuer.

Jetzt stand der Mond tief über der Bucht, und die Lampen, die sie am Strand aufgestellt hatten, funkelten mit dem Nachthimmel um die Wette. Justin stand am prasselnden Feuer und unterhielt sich mit Mike, Preacher, Gavin, Tank und Blaine, während Zander und Drake auf ihren Gitarren und Gunner auf seiner Mundharmonika spielten. Baz und Zeke flirteten am Desserttisch mit den Frauen aus dem Buchclub, und Sid und Evie hatten in den Paaren aus dem Bayside Resort und dem Summer House neue Freunde gefunden. Justin sah an ihnen allen vorbei zu Chloe hinüber, die sich mit Ginger, Serena, Reba und Madigan unterhielt. Sampson lehnte an Chloes Beinen, und sie hatte ihn den ganzen Abend über andauernd berührt, fast wie ein Kind. Sie sah hinreißend aus in dem schwarzen Sweatshirt, das Serena ihr zum Geburtstag geschenkt hatte und auf dem vorne *Freundin Verlobte* stand. Zudem trug sie stolz ihren Ring und hatte allen von ihrem Vormittag erzählt, vom Aufwachen im Schlafzimmer mit den vielen Ballons bis hin zu dem Moment, in dem sie Ja gesagt hatte.

Justin hatte geglaubt, sie hätte nie glücklicher ausgesehen als beim Anblick des Kuchens, den er gebacken hatte, aber als er ihr den Schlüssel gegeben hatte, war ihr Lächeln sogar noch strahlender gewesen. Und als er Sampson hereinbrachte und ihr erzählte, dass sie Sampson und Shadow adoptieren würden, hatte sich ihre Freude noch einmal gesteigert. Doch nichts – rein gar nichts – konnte die überwältigende Liebe und das Glück in ihren Augen übertreffen, als er sie gebeten hatte, seine Frau zu werden. Er wusste, dass er sich an jeden Blick erinnern würde, den sie ihm jemals zugeworfen hatte, aber diesen einen hatte er sicherheitshalber gut eingewickelt und direkt neben seinem Herzen verstaut.

»Ich übernehme die volle Verantwortung für diese Verlobung.« Gavin stupste Justin an. »Stimmt's, Kumpel? Bei mir hast du gesehen, wie gut eine Ehe aussehen kann, nicht wahr?«

»Da hast du nicht ganz unrecht.« Gavins und Harpers Liebe war in der Tat bewundernswert. Doch es waren Preacher und Reba sowie Conroy und Ginger gewesen, denen es Justin verdankte, dass er lieben und geliebt werden konnte und dass er eine Beziehung aufbauen wollte, die nicht nur die schlimmsten Zeiten überstand, sondern auch beinhaltete, dass Chloe und er sich gegenseitig unterstützten, um zu den besten Menschen zu werden, die sie sein konnten. Und es war Mikes Geschichte gewesen und wie viel er mit der Frau, die er verehrte, überwunden hatte, durch die ihm bewusst geworden war, welche Bedeutung es hatte, vor allem ein guter Mann zu sein. Danach hatte sich alles andere von selbst ergeben.

Justin sah Preacher und Mike an. »Aber den beiden hier ist das ebenso zu verdanken.«

»Hört, hört«, jubelte Blaine und prostete ihm zu.

Mike warf Tank und Blaine einen Blick zu. »Ein Wicked

ist unter der Haube. Wer ist der Nächste?«

»Der Nächste?« Blaine sah Tank an, der mit den Achseln zuckte.

Preacher legte Blaine die Hand auf die Schulter. »Wenn es wie bei euren Whiskey-Cousins läuft, wird ein regelrechter Dominoeffekt ausgelöst, sobald der erste gute Mann geheiratet hat.«

»Tut mir echt leid, Preacher, aber ich stehe nicht auf Domino.« Blaine schaute zu Marly hinüber. »Bei einer gewissen exotischen Brünetten sieht die Sache hingegen schon anders aus. Wir sehen uns dann später.«

Als Blaine wegging, wandte sich Mike an Tank. »Und was ist mit dir? Du bist auch nicht mehr der Jüngste.«

Tank schnaubte. »Mach dir meinetwegen keine Hoffnungen, alter Mann. Dieser ganze Spießbürgerquatsch ist nichts für mich.«

»Die Sache sähe vielleicht anders aus, wenn du die Ladys nicht immer gleich verschrecken würdest«, stichelte Justin.

Tank kniff die Augen zusammen. »Ich weiß nicht, was die Kellnerin im Hog hat, aber im Allgemeinen fürchten sich die Ladys nur vor meiner beeindruckenden Männlichkeit.«

Allgemeines Gelächter ertönte.

Mike grinste breit. »Das hat er von seinem Grandpa.«

»Apropos, wann fangt ihr eigentlich endlich damit an, sie zur Produktion von Enkelkindern zu benutzen?« Preacher sah Tank und Justin erwartungsvoll an. »Die Frage geht auch an dich, Gavin.«

»Sieh mich nicht so an, Preacher. Wir haben noch nicht einmal einen Hochzeitstermin«, rief Justin ihm in Erinnerung.

»Mann, meine Eltern stellen uns auch ständig diese Frage«, sagte Gavin. »Immer dieser Druck.«

Mike deutete auf Chloe und Reba. »Deine Mom kann es bestimmt kaum erwarten, dass ihr Nachwuchs bekommt, Maverick.«

»Diese Idee sollte ich besser gleich im Keim ersticken. Wir müssen uns erst mal richtig daran gewöhnen, ein Paar zu sein, bevor wir Eltern werden«, erklärte Justin.

»Ich werde sie ablenken«, bot Mike an. »Ich wollte sowieso da rüber und mir noch einen Keks holen.«

Preacher berührte Mikes Arm. »Du hattest heute eigentlich schon mehr als genug Zucker, Pops.«

»Die nächsten sechs Wochen können gar nicht schnell genug vergehen«, grummelte Mike. Sein Aufnahmeantrag bei LOCAL war bewilligt worden und er sollte in der Woche vor der Suizidpräventions-Rallye einziehen. Nun drehte er sich zu Justin um. »Deine Süße ist ein Geschenk des Himmels, weil ich dank ihr in dieser Einrichtung unterkomme. Meinst du, das Ganze lässt sich ein wenig beschleunigen, wenn ich ihnen mehr Geld anbiete?«

Justin schüttelte den Kopf. »Das bezweifle ich, Gramps.«

»Einen Versuch ist es wert«, murmelte Mike und machte sich auf den Weg zum Desserttisch.

»Ich hole ihn da weg«, bot Justin an.

»Nein. Kümmere du dich um deine Verlobte.« Tank klopfte Justin auf den Rücken. »Das ist dein Abend. Ich passe auf Gramps auf.«

»Und ich sollte unbedingt mal meine Frau küssen.« Gavin ging mit Tank den Strand hinauf und ließ Preacher und Justin allein zurück.

»Machen wir einen kleinen Spaziergang zu unseren wunderschönen Ladys, Preacher?«

»Darauf kannst du wetten.« Preacher legte Justin einen

Arm um die Schultern. »Ich bin stolz auf dich, mein Junge.«

»Ich erinnere mich noch an das erste Mal, als du das zu mir gesagt hast, in meiner ersten Nacht bei euch. Da war Madigan gerade auf meiner Schulter eingeschlafen.«

Preachers Mundwinkel zuckten. »Du hattest dich seit fast zwei Stunden keinen Zentimeter bewegt.«

»Ich weiß. Mein Arm war schon ganz taub.« Nach dem Aufwachen war Madigan losgelaufen und spielen gegangen, und Justin hatte sich aufgerappelt und war bei dem heftigen Kribbeln, als er seinen Arm ausschüttelte, ganz schön zusammengezuckt. Preacher hatte seinen Arm so lange hin und her bewegt, bis er wieder Gefühl darin hatte, und Justin dabei gesagt, dass er stolz auf ihn sei, weil er Madigans Wohlbefinden über sein eigenes stellte. Das war die erste von so vielen wichtigen Lektionen gewesen. »Ohne deine Führung und Liebe wäre ich heute nicht einmal ansatzweise der Mann, der ich bin. Ich sage das wahrscheinlich nicht oft genug, aber ich bin dir ungemein dankbar für alles, was du für mich getan hast.«

Preacher stützte die Stirn gegen Justins. »Du zeigst es mir jeden Tag, indem du andere gut behandelst, darunter auch deine Verlobte.«

»Verlobte. Das hört sich verdammt gut an.«

Chloe drehte sich um, als sich die Männer ihnen näherten, und als sich ihre Blicke trafen, schwang darin so viel Wärme und Liebe, und Justin wusste, dass sie ein Leben lang reichen würden. Er fragte sich, ob es wohl unhöflich wäre, wenn sie sich für ein paar Küsse im Mondschein kurz wegschleichen würden. Sampson zerrte bellend an der Leine, um zu Justin zu gelangen. Chloe lächelte, und Justin nickte, um ihr zu vermitteln, dass sie die Leine loslassen konnte. Als Sampson zu ihm hinübertrottete, sagte er: »Ich wusste gar nicht, dass ich jemanden so sehr lieben kann wie sie, Preacher.«

»Nicht? Mir war schon immer klar, dass du das in dir hast.« Preacher zwinkerte ihm zu.

Während Preacher zu Reba ging, streichelte Justin Sampson. Dann legte er einen Arm um Chloe. »Hey, Baby.« Er küsste sie sanft und wandte sich danach Reba zu. »Mom, darf ich meine Süße wohl für ein paar Minuten entführen?«

»Meinst du nicht eher unsere Süße?«, korrigierte Reba ihn. »Das ist meine zukünftige Schwiegertochter, die du da an der Hand hältst.«

Chloes Lächeln war genauso bezaubernd wie das, als er ihr den Antrag gemacht hatte.

»Und sie ist *meine* Schwägerin«, ergänzte Madigan. »Ich freue mich so darauf, mit Chloe zusammenzuarbeiten. Ich werde sie genauso oft sehen wie du, Maverick. Wir bekommen bestimmt die endgültige Finanzierung für ein langfristiges Projekt. Ich bin eine hervorragende Puppenspielerin.«

»Sagte ich schon, wie sehr ich deine Schwester liebe?«, fragte Chloe. »Ich habe ihr und Reba gerade erzählt, dass ich mich am Montagnachmittag mit den Klinikärzten treffe, um die Bewohner für das Versuchsprogramm auszuwählen.«

Reba warf Justin einen anerkennenden Blick zu. »Deine Verlobte versteht ihr Handwerk. Sie ist eine echte Macherin.«

»Und ratet mal, was sie noch ist?« Madigan ließ Justin keine Zeit zum Antworten. »Meine neue Vermieterin! Chloe hat vorgeschlagen, dass ich ihr Haus miete, wenn sie nächstes Wochenende bei dir einzieht. Sie lässt auch einen Großteil der Möbel da, was das Ganze noch perfekter macht.«

»Weißt du noch, wie ich neulich beim Mittagessen sagte, dass ich vielleicht weiß, wo du unterkommen kannst?«

»Ja.« In Madigans weit aufgerissenen Augen dämmerte

Verständnis. »*Oh.* Du hast Chloes Haus damit gemeint? Du hättest mir ruhig verraten können, dass du ihr einen Antrag machen willst. Ich hätte nichts ausgeplaudert.«

»Das stimmt, doch die einzige Person, die eingeweiht werden musste, war Serena, und das auch nur, weil ich bei ihr um Chloes Hand anhalten wollte.« Justin bemerkte, dass Chloe ihn staunend anstarrte. »Du warst die ihre, lange bevor du die meine werden konntest. Daher gehörte sich das auch so.«

»Du überraschst mich immer wieder«, gestand Chloe voller Bewunderung. »Unfassbar, dass Serena kein Sterbenswörtchen gesagt hat.«

»Ich hatte sie darum gebeten, zumindest bis du Ja gesagt hast, aber es ist gut zu wissen, dass sie so loyal ist.«

»Ja, gut zu wissen«, murmelte Chloe sarkastisch. »Vielleicht muss ich meine Trauzeugin noch einmal überdenken.«

»Habt ihr schon über ein Hochzeitsdatum nachgedacht?«, erkundigte sich Reba.

»Mom, wir haben uns gerade erst verlobt. Ich versuche immer noch, die Tatsache zu akzeptieren, dass ich das Glück habe, für den Rest meines Lebens jeden Tag neben dieser unglaublichen Frau aufzuwachen.«

Chloe lehnte sich an ihn und flüsterte: »Ich liebe dich.«

»Ooooh«, säuselte Madigan. »Wenn ich euch beide so sehe, wünsche ich mir beinahe, auch so etwas zu haben.«

»Mach es nicht schlecht, bevor du es nicht ausprobiert hast, Baby Girl.« Reba musterte Chloe. »Hast du schon immer von einer großen Hochzeit in Weiß geträumt?«

»Ehrlich gesagt ging es in meinem Leben so lange ums Überleben, dass ich nie von einer Hochzeit in Weiß oder einem Märchenprinzen in glänzender Rüstung geträumt habe. Erst als ich mein Haus gekauft hatte und meine Karriere geregelt war, fing ich langsam an zu hoffen, dass ich jemanden treffen würde, der mich so liebt, wie ich immer geliebt werden wollte. Aber ich glaube, in meinem Kopf war eine Hochzeit nur das Abhaken eines Kästchens, was ich wiederum nur wollte, weil alle anderen es auch gemacht haben.« Sie sah Justins Eltern an. »Dann trat Justin in mein Leben, und ohne es zu merken, habe ich anderthalb Jahre damit verbracht, Männer mit ihm zu vergleichen und mir vorzumachen, dass wir nicht zueinander passen würden. Zum Glück hat Justin nicht aufgegeben, sondern mir gezeigt, dass ich mir ganz schön ins eigene Fleisch geschnitten hätte, wenn ich mich damit zufriedengegeben hätte, so geliebt zu werden, wie ich nur glaubte, es zu wollen.«

Sie schaute ihn mit ihren grünbraunen Augen liebevoll an. »Es ist mir egal, ob ich barfuß am Strand oder in Glaspantoffeln in einem Schloss heirate, denn für mich zählt einzig und allein, dass ich zu dir sagen kann: *Ja, ich will.*«

Siebenundzwanzig

Als Chloe am Montagnachmittag aus der Besprechung mit den Klinikärzten kam, hatte sie ein gutes Gefühl. Sie hatten über mögliche Kandidaten für Madigans Versuchsprogramm diskutiert und ein Treffen zwischen Madigan und den jeweiligen medizinischen Teams vereinbart, um sicherzustellen, dass alle dieselben Ziele verfolgten. Das Versuchsprogramm sollte erst in einigen Wochen beginnen, und es lief alles wie am Schnürchen – sowohl hier als auch in allen anderen Bereichen von Chloes Leben. Zum millionsten Mal an diesem Tag warf sie einen Blick auf ihren funkelnden Verlobungsring, als sie den Klängen von Lachen und Musik in den Gemeinschaftsraum folgte.

Rose saß neben Tina, einem Mädchen im Teenageralter aus dem neuen Programm, und einer weiteren Seniorin namens Clara. Sie schauten auf Tinas und Claras Handys. In der Mitte des Raums brachte Kelly, ein anderer Teenager, den Seniorinnen Barbara und Arlin den Floss-Tanz bei, eine trendige Tanzbewegung. Die drei lachten, während Kelly versuchte, Arlins Hüften in die richtige Richtung zu lenken. Es war schön, zu sehen, dass das Programm allen so viel Freude bereitete.

»Chloe!« Rose winkte sie zu sich. »Tina *filtert* uns.«

»Sie macht was?«, fragte Chloe.

»Sie zeigt uns Fotofilter.« Tina, eine zierliche, freundliche Rothaarige, hielt ihr Handy hoch und zeigte Chloe ein Foto von Rose mit Hasenohren und Schnurrhaaren.

»Sie erklärt uns, wie man Snapchat benutzt«, ergänzte Clara. »Das ist heutzutage der letzte Schrei, und bei Tina verstehen wir sofort, was wir tun müssen.«

Chloe freute sich sehr darüber, dass sie alle die gemeinsame Zeit genossen. »Sehr süß, meine Damen. Vielleicht überlegt ihr euch jetzt ja, euch doch mal für unser Technikprogramm anzumelden.«

»Machen wir zusammen einen Technikkurs, Tina?«, fragte Clara.

»Gern. Sag mir Bescheid, wann er stattfindet, und ich schaue in meinem Kalender nach, ob ich Zeit habe.« Tina reichte Clara das Telefon. »Warum versuchst du es nicht auch mal?«

Während sich Clara mit dem Programm auf Tinas Handy beschäftigte, stand Rose auf und nahm Chloes Hand. »Ich muss diesen wunderschönen Ring einfach noch einmal sehen. Eure Verlobung ist das Gesprächsthema Nummer eins.«

Als Chloe an diesem Morgen zur Arbeit gekommen war, hatte sie kurz mit Shelby geplaudert, und sobald sie ihr von der Verlobung erzählte, war Shelby aufgesprungen und hatte laut »Herzlichen Glückwunsch!« gerufen. Sie war um den Schreibtisch herumgeeilt, um Chloe zu umarmen, gerade als zwei weitere Mitarbeiter durch die Tür gekommen waren. Es hatte nicht lange gedauert, bis die Nachricht von ihrer Verlobung die Runde machte. Die Bewohner hielten sie auf dem Flur an, um ihr zu gratulieren und sich nach dem glücklichen Mann zu erkundigen, der ihr Herz erobert hatte. Sie erzählte ihnen gern von Justin und seiner Familie und von Shadow und Sampson. Justin hatte Sampson heute mit zur Arbeit genommen und ihr vorhin per Nachricht mitgeteilt, dass er sehr brav war.

Tina stand auf und bestaunte Chloes Ring. »Wow, ist der cool! So einen Ring habe ich ja noch nie gesehen.«

»Es ist eine Sonderanfertigung. Ihr Verlobter hat ihn entworfen«, erklärte Rose. »Ich hoffe, ihr zwei seid so glücklich, wie ich es mit Leon war, und euer Glück hält viele Jahre an.«

»Danke, Rose.«

»Tina, sieh dir das an.« Clara winkte mit dem Telefon.

Als Tina neben Clara Platz genommen hatte, senkte Rose die Stimme. »Emery hat mir alles darüber erzählt, wie Justin dich umworben hat und dass du lange Zeit die Unnahbare gespielt hast.«

»Eigentlich habe ich mich nicht geziert. Vielmehr musste ich mir nur über einiges klar werden und dann der Natur ihren Lauf lassen.«

»So oder so, ein Mann, der wartet, ist ein Mann, auf den es sich zu warten lohnt.« Rose wandte sich an die Frauen, die gerade den Tanz lernten: »Könnt ihr jetzt *flossen?*«

»Ja. Ich tanze gern, aber das wird garantiert nicht mein Lieblingstanz.«

»Ich vermisse es, mit Leon zu tanzen.« Roses Miene wurde nachdenklich. »Wir haben immer gern langsam getanzt, und oh, wie ich es liebte, in seinen Armen zu liegen.«

»Justin und ich lieben das auch. Ich würde fast behaupten, dass das Tanzen zu den Dingen gehört, die ich mit ihm am liebsten mache«, sagte Chloe und erinnerte sich an die Art und Weise, wie Justin sie an diesem Morgen nach der Dusche in seine Arme genommen hatte, um im Badezimmer mit ihr zu tanzen. Er hatte seine Stirn an ihre gelegt und geflüstert: »Ich werde dich immer lieben.«

Rose drückte ihre Hand. »Das ist gut, Chloe. Ich wünsche euch beiden, dass das so bleibt.«

»Das wünsche ich mir auch.« Chloe sah auf die Uhr. Es war bereits halb vier. Sie wollte sich gleich nach der Arbeit mit Justin in ihrem Haus treffen, um mit dem Packen für den Umzug zu beginnen. »Oh je, ich sollte lieber wieder an die Arbeit gehen.«

»Dann widme ich mich weiter den Filtern.«

Chloe ging den Flur entlang. Shelby hob den Kopf, als sie näherkam. Sie hatte ihr lockiges dunkles Haar hochgesteckt, doch mehrere Strähnen hatten sich gelöst und umrahmten ihr Gesicht auf äußerst hübsche Weise.

»Bist du schwanger?«, fragte Shelby. »Du strahlst ja geradezu.«

»Nein, nur glücklich verlobt.«

»Einige Bewohner haben mich gebeten, den Hochzeitstermin in Erfahrung zu bringen, damit sie eine Brautparty für dich ausrichten können.«

»Wirklich? Das ist aber nett. Ich sage dir Bescheid, wenn wir einen festgelegt haben.« Sie hatten am Vorabend erstmals über einen Hochzeitstermin gesprochen, da sie beide nicht zu lange warten wollten, doch durch ihre Jobs, die neuen Umstände, weil sie zusammenziehen würden, die beiden Hunde und die noch nicht fertige Skulptur für die Suizidpräventions-Rallye war der restliche Sommer im Grunde genommen schon mehr als voll. Die Rallye fand im September statt, und Chloe wusste, dass das eine schwierige Zeit für Justin sein würde. Das Letzte, was er gebrauchen konnte, war noch mehr Druck, daher schlug sie vor, das Thema Hochzeitstermin erst danach wieder anzugehen.

Shelby senkte die Stimme. »Vielleicht kannst du mir ja einen von Justins ledigen Brüdern vorstellen. Der große Kerl, der euch letztens begleitet hat, war schon ein verdammt scharfes Exemplar.«

»Das ist sein Cousin Tank. Er ist ein wirklich guter Mann, allerdings auch ziemlich schweigsam.«

»Ich habe nichts gegen einen Mann der wenigen Worte, wenn du verstehst, was ich meine. Da wir gerade von schweigsamen Männern sprechen, Alan ist zurück von der Konferenz und hat nach dir gefragt. Im Augenblick ist er in einer Finanzbesprechung, aber er müsste jeden Moment fertig sein. Ich werde ihm Bescheid geben, dass du in deinem Büro bist.«

»Danke, Shelby.«

Chloe betrat ihr Büro und beantwortete ein paar E-Mails. Dann machte sie sich daran, Punkte von ihrer Aufgabenliste abzuhaken. Sie war gerade in eine Änderung der staatlichen Vorgaben für ihren Bereich vertieft, als Alan in ihr Büro kam.

»Hallo, Alan. Schön, dass du wieder da bist«, sagte sie, als er die Tür hinter sich schloss.

»Ach ja?«, fragte er leise und näherte sich ihrem Schreibtisch.

»Ja.« Sie kramte auf der Suche nach dem Puppenspiel-Ordner in ihren Unterlagen. »Es sind zwar noch ein paar Wochen bis zu den Puppenspielproben, dennoch würde ich gern alles in die Wege leiten, den Familien das Programm vorstellen und …« Sie blickte auf und sah ihn neben sich stehen, den kalten Blick auf ihren Verlobungsring gerichtet. Unverhofft standen ihr die Nackenhaare zu Berge.

»Wenn das deine Art ist, meine Aufmerksamkeit zu erregen«, sagte er mit kalter, gleichmäßiger Stimme, »dann ist dir das gelungen.«

»Ich kann dir nicht folgen. Was willst du denn damit ...«

Er schaute sie aus eiskalten Augen an und in ihrem Inneren gingen sämtliche Alarmsirenen los. Bevor sie sich auch nur rühren konnte, stützte er die Hände auf die Armlehnen ihres Stuhls und stellte die Beine links und rechts davon, sodass sie im Grunde genommen eingekesselt war. Panik flammte in ihrer Brust auf. Die Erinnerung daran, wie sie in der Küche ihrer Mutter und auf der Couch in die Ecke gedrängt worden war, schoss ihr durch den Kopf. *Atme, atme, atme.* Fassungslosigkeit machte sich in ihr breit, kam jedoch nicht gegen die Angst an, die sie beinahe übermannte.

Sie stemmte sich gegen seine Brust. »Geh weg, Alan. Und zwar sofort.«

»Wir wissen beide, dass du das nicht willst. Du hast gesagt, du hättest eine Ewigkeit gewartet, und ich habe die Botschaft laut und deutlich verstanden, Chloe. Es gibt kein Warten mehr.«

Seine düstere Stimme ließ ihr Blut gerinnen. Zeit und Raum verschmolzen miteinander, ihre Überlebensinstinkte setzten ein. Chloe riss das Knie hoch und rammte ihm die Schulter gegen die Brust. Ihr Knie verfehlte ihr Ziel, dennoch geriet er ins Stolpern, und sie sprang auf und gab dabei ein undefinierbares Geräusch von sich. Sofort hielt er ihr den Mund zu, drückte sie mit dem Rücken gegen die Wand, presste seinen Körper an ihren. Der metallische Geschmack von Blut erfüllte ihren Mund. Seine Nasenlöcher blähten sich, während er sich an ihr rieb. Sie bekam kaum noch Luft, da seine Hand auch auf ihrer Nase lag, und versuchte verzweifelt, sich zu befreien und zu schreien, was ihr jedoch auch nicht gelang.

Er hatte sich in jemanden verwandelt, den sie nicht wiedererkannte. Seine bösen Augen schienen sie zu durchbohren, während er an ihrem Rock zerrte. »Du kleine Hexe! Machst die Beine für diesen Drecksack breit, nur damit ich eifersüchtig werde.«

Seine scharfe, grausame Stimme durchbrach ihre Angst. Er griff nach ihrem Oberschenkel und Galle stieg ihr die Kehle herauf. In ihrem Kopf rasten Dutzende von Selbstverteidigungsstrategien durcheinander, bis sie endlich eine zu fassen bekam. Sie stieß einen hohen Absatz in seinen Fuß, packte ihn gleichzeitig an den Haaren und biss ihm in die Hand, um sich mit aller Kraft von der Wand abzustoßen und zu befreien. Er wollte sich sofort wieder auf sie stürzen, erwischte sie hinten an der Bluse und riss daran, aber die Zeit hatte ausgereicht, um nach dem Tacker auf ihrem Schreibtisch zu greifen. Sie wirbelte herum und schlug ihm damit ins Gesicht. Er riss die Hände hoch, um seine Augen zu schützen, und sie schnappte sich ihre Handtasche und rannte zur Tür, doch er hatte sie verriegelt. Mit zitternden Händen fummelte sie daran herum, hörte ein Klicken und riss die Tür in derselben Sekunde auf, in der er sie erneut an der Bluse packte. Sie stürzte durch die Tür hinaus, wobei die Knöpfe ihrer Bluse durch die Luft flogen, und rannte am Empfang vorbei und durch die Eingangstür nach draußen. Sie wurde selbst dann nicht langsamer, als sie beim Sprint zu ihrem Wagen mit jemandem zusammenstieß und die Person zu Boden gehen ließ.

Sie konnte nicht mehr denken, konnte kaum atmen, während sie auf Justins Haus zuraste, das Lenkrad fest umklammerte und versuchte, durch den Tränenschleier die Straße im Auge zu behalten. Selbst das Aktivieren der Sprachsteuerung auf dem Armaturenbrett gelang ihr nicht, da ihre Hand zu stark zitterte. Erst nach mehreren Versuchen hatte sie sie eingeschaltet und stammelte: »Ruf ... Justin an!«

»Hey, Herzensbrecherin ...«

Der Klang seiner Stimme brachte sie zum Schluchzen und sie bekam seinen Namen nicht mehr über die Lippen.

»Chloe? Was ist mit dir? Wo bist du?«

Sie röchelte und schluchzte und hatte das Gefühl, sich übergeben zu müssen. »Alan ... hat mich angegriffen ...«

»Dieser elende Wichser.«

Er klang geradezu bösartig, sodass sie noch mehr schluchzen musste.

»Bist du verletzt, Chloe?«

»Nein.« Sie schnappte nach Luft. »Ich ... fahre nach Hause. Ich werde« – sie keuchte und schluchzte weiter – »es melden, nachdem« – sie hustete – »ich mich beruhigt habe.«

»Ich bringe diesen Wichser um«, knurrte Justin.

»Nein. Ich brauche dich ...«

Doch die Leitung war tot.

Chloe wankte ins Haus und war vor Angst und Fassungslosigkeit wie benommen. Allein die Tatsache, dass sie zu Hause und von ihren und Justins Sachen umgeben war, schenkte ihr Trost, machte sie gleichzeitig aber auch traurig. Sie sank auf die Couch, um auf ihn zu warten, und ließ den Tränen freien Lauf.

Einige Minuten später hörte sie Reifen über den Kies rollen. Justin hatte den Wagen genommen, um mit Sampson zur Arbeit zu fahren. Eine Fahrzeugtür fiel zu, und ein Hauch von Erleichterung durchströmte sie, auch wenn sie die Tränen und das Zittern nicht unterdrücken konnte. Das Dröhnen eines Motorrads ertönte und sie rannte zum Fenster. Die Haustür flog auf. Tank, Blaine und Sampson kamen hereingestürmt. Sampson trabte an ihnen vorbei, um zu ihr zu gelangen.

»Ach, Schätzchen«, sagte Blaine besorgt und sah Tank an, der aussah, als wolle er jemandem den Hals umdrehen. »Hol ihr was zum Überziehen.«

Panik jagte Chloe den Rücken hinauf, als Tank ins Schlafzimmer ging. Sie zog ihre Bluse zu und verschränkte die Arme vor der Brust, während ihr der nächste Tränenschwall über die Wangen lief. »Was ist passiert? Wo ist Justin?«

»Er wird bald hier sein«, antwortete Blaine sanft. »Hat er …? Sollen wir dich ins Krankenhaus bringen?«

Sie schüttelte den Kopf, und als er sie schützend in die Arme nahm, musste sie nur noch bitterlicher weinen.

»Ich hab dich«, sagte Blaine.

»Ich weiß nicht, wer der Mann war, der mich angegriffen hat«, jammerte sie. »Alan kam mir so vor wie Jekyll und Hyde.«

»Das tut mir so leid, Chloe. Du bist jetzt in Sicherheit.«

Die Haustür ging abermals auf. Chloe drehte sich um und rechnete damit, Justin zu sehen, doch es war Serena, die ihr mit offenen Armen entgegenlief. Reba kam direkt hinter ihr herein.

Serena schlang die Arme um Chloe. »Geht es dir gut? Justin hat mich angerufen.«

Chloe nickte und klammerte sich an ihre Schwester.

Serena rückte mit Tränen in den Augen von ihr ab und sah Chloe prüfend ins Gesicht. Dann rückte sie Chloes Bluse zurecht und fragte: »Geht es dir auch wirklich gut?«

Sie nickte. »Er hat versucht …« Ihre Stimme ging in Schluchzen über.

»Oh, meine Süße.« Reba nahm Chloe – und Serena – in

die Arme. »Atme, Liebes. Wir werden das gemeinsam durchstehen, und dieser Mann wird für das bezahlen, was er getan hat.«

Tank kam mit einem ihrer T-Shirts aus dem Schlafzimmer und ging geradewegs auf sie zu, legte die Arme um alle drei Frauen und stützte den Kopf auf Rebas. Blaines Telefon klingelte, und alle sahen ihn an, aber er ging ins Nebenzimmer, um den Anruf entgegenzunehmen.

Tank reichte Chloe das T-Shirt. »Es tut mir wirklich leid, dass dir das passiert ist.«

»Danke.« Sie zog sich das T-Shirt über die Bluse. »Justin ist zum LOCAL gefahren, nicht wahr?«

Tank nickte einmal kurz.

Chloes Magen zog sich zusammen. »Oh Gott! Tank, du musst ihm folgen. Justin wird ihn umbringen. Damit wäre Justins Leben zerstört.«

»Preacher ist ihm gefolgt, Schätzchen«, versuchte Reba, sie zu beruhigen. »Er hat die anderen Jungs und Gunner mitgenommen.«

»Hoffentlich macht Justin den Mistkerl kalt«, schimpfte Serena.

Tränen liefen Chloe über die Wangen, als sie auf die Couch sank. »Das kann er nicht tun, Serena. Dafür würde er im Gefängnis landen, und was dann? In diesem Fall hätte Alan gewonnen und Justins Leben wäre ruiniert. Ich habe Justin doch gesagt, dass ich Alan anzeigen werde. Ich musste nur erst mal einen klaren Kopf bekommen.« Sampson stützte das Kinn auf ihren Schoß und schaute sie mit seinen großen braunen Augen an, woraufhin sie aus irgendeinem Grund nur noch mehr weinen musste.

Reba setzte sich neben sie und hielt ihre Hand. »Sieh mich

an, Liebes«, bat sie mit fester Stimme und wartete, bis Chloe ihren ernsten Blick erwiderte. »In dem Moment, in dem Justin von dir gehört hat, dass dir dieser Mann wehgetan hat, ist nichts weiter zu ihm durchgedrungen. Verstehst du das?«

»Ich verstehe rein gar nichts mehr«, heulte sie auf und brach in Rebas Armen zusammen.

Achtundzwanzig

Justin sah rot, als er durch den Eingang ins LOCAL stürmte, die Fäuste geballt, die Muskeln angespannt.

Shelby blickte mit besorgten Augen auf. »Was ist passiert, Justin?«

»Wo ist Alans Büro?« Der Zorn in seiner Stimme war unüberhörbar.

Sie zeigte in eine Richtung. »Am Ende des Flurs, letzte Tür links.«

Schon stürmte er den Flur entlang, seine Wut wuchs mit jedem entschlossenen Schritt. Er riss Alans Tür auf und sah dem Wichser, der hinter seinem Schreibtisch saß, in die Augen. Justin hoffte inständig, dass Chloe ihm dieses Veilchen verpasst hatte. Er trat die Tür zu und Alan wurde kreidebleich. Entsetzliche Angst schimmerte in seinen Augen, als er sich aufrichtete und nach dem Telefon griff. Justin stürzte sich darauf und riss das Kabel aus der Wand. Er warf das Telefon auf den Boden und verringerte den Abstand zwischen ihnen. Alan wich zurück und murmelte etwas über die Polizei, aber Justin konnte die Worte nicht verstehen, weil nichts als Chloes Schluchzen in seinem Kopf widerhallte. Er holte aus und landete einen rechten Haken, der Alans Kiefer mit hörbarem

Knacken traf. Alans Kopf flog nach hinten, er taumelte und ging zu Boden. Von Wut geblendet und angetrieben von Hass und Liebe und allem dazwischen, packte Justin Alan am Hemdkragen und zog ihn wieder auf die Beine, um einen weiteren Schlag auf seinen blutigen Kiefer zu landen, der ihn gegen die Wand krachen ließ. Alan rutschte mit unfokussiertem Blick und offenem Mund daran hinunter.

Justin packte ihn an den Haaren und zerrte ihn wieder auf die Beine. »Die waren für Chloe, du elender Mistkerl. Du verdienst es nicht, die gleiche Luft zu atmen wie sie. Und die sind für jede andere Frau, die du jemals angefasst hast.«

Er verpasste ihm einen rechten Aufwärtshaken in die Rippen, gefolgt von einem in die linke Niere. Alan stieß mit hörbarem *Uff!* die Luft aus und sackte erneut gegen die Wand.

»Und das ist von mir, du erbärmliches Stück Scheiße.« Justin zog den Arm zurück, schlug zu und traf Alan seitlich am Kopf. Alan ging abermals zu Boden und verlor das Bewusstsein. Justin drehte sich um und verließ das Büro. Blut tropfte aus den Wunden an seinen Fingerknöcheln. Er verließ das Gebäude und hatte nur noch eines im Sinn – er musste zu Chloe.

Preacher, Gunner, Zeke und Zander hielten auf den Eingang zu und schlossen sich ihm an, als er den Parkplatz überquerte.

»Ist er noch am Leben?«, fragte Gunner.

»Müssen wir irgendetwas beseitigen?«, wollte Preacher wissen.

»Dafür bin ich ganz allein verantwortlich«, knurrte Justin. »Ruf Justice an. Ich muss zu Chloe.« Rubin »Justice« Galant war Anwalt und Dark Knight und kümmerte sich um die rechtlichen Angelegenheiten des Clubs.

»Blaine hat ihn schon informiert.« Preacher gab den anderen ein Zeichen, dass sie sich wieder auf ihre Motorräder setzen sollten. Sobald sie gegangen waren, legte er Justin eine Hand auf die Schulter und fragte: »Bist du sicher, dass du fahren kannst?«

Justin nickte und stieg in seinen Wagen. Er ließ den Motor an und wählte Blaines Nummer, um dann mit hohem Tempo vom Parkplatz zu fahren. Preacher und Gunner folgten ihm Seite an Seite, während Zeke und Zander das Schlusslicht bildeten.

»Sie ist sehr aufgewühlt, hat eine zerrissene Bluse und Kratzer im Gesicht, aber er hat sie nicht …« Blaine stockte. »Er hat sie gegen die Wand gedrückt und ihr den Rock hochgezogen. Sie hat sich gewehrt. Sie braucht dich, Mann. Sie braucht dich dringend.«

Tränen brannten in Justins Augen. Er beendete das Gespräch und fluchte angespannt, während er mit einer Hand das Lenkrad fest umklammerte und mit der anderen aufs Armaturenbrett schlug.

Als er in seine Straße einbog, blockierten Baz, Conroy und zwei weitere Dark Knights auf ihren Motorrädern die Auffahrt zu seinem Haus.

Sie machten ihm Platz und Baz und Conroy traten neben das Fahrerfenster. »Alles in Ordnung?«, erkundigte sich Conroy.

Justin nickte.

»Ich hab einen Anruf bekommen. Cuffs sucht nach dir«, sagte Conroy. »Geh besser rein und sieh nach deiner Süßen.«

Sie traten einen Schritt zurück, damit Justin, gefolgt von Preacher und den anderen, zum Haus fahren konnte. Justin eilte die Stufen zum Haus hinauf und versuchte, den Tsunami in seinem Bauch zu besänftigen. Er wusste, dass der Zorn, der in ihm tobte, in glühende Raserei umschlagen würde, sobald er einen Kratzer auf Chloes schönem Gesicht sah, und das war das Letzte, was sie gebrauchen konnte. Daher blieb er auf der Veranda stehen, die Hände zu Fäusten geballt, das Gesicht zum Himmel gerichtet, rang – vergeblich – darum, diese Wut zu unterdrücken, und stürmte schließlich durch die Tür.

Tank und Blaine standen im Wohnzimmer. Sie drehten sich um, als er hereinkam, Wut und Mitgefühl spiegelte sich auf ihren Gesichtern wider. Reba und Serena hatten Chloe in ihre Mitte genommen, die mit tränenüberströmten Wangen telefonierte. Ein langer roter Schnitt zog sich über ihre Oberlippe, und sie zitterte, als sie mit gequälten Augen zu ihm aufblickte, mit schmerzverzerrter Stimme »Ja, verstehe« sagte und dann das Gespräch beendete.

Justins Magen krampfte sich zusammen. Er spürte, wie sein Herz in tausend Stücke zerbrach, als er zu ihr eilte und sie in die Arme nahm. Schluchzer entrangen sich ihrer Kehle und er drückte sie noch fester an sich, legte ihr eine Hand an den Hinterkopf und den anderen Arm um sie herum. Am liebsten hätte er sie komplett umfangen, um sie zu beschützen. »Ich hab dich, Baby. Es tut mir so leid.« Er warf Reba einen Blick zu. »Gebt ihr uns eine Minute?«

Reba geleitete alle hinaus und nahm auch Sampson mit.

»Ich bin hier. Du bist jetzt in Sicherheit.« Er küsste sie auf die Stirn und spürte eine schreckliche Last auf seiner Brust. »Ich liebe dich, Baby. Es tut mir so leid, mein Schatz. Es tut mir so verdammt leid.«

Sie krallte die Hände in sein T-Shirt und klammerte sich an ihn, bis ihr Schluchzen nachließ. »*Justin …*«, murmelte sie zittrig und an seine Brust gepresst.

»Ich bin bei dir, Baby. Ich bin da.« Sie rückte ein Stück von ihm ab und ihre traurigen Augen ließen sein Herz ein weiteres Mal zerbersten. Sanft wischte er ihr mit dem Daumen die Tränen von den Wangen. »Geht es dir gut? Bist du verletzt?«

Sie nahm seine blutverschmierte Hand und starrte sie an. Wut und Angst mischten sich unter die Traurigkeit in ihren Augen. Kopfschüttelnd wich sie zurück. »Was hast du getan?« Ihre Stimme überschlug sich. »Das eben am Telefon war mein Büro. Ich wurde suspendiert. Alan hat mich wegen sexueller Belästigung angezeigt. Er sagte, du hättest herausgefunden, dass ich ihm schöne Augen mache, und ihn verprügelt, und jetzt bin ich meinen Job los, für den ich mein Leben gegeben hätte, bevor das alles passiert ist, und Blaine sagt, die Polizei sucht nach dir, und …« Sie schnappte nach Luft und musste abermals heftig schluchzen.

»Ich hätte ihn verdammt noch mal umbringen sollen!« Wut schoss durch ihn hindurch. »Das kann er nicht tun, Chloe. Wir werden die Sache in Ordnung bringen. Das ist noch nicht vorbei, das verspreche ich dir.«

»In Ordnung bringen?«, brüllte sie. »Du kommst ins Gefängnis, Justin! Ich sagte doch, dass ich ihn anzeigen werde und dass ich dich brauche. Ich musste nur erst einmal einen klaren Kopf bekommen.« Sie zog die Schultern hoch und schluchzte laut. »Warum habe ich ihn nicht so durchschaut wie du? Ich kenne doch die Zeichen«, jammerte sie. »Ich hätte sie sehen müssen. Warum hat das …? Ich bin so … Unser Leben ist ruiniert!«

Er nahm sie in die Arme. Sie versuchte, sich wegzudrehen, aber er hielt sie nur noch fester. »Unser Leben ist nicht ruiniert, Chloe. Du hast ihn nicht durchschauen können, weil er eine gottverdammte Schlange ist und nicht wollte, dass du es siehst.«

»Warum bist du auf ihn losgegangen?«, fragte sie anklagend.

»Weil er es verdient hat. Weil ich dich liebe, und wenn man eine Person liebt, lässt man nicht zu, dass ihr jemand wehtut. Ich konnte meine Mutter nicht beschützen, und ich will verdammt sein, wenn ich zulasse, dass dir etwas passiert.«

Ihr Gesicht wurde weicher – es fiel förmlich in sich zusammen. »Blaine sagte, du könntest wegen Körperverletzung angeklagt werden und eine lange Gefängnisstrafe bekommen. Das ist alles meine Schuld!«

Er legte ihr die Hände auf die Schultern und sah ihr in die Augen. »Du kannst nichts dafür. Dieses Arschloch hat dich angegriffen!«

»Aber du hast dein Leben meinetwegen ruiniert. Du könntest hinter Gittern landen, Justin. Das darf nicht passieren. Du bist nicht dein Vater.«

»Verdammt!« Er wich zurück und ballte die Fäuste. »Das ist mir scheißegal, Chloe. Er hat alles verdient, was er bekommen hat, und noch mehr.«

»Das ist alles so verrückt«, stieß sie zwischen den Schluchzern keuchend hervor. »Ich werde niemals wieder mit Senioren arbeiten, wenn man mich wegen sexueller Belästigung anklagt. Ich habe der Personalabteilung berichtet, was passiert ist, und er wurde für die Dauer der Ermittlungen ebenfalls suspendiert, aber nun steht mein Wort gegen seins. Ich soll morgen eine Aussage machen, aber wie soll ich das hinkriegen? Ich kann da jetzt nicht mehr hingehen. Ich weiß nicht, ob ich jemals wieder in der Lage sein werde, den Leuten dort in die Augen zu sehen.«

Ihre Knie gaben nach, und sie wollte sich an der Couch abstützen, doch er umfing ihre Taille und zog sie in seine

Arme. Die Haustür ging auf, und Preacher kam mit Conroy, Reba, Serena und Cuffs herein. Reba drückte die weinende Serena an sich.

Cuffs trug Uniform und wirkte todernst, als er vortrat. Die Botschaft in seinen Augen – *Ich muss dich festnehmen* – war offensichtlich.

Chloe gab ein wimmerndes Geräusch von sich und drückte Justin fester an sich, und ihm wurde das Herz schwer. Er hatte gewusst, dass dieser Moment kommen würde, doch das machte es nicht leichter.

»Sieh mich an, Baby«, verlangte er mit fester Stimme. Chloe sah ihm in die Augen und ihre Verzweiflung trieb ihn fast in den Wahnsinn. »Ich verspreche dir, dass ich das wieder in Ordnung bringen werde.«

Tränen liefen ihr über die Wangen, als sie nickte.

»Ich liebe dich, Baby. Damit wird er nicht durchkommen.« Er presste die Lippen auf ihre und schwor sich, dieses Versprechen zu halten. Dann sah er Reba an, die ihm lautlos versprach, sich um Chloe zu kümmern.

Preacher und Conroy traten neben ihn, während Reba und Serena näher an Chloe heranrückten, die nur noch bitterlicher weinte. Obwohl er wusste, dass Chloe in sicheren, liebevollen Händen war, brachte er es kaum über sich, sie loszulassen und einen Schritt zurückzutreten.

Doch der schwerste Schritt kam, als er zur Haustür hinausging und sein Herz, seine Liebe, hinter sich zurückließ.

Chloe hatte das Gefühl, in einem tosenden Meer hin- und

hergeschleudert zu werden, denn sie trieb nicht – sie ertrank. Selbst in Rebas und Serenas Armen schlugen die Wellen über ihr zusammen und rissen sie mit sich. In ihrer Verzweiflung rang sie nach Luft. Sie liebte Justin dafür, dass er sich für sie eingesetzt hatte, aber gleichzeitig grämte sie die Tatsache, dass er sich – und sie – in eine noch schlimmere Lage gebracht hatte. Ihre Qualen hörten damit noch lange nicht auf. Sie hasste auch sich selbst dafür, dass sie Justins Instinkten in Bezug auf Alan nicht mehr Bedeutung beigemessen hatte, und sie verachtete Alan Rogers.

Sie würde auf gar keinen Fall zulassen, dass dieser Mann ihr Leben zerstörte.

Ich schaffe das. Ich muss es schaffen. Sie zwang die Kraft zurück in ihre Beine, atmete tief ein und füllte ihre Lunge mit Entschlossenheit, bevor sie sich aus den Armen der beiden Frauen löste. »Ich muss mich umziehen und dann zur Polizei gehen und Anzeige erstatten.«

»Ich weiß, dass du diese Klamotten ausziehen und dich wieder wie du selbst fühlen willst«, erwiderte Reba fürsorglich, »aber es ist wichtig, dass die Polizei sieht, was er dir angetan hat. Du brauchst nicht zum Revier zu fahren. Cuffs hat dafür gesorgt, dass ein Officer herkommt. Wir haben nur gewartet, bis du bereit bist.«

Chloe schluckte schwer und wischte sich über die Augen. »Danke.«

»Ich bleibe heute Nacht bei dir«, sagte Serena. »Drake ist draußen, zusammen mit etwa zwanzig Dark Knights. Tank und Blaine werden ebenfalls bleiben, bis Justin zurückkommt.«

»Falls er zurückkommt«, erwiderte Chloe, der erneut die Tränen in die Augen stiegen.

»Unser Anwalt wartet auf dem Revier. Er wird Justin bei

der Anklageverlesung morgen früh zur Seite stehen«, erklärte Reba. »Wahrscheinlich lassen sie Justin morgen Mittag auf Kaution frei und er kann nach Hause.«

Anklageverlesung. Wie hatte ihr Leben so schieflaufen können? »Ich sollte auch dabei sein.«

»Nein, Schätzchen. Du hast schon genug durchgemacht«, widersprach Reba. »Mit der Polizei zu sprechen und zu berichten, was du durchgemacht hast, wird dir schon alles abverlangen. Danach musst du dich ausruhen, damit du stark genug bist, um diese Sache durchzustehen.«

»Aber Justin …«

»Kein Aber, Liebes. Ich verspreche dir, dass es nichts gibt, womit er nicht umgehen kann. Justins *einzige* Sorge ist, dich und Serena in Sicherheit zu wissen, und dass er dich in diesem Gerichtssaal sieht, wird ihm nicht mal ansatzweise so sehr helfen, wie du vermutlich denkst. Er weiß, dass du ihn unterstützt. Er weiß, dass du ihn liebst. Aber er wird stärker sein und sich besser konzentrieren können, wenn du hier und in Sicherheit bist. Diesen Seelenfrieden solltest du ihm gönnen.«

Schuldgefühle und Sorgen erdrückten Chloe, doch sie schaffte es, zu nicken. »Wenn es dir nichts ausmacht, würde ich heute Nacht auch gern hierbleiben«, sagte Reba. »Nur für den Fall, dass ihr Mädels etwas braucht.«

Chloe und Serena tauschten dankbare Blicke, aber sie konnten die Tränen der Dankbarkeit für die Liebe und Unterstützung von Justins Familie nicht zurückhalten. »Du hast schon so viel für mich getan.«

»Ihr gehört jetzt zu unserer Familie, und innerhalb der Familie kümmert man sich umeinander, so gut man kann.« Reba nahm erst Chloes und dann Serenas Hand. »Wir werden das alle durchstehen. Es wird hart und herzzerreißend sein, und es wird Zeiten geben, in denen ihr glaubt, dass ihr keinen Schritt mehr machen könnt. Aber wenn eure Beine versagen, werde ich für euch da sein, und wenn meine eine Pause brauchen …«

»Bin ich an deiner Seite«, sagte Serena unter Tränen und entlockte Chloe damit weitere Schluchzer.

Reba nahm sie liebevoll in die Arme. »Und all die Männer da draußen, die sind ebenfalls für uns da.«

Neunundzwanzig

Am Dienstagvormittag musste Justin die Augen zusammen-
kneifen, weil ihm das Sonnenlicht grell ins Gesicht schien, als
er nach der Anklageverlesung durch die Türen des Gerichtsge-
bäudes ins Freie trat. Preacher und Justice, ein
hochgewachsener, korrekt gekleideter Mann mit ernsten
Augen, tiefdunkler Haut, einer Baritonstimme und einer
kompromisslosen Einstellung, folgten ihm auf dem Fuß.
Preacher hatte eine Kaution hinterlegt und der Verhandlungs-
termin war für morgen in fünf Wochen angesetzt worden.
Justin hatte es kaum ertragen können, während dieses Chaos
auch nur eine Nacht von Chloe getrennt zu sein, und er war
dankbar dafür, dass Justice ihren Fall übernommen hatte.

»Danke, Bruder«, sagte Justin zu ihm. »Ich schätze es sehr,
dass du dich für uns um all das kümmerst.«

»Kein Problem. Chloe hat sich gestern Abend bei ihrer
Aussage gut geschlagen. Sie ist stark und hat jede Menge
Unterstützung«, beruhigte Justice ihn. »Sie haben Rogers in
Gewahrsam genommen und wir haben ihn bereits überprüft.
Er hat keine Vorstrafen. Auf den ersten Blick hat der Mistkerl
eine weiße Weste.«

»Das kann nicht sein«, beharrte Justin. »Er wusste genau,

wie er mit ihr umgehen musste, und die Blicke, die er mir zuwarf? Die Schwingungen, die er ausstrahlte? So was hat er garantiert nicht zum ersten Mal versucht.«

Preacher verschränkte die Arme. »Da bin ich ganz deiner Meinung. Sie arbeitet schon lange dort, und nach allem, was Chloe erzählt hat, muss eure Verlobung ihm den Rest gegeben haben. Er ist ausgerastet. Möglicherweise hat er es bisher geschafft, nicht aufzufallen, aber es gibt bestimmt noch mehr Frauen, denen er zu nahe gekommen ist und die bisher nur nicht zur Polizei gegangen sind.«

»Ich sagte ja auch *auf den ersten Blick*«, stellte Justice klar. »Wir überprüfen ihn weiter und die Polizei ermittelt in alle Richtungen. Sie werden mit den Leuten im LOCAL sprechen, um herauszufinden, ob irgendjemand dort sein unangemessenes Verhalten bemerkt oder am Tag des Angriffs etwas gesehen oder gehört hat. Sie werden auch mit der Person sprechen, die Chloe beim Verlassen des Gebäudes angerempelt hat. Ich habe Chloe gebeten, mir und der Polizei Bescheid zu sagen, falls ihr dazu noch irgendetwas einfällt.« Er warf Preacher einen Blick zu, und Justin erkannte, dass die beiden lautlos miteinander kommunizierten. Justice wandte seine Aufmerksamkeit erneut Justin zu. »Chloe hat ein schweres Trauma hinter sich, und damit meine ich nicht nur den Angriff, sondern auch dein Verhalten danach. Sei also nicht überrascht, wenn sie unter Stimmungsschwankungen leidet.«

»Okay.« Justin wusste, wie sehr er die Situation für Chloe verschlimmert hatte, und er war fest entschlossen, sich um sie zu kümmern und es wiedergutzumachen. Er konnte nur hoffen, dass sie ihm verzeihen konnte. »Was ist mit dem Gespräch mit ihrer Personalabteilung? Steht das noch?«

»Angesichts seiner Verhaftung könnte ich mir vorstellen,

dass die Personalabteilung die Angelegenheit nun in einem anderen Licht sieht«, erwiderte Justice zuversichtlich. »Ich versuche, ein virtuelles Treffen zu arrangieren und melde mich im Laufe des Vormittags mit den Einzelheiten.«

»Was bedeutet das alles für Chloe? Dieser Job ist ihr Leben, Mann. Was kann ich tun, um den Mist, den ich verursacht habe, wieder in Ordnung zu bringen?«

»Alan hat bei der Polizei keine formelle Anzeige gegen Chloe erstattet, was im Grunde genommen besagt, dass er nichts gegen sie in der Hand hat. Und was dich betrifft? Wenn Chloe meine Tochter wäre, würde ich wollen, dass du für sie da bist und dich auf das konzentrierst, was sie braucht.« Justice war alleinerziehender Vater einer entzückenden dreijährigen Tochter namens Patience. »Ich weiß, dass du wütend auf diesen Kerl bist, aber sie muss diese Wut nicht sehen oder spüren, denn das wäre nur eine grausame Erinnerung an alles, was passiert ist. Sie braucht dich als Fels in der Brandung, damit sie begreift, dass es nicht ihre Schuld war, und damit sie wieder auf die Beine kommt.«

»Okay. Danke, Mann.«

Justice hielt Justins Blick. »Maverick, du musst in den nächsten Wochen eine saubere Weste behalten. Ich will nicht einen Strafzettel in deiner Akte sehen. Verstanden?«

»Ja, Sir. Es geht doch nichts über eine Nacht hinter Gittern, um einem Mann Zeit zu geben, über seine Taten nachzudenken.«

Justice schüttelte ihm die Hand und verpasste ihm einen kräftigen Klaps auf den Rücken. »Ich stehe hinter dir, Bruder. Immer.« Er sah Preacher an. »Das gilt auch für dich, alter Mann.«

»Das weiß ich zu schätzen.« Preacher schüttelte ihm ebenfalls die Hand und klopfte ihm auf die Schulter.

Justice wandte sich ab, woraufhin Justin und Preacher sich auf den Weg zu Preachers Wagen machten.

»Die anderen haben den ganzen Vormittag über ständig angerufen und sich nach dir erkundigt.«

Justin blieb an der Heckklappe stehen. »Ich weiß, dass ich Mist gebaut habe, Dad, und es tut mir leid.«

»Du hast keinen Mist gebaut, sondern getan, was wir dir beigebracht haben. Du hast die Frau, die du liebst, beschützt, und zwar um jeden Preis.« Er grinste schief. »Hätte ein Schlag nicht ausgereicht? Wahrscheinlich schon. Aber die Liebe ist etwas Mächtiges, mein Sohn. Viel zu mächtig, um von der Vernunft übertrumpft zu werden.«

»Es schmerzt mich, dass ich dich und Mom enttäuscht habe.«

Preacher schüttelte den Kopf. »Wir haben keine Weicheier großgezogen, Maverick, und auch keine Arschlöcher. Du hast nicht grundlos einen Mann angegriffen. Vielmehr hat er dich mit diesen selbstgefälligen Blicken provoziert, von denen du uns gestern Abend erzählt hast, und mit dem Angriff auf die Frau, die du liebst. Vergiss nicht, dass wir nicht zum ersten Mal im Gerichtssaal waren. Zeke ist dir in dieser Hinsicht zuvorgekommen. Wir waren nicht enttäuscht von ihm und wir sind ganz sicher nicht enttäuscht von dir.«

»Danke. Ich weiß das zu schätzen. Ich bin mir nicht sicher, ob Chloe so nachsichtig sein wird, und glaube, dass ich bei ihr richtig Mist gebaut habe. Sie verabscheut Gewalt und sie hat mich gebraucht. Aber ich habe einfach rotgesehen, Dad. Irgendetwas in mir ist ausgerastet, und ich konnte nicht mehr atmen, bis ich ihm ein paar verpasst hatte.« Sein Brustkorb zog sich zusammen. »Was mich am meisten beunruhigt, ist ehrlich gesagt, dass ich nicht weiß, ob ich es anders machen würde, wenn ich die Zeit zurückdrehen könnte. Der Gedanke, dass ihr jemand wehtut …« Auf einmal hatte er einen sauren Geschmack im Mund. »Warst du mit Mom schon einmal in so einer Situation? Wie findet man da das Gleichgewicht? Wie schaltet man die Wut ab?«

Preacher sah ihm tief in die Augen. »Ich habe schon oft andere Menschen beschützt und zweimal auch Menschen aus unserer Familie. Als wir Ashley verloren haben, wollte ich die Person, die ihr die Drogen gegeben hatte, nur zu gern in die Finger bekommen und in Stücke reißen. Und als du in unser Leben getreten bist und ich erfuhr, was du alles durchgemacht hast … Sagen wir einfach, dein Vater konnte von Glück reden, dass er längst im Gefängnis saß. Ebenso können wir uns glücklich schätzen, dass ich nicht dort gelandet bin, weil ich deine Mutter beschützen wollte, denn ich bin mir nicht sicher, ob ich aufgehört hätte, wenn ich an deiner Stelle gewesen wäre.« Er legte Justin eine Hand auf die Schulter. »Du bist ein guter, ehrlicher Mann, mein Sohn. Du hast ein großes Herz und einen vernünftigen Kopf auf den Schultern. Chloe weiß das, sonst wäre sie nicht mit dir zusammen. Es ist richtig, dass sie Gewalt nicht gutheißt, aber es ist auch richtig, dass du sie beschützt hast.« Er schmunzelte. »Du findest gerade heraus, wie kompliziert die Liebe sein kann. Das ist nur der erste von vielen Schritten, die ihr beide zusammen machen müsst. Es wird nicht leicht werden, aber wenn du heute nach Hause kommst und deiner zukünftigen Frau in die Augen schaust, gehe ich fest davon aus, dass es egal sein wird, wie viele weise Ratschläge du erhalten hast. Du wirst genau wissen, was du sagen musst, denn es wird von hier kommen.«

Er legte Justin die Hand direkt über dem Herzen auf die Brust.

Justin umarmte ihn. »Danke, Dad. Ich hab dich lieb.«

»Ich hab dich auch lieb, mein Sohn. Es ist gut, dass du dir Sorgen machst und das Richtige für Chloe tun willst. Trotzdem, sei nachsichtig mit dir, denn du bist ein Mann, und das bedeutet, dass du Fehler machen wirst. Das tun wir alle. Jeder weiß, dass Frauen das klügere Geschlecht sind, wenn es um Beziehungen geht. Frag ruhig deine Mutter, wie oft sie mir den Kopf waschen muss.« Preacher zwinkerte ihm zu. »Wie wär's, wenn wir dich jetzt zu deiner Süßen nach Hause bringen und meine Theorie auf die Probe stellen?«

Chloe lag auf dem Bett, hatte einen Arm um Sampson gelegt, beobachtete die sich verändernden Minuten auf der Digitaluhr und versuchte herauszufinden, wie sie die Wut und die Verzweiflung, die sie überkamen, überleben sollte. Tank hatte sie über den ganzen Verlauf von Justins Vormittag auf dem Laufenden gehalten. Sie konnte immer noch nicht fassen, was mit Alan und Justin geschehen war. Wie hatte sich ihr Leben so schnell verändern können? Sie war so durcheinander gewesen, nachdem sie die Ereignisse des Tages bei der Polizei geschildert hatte, dass sie nicht in der Lage gewesen war, die Anrufe ihrer Freunde entgegenzunehmen. Serena hatte an ihrer statt mit ihnen gesprochen, ihnen versichert, dass es ihr gut ging, und sich entschuldigt, weil sie keinen Besuch mehr bekommen wollte. Sie hatte so viel Gesellschaft, wie sie ertragen konnte. Madigan und Ginger waren mit Tüten voller Schokolade, Käse-Makkaroni und einer Flasche Tequila aufgetaucht und mehrere Ehefrauen der Clubmitglieder hatten etwas zu essen vorbeigebracht. Der Kühlschrank war randvoll und doch hatte sie keinen Bissen herunterbringen können. Chloe hatte noch nie erlebt, dass so viele Menschen so schnell zusammenkamen und derart entschlossen waren, sie zu beschützen. Als sie Reba gefragt hatte, warum alle vorbeikamen, hatte sie geantwortet: »Das tun wir nun mal, Schätzchen. Wenn es dir schlecht geht, leiden wir ebenfalls. In dieser Familie geht niemand allein durch schwere Zeiten.« Chloe war völlig überwältigt von der Unterstützung, die sie bekam.

Blaine, Serena und die meisten der Dark Knights, die letzte Nacht vor dem Haus Wache gehalten hatten, waren vor ein paar Stunden gegangen, und Chloe war froh über die Atempause. Allerdings hatte sie ihre starrköpfige Schwester dazu zwingen müssen, das Haus zu verlassen, und Serena hatte nur zugestimmt, weil Chloe ihr versprochen hatte, ein Nickerchen zu machen. Reba und Tank hatten dafür gesorgt, dass sie sich an die Abmachung hielt, und sie gezwungen, sich hinzulegen. Sampson war ihr die ganze Zeit nicht von der Seite gewichen, als ob er ihre Traurigkeit spüren und versuchen würde, die Lücke zu füllen, die Justin hinterlassen hatte. Ihr großer, liebevoller Hund half ihr zwar, aber nichts konnte diese Leere ausfüllen.

»Klopf, klopf«, sagte Reba und betrat mit einem Tablett das Schlafzimmer. Sie stellte es auf dem Nachttisch ab und setzte sich neben Chloe aufs Bett. »Du hast kein Auge zugetan, stimmt's?«

Chloe setzte sich auf und schüttelte den Kopf. Sampson kam noch näher und legte den Kopf neben ihr ab. »Ich hab's versucht.«

Sie hatte die halbe Nacht mit Reba, Serena und Madigan zusammengesessen, wobei hauptsächlich die anderen das Reden übernommen hatten. Trotz ihrer Bemühungen, sie mit Humor und anderen Themen abzulenken, war Chloe zu aufgewühlt gewesen, um viel zu sagen. Als sie zu Bett gegangen waren, hatte Chloe vor lauter Unruhe nicht schlafen können und war mit ihren Wicked-Leibwächtern im Schlepptau zu Justins Atelier gegangen. Sie hatte gehofft, sich ihm dort näher zu fühlen, doch wenn sie die Stücke betrachtete, in die Justin sein Herz und seine Seele steckte, erinnerte sie sich auch an all die Kämpfe und Verluste, die er hinter sich gebracht hatte, um dorthin zu gelangen, wo er heute war, und das hatte ihr die grausame Realität erneut vor Augen geführt – schlimmstenfalls wanderte Justin ins Gefängnis und verlor alles, wofür er so hart gearbeitet hatte, einschließlich seines guten Rufs. Blaine und Tank waren da gewesen, um sie aufzufangen, als sie weinend auf dem Atelierboden zusammengebrochen war.

»Oh, Schätzchen, du musst ja völlig fertig sein.« Reba streichelte Sampson den Rücken. »Aber ich verstehe das. Ich habe auch nur ein paar Stunden geschlafen, genau wie Mads. Sie ist auf der Couch mit dem Kopf in Tanks Schoß eingeschlafen.« Sie tätschelte Chloes Hand. »Du wirst dich bestimmt besser fühlen, wenn Justin nach Hause kommt.«

Sie hoffte es. »Hat Tank etwas Schlaf bekommen?«

»Nein, aber er ist das gewohnt, weil er so viele Stunden auf der Feuerwache arbeitet, und er schläft sowieso nicht besonders gut. Er macht sich Sorgen um dich, Schätzchen. Genau wie wir alle.«

Chloe kamen die Tränen. Rasch wandte sie sich ab, um sie wegzuwischen.

»Komm her, meine Süße.« Reba nahm sie in die Arme und Chloe weinte sich an ihrer Schulter aus.

»Bitte entschuldige. Normalerweise bin ich nicht so nah am

Wasser gebaut.«

»Deine Welt versinkt normalerweise auch nicht im Chaos. Du kannst weinen, schreien, ein Loch in die Wand schlagen. Tu, was immer du tun musst, denn es zurückzuhalten, macht alles nur noch schlimmer.« Sie legte Chloe die Hände an die Wangen, so wie Justin es auch immer tat. »Hör mir jetzt gut zu, Schätzchen, denn Justin wird jeden Moment hier sein, und du musst das hören. Was auch immer du in dir zurückhältst, du *musst* es rauslassen. Du kannst das bei mir, Justin, Serena, Tank oder Sampson tun. Aber bitte, Liebes, du musst jemandem sagen, was in deinem Kopf vor sich geht.«

»Ich kann das nicht«, erwiderte sie zittrig. »Ich bin auf alles wütend, sogar auf Justin, und er hat das nicht verdient. Er hat mich nur beschützt, aber ich kann die Wut nicht unterdrücken, und ich kann es ihm auch nicht sagen. Es ist mir sogar peinlich, es dir gegenüber zuzugeben, weil es so falsch ist.«

Reba nahm Chloes Hände. »Es gibt in solchen Situationen keine richtigen oder falschen Gefühle. Du kannst und du musst ihm die Wahrheit sagen. Deine Gefühle sind wichtig, Chloe.« Beim Geräusch der sich öffnenden Haustür hielt Reba inne.

Sobald sie Justins Stimme hörte, schlug Chloes Herz schneller.

»Du musst mir etwas versprechen, Liebes«, bat Reba sie schnell. »Versprich mir, dass du deine Gefühle zu Justin oder einem anderen Mann niemals missachten wirst, denn wenn du sie nicht respektierst und ehrst, wird es kein anderer tun.«

Sie konnte nicht fassen, dass Reba von ihr verlangte, ihre Gefühle über Justins zu stellen. »Er ist dein Sohn. Warum sagst du so was?«

»Weil deine Mutter nach allem, was du mir über sie erzählt hast, es nie getan hat, und du magst dir noch so oft sagen, dass deine Gefühle wichtig sind – manchmal muss man es auch von einer Mutter hören. Ich liebe Justin, und ich weiß, dass er das Richtige tun wird, aber das kann er nicht, wenn du ihm die Wahrheit verschweigst. Kannst du mir das versprechen?«

»Ich verspreche es«, murmelte sie und unterdrückte weitere Tränen.

»Gut, jetzt hör mir gut zu, Schätzchen. Ich werde dich etwas fragen und du kannst ehrlich zu mir sein. Ich werde dich nicht verurteilen. Hat das alles deine Liebe zu Justin verändert?«

»Was? Nein«, antwortete sie aufrichtig. »Es ist einfach nur sehr viel, womit ich fertig werden muss, und ich bin so wütend auf alles, was mich erst recht verwirrt.«

Ein Lächeln umspielte Rebas Lippen. »Liebe ist viel stärker als Wut und Verwirrung, Liebes. Ehrlichkeit und Liebe können alles besiegen.«

Als sie Chloe einen Kuss auf die Stirn drückte, sprang Sampson vom Bett und trabte aus dem Schlafzimmer. Offenbar hatte er Schritte gehört. Reba erhob sich, ohne Chloes Hand loszulassen. Chloe stand auf wackeligen Beinen da, als Justin durch die offene Tür hereinkam. Sein Haar war zerzaust, seine Kleidung zerknittert, und seine unsichere und entschuldigende Miene verriet ihr, dass er genauso verloren war wie sie, was die Sache noch viel schwieriger machte. Sie standen einander in unbehaglichem Schweigen gegenüber und sahen sich über das Bett hinweg an. In ihrem Bauch schien ein Bienenschwarm herumzuschwirren, was sie ungemein ärgerte. Sie vermisste ihre Schmetterlinge.

Reba umarmte sie. »Ich werde alle nach Hause schicken, damit ihr zwei etwas Privatsphäre habt. Wir sind nur einen Anruf entfernt.«

»Danke für alles«, sagte Chloe und versuchte, ihr rasendes Herz zu beruhigen.

Reba ging um das Bett herum und umarmte Justin.

»Ich hab dich lieb, Mom. Es tut mir so leid.«

Reba streichelte ihm die Wange. »Spar dir deine Entschuldigungen für die Leute auf, die sie brauchen. Ich liebe dich, mein Junge. Daran wird sich nie etwas ändern.«

Sie verließ das Zimmer und Justin kam mit Sampson auf den Fersen um das Bett herum. Chloe kämpfte gegen den Drang an, zu ihm zu laufen, ihm zu sagen, wie sehr sie ihn vermisst hatte, und alles andere zu vergessen. Er war ihretwegen im Gefängnis gewesen. Im Gefängnis! Sie wollte sich Justin gar nicht erst in einer Gefängniszelle vorstellen. Dieses Bild schien sie innerlich zu verbrennen und ließ sie schwach und zittrig werden. Justin blieb wenige Zentimeter vor ihr stehen. Sein Brustkorb hob und senkte sich bei seinen raschen Atemzügen. Der Schmerz in seinen Augen war unausweichlich, als er sacht ihre Finger berührte. Die Emotionen schnürten ihr die Kehle zu und hinderten sie daran, einen Ton herauszubringen. Er nahm ihre Hand und zog sie in seine Arme, hielt sie so fest, dass sie kaum noch atmen konnte. Sie klammerte sich an ihn, sog seinen vertrauten Duft ein, fühlte sich sicher und geliebt und konnte zum ersten Mal seit vierundzwanzig Stunden wieder richtig atmen. Die Emotionen überschwemmten sie und brachten einen Ansturm von unaufhaltsamen Tränen mit sich.

»Es tut mir leid, Baby. Es tut mir so verdammt leid.« Seine Worte waren von Kummer geprägt.

Er drückte ihr Küsse auf den Scheitel und flüsterte ihr Entschuldigungen und Liebesbekundungen zu, während sie weinte. Ihre Tränen schienen endlos zu sein, und sie gab sich ihrem Kummer und ihrer Erleichterung hin. Er stellte keine Fragen und drängte sie auch nicht, sondern hielt sie einfach nur in den Armen, beruhigte sie mit seinen Worten, seiner Kraft und seiner Liebe. Sie wusste nicht, wie lange sie dort standen, aber es war lange genug, dass keine Tränen mehr kamen, als er die Hände in ihr Haar schob und ihr einen zärtlichen Kuss auf die Lippen drückte.

Er schaute ihr in die Augen. »Du hast mich gebraucht und ich habe es versaut. Es tut mir so leid, Baby.«

»Du hast es nicht versaut, aber ich habe dich gebraucht. Ich weiß, dass du das getan hast, weil du mich beschützen wolltest, aber ich finde es schrecklich, dass du zu Gewalt greifen musstest, und gleichzeitig verstehe und schätze ich es.« Sie trat einen Schritt zurück. »Es ist alles so furchtbar verwirrend. Du hast meinetwegen deine Zukunft aufs Spiel gesetzt. Niemand hat sich je für mich eingesetzt oder mich so geliebt wie du. Ich weiß nicht, was ich fühlen soll. Das ist ein schreckliches Chaos, Justin, und es ist Alans Schuld.« Sie ballte die Fäuste und bohrte die Fingernägel in ihre Haut, während ihre Stimme immer schriller wurde. »Ich habe ihm vertraut und er hat uns das angetan. Und ich habe es ebenfalls vermasselt, Justin. Ich habe deine Warnungen nicht beachtet und das ärgert mich so sehr. Ich habe mir geschworen, nie wieder zuzulassen, dass ich mich hilflos fühle, doch weil ich nicht erkannt habe, was er war, bin ich doch wieder in diese Lage geraten.« Sie schrie jetzt, konnte aber trotzdem nicht aufhören. »Und was ist mit Mike? Deine Eltern werden ihn niemals dorthin ziehen lassen, nachdem dort so etwas passiert ist. Alan hat auch das ruiniert! Mir ist, als würde ich ertrinken. Ich muss ins LOCAL, um mit der Personalabteilung zu sprechen, und ich weiß nicht, wie ich den Leuten dort gegenübertreten soll. Ich habe alles verloren –

meinen Job, dich, meine Selbstachtung ...«

»Hör auf, Baby!« Er nahm ihre Arme und sah sie durchdringend an. »Es gibt nichts, für das du dich schämen musst. Gar nichts«, erklärte er mit unerschütterlicher Zuversicht. »Du hast nichts falsch gemacht. Deine Selbstachtung sollte nicht nur intakt, sondern immens gewachsen sein. Du kannst dir keine Vorwürfe machen und schalte um Himmels willen mal dein Herz für einen verdammten Tag aus. Gönn dir eine Pause, und hör auf, an alle anderen zu denken. Ob Mike dort hinzieht, hat nichts mit alldem zu tun. Vergiss das und auch alle Schuldgefühle, die du wegen meines Verhaltens hast. Du hast gesehen, was dieses Monster dich sehen lassen wollte. Das ist nicht deine Schuld, Babe, sondern ganz allein seine. Die Anschuldigungen dieses Arschlochs sind nicht stichhaltig, die Wahrheit wird früher oder später ans Licht kommen. Die Leute werden nicht anders über dich denken, nur weil er versucht hat, dich zu verletzen, oder weil ich ausgeflippt bin und ihn k. o. geschlagen habe.«

Ihre Gedanken kamen abrupt zum Stillstand. »Du hast ihn k. o. geschlagen?«

Er mahlte mit dem Kiefer. »Verlier dich nicht in den Details. Hör mir gut zu, Chloe. Du bist eine brillante, starke Frau, die sich den Arsch aufgerissen hat, um etwas aus sich zu machen. Lass nicht zu, dass diese erbärmliche Karikatur eines Mannes dein Selbstvertrauen und alles, was du erreicht hast, einfach so zerstört. Du warst nicht hilflos. Du bist in einem Stück da rausgekommen, und er hatte ein nettes Veilchen, von dem ich glaube, dass du es ihm verpasst hast.«

»Ich habe ihn mit einem Tacker geschlagen.« Die Panik, die sie empfunden hatte, kam zurück, und ihr wurde schwindlig. »Ich glaube, ich muss mich hinsetzen.«

Er führte sie zum Bett, setzte sich neben sie und ließ eine Hand beruhigend über ihren Rücken gleiten. Sampson tapste zu ihnen und stützte das Kinn auf Chloes Schoß.

»Justin«, sagte sie und streichelte Sampson geistesabwesend. »Ich habe Angst.«

»Ich weiß, Süße. Wir werden das gemeinsam durchstehen, das verspreche ich dir.« Er berührte ihr Kinn und brachte sie dazu, ihm in die Augen zu sehen. »Und du sollst wissen, dass du mich nie verlieren wirst.«

»Aber du könntest zu einer Haftstrafe verurteilt werden.« Das Wort fühlte sich wie ein Todesurteil an.

»Dessen bin ich mir voll und ganz bewusst. Ich werde so lange hinter Gittern sitzen, wie ich muss, doch er hatte das verdient. Aber selbst im Gefängnis werde ich immer noch der Deine sein, Chloe. Ich werde immer dir gehören.«

»Und unser gemeinsames Leben? Unsere Zukunft?« Sie schüttelte den Kopf.

»Das wird uns niemand wegnehmen. Möglicherweise dauert es ein bisschen länger, aber wir werden es schaffen.«

»Diese ganze Sache macht mir Angst. Sie betrifft so viele Menschen. Was sollen wir tun, wenn die Finanzierung von Madigans Projekt gestrichen wird? Dann würden ihre Pläne ebenfalls über den Haufen geworfen, und alle, denen sie vielleicht geholfen hätte, gehen leer aus. Und was ist mit dem Junior-/Senior-Programm? Ich wünschte, das wäre nie passiert.« Sie lehnte den Kopf an seine Schulter.

Er legte seinen Arm um sie. »Ich auch.«

»Du und ich, wir sollten ein Team sein. Partner. Einerseits ist mir, als sollte ich mich darauf verlassen können, dass du für mich da bist und mich in jeder Hinsicht unterstützt, wenn ich dir sage, dass ich dich brauche und dass ich etwas tun werde, wie beispielsweise den Angriff anzeigen. Andererseits verstehe ich, warum du auf ihn losgegangen bist, und du hast dafür gesorgt, dass sich eine ganze Armee von Männern und Frauen um mich gekümmert hat. Du hast sogar meine Schwester angerufen. Ich weiß eigentlich gar nicht, warum ich mich so verloren und hin- und hergerissen fühle.«

»Weil du traumatisiert bist und es nicht in deiner Natur liegt, Gewalt zu dulden.« Er drückte sie an sich und küsste sie auf die Schläfe. »Ich werde immer für dich da sein, Liebste. *Immer.* Aber ich habe keine Antwort darauf, wie man mit einer solchen Situation anders umgehen kann. Ich habe versprochen, niemals zuzulassen, dass dir jemand wehtut, und dieser Scheißkerl hat dich trotzdem angegriffen. Da bin ich ausgerastet. Ich übernehme die volle Verantwortung dafür. Ich wünschte, ich könnte behaupten, dass so etwas nie wieder passieren wird, doch ich muss der Wahrheit ins Auge sehen und mir eingestehen, dass ich es wieder tun würde, Baby. Ich kann dich nicht anlügen.«

»Ich weiß, dass du es tun würdest, und ich kann dir auch nicht böse sein, dass du das sagst, weil du ehrlich zu mir bist.«

»Wir sind ein Team, Baby. Ich werde an deiner Seite sein und dir die Führung überlassen, wenn du das brauchst, mich beispielsweise in der Öffentlichkeit mit meinen Liebesbekundungen zurückhalten. Aber das kannst du nicht von mir verlangen. Ich kann dir nicht versprechen, nicht auf jemanden loszugehen, der dir wehgetan hat. Dafür liebe ich dich zu sehr.«

»Ich weiß«, sagte sie leise. »Ich liebe dich auch.«

»Können wir einen Kompromiss finden? Einen Mittelweg, mit dem wir beide zufrieden sind?«

Sie hob den Kopf und begegnete seinem hoffnungsvollen Blick. »Ich glaube, das haben wir gerade getan.«

Er ließ die Hand in ihren Nacken gleiten und stützte seine Stirn gegen ihre. »Ich liebe dich, Baby«, murmelte er so erleichtert, wie sie ihn nie zuvor gehört hatte, und küsste sie.

»Ich bin so müde«, flüsterte sie. »Ich kann es kaum erwarten, wieder in deinen Armen einzuschlafen.«

»Warum machst du es dir nicht bequem und ich lege mich nach dem Duschen zu dir?«

Sie nahm seine Hand und führte ihn ins Badezimmer. »Ich wasche das Gefängnis von dir ab, wenn du den gestrigen Tag von mir abwäschst.«

Er presste die Lippen auf ihre, und in diesem langsamen, süßen Versprechen eines Kusses spürte sie, wie die zerbrochenen Teile von ihr heilten, die Liebe in ihrem Herzen wuchs und die Kraft in ihnen stärker wurde als je zuvor.

Dreißig

Als die Sonne am Donnerstagmorgen auf Sampson fiel, der in seinem Hundebett vor der Glaswand schlief, lag Justin wach und machte sich Sorgen um Chloe. Die letzten zwei Tage waren wie ein Kreislauf aus Verzweiflung und Fassungslosigkeit mit gelegentlichen Momenten der Erleichterung vergangen, aber am Ende dieser schwierigen Stunden fanden sie wieder den Weg in die Arme des anderen. Jetzt lag Chloe an ihn geschmiegt da und schlief tief und fest. Er wagte es nicht, sich zu bewegen, und versuchte, nicht zu heftig zu atmen. Seit dem Angriff hatte sie Albträume, in denen sie im Schlaf zuckte und schrie. Am liebsten hätte er den Vorfall aus ihrem Gedächtnis gelöscht und ihr alle Zweifel und Ängste genommen.

Es hatte nicht lange gedauert, bis die interne Untersuchung der LOCAL-Personalabteilung abgeschlossen war. Chloe war gestern Nachmittag von allen Anschuldigungen freigesprochen worden und hatte die Erlaubnis erhalten, an ihren Arbeitsplatz zurückzukehren, allerdings unter dem einen Vorbehalt, dass sie wegen des familiären Interessenkonflikts und der laufenden polizeilichen Ermittlungen weder über den Vorfall sprechen noch Kontakt zu Darren Rogers haben durfte. Man hatte ihr zwei Wochen Zeit gegeben, um zu entscheiden, ob sie weiterhin dort arbeiten wollte. Justin wusste, dass ihre Unentschlossenheit stark dazu beitrug, dass sie sich verloren fühlte. Für Chloe war es wichtig, gut vorbereitet zu sein und zu wissen, was der Tag bringen würde. Justin ging außerdem fest davon aus, dass sie mehr brauchte, als einfach nur zu existieren. Sie hatte ihr Leben auf ihren Leistungen aufgebaut, seien es simple wie das Anfertigen von Alben für Freunde oder komplexe wie die Entwicklung neuer Programme für die LOCAL-Bewohner. Diese Errungenschaften gehörten ihr allein. Sie waren eine Bestätigung dafür, wie weit sie es gebracht hatte. Daran gab es keinen Zweifel. Doch jetzt war Chloe am Boden zerstört. Trotz der Besuche ihrer Familien und Freunde und dem gestrigen Vorbeischauen bei Shadow, um Chloe den Tag ein wenig zu verschönern, schien sie weiterhin auf Autopilot zu laufen. Justin wusste, dass mehr nötig war als Freunde oder Hunde, um diese Krise zu überstehen. Sie brauchte ihre Arbeit und die Bewohner, die sie liebgewonnen hatte, so wie andere Menschen Sauerstoff benötigten, und Justin schwor sich, zu tun, was er konnte, um ihr dabei zu helfen, das zurückzubekommen.

Sie zuckte in seinen Armen, und er hielt sie fester und flüsterte: »Ich hab dich, Liebste. Es ist alles gut.«

»Entschuldige«, murmelte sie, als sie sich in seinen Armen umdrehte, sodass sie Nase an Nase lagen. Unter ihren traurigen Augen zeichneten sich dunkle Halbmonde ab.

Er küsste sie zärtlich. »Es muss dir nicht leidtun, Babe. Vielleicht sollten wir mit einem Therapeuten sprechen und herausfinden, ob er dir helfen kann.«

»Vielleicht. Ich bin nur …« Sie seufzte und kuschelte sich an ihn.

»Rede mit mir, Süße. Wovon hast du geträumt?«

»Sie wollten dich ins Gefängnis bringen«, antwortete sie sehr leise.

Ihre Sorgen waren seine Schuld und das machte ihn fertig. »Du weißt, dass Justice versucht, zu erreichen, dass die Anklage fallen gelassen wird. Nachdem die Anschuldigungen, die er gegen dich erhoben hat, widerlegt wurden, kann er Alans Anwalt unter Druck setzen. Die Personalabteilung hat fast dreißig Personen befragt, und mehrere haben ausgesagt, dass sie sich in Alans Nähe unwohl gefühlt haben. Seine Anschuldigungen haben ihm mehr geschadet als genutzt. Das wird ihn noch teuer zu stehen kommen.«

»Aber keiner hat irgendein unangemessenes Verhalten gemeldet. Und das war nur die interne Untersuchung im LOCAL. Soweit es die Polizei betrifft, wurde rein gar nichts bewiesen.«

»Noch nicht, aber Justice sagte, dass Alan sich mit diesen falschen Anschuldigungen ein Loch gegraben hat, aus dem er nur schwer wieder herauskommen wird. Die Polizei wird die Personen befragen, die sich in seiner Nähe unwohl gefühlt haben, und genauer ermitteln. Höchstwahrscheinlich hat er irgendwelchen Dreck am Stecken und den wird man finden. Justice geht davon aus, dass die Anklage gegen mich fallen gelassen wird.«

»Ich weiß, aber ich mache mir trotzdem Sorgen. Wir sind gerade erst frisch zusammen, ich will dich nicht verlieren.«

»Das wirst du auch nicht. Lassen wir der Polizei und Justices Privatdetektiv Zeit, ihre Arbeit zu machen.« Er küsste sie erneut. »Weißt du schon, ob du weiter im LOCAL arbeiten möchtest?«

»Ich kann über kaum etwas anderes nachdenken und dass du ins Gefängnis kommen könntest. Eine meiner Kolleginnen leitet heute Nachmittag ein Treffen mit den Jugendlichen, die am Junior-/Senior-Programm teilnehmen. Was ist, wenn die Kids herausfinden, was passiert ist?«

In den kleinen Städten am Cape sprach sich alles schnell herum. Es bestand durchaus die Möglichkeit, dass die Teenager längst von dem Angriff gehört hatten, daher konzentrierte er sich auf die wichtigen Dinge. »Du wurdest von seinen falschen Anschuldigungen freigesprochen. Du bist in dieser ganzen Angelegenheit das Opfer, und jeder, der dich kennt, wird auch keinerlei Zweifel daran haben.«

»Trotzdem habe ich das Gefühl, dass mein Ruf befleckt wurde. In Bezug auf die Polizei steht mein Wort gegen seins.«

»Und dein Wort ist Gold wert. Das weiß jeder. Hab Vertrauen in die Person, die du bist, Süße. Ich habe es auf jeden Fall.«

Sie schwieg eine Sekunde lang, bevor sie sagte: »Ich vermisse die Bewohner sehr. Sie waren wie eine Familie für mich.« Sie musste abermals weinen. »Und ich habe keine Ahnung, wie ich Darren jemals wieder gegenübertreten soll. Er muss mich doch hassen.«

»Er kann dich nicht dafür hassen, dass du seinem Sohn fast zum Opfer gefallen wärst. Die Wahrheit über Alan wird ans Licht kommen, Chloe. Glaube daran.« Er wischte ihr die Tränen weg. »Denkst du, dass Darren die Wahrheit über Alan kannte? Würde er ihn decken?«

»Nein. Auf keinen Fall«, erwiderte sie mit festerer Stimme. »Darren ist altmodisch und ein echter Gentleman. Er behandelt Frauen mit dem größtmöglichen Respekt. Ich glaube nicht, dass er wegsehen würde, wenn er Bescheid wüsste. Aber selbst ich habe Alan nicht durchschaut, dabei war ich so nah an ihm dran. Darren war wahrscheinlich genauso überrumpelt wie ich.«

»Du setzt viel Vertrauen in diesen Darren.«

»Das tue ich, und ich weiß, dass du wahrscheinlich an meiner Urteilsfähigkeit zweifelst, aber er hat sich immer fair verhalten und für die richtigen Dinge eingesetzt.« Sie seufzte schwer. »Das ist alles so hart. Vielleicht wäre es das Beste, wenn ich dort kündige und irgendwo anders neu anfange.«

Das würde er auf gar keinen Fall zulassen. »Zunächst einmal zweifle ich nicht an deiner Fähigkeit, andere zu beurteilen, Chloe. Was passiert ist, war ja nicht die Normalität. Du hast ein ausgezeichnetes Urteilsvermögen.« Er rang sich ein Lächeln ab. »Schließlich hast du dich für mich entschieden, nicht wahr?« Seine Worte entlockten ihr endlich das Lächeln, das er so sehr vermisst hatte. »Im Ernst, Süße, du hast zu hart gearbeitet, um dahin zu kommen, wo du heute bist, und für die Menschen, die dort leben, zu viel getan, als dass du Rogers jetzt die Macht geben darfst, dir das alles zu nehmen.«

Sie rollte sich auf den Rücken und starrte an die Decke. »Können wir die Zeit zurückdrehen zu meinem Geburtstag, als ich mit Luftballons aufgewacht bin und glücklich war?«

»Ich fülle das Schlafzimmer jeden Tag mit Luftballons, wenn dich das glücklich macht.« Er küsste ihre Schulter, dann fuhr er mit den Fingern über ihren Bauch. Unter seinen Fingern bildete sich eine Gänsehaut. Ihr Lächeln erreichte schließlich auch ihre Augen.

»Ich brauche keine Luftballons. Ich liebe meine Arbeit, und ich würde wirklich gern ins LOCAL zurückkehren, könnte aber auch woanders arbeiten.«

»Du hast genug Zeit deines Lebens damit verbracht, dich mit Dingen nur zufriedenzugeben. Daher hoffe ich, dass du einen Weg findest, um zu den Menschen und der Arbeit zurückzukehren, die du so sehr liebst.« Er küsste die Wölbung ihrer Brust. »Lass uns ein paar Tage abwarten und sehen, wie du dich dann fühlst. Wir sollten vielleicht einen Spaziergang machen, um einen klaren Kopf zu bekommen.«

»Das wäre schön, aber erst, nachdem du mich noch ein bisschen geküsst hast«, flüsterte sie.

Die Sehnsucht in ihrer Stimme bewirkte, dass er ihr umso mehr helfen wollte, wieder ganz zu genesen. Er überhäufte ihre Brüste mit sinnlichen Küssen, und schon bald ergriff ihr Verlangen die Oberhand und sie bäumte sich stöhnend auf der Matratze auf. Er presste die Lippen auf ihre harte Knospe und sie schob die Hände in sein Haar und hielt ihn dort fest. Dann wand sie sich unter ihm und presste ihre weiche Mitte gegen seine harte Länge.

Er bedeckte ihren Hals mit Küssen und legte sich auf sie. »Bist du okay, Baby?«

»Ja.« Lust und Liebe vermischten sich in ihren bedürftigen Augen. »Es gibt nur eins, ohne das ich nicht leben kann.«

»Und was ist das, Liebste?« Er ließ eine Hand über ihre Hüfte gleiten, und als sich ihre Körper vereinten, sah er, wie ihre Liebe all die unruhigen Gedanken verdrängte.

Sie schaute ihn mit klaren, gefühlvollen Augen an und flüsterte: »Du.«

Eine doppelte Dosis Justin und frische Luft waren genau das, was Chloe gebraucht hatte. Nachdem sie sich heftig geliebt und spät gefrühstückt hatten, machten sie mit Sampson einen langen Spaziergang durch den Wald. Sie hielten sich an den Händen und sprachen über ihre Zukunft, die noch ein paar

Stunden zuvor ein schmerzhaftes Thema und ein unerreichbarer Traum gewesen war. Aber Justin schaffte es immer wieder, die Wolken zu vertreiben und ihr zu helfen, die Dinge klarer zu sehen. Als sie die Bäume hinter seinem Haus erreichten, fühlte sie sich schon viel besser. Die späte Vormittagssonne schimmerte auf dem dunklen Wasser des Teichs. Sampson wurde langsamer, um etwas am Boden zu beschnuppern, und Justin beugte sich vor, um Chloe zu küssen.

Sie schlenderten über das Grundstück zum Haus. »Du bist schon seit Tagen mit mir zu Hause«, sagte Chloe. »Ich weiß das zu schätzen, aber Blaine muss dich doch brauchen. Du kannst ruhig zur Arbeit gehen. Ich komme schon zurecht.«

»Blaine hat alles im Griff.« Er hob ihre ineinander verschränkten Hände und küsste ihren Handrücken. »Ich bin genau da, wo ich sein will und sein muss, Babe.«

Als sie um das Haus herumkamen, sahen sie Emerys Auto in der Einfahrt stehen. Sampson gab ein träges *Wuff* von sich, als Emery aus dem Auto stieg und ihnen zuwinkte.

»Was macht Emery denn hier? Als ich gestern Abend mit ihr telefoniert habe, hat sie nicht erwähnt, dass sie vorbeikommen will.«

Er beschleunigte das Tempo. »Wir werden es gleich herausfinden.«

Die Beifahrertür ging auf, und Rose stieg aus, mit einem großen Korb in der Hand und sehr elegant in ihrem Hosenanzug aus Leinen.

Gleich darauf entfaltete Magdeline ihren langen, schlanken Körper vom Rücksitz von Emerys Kleinwagen. »Das nächste Mal sitze ich vorne.«

»Sei still und hol die Kekse«, wies Arlin sie an, die ihr mit einer Tragetasche in der einen Hand folgte und mit der anderen ihr hellrotes Haar in Form brachte.

Chloe war außer sich vor Freude. »Was machen sie …?« Sie sah Justin an und wusste, dass dies sein Werk sein musste.

»Ich dachte, du würdest dich über ein paar freundliche Gesichter freuen.«

»Justin …« Sie fiel ihm um den Hals und hatte schon wieder Tränen in den Augen. Dabei war sie schon die ganze Woche ein emotionales Wrack. Wenigstens waren es dieses Mal Freudentränen. »Danke!« Sie lief zu ihren Freundinnen hinüber, woraufhin ihr Sampson energisch bellend hinterhertrottete.

Emery umarmte sie. »Ich musste etwa ein Dutzend Leute abwehren, die alle mitkommen wollten. Du hast einen ganz schön großen Fanclub.«

»Ja, den hat sie«, rief Rose aus. »Und jetzt komm her und drück mich.«

»Ich kann nicht glauben, dass ihr alle hier seid!« Chloe ließ sich nur zu gern von Rose umarmen und lachte laut los, als auch Arlin und Magdeline die Arme um sie schlangen.

Rose lächelte Justin an. »Glaub es einfach, Chloe, und das ist alles der Verdienst deines Liebsten.«

»Wir haben gehört, was passiert ist, Liebes«, sagte Magdeline vorsichtig.

Chloe bekam vor Scham rote Wangen. »Ich darf nicht darüber reden.«

»Das haben wir ebenfalls gehört«, erwiderte Arlin. »Und du musst auch nichts sagen, aber du kannst zuhören.«

»Alle machen sich große Sorgen um dich, Chloe.« Rose reichte ihr den Korb und hob den Deckel hoch. Er war voller Umschläge. »Das sind Briefe von den Menschen, deren Leben du berührt hast.«

Chloe war sprachlos und bekam abermals feuchte Augen. »Es sind so viele.«

»Du bist eben eine besondere Frau. Hier sind noch mehr Briefe drin.« Arlin reichte ihr die Tasche, die sie in der Hand hielt.

Chloe liefen die Tränen über die Wangen.

»Hoffentlich sind das Freudentränen«, meinte Rose.

»Das sind sie! Das ist ja unfassbar!«

»Es läuft eine große Untersuchung, und nicht nur durch die Polizei«, teilte Magdeline ihr mit. »Wir ermitteln auf eigene Faust und fragen herum, wer was gesehen hat.«

»Oh nein, das dürft ihr nicht tun. Ihr könntet deswegen Ärger bekommen«, protestierte Chloe, während sich Sampson gegen ihr Bein lehnte. Sie griff nach unten und streichelte ihm den Kopf.

»Das habe ich ihnen auch schon gesagt«, warf Emery ein. »Aber es ist, als würde man mit drei Backsteinmauern reden.«

Rose winkte ab. »Wir werden keinen Ärger bekommen. Die Leute haben Dinge gesehen, Chloe. Eine Hand auf deinem Rücken, oder wie er dich quer durch den Raum anstarrt, ohne dass du es mitbekommst.«

»Das ist mir so peinlich«, gestand Chloe. »Ich dachte, er würde einem beim Reden nur sehr nahe kommen …« Sie presste die Lippen aufeinander, um nicht noch mehr zu sagen. »Das geht nicht. Ich darf nicht darüber reden, sonst gefährde ich die Ermittlungen.«

»Dann rede nicht darüber. Tu nichts, was verhindern könnte, dass dieses Monster hinter Gittern landet«, sagte Emery fest.

»Ganz genau, aber du solltest deine Scham lieber überwinden und wieder zur Arbeit kommen, Chloe«, bat Magdeline.

»Wir brauchen dich.«

»Das ist nicht so einfach«, gab Chloe zu. »Es gibt noch andere Probleme, die es mir erschweren, dort zu sein.«

»Ah, ja«, murmelte Rose. »Die Sache mit seinem Vater. Er hat sich ziemlich rar gemacht und kommt immer erst spät in der Nacht ins Haus. Der arme Mann.«

Chloe hätte Rose zu gern gefragt, ob sie glaubte, dass Darren seinen Sohn für unschuldig hielt, doch sie verkniff es sich.

»Das ist das Letzte, was wir zu diesem Thema sagen«, kündigte Rose an. »Wir hoffen, dass du dich nicht von diesem gemeinen Mann vergraulen lässt, denn wir alle lieben dich. Du bist wie unsere Enkelin, und wir brauchen dich, Schatz.«

»Ich fange gleich wieder an zu weinen«, gestand Chloe und kämpfte gegen die Tränen an.

»Keine Tränen mehr, Baby«, erklärte Justin, der ihr den Korb aus den Armen nahm und ihre Hand hielt. »Wie wäre es, wenn wir die Party auf die Terrasse verlegen, ein bisschen Musik anmachen und ein paar von den Keksen probieren, die Magdeline anscheinend gar nicht aus der Hand geben will?«

»Der Mann gefällt mir«, stellte Magdeline fest.

Als sie ins Haus gingen, war Chloe so glücklich und stark wie seit Tagen nicht mehr.

Nach einem langen und wundervollen Besuch, bei dem all ihre Sorgen meilenweit weg zu sein schienen, verabschiedete sich Chloe von den Frauen, die mehr Teil ihres Lebens waren, als ihre eigene Mutter es je gewesen war.

Während die anderen in Emerys Auto stiegen, sagte Rose:

»Mein Leon hat immer gesagt, dass sich Schmutz nicht in der Wäsche verstecken kann. Daran musst du glauben, Chloe. Die Wahrheit wird ans Licht kommen.« Sie schaute mit ihren warmen grau-blauen Augen zwischen Chloe und Justin hin und her. »Ihr beide habt da etwas ganz Besonderes. Lasst euch durch das, was passiert ist, nicht eine Sekunde eures Glücks stehlen.«

»Wir versuchen es«, erwiderte Chloe.

»Gut, und nur, damit du es weißt: Ich hätte meine Enkel angerufen, wenn Justin diesen Mistkerl nicht k. o. geschlagen hätte.« Rose umarmte Chloe. »Wir lieben dich, Schatz. Komm zurück zu uns, wenn du bereit dazu bist.« Dann umarmte sie Justin. »Danke, dass du uns eingeladen hast. Das haben wir alle gebraucht.«

Chloe trat neben Justin und winkte ihnen nach, als sie davonfuhren. »Ich schaffe das«, sagte Chloe und fühlte sich stärker und zuversichtlicher. »Mit dir an meiner Seite und solchen Freundinnen im Rücken kann ich diese Schlacht schlagen.«

»Ich wusste immer, dass du es kannst, Baby. Und es freut mich sehr, dass dir der Besuch dieser Golden Girls geholfen hat, dich zu überwinden und dich daran zu erinnern, wie sehr du geliebt wirst und wie stark du bist.« Er legte die Arme um sie und ließ das schiefe Grinsen aufblitzen, das sie so liebte. »Ich muss dir noch etwas sagen. Der Anruf, den ich vorhin entgegengenommen habe, während du bei ihnen warst, kam von Justice. Kennst du jemanden namens Janet Kirsh?«

»Ja. Sie hat in unserer Buchhaltung gearbeitet. Warum?«

»Tja, offensichtlich hat Alans Frau ihn verlassen und ist mit ihren Kindern zu ihren Eltern nach Connecticut …«

»Ach du meine Güte, seine Frau. Bei dem ganzen Schlamassel habe ich überhaupt nicht an sie gedacht. Diese arme Frau und ihre Töchter ...«

»Für sie muss es der reinste Albtraum sein. Aber sie sind ohne ihn besser dran, und es hörte sich ganz danach an, als hätte sie in Bezug auf ihn Verdacht geschöpft. Sobald sie in Connecticut war, rief sie die Polizei an, gab Janets Nummer weiter und meinte, dass die Officers mal mit ihr sprechen sollten.«

»Was hat das zu bedeuten?« Chloes Magen zog sich zusammen, als es ihr dämmerte. »Oh nein. Meinst du, er hat Janet dasselbe angetan? Wir bekommen alle paar Wochen Anrufe und werden um Referenzen gebeten. Die arme Frau. Sie ist alleinerziehend. Kein Wunder, dass sie so abrupt gekündigt hat. Das ist ja furchtbar.«

»Ja, aber wenn er ihr dasselbe angetan hat und sie eine Aussage macht, stützt das deine Anzeige.«

»Das ist aber ein zweischneidiges Schwert, denn das würde ich niemandem wünschen.«

»Du wünscht es ihr ja auch nicht, Babe.« Er umarmte sie. »Wir wollen doch nur, dass die Wahrheit ans Licht kommt, wie immer sie auch aussieht.«

»Hm, richtig. Bei der Anklage gegen dich hilft uns das jedoch auch nicht weiter.«

»Du hast ja recht, aber wir dürfen uns nicht mit dem beschäftigen, was in fünf Wochen passieren könnte. Lass uns lieber hoffen, dass die Wahrheit diesen Kerl hinter Gitter bringt, und konzentrieren wir uns auf das Hier und Jetzt.« Er küsste sie und fügte leiser hinzu. »Schließlich steht dein Umzug auch bald bevor, es sei denn, du hast es dir anders überlegt.«

»So leicht wirst du mich nicht wieder los.« Sie konnte etwas unbeschwerter atmen. »Woher weißt du immer genau, was du tun und sagen musst, um mir dabei zu helfen, meine Sorgen zu überwinden?«

»Ich liebe dich. Das macht es leicht.«

»Neuerdings fühlt sich gar nichts leicht an.«

»Ich könnte ein paar tolle Witze darüber machen, wie gut *harte* Dinge sein können, aber ich befürchte fast, dass du das gar nicht witzig finden würdest.«

Sie musste lachen, und es war so schön, sich endlich wieder frei genug dafür zu fühlen, dass sie das unbedingt festhalten musste. »Ich kann dir versichern, dass ich ganz genau weiß, wie gut dein hartes Ding sein kann, Bikerboy.«

»Vorsicht, Herzensbrecherin, sonst schaffen wir es nie bis zu deinem Haus.«

Sie schlenderte die Verandastufen hinauf, sah ihn über die Schulter hinweg an und zwinkerte ihm verführerisch zu. »Es ist noch ziemlich früh …«

Einunddreißig

Am Samstagnachmittag holte Chloe eine Muffinform aus dem Küchenschrank und lauschte Marlys und Madigans Geplauder, die gerade die Küche in Chloes Häuschen umräumten. Sie erfreute sich an Justins Lachen, das aus dem Schlafzimmer drang, aus dem er und einige der anderen gerade eine weitere Ladung zum Umzugswagen brachten. Zeke räumte derweil den ersten Stock aus, während Dwayne und Tank gerade weitere Kisten aus dem Gästezimmer nach draußen trugen, wo Serena und Drake wahrscheinlich rumknutschten, obwohl sie behaupteten, Kisten zu beschriften. Sich auf das Hier und Jetzt zu konzentrieren, war genau das, was Chloe brauchte, um ein wenig Abstand zu Justins und ihren Problemen zu gewinnen. In den letzten beiden Tagen hatten sie schon vieles selbst gepackt, aber heute hatten sich ihre Familien und Freunde zusammengetan, um ihnen beim Rest zu helfen und ihre Sachen in Justins Haus zu bringen. In *ihr* Haus.

Chloe wurde bei dem Gedanken ganz warm ums Herz. Sie hielt die Muffinform hoch. »Wie wäre es damit, Mads? Soll ich sie hierlassen?«

»Eine Sekunde«, erwiderte Madigan, die mit der Nase praktisch am Küchenfenster klebte. »Roman ist draußen und unterhält sich mit Gunner und Tank.«

»Wer ist Roman?« Chloe stellte die Form ab und holte weitere aus dem Schrank.

»Einer von Gunners heißen Freunden vom Militär, ein total geheimnisvoller Typ«, antwortete Madigan. »Ich frage mich, was er hier macht.«

Marly trat neben Madigan und spähte hinaus. »Wow. Wen interessiert schon, warum er hier ist. Sieh dir die Arme von Mr. Heiß und Wild an.«

»Verdammt, Tank, du versperrst mir die Sicht«, beschwerte sich Madigan. »Komm schon, Gunner. Echt jetzt? Na toll. Jetzt kann ich Roman gar nicht mehr sehen. Es ist, als wüssten sie immer genau, wann ich einen Typen anstarre. Das sind die totalen Spaßbremsen. Voll ätzend.«

»Ach, ich glaube schon, dass man mit ihnen viel Spaß haben kann«, neckte Marly sie.

Madigan wollte Marly knuffen, die jedoch auswich und sich hinter Chloe versteckte. Chloe musste lachen, weil sie es sehr genoss, Teil dieser wunderbaren Truppe zu sein. Es war, als hätte sie noch mehr Schwestern um sich herum.

»Diese Typen sind solche Deppen«, sagte Serena augenrollend, als sie in die Küche kam, während Drake mit einer weiteren Kiste nach draußen ging. »Was guckt Mads denn so?«

Marly lief zurück zum Fenster. »Da sind drei heiße Typen.« Als ein Motorrad wegfuhr, ergänzte sie: »Jetzt sind es nur noch zwei, da Roman weggefahren ist. Oh, warte. Drei! *Drakey* gehört auch auf die Liste.«

»Mein Mann verdient den ersten Platz auf jeder Liste heißer Kerle«, erklärte Serena stolz.

»Juchhu!«, brüllte Zander, der aus dem Schlafzimmer gestürmt kam, etwas über dem Kopf schwenkte und durch die

Haustür ins Freie rannte.

Justin lief hinter ihm her und schrie: »Du bist geliefert!«

Die Frauen kamen gerade noch rechtzeitig nach draußen, um zu sehen, wie sich Justin auf Zander stürzte und ihn zu Boden warf. Zander lachte hysterisch, als sie um die Vorherrschaft kämpften.

»Was ist hier los?«, rief Chloe.

Blaine kam lässig mit einer Kommodenschublade in den Händen aus dem Haus, erklärte: »Zander hat die Tasche mit deiner Unterwäsche«, und ging völlig unbeeindruckt von der Rangelei im Vorgarten den Gehweg hinunter.

»Gefängnisklausel, Mann!«, brüllte Zander, während Justin auf ihm kauerte und seine Arme mit den Knien auf den Boden drückte. »Ich sorge schon dafür, dass sie befriedigt ist, während du hinter Gittern sitzt!«

»Ich bring dich um«, knurrte Justin.

Zeke kam aus dem Haus gerannt und erreichte die beiden zur gleichen Zeit wie Tank, Drake und Dwayne. Zeke murmelte nur: »Verdammt!«, und zog Justin von Zander herunter, der sich immer noch köstlich amüsierte.

»Hey, Z, hast du Zanders Leine vergessen?«, stichelte Dwayne.

Zander richtete sich auf. »Jemand muss Mavericks Süße doch bei Laune halten, wenn er es nicht kann.«

Justin befreite sich aus Zekes Griff und stürzte sich wieder auf Zander, doch Tank ging dazwischen, sodass Justin gegen ihn prallte. Sie gingen beide zu Boden und rissen Zander mit sich. Blaine, Dwayne und Zeke stürzten sich lachend ins Getümmel und zerrten Justin von Zander herunter.

»Und das alles wegen meiner Unterwäsche?«, fragte Chloe, als ein Motorrad die Straße heraufkam und am Ende der

Einfahrt parkte.

Ein großer Mann mit Aufnähern der Dark Knights auf der Weste nahm den Helm ab und Chloe erkannte Justice. Er schritt zielstrebig die Einfahrt hinauf und sah in Jeans und dem T-Shirt, das seine Tattoos gut zur Geltung brachte, völlig anders aus als im Anzug.

»Wer ist das?«, erkundigte sich Serena.

»Justice. Ist er nicht hinreißend?«, fragte Madigan, offensichtlich bemüht, der Situation etwas Leichtigkeit zu verleihen, was ihr jedoch finstere Blicke ihrer Brüder einbrachte.

Chloe bemerkte Justices ernsten Blick und ihr Magen zog sich zusammen. Justin nahm ihre Hand und sah genauso besorgt aus, wie sie sich fühlte.

»Komm schon, Baby«, murmelte er. »Was auch immer passiert, wir werden es überstehen.«

Vor lauter Herzklopfen brachte sie keinen Ton heraus.

»Wir sind bei dir, Bruder«, sagte Tank und gesellte sich zusammen mit den anderen zu ihnen.

Auf halber Höhe der Einfahrt standen sie Justice gegenüber.

Er nickte ihnen zu. »Chloe. Brüder«, sagte er mit seiner tiefen, markanten Stimme.

»Hey, Mann«, grüßten mehrere von ihnen.

»Gibt es Neuigkeiten?«, fragte Justin und umklammerte Chloes Hand etwas fester.

Justices dunkle Augen wirkten traurig. »Ja. Bedauerlicherweise musste Janet Kirsh sehr unter Alan Rogers leiden.«

»Oh nein.« Chloe empfand großes Mitgefühl mit Janet. Justin legte einen Arm um sie und drückte sie an sich. »Geht es ihr gut?«

Justice schüttelte den Kopf. »Nicht wirklich. Er hat ihr

Schweigegeld bezahlt, aber auch das Leben ihres Kindes bedroht. Sie hat sehr gelitten, konnte keinen Job lange behalten und ist häufig umgezogen, weil sie befürchtete, er könnte erneut hinter ihr her sein. Wie ihr euch vorstellen könnt, wollte sie anfangs nicht mit mir reden. Doch dann hat sie sich eines Besseren besonnen, eine formelle Aussage gemacht und Anzeige gegen ihn erstattet. Es macht ganz den Anschein, als würde Rogers für sehr lange Zeit ins Gefängnis kommen.«

Chloe kamen die Tränen und Justin nahm sie fest in die Arme. »Gott sei Dank.«

Um sie herum breitete sich Erleichterung und Jubel aus, aber alles, was Chloe hören konnte, war Justins Stimme in ihrem Ohr. »Wir haben ihn, Baby. Wir haben ihn.«

»Das ist noch nicht alles«, zog Justice abermals die Aufmerksamkeit aller auf sich. »Unser Privatdetektiv hat mit ehemaligen LOCAL-Mitarbeitern gesprochen und gestern hat sich noch eine Frau gemeldet. Sie ist ehemalige Krankenschwester und war vor Chloes Zeit im LOCAL angestellt. Wir gehen fest davon aus, dass sie nicht die Letzte sein wird, was Chloe nur zugutekommen kann. Darren Rogers hat sich außerdem für Maverick eingesetzt und Alan überzeugt, die Anklage fallen zu lassen.«

»Wirklich?«, fragten Chloe und Justin gleichzeitig.

»Ja. Der Prozess kann allerdings nicht von einem Opfer verhindert werden, sondern nur vom Staatsanwalt oder Richter«, erklärte Justice. »Der Staatsanwalt hat sich völlig in die Sache verbissen, daher blieb mir keine andere Wahl, als einen Deal auszuhandeln.«

Chloe hielt den Atem an und klammerte sich an Justin, der fragte: »Was für einen Deal?«

»Ich musste die Dark-Knights-Karte ausspielen und unseren Einsatz für die Gemeinde als Druckmittel einsetzen. Trotzdem wurdest du zu einem Antiaggressionskurs verdonnert«, erklärte Justice.

»So ein Schwachsinn«, knurrte Tank.

»Das Arschloch hat verdient, was es bekommen hat, und noch viel mehr«, fügte Zeke hinzu.

»Echt mal!«, stimmte Dwayne ihm zu.

Justin hob die Hände. »Wartet mal, Leute. Das ist in Ordnung, Justice. Ich mache den Kurs …«

»Willst du mich verarschen?«, knurrte Tank. »Können wir das nicht anfechten?«

Justin schüttelte den Kopf. »Jetzt denk doch mal nach. Das Risiko eingehen, im Gefängnis zu landen, oder einen gottverdammten Kurs machen? Da muss ich doch nicht lange überlegen, unabhängig davon, ob das Arschloch es verdient hat oder nicht.« Er sah Justice an. »Danke, dass du dich in dieser Angelegenheit so für mich eingesetzt hast. War es das dann? Muss ich noch vor Gericht erscheinen oder hat sich die Sache damit erledigt?«

»Wenn du den Kurs machst, bist du frei und unbelastet«, erwiderte Justice.

Justin drückte Chloe fest an sich. »Frei und unbelastet, Baby. Frei und unbelastet.«

»Du musst die Vereinbarung noch unterschreiben«, sagte Justice. »Kannst du später in meinem Büro vorbeikommen?«

»Auf jeden Fall.« Justin schüttelte ihm die Hand und umarmte ihn. »Danke, Bruder.«

»Vielen Dank«, sagte Chloe und drückte Justice ebenfalls.

»Das muss gefeiert werden«, rief Madigan. »Ich rufe Mom an und bitte sie, Tante Ginger im Hog Bescheid zu geben. Bringen wir die Sachen zu Justin und Chloe, danach köpfen wir den Champagner!«

Es folgten Beifall und Umarmungen.

Madigan schenkte Justice ein kokettes Lächeln. »Du solltest dich heute Abend zu uns gesellen.«

»Das lasse ich mir um nichts in der Welt entgehen. Bis später.« Justice sah ihr einen Moment lang in die Augen, bevor er zu seinem Motorrad ging.

Die missbilligenden Blicke der Männer waren nicht zu übersehen, hielten jedoch nicht lange an, da sich alle viel zu sehr über die guten Neuigkeiten freuten.

Außer Tank, der murrte: »Ich finde immer noch, wir hätten uns dagegen wehren können. Es ist nicht richtig, dass der Gute bestraft wird.«

Justin nahm Chloe in die Arme. »Aber dieser gute Kerl darf zu Hause bei seiner Süßen bleiben und das ist auch gut so.« Er presste die Lippen auf Chloes, was allgemeinen Jubel und Gejohle hervorrief. Dann stützte er die Stirn gegen ihre. »Ich liebe dich, Baby.«

Zander schlich sich an sie heran. »Und ich liebe deine Seidenunterwäsche.«

Justin kniff die Augen zusammen und spannte jeden Muskel im Köper an.

»Du musst echt Todessehnsucht haben, Zander«, kommentierte Tank.

»Entschuldige mich, Süße.« Justin gab ihr einen zarten Kuss. »Ich muss nur kurz meinen Bruder erwürgen.«

»Oh Scheiße!« Zander rannte wie ein Besessener los.

Während Justin Zander durch den Garten jagte, kamen Serena, Marly und Madigan zu Chloe und sagten ihr, wie sehr sie sich für sie und Justin freuten.

»Jetzt kannst du wieder zur Arbeit gehen«, sagte Serena.

»Da bin ich mir nicht so sicher«, erwiderte Chloe offen. »Nur weil Darren Alan davon überzeugt hat, die Anklage fallen zu lassen, bedeutet das noch lange nicht, dass er mich auch wieder dort sehen will, schließlich habe ich die Sache erst ins Rollen gebracht. Möglicherweise wird dadurch für mich alles nur noch schlimmer.«

»Weißt du was, Schwesterherz? Heute ist ein zu fantastischer und emotionaler Tag, um so eine wichtige Entscheidung zu treffen«, schlug Serena vor. »Gönn dir ein oder zwei Tage Zeit, um mit deinem zukünftigen Ehemann zu feiern, und womöglich denkst du danach anders darüber.«

»Vielleicht hast du recht.«

Dwayne brachte Zander zu Fall, Zeke sprang auf Dwayne und schließlich lagen alle Männer wieder auf dem Boden und rangen miteinander – auch Drake.

»Ich bin so froh, dass ich kein Kerl bin«, sagte Serena. »Ich sagte doch, dass sie alle Deppen sind. Mein Mann eingeschlossen.«

»Ich wäre gern mittendrin«, sagte Marly, woraufhin Madigan sie erneut knuffte und diesmal am Arm traf. »Ich mag Schläge lieber dort, wo sie zählen, Kleine.« Marly drehte sich um und wackelte mit dem Hintern.

Lachen hallte durch die Luft, während sich die Männer im Gras wälzten.

Justin hob kurz den Kopf und warf Chloe eine Kusshand zu, nur um von Blaine auf den Rücken geworfen zu werden. Doch Justin setzte sich sofort wieder auf, woraufhin Zander vor ihn sprang und Chloe ebenfalls eine Kusshand zuwarf. Justin riss ihn zu Boden und die Frauen bekamen sich gar nicht mehr ein vor Lachen.

»Willst du wirklich in diese verrückte Familie einheiraten?«, fragte Madigan.

»Mehr als alles andere auf der Welt.« Chloe interessierte nicht die Bohne, was Justin war – Bad Boy, Biker, Bildhauer oder Depp –, solange er ihr gehörte.

Zweiunddreißig

Ginger und Reba hatten Justins und Chloes gute Nachrichten über die Gerüchteküche der Dark Knights rasch verbreitet und Serena erzählte es ihren Freunden in Bayside. Conroy hatte die Bar für die Öffentlichkeit geschlossen, sodass der Raum angefüllt war mit Freunden, ihren Familien und mehr guter Laune, als Justin sich je hätte wünschen können. Sie hatten geschlemmt, angestoßen, gelacht und getanzt. Und jetzt tanzte Chloe mit den Frauen, während Justin bei Tank und Preacher an einem Tisch stand und alles in sich aufsaugte.

»Du und Chloe, ihr seht beide gute zehn Jahre jünger aus als Montagabend«, stellte Preacher fest.

»Ich komme mir vor, als hätten wir in den letzten paar Tagen ein ganzes Leben gelebt. Inzwischen geht es uns beiden wieder recht gut, aber Chloe hat immer noch schlimme Albträume. Ich mache mir Sorgen um sie, Preacher, und überlege, sie Cuffs' Schwester vorzustellen.« Tasha Revere war Psychotherapeutin und lebte seit Kurzem wieder in der Gegend.

»Es tut mir sehr leid, dass sie so zu kämpfen hat«, sagte Preacher mitfühlend. »Sie hat eine Menge durchgemacht, daher ist es vermutlich eine gute Idee, wenn sie sich mal mit Tasha trifft.«

»Bevor wir herausfanden, dass Darren Alan davon überzeugt hat, die Anklage fallen zu lassen, schien Chloe fast schon
so weit zu sein, wieder zur Arbeit zu gehen. Sie möchte für die
Menschen da sein, die ihr am Herzen liegen. Aber jetzt hat sie
erneut Bedenken. Das Ganze belastet sie sehr. Ich hoffe, dass
Tasha ihr auch dabei helfen kann.«

Preacher trank einen Schluck Bier. »Es ist verständlich, dass
sie nach allem, was passiert ist, mit sich hadert.«

»Sie wird vielleicht nie wieder dieselbe Person sein, die sie
einmal war«, warf Tank in ernstem Tonfall ein. »Vielleicht geht
sie gestärkt daraus hervor, doch du solltest darauf vorbereitet
sein, dass es auch anders kommen könnte und sie eine Zeit
lang mit Stimmungsschwankungen zu tun hat.«

»Ich weiß. Ich kümmere mich um sie und werde mit Tasha
reden, um herauszufinden, wie ich Chloe helfen kann. Es
macht mich wütend, dass dieses aufgeblasene Arschloch
möglicherweise ruiniert hat, wofür sie so hart gearbeitet hat.
Ich dachte, sie zögert vielleicht auch deshalb, weil es ihr
peinlich ist, Darren und allen anderen bei LOCAL wegen dem,
was ich getan habe, gegenüberzutreten. Daher habe ich ihr
angeboten, sie zu begleiten und zu versuchen, mich mit ihm
auszusprechen. Ich bin durchaus bereit, mich bei Darren oder
jedem anderem dort zu entschuldigen. Es ist nicht ihre Schuld,
dass der Typ ein Drecksack ist.«

»Das ist keine schlechte Idee. Was hält Chloe davon?«,
fragte Preacher.

Justin zuckte mit den Achseln. »Sie wollte darüber nachdenken.«

»Ja, wahrscheinlich wäre das besser. Der Staub sollte sich
erst mal legen.« Tank trank einen Schluck und schaute Leah

hinterher, die an anderen Tischen bediente. »Wie viel Zeit hat Chloe, bevor sie sich endgültig entscheiden muss?«

»Etwas weniger als zwei Wochen.«

»Die wird sie wahrscheinlich auch brauchen«, sagte Preacher und schaute zu Reba hinüber, die mit Baz und Evie am Tisch saß und sich mit Violet und Andre unterhielt. »So, Jungs, ich gehe lieber mal zu meiner Old Lady, damit ich nicht noch in der Hundehütte schlafen muss.«

Justin beobachtete, wie Preacher sich setzte und Reba zu sich heranzog. Ihr Gesichtsausdruck wurde wärmer und sie gab ihm einen Kuss auf die Wange. Preacher hatte den ganzen Abend förmlich an Justin geklebt, und Reba hatte ihn und Chloe so oft umarmt, dass Justin gar nicht darüber nachdenken mochte, wie es für die beiden gewesen wäre, wenn man ihn zu einer längeren Haftstrafe verdonnert hätte.

»Komm schon!« Marly zerrte Blaine auf die Tanzfläche.

»Brüder! Rettet mich!«, rief Blaine ihnen zu.

Justin und Tank mussten lachen.

»Der Kerl will sie doch nur flachlegen«, brummte Tank. »Ich bringe ihn um, wenn er ihr wehtut.«

Justin wusste, dass Tank das ernst meinte. Er blickte an Blaine und Marly vorbei zu Chloe hinüber, die mit ihren Freundinnen tanzte. Erleichterung durchflutete ihn, so wie jedes Mal, wenn er sie ansah, sie berührte und an sie dachte, seitdem Justice ihnen die guten Nachrichten überbracht hatte.

Als all ihre Sachen ins Haus gebracht waren, hatte Justin das gleiche überwältigende Gefühl gehabt, endlich am richtigen Ort und bei der richtigen Person zu sein, wie damals, als er zu einem richtigen Teil der Wicked-Familie geworden war. Er ließ den Blick über seine Freunde und Familie schweifen. Steph amüsierte sich über Dwayne. Zander flirtete an einem Stehtisch mit drei Töchtern von Dark-Knights-Mitgliedern, und wie immer stand Zeke in der Nähe und behielt ihn im Auge.

Einige Dinge änderten sich eben nie.

Justin empfand das als tröstlich. Er wusste, dass er heute gerade noch mal davongekommen war, und mochte gar nicht daran denken, dass er beinahe im Gefängnis gelandet wäre und all das hier verpasst hätte. Er war dankbar für sein Glück und wollte alles daransetzen, dass Chloe ihr Vertrauen und ihr Leben zurückerlangte.

Tank straffte sich ein wenig. Justin folgte seinem Blick zu Leah, die ein Tablett mit Getränken zu einem Tisch trug, an dem Cuffs mit Justice und ein paar anderen Dark Knights saß. Leah hatte jedes Mal den Blick gesenkt, wann immer sie Tank an diesem Abend begegnet war, und Tank hatte sie den ganzen Abend über beobachtet.

»Was geht dir durch den Kopf?«, erkundigte sich Justin.

»Ich wüsste zu gern, weshalb ich ihr solche Angst einjage«, antwortete Tank, ohne die Kellnerin aus den Augen zu lassen.

»Du bist eben ein furchterregender Typ.«

Tank warf ihm einen Seitenblick zu. »Die Frau gibt mir Rätsel auf. Ich frage mich, ob sie bloß eine Einzelgängerin ist oder vor Ärger davonläuft.«

»Nur weil sie einem Kerl gegenüber misstrauisch ist, der einem Mann mit bloßen Händen den Schädel einschlagen könnte, heißt das noch lange nicht, dass sie gerettet werden muss, Tank. Entspann dich. Sie spürt wahrscheinlich, dass du sie beobachtest, und das macht sie nur noch misstrauischer.«

Am anderen Ende des Raums legte Ginger Leah einen Arm um die Schulter und raunte ihr etwas ins Ohr. Leah nickte und ging zu einem anderen Tisch.

»Ginger passt auf ihre Mädels auf«, rief Justin ihm in Erinnerung. »Sie wüsste es, wenn sich unter ihrem Dach Ärger zusammenbrauen würde.«

Tank nickte und trank sein Bier aus.

Mike bahnte sich einen Weg durch die Menge. »Ich dachte schon, dein Vater weicht dir nie von der Seite. Hast du das Zeug dabei?«

Glucksend holte Justin ein Twix aus der Tasche. »Hab ich nicht immer was für dich?«

»Ich habe mir Sorgen gemacht, dass sie dich einbuchten«, gestand Mike und riss die Verpackung auf. »Du bist mein bester Lieferant.«

»Was hältst du von mir, Gramps? Glaubst du etwa, ich hätte meinen Laden nicht im Griff?«, stichelte Justin. »Es würde keinen Unterschied machen, ob ich hinter Gittern sitze, denn ich habe Beziehungen. Ich würde dich nie im Stich lassen und dich auf Entzug setzen.«

Tank stellte seine leere Bierflasche auf den Tisch. »Er hätte Chloe gebeten, dich zu versorgen. Und wenn sie es nicht tun könnte, würde ich mich um dich kümmern, alter Mann.«

»Dann muss ich dich wohl wieder in mein Testament aufnehmen«, frotzelte Mike und biss in den Riegel. »Ja, das ist das gute Zeug. Fast so süß wie deine Kleine, Maverick. Wie geht's ihr?«

Justin schaute zu Chloe hinüber, die in seine Richtung kam. »Sie muss sich noch etwas erholen, aber das schaffen wir schon.«

Das Geräusch von Metall auf Glas lenkte alle Blicke auf Preacher, der am Kopfende des Tischs stand. »Darf ich kurz um eure Aufmerksamkeit bitten?«

Justin nahm Chloes Hand und zog sie näher zu sich heran. Er legte von hinten die Arme um sie, sodass sie Preacher sehen konnte, und raunte ihr »Ich habe dich vermisst, Baby« ins Ohr.

»Ich dich auch«, sagte sie über die Schulter, und Justin küsste sie.

»Ich möchte mich bei euch allen für eure Unterstützung in dieser schwierigen Zeit bedanken«, sagte Preacher laut. »Und dafür, dass ihr heute Abend mit uns feiert, weil Mavericks Name reingewaschen wurde und er und Chloe eine glänzende Zukunft vor sich haben.«

Jubel und Beifall erfüllten den Raum.

Preacher hob die Hände und brachte die Menge zum Schweigen. »Aber mit dieser guten Nachricht fanden wir auch heraus, dass andere Frauen, genau wie unsere liebe, süße Chloe, durch dieses Monster leiden mussten. Diese Frauen haben alle eine schwere Zeit vor sich. Sie werden sich ihrem Angreifer vor Gericht stellen müssen, und damit werden Trauer, aber hoffentlich auch Abschluss und Heilung einhergehen. Dank euch allen weiß ich, dass sie das nicht allein durchstehen müssen. Wir werden bei ihnen sein, ihnen im Gerichtssaal Kraft schenken und sie bei jedem Schritt unterstützen.« Preacher blickte quer durch den Raum zu Justin und Chloe und hob sein Glas. »Auf die Unterstützung dieser unglaublich starken Frauen und darauf, dass wir unser Bestes tun werden, damit so etwas nicht noch einmal passiert.«

Die Menge rief »Hört, hört!« und johlte.

Chloe drehte sich in Justins Armen um. »Ich liebe deine Familie so sehr.«

»Sie lieben dich auch, Baby.« Er drückte die Lippen auf ihre, während Preacher alle daran erinnerte, möglichst viele Leute auf die Suizidpräventions-Rallye aufmerksam zu machen.

»Okay, genug rumgeknutscht«, protestierte Madigan und zog Justin und Chloe auseinander.

Hinter Madigan stand eine ganze Armee von Frauen, was Chloe ein Lächeln ins Gesicht zauberte.

Serena nahm Chloes Hand. »Wir müssen sie uns ausleihen.«

»Schon wieder?«, stichelte Justin.

Evie legte Chloe einen Arm um die Schulter. »Du wirst sie für immer haben. Was macht da eine halbe Stunde schon aus?«

Während die Frauen Chloe zur Tanzfläche schleiften, wandte sich Justin Tank und Mike zu. »Dann sind wohl nur noch wir drei übrig.«

»Ihr zwei«, widersprach Mike. »Seht ihr die hübsche Dame am Ende der Bar? Vielleicht lässt sie mich ja mal lecken.«

Justin und Tank drehten sich um und schauten zu Sidney hinüber, die dort vor einem Eisbecher saß. Tank lachte leise. Als Mike wegging, murmelte Justin: »Versauter alter Mann.«

Sie setzten sich zu ihren Brüdern an den Tisch und wurden in ein Gespräch mit Conroy verwickelt. Als Justin nach Chloe Ausschau hielt, konnte er sie nirgends entdecken. Er stand auf, ließ den Blick umherschweifen und machte sich auf den Weg zur Tanzfläche. »Wo ist Chloe?«, fragte er die Frauen, die noch dort tanzten.

»Sie wollte auf die Toilette«, antwortete Evie.

Justin ging in die Richtung und bemerkte Chloe am Ende des Gangs. Sie wandte ihm den Rücken zu und presste sich das Telefon ans Ohr. Als sie sich umdrehte, schnürte sich ihm beim Anblick der in ihren Augen glitzernden Tränen die Kehle zu. »Was ist?«, fragte er und trat näher.

Chloe hob einen zittrigen Finger. »Okay, danke noch mal. Wir sehen uns dann Montag in einer Woche.«

Sobald sie das Gespräch beendet hatte, fragte Justin: »Was ist passiert?«

»Das war Darren.«

»Verdammt.« Er mahlte mit dem Kiefer und ballte die Fäuste. Wenn der Kerl versuchen wollte, Chloe von der Anzeige abzubringen, würde Justin ihm den Hals umdrehen.

»Nein, ist schon gut.« Sie berührte seinen Arm. »Er wollte sich entschuldigen.«

»Entschuldigen?«, wiederholte er misstrauisch.

»Ja, ich war auch sehr beeindruckt. Er sagte, er hätte es gern persönlich getan, aber bisher wüsste ja noch niemand, ob ich wieder zur Arbeit kommen würde. Er hatte keine Ahnung, was Alan getan hat, und sagte, er sei entsetzt, dass sein Sohn zu dem fähig sein soll, was man ihm vorwirft, und dass ihm aufrichtig leidtäte, was ich durchgemacht habe. Du hättest ihn hören sollen. Er klang durch und durch ehrlich und so gebrochen, wie ich mich fühle. Er sagte, er könnte es verstehen, wenn ich nie wieder ins LOCAL zurückkehren will, aber er hofft, dass ich mich dafür entscheide, weil das Heim und die Bewohner sehr darunter leiden würden, wenn ich nicht wiederkäme.«

Justin stieß die Luft aus und merkte erst jetzt, dass er sie angehalten hatte. »Gott sei Dank. Als ich deine Tränen sah …« Er nahm sie in die Arme und war unfassbar erleichtert. »Ich liebe dich, Babe.«

»Ich liebe dich auch.«

»Ich werde mich trotzdem bei ihm entschuldigen. Mach dir deswegen keine Sorgen.«

»Das musst du nicht tun.« Sie wich zurück und ihre Augen waren klarer als noch vor wenigen Augenblicken. »Darren meinte, er hätte an deiner Stelle dasselbe getan.«

»Wow, das kommt unerwartet.«

»Und wie. Ich sagte doch, er ist ein Gentleman.«

»Das hast du. Das sind wirklich tolle Neuigkeiten, Babe.

Was denkst du darüber?«

Sie reckte das Kinn in die Luft und wirkte auf einmal sehr viel selbstbewusster, als sie es die ganze letzte Woche getan hatte. »Ich werde mir nicht länger selbst im Weg stehen, Justin, sondern gehe wieder an die Arbeit. Du hattest recht. Alan sollte nicht die Macht haben, mir all das wegzunehmen, wofür ich so hart gearbeitet habe.«

»Oh, Baby. Das macht mich so glücklich.« Er hob sie hoch und küsste sie, während er sie herumwirbelte.

Zwei Ehefrauen der Dark Knights kamen aus der Damentoilette und wollten sich an ihnen vorbeizwängen.

Justin setzte Chloe ab, wobei er die Arme um sie legte, und schob sie vorwärts, bis sie mit dem Rücken an der Wand stand, um den Frauen Platz zu machen.

Sehnsucht stieg in Chloes Augen auf. »Das fühlt sich an wie ein Déjà-vu.«

»Und wie, Süße. Ich werde nie vergessen, wie ich dich das letzte Mal vor der Toilette einer Bar angegraben habe. Das war die Nacht, in der ich beschloss, dir die Augen in Bezug auf uns zu öffnen.«

»Das hätte ich damals schon tun sollen.« Sie packte ihn am Kragen, presste den Mund auf seinen und küsste ihn mit der ganzen Leidenschaft und der ganzen Gier einer verliebten Frau.

Seiner verliebten Frau.

Die Musik drang aus der Bar zu ihnen herüber, es lief »Heartbeat«. Justin nahm Chloes Hand. »Sie spielen dein Lied. Darf ich um diesen Tanz bitten, Herzensbrecherin?«

Sie schenkte ihm ein strahlendes Lächeln. »Um diesen Tanz und jeden weiteren Tanz für den Rest meines Lebens.«

Während sie sich im Takt der Musik wiegten, seufzte sie zufrieden und flüsterte: »Über uns sind keine Sterne.«

»Keine Mondscheinküsse«, flüsterte er zurück und drückte sie fester an sich.

»Ich schätze, die kommen dann wohl später«, sagte sie verführerisch. »Oder was denkst du, Bikerboy?«

Er drückte die Lippen auf ihren Hals, und als sie einen anerkennenden Laut von sich gab, raunte er ihr ins Ohr: »Ich glaube, ich habe die Frau, die ich anbete …« Er küsste sie auf die Wange. »… den Star all meiner schmutzigen Fantasien …« Er ließ die Zunge über ihre Ohrmuschel gleiten. »… und die Liebe meines Lebens sicher und glücklich in meinen Armen.« Er strich mit seinen Lippen über ihre und flüsterte: »Und ich kann es kaum erwarten, dich zu meiner Frau zu machen.«

Dreiunddreißig

Als die Sonne über den Horizont lugte, stieg Justin vor Preachers und Rebas Haus von seinem Motorrad und ging zur Küchentür. Als er das letzte Mal mit einer derart schweren Last ihr Haus betreten hatte, war er ihnen gerade erst begegnet. Seitdem hatte sich so viel verändert. Verdammt, in den letzten paar Monaten war sein Leben auf den Kopf gestellt worden. Der Juli war die reinste Achterbahnfahrt gewesen, mit Lektionen in Sachen Überleben, Hoffnung und Liebe, und er und Chloe waren stärker denn je daraus hervorgegangen. Der August war ein Monat der Segnungen gewesen. Chloe war bei ihrer Rückkehr zur Arbeit herzlich empfangen worden und hatte sich inzwischen gut wieder eingelebt. Das Junior-/Senior-Programm war zu einem festen Bestandteil des Angebots geworden und das Puppenspielprogramm gut angelaufen. Es hatten sich außerdem noch weitere von Alans Opfern gemeldet, und sein Anwalt hatte ihn davon überzeugt, sich auf einen Vergleich einzulassen, damit seine Opfer nicht vor Gericht aussagen mussten. Alan Rogers wurde zu einer Haftstrafe von zwanzig Jahren verurteilt, mit der Möglichkeit einer vorzeitigen Entlassung auf Bewährung nach sechzehn Jahren. In Justins Augen wäre keine Strafe ausreichend gewesen, aber er hatte das

Gefühl, dass Rogers dort eine schwere Zeit erleben würde. Shadow war vor ein paar Wochen zu ihnen gezogen, und seitdem bildeten er und Sampson ein unzertrennliches Gespann. Zu viert waren sie zu der Familie geworden, von der Chloe immer geträumt hatte. Sie waren glücklich in den September übergegangen, der warme, volle Tage und kühle, liebevolle Nächte beinhaltete – und in Justin das Bedürfnis weckte, sich endlich von den letzten Ketten seiner Vergangenheit zu befreien.

Als er nach dem Türknauf griff, war es Chloes Liebe, die ihm die Kraft gab, durch die Tür zu gehen, obwohl sie nichts von seinen Plänen wusste und auch nicht, dass er überhaupt das Haus verlassen hatte. Sie hatte ebenso wie die Hunde tief und fest geschlafen, als er sich in aller Herrgottsfrühe hinausschlich, um hierherzukommen.

Preachers Hunde Buster und Milo begrüßten Justin schwanzwedelnd. Reba stand im Bademantel am Küchentresen und kochte frischen Kaffee, während Preacher in Jeans und einem Dark-Knights-T-Shirt am Tisch saß und schon eine Tasse vor sich hatte. Es war seltsam, Mike nicht an diesem Tisch sitzen zu sehen. Er war vor ein paar Wochen ins LOCAL gezogen und ihm gefiel das Leben dort sehr gut. Mittwochs aß er immer mit Chloe zu Abend, wobei Mike zufolge die Frauen bereits Schlange standen, um ihr diesen Platz streitig zu machen. Aber trotz des ganzen Geredes seines Großvaters wusste Justin, dass keine Frau sein Herz jemals erobern würde. Wie sollte das auch gehen, wo Hilda doch so viel davon mitgenommen hatte?

»Guten Morgen, mein Junge«, grüßte Reba und lächelte herzlich, als er die Hunde streichelte.

Die Neugier und Sorge in ihren Augen setzten Justin arg

zu. Er hatte sie mit seinem Anruf noch vor Sonnenaufgang geweckt und gefragt, ob er zum Reden herüberkommen durfte. Er gab ihr einen Kuss auf die Wange. »Hi, Mom. Tut mir leid, dass ich euch so früh geweckt habe.«

»Schon okay, Baby. Du weißt, dass es uns nichts ausmacht.«

Preacher richtete sich auf und musterte Justin. »Sohn«, sagte er und umarmte ihn. »Ich nehme an, du bist nicht hier, um uns zu sagen, dass Chloe schwanger ist.«

Justin gluckste. »Das ist sie nicht, aber wir haben viel Spaß beim Üben.«

»Guter Junge.« Preacher klopfte ihm auf die Schulter, und als sie sich an den Tisch setzten, sah er Reba an. »Du schuldest mir eine Rückenmassage, Babe.«

»Ihr habt gewettet?« Justin schüttelte den Kopf.

»Es war eine Win-win-Situation.« Reba legte ihre Hand auf Preachers. »Entweder bekomme ich ein Enkelkind oder darf mich an diesem heißen Kerl austoben.«

Preacher beugte sich vor und küsste sie, dann flüsterte er: »Ich liebe dich, Baby.«

Justin sah den Mann und die Frau an, die ihn gelehrt hatten, zu lieben, zu vertrauen und keine Angst zu haben, die Wahrheit zu sagen, und wusste, dass er endlich bereit war, sich zu befreien. »Das mit dem Baby hat noch ein bisschen Zeit. Obwohl Chloe jedes Mal, wenn sie Desirees kleinen Jungen in den Armen hält, diesen Blick bekommt ...« Desiree hatte den bezaubernden Aaron in der Nacht zur Welt gebracht, in der sie gefeiert hatten, dass die Anklage gegen Justin fallen gelassen worden war, und in der sich Chloe entschieden hatte, wieder bei LOCAL zu arbeiten.

»Ah, *der Blick*«, sagte Preacher und musterte Reba, als würden sie eine geheime Botschaft austauschen. »Ich habe diesen Blick immer geliebt.«

»Ich mag ihn auch, Preacher«, gab Justin ehrlich zu. Er freute sich darauf, mit Chloe lebhafte, unabhängige Kinder großzuziehen, aber er hatte es nicht eilig damit. Ihre vierbeinigen Jungs hielten sie auch so schon auf Trab, und sowohl er als auch Chloe liebten die Freiheit langer Sonntagsausflüge und die Nächte, in denen das Einzige, was sie wachhielt, ihr unstillbares Verlangen nacheinander war.

»Geht es um die Rallye, mein Sohn?« Preacher sah ihm in die Augen. »Wir wissen, wie schwer diese Veranstaltung für dich ist.«

Die Emotionen schnürten Justin die Kehle zu. »Es geht um alles. Die Rallye, wer ich bin, was ich geworden bin und wer ich sein will.«

Reba legte die andere Hand auf Justins, und sie schaute zwischen ihm und Preacher hin und her, bis ihr Blick schließlich auf ihm verharrte. »Was auch immer dich belastet, wir werden es gemeinsam durchstehen, Schatz.«

Er drehte seine Hand um und hielt die ihre fest. »Ich weiß, Mom. Deshalb bin ich ja hier. Von dem Tag an, an dem ich begriffen habe, was es heißt, ein Wicked zu sein, bin ich immer ehrlich zu euch gewesen. Und doch gibt es eine Sache, die ich euch vorenthalten habe. Ich habe nie gelogen, aber es fühlt sich an, als hätte ich es getan.« Tränen brannten in seinen Augen, sowohl wegen dieser Halbwahrheit als auch wegen der schmerzhaften Erinnerungen, die er zu unterdrücken versuchte. »Mein Vater hat die Polizei in Bezug auf den Tod meiner Mutter belogen. Ich war bei ihr zu Hause, als sie diese Tabletten geschluckt hat. Ich wusste nicht, dass sie ihr Leben beenden wollte, aber ich war derjenige, der sie gefunden hat.«

Er erzählte ihnen alles, was er auch Chloe anvertraut hatte, und als ihm die Tränen über die Wangen liefen, musste auch Reba weinen. »Es tut mir leid, dass ich es euch nicht früher gesagt habe. Ich habe mir immer wieder eingeredet, dass es vergangen ist und ich darüber hinweg bin. Dank Chloe habe ich gemerkt, dass ich mir nur etwas vorgemacht habe und vor dem weggelaufen bin, was mich am meisten verletzt hat.« Er erzählte ihnen, dass Chloe die Idee für die Skulptur gehabt hatte, die sich auf die Menschen konzentrierte, die zurückgelassen worden waren, und auf die Unterstützung durch ihr Umfeld, anstatt zu versuchen, etwas zu ändern, was niemals ungeschehen gemacht werden kann. »Chloe und ich haben mit Tasha Revere gesprochen, und sie hat uns geholfen, viele Dinge klarer zu sehen.« Die Therapie hatte Chloe auch geholfen, Serena von den schrecklichen Dingen zu erzählen, die sie als junges Mädchen durch die Freunde ihrer Mutter und den Kerl auf dem Parkplatz des Salty Hog erlitten hatte. Zu sehen, was für eine Last Chloe dadurch genommen wurde, hatte Justin geholfen, an den Punkt zu gelangen, an dem er heute war. »In den letzten Wochen, als ich die Skulptur für die Rallye fertiggestellt habe, wurde mir klar, dass mein Schweigen weder euch noch Chloe, die die Wahrheit kennt und mein Geheimnis für sich behalten hat, noch mir selbst gegenüber fair war. Ich hoffe, ihr könnt mir verzeihen.«

Reba sah Preacher mit tränenüberströmten Wangen an, in dessen Augen sich wiederum Traurigkeit und Liebe widerspiegelten, als er sich Justin zuwandte. »Wir hoffen, du kannst uns ebenfalls verzeihen, mein Sohn, denn wir wussten das schon einen Monat, nachdem du zu uns gekommen warst.«

»Ihr habt es gewusst?« Justin ließ sich auf dem Stuhl zurücksinken, trocknete sich die Augen und versuchte, das

Gesagte zu verarbeiten. »Wie das?«

Preacher sah Justin ernst in die Augen. »Wenn man jemanden liebt, will man alles über ihn wissen, über die Dinge, Menschen und Ereignisse, die ihn zu dem gemacht haben, der er ist. Das Gute, das Schlechte und alles, was dazwischen liegt. Ich habe deinen Vater im ersten Monat nach deinem Einzug ein halbes Dutzend Mal besucht. Ich habe dich geliebt, mein Sohn. Wir haben dich geliebt, und wir mussten wissen, was du durchgemacht hattest, damit wir für dich da sein konnten. Dein Vater hat mir erzählt, was passiert ist. Ich kannte nicht all die Details, die du uns gerade erzählt hast, aber ich wusste, dass du mit ihr allein warst, als es passiert ist, und dass er die Behörden belogen hatte.«

Justin konnte nicht glauben, dass sie es gewusst hatten, doch er verstand sofort, was Preacher getan hatte, denn wenn er die Möglichkeit gehabt hätte, jedem von Chloes Angreifern gegenüberzutreten, hätte er es getan. »Warum habt ihr nie was gesagt?«

»Weil wir nicht wussten, ob du dich daran erinnerst, und wir hatten Angst, dass wir dich dadurch noch mehr traumatisieren würden«, antwortete Reba.

»Wir haben mit einem Kinderpsychologen gesprochen«, erklärte Preacher. »Du hattest so viel zu verarbeiten, dass wir nicht noch mehr ausgraben wollten. Wir waren zuversichtlich, dass du zu gegebener Zeit mit uns darüber sprechen würdest, falls du dich erinnerst. Vergiss nicht, dass du bei einer Therapeutin warst, und wir haben uns darauf verlassen, dass sie uns darauf hinweist, wenn wir uns irgendwie anders verhalten sollen.«

»Ich habe mit ihr darüber gesprochen. Hat sie es euch erzählt?«, fragte Justin.

»Nein, Schatz«, antwortete Reba. »Wir waren in nichts eingeweiht, was du bei diesen Sitzungen gesagt hast. Sie hat uns nur versichert, dass sie uns Bescheid geben würde, wenn sie der Meinung ist, dass wir eingreifen sollten.«

»Ich weiß nicht, ob wir das Richtige getan haben, mein Sohn, aber wir wollten immer nur das Beste für dich.« Preacher warf Reba einen traurigen Blick zu. »Und wir könnten es verstehen, wenn sich dadurch die Dinge zwischen uns ändern.«

»Du hast mir einmal gesagt, dass die Liebe eine mächtige Kraft ist. Zu mächtig, um von der Vernunft übertrumpft zu werden. Das ändert alles«, sagte Justin aufrichtig. »Zum Besseren.«

Reba stieß die Luft aus und war sichtlich erleichtert. Ihr kamen abermals die Tränen, als sie zu ihm trat. Er stand auf und nahm sie in die Arme. Ihre Tränen benetzten seine Wangen, als sie sagte: »Wir lieben dich, mein Schatz.«

Preachers starke Arme umschlangen sie beide, und Justin wurde von Liebe, Dankbarkeit und Erleichterung überwältigt.

»Ich muss dir etwas gestehen, mein Sohn.« Preacher löste sich von ihnen und legte Reba einen Arm um die Schultern. »Deine Mutter und ich sind nicht perfekt.«

Sie mussten alle lachen, und Justin erwiderte: »Vielleicht nicht für manche Leute, aber für mich seid ihr perfekt genug.«

Chloe wurde wach, weil die Hunde vom Bett sprangen, als Justin durch die Haustür kam. Die Sonne schien durch die Glaswände des freitragenden Zimmers mit Blick auf den Teich, in dem sie letzte Nacht eingeschlafen waren. Ihr Blick wanderte zu dem großen Treibholzstück mit eingelassenen Kerzen, das sie im Artsea, dem hübschen Laden in Harborside, gekauft hatten. Justin hatte sie damit überrascht, als sie von ihrem ersten Arbeitstag nach Hause gekommen war. Das Stück passte perfekt in den Raum, und das Liebesspiel bei Kerzenschein war zu einer ihrer Lieblingsbeschäftigungen geworden, zusammen mit dem Tanzen im Mondlicht mit ihrem Lieblingsmenschen – dem schroffen Bad Boy, der gerade mit einem Kaffeebecher und einer Tüte von der Blue Willow Bakery in der Hand und ihren Hunden auf den Fersen hereinkam.

Justin hockte sich neben sie und küsste sie auf die Wange. »Guten Morgen, meine Schöne.«

»Hi«, sagte sie schläfrig. »Wie spät ist es?«

»Noch sehr früh.« Die Hunde schnüffelten an der Gebäcktüte. »Ich habe dir Muffins und Bagels mitgebracht.«

»Mmh. Gibt es einen besonderen Anlass?«

Er küsste ihren Hals. »Ich sammle nur ein paar Punkte.« Er nahm ihre Hand. »Kommst du mit mir in mein Atelier? Ich möchte dir etwas zeigen.«

»Bekomme ich endlich die Skulptur zu sehen, Mr. Mysteriös?« Ihr wurde vor Aufregung ganz kribbelig und sie sprang auf. In den letzten Wochen hatte er lange im Atelier gearbeitet und ihr die Skulptur nicht mehr gezeigt.

Er führte sie zur Haustür und sagte mit kokettem Lächeln: »Wenn du deine Karten richtig ausspielst.«

»Ich habe dich die ganze Nacht spielen lassen. Das sollte doch etwas zählen.«

Während sie die Füße in ein Paar Flip-Flops steckte, nahm er eines seiner Sweatshirts von der Garderobe und half ihr, es über ihre Schlafshorts und ihr Top zu ziehen. »Dein freches Mundwerk ist noch mal mein Untergang«, murmelte er finster und küsste sie, bis ihr Hören und Sehen verging.

Jedes Mal, wenn er so über ihren Mund sprach, wurde ihr ganz heiß und ihr Körper kribbelte, als hätte er sie überall berührt. Gestern Abend hatte er so etwas gesagt, während sie alle möglichen wundervollen Dinge mit ihm anstellte, woraufhin sie sich noch mehr ins Zeug gelegt hatte und sie beide ein bisschen wild geworden waren.

Bei der Erinnerung daran errötete sie, als sie mit Sampson und Shadow zum Atelier hinuntergingen. Die Hunde liefen im Atelier herum und beschnüffelten alles. Die Skulptur für die Rallye stand in der Mitte des Raums und war mit einem Laken abgedeckt.

Chloe hüpfte ungeduldig auf und ab. »Ich bin so aufgeregt.«

»So aufgeregt, wie du warst, als ich mir deinen Namen auf den Rücken tätowieren ließ?«

»Ja!« Er hatte mehr als nur ihren Namen hinzugefügt. Tank hatte ihm auch drei Libellen tätowiert, die um den Baum herumschwirrten, und eine, die auf dem Band saß, auf dem ihr Name stand.

»Ohne dich hätte ich das nicht geschafft, Babe. Ich hoffe, sie gefällt dir.«

Er zog das Laken herunter, und der Anblick der lebensechten Gesichter, die sie anschauten, raubte ihr den Atem. Im Gegensatz zu seinen anderen Kunstwerken hatte dieses nichts Trauriges oder Verzweifeltes an sich. Die Gesichter waren kunstvoll gefertigt und sofort zu erkennen. Sie ging um die wunderschöne Skulptur herum und nahm die Nuancen der Augen seiner Familie, das Lächeln, die Grübchen, die Bärte und so viele andere kleine Details wahr, wie den Schönheitsfleck neben Rebas linkem Auge und Zekes gerunzelte Stirn. Er hatte sogar Zanders Verspieltheit in den Lachfalten um seinen Mund eingefangen. Sie fuhr mit den Fingern die tiefen, gewundenen Rillen entlang, die er zwischen und um die Gesichter herum angelegt hatte, und konnte die Energie deutlich spüren, die er zu vermitteln hoffte.

»Sie ist wunderschön, Justin.« Ihr Blick fiel auf den Sockel aus Händen, die die Säule stützten, aus der all die Gesichter und die Energie hervorkamen. Die Hände waren genauso gut zu erkennen wie die Gesichter – definiert durch Tätowierungen, dicke oder schmale Finger, gealterte Knöchel, die Form der Fingernägel, Ringe und die Armbänder, die Madigan so oft trug. Chloe ging langsam um sie herum und bewunderte jedes Detail. Ihr Blick blieb an einer vertrauten Hand hängen, die ein Verlobungsring mit einer Libelle zierte. Sie trat näher heran und wollte ihren Augen kaum trauen.

»Justin ...? Warum bin ich auch dabei?«

Er wandte sich ihr zu und sein Blick war so sanft und liebevoll. »Dies ist das erste Jahr, in dem ich mich diesem Ereignis stellen kann, ohne das Gefühl zu haben, wieder der verlorene kleine Junge zu sein, der ins Schlafzimmer meiner Mutter geht.« Er legte die Arme um sie. »Das habe ich nur dir zu verdanken, Baby. Du hast mir geholfen, zu erkennen, dass ich nicht ändern kann, was sie getan hat, und dass ich mir keine Vorwürfe mehr machen darf, weil ich sie nicht gerettet habe. Deine Idee, mich auf die Menschen zu konzentrieren, die mir geholfen haben, das zu überstehen, war genau das, was ich brauchte, um damit abzuschließen. Ich war heute Morgen bei Preacher und Reba und habe ihnen alles erzählt.«

Er berichtete ihr, dass Preacher und Reba bereits Bescheid gewusst hatten, weil Preacher seinen Vater in den ersten Wochen nach seinem Einzug bei ihnen aufgesucht hatte. Justin hatte heute nur die letzten Lücken gefüllt.

Sie wusste, dass das nicht einfach gewesen sein konnte. »Ich hätte dich begleitet.«

»Das weiß ich, aber ich bin vor dem Morgengrauen aufgewacht, du hast dich an mich gekuschelt und die Hunde schliefen neben uns. Da wusste ich, dass ich das letzte meiner Geheimnisse loswerden musste, um mich in Zukunft ganz auf uns konzentrieren zu können. Und ich musste es allein tun.«

»Das verstehe ich. Aber du konzentrierst dich doch auch so schon ganz auf uns, Justin.«

»Nein, Babe. Ich habe es versucht, aber deutlich gespürt, wie ihr Geist mich gefesselt hat. Doch jetzt wird mich die Rallye nicht mehr an diesen schrecklichen Tag erinnern, und das habe ich nur dir zu verdanken. Stattdessen kann ich nach vorn blicken und mich an all das Gute in der Welt und an die Kraft der Liebe erinnern.«

»Ich weiß nicht, was ich sagen soll. Ich liebe dich so sehr. Ich freue mich einfach so sehr für dich.«

»Du hast mich befreit, Baby.«

»Wir haben uns gegenseitig befreit.«

Er küsste sie zärtlich. »Ja, aber jetzt bin ich bereit, mich zu binden, Süße. Was hältst du von einer Weihnachtshochzeit?«

Ihr Herz machte einen Satz. »Dasselbe, als wenn du vorschlägst, dass wir gleich am Montag aufs Standesamt gehen und es offiziell machen. Ich will deine Frau sein, egal wann, wo und wie wir es tun.«

»Das mit der standesamtlichen Trauung kannst du mal schön vergessen, Ms. Mallery. Ich habe meiner Süßen versprochen, alles groß zu feiern. Du, meine wunderschöne zukünftige Frau, wirst die Hochzeit in Weiß bekommen, von der du nie geträumt hast.«

Ihr kamen vor Freude die Tränen. »Das klingt perfekt. Und was ist mit Flitterwochen, die ein kleines bisschen *wicked* sind?«

»Baby, unsere Flitterwochen werden den Rest unseres Lebens dauern.« Er fuhr sanft mit den Lippen über ihre. »Und an deinem Wicked ist rein gar nichts klein.«

Lust auf mehr von den Wickeds?

Ich hoffe, die Geschichte von Chloe und Justin hat dir gefallen. Hol dir Tanks Buch, *Das Wicked-Nachspiel,* und blättere weiter für Informationen zur Reihe über die Cousins der Wickeds und die Reihe, in der Chloe zuerst vorkam.

Bestelle *Das Wicked-Nachspiel* direkt bei deinem Online-Buchhändler!

Du willst mehr Dark Knights?

Lerne die Cousins der Wickeds kennen

Die Whiskeys: Dark Knights aus Peaceful Harbor

Die Whiskeys: Dark Knights von der Redemption Ranch

Lies die Reihe, in der Chloe, Justin und andere Wickeds zum ersten Mal dabei waren: Bayside Summers

Neu bei »Love in Bloom – Herzen im Aufbruch«?

Ich hoffe, du hattest genauso viel Spaß mit den Freunden aus Bayside wie ich! Falls dieser Band dein erstes Buch aus der Reihe »Love in Bloom – Herzen im Aufbruch« ist, warten noch jede Menge Geschichten über unsere sexy, selbstbewussten und loyalen Heldinnen und Helden auf dich.

Die Wickeds ist nur eine der Serien aus meiner großen Sammlung von Liebesromanen mit Tiefgang, Humor und Happy-End-Garantie. In allen Büchern findest du eine abgeschlossene Geschichte, die auch für sich allein gelesen werden kann. Figuren aus den einzelnen Serien und Büchern der weitverzweigten »Love in Bloom – Herzen im Aufbruch«-Familien tauchen immer wieder auch in den anderen Bänden auf. So verpasst du nie eine Verlobung, eine Hochzeit oder eine Geburt. Wenn du magst, lerne doch auch die anderen Serien der Reihe kennen! Eine vollständige Liste aller auf Deutsch erschienenen und geplanten Bücher gibt es am Ende des Buches und unter dem folgenden Link findest du weitere Informationen:

MelissaFoster.com/Herzen-im-Aufbruch

Danksagung

Ich hoffe, die Geschichte von Justin und Chloe zu lesen, hat dir genauso viel Spaß gemacht, wie mir, sie zu schreiben. Ich freue mich schon darauf, die Liebesgeschichten all unserer Wickeds und ihrer Freunde zu schreiben! In der Zwischenzeit hoffe ich, dass du Lust hast, meine ursprüngliche Dark-Knights-Reihe zu lesen, *Die Whiskeys: Dark Knights aus Peaceful Harbor*. Wenn du gerne mehr über Justins und Chloes Freunde erfahren möchtest, beginne mit Bayside Summers und lies im Anschluss *Die Steeles auf Silver Island* mit Chloes Freundin Daphne.

Falls dies dein erstes Buch von mir war, solltest du noch wissen, dass jedes Melissa-Foster-Buch eigenständig gelesen werden kann und dass viele Figuren auch in meinen anderen Reihen immer wieder auftauchen. So verpasst du nie eine Verlobung, eine Hochzeit oder eine Geburt. Weitere Informationen findest du auf meiner Website unter: MelissaFoster.com/Herzen-im-Aufbruch

Ich unterhalte mich oft mit Lesern in meinem Fanclub auf Facebook. Falls du noch nicht dabei bist, solltest du unbedingt dazukommen! Facebook.com/groups/MelissaFosterFans

Folge meiner Autorenseite auf Facebook für witzige Aktionen und Updates über unsere fiktiven Book-Boyfriends. Facebook.com/MelissaFosterAuthor

Danke an mein großartiges Redaktionsteam: Kristen Weber, Penina Lopez, Elaini Caruso, Juliette Hill, Lynn Mullan, Marlene Engel und Justinn Harrison sowie auf deutscher Seite Anna Wichmann, Stephanie Schottenhamel und Judith Zimmer. Und wie immer bin ich meiner Familie unendlich dankbar für ihre Geduld, Unterstützung und Inspiration.

Die Bradens (Trusty, Colorado)

Bei Heimkehr Liebe
Bei Ankunft Liebe
Im Zweifel Liebe
Bei Rückkehr Liebe
Trotz allem Liebe
Bei Aufprall Liebe

Die Bradens (Peaceful Harbor)

Geheilte Herzen
Voller Einsatz für die Liebe
Liebe gegen den Strom
Vereinte Herzen
Melodie der Liebe
Sieg für die Liebe
Endlich Liebe – ein Braden-Flirt

Die Bradens & Montgomerys
(Pleasant Hill – Oak Falls)

Von der Liebe umarmt
Alles für die Liebe
Pfade der Liebe
Wilde Herzen
Schenk mir dein Herz
Der Liebe auf der Spur
Verrückt nach Liebe
Liebe süß und sündig
Und dann kam die Liebe
Eine unerwartete Liebe
Verliebt in Mr. Bad

Die Bradens (Ridgeport)
Gut gespielt, Mr. Perfect
Hochachtungsvoll, Mr. Braden

Die Remingtons
Spiel der Herzen
Im Dschungel der Liebe
Herzen in Flammen
Herzen im Schnee
Liebe zwischen den Zeilen
Von der Liebe berührt

Die Ryders
Von der Liebe bestimmt
Von der Liebe erobert
Von der Liebe verführt
Von der Liebe gerettet
Von der Liebe gefunden

Seaside Summers
Träume in Seaside
Herzen in Seaside
Hoffnung in Seaside
Geheimnisse in Seaside
Nächte in Seaside
Herzklopfen in Seaside
Sehnsucht in Seaside
Geflüster in Seaside
Sternenhimmel über Seaside

Bayside Summers

Sommernächte in Bayside
Verführung in Bayside
Sommerhitze in Bayside
Neuanfang in Bayside
Mondschein in Bayside
Versuchung in Bayside

Die Steeles auf Silver Island

Herzen in Versuchung
Meine wahre Liebe
Erobert von der Liebe
Immer mit dir

Die Whiskeys: Dark Knights aus Peaceful Harbor

Tru Blue – Im Herzen stark
Truly, Madly, Whiskey – Für immer und ganz
Driving Whiskey Wild – Herz über Kopf
Wicked Whiskey Love – Ganz und gar Liebe
Mad About Moon – Verrückt nach dir
Taming My Whiskey – Im Herzen wild
The Gritty Truth – Kein Blick zurück
In For A Penny – Süßes Glück
Running on Diesel – Harte Zeiten für die Liebe

Die Wickeds: Dark Knights von Bayside

Ein kleines bisschen Wicked
Das Wicked-Nachspiel

Verrückte Wicked-Liebe
Die Wicked-Wahrheit

Die Whiskeys: Dark Knights von der Redemption Ranch

Immer Ärger mit Whiskey
Sullys Befreiung
Um Whiskeys willen
Der Geschmack von Whiskey
Liebe, Lügen und Whiskey
Meine Whiskey-Erlösung

…

Entdecken Melissa Fosters Bücher auch auf:
MelissaFoster.com/Herzen-im-Aufbruch

www.ingramcontent.com/pod-product-compliance
Lightning Source LLC
Chambersburg PA
CBHW022009300726
48970CB00003B/806